SUSAN ELIZABETH PHILLIPS

Bleib nicht zum Frühstück!

Buch

Die Physikerin Professor Jane Darlington ist Mitte Dreißig, gilt als Genie – und ist leider immer noch alleinstehend. Da ihr mit Männern noch nie viel Glück beschieden war und die biologische Uhr laut und vernehmlich tickt, faßt sie eines Tages den Entschluß, sich wenigstens ihren Herzenswunsch zu erfüllen: Sie möchte ein Baby. Eine Vorgabe hat bei der Suche nach dem »Erzeuger« allerdings höchste Priorität: Da Jane schon als Kind wegen ihres beängstigenden Intelligenzquotienten gehänselt wurde, soll der zukünftige Vater ihres Babys zum Ausgleich möglichst ein bißchen weniger klug sein …

Leider vertraut sich Jane ausgerechnet ihrer boshaften Nachbarstochter Jodie an, und die ist zufällig gut bekannt mit Cal Bonner, dem Superstar des Chicagoer Footballteams. Jodie fädelt prompt eine Begegnung zwischen der Professorin und der Sportskanone ein – läßt Cal jedoch über Janes wahre Absichten im unklaren. Zu spät merkt die junge Mutter in spé, daß ihr verdammt gutaussehender »Samenspender« auch über ein kluges Köpfchen verfügt – und daß er ganz altmodisch ehrbare Absichten hegt …

Autorin

Susan Elizabeth Phillips wurde bereits für ihr erstes Buch mit verschiedenen Auszeichnungen geehrt – u. a. mit dem Preis für das »Lieblingsbuch des Jahres« der Romance Writers of America – und schaffte den Sprung auf die Bestsellerlisten. Die Schriftstellerin lebt mit ihrer Familie in der Nähe von Chicago.

Von Susan Elizabeth Phillips außerdem lieferbar:

Küß mich, Engel (35066)
Träum weiter, Liebling (35105)

SUSAN ELIZABETH PHILLIPS

Bleib nicht zum Frühstück!

ROMAN

Ins Deutsche übertragen
von Uta Hege

BLANVALET

Die amerikanische Originalausgabe erschien unter dem Titel
»Nobody's Baby But Mine«
bei Avon Books, The Hearst Corporation, New York.

Umwelthinweis:
Alle bedruckten Materialien dieses Taschenbuches
sind chlorfrei und umweltschonend.
Das Papier enthält Recycling-Anteile.

Blanvalet Taschenbücher erscheinen im Goldmann Verlag,
einem Unternehmen der Verlagsgruppe Bertelsmann.

Taschenbuchausgabe Juni 2000

Umschlaggestaltung: Design Team München
Umschlagfoto: G+J Fotoservice/Bokelberg
Satz: Uhl + Massopust, Aalen
Druck: Elsnerdruck, Berlin
Verlagsnummer: 35345
Lektorat: SK
Redaktion: Barbara Gernet
Herstellung: Heidrun Nawrot
Made in Germany
ISBN 3-442-35345-9

3 5 7 9 10 8 6 4 2

Liebe Leserin,

am Abend, bevor unser jüngster Sohn ins College abreiste, saß ich am Fuß der Treppe, sah mir seine dort aufgestapelten Habseligkeiten an und weinte mir die Augen aus dem Kopf. Ich war noch nicht bereit dazu, diesen Teil meines Lebens als beendet anzusehen. Während ich die Jahre zurückspulte, erinnerte ich mich daran, welche Sehnsucht mich als junge Frau nach diesem Baby erfüllt hatte. Im selben Moment kam mir die Idee zu *Bleib nicht zum Frühstück!*

Suchen Sie sich eine gemütliche Ecke, ein lauschiges Plätzchen, und kommen Sie mit mir auf eine ganz besondere Reise, auf der es weder an Liebe noch an Leidenschaft mangeln wird. Begegnen Sie einer liebenswerten Frau, die in mancherlei Hinsicht äußerst clever, in anderer Hinsicht jedoch ebenso schwer von Begriff ist wie wir alle, und treffen Sie außerdem auf ein Ehepaar, das beinahe aus den Augen verloren hätte, wie wichtig man füreinander ist.

Bleib nicht zum Frühstück! ist ein prickelnder, doch zugleich auch zärtlicher und lustiger Roman, bei dessen Lektüre man hier und da vielleicht sogar genüßlich eine Träne vergießt. Kuscheln Sie sich also in Ihren Lieblingssessel und tauchen Sie ein in die Geschicke dieser bisweilen nervtötenden, keineswegs zueinander passenden, aber mehr als liebenswerten Menschen.

Viel Spaß beim Lesen,

Ihre Susan Elizabeth Phillips

Für meine Mutter

1

»Daß ich euch richtig verstehe«, sagte Jodie Pulanski. »Als Geburtstagsgeschenk für Cal Bonner habt ihr also eine *Frau* geplant.«

Die drei Linienspieler, die den Novemberabend am hintersten Tisch in Zebras Bar, der im DuPage County gelegenen Lieblingskneipe der Footballspieler der Chicago Stars, verbrachten, nickten, und Junior Duncan bedeutete der Serviererin, daß eine weitere Runde willkommen sei. »Er wird sechsunddreißig. Also soll er etwas ganz Besonderes bekommen.«

»Schwachsinn«, befand Jodie. Jeder, der auch nur die geringste Ahnung von Football hatte, wußte, daß sich Cal Bonner, der brillante Quarterback der Stars, seit Beginn der Saison aufbrausend, jähzornig und im allgemeinen einfach unerträglich aufführte. Bonner, der wegen seiner Vorliebe für explosive Pässe der »Bomber« hieß, war der höchstrangige Quarterback der AFC, der American Football Conference – und eine Legende.

Jodie kreuzte ihre Arme über dem figurbetonten weißen Pullunder, der Teil ihrer Arbeitsgarderobe war. Weder ihr noch einem der drei Männer kam der moralische Aspekt oder gar die politische Korrektheit ihrer Unterhaltung in den Sinn. Schließlich ging es um ein Mitglied der NFL, der National Football League. »Ihr meint also, wenn ihr ihm eine Frau besorgt, setzt er euch nicht mehr so unter Druck«, stellte sie sachlich fest.

Willie Jarrell senkte den Blick seiner von dichten Wimpern umgebenen, braunen Augen auf sein Bier. »Der Mistkerl hat uns in letzter Zeit das Leben zur Hölle gemacht. Niemand hält es mehr in seiner Nähe aus.«

Junior schüttelte den Kopf. »Gestern hat er Germaine Clark einen *Anfänger* geschimpft. Germaine!«

Jodie zog eine ihrer Brauen hoch, die dank freigebig aufgetragener Kosmetik um mehrere Schattierungen dunkler als ihre messingfarbenen Haare waren. Germaine Clark galt durch und durch als Profi und als einer der gefährlichsten Abwehrspieler in der NFL. »Soweit ich weiß, hat der Bomber bereits mehr Frauen, als er bewältigen kann.«

Junior nickte. »Allerdings schläft er offenbar mit keiner von ihnen.«

»Was?«

»Es stimmt«, meldete sich Chris Plummer, der linke Stürmer, zu Wort. »Aber das wissen wir selbst erst seit kurzer Zeit. Seine Freundinnen haben sich mit unseren Frauen unterhalten, und es scheint, daß Cal sie nur zum Angeben benutzt.«

Willie Jarrell hob den Kopf. »Vielleicht würde er von ihnen ja eher angetörnt, wenn er warten würde, bis sie ihren Windeln entwachsen sind.«

Junior nahm diese Bemerkung durchaus ernst. »So etwas darfst du nicht sagen, Willie. Du weißt, daß Cal mit keinem Mädchen etwas anfängt, das unter zwanzig ist.«

Cal Bonner mochte älter werden, aber die Frauen in seinem Leben blieben jung. Niemand hatte ihn je mit einem Mädchen über zweiundzwanzig ausgehen sehen.

»Soweit wir wissen«, sagte Willie, »hat der Bomber seit dem Ende seiner Beziehung zu Kelly mit keiner Frau mehr geschlafen, und das war im Februar. Wenn ihr mich fragt, ist das einfach nicht normal.«

Kelly Berkley war Cals wunderschöne, einundzwanzigjährige ständige Begleiterin gewesen, bis sie es satt hatte, auf einen Ehering zu warten, der wohl niemals käme; daher lief sie mit dem dreiundzwanzigjährigen Gitarristen einer Heavy Metal Band auf und davon. Seither hatte Cal Bonner seine gesamte Energie in das Gewinnen der Footballspiele, in den allwöchentlichen Wechsel seiner Freundinnen und in das Tyrannisieren seiner Teamkollegen gesteckt.

Jodi Pulanski war das Lieblingsgroupie der Stars, und wiewohl noch deutlich unter dreiundzwanzig, kam keiner der Männer auf die Idee, sie Cal Bonner als Präsent zum Geburtstag anzubieten. Es war eine allgemein bekannte Tatsache, daß er sie bereits mindestens ein Dutzend Male zurückgewiesen hatte. Weshalb der Bomber zuoberst auf der Liste von Jodies persönlichen Feinden stand, obgleich sie sonst um jeden Preis auf eine Vergrößerung ihrer Sammlung blau-goldener Stars-Trikots in ihrem Schlafzimmerschrank – eins von jedem Spieler, mit dem sie sich amüsiert hatte – versessen war.

»Was wir brauchen, ist jemand, der ihn nicht an Kelly erinnert«, meinte Chris.

»Das bedeutet, daß sie wirklich Klasse haben muß«, fügte Willie erläuternd hinzu. »Außerdem sollte sie vielleicht ein bißchen älter sein. Wir denken, es täte dem Bomber gut, wenn er es mal mit einer Frau so um die fünfundzwanzig probieren würde.

»Mit so was wie Würde!« Junior nippte gedankenverloren an seinem Bier. »Eine Frau, die gesellschaftsfähig ist.«

Jodie war nicht gerade für ihren Grips bekannt, aber selbst sie erkannte, daß diese Ansprüche gewisse Probleme aufwarfen. »Ich kann mir nicht vorstellen, daß allzu viele Frauen davon träumen, das Geburtstagsgeschenk eines wildfremden Mannes zu sein. Auch nicht, wenn dieser Mann Cal Bonner heißt.«

»Ja, das haben wir uns auch gedacht. Wahrscheinlich

bleibt uns nichts anderes übrig, als uns nach einer geeigneten Mieze umzusehen.«

»Nach einer mit Stil«, fügte Willie hastig hinzu, da Cal, wie jeder wußte, kein Freund von käuflicher Liebe war.

Junior starrte trübsinnig in sein Bier. »Aber wir haben bisher absolut keine passende gefunden.«

Jodie kannte ein paar nette Girls, aber keine von ihnen entsprach ihren Vorstellungen von einer Klassefrau. Ebensowenig wie die Mädchen, mit denen sie durch die Gegend zog. Ihre Freundinnen waren eine Gruppe vergnügungssüchtiger, partybegeisterter Mädchen, die nichts taten, als mit so vielen professionellen Sportlern zu schlafen, wie irgend möglich. »Und was wollt ihr von mir?«

»Wir wollen, daß du deine Connections benutzt und jemanden findest, der unseren Vorstellungen entspricht«, erklärte Junior. »Bis zu seinem Geburtstag haben wir noch zehn Tage Zeit, also eilt es einigermaßen.«

»Und was springt für mich dabei heraus?«

Da ihre Sammlung bereits die Trikots dieser drei Helden umfaßte, warf diese Frage gewisse Komplikationen auf. Chris sah sie vorsichtig an: »Bist du vielleicht an irgendeiner bestimmten Nummer als Andenken interessiert?«

»Außer der achtzehn«, warf Willie eilig ein, da achtzehn die Nummer des Bombers war.

Jodie tat so, als denke sie nach. Statt dem Bomber eine Dame zu beschaffen, ginge sie natürlich lieber selbst mit ihm ins Bett; aber es gab tatsächlich noch eine Alternative von Interesse für sie. »Allerdings. Wenn ich ein passendes Geburtstagsgeschenk auftreibe, gehört mir dafür die Nummer zwölf.«

Die Männer stöhnten auf. »Scheiße, Jodie, Kevin Tucker macht sowieso schon mit viel zu vielen Frauen rum.«

»Das ist euer Problem.«

Tucker war der Ersatz-Quarterback der Stars. Jung,

aggressiv und in höchstem Maße talentiert, sollte er die Nachfolge für die Startposition antreten, wenn Cal aufgrund seines Alters oder infolge einer Verletzung für den Job nicht mehr in Frage käme. Auch wenn die beiden Männer in der Öffentlichkeit höflich miteinander umgingen, waren sie doch erbitterte Konkurrenten, und aufgrund dieses Hasses erschien Kevin Tucker Jodie um so begehrenswerter.

Widerstrebend erklärten sich Willie und Junior bereit, dafür zu sorgen, daß Tucker seinen Teil der Abmachung erfüllte, wenn sie tatsächlich ein geeignetes Geburtstagsgeschenk auftrieb.

Zwei neue Kunden betraten das Lokal, und da Jodie die Empfangsdame von dieser Bar war, stand sie auf und wandte sich den beiden zu. Auf dem Weg zur Tür ging sie im Geiste die Liste ihrer weiblichen Bekannten durch, doch keine von ihnen kam in Frage für den Job. Sie hatte eine Menge Freundinnen, aber nicht eine einzige von ihnen konnte man auch nur ansatzweise als Klasse-Frau bezeichnen.

Zwei Tage später grübelte Jodie immer noch über diese Frage nach, während sie mit einem dicken Kopf in die Küche des Hauses ihrer Eltern in Glen Ellyn, Illinois, trottete, in das sie bis zur Begleichung der Schulden ihrer Visa-Card übergangsweise wieder eingezogen war. Dieser Samstagvormittag gefiel ihr: Ihre Eltern unternahmen einen Wochenendausflug, und sie brauchte erfreulicherweise erst um fünf zu arbeiten, da sie infolge der wilden Party vom Vorabend an einem grauenhaften Kater litt.

Sie öffnete die Schranktür und entdeckte nichts außer einer Dose koffeinfreien Kaffees. Verdammt. Draußen hatte ein widerlicher Schneeregen eingesetzt, und ihr Schädel dröhnte so furchtbar, daß Autofahren unmöglich war –

aber wenn sie nicht im Laufe des Tages ihre Ration Koffein bekam, wäre ihre Laune sicher zum Absturz verurteilt.

Alles lief verkehrt. Heute nachmittag spielten die Stars in Buffalo, so daß nach dem Match mit keinem der Spieler im Zebra zu rechnen war. Und wenn sie sie endlich wiedersähe, wie sollte sie ihnen ihre erfolglose Suche nach einem Geburtstagsgeschenk beibringen? Einer der Gründe, weshalb die Stars sie so umwarben, lag in der hohen Anzahl ihrer zur Verfügung stehenden Freundinnen.

Sie blickte aus dem Küchenfenster und sah Licht im Hause der alten Jungfer. Alte Jungfer lautete Jodies Spitzname für die Nachbarin ihrer Eltern, Dr. Jane Darlington. Sie war keine Ärztin, sondern eine Dr. rer. nat., und Jodies Mom schwärmte ständig davon, was für ein wunderbarer Mensch sie sei, weil sie den Pulanskis, seit sie vor ein paar Jahren hierhergezogen waren, stets durch die manchmal notwendige Annahme ihrer Post und mit anderen Nettigkeiten behilflich war. Vielleicht half sie ihr ja jetzt auch mit ein wenig Kaffee aus?

Sie schminkte sich provisorisch, schlüpfte, ohne sich die Mühe zu machen, Unterwäsche anzuziehen, in ein Paar enger schwarzer Jeans, Willie Jarrells Trikot und ihre warmen Boots; dann machte sie sich, mit einer Tupperdose bewaffnet, auf den Weg.

Trotz des Schneeregens hatte sie keine Jacke angezogen, und bis Dr. Jane endlich an die Haustür kam, zitterte sie wie Espenlaub. »Hallo!«

Dr. Jane stand hinter der Tür und starrte sie durch eine altjüngferliche, überdimensionale, schildpattgerahmte Brille an.

»Ich bin Jodie, die Tochter der Pulanskis. Von nebenan.«

Immer noch machte diese Schachtel die Tür nicht auf.

»Hören Sie, hier draußen ist es verdammt kalt. Könnte ich vielleicht kurz reinkommen?«

Endlich öffnete die alte Jungfer ihr. »Tut mir leid. Ich habe Sie nicht erkannt.«

Jodie betrat das Haus, und bereits nach zwei Sekunden hatte sie erfaßt, weshalb Dr. Jane sie so zögerlich hereingelassen hatte. Irgendwie schwamm es hinter ihren Brillengläsern, und ihre Nase glänzte leuchtend rot. Wenn Jodie nicht infolge ihres Katers einem Trugschluß aufsaß, dann hatte sich Dr. Jane gerade die kurzsichtigen Augen aus dem Kopf geheult.

Die alte Jungfer war relativ groß, vielleicht einen Meter fünfundsiebzig, und Jodie mußte zu ihr aufblicken, als sie ihr ihr Bettelgefäß entgegenhielt. »Könnten Sie mir vielleicht ein paar Löffel Kaffee leihen? Wir haben nur noch koffeinfreien im Haus, aber der reicht mir heute morgen nicht.«

Zögernd nahm ihr Dr. Jane die Dose aus der Hand. Da sie Jodie nicht gerade als geizig bekannt war, bedeutete ihre Reaktion wahrscheinlich Ärger über diese Störung. »Ja, ich – mmh – ich hole Ihnen welchen.« Offensichtlich in der Erwartung, daß die unerwünschte Besucherin im Flur warten würde, zog sie los; aber bis zum Beginn der Spielvorschau hatte Jodie nichts zu tun, deshalb konnte sie ebensogut ihrer Nachbarin folgen und sich deren Behausung einmal ansehen.

Sie durchquerten ein Wohnzimmer, das auf den ersten Blick recht langweilig erschien: weiße Wände, bequeme Möbel und jede Menge trostlos wirkender Bücher im Regal. Jodie wollte gerade weitergehen, als ihr Blick auf die gerahmten Poster an den Wänden fiel. Sie schienen alle von derselben Person, einer Frau namens Georgia O'Keeffe, zu sein, und auch wenn Jodie zugegebenermaßen eine schmutzige Phantasie besaß, konnte dies nicht allein eine Erklärung dafür sein, daß sie in all diesen Blumen weibliche Geschlechtsorgane sah.

Unter den Blütenblättern kamen feuchte, verborgene, dunkle Höhlen zum Vorschein. Eins der Gemälde zeigte – Himmel! – eine Venusmuschel, in deren Innerstem eine kleine, feuchte Perle angedeutet war, und selbst der argloseste Mensch hätte da sicher zweimal hingeschaut. Sie fragte sich, ob die alte Jungfer vielleicht eine Lesbe war. Weshalb sollte sie sonst Gefallen daran finden, sich jedesmal, wenn sie ihr Wohnzimmer betrat, blumige Muschis anzusehen?

Jodie wanderte weiter in die lavendelfarben gestrichene Küche, vor deren Fenstern sich hübsche, ebenfalls blumenverzierte Vorhänge rüschten. Allerdings waren diese Blumen im Gegensatz zu denen auf den Postern im Wohnzimmer normal. Alles in der Küche wirkte fröhlich und aufgeräumt, abgesehen von ihrer Besitzerin, die Jodie würdevoller als der liebe Gott erschien.

In der maßgeschneiderten Hose mit den ordentlichen braun-schwarzen Karos und dem weichen, weizenfarbenen Pullover, der bestimmt Kaschmirqualität besaß, kam ihr Dr. Jane wie eine dieser adretten, langweiligen, mit Vorliebe Tweed tragenden Pomeranzen vor. Trotz ihrer Größe wies sie allerdings feine Knochen, wohlgeformte Beine und eine schlanke Taille auf. Abgesehen von den fehlenden Möpsen hatte sie eine geradezu beneidenswerte Figur.

In ihrem kinnlangen hellblonden Haar schimmerten flachs-, platin- und goldfarbene Strähnen, die es unmöglich aus der Tube gab. Allerdings hatte sie es zu einer dieser konservativen Frisuren arrangiert, in der sich Jodie noch nicht einmal tot hätte sehen lassen – es war lose aus der Stirn gekämmt und wurde von einem schmalen, braunen Samtreif gehalten – der Inbegriff des Grauens.

Jodie wandte leicht den Kopf, um sie noch besser betrachten zu können. Schade, daß sie diese riesige, spießige Brille trug, denn das Grün ihrer Augen fiel wirklich positiv auf. Auch Stirn und Nase hatten eine schöne Form. Ihr

Mund war mit seiner dünnen Oberlippe und der vollen Unterlippe zumindest interessant und ihre Haut einfach toll. Leider machte sie nichts aus sich. Jodie hätte viel mehr Make-up aktiviert. Alles in allem war die alte Jungfer selbst mit den rotgeränderten Augen eine gutaussehende, wenn auch einschüchternde Person.

Sie drückte den Deckel auf die Tupperdose und hielt sie Jodie hin, die, gerade, als sie sie nehmen wollte, das zerknüllte Geschenkpapier und den kleinen Stapel Präsente auf dem Küchentisch liegen sah.

»Ist heute ein besonderer Tag?«

»Nicht der Rede wert. Ich habe Geburtstag, sonst nichts.« Ihre Stimme klang gleichzeitig weich und heiser, und zum ersten Mal fielen Jodie die in ihrer Hand zerknüllten Taschentücher auf.

»Nein, wirklich? Gratuliere.«

»Vielen Dank.«

Ohne darauf zu achten, daß Dr. Jane ihr immer noch die Tupperdose entgegenhielt, trat Jodie an den Tisch und sah sich die Geschenke an: eine armselige kleine Schachtel mit schlichtem, weißem Briefpapier, eine elektrische Zahnbürste, ein Kugelschreiber und ein Geschenkgutschein für Jiffy Lube. Einfach jämmerlich. Nicht ein einziges heißes Kleidungsstück war dabei.

»Was für eine Pleite!«

Zu ihrer Überraschung lachte Dr. Jane tatsächlich leise auf. »Da haben Sie wohl recht. Meine Freundin Caroline findet immer das perfekte Geschenk, aber sie ist im Augenblick zu archäologischen Ausgrabungen in Äthiopien unterwegs.« Und dann rann zu allem Überfluß eine weitere Träne unter den Brillengläsern der alten Jungfer hervor und kullerte ihr über die Wangen.

Dr. Jane tat, als wäre nichts geschehen, aber die Geschenke waren wirklich jämmerlich, und unwillkürlich wallte in Jodie Mitleid auf. »Also bitte, so schlimm ist es nun auch wieder nicht. Wenigstens brauchen Sie sich keine Sorgen zu machen, daß irgendwas nicht paßt oder so.«

»Tut mir leid. Ich sollte nicht …« Sie preßte die Lippen zusammen, aber trotzdem brach sich unter dem Rand ihrer Brille eine weitere Flut Bahn.

»Schon gut. Setzen Sie sich. Ich koche uns erst mal einen Kaffee.« Sie drückte Dr. Jane auf einen der Küchenstühle und trug die Tupperdose hinüber zur Anrichte, auf der die Kaffeemaschine stand. Gerade, als sie sich nach den Filtertüten erkundigen wollte, sah sie, daß Dr. Janes Stirn von tiefen Falten durchzogen war und daß sie, um sich zu beruhigen, Atemübungen machte; also öffnete sie einfach eine Reihe von Schranktüren, bis das Gesuchte auftauchte.

»Und, wie alt sind Sie geworden, wenn ich fragen darf?«

»Vierunddreißig.«

Jodie war ehrlich überrascht. Sie hätte Dr. Jane auf höchstens Ende Zwanzig geschätzt. »Oje, dann liegt das Ganze wohl total daneben.«

»Tut mir leid, daß ich mich so gehenlasse.« Sie betupfte ihre Nase mit einem Taschentuch. »Normalerweise bin ich weniger emotional.«

Ein paar vergossene Tränen bedeuteten nach Jodies Meinung noch lange nicht, daß sich ein Mensch gehen ließ; aber für eine derart zugeknöpfte Person wie Dr. Jane waren sie wahrscheinlich bereits ein ernst zu nehmendes Anzeichen von Hysterie. »Wie gesagt, kein Problem. Haben Sie zufällig irgendwo ein paar Doughnuts oder so?«

»Im Kühlschrank müßten noch ein paar Vollkornmuffins sein.«

Jodie verzog das Gesicht und kehrte an den Tisch zurück. Er war klein und rund, mit einer Glasplatte, und die Metallstühle sahen aus, als gehörten sie eher in den Garten. Sie nahm Dr. Jane gegenüber Platz.

»Von wem haben Sie die Geschenke?«

Die Dame setzte eines jener Lächeln auf, das den Wunsch nach etwas mehr Distanz verriet. »Von meinen Kollegen.«

»Sie meinen, von den Leuten, mit denen Sie arbeiten?«

»Genau. Von meinen Kollegen bei Newberry und einem meiner Freunde beim Preeze-Labor.«

Vom Preeze-Labor hatte Jodie noch nie zuvor gehört, aber Newberry war eins der nobelsten Colleges der Vereinigten Staaten – zum unbändigen Stolz der Einwohner des DuPage County.

»Aha. Unterrichten Sie nicht Naturwissenschaften oder so?«

»Ich bin Physikerin und unterrichte die höheren Semester in relativer Quantenfeldtheorie. Außerdem erforsche ich im Preeze-Labor zusammen mit anderen Physikern Quarks.«

»Ohne Scheiß! Dann müssen Sie ja auf der High-School ein echtes As gewesen sein.«

»Ich habe nicht allzu viel Zeit auf der High-School verbracht, weil ich mit vierzehn aufs College gegangen bin.« Wieder rollte ein Bächlein über ihr Gesicht, doch zugleich setzte sie sich, wenn es überhaupt möglich war, noch aufrechter hin als vorher.

»Mit vierzehn? Das ist ja wohl ein Witz.«

»Als ich einundzwanzig wurde, hatte ich bereits meinen Doktor.« Jetzt brach sich ihr Elend endgültig Bahn, so daß sie die Ellbogen auf die Tischplatte stützte, die Hände zu Fäusten ballte und den Kopf sinken ließ. Ihre Schultern bebten, aber sie gab nicht das leiseste Geräusch von sich, und der Anblick dieser sich beinahe auflösenden Wissenschaftlerin war derart ergreifend, daß Jodie abermals ehrliches Mitgefühl empfand. Zugleich allerdings war ihre Neugierde geweckt.

»Haben Sie vielleicht Ärger mit Ihrem Freund?«

Dr. Jane schüttelte den Kopf. »Ich habe keinen Freund mehr seit Dr. Craig Elkhart. Wir waren sechs Jahre zusammen.«

Also konnte sie doch nicht lesbisch sein. »Das ist eine lange Zeit.« Trotz der tränennassen Wangen reckte die Professorin mit einem Mal trotzig das Kinn. »Er hat gerade eine zwanzigjährige Datenverarbeiterin namens Pamela geehelicht. Als er mich verließ, sagte er: ›Tut mir leid, Jane, aber du machst mich einfach nicht mehr an.‹«

Angesichts von Dr. Janes so zugeknöpfter Persönlichkeit hatte Jodie ein gewisses Verständnis für seine Sicht; aber so etwas zu sagen, fand sie trotzdem ziemlich mies. »Männer sind Arschlöcher.«

»Aber das ist nicht einmal das Schlimmste.« Sie faltete ihre Hände und legte sie auf den Tisch. »Das Schlimmste ist, daß wir sechs Jahre zusammen waren und er mir gar nicht fehlt.«

»Warum sind Sie dann so fertig?« Der Kaffee war durchgelaufen, und sie stand auf und schenkte ihnen beiden ein.

»Es liegt nicht an Craig. Ich bin einfach … ach, im Grunde ist es nichts. Warum lasse ich mich nur so gehen? Es paßt so wenig zu mir.«

»Sie sind vierunddreißig Jahre alt und irgend jemand hat Ihnen einen Gutschein für Jiffy Lube zum Geburtstag geschenkt. Da ist es ja wohl normal, daß einen so was fertigmacht.«

Dr. Jane erschauerte. »In diesem Haus bin ich aufgewachsen, wußten Sie das? Nach Dads Tod wollte ich es verkaufen, aber ich habe es bisher einfach nicht geschafft.« Ihre Stimme bekam einen wehmütigen Klang, als hätte sie vergessen, daß Jodie ihr gegenübersaß. »Damals habe ich gerade ultrarelativistische Schwerionenkollisionen erforscht, und der Verkauf hätte mich zu sehr abgelenkt. Meine Arbeit stand für mich immer im Mittelpunkt. Bis ich dreißig war, hat mir das genügt. Aber seither jagt ein Geburtstag den anderen.«

»Und schließlich haben Sie festgestellt, daß dieses Physikzeugs, wenn man nachts im Bett liegt, einen nicht besonders erregt. Habe ich recht?«

Sie fuhr zusammen, als hätte sie ganz vergessen, daß sie nicht alleine war. »Das ist es nicht nur. Offen gestanden finde ich, daß Sex heutzutage eine viel zu große Bedeutung beigemessen wird.« Unbehaglich blickte sie auf ihre gefalteten Hände. »Es ist mehr ein Gefühl der Verbundenheit mit einem Menschen, das mir fehlt.«

»Ich halte es für eine ziemlich große Verbundenheit, wenn man zusammen mit jemandem die Matratze brennen läßt.«

»Tja, vorausgesetzt, daß man sie zum Brennen bringt. Persönlich ...« Sie schneuzte sich, stand auf und schob das Taschentuch in ihre Hose, wo es nur eine kleine Beule verursachte. »Wenn ich von Verbundenheit rede, dann meine ich etwas Dauerhafteres als Sex.«

»Etwa irgendwas Religiöses?«

»Nicht unbedingt, obgleich mir Religion durchaus wichtig ist. Ich meine eine Familie. Kinder. Solche Dinge.« Sie straffte die Schultern und sah Jodie mit einem entschuldigenden Lächeln an. »Aber jetzt habe ich mich mehr als genug im Selbstmitleid geaalt und Sie mit meinen Problemen belästigt. Ich fürchte, heute ist Besuch halt ungünstig ...«

»Jetzt hab' ich es! Sie wünschen sich ein Kind!«

Dr. Jane schob die Hand in die Hosentasche und zog abermals das Taschentuch heraus. Ihre Unterlippe zitterte und ihr Gesicht war eine einzige große Knitterfalte, als sie sich wieder auf ihren Stuhl sinken ließ. »Craig hat mir gestern erzählt, daß Pamela schwanger ist. Es ist keine ... ich bin nicht eifersüchtig auf sie. Ehrlich gesagt interessiert er mich einfach nicht mehr genug, als daß ich mich zu Eifersucht aufraffen könnte. Im Grunde hätte ich ihn sowieso nicht heiraten wollen. Das war nie meine Absicht. Aber ...« Ihre Stimme wurde leiser. »Nur ...«

»Nur hätten Sie selbst gern ein Kind!«

Heftig nickte sie mit dem Kopf. »Ich sehne mich schon so lange nach einem Baby. Jetzt bin ich vierunddreißig und meine biologischen Fähigkeiten laufen allmählich ab.«

Jodie warf einen Blick auf die Küchenuhr. Sie interessierte sich durchaus für Dr. Janes Geschichte, aber in diesem Augenblick fing die Sportschau an. »Macht es Ihnen etwas aus, wenn ich Ihren Fernseher anstelle, während wir uns weiter unterhalten?«

Dr. Jane wirkte so verwirrt, als wüßte sie nicht genau, was ein Fernseher war, doch dann nickte sie. »Das geht schon in Ordnung.«

»Prima.« Jodie nahm ihren Becher, marschierte ins Wohnzimmer, setzte sich auf die Couch und fischte die Fernbedienung unter einem Stapel von Fachzeitschriften hervor. Da im Augenblick noch eine Bierwerbung lief, drückte sie die Stumm-Taste.

»Sie wünschen sich ernsthaft ein Baby? Obwohl Sie alleinstehend sind?«

Dr. Jane setzte sich in den rüschengesäumten Polstersessel direkt unter dem Venusmuschelbild. Sie preßte die Beine zusammen und stellte die Füße nebeneinander, so daß es zu einer Berührung ihrer beiden Knöchel kam. Sie hatte wunderbare Fesseln, stellte Jodie fest, schlank und wohlgeformt.

Wieder wurde sie so steif, als hätte ihr jemand ein Brett ins Kreuz geschnallt. »Ich habe lange darüber nachgedacht. Heiraten kommt für mich nicht in Frage, dafür ist mir meine Arbeit zu wichtig – aber mehr als alles andere wünsche ich mir ein Kind. Und ich wäre sicher eine gute Mutter. Heute ist mir klargeworden, daß sich dieser Traum wohl nie erfüllen wird, und deshalb bin ich so deprimiert.«

»Ein paar alleinerziehende Mütter kenne ich auch. Das ist nicht gerade leicht. Aber Sie haben einen vernünftigen Job, also dürfte es für Sie weniger schwierig sein.«

»Die wirtschaftliche Seite fürchte ich nicht. Aber ich sehe einfach keine Möglichkeit, wie sich die Zeugung realisieren ließe.«

Jodie starrte sie mit großen Augen an. Für eine so intelligente Frau stellte sich die Gute einigermaßen dämlich an. »Sie meinen, Sie finden keinen Mann?«

Die Hausherrin nickte.

»Auf dem College hängen sicher jede Menge Kerle rum. Das ist doch das wenigste. Laden Sie einen von denen ein, machen Sie Musik, servieren Sie ihm ein paar Biere und legen Sie ihn flach.«

»Oh, ich kann unmöglich jemanden nehmen, den ich kenne.«

»Dann reißen Sie einen Typen in einer Kneipe auf.«

»Das könnte ich nie. Ich muß sicher sein, daß er keine gesundheitlichen Probleme hat.« Ihre Stimme wurde leise. »Und außerdem wüßte ich sowieso nicht, wie ich einen Fremden auf mich aufmerksam machen soll.«

Das hinwiederum erschien Jodie eine Kleinigkeit, auf diesem Gebiet war sie zweifellos beschlagener als Dr. Jane. »Wie wäre es dann mit einer – na, Sie wissen schon – mit einer Samenbank?«

»Auf keinen Fall. Zu viele Samenspender studieren Medizin.«

»Na und?«

»Ich möchte keinen Intelligenzler als Vater für mein Kind.«

Jodie war so überrascht, daß sie vergaß, den Ton des Fernsehers wieder anzustellen, obwohl statt der Bierreklame inzwischen ein Interview mit dem Coach, also Trainer der Stars, Chester »Duke« Raskin, auf dem Bildschirm lief.

»Sie wollen einen dummen Erzeuger?«

Dr. Jane lächelte. »Ich weiß, daß das seltsam klingt – aber ein Kind hat es sehr schwer, wenn es klüger ist als alle anderen. Seine Intelligenz verurteilt es zum Außenseiter. Aus diesem Grund käme niemals der brillante Craig oder auch nur etwa ein durchschnittlicher Samenspender in Frage. Ich brauche einen Mann, der meine eigenen genetischen Veranlagungen ausgleicht. Aber die Männer, denen ich normalerweise begegne, sind immer zu schlau.«

Jodie kam zu dem Schluß, daß Dr. Jane tatsächlich mehr als nur ein bißchen verschroben sein mußte. »Sie meinen, weil Sie so intelligent sind, brauchen Sie einen Idioten als Vater für Ihr Kind?«

»Genau – ich ertrage den Gedanken nicht, daß mein Kind dasselbe durchmachen muß wie ich in der Schulzeit. Und selbst heute noch. Nun, aber darum geht es nicht. Die Sache ist die: so sehr ich mir auch ein Kind wünsche, darf ich doch dabei nicht nur an mich denken.«

Plötzlich entdeckte Jodie auf dem Bildschirm ein neues Gesicht. »Oh, Himmel, einen Augenblick, das muß ich hören.« Sie schnappte sich die Fernbedienung und drückte auf den Lautstärkeregler.

Paul Fenneman, ein Sportreporter von Network, machte ein Interview mit Cal Bonner, und Jodie wußte, daß der Bomber Fenneman nicht ausstehen konnte. Der Reporter war berühmt für seine albernen Fragen, und der Bomber hatte Blödmännern gegenüber nur mäßige Geduld.

Das Interview fand auf dem Parkplatz des Star-Geländes statt, das am Rande von Naperville, der größten Stadt im DuPage County, lag. Fenneman sprach in die Kamera, und er schaute dabei so feierlich drein, als ginge es um ein internationales Gipfeltreffen. »Ich spreche mit Cal Bonner, dem besten Quarterback der Stars.«

Die Kamera richtete sich auf Cal, und Jodie schwitzte sowohl vor Lüsternheit als auch Haß. Verdammt, trotz seines beträchtlichen Alters war er wirklich heiß.

Er stand vor dieser riesigen Harley und trug Jeans mit einem engen schwarzen T-Shirt, das ein paar der besten Muskeln des Teams mehr als nur erahnen ließ. Einige der Typen waren so aufgepumpt, daß sie aussahen, als bestünde jeden Moment Explosionsgefahr, aber Cal war perfekt. Und auch sein kräftiger Hals machte ihn nicht gleich zu einem Stiernacken wie die meisten anderen. Sein braunes Haar war leicht gelockt, und er trug es aus praktischen Gründen kurz. So war der Bomber nun einmal. Er hatte keine Geduld für Sachen, die er als unwichtig erachtete.

Mit einssechsundachtzig überragte er die meisten anderen Quarterbacks. Außerdem war er schnell, gewitzt und verfügte über die geradezu telepathische Fähigkeit, Taktiken der gegnerischen Verteidigung zu durchschauen, worüber nur die allerbesten Spieler verfügten. Er war eine fast ebensolche Legende wie der große Joe Montana, und die Tatsache, daß die Nummer achtzehn wohl niemals in Jodies Kleiderschrank hängen würde, verzieh sie ihm nie.

Nachdem Cal die Reporterwanze Paul Fennegan mittels beißendem Hohn und Spott abgefertigt hatte, schaute er gelangweilt lächelnd in die Kamera.

»Wenn ich doch nur jemanden fände wie ihn«, flüsterte Dr. Jane. »Er wäre einfach perfekt.«

Jodie blickte sie an und merkte, daß sie wie gebannt auf den Bildschirm sah. »Wovon reden Sie?«

Dr. Jane winkte in Richtung des Fernsehers. »Von diesem Mann. Diesem Footballspieler. Er ist gesund, attraktiv und nicht besonders intelligent. Genau das, wonach ich suche.«

»Sie meinen den *Bomber*?«

»Heißt er so? Ich habe keine Ahnung von Football.«

»Das ist Cal Bonner. Er ist der erste Quarterback der Chicago Stars.«

»Ach ja. Irgendwann habe ich sein Bild schon einmal in der Zeitung gesehen. Warum kann ich nicht einem Mann wie ihm begegnen? Jemandem, der ein bißchen unterbelichtet ist…«

»Unterbelichtet?«

»Nicht besonders überragend… einfach etwas schwer von Begriff.«

»Schwer von Begriff? Der Bomber?« Jodie machte den Mund auf, um Dr. Jane zu erklären, daß der Bomber als der gerissenste, trickreichste, talentierteste – und ganz sicher hinterhältigste – verdammte Quarterback der gesamten NFL galt, als ihr plötzlich ein so verrückter Gedanke kam, daß sie ihn eigentlich gar nicht fassen konnte.

Sie versank tiefer zwischen den Sofakissen – *verdammt* –, griff nach der Fernbedienung und drückte die Stumm-Taste. »Ist das Ihr Ernst? Sie würden jemanden wie Cal Bonner nehmen als Vater für Ihr Kind?«

»Natürlich würde ich das – unter der Voraussetzung, daß ich vorher sein Gesundheitsattest einsehen könnte. Ein schlichter Mann wie er wäre perfekt: stark, ausdauernd, mit einem niedrigen IQ. Und sein gutes Aussehen halte ich für ein zusätzliches Plus.«

Jodies Gedanken rannten in drei Richtungen gleichzeitig. »Was wäre, wenn…« Sie versuchte, sich nicht von der Vorstellung ablenken zu lassen, daß in Kürze Kevin Tucker nackt vor ihr stehen würde, wenn ihr dieser Coup gelang. »Was wäre, wenn ich ein Treffen arrangiere?«

»Wovon sprechen Sie?«

»Sind Sie daran interessiert, Cal Bonner ins Bett zu bekommen?«

»Soll das ein Witz sein?«

Jodie schüttelte den Kopf.

»Aber ich kenne ihn doch gar nicht.«

»Das müssen Sie auch nicht.«

»Ich fürchte, ich verstehe Sie nicht ganz.«

Langsam erzählte Jodie ihr die Geschichte, wobei sie hier und da eine Kleinigkeit – wie zum Beispiel, was für ein Arschloch der Bomber war – beiseite ließ. Sie erklärte die Sache mit dem Geburtstagsgeschenk und daß die halbe Mannschaft auf der Suche nach einer nicht ganz jungen, eleganten Frau für ihren Kameraden war. Dann fügte sie hinzu, ihrer Meinung nach entspräche Dr. Jane – in der richtigen Aufmachung vielleicht – genau ihren Vorstellungen.

Dr. Jane wurde so bleich, daß sie aussah wie das kleine Mädchen in dem alten Vampirfilm mit Brad Pitt. »Wollen Sie damit etwa sagen, daß ich mich als Prostituierte ausgeben soll?«

»Als echte Klasse-Frau, denn der Bomber steht nicht auf Nutten.«

Sie erhob sich aus ihrem Sessel und stapfte nervös im Zimmer auf und ab. Jodie meinte, beinahe zu sehen, wie ihr verschrobenes Hirn ähnlich einem Taschenrechner Plus- und Minusknöpfe drückte, bis schließlich in ihren Augen ein leichter Hoffnungsschimmer aufzuflackern begann und sie matt gegen den Kaminsims sank.

»Sein medizinisches Attest ...« Sie stieß einen tiefen, unglücklichen Seufzer aus. »Einen kurzen Augenblick lang habe ich tatsächlich gedacht, daß es vielleicht möglich wäre; aber ich muß unbedingt wissen, wie es um seine Gesundheit steht. Footballspieler lassen sich doch sicher Hormone spritzen oder so? Und was ist mit Geschlechtskrankheiten und Aids?«

»Der Bomber nimmt keine Drogen, und er hat auch nie besonders viel mit Frauen rumgemacht. Genau aus dem Grund haben sich die Jungs schließlich dieses Geschenk zu seinem Geburtstag überlegt. Im letzten Winter hat er sich von seiner alten Freundin getrennt und seitdem scheint er mit keiner Frau mehr zusammengewesen zu sein.«

»Trotzdem müßte ich vorher sein Attest sehen.«

Jodie überlegte, daß Junior oder Willie bestimmt in der Lage wären, die Sekretärin dazu zu überreden, daß sie ihm die Karteikarte des Bombers für ein paar Minuten auslieh. »Dienstag, spätestens Mittwoch habe ich eine Kopie davon.«

»Ich weiß nicht, was ich sagen soll.«

»In zehn Tagen hat er Geburtstag«, bemerkte Jodie. »Die einzige Frage, die sich noch stellt, ist die, ob Sie sich trauen oder nicht.«

2

Worauf hatte sie sich da nur eingelassen? Jane Darlingtons Magen krampfte sich schmerzhaft zusammen, als sie die Damentoilette des Zebra betrat; in dieser Bar hatte sie sich auf Jodie Pulanskis Anweisung hin mit dem Footballspieler verabredet, der sie noch heute abend in Cal Bonners Appartement fahren würde – als dessen »Geburtstagsgeschenk«. Ohne auf die Mädels zu achten, die fröhlich im Vorraum miteinander plauderten, betrat sie schnurstracks die erste Kabine, legte den Riegel vor und lehnte den Kopf an die kühle Metalltrennwand.

War es tatsächlich erst zehnTage her, daß Jodies Auftauchen ihr Leben so vollkommen umgekrempelt hatte? Welcher Teufel veranlaßte sie dazu, dem Plan überhaupt jemals zuzustimmen? Was hatte sie, deren Leben jahrelang in ordentlichen Bahnen verlief, zu solchem Übermut angestiftet? Nun, da es zu spät war, erkannte sie ihren gravierenden Fehler, nämlich, daß sie das zweite Gesetz der Thermodynamik außer acht gelassen hatte: zuviel Ordnung führte unweigerlich zu Unordnung – soviel war völlig klar.

Vielleicht machte sie augenblicklich eine Art Rückentwicklung durch? Als Kind hatte sie sich ständig in irgendwelche Schwierigkeiten gebracht. Ihre Mutter war wenige Monate nach ihrer Geburt gestorben, und ein kalter, distanzierter Vater hatte sie aufgezogen, dessen Beachtung ihr nur dann zuteil geworden war, wenn ihr Benehmen zu wünschen übrig ließ. Seine Haltung und die Tatsache, daß die Schule sie gräßlich langweilte, hatten zu einer endlosen Reihe von Streichen geführt, als deren Höhepunkt sie einem ortsansässigen Maler den Auftrag gab, das Haus ihres Grundschulrektors pink anzustreichen.

Die Erinnerung erfüllte sie noch heute mit einer gewissen Befriedigung. Der Mann war ein sadistischer Kinderhasser gewesen, und er hatte Ärger verdient. Glücklicherweise zwang dieser Vorfall die Schulbehörde zu der Kenntnisnahme, was für ein außergewöhnliches Kind sie war; man fing an, sie schneller durch die Klassen zu jagen, damit ihr keine Zeit mehr für derartigen Unsinn blieb. Sie hatte sich in ihren immer anspruchsvolleren Studien vergraben und gleichzeitig von den anderen Kindern abgeschottet, die sie als Streber bezeichneten. Auch wenn sie manchmal dachte, daß ihr die kleine Rebellin von einst besser gefiel als die ernste, gelehrte Frau, zu der sie geworden war – so betrachtete sie diese Wehmut lediglich als weiteren Preis für die Schuld, anders geboren worden zu sein.

Nun jedoch zeigte es sich, daß das aufrührerische Element in ihr noch existierte. Oder vielleicht meinte es auch das Schicksal bloß gut. Obgleich sie bisher mystischen Zeichen gegenüber, gleich welcher Art, stets taub gewesen war, hielt sie die Entdeckung, daß Cal Bonners Geburtstag genau auf die fruchtbarste Zeit des Monats fiel, doch für bedeutsam. Ehe sie den Mut wieder verlor, hatte sie zum Telephonhörer gegriffen und Jodie Pulanski angerufen, um ihre Teilnahme an dem diesmaligen Streich durchzugeben.

Morgen um diese Zeit könnte sie bereits schwanger sein.

Zwar bestand nur eine vage Chance; doch ihr Monatszyklus war stets ebenso geregelt verlaufen wie der Rest ihres Lebens – und sie sehnte sich unendlich nach einem Kind. Manche Menschen mochten sie eigensüchtig nennen, aber ihre Sehnsucht nach einem Baby kam ihr nicht egoistisch, sondern natürlich vor. Die Menschen sahen in Jane jemanden, den es zu respektieren und zu bewundern galt. Sie wollten ihre Intelligenz; aber niemand schien an dem Teil ihrer Persönlichkeit interessiert zu sein, der für sie mindestens dieselbe Bedeutung besaß. Weder ihr Vater noch Craig hatten je ihre Liebe gewollt.

In letzter Zeit hatte sie sich immer öfter vorgestellt, wie sie – ganz in die Daten auf ihrem Computerbildschirm vertieft, durch die sich vielleicht eines Tages das letzte Geheimnis des Universums lüften ließ – am Schreibtisch ihres Arbeitszimmers saß, bis plötzlich ein Geräusch, das Lachen eines Kindes, das den Raum betrat, ihre Konzentration durchbrach.

Sie würde den Kopf heben und über eine weiche Wange streichen.

»Mama, lassen wir heute meinen Drachen steigen?«

In ihrer Phantasie lachte sie und wandte sich von ihrem Computer ab, gab die Suche nach den Geheimnissen des Universums auf zugunsten der Erforschung des Himmels auf eine lustigere Art und Weise.

Das Rauschen der Toilettenspülung in der Nebenkabine riß sie aus ihrer Träumerei. Ehe sie sich mit irgendwelchen Drachen beschäftigte, müßte sie das hinter sich bringen, was heute abend vor ihr lag. Sie müßte einen Fremden verführen, einen Mann, der auf diesem Gebiet sicher wesentlich erfahrener war als sie mit ihrem komischen Herrn Dr. Elkhart.

Vor ihrem geistigen Auge sah sie Craigs bleichen, dünnen Körper, einschließlich der schwarzen Socken, die er wegen seiner schlechten Durchblutung nie auszog, nackt auftauchen. Außer wenn sie durch ihre Periode oder er durch einen seiner Migräneanfälle verhindert gewesen waren, hatten sie sich allsamstäglich geliebt; aber das ging immer schnell vorbei, und als besonders aufregend hatte sie ihrer beider Zusammensein niemals erlebt. Inzwischen schämte sie sich dafür, daß sie eine derart unbefriedigende Beziehung so lange Zeit aufrechterhalten hatte, und erkannte, daß sie bei Craig nur ihrer Einsamkeit entfliehen wollte.

Mit Männerfreundschaften hatte sie sich niemals leichtgetan. Bereits in der Schule waren ihre Klassenkameraden zu alt für sie gewesen, und dieses Problem hatte sich auch nach dem Abschluß nicht gelöst. Aufgrund ihrer Attraktivität machten eine Reihe von Kollegen ihr den Hof; aber sie waren meistens zwanzig Jahre älter gewesen, so daß es sie immer leicht anwiderte. Die Männer, die ihr gefielen und im Alter zu ihr paßten, waren die Studenten, die sie unterrichtete; doch mit ihnen auszugehen hätte ihren Sinn für Anstand verletzt, so daß sie alle Einladungen ignorierte und schließlich auch gar nicht mehr angesprochen wurde.

Ihre Situation hatte sich erst geändert, als sie beim Preeze-Labor begann. Auf der Suche nach dem höchsten Ziel des Physikers, einer Gesamtheitstheorie, so à la Einstein, mit der sich jeder Teil des Universums beschreiben ließ, hatte sie im Team die Quarks erforscht. Und während eines Seminars an der Unviersität von Chicago lernte sie neben anderen Wissenschaftlern Craig kennen.

Zuerst hattte sie ihn für den Mann ihrer Träume gehalten. Aber obgleich sie über Einsteins Gedankenexperimente diskutieren konnten, ohne sich dabei jemals auch nur ansatzweise zu langweilen, hatten sie doch nie miteinander gelacht, hatten nie die Art von Vertraulichkeiten ausgetauscht, die Janes Meinung nach die Grundlage wahrer Liebe ausmachten. Allmählich hatte sie die Tatsache akzeptiert, daß ihre körperliche Beziehung wenig mehr als praktisch für sie beide war.

Hätte ihre Beziehung zu Craig sie doch wenigstens besser auf die Aufgabe vorbereitet, die nun vor ihr lag. Von Sex-Appeal war bei ihr nun nicht unbedingt die Rede, und sie konnte nur hoffen, daß Mr. Bonner zu diesen Kreaturen gehörte, die den Sexualpartner lediglich zu ihrer Befriedigung benützten. Sie fürchtete, daß er ihr sowieso innerhalb weniger Minuten auf die Schliche kam – aber zumindest hätte sie es versucht, eine minimale Chance gab es, und keine Alternative! Niemals ginge sie das Risiko einer Samenspende und somit eines brillanten Kindes ein, das als ebensolche Übertreibung der Natur ohne Beziehung zu seiner Umwelt einsam aufzuwachsen gezwungen wäre wie sie selbst.

Das Geplapper im Vorraum verhallte, denn offenbar kehrten die jungen Frauen in die Bar zurück. Natürlich konnte sie sich nicht ewig hier verstecken, und sie haßte ihre Feigheit – daher wandte sie sich ebenfalls zum Gehen. Als sie allerdings aus ihrer Kabine glitt, entdeckte sie über dem Waschbecken ihr Spielgelbild, und für den Bruchteil einer Sekunde erkannte sie sich gar nicht.

Jodie hatte darauf bestanden, daß sie ihr Haar offen trug, und sie hatte sogar aufheizbare Lockenwickler herübergebracht, so daß es nun in weicher Fülle auf ihre Schultern fiel. Jane fand den Stil ein wenig unordentlich, doch vielleicht hatte Jodie recht, wenn sie behauptete, daß er in den Augen eines Mannes sexy war. Außerdem ließ sie sich von Jodie schminken, und die junge Dame hatte beim Auftragen der diversen Farben nicht gegeizt. Trotzdem wehrte Jane sich nicht. Der gewöhnlich von ihr verwendete altrosafarbene Lippenstift und der Hauch hellbrauner Wimperntusche reichten für ein Girl, egal wie edel es sich gab, sicher niemals aus.

Schließlich fiel ihr Blick auf die Kleider, die auf Jodies Konto gingen. Während der letzten zehn Tage hatte Jane Jodie Pulanski besser kennengelernt, als ihr wünschenswert erschien. Diese Person war oberflächlich und egozentrisch, sie interessierte sich nur für Kleider, für Flirts mit Footballspielern und ausgelassene Partys. Doch zugleich verfügte sie über eine geradezu erschreckende Gerissenheit, und aus Gründen, die Jane immer noch nicht ganz verstand, war sie entschlossen, diese verruchte Begegnung zwischen ihrer Nachbarin und Cal Bonner zustande zu bringen.

Jane hatte sie von schwarzem Leder und hohen Stiefeln in Richtung eines schmal geschnittenen naturfarbenen Seidenkostüms mit kurzem Rock gelenkt, das so eng an ihrem Körper lag, daß ihre Figur kaum noch Geheimnisse für den Betrachter barg. Die Wickeljacke schloß man auf einer Seite mit einem einzigen Schnappverschluß, und der Ausschnitt ging beinahe bis zur Taille, wobei die Weichheit des Stoffs Janes wenig beeindruckenden Busen vorteilhaft kaschierte. Ein spitzenbesetzter weißer Hüftgürtel, hauchdünne Strümpfe und ein Paar Pumps mit Pfennigabsätzen komplettierten das Outfit. Als Jane von einem Slip gesprochen hatte, rümpfte Jodie abfällig die Nase.

»Solche Girls tragen keine Slips. Die wären bei der Arbeit nur im Weg.«

Janes Magen verkrampfte sich erneut, und die Panik, die sie den ganzen Tag lang mühsam unterdrückt hatte, schnürte ihr die Kehle zu. Was hatte sie sich bei der ganzen Sache bloß gedacht? Die Idee war vollkommen verrückt. Sie mußte wahnsinnig gewesen sein sich einzubilden, daß dieser bizarre Plan auch nur ansatzweise klappen könnte. Es war eine Sache gewesen, sich so etwas auszumalen, aber die Realisierung sah gänzlich anders aus.

In diesem Augenblick platzte Jodie in den Raum. »Wo, zum Teufel, bleiben Sie? Junior wartet schon.«

In Janes Magen lag ein zentnerschwerer Stein. »Ich – ich habe es mir noch mal überlegt.«

»Den Teufel haben Sie. Sie lassen mich jetzt nicht im Stich. Verdammt, ich wußte, daß das passieren würde. Bleiben Sie, wo Sie sind!«

Ehe Jane auch nur protestieren konnte, war Jodie wieder hinausgestürzt. Ihr war heiß und kalt zugleich. Wie hatte sie sich nur in einen derartigen Schlamassel hineinmanövrieren können? Sie war eine respektable Wissenschaftlerin, eine Autorität auf ihrem Gebiet. Das Ganze paßte nicht zu ihr.

Sie eilte zur Tür und hätte sie beinahe gegen den Kopf bekommen, als Jodie mit einer Flasche Bier aus dem Schankraum kam. Sie öffnete ihre linke Hand. »Schlucken Sie die!«

»Was ist das?«

»Was soll das schon sein? Tabletten. Sehen Sie das nicht?«

»Ich habe Ihnen doch gesagt, daß ich weitsichtig bin. Ohne meine Brille sehe ich nichts, was direkt vor mir ist.«

»Schlucken Sie sie. Die werden Sie entspannen.«

»Also, ich weiß nicht …«

»Vertrauen Sie mir. Die Dinger machen Sie gelassener.«

»Aber die Einnahme irgendwelcher unbekannter Medikamente ist doch nicht ratsam.«

»Ja, ja. Wollen Sie ein Kind oder nicht?«

Elend wallte in ihr auf. »Sie wissen, daß es so ist.«

»Dann schlucken Sie endlich das verdammte Zeug.«

Jane schluckte die Pillen und spülte sie mit dem Bier hinunter, wobei sie sich schüttelte, weil der Geschmack von Bier ihr schon immer zuwider war. Trotz ihres Protests zerrte Jodie sie aus dem Waschraum und der kühle Luftzug unter ihrem Rock erinnerte sie daran, daß sie keinen Slip trug. »Ich kann das einfach nicht.«

»Hören Sie! Es ist nichts Besonderes. Die Typen haben

Cal ordentlich abgefüllt. Sobald Sie auftauchen, räumen die anderen das Feld; Sie brauchen keinen Ton zu sagen, sondern einfach dafür sorgen, daß er mit Ihnen eine Nummer schiebt. Ehe Sie sich's versehen, ist auch schon alles vorbei.«

»So einfach wird es sicher nicht.«

»Und ob!«

Jane bemerkte, daß einige der männlichen Gäste sie unverhohlen musterten. Einen Augenblick lang dachte sie, daß möglicherweise irgend etwas nicht in Ordnung war – daß zum Beispiel eine Fahne Toilettenpapier am Absatz eines ihrer Schuhe hing – doch dann wurde ihr klar, daß die Männer sie nicht kritisch, sondern lüstern betrachteten, und abermals rebellierte ihr Magen.

Jodie zerrte sie in Richtung eines dunkelhaarigen, halslosen Monsters, das in einem olivgrünen Trenchcoat an der Theke stand. Der Kerl hatte dichte schwarze Brauen, die zusammengewachsen waren, so daß sie aussahen wie eine riesige, haarige Raupe, die langsam über seine Nase zog.

»Hier ist sie, Junior. Soll niemand behaupten, Jodie Pulanski hielte nicht, was sie verspricht.«

Das Monster unterzog Jane einer eingehenden Musterung, ehe es den Mund zu einem zufriedenen Grinsen verzog. »Nicht übel, Jodie. Ein echtes Klasse-Weib. Hey, wie heißt du, Süße?«

Jane war so nervös, daß sie nicht mehr denken konnte. Warum hatte sie diese Unternehmung nicht besser geplant? Ihr Blick fiel auf eines der Neonschilder, dessen Schriftzug für sie auch ohne Brille zu erkennen war. »Bud.«

»Bud? Wie Knospe?«

»Ja.« Sie hüstelte vor lauter Verlegenheit. Da ihr gesamtes bisheriges Erwachsenendasein der Suche nach Wahrheit gewidmet war, fiel ihr das Lügen alles andere als leicht. »Rose. Rose Bud.«

Jodie rollte ihre Augen himmelwärts.

»Klingt, als wärst du eine Stripperin«, stellte Junior fest.

Jane bedachte ihn mit einem nervösen Seitenblick. »Das ist ein ganz normaler Nachname. Bereits auf der *Mayflower* gab es Buds.«

»Ach, tatsächlich?«

In dem Bemühen, überzeugender zu sein, setzte sie zu weiteren Ausführungen über den Ursprung ihres Namens an; aber sie war so aufgeregt, daß ihre Hirnzellen irgendwie lahmten. »In sämtlichen großen Kriegen haben Buds gekämpft. Sie waren in Lexington, Gettysburg, in der Schlacht um den Bulge. Eine meiner weiblichen Bud-Vorfahren hat beim Bau der ersten U-Bahn mitgewirkt.«

»Na toll! Mein Onkel hat die Eisenbahn von Santa Fe gemanagt.« Er legte den Kopf auf die Seite und bedachte sie mit einem argwöhnischen Blick. »Wie alt bist du überhaupt?«

»Sechsundzwanzig«, mischte sich Jodie ein.

Jane sah sie verwundert an.

»Sie sieht ein bißchen älter aus«, stellte Junior fest.

»Aber sie ist es nicht.«

»Tja, eins muß ich dir lassen, Jodie. Zwischen ihr und Kelly gibt es wirklich nicht die geringste Ähnlichkeit. Vielleicht ist sie genau das, was der Bomber braucht. Ich hoffe nur, daß er sich von ihrem Alter nicht abtörnen läßt.«

Alter! Was für ein verqueres Wertesystem hatte dieser Mann, daß er eine Sechsundzwanzigjährige für alt hielt? Wüßte er, daß sie in Wirklichkeit vierunddreißig war, würde er sie wahrscheinlich zu den Fossilien zählen.

Junior schnürte den Gürtel seines Trenchcoats zu. »Los, Rose, packen wir's. Mein Wagen steht vor der Tür.«

Er wandte sich zum Gehen, doch dann machte er plötzlich halt, daß sie beinahe mit ihm zusammenstieß. »Verdammt, fast hätte ich's vergessen. Willie hat gesagt, daß du das hier anziehen sollst.«

Er griff in seine Manteltasche, und sie erstarrte, als sie sah, was daraus zum Vorschein kam. »O nein! Ich glaube nicht …«

»Tut mir leid, Baby. Das gehört nun mal zum Job.«

Er legte ihr eine fette rosafarbene Schleife um den Hals, und als sie sie vorsichtig betastete, stieg Übelkeit in ihr auf.

»Das Ding gefällt mir nicht.«

»Pech für dich!« Er band die Satinschleife fest. »Schließlich bist du ein Geschenk, Rose Bud. Ein Geburtstagsgeschenk von den Jungs.«

Melvin Thompson, Willie Jarrell und Chris Plummer, drei Mitglieder der Angriffslinie der Stars, hatten zur Feier des Geburtstags ein Wohnzimmer-Golfturnier anberaumt. Nebenbei lief außerdem eine kleine Zweitwette – sich, falls irgend möglich, die Lieblingsobszönität aller Feldspieler zu verkneifen: Wer hatte Lust, mit welcher der aktuellsten Fernsehdonnas einmal zu fi …, will sagen, zu vögeln …?

Während sie ihre Putts auf diverse MacDonald's-Schachteln richteten und sich leckere Orgien mit halbherzig gebremsten Kraftworten ausmalten, schlug der bombige Jubilar auch hier mühelos seine Herausforderer.

Unwillkürlich umspielte Cals Mund ein Grinsen. Himmel, liebte er diese Großmäuler, Woche für Woche rissen sie sich zu seinem Schutz die Ärsche auf. In letzer Zeit hatte er ihnen das Leben schwergemacht, und er wußte, daß keiner von ihnen darüber allzu glücklich war; aber in diesem Jahr hatten die Stars eine Chance auf den Super Bowl, auf das Endspiel zwischen dem Ersten der AFC und dem Ersten der NFL, wobei er den Titel des NFL-Meisters unbedingt wollte.

Ein schlimmeres Jahr hatte er in seinem ganzen Leben nicht durchgemacht. Sein Bruder Gabriel hatte seine Frau Cherry und sein einziges Kind Jamie, zwei Menschen, denen Cal in inniger Liebe verbunden gewesen war, bei einem Autounfall verloren – seitdem begeisterte ihn außer Football rein gar nichts mehr auf dieser Welt.

Er kombinierte sein Händchen auf dem Golfplatz mit seinem Geschick am Billardtisch und schlug den nächsten Putt Richtung Fernsehschrank, so daß der Ball nur wenige Zentimeter neben der KFC-Schachtel niederging.

»He, das ist nicht fair«, protestierte Willie erbost. »Du hast nicht gesagt, daß man über Eck spielen darf.«

»Ich habe aber auch nicht gesagt, daß es verboten ist.«

Melvin blickte auf die Uhr und füllte Cals Glas aus einer Flasche sehr alten, sehr teuren Scotchs nach. Im Gegensatz zu seinen Teamkollegen betrank sich Cal so gut wie nie; aber heute hatte er Geburtstag, er war frustriert und hielt eine Ausnahme für angebracht. Unglücklicherweise besaß er einen unverwüstlichen Magen, so daß es alles andere als einfach war.

Seine Mundwinkel kräuselten sich, da er sich an seinen letzten Geburtstag erinnerte. Kelly, seine damalige Freundin, hatte eine große Überraschungsparty für ihn geplant; aber gemäß ihrem Mangel an organisatorischem Geschick war er vor sämtlichen anderen Gästen erschienen. Vielleicht sollte er Kelly mehr vermissen, als er es tat; aber eigentlich quälte ihn nur die Peinlichkeit, daß sie ihn zugunsten eines dreiundzwanzigjährigen Gitarristen hatte fallenlassen, weil der ihr einen Ehering versprach. Nun, hoffentlich genoß sie ihr Glück. Sie war ein nettes Mädchen, auch wenn er sich mehr als einmal schrecklich über sie geärgert hatte.

Von Natur aus konnte er recht grob daherreden. Er meinte es nicht böse, das Schreien war einfach seine Art der Kommunikation. Aber wann immer er Kelly angebrüllt hatte, begann sie, statt sich zur Wehr zu setzen, jämmerlich zu schluchzen. Auf diese Weise kam er sich wie ein Tyrann vor, so daß er in ihrer Nähe nie vollkommen entspannt, nie ganz er selbst sein konnte.

Dieses Problem begleitete ihn seit jeher. Natürlich zogen ihn immer die netten Mädchen an, denen nicht nur ihr eigenes, sondern auch das Wohlbefinden anderer Menschen am Herzen lag. Doch unglücklicherweise stellten sich diese Exemplare immer als zu weich heraus, mit denen er Schlitten fuhr.

Und die aggressiveren Frauen, die sich vielleicht gegen ihn behauptet hätten, stellten sich früher oder später als geldgierig heraus. Nicht, daß er einem Mädel den Versuch, ihre Schäfchen ins Trockene zu bringen, verübelte; nur sollte sie dann in dem Punkt auch ehrlich sein. Phoebe Calebow, die Eigentümerin des Clubs und seiner Meinung nach die gescheiteste Frau der Welt, wenn sie ihm nicht gerade mal wieder furchtbar auf den Keks ging, schrieb seine Schwierigkeiten mit Frauen dem Umstand zu, daß er sich immer so junge Dinger raussuchte – aber sie verstand ihn einfach nicht! Football war ein Spiel für junge Männer. Und, verdammt noch mal, trotz seiner sechsunddreißig Jahre war er jung! Und weshalb sollte er eine verzweifelte, halb verwelkte Dreißigjährige nehmen, wenn ihm stets eine Reihe schöner, junger, taufrischer Teenager zur Verfügung stand? Er weigerte sich, sich sein eigenes fortschreitendes Alter einzugestehen, vor allem jetzt mit Kevin Tucker im Nacken. Cal hatte sich geschworen, lieber schnurstracks in die Hölle zu fahren, als diesem aufgeblasenen Hurensohn seinen Job zu überlassen.

Er leerte sein Glas und spürte die Anfänge eines leichten Schwindels, der ihm allmählich den ersehnten Zustand ankündigte, in dem er den Tod zweier geliebter Menschen, Kevin Tucker, das Älterwerden und die Tatsache, daß er eigentlich schon ewig keine der willigen, taufrischen Dinger mehr vögeln wollte, mit denen er sich in der Öffentlichkeit sehen ließ, vergaß.

Währenddessen blickte Chris zum dritten Mal innerhalb der letzten fünfzehn Minuten verstohlen auf die Uhr. »He, Chris, hast du noch was vor?«

»Was? Mmpf, nein!« Sein verlegener Blick galt Melvin. »Nee, ich habe mich nur gefragt, wie spät es ist.«

»Drei Minuten später als bei deinem vorigen Blick auf die Uhr.« Cal nahm den Schläger und ging ins Eßzimmer, das zwar mit einem hübschen gekachelten Boden und einem kostbaren Kristallüster versehen, jedoch ohne Möbel war. Wozu sollten die gut sein? Er zog vor, sich möglichst ungebunden zu fühlen, und auf keinen Fall hatte er irgendwelche eleganten Dinnerpartys im Sinn. Wenn er seine Freunde einlud, dann charterte er ein Flugzeug und flog nach Scottsdale, wo es jede Menge Unterhaltung gab.

Außerdem häufte er nur ungern Besitztümer an, da er sich nie lange in einer Wohnung hielt; und ein Umzug ging, je weniger er besaß, um so leichter vonstatten. Er war ein großer Spieler, weil es in seinem Leben keine Ablenkungen gab. Keinen festen Wohnsitz, keine feste Freundin, nichts, das ihm das Gefühl vermitteln würde, alt und verbraucht zu sein.

Es klingelte und Willies Kopf fuhr hoch. »Das müssen die bestellten Pizzas sein.«

Cal sah seine Kollegen belustigt an. Den ganzen Abend über hatten sie äußerst geheimnisvoll getan. Und nun war offensichtlich der Grund für ihr Getue im Anmarsch.

Jane stand in der geräumigen Diele von Cal Bonners luxuriösem Appartement, und mit der fetten, rosafarbenen Schleife um den Hals wirkte sie wie das perfekte, prächtig verpackte, frei Haus gelieferte Geschenk.

Ihr Herz klopfte so schnell, daß es zweifellos sichtbar sein mußte unter dem spärlichen Kostüm. Außerdem fühlte sie sich ein wenig benommen, als stünde sie einen Meter neben sich, was bestimmt an den ihr von Jodie verabreichten Pillen lag.

Junior mit den Raupenbrauen nahm ihren Mantel und stellte sie den drei Männern, die ebenfalls sehr nach Footballspielern aussahen, flüsternd vor. Der Weiße namens Chris litt unter frühzeitigem Haarausfall und besaß den dicksten Hals, der ihr je an einem menschlichen Wesen aufgefallen war. Der Schwarze namens Melvin sah mit seiner Nickelbrille beinahe wie ein Gelehrter aus, was in seltsamem Kontrast zu seinem enormen Körper stand. Willie hatte warme, kaffeebraune Haut, durch die seine riesigen Schwerenöteraugen vorteilhaft zur Geltung kamen.

Nach der gegenseitigen Vorstellung zielte Junior mit seinem Daumen auf das Präsent. »Hat Jodie doch klasse hingekriegt, findet ihr nicht? Ich habe euch gleich gesagt, daß sie uns die Richtige besorgen wird.«

Die Männer unterzogen sie einer eingehenden Musterung, und schließlich nickte Willie. »Ein echtes Klasse-Weib. Aber wie alt ist sie?«

»Fünfundzwanzig«, gab Junior Auskunft und verjüngte sie somit um ein weiteres Jahr.

»Hübsche Beine«, lobte Chris und ging um sie herum. »Und 'n toller Arsch.« Er legte seine Hand auf ihre Pobacke und kniff kurz, aber heftig zu.

Sie wirbelte herum und versetzte ihm einen beachtlichen Fußtritt.

»He!«

Zu spät bemerkte sie, daß ihre Reaktion fehl am Platze war. Eine Frau, deren Geschäft im Verkauf von Sinnlichkeit bestand, reagierte wohl kaum derart vehement, wenn sich jemand ihren Hintern vorknöpfte. Also riß sie sich zusammen und bedachte ihn mit dem herablassenden Blick eines Callgirls aus der Oberklasse. »Gratisproben gibt es bei mir nicht. Wenn Sie Interesse haben, vereinbaren wir einen Termin!«

Statt beleidigt zu sein, brachen die Männer in fröhliches Gelächter aus, und Willie schnalzte anerkennend. »Genau das, was der Bomber braucht.«

»Ich bin sicher, daß er morgen endlich mal wieder gutgelaunt beim Training erscheint«, kicherte Melvin.

»Los, Jungs. Auf geht's!«

Junior schob sie vorwärts, und während sie auf ihren lächerlich hohen Absätzen über die Kacheln stolperte, setzten die Männer zu einem Geburtstagsständchen an. *Happy birthday to you, happy birthday to you …*

Mit trockenem Mund und außer sich vor Panik erreichte sie das Ende der Diele und versank beim nächsten Schritt mit ihren Absätzen in einem dicken, weißen Teppich. Sie drehte den Kopf, entdeckte Cal Bonner und wurde starr vor Schreck. Trotz ihres durch die Pillen leicht vernebelten Blicks erkannte sie, daß der echte Cal Bonner von dem Typen auf dem Bildschirm stark abwich.

Er stand vor einer Fensterfront, hinter der sich nichts befand außer der kalten Novembernacht. Das Fernsehen hatte ihr einen Kraftprotz mit einem tollen Körper und einer schlechten Grammatik gezeigt; aber der Mann, der sie vom anderen Ende des Raumes her einer eingehenden Musterung unterzog, war kein Sportdoofi, sondern ein Krieger, wie er im Buche stand.

Er neigte den Kopf und sah sie reglos an. Sein Blick war eisig und rief erschreckende Vorstellungen in ihr wach.

Graue Augen, so hell, daß sie beinahe silbrig schimmerten. Augen ohne jede Gnade oder Mitgefühl.

Drahtiges braunes Haar, dessenTendenz, sich zu locken, man trotz des radikalen kurzen Schnittes sah.

Ein Mann, der seine Regeln selber aufstellte und niemandem Rechenschaft zu leisten hatte.

Harte Muskeln und sehnige Kraft. Eine Urgewalt.

Ausgeprägte Wangenknochen und ein Kinn, das stählerne Entschlossenheit verriet. Weichheit oder auch nur eine Spur von Gefühlen gab es bei ihm nicht. Dieser Mann war ein Eroberer, von der Natur zum Kampf geschaffen.

Ein Schauder rann ihr über den Rücken. Ohne zu fragen wußte sie, daß er erbarmungslos vorginge gegen einen Feind. Nur, daß sie nicht seine Feindin war. Er würde nie erfahren, weshalb sie bei diesem Spielchen mitmachte. Außerdem beschwerten Krieger so nebensächliche Dinge wie illegitime Kinder grundsätzlich wenig. Babys waren die natürliche Folge von Vergewaltigung und Plünderung, die man, ehe sie überhaupt auf die Welt kamen, bereits wieder vergaß.

Unter dröhnendem männlichen Gelächter schob ein Paar rauher Hände sie in Richtung des Mannes, den sie als Vater ihres Kindes ausersehen hatte.

»Hier ist dein Geburtstagsgeschenk, Cal!«

»Von uns für dich!«

»Alles Gute zum Geburtstag, Kumpel! Wie du siehst, haben wir für dich das Allerbeste ausgesucht!«

Ein letzter Stoß in ihren Rücken, und sie flog an seine muskulöse Brust. Ehe sie fallen konnte, lag sie, eingehüllt in den Geruch von Scotch, in einem starken Arm. Sie versuchte sich loszumachen, was sich, da ihm der Sinn offenbar noch nicht nach einer Trennung stand, als ein Ding der Unmöglichkeit erwies.

Ihre plötzliche Hilflosigkeit ängstigte sei. Er war einen halben Kopf größer als sie, und an seinem geschmeidigen, durchtrainierten Körper fehlte jede Spur von Fett. Sie mußte sich zwingen, Ruhe zu bewahren, denn fraglos würde er sie zerquetschen, nähme er auch nur die geringste Schwäche an ihr wahr.

Vor ihrem inneren Auge blitzte das Bild ihres nackten,

unter ihm eingezwängten Leibes auf, doch sofort schob sie es von sich. Dächte sie an diesen Teil der Nacht, dann verließe sie sicher umgehend das letzte Quentchen Mut, das sie noch besaß.

Seine Hand glitt ihren Arm hinauf. »Tja, nun, ich glaube, so ein Geburtstagsgeschenk hat man mir noch nie gemacht. Ihr Jungs habt mehr Asse im Ärmel als ein Hirsch Zecken.«

Der Klang seiner tiefen, ländlich gedehnten Stimme beruhigte sie. Auch wenn er mit dem Leib eines Kriegers gesegnet war, handelte es sich doch nur um einen Footballspieler und nicht um einen Herausforderer. Ihre eigene intellektuelle Überlegenheit verlieh ihr so viel Selbstvertrauen, daß sie, während er langsam seinen Griff um ihren Arm lockerte, hinauf in seine hellen Augen sah.

»Herzlichen Glückwunsch zum Geburtstag, Mr. Bonner.« Statt wie geplant verführerisch klang ihre Stimme wie die der Professorin, die einen Studenten begrüßte, der verspätet in den Klassenraum schlich.

»Sein Name ist Cal«, sagte Junior. »Eigentlich Calvin, aber ich rate dir, ihn nicht so zu nennen, weil ihn das jedesmal furchtbar auf die Palme bringt. Und den Bomber zu reizen empfehle ich niemandem. Hier haben wir die liebe Rose Bud!«

Er zog fragend eine Braue hoch: »Ihr habt mir eine Stripperin geschenkt?«

»Das habe ich, als ich den Namen hörte, auch zuerst gedacht; aber sie will bloß nett zu dir sein.«

In seinem Gesicht flackerte kurz so etwas wie Verachtung auf. »Tja, nun, ich danke euch sehr für euren Eifer – aber leider muß ich das Geschenk ablehnen.«

»Das kannst du nicht machen Cal«, protestierte Junior. »Wir alle wissen, daß du für Nutten nichts übrig hast, aber Rose ist kein gewöhnliches Girl, von irgendeiner Straßenecke. Teufel, nein! Sie ist echte *Klasse*. Ihre Familie kam bereits auf der *Mayflower* nach Amerika oder so. Erzähl es ihm, Rose.«

Sie war zur Gänze damit beschäftigt, die Tatsache zu verdauen, daß sie – Dr. Jane Darlington, eine respektable Physikerin, die in ihrem ganzen Leben bisher nur ein einziges Verhältnis gehabt hatte – als Nutte bezeichnet wurde. Demzufolge brauchte sie einen Augenblick, ehe sie zu einer möglichst herablassenden Antwort in der Lage war. »Bereits unter Miles Standish hat ein Bud gedient.«

Chris blickte Melvin an. »Den kenne ich. Hat er nicht in den Achtzigern bei den Bears gespielt?«

Melvin lachte schadenfroh. »Verdammt, Chris, hast du während deiner Collegezeit auch nur eine einzige Stunde im Klassenzimmer zugebracht?«

»Für so einen Scheiß hatte ich keine Zeit. Ich mußte schließlich am Ball bleiben. Außerdem geht es darum nicht. Es geht darum, daß der Bomber Geburtstag hat und wir ihm das verflucht beste Geschenk besorgt haben, das sich auftreiben ließ, und daß der lausige Typ es nicht will.«

»Das liegt nur daran, daß sie zu alt ist«, rief Willie aus. »Ich habe euch gleich gesagt, daß wir jemand jüngeren nehmen sollen; alles nur deshalb, damit sie ihn nicht an Kelly erinnerte. Dabei ist sie erst vierundzwanzig, Cal. Ehrenwort!«

Somit hatte man sie kurzerhand um ein weiteres Jahr verjüngt.

»Du darfst sie nicht ablehnen.« Chris trat vor und blitzte den Bomber böse an. »Sie ist dein Geburtstagsgeschenk. Ich bestehe darauf, daß du sie fi – eh – vögelst, jawohl.«

Ihr wurde siedend heiß; aber da sie sich nicht beim Rotwerden erwischen lassen durfte, wandte sie sich ab und tat, als studiere sie das Wohnzimmer. Der dicke weiße Teppich, das graue, ausziehbare Sofa, die Stereoanlage und der große Fernseher waren teuer, aber nicht gerade aufregend. Seltsamerweise bevölkerten den Teppich diverse leere Behältnisse: ein Plastikbecher, eine KFC-Schachtel, ein Müslikarton. Mr. Bonner schien nicht nur dämlich, sondern obendrein unordentlich zu sein; aber da Schlampigkeit nicht vererbbar war, drückte sie ein Auge zu.

Lässig warf er den Golfschläger, den er hielt, von einer Hand in die andere. »Ich habe einen Vorschlag, Jungs. Die Leute tauschen ständig irgendwelche Geschenke um. Wie wär's also mit einer Einladung zum Steakessen anstelle von ihr?«

Das konnte er nicht machen! Niemals fände sie einen perfekteren Vater für ihr Kind.

»Scheiße, Bomber, sie hat, verdammt noch mal, viel mehr gekostet als ein paar Steaks!«

Sie fragte sich, wieviel. Junior hatte ihr das Geld gegeben, aber sie hatte es, ohne hinzuschauen, erst in ihre Tasche und dann unter den Vordersitz ihres Wagens gelegt. Gleich morgen früh spendete sie jeden einzelnen Dollar dem Stipendienfonds des Colleges, an dem sie tätig war.

Er hob sein Glas an den Mund und leerte es in einem Zug. »Ich weiß die Idee durchaus zu schätzen, Jungs, aber irgendwie ist mir heute abend einfach nicht nach einer Käuflichen zumute.«

Plötzlich wallte unbändiger Zorn in ihr auf. Wie konnte er es wagen, so über sie zu sprechen! Ihre Gefühle trogen sie gelegentlich, aber ihr Geist hatte bisher noch immer funktioniert, und in diesem Augenblick schrie er geradezu nach einer Tat! So leicht durfte sie nicht aufgeben. Er war einfach ideal, und irgendwie mußte sie ihn herumkriegen. Zwar hatte sein Körper sie beim ersten Anblick fürchterlich erschreckt, und sie glaubte nicht, daß er ein sonderlich sanfter Liebhaber wäre; aber ein paar Minuten rüde Behandlung brächten sie wohl kaum um – und hatte sie ihn nicht gerade deshalb ausgewählt, weil er in jeder Beziehung ihr Gegenteil war?

»Ach, komm schon, Bomber«, begütigte Willie. »Sie ist wirklich heiß. Allein, wenn ich sie angucke, habe ich schon einen stehen.«

»Dann nimm du sie doch.« Bomber wies mit dem Kopf in Richtung Flur. »Du kennst das Gästezimmer.«

»Ohne mich!«

Sämtliche Köpfe fuhren zu ihr herum.

Sie dachte an seinen ländlichen Akzent und wiederholte sich, daß er nichts weiter als ein einfältiger Footballspieler war. Außerdem verliehen ihr die Pillen ungeahnten Mut. Ihn zu überlisten, durfte doch nicht allzu schwierig sein. »Hier handelt es sich nicht um ein Stück Fleisch, das sich so herumreichen läßt. Ich habe einen Exklusivvertrag, und dieser Vertrag besagt, daß ich meine Kunst nur gegenüber Mr. Bonner ausüben darf.« Da sie nicht wagte, ihn anzusehen, wandte sie sich seinen Freunden zu. »Warum lassen die Gentlemen uns jetzt nicht einfach allein, damit ich diese Angelegenheit mit dem Geburtstagskind unter vier Augen bespreche?«

»Genau, warum hauen wir nicht einfach ab?« pflichtete Melvin ihr bei.»Kommt schon, Jungs.«

Er brauchte sie nicht lange zu überreden, denn kaum hatte er den Mund wieder zugeklappt, eilten sie mit einer Behendigkeit aus dem Raum, die in krassem Gegensatz zu ihren massigen Leibern stand.

In letzter Minute drehte sich Melvin noch einmal zu ihr um. »Wir erwarten eine entsprechende Gegenleistung für unser Geld, Rose. Sieh zu, daß du den Bomber zufriedenstellst. Du gibst ihm alles, was er will, kapiert?«

Sie schluckte, doch dann nickte sie, und einen Augenblick später fiel krachend die Eingangstür ins Schloß und sie blieb mit dem Mann, den sie Bomber nannten, allein zurück.

3

Jane beobachtete, wie der Quarterback der Stars sein Glas aus einer Flasche auf dem Kaffeetisch nachfüllte, an seine Lippen hob und sie mit seinen hellen, durchdringenden Augen musterte, die aussahen, als führe er bei Bedarf allein mit seinem Blick eine erfolgreiche Politik der verbrannten Erde durch.

Hektisch zermarterte sie sich das Hirn nach einem Einstieg, ehe er sie hinauswarf, aber welchen? Sie könnte sich einfach ihrer Kleider entledigen, aber da ihr schmalbrüstiger Körper nicht unbedingt Pinup-Kurven aufwies, wäre dies wahrscheinlich die Garantie dafür, sich schnellstens auf der Straße wiederzufinden. Außerdem war es schwer, Begeisterung dafür aufzubringen, sich vor einem Fremden zu entkleiden, der in einem hell erleuchteten Zimmer vor einer Front gardinenloser Fenster stand. Wenn sie an den intimeren Teil des Unternehmens gedacht hatte, schwebte ihr immer ein stockdunkler Raum vor.

»Also, Rosebud, am besten zischst du gleich wieder ab. Ich schätze, du hast inzwischen kapiert, daß ich auf Nutten nich' abfahre.«

Seine schreckliche Sprache festigte ihre Entschlossenheit. Mit jedem umgangssprachlichen Ausdruck, den er benutzte, sank der IQ ihres ungeborenen Kindes um ein paar weitere Punkte ab.

Sie mußte Zeit gewinnen. »Ich habe es schon immer als wenig ratsam erachtet, wenn man Gruppen von Menschen über einen Kamm schert.«

»Was du nicht sagst!«

»Einen Menschen einzig auf der Grundlage seiner Ethik, seiner Religion oder aber seines Berufes in eine Schublade zu packen, ist unlogisch.«

»Ach ja? Und wie sieht's mit Mördern aus?«

»Bei Mördern handelt es sich streng genommen um keine homogene Gruppe, so daß das kein passendes Beispiel ist.« Sie wußte, daß ihn eine derartige Diskussion wahrscheinlich nicht gerade antörnte; aber sie war eine wesentlich bessere Rednerin als Verführerin und konnte der Versuchung einfach nicht widerstehen, ihm seine Schieflage zu beweisen. »Bei der Gründung Amerikas haben ethnische Vielfalt und Religionsfreiheit eine bedeutende Rolle gespielt; aber im Laufe der Zeit führten blinde Vorurteile zu zahlreichen gesellschaftlichen Mißständen. Finden Sie nicht auch, daß das leider eine Ironie des Schicksals ist?«

»Versuchst du etwa, mir klarzumachen, es wäre meine Pflicht als loyaler Sohn von Onkel Sam, dir zu zeigen, welche Farbe die Decke in meinem Schlafzimmer hat?«

Beinahe hätte sie gelächelt, doch dann sah sie, daß diese Frage offenbar ernst gemeint war. Angesichts einer derart gesegneten Hirnlosigkeit freute sie sich, wie der IQ ihres ungeborenen Kindes ständig weiter sank.

Einen Augenblick lang wog sie moralische Bedenken gegen die geplante Manipulation eines derartigen Holzkopfes gegen ihren Wunsch nach einem normalen Baby ab – doch am Ende gewann die Erkenntnis, daß sie den Leib dieses Kriegers dringend benötigte, die Oberhand. »Ja, ich schätze, das kommt ungefähr hin.«

Er leerte sein Glas. »Also gut, Rosebud. Ohne Zweifel bin ich betrunken genug, dir eine Chance zu geben, bevor ich dich rausschmeiße. Los jetzt, zeig mir, was du zu bieten hast.«

»Wie bitte?«

»Ich will die Ware sehen.«

»Die Ware?«

»Deine schönen Sachen, deine Tricks! Wie lange bist du überhaupt im Geschäft?«

»Ich – tja … wenn ich ehrlich bin, sind Sie mein erster Kunde.«

»Dein erster …?«

»Bitte machen Sie sich deshalb keine Sorgen. Ich habe eine fabelhafte Ausbildung genossen.«

Sein Gesicht spannte sich sichtbar an, und sie erinnerte sich an seine Abneigung gegen Prostituierte, durch die diese Show noch eine besondere Erschwernis erfuhr. Als sie neulich ihre Bedenken aussprach, hatte Jodie sie mit der Erklärung, seine Teamkameraden würden ihn rechtzeitig betrunken genug machen, hinweggefegt. Doch obgleich Jane sehen konnte, wie er ein Glas nach dem anderen durch seine Kehle rinnen ließ, hatte sie nicht unbedingt den Eindruck von Unzurechnungsfähigkeit.

Wieder mußte sie lügen, aber allmählich fiel es ihr – vielleicht aufgrund der Pillen – erstaunlich leicht. Es ging einfach darum, eine neue Realität zu erfinden, diese mit einigen passenden Details anzureichern und ihm, während sie sprach, möglichst die ganze Zeit über in die Augen zu sehen. »Wahrscheinlich gehören Sie noch der alten Schule an, Mr. Bonner, die glaubt, daß die Ausbildung von Frauen in meinem Berufszweig nur auf einem einzigen Weg erfolgt – aber das ist nicht mehr so. Ich zum Beispiel gehe nicht wahllos irgendwelche Geschlechtsbeziehungen ein.«

Sein Glas blieb in der Luft hängen. »Trotzdem bist du zu haben!«

»Das stimmt. Aber ich erwähnte ja bereits, daß Sie mein erster Kunde sind. Bisher war ich nur mit einem einzigen Mann intim. Meinem verstorbenen Ehemann. Ich bin Witwe. Eine sehr *junge* Witwe.«

Es sah nicht so aus, als kaufe er ihr auch nur einen Bruchteil ihrer Geschichte ab, so daß sie sie ein wenig auszuschmücken begann. »Nach dem Tod meines Mannes blieb ich mit furchtbaren Schulden zurück, und ich brauchte einen Job, bei dem man mehr als den Mindestlohn verdient. Unglücklicherweise hatte ich, da ich keinen Beruf gelernt habe, auch keine große Wahl – doch dann fielen mir die zahlreichen Komplimente meines Mannes bezüglich des intimen Aspekts unserer Ehe ein. Bitte denken Sie nicht, ich wäre nicht qualifiziert, nur weil ich bisher eine einzige Beziehung hatte.«

»Vielleicht habe ich irgend etwas von deinen Mitteilungen überhört; aber wie kann jemand, der behauptet, daß er – wie war das? – bisher nur mit einem einzigen Partner intim gewesen ist, besonders qualifiziert sein?«

Damit hatte er ganz sicher recht, also fuhr sie beflissen fort: »Meine Einführung erfolgte über die Lehrvideos, die meine Agentur allen neuen Angestellten zur Verfügung stellt.«

»Du bist per Videos ausgebildet worden?« Er kniff die Augen zusammen, wodurch er sie an einen Jäger erinnerte, der über den Lauf seiner Flinte die Beute aufs Korn nahm. »Interessant.«

Freude wallte in ihr auf, als ihr Kind noch ein paar weitere Punkte auf der Skala des offiziellen Intelligenztests verlor. Sicher hätte nicht einmal ein Computer einen passenderen Partner für sie auswählen können.

»Es sind keine gewöhnlichen Videos. Nichts, was man Minderjährigen vorführen würde. Aber die alten Methoden der Ausbildung vor Ort sind in der heutigen Zeit des sicheren Sex zumindest bei den anspruchsvolleren Agenturen nicht mehr gern gesehen.«

»Agenturen? Meinst du Bordelle oder was?«

Jedesmal, wenn sie eines dieser widerlichen Worte vernahm, versetzte es ihr einen Stich. »Die offiziell anerkannte Bezeichnung heißt ›Vergnügungsagentur‹.« Sie machte eine Pause. Ihr Kopf fühlte sich an, als ob er ihr jeden Augenblick von den Schultern fallen könnte. »Genau wie die korrekte Bezeichnung für Prostituierte Sexualvergnügungsbereiterinnen ist oder einfacher SVB.«

»SVB? Wenn man dich reden hört, könnte man meinen, du hättest ein Wörterbuch verschluckt.«

Es war seltsam, aber sein Akzent verstärkte sich von Minute zu Minute mehr. Sicher lag das am Alkohol. Gott sei Dank war er zu dämlich, um zu bemerken, in was für bizarren Bahnen ihr Gespräch verlief. »Wir sehen Vorführungen, und gelegentlich hält eine Gastrednerin einen Vortrag über ihr jeweiliges Spezialgebiet.«

»Wie zum Beispiel?«

Fieberhaft überlegte sie: »Hm … zum Beispiel Rollenspiel.«

»Was für eine Art von Rollenspiel?«

Ja, was für eine Art? Innerlich sah sie diverse Szenarien, und verzweifelt suchte sie nach einem, in dem es weder um körperliche Schmerzen noch um irgendeine Form von Erniedrigung ging. »Nun, wir haben zum Beispiel etwas, das heißt Aschenbrödel und der edle Prinz.«

»Was bedeutet …«

»… daß Rosen verwendet werden. Man liebt sich auf einem mit Rosen bestreuten Bett.«

»Klingt ein bißchen nach Poesiealbum. Gibt's nicht vielleicht was Deftigeres?«

Weshalb nur hatte sie Rollenspiele überhaupt erwähnt? »Natürlich, aber da Sie, wie gesagt, mein erster Kunde sind, sollten wir vielleicht zunächst bei den Grundlagen bleiben.»

»Missionarsstellung und so?«

Sie rang nach Luft. »Das ist meine Spezialität.« Die Vorstellung schien ihn nicht sonderlich zu erregen, obgleich seine Miene so ausdruckslos war, daß sie ihn nicht ganz durchschaute. »Das, oder – ich denke, vielleicht hätte ich auch ein gewisses Talent als – hm – wenn ich oben säße.«

»Tja, ich glaube, mein Vorurteil gegenüber Nutten schwindet.«

»Sexualvergnügungsbereiterinnen.«

»Was auch immer! Aber die Sache ist die, du kommst mir ein bißchen alt vor.«

Alt! Diese Bemerkung frustrierte sie. Er war sechsunddreißig, aber hatte den Nerv, eine Frau von vierundzwanzig als alt zu bezeichnen! Vielleicht lag es an den Pillen, aber mit einem Mal war es vollkommen egal, daß nicht einmal die vierundzwanzig stimmten. Jetzt ging es ums Prinzip.

Sie setzte eine möglichst beleidigte Miene auf. »Verzeihung, dann habe ich wohl etwas falsch verstanden. Ich hatte angenommen, Sie kämen auch mit einer erwachsenen Frau zurecht.«

Was auch immer er gerade schluckte, rann durch die falsche Röhre, so daß er verzweifelt zu husten begann.

Boshaft wies sie auf das Telephon. »Soll ich vielleicht im Büro anrufen und bitten, daß man eine Kleine schickt? Falls sie mit ihren Hausaufgaben schon fertig ist, kommt sie sicher gern.«

Er unterbrach seinen Hustenanfall gerade lange genug, um sie mit blitzenden Augen anzusehen.»Du bist keine vierundzwanzig. Wir beide wissen, daß du mindestens achtundzwanzig auf dem Buckel hast. Also los, zeig mir, was von den Lehrvideos übers Aufwärmen bei dir hängengeblieben ist. Falls du mein Interesse weckst, überlege ich es mir vielleicht noch mal.«

Mehr als alles andere wollte sie ihm raten, zur Hölle zu fahren; aber sie ließe nicht zu, daß ihre, wenn auch mehr als gerechte, Empörung die Oberhand über ihr oberstes Ziel gewann. Wie machte sie ihn bloß am besten an? Sie hatte keinen Gedanken auf das Vorspiel verschwendet, da sie eigentlich nur die schlichte Vereinigung mittels der männlichen Heldentat kannte, wie es Craig zu absolvieren pflegte.

»An was für Aufwärmübungen haben Sie denn gedacht?«

»Hast du vielleicht eine Peitsche dabei?«

Sie merkte, wie sie errötete. »Nein.«

»Und wie sieht's mit Handschellen aus?«

»Auch schlecht.«

»Tja. Ich schätze, dann ist es egal. Aber schließlich bin ich ein aufgeschlossener Mensch.« Er ließ sich in den breitesten Sessel sinken und winkte ihr müde zu. »Komm schon, Rosebud, fang einfach an. Ich bin sicher, daß mir, was auch immer du zu bieten hast, gefallen wird.«

Vielleicht wäre ja ein verführerischer Tanz das Richtige? Für sich alleine war sie eine recht gute Tänzerin, aber in der Öffentlichkeit stellte sie sich meistens ziemlich unbeholfen an. Sie könnte es ja mit einigen Routineübungen aus ihrem Aerobic-Kurs versuchen, auch wenn sie aufgrund ihrer zeitraubenden Arbeit – und weil sie normalerweise, wenn sie sich bewegen wollte, lieber schnellen Schrittes spazierenging – für gewöhnlich noch vor Kursende aufbrach. »Hätten Sie zufällig Ihre Lieblingsmusik zur Hand?«

»Aber sicher doch!« Er stand auf und trat an die Stereoanlage. »Ich glaube, ich habe sogar noch irgendwelches intellektuelles Zeug. Ich wette, eine SVC wie du findet so was toll.«

»SVB.«

»Habe ich das nicht gesagt?» Er schob eine CD in das Gerät, und als er sich wieder setzte, rauschten durch das Wohnzimmer die lebhaften Klänge von Rimski Korsakows »Hummelflug«. Ein so schnelles Stück entsprach kaum ihren Vorstellungen von sinnlicher Musik, aber schließlich kannte sie sich auf diesem Gebiet nur wenig aus.

Sie ließ ein paarmal ihre Schultern kreisen und versuchte, eine verführerische Miene aufzusetzen, aber angesichts der rasenden Melodien war das alles andere als leicht. Wenigstens trieben die Chemikalien, die durch ihre Adern rannen, ihren Kreislauf an. Sie streckte sich zehnmal nach rechts und dann zehnmal nach links, damit sie nicht die Balance verlor.

Ihr Haar fiel über ihre Wangen, während sie sich redlich mühte, ihre Hüften sündig kreisen zu lassen; aber als sie in seine kalten Augen sah, entdeckte sie nicht das geringste Anzeichen von Begehrlichkeit. Sie überlegte, ob sie vielleicht mit den Fingern ihre Zehen berühren sollte, aber das erschien ihr nicht elegant genug. Außerdem schaffte sie die Übung nicht, ohne dabei ein wenig in die Knie zu gehen. Doch mit einem Mal fiel ihr etwas ein.

Eins. Zwei. Drei. Kick!

Eins. Zwei. Drei. Kick!

Er kreuzte die Beine und lehnte sich gähnend im Sessel zurück.

Nun versuchte sie es mit einem kleinen Hulatanz.

Er sah auf seine Uhr.

Verzagt blieb sie stehen und ließ die Hummel alleine weiterflattern. Es war einfach hoffnungslos.

»Und ich dachte, gleich käme zumindest noch ein wilder Sprung.«

»Ich kann nicht tanzen, wenn man mich dabei beobachtet.«

»Vielleicht hättest du dir die Lehrvideos öfter angucken sollen. Oder ein paar alte Johnny-Travolta-Filme.« Er stand auf, trat vor den CD-Player und drosselte die Lautstärke. »Darf ich ehrlich sein, Rosebud?«

»Ja, bitte.«

»Du machst mich einfach nicht an.« Er griff in die Gesäßtasche seiner Hose und zog seinen Geldbeutel heraus. »Laß mich dir noch etwas dafür geben, daß du deine Zeit geopfert hast.«

Am liebsten hätte sie geweint, auch wenn sie von Natur aus eigentlich keine Heulsuse war. Er warf sie raus, und somit hatte sie die Chance, durch ihn das Kind ihrer Träume zu bekommen, vertan. Aus lauter Verzweiflung bekam ihre Stimme einen verführerisch heiseren Klang. »Bitte, Mr. Bonner. Sie können mich nicht mir nichts, dir nichts wegschicken.«

»Und ob ich das kann.«

»Sie ... dann ist es Ihre Schuld, wenn mir gekündigt wird. Die Stars sind wichtige Kunden meiner Agentur.«

»Wenn wir so verdammt wichtig sind, warum hat man dann jemanden wie dich hierher geschickt? Selbst ein Blinder merkt, daß du keinen Schimmer von diesem Gewerbe hast.«

»Im – im Augenblick findet in der Stadt eine große Tagung statt. Außer mir war leider niemand frei.«

»Dann stellst du also eine Notlösung dar.«

Traurig nickte sie. »Und wenn durchsickert, daß Sie mit meinen Diensten nicht zufrieden waren, werfen sie mich raus. Bitte, Mr. Bonner, ich brauche diesen Job. Sollte ich gefeuert werden, verliere ich auch meine Krankenversicherung.«

»Du hast über deine Agentur eine Krankenversicherung?«

Falls es für Prostituierte keine Versicherungen gab, dann sollte es doch auf jeden Fall so sein. »Selbst Zahnbehandlungen sind darin enthalten, und ich bin für eine Wurzelbehandlung vorgesehen. Könnten wir nicht ... könnten wir nicht wenigstens kurz in Ihr Schlafzimmer gehen?«

»Ich weiß nicht, Rosebud ...«

»Bitte!« In ihrer Not nahm sie seine Hände, zog sie an ihre Brüste und kniff die Augen zu.

»Rosebud?«

»Ja?«

»Was machst du da?«

»Ich lasse Sie meine ... Brüste fühlen.«

»Aha.« Zumindest zog er seine Hände nicht zurück. »Wurde vielleicht in einem der Lehrvideos gezeigt, daß man vorher die Kleider ablegen sollte?«

»Die Jacke ist sehr dünn, so daß man auch so alles fühlen kann. Und wie Ihnen sicher aufgefallen ist, habe ich darunter nichts weiter an.«

Die Hitze seiner Handflächen brannte sich durch die feine Seide in die Haut auf ihrer Brust, und sie wagte nicht, sich vorzustellen, wie es sich anfühlen würde, wäre da nicht der Stoff dazwischen. »Sie dürfen Ihre Hände ruhig bewegen, wenn Sie wollen.«

»Ich weiß das Angebot zu schätzen, aber – hast du vielleicht die Absicht, irgendwann in nächster Zeit die Augen mal wieder aufzumachen?«

Sie hatte ganz vergessen, daß sie mit zusammengepreßten Lidern vor ihm stand, doch nun klappte sie sie eilig wieder auf.

Übrigens ein fataler Fehler! Er war so nahe, daß sie den Kopf in den Nacken legen mußte, um ihm ins Gesicht zu sehen. So dicht vor ihr nahm sie seine Züge nur verschwommen wahr, aber nicht verschwommen genug, um nicht die Härte seines Mundes deutlich zu erkennen. Neben dem Kinn und am Haaransatz wies er zwei kleine Narben auf, doch alles in allem war er ein Mann aus Stahl. Nirgends auf der Welt gäbe es einen Spielplatztyrannen, der den Mut aufbrächte, das Kind dieses Mannes zu nötigen.

Das ist meine Schaukel, Arschgesicht! Geh runter, sonst gibt es was aufs Maul.

Janie, die Brillenschlange ... Janie, die Brillenschlange ...

»Bitte. Könnten wir nicht wenigstens ganz kurz Ihr Schlafzimmer aufsuchen?«

Sie entspannte sich, und langsam ließ er von ihren Brüsten ab. »Du willst es wirklich unbedingt, was, Rosebud?«

Sie nickte, doch als er sie ansah, war sein Blick so unergründlich wie zuvor.

»Ich werde dafür bezahlt«, erinnerte sie ihn.

»Das stimmt. Ist ja dein Job ...« Während er zu überlegen schien, wartete sie geduldig ab. Ein langsamer Denker wie er brauchte sicher für den simpelsten Gedanken eine Menge Zeit.

»Warum kehrst du nicht einfach zu deiner Agentur zurück und behauptest, die schmutzige Tat wäre vollbracht?«

»Ich bin eine schlechte Lügnerin. Wenn ich lüge, sieht man mir das immer sofort an.«

»Dann scheint uns wohl nichts anderes übrigzubleiben, oder?«

Langsam wallte Hoffnung in ihr auf. »Ich fürchte, nein.«

»Also gut, Rosebud. Du hast gewonnen, die Party ist eröffnet.« Er schob seinen Zeigefinger unter das pinkfarbene Band. »Bist du sicher, daß du keine Handschellen mitgebracht hast?«

»Ganz sicher.« Sie schluckte so heftig, daß ihre Kehle an seinen Finger stieß.

»Dann bringen wir's wohl am besten hinter uns.«

Wie an einem Hundehalsband zog er sie an der Schleife hinterher, und ohne loszulassen überquerte er mit ihr die Diele und stapfte entschlossenen Schrittes die mit einem dicken Teppich ausgelegte Treppe in den ersten Stock hinauf. Als sie einander berührten, versuchte sie, ihm auszuweichen, doch er hielt sie unerbittlich fest, und sie blinzelte furchtsam. Natürlich war es reine Einbildung, aber plötzlich kam er ihr noch größer und breiter vor. Ihr Blick wanderte von seiner Brust zu den Lenden, und mit einem Mal riß sie die Augen auf. Wenn sie sich nicht irrte, war er doch nicht so gelassen, wie er sich gab. Unter seiner engen Jeans nahm sie eine Wölbung wahr.

»Hier herein, Rosebud.«

Sie stolperte, als er sie durch die Tür des Schlafzimmers zerrte – denn immer noch war sie in die Überlegung vertieft, weshalb er sich von einer derart erbärmlichen Verführerin erregen ließ. Aber schließlich war sie eine Frau und er besaß die Mentalität eines Höhlenmenschen, war obendrein betrunken und hatte offenbar erkannt, daß jede Frau besser als keine war. Vermutlich mußte sie noch dankbar sein, daß sie von ihm an der Schleife und nicht an ihren Haaren in seinen Unterschlupf geschleift wurde.

Er betätigte einen Schalter und über einem riesigen, mit dünnen Decken versehenen Bett glühten gedimmte, in die Decke eingelassene Lämpchen auf. Die der Tür gegenüberliegende Wand bestand aus einer Reihe von Fenstern, vor denen ein halbes Dutzend Rollos heruntergelassen war. Außer dem Bett gab es in dem Raum noch eine Kommode, einen bequemen Stuhl, zwei Nachttische und sonst nichts.

Er ließ die Schleife los, wandte sich ab und machte sich an der Tür zu schaffen.

Als sie das Geräusch des einschnappenden Schlosses vernahm, rang sie entsetzt nach Luft. »Was tun Sie da?«

»Ein paar von meinen Kumpels haben Schlüssel zu meiner Wohnung. Ich schätze, daß du auf Gesellschaft nicht allzu versessen bist. Wenn ich mich natürlich irre …«

»Um Himmels willen, Sie irren sich nicht.«

»Bist du sicher? Ein paar SVBs sind auf Gruppen spezialisiert.«

»SVBs. Du meinst die Stufe drei. Ich gehöre erst zur Stufe eins. Könnten wir wohl bitte das Licht ausmachen?«

»Und wie soll ich dich dann sehen?«

»Durch die Ritzen der Rollos fällt genügend Mondlicht in den Raum. Ich bin sicher, daß das zum Sehen ausreicht.

Und außerdem ist es geheimnisvoller, wenn man nicht alles so genau sieht.«

Ohne auf seine Erlaubnis zu warten, flitzte sie los und schaltete die Beleuchtung aus. Sofort war der Raum in breite, durch die Ritzen der Rollos fallende Streifen silbrigen Mondlichts getaucht.

Er trat ans Bett, wandte ihr den Rücken zu, und sie schaute zu, wie er sich mit einem Ruck seines Polohemds entledigte. Als er es zur Seite warf, spannten sich seine Schultermuskeln an. »Du kannst deine Kleider auf den Stuhl da legen.«

Ihre Knie zitterten, als sie auf den bezeichneten Stuhl zuging. Nun, im Augenblick der Wahrheit, lähmte sie die Furcht beinahe. Es war eine Sache gewesen, sich diese Begegnung bloß vorzustellen; aber jetzt, mit einem vollkommen Fremden tatsächlich ins Bett zu gehen …

»Vielleicht würden Sie ja gerne erst noch ein bißchen reden? Damit man sich besser kennenlernt.«

»Hier oben habe ich keine Lust mehr zu reden.«

»Ich verstehe.«

Er zog seine Schuhe aus. »Rosebud?«

»Ja?«

»Laß die Schleife an.«

Verzweifelt klammerte sie sich an der Rückenlehne des Stuhles fest.

Er wandte sich ihr zu und schnipste den Knopf seiner Jeans auf. Streifen von Mondlicht fielen auf seine nackte Brust und Hüften, und seine Erregung zeigte sich so deutlich, daß es ihr unmöglich war, woanders hinzuschauen. Hatte das etwa sie bewirkt?

Dann allerdings nahm er ihr die Sicht, indem er sich auf die Bettkante setzte, um sich die Socken auszuziehen. Es kamen gerade und schmale Füße zum Vorschein, wesentlich länger als die von Craig. Bisher war alles an ihm größer als an Craig. Sie atmete tief durch und glitt entschlossen aus ihren Pumps.

Mit nichts als seiner aufgeknöpften Hose bekleidet, machte er es sich auf dem Bett bequem. Sie streckte die Hand nach dem seitlichen Schnappverschluß ihrer Jacke aus, indessen er die Arme hinter dem Kopf kreuzte und sie reglos anblickte.

Als ihre Finger den Verschluß berührten, bekam sie vor lauter Panik eine Gänsehaut, ehe sie sich eine prüde Närrin schalt. Was machte es schon für einen Unterschied, wenn sie unbekleidet vor ihm stand? Schließlich sah sie unter ihrer Garderobe nicht ungewöhnlich aus, und sie brauchte ihn unbedingt. Nun, da sie sich einmal entschlossen hatte, konnte sie sich einfach keinen anderen mehr vorstellen als Samenspender für ihr Schätzchen.

Aber ihre Hand war aus Blei. Sie bemerkte, daß der Reißverschluß seiner Hose heruntergerutscht und ein schmaler Pfeil dunkler Haare sichtbar geworden war, der seinen flachen Bauch zu teilen schien.

Los! schrie ihr Hirn sie an. *Zeig dich ihm!* Aber ihre Finger blieben starr.

Immer noch schweigend wartete er ab. Sein Blick drückte nicht die geringste Wärme aus. Keine Sanftheit. Nichts zu ihrer Beruhigung!

Während sie versuchte, die Lähmung abzuschütteln, erinnerte sie sich daran, daß Craig kein Freund langer Vorspiele gewesen war. Er hatte ihr erklärt, daß es Männern einzig um das Ergebnis ging. Also wüßte auch Cal es wahrscheinlich zu schätzen, wenn sie ihn einfach machen ließ. Langsam ging sie hinüber zum Bett.

»Ich habe ein paar Gummis in der obersten Schublade der Kommode im Bad, Rosebud. Hol sie mir bitte.«

Obgleich diese Forderung alles noch schwieriger machte, freute sie sich über diesen Beweis seines Überlebensinstinkts. Er mochte nicht gerade ein Kirchenlicht sein, aber clever war er doch. Eine Eigenschaft, die ein Kind gut gebrauchen konnte.

»Nicht nötig«, sagte sie leise. »Ich bin vorbereitet.«

Sie schob ihr Bein ein wenig vor und zupfte mit der linken Hand an ihrem Rock, bis die helle Seide über ihren Schenkel glitt. Dann griff sie unter den Stoff, und als sie das unter dem Strumpfrand verborgene Kondom zwischen den Fingern hielt, wurden ihr mit einem Mal die moralischen Aspekte ihres Tuns bewußt. Sie hatte den Gegenstand bewußt manipuliert, was eindeutig unter die Rubrik List und Tücke fiel.

Durch das Studium der Teilchenphysik wurden die Menschen Gott entweder entfremdet oder ihm näher gebracht. In ihrem Fall war letzteres geschehen, und dennoch verriet sie heute nacht all ihre bisherigen Werte. Zugleich allerdings zwang sie sich, ihr Vorhaben von der rationalen Seite her zu rechtfertigen. Er hegte keinen Wunsch nach dem, was sie wollte, und sie täte ihm nicht im geringsten weh, indem sie sich seiner bediente. Er war lediglich ein Mittel zum Zweck. Das Ganze bliebe für ihn völlig folgenlos.

Trotz aller Skrupel öffnete sie das Päckchen und überreichte ihm das Kondom. Obgleich es im Zimmer sehr dämmrig war, sollte er doch keinesfalls bemerken, daß die Packung schon einmal geöffnet war.

»Hallo, das nenne ich effizient!«

»Äußerst effizient.« Nach einem erneuten tapferen Atemzug schob sie ihren Rock gerade weit genug nach oben, daß sie sich auf den Rand der Matratze knien konnte, ehe sie sich rittlings auf seine Schenkel schob, fest entschlossen, die Sache so rasch wie möglich zu erledigen.

Das Kondom zwischen den Fingern sah er zu ihr auf. Immer noch auf den Knien nahm sie all ihren Mut zusammen und fuhr mit der Hand in Richtung des offenen Bundes seiner Jeans. Ihre Fingerspitzen berührten die straffe Haut seines Bauchs, und als nächstes fand sie sich flach auf dem Rücken wieder.

Sie schrie entgeistert auf und starrte ihn mit großen Augen an. Sein Gewicht drückte sie auf die Matratze, und seine Hände lagen auf ihren Schultern, so daß sie sich nicht zu rühren vermochte. »W-was machen Sie da?«

Sein Mund war ein harter, dünner Strich. »Das Spiel ist aus, meine Liebe. Wer, zum Teufel, bist du?«

Sie rang nach Luft. Ob es nun an seinem Gewicht oder an ihrer Panik lag, jedenfalls hatte sie das Gefühl, gleich zu ersticken. »Ich-ich weiß nicht, was Sie meinen.«

»Die Wahrheit meine ich, und zwar jetzt. Wer bist du?«

Offenbar hatte sie seine Cleverneß deutlich unterschätzt; doch dies war wohl kaum der richtige Zeitpunkt für eine weitere gewundene Erklärung. Ihre einzige Chance in dieser Situation bestand darin, daß sie eine möglichst einfache Begründung für ihr Verhalten fand. Sie dachte an Jodie Pulanski und zwang sich, ihm direkt ins Gesicht zu sehen.

»Ich bin ein großer Fan.«

Er sah sie angewidert an. »Das habe ich mir gedacht. Ein gelangweiltes feines Flittchen, das sich einen Spaß daraus macht, für möglichst viele Footballspieler die Beine zu spreizen.«

Flittchen! Er dachte allen Ernstes, daß sie ein *Flittchen* war! Diese Erkenntnis kam so überraschend, daß sie einen Augenblick um ihre Fassung rang. »Nicht für alle Footballspieler«, sagte sie eilig, »nur für Sie.«

Inständig hoffte sie, daß er sich nicht bei ihr nach der Nummer seines Trikots erkundigte, denn ihre Nachforschungen bezüglich seiner Person hatten sich auf sein Gesundheitsattest beschränkt: ein niedriger Cholesterinwert, hervorragende Augen, keine chronischen Krankheiten in der Familie, nur ein paar orthopädische Verletzungen, was für sie vollkommen belanglos war.

»Echt, ich sollte dich auf der Stelle rausschmeißen.«

Trotz seiner Worte rührte er sich nicht, und als sie ihn an ihrem Schenkel spürte, wußte sie, warum. »Aber das werden Sie nicht tun.«

Einen Augenblick lang sah er sie reglos an, doch dann richtete er sich langsam auf, wobei er das Gewicht seiner Hände von ihren Schultern nahm. »Du hast recht. Ich bin betrunken genug, um zu vergessen, daß Groupies mich schon seit Jahren nicht mehr interessieren.«

Er rutschte an den Bettrand und zog sich auch noch die Hose aus. Im Licht des Mondes sah sein Körper elementar und äußerst männlich aus. Als er das manipulierte Kondom über seine Latte schob, wandte sie sich eilig ab. Doch zumindest hatte sie bald ihr Ziel erreicht.

Ihr Mund wurde trocken, als er sich zu ihr umdrehte und nach dem Schnappverschluß ihrer Jacke griff. Sie zuckte zusammen und wich dann instinktiv zurück.

Seine Zähne knirschten, und ein Geräusch ähnlich einem Knurren wurde laut. »Entscheide dich, Rosebud, und zwar schnell.«

»Ich möchte … ich möchte meine Kleider anbehalten.« Ehe er etwas sagen konnte, hatte sie sein Handgelenk gepackt und seine Hand unter ihren Rock geführt. Dann ließ sie seine Finger los, denn führe er nun nicht selbständig fort, wäre es sowieso vorbei.

Eine Sorge, die allerdings unbegründet war.

»Du steckst wirklich voller Überraschungen, Rosebud.« Er strich über ihren Strumpf und glitt dann höher, bis er an die Stelle kam, an der der spitzenbesetzte Gürtel saß. Nun wußte er endgültig, wie wenig sie unter dem Rock und der Jacke trug.

»Offenbar verlierst du nicht gern unnötig Zeit.«

Ihre Kehle war wie zugeschnürt. »Ich will dich. Jetzt.«

Sie zwang sich, die Beine zu spreizen, aber die Muskeln in ihren Schenkeln waren so fest, daß sie sie kaum auseinander bekam. Er streichelte sie sanft, als wäre sie eine Katze, die ihm mit gesträubten Nackenhaaren fauchend gegenüberstand.

»Entspann dich, Rosebud. Für jemanden, der sich so unbedingt vögeln lassen will, bist du verdammt hölzern.«

»I-ich bin einfach z-zu aufgeregt.« *Bitte gib mir mein Baby. Gib mir einfach mein Baby und laß mich gehen!*

Seine Finger streichelten das weiche Haar zwischen ihren Schenkeln, und am liebsten wäre sie gestorben vor Verlegenheit. Sie zuckte zusammen, als seine Berührung noch intimer wurde, doch dann stieß sie einen, wie sie hoffte, leidenschaftlichen Seufzer aus. Sie mußte loslassen. Wie sollte sie je empfangen, wenn sie so steif wie ein Bügelbrett war?

»Tue ich dir weh?«

»Nein. Natürlich nicht. Ich war noch nie in meinem Leben so erregt.«

Mit einem ungläubigen Schnauben schob er ihr den Rock bis zur Hüfte, wo sie ihm abermals in die Quere kam.

»Bitte nicht.«

»Allmählich fühle ich mich wie ein Siebzehnjähriger, der irgendwo in der Gasse hinter Delafield's Drugstore zu Potte zu kommen versucht.« Seine Stimme klang heiser, diese Vorstellung konnte ihm also nicht unbedingt zuwider sein.

Wie war es wohl, überlegte sie, wenn ein fröhlicher Teenager mit dem Footballhelden der Stadt hinter dem Drugstore im Auto fummelte? Sie selbst studierte mit sechzehn bereits am College. Bestenfalls hatten ihre männlichen Klassenkameraden sie wie eine kleine Schwester geduldet, schlimmstenfalls gaben sie böse Kommentare ab über »diese minderjährige Hexe, die die Statistik stört.«

Er fuhr mit dem Mund über ihre Jacke. Sie spürte die feuchte Hitze seines Atems auf ihrer Brust und wäre beinahe vom Bett gesprungen, als er mit den Lippen ihren Nippel fand.

Ebenso unerwartet wie überwältigend wallte Verlangen in ihr auf. Durch den dünnen Seidenstoff nahm sie das Kreisen seiner Zungenspitze wahr, und Wogen wohliger Hitze durchfluteten ihren Körper.

Vezweifelt kämpfte sie gegen das, was da passierte, an. Wenn sie zuließ, daß sie auch nur für den Bruchteil einer Sekunde Freude an seinen Liebkosungen empfand, wäre sie nicht besser als die Prostituierte, in deren Rolle sie hier hereingeschlüpft war.

Aber Craig hatte ihre Brüste immer ignoriert, und die Gefühle waren allzu süß.

»Oh, bitte … bitte nicht.« Verzweifelt zerrte sie an ihm herum.

»Dich zufriedenzustellen ist alles andere als leicht, Rosebud.«

»Tu's einfach. Tu es einfach, ja?«

Seine Stimme verriet eine gewisse Verärgerung. »Ganz wie es der gnädigen Frau beliebt.«

Seine Finger öffneten sie, und dann leistete sie ungewollten Widerstand, als er sich in sie schob. Sie preßte den Kopf in das Kissen und unterdrückte nur mit Mühe einen Schmerzensschrei.

Fluchend zog er sich aus ihr zurück.

»Nein!« Sie umklammerte seine Hüften und vergrub ihre Fingernägel in seinem muskulösen Po. »Nein, bitte nicht!«

Er sah sie unbewegt an. »Dann schling die Beine um mich.«

Sie befolgte den Befehl.

»Fester, verdammt!«

Mit aller Kraft umfing sie ihn und kniff die Augen zu, als er sich abermals langsam in ihr zu bewegen begann.

Die Dehnung ihres Unterleibs schmerzte, aber sie hatte erwartet, daß die Größe dieses brutalen Kriegers schmerzhaft war. Nicht jedoch hatte sie erwartet, wie schnell der Schmerz einer wohligen, ja beinahe kuscheligen Wärme wich. Seine Bewegungen glichen langsamen Stößen eines in Seide gehüllten Schwerts aus Stahl, dessen Berührung sie begehrlich erschauern ließ.

Der dünne Stoff ihres Kostüms war von seinem Schweiß durchtränkt. Er schob seine Hände unter sie und zog ihre Hüften an sich. Gleichzeitig richtete er seinen eigenen Körper so weit auf, daß ihr jede Bewegung seines Schwanzes wie ein Stromschlag vorkam. Trotz aller vehementen Abwehr packte sie echte Leidenschaft. Weshalb nur hatte Craig sie nicht wenigstens ein einziges Mal in dieser Form geliebt?

Die Tatsache, daß sie beim Sex mit einem Fremden glückselige Erregung fand, erfüllte sie mit Scham, und so richtete sie ihre Gedanken auf die Quarks, die ihren Lebensinhalt bildeten. Aber ihr Hirn weigerte sich, an irgendwelche subatomaren Partikel zu denken, und es wurde höchste Zeit für die Ernüchterung. Einen Orgasmus heute abend würde sie sich nie verzeihen, also starrte sie den Krieger unerschrocken an:

»Brauchen Sie etwa die ganze Nacht?«

Reglos und drohend lag er über ihr. »Was hast du gesagt?«

Sie rang nach Luft, doch krächzend wiederholte sie: »Ich habe gefragt, ob es noch lange dauern wird. Sie sollen doch so ein toller Lover sein. Warum dauert es dann eine Ewigkeit?«

»Eine Ewigkeit?« Er zog sich weit genug aus ihr zurück, daß sie seine böse Miene sah. »Weißt du was, meine Gute?

Du bist vollkommen verrückt.« Und dann stieß er noch tiefer als zuvor in sie hinein.

Mühsam verkniff sie sich einen Schrei, während er sich wieder und wieder bis an die Grenze in sie schob.

Sie umklammerte ihn mit Schenkeln und Armen, und nahm seine wütenden Stöße grimmig entschlossen in sich auf. Einfach bis zum Ende durchhalten und nichts empfinden, hieß die Devise.

Aber ihr Körper lehnte sich gegen die Kasteiung auf. Die unerträglich wohligen Stöße raubten ihr die Sinne. Schaudernd rang sie nach Luft.

Und dann wurde mit einem Male er starr. Jeder Teil seines Körpers war zum Zerspringen angespannt, und sie spürte den Moment, in dem er sich in ihrem Innersten ergoß.

Mit geballten Fäusten ignorierte sie ihre eigene Freude. *Schwimmt! Schwimmt, ihr Samenzellen eines Kriegers! Schwimmt, all ihr süßen, kleinen, hirnlosen Samenzellen, schwimmt!* Mit einem Gefühl der Zärtlichkeit ob des Geschenks, das er ihr hatte zuteil werden lassen, wandte sie sich seiner feuchten Schulter zu und gab ihm einen sanften Kuß.

Woraufhin er mit seinem ganzen Gewicht auf sie fiel.

Immer noch schlang sie die Beine um seine Hüften, da sie ihn noch nicht gehen lassen wollte, obgleich er im Rückzug begriffen war. Nur ein bißchen noch! Bitte, geh jetzt nicht fort!

Doch seine Stärke siegte über ihre Willenskraft. Er wich zurück, setzte sich auf die Bettkante, stützte die Ellbogen auf die Knie und starrte keuchend in die Luft. Die Schleife an ihrem Hals hatte sich gelöst und glitt nun lautlos auf das Laken.

Streifen silbrigen Mondlichts fielen auf seinen Rücken, und sie dachte, daß sie nie einem einsameren Mann begegnet war. Am liebsten hätte sie ihn gestreichelt, aber eine derart vertrauliche Geste gestand sie sich nicht zu. Die Erkenntnis der Falschheit ihre Tuns traf sie wie ein Hieb. Sie hatte gelogen und einen anderen Menschen schamlos ausgenützt.

Er machte sich auf den Weg ins Badezimmer. »Wenn ich zurückkomme, will ich, daß du verschwunden bist.«

4

Während Cal unter der Dusche neben der Umkleidekabine stand, merkte er, daß er an Rosebud dachte – statt an das mörderische Training, das er soeben absolviert hatte, oder an die Tatsache, daß seine Schulter schmerzte, sein Knöchel pochte und nichts an ihm mehr so problemlos heilte wie früher. Es war nicht das erste Mal, daß er seit seinem Geburtstag vor zwei Wochen an sie dachte, auch wenn er sich nicht erklären konnte, weshalb sie ihn vom ersten Anblick an fasziniert hatte. Er wußte nur, daß er sie wollte, seit sie mit der fetten, rosa Schleife um den Hals in sein Wohnzimmer getreten war.

Ihre Anziehungskraft verwirrte ihn, denn eigentlich verkörperte sie nicht seinen Typ. Obgleich sie mit ihrem blonden Haar und den leuchtenden grünen Augen attraktiv war, reichte sie doch bei weitem nicht an die wunderschönen Mädchen heran, mit denen er sonst auszugehen pflegte. Ihre Haut gefiel ihm, soviel gestand er ihr durchaus zu: wie französisches Vanilleeis; aber sie war zu groß, zu flachbrüstig und, verdammt noch mal, steinalt.

Er senkte den Kopf und ließ sich das Wasser in den Nacken rinnen. Vielleicht hatte ihn ja ihre Widersprüchlichkeit gereizt: die Intelligenz in ihren grünen Augen hatte einfach nicht zu der blödsinnigen Geschichte, die sie ihm auftischte, gepaßt, und auch ihre eigenartig herablassende Art ihm gegenüber stand in auffallendem Kontrast zu ihrem unbeholfenen Verführungsversuch.

Bereits nach wenigen Minuten hatte er den Eindruck gehabt, daß sie ein Groupie der sogenannten besseren Gesellschaft war, das sich einbildete, in der Rolle des Callgirls läge ein billiger Reiz. Der Gedanke, daß ihn eine solche Person anzog, hatte ihn erschreckt, weshalb er sie zunächst hinauswerfen wollte. Aber als sie hartnäckig dablieb, hatte er nicht insistiert. Statt über ihre Lügen erbost zu sein, hatte ihn der verzweifelte Ernst, mit dem sie ihm ein Märchen nach dem anderen präsentierte, amüsiert.

Aber vor allem gingen ihm die Ereignisse anschließend in seinem Schlafzimmer nicht aus dem Schädel. Irgend etwas war nicht schlüssig. Weshalb hatte sie sich geweigert, ihre Kleider abzulegen? Selbst mitten im Getümmel hatte sie nicht zugelassen, daß er auch nur ihre Jacke öffnete. Es war eigenartig gewesen und so verdammt erotisch, daß er es einfach nicht los wurde.

Bei der Erinnerung daran, daß sie sich nicht von ihm hatte befriedigen lassen, runzelte er verwirrt die Stirn. Dieser Aspekt der Sache störte ihn. Er hatte schon immer eine recht gute Menschenkenntnis besessen, und obgleich er sie rasch durchschaute, hatte er angenommen, daß sie im Grunde harmlos war. Jetzt allerdings zweifelte er an seiner Vermutung. Es kam ihm so vor, als hätte sie mit ihrem Besuch bei ihm irgendeinen heimlichen Plan verfolgt, aber er konnte sich nicht vorstellen, worum es ihr ging, außer daß sie seinen Namen abhaken wollte, ehe sie sich auf die Suche nach der nächsten Berühmtheit machte.

Gerade als Cal sich die Haare wusch, brüllte Junior: »He, Bomber, Bobby Tom ist am Telephon. Er will mit dir reden.«

Cal schlang sich ein Handtuch um die Hüften und eilte

an den Apparat. Wäre es sonst jemand aus der Footballwelt gewesen, hätte er ausrichten lassen, er riefe irgendwann zurück. Aber bei Bobby Tom Denton lagen die Dinge anders. Sie hatten erst während der letzten Jahre von B.T.s Karriere zusammen gespielt, aber das war egal. Wenn B.T. seinen rechten Arm verlangen würde, gäbe er ihn mit Freuden hin. So sehr respektierte er den ehemaligen Kollegen, der seiner Meinung nach der beste Außenstürmer in der Geschichte des amerikanischen Profi-Football war.

Cal lächelte, als der vertraute, texanische Singsang durch den Hörer drang. »He, Cal, kommst du im Mai runter nach Telarosa zu meinem Wohltätigkeits-Golfturnier? Betrachte diesen Anruf als höchstpersönliche Einladung. Es gibt ein riesiges Barbecue und mehr schöne Frauen, als selbst du bewältigen kannst. Mit Gracie in der Nähe überlasse ich sie wohl besser alle dir. Weißt du, meine teure Gattin führt ein ziemlich strenges Regiment.«

Da Cal wegen diverser Verletzungen an B.T.s letzten Turnieren nicht hatte teilnehmen können, war er Gracie Denton bisher persönlich noch nicht begegnet; aber er kannte Bobby Tom dahingehend, daß er sich von keiner Frau auf der Welt an der kurzen Leine halten ließ.

»Ich verspreche dir, mein möglichstes zu versuchen, B.T.«

»Gracie wird sich riesig freuen, wenn du endlich mal zu uns kommst. Wußtest du, daß sie kurz vor Wendys Geburt noch zur Bürgermeisterin von Telarosa gewählt worden ist?«

»Jawohl – hat sich rumgesprochen!«

Bobby Tom erzählte weiter von seiner Frau und seinem Baby, und Cal hörte geduldig zu, da er wußte, wie wichtig B.T. die Familie als Ersatz für sein Footballstardasein war. Bobby Tom beschwerte sich nie darüber, daß eine schwere Knieverletzung die Beendigung seiner Karriere erzwang – aber natürlich litt er sicher noch schweinemäßig. Football war B.T.s Leben gewesen, ebenso wie es Cals Leben ausmachte, und das Leben seines ehemaligen Kumpels ohne die Spiele mußte definitiv so leer wie ein Stadion am Dienstagabend sein.

Aber Cal zollte dem einstigen Außenstürmer wie gesagt großen Respekt, weil er nicht in irgendwelchem Gejammere über die Ungerechtigkeit des Lebens versackte – und zugleich schwor er, sich persönlich durch nichts und niemanden zum Aufgeben zwingen zu lassen, solange er nicht bereit dazu wäre. Football bedeutete sein Leben, und nichts würde je etwas daran ändern – weder Verletzungen noch sonst irgendwas.

Er beendete das Gespräch und schlenderte zurück in den Umkleideraum. Während er sich anzog, wanderten seine Gedanken von Bobby Tom Denton unwillkürlich zu seiner Geburtstagsnacht zurück. Wer war sie, verdammt noch mal? Und weshalb nistete sie sich so penetrant in seinem Gedächtnis ein?

»Sie haben mich den ganzen Weg hierher kommen lassen, nur um mich nach meinen Fahrtkosten zu der Konferenz in Denver zu befragen?« Normalerweise behielt Jane, wenn es um ihre Arbeit ging, immer einen kühlen Kopf; aber nun, da sie dem Mann, der ihre täglichen Aktivitäten im Preeze-Labor regelte, gegenüberstand, hätte sie am liebsten laut geschrien.

Dr. Jerry Miles blickte von den Papieren auf seinem Schreibtisch auf. »Sie sehen derartige Details sicher als nebensächlich an, Jane, aber als Direktor dieser Laboratorien versichere ich Ihnen, daß sie durchaus von Bedeutung sind.«

Er fuhr sich mit der Hand durch das schlaffe, zu lange, graumelierte Haar, als ermatte ihn dieses Gespräch. Die Geste wirkte ebenso künstlich wie sein gesamtes Äußeres. Heute bestand Jerrys Uniform aus einem ausgebeulten gelben Polyester-Rollkragenpullover, einer abgetragenen blauen Jacke mit einem von Schuppen übersäten Kragen und rostfarbenen Kordhosen, die glücklicherweise der Schreibtisch verdeckte.

Im allgemeinen beurteilte Jane die Menschen nicht nach ihrem Äußeren – meistens war sie viel zu beschäftigt, um überhaupt zu bemerken, was jemand trug –, aber sie hegte den Verdacht, daß Jerry seine Ungepflegtheit bewußt kultivierte. Schließlich mußte er dem Image des exzentrischen Physikers entsprechen, einem Klischee, das bereits seit mindestens zehn Jahren ausgestorben war – aber das wohl Jerrys Meinung nach die Tatsache kaschierte, daß die explosionsartig anwachsenden Erkenntnisse der modernen Physik seine Kapazitäten überstiegen.

Sequenztheorien waren ein einziges Rätsel für ihn, Supersymmetrie verwirrte ihn und, anders als Jane, kam er mit den komplexen neuen Mathematiken nicht mehr zurecht wie sie die Wissenschaftler praktisch täglich entwickelten. Doch trotz seiner Defizite hatte man Jerry vor zwei Jahren zum Direktor von Preeze ernannt, was er sicher einem Manöver der älteren und konservativeren Mitglieder des wissenschaftlichen Establishments verdankte, die selbstverständlich von ihrer eigenen Kragenweite ausgingen. Seither führte Jane bei ihrer Arbeit für Preeze einen verzweifelten Kampf gegen die Bürokratie. Im Vergleich hierzu war ihr Arbeitsverhältnis am Newberry College geradezu ein Kinderspiel.

»In Zukunft«, setzte Jerry ihr auseinander, »brauchen wir genauere Dokumentationen von Ihnen, damit derartige Ausgaben überhaupt noch vertretbar sind. Zum Beispiel die Taxifahrt vom Flughafen in die Stadt. Dafür haben Sie ein kleines Vermögen bezahlt.«

Sie fand es irre, daß ein Mann in seiner Positon nichts

Wichtigeres zu tun haben sollte, als sie wegen Peanuts zur Rede zu stellen. »Der Flughafen von Denver liegt ein gutes Stück außerhalb der Stadt.«

»Dann hätten Sie den Hotelbus nehmen können.«

Nur mit Mühe hielt sie sich zurück. Jerry war nicht nur als Wissenschaftler eine Niete, sondern obendrein noch ein Sexist. Die Abrechnungen ihrer männlichen Kollegen sah er sich nie genauer an. Aber natürlich hatte auch keiner von ihnen Jerry je derart bloßgestellt wie sie.

Als Jane Anfang Zwanzig und noch voller idealistischem Eifer gewesen war, hatte sie ein Papier veröffentlicht, in dem sie eine von Jerrys Lieblingstheorien – eine äußerst schlampige Arbeit, die jedoch in der Fachwelt seinerzeit große Anerkennung fand – gründlich widerlegte. Sein Ruf in der wissenschaftlichen Gemeinde hatte durch diese Begebenheit großen Schaden genommen, und das verzieh er ihr niemals.

Nun zog der die Brauen zusammen und griff ihre Arbeit an, was, da er kaum etwas davon verstand, sicherlich nicht einfach für ihn war. Während er seine Dogmen verkündete, verstärkte sich ihre Depression die sie seit ihrem fehlgeschlagenen Versuch, schwanger zu werden, im Griff hielt. Hätte ihr Vorhaben vor zwei Monaten Erfolg gehabt, trüge sie doch wenigstens ein Kind unter dem Herzen, und dann sähe sicher alles weniger trübe aus.

Als leidenschaftliche Wahrheitssucherin gestand sie sich das moralisch Verwerfliche jener Unternehmung durchaus ein; aber irgend etwas, vielleicht die Tatsache, daß es keinen besseren Kandidaten als Vater für ihr Baby gab, kam ihr seltsamerweise vollkommen legitim vor. Cal Bonner war ein Krieger, ein Mann voller Aggressionen und überquellender Kraft, lauter Eigenschaften, mit denen sie nicht gesegnet war. Aber darüber hinaus gab es noch etwas, das sie sich nicht erklären konnte, aufgrund dessen er jedoch der einzig richtige Samenspender für sie war. Eine innere, weibliche Stimme, alt und weise, sagte ihr, was sich rein logisch nicht erklären ließ, nämlich, daß einzig und allein Cal Bonner der Erzeuger ihres Kindes sein konnte.

Leider verriet ihr diese innere Stimme nicht, woher sie den Mut nehmen sollte, einen zweiten Versuch zu wagen. Inzwischen war Weihnachten vorbei, aber so heftig sie sich auch nach einem dicken Bauch sehnte, konnte sie sich beim besten Willen nicht vorstellen, wie sich ein neuerliches intimes Zusammensein mit ihm arrangieren ließ.

Der Anblick von Jerry Miles, der die Lippen zu einem Die-Katze-hat-den-Kanarienvogel-gefressen-Grinsen verzog, zwang ihre Gedanken in die Gegenwart zurück. »... versucht, es Ihnen zu ersparen, Jane; aber angesichts der Schwierigkeiten, die wir in den letzten Jahren hatten, blieb mir keine andere Wahl. Von jetzt an verlange ich, daß Sie mir am letzten Tag jeden Monats einen Bericht vorlegen, der mich über jeden Aspekt ihrer Arbeit auf dem laufenden hält.«

»Einen Bericht? Ich verstehe nicht.«

Während er das, was er von ihr verlangte, genauer erläuterte, starrte sie ihn entgeistert an. Außer von ihr wurde von niemandem so etwas verlangt. Ein ganzer Berg unnützen Papierkrams türmte sich da vor ihr auf, und allein das Ansinnen stand in krassem Gegensatz zum Preezeschen Ideal, der Minimierung von Bürokratie.

»Den werde ich nicht liefern. Das ist einfach ungerecht.«

Er setzte eine mitleidige Miene auf. »Ich bin sicher, daß sich der Verwaltungsrat über Ihre Weigerung nicht gerade freuen wird, auch im Hinblick auf die neue Abstimmung über Ihre Mitgliedschaft an unserem Institut in diesem Jahr.«

Sie war so außer sich, daß sie kaum noch sprechen konnte. »Ich leiste hervorragende Arbeit, Jerry.«

»Dann sollte es Ihnen nichts ausmachen, mir einen Monatsbericht vorzulegen, damit ich Ihren Enthusiasmus teilen kann.«

»Von niemandem sonst werden derartige Berichte verlangt.«

»Sie sind noch ziemlich jung, Jane, und noch nicht so etabliert wie die anderen.«

Außerdem war sie eine Frau und er ein sexistischer Idiot. Nur aufgrund jahrelanger Selbstdisziplin und da sie sich selbst stärker weh täte als ihm, sprach sie diesen Satz nicht laut aus. Statt dessen erhob sie sich und verließ den Herren ohne ein weiteres Wort.

Kochend fuhr sie mit dem Fahrstuhl in die untere Etage, und immer noch in Rage marschierte sie durch das Foyer. Wie lange hielte sie diese Form der Behandlung eigentlich noch aus? Wieder einmal bedauerte sie zutiefst, daß ihre Freundin Caroline im Ausland weilte, denn sie hätte dringend ein verständnisvolles Ohr gebraucht.

Das Grau des Januarnachmittags hatte die häßliche Dauerwirkung, wie sie dem nördlichen Illinois um diese Jahreszeit eigen war. Sie erschauerte, als sie ihren Saturn bestieg und zur Grundschule von Aurora fuhr, wo sie einen naturwissenschaftlichen Kurs für die dritte Klasse gab.

Einige ihrer Kollegen spotteten über diese ehrenamtliche Tätigkeit. Sie sagten, wenn eine bekannte Physikerin Grundschulkinder, und dann noch sozial benachteiligte, unterrichtete, könne auch Itzhak Perlman Anfängern Violinunterricht angedeihen lassen. Aber das Niveau der naturwissenschaftlichen Lektionen an den Grundschulen erschreckte sie, und so leistete sie ihren bescheidenen Beitrag zu einer möglichen Verbesserung.

»Dr. Darling! Dr. Darling!«

Sie lächelte über die Art, wie die Drittklässler ihren Namen abwandelten. Bereits bei ihrem ersten Besuch vor zwei Jahren hatten sie sie Darling, also *Liebling*, statt Darlington genannt, und da sie sich nicht die Mühe gemacht hatte, sie zu korrigieren, haftete ihr diese Kurzform noch heute an. Als sie nun die Grüße der Kleinen erwiderte und in ihre eifrigen und zugleich pfiffigen Gesichter sah, versetzte ihr der Anblick einen Stich. Ach, gehörte doch nur einer davon ihr selbst!

Mit einemMale machte sich Abscheu in ihr breit. Wollte sie etwa für den Rest ihres Lebens in Selbstmitleid baden, weil sie kein Kind hatte, ohne auch nur das Geringste dagegen zu unternehmen? Mit ihrer Halbherzigkeit konnte sie ja gar nicht schwanger werden. Schließlich war dazu wenigstens eine Spur eigenen Rückgrats erforderlich!

Während sie unter Verwendung einer Kerze und eines leeren Weizenmehlkartons mit ihrem ersten Experiment begann, faßte sie einen herzhaften Entschluß. Von Anfang an hatte sie gewußt, daß die Chance zu empfangen bei einem einzigen Versuch nicht gut stand, also war es an der Zeit für einen weiteren Versuch – und zwar an diesem Wochenende, wenn sie sich in ihrer fruchtbarsten Phase befand.

Da sie inzwischen die Sportseite der Zeitung mit großem Eifer las, wußte sie, die Stars flögen an diesem Wochenende zum Viertelfinale der AFC-Meisterschaft nach Indianapolis. Jodie hatte ihr erklärt, daß Cal am Ende der Saison zu seiner Familie nach North Carolina fuhr – und damit für sie unerreichbar würde, schöbe sie die Begegnung allzu lange vor sich her.

Genau in diesem Augenblick meldete sich ihr Gewissen abermals, jedoch ihre Entschlossenheit überwog den leisen Flüsterton in ihrem Inneren. Am Samstag flöge sie trotz aller Zweifel ebenfalls nach Indianapolis. Vielleicht erzielte der legendäre Quarterback ja einen Touchdown ganz allein für sie?

Es hatte den ganzen Tag geregnet in Indianapolis, wodurch sich der morgendliche Flug der Stars von Chicago aus verzögerte und der gesamte Terminplan durcheinandergeriet. Als Cal am Samstagabend die Hotelbar verließ und in den Fahrstuhl stieg, zeigte die Uhr beinahe Mitternacht, eine Stunde später, als dem Team am Abend vor einem Spiel auszugehen gestattet war. Er ging an Kevin Tucker vorbei, doch keiner der beiden nickte auch nur. Während einer Pressekonferenz am Nachmittag war bereits alles gesagt worden. Beide haßten sie die gegenseitige Arschkriecherei, zu der man in der Öffentlichkeit gezwungen war, aber sie gehörte nun mal zu ihrem Job.

Bei jeder Pressekonferenz war Cal verpflichtet, den Reportern in die Augen zu sehen, Kevin wegen seines Talents in den Himmel zu heben, zu erklären, wie froh er über seine Unterstützung war und zu betonen, sie beide wollten absolut das Beste für das Team. Anschließend fing Kevin stets damit an, wie sehr er Cal respektiere und welch ein Privileg es bereits war, Reservemann der Stars zu sein – alles ein fürchterlicher Quatsch! Die Reporter wußten es. Die Fans wußten es. Cal und Kevin wußten es, aber trotzdem machte jeder bei dieser Farce mit.

Als Cal in seinem Zimmer war, legte er eine Videokassette des letzten Spiels der Colts in den vom Hotel zur Verfügung gestellten Recorder ein, zog seine Schuhe aus und machte es sich bequem. Statt auf Kevin Tucker konzentrierte er sich lieber auf die Abwehr der Colts. Diese Stelle schaute er sich vorsichtshalber mehrmals an.

Ohne den Blick vom Bildschirm zu nehmen, wickelte er das auf dem Kopfkissen liegende Stückchen Schokolade aus und schob es sich in den Mund. Wenn er sich nicht täuschte, hatte ihr Rückraumspieler die schlechte Angewohnheit, einen Blitzangriff anzukündigen, indem er zweimal angestrengt in Richtung Seitenlinie sah. Cal lächelte und speicherte die Information für das Spiel des nächsten Tages ab.

Abermals in ihrem Seidenkostüm stand Jane vor Cal Bonners Hotelzimmertür und atmete tief durch. Wenn es heute abend nicht klappte, müßte sie lernen, mit ihrem Selbstmitleid zu leben, denn zu einem dritten Anlauf könnte sie sich bestimmt nicht aufraffen.

Hoppla, sie hatte vergessen, ihre Brille abzunehmen, so daß sie sie nun eilig in ihre Tasche schob, ehe sie den goldenen Träger auf ihrer Schulter zurechtrückte. Mit ein paar von Jodies Entspannungspillen wäre die Sache sicher einfacher für sie, aber heute abend müßte es leider ohne sie gehen. Schließlich nahm sie all ihren Mut zusammen, hob die Hand und klopfte. Die Tür flog auf und vor sich sah sie eine nackte Brust. Blondes Haar und helle Augen.

»Ich – tut mir leid! Offenbar habe ich mich in der Tür geirrt.«

»Das kommt drauf an, wen Sie suchen, meine Liebe.«

Er war jung, vielleicht vier- oder fünfundzwanzig, und über alle Maßen arrogant. »Ich suche Mr. Bonner.«

»Da haben Sie aber wirklich Glück gehabt, denn bei mir sind Sie wesentlich besser aufgehoben. Ich bin Kevin Tucker.«

Jetzt erkannte sie ihn von den Spielen, die sie im Fernsehen verfolgt hatte, obwohl er erheblich jünger wirkte ohne seinen Helm. »Man sagte mir, Mr. Bonner wohnt in fünfhundertzweiundvierzig.« Wie hatte sie nur darauf vertrauen können, daß Jodie stets die richtigen Auskünfte bekam?

»Da hat man Sie offenbar falsch informiert.« Da er ein wenig schmollte, nahm sie an, er empfand es als Beleidigung, nicht sofort erkannt zu werden.

»Wissen Sie zufällig seine Zimmernummer?«

»Allerdings. Aber was wollen Sie überhaupt von dem alten Mann?«

Ja, was wollte sie von ihm? »Es handelt sich um eine Privatangelegenheit.«

»Da gehe ich jede Wette ein.«

Sein lüsterner Ton irritierte sie. Dieser Knabe hatte es offensichtlich nötig, daß man ihn in seine Schranken wies. »Rein zufällig hat er mich als Therapeutin engagiert.«

Tucker brach in wieherndes Gelächter aus. »Nennt man das heutzutage so? Ich hoffe nur, daß Sie ihm bei all seinen Problemen mit dem Älterwerden eine Hilfe sind.«

»Ich behandele die Gespräche, die ich mit meinen Klienten führe, stets vertraulich. Vielleicht könnten sie mir einfach sein Zimmer verraten?«

»... und sogar noch viel mehr! Ich bringe Sie persönlich hin.«

In seinen Augen blitzten Gerissenheit und Schläue auf; daher wäre dieser Vertreter trotz seines guten Aussehens und seiner strahlenden Gesundheit aufgrund seiner Intelligenz kein geeigneter Kandidat für ihre Zwecke. »Das ist nicht nötig, vielen Dank.«

»Doch, ich begleite Sie auf jeden Fall. Warten Sie. Ich hole nur schnell meine Schlüssel.«

Das tat er, aber er machte sich nicht die Mühe, ein Hemd oder auch nur Schuhe anzuziehen, so daß er barfuß neben ihr den Korridor hinuntertrottete. Sie bogen um eine Ecke und gingen einen weiteren Korridor entlang, ehe er schließlich vor dem Raum fünfhunderteins stehenblieb.

Es war bereits schwierig genug, Cal gegenüberzutreten, auch ohne weitere Anwesende; also gab sie ihm eilig die Hand und sagte: »Vielen Dank, Mr. Tucker. Ich weiß Ihre Hilfsbereitschaft zu schätzen.«

»Kein Problem.« Statt sich diskret zurückzuziehen, klopfte er zweimal nachdrücklich an die Tür.

»Von jetzt an komme ich wohl allein zurecht. Nochmals vielen Dank!«

»Gern geschehen.« Immer noch rührte er sich nicht vom Fleck.

Die Tür wurde aufgerissen, und Jane stockte der Atem, als sie in der Tat Cal Bonner gegenüberstand. Neben dem jungen dynamischen Kevin Tucker wirkte er kampfesmüder, doch zugleich noch prächtiger als in ihrer Erinnerung: es war, als hätte ein unreifer Lancelot sie zu einem gereiften Ritter Arthus geführt. Die unerhört kraftvolle Erscheinung dieses Bonner war ihr ganz entfallen, und beinahe hätte sie einen instinktiven Schritt zurück getätigt.

Tuckers Stimme hatte einen bewußt spöttischen Klang: »Sieh nur, wen ich gefunden habe, Calvin. Deine persönliche Therapeutin.«

»Meine was?«

»Versehentlich bekam ich Mr. Tuckers Zimmernummer mitgeteilt«, warf sie hastig ein. »Aber freundlicherweise hat er sich mir als Eskorte zur Verfügung gesetellt.«

Tucker lächelte sie an. »Hat Ihnen schon mal jemand gesagt, daß Sie komisch reden? Wie jemand, der im Fernsehen irgendwelche Tierfilme kommentiert.«

»Oder wie irgendeine gottverdammte Alleswisserin«, murmelte Cal, während er sie mit kühlen Blicken maß. »Was machen Sie hier?«

Tucker kreuzte die Arme vor der Brust und lehnte sich gemütlich gegen den Türrahmen, um zu verfolgen, welchen weiteren Verlauf diese Begegnung nahm. Jane hatte keine Ahnung, was zwischen diesen beiden Athleten los war, aber entschieden trafen hier keine Freunde aufeinander.

»Sie möchte dir bei deinen Problemen mit dem Älterwerden beistehen, Calvin.«

Um Cals Mundwinkel zuckte es. »Hast du keine Trainingsfilme mehr zum Anschauen, Tucker?«

»Nee. Ich weiß inzwischen mindestens soviel wie der liebe Gott über die Abwehr der Colts.«

»Tatsächlich?« Er sah ihn mit seinen erfahrenen Kriegeraugen an. »Dann hast du sicher auch bereits bemerkt, wie ihr Rückraumspieler jeden bevorstehenden Blitzangriff signalisiert.«

Tucker wurde starr.

»Tja, habe ich mir's doch gedacht. Sieh zu, daß du deine Hausaufgaben endlich auf die Reihe kriegst, Kleiner. Dein toller goldner Arm ist keinen Penny wert, solang du nicht die Verteidigungstaktik der anderen durchschaust.«

Jane war sich nicht ganz sicher, wovon die beiden sprachen, aber sie begriff, daß Cal Kelvin in seine Schranken verwiesen hatte.

Tucker stieß sich vom Türrahmen ab und blinzelte Jane angestrengt fröhlich zu. »Bleiben Sie bloß nicht zu lange. Alte Knacker wie Calvin brauchen ihren Schönheitsschlaf. Aber kommen Sie ruhig noch bei mir vorbei, wenn Sie mit ihm fertig sind. Ich bin sicher, daß er Sie nicht allzu müde machen wird.«

Auch wenn die Frechheit des jungen Mannes sie belustigte, müßte sie ihm doch ein wenig den Kopf zurechtsetzen. »Brauchen Sie seelischen Beistand, Mr. Tucker?«

»Mehr als Sie sich vorstellen können.«

»Dann bete ich für Sie.«

Lachend spazierte der jugendliche Geck den Korridor hinauf. Angesichts seiner respektlosen Unbekümmertheit umspielte ein versonnenes Lächeln ihren Mund.

»Warum gehst du, wenn du ihn so verdammt witzig findest, nicht einfach mit ihm, Rosebud?«

Sie sah ihn fragend an. »Waren Sie genauso großspurig als junger Mann?«

»Ich wünschte, es würden nicht ständig alle so reden, als stünde ich bereits mit einem Fuß im Grab!«

Zwei Frauen kamen um die Ecke und erkannten ihn, so daß er Jane eilig am Arm nahm und ins Zimmer zog. »Schnell, rein mit dir!«

Er schloß die Tür, und sie sah sich zunächst einmal in seinem Zimmer um. Die Kissen waren am Kopfende des riesigen Bettes aufgetürmt, und das Laken bildete einen Klumpen. Im Fernseher flackerte lautlos ein Footballspiel.

»Was machst du hier in Indianapolis?«

Sie schluckte hart. »Die Antwort auf diese Frage erübrigt sich wohl.« Mit einer Verwegenheit, die sie sich selbst niemals zugetraut hätte, legte sie die Hand auf den Lichtschalter neben der Tür, so daß der Raum, abgesehen von dem flackernden Licht auf dem Bildschirm, schlagartig im Dunkeln lag.

»Du hältst immer noch nichts davon, Zeit zu verlieren, was, Rosebud?«

Sofort sank ihr der Mut. Dieses zweite Mal würde sicher noch schwieriger als die erste Begegnung. Sie warf ihre Tasche auf den Boden. »Na ja, wozu sollte das auch gut sein. Schließlich wissen wir beide, wo es hier langgeht.«

Mit pochendem Herzen schob sie ihre Finger in seinen Hosenbund und zog ihn zu sich. Als seine Hüfte an ihrer Taille lag, spürte sie sein bereits hartes Glied, und auf der Stelle erwachte jede Zelle in ihrem Körper zu neuem Leben.

Ihr, die gegenüber dem anderen Geschlecht immer äußerst schüchtern gewesen war, verlieh die Rolle der Femme fatale eine ungeahnte Macht. Sie vergrub ihre Finger in seinem Po und schmiegte sich eng an seine Brust. Dann fuhr sie mit den Händen seine Hüften entlang, schob sich noch dichter an ihn heran und rieb sich verführerisch an seinem Unterleib.

Aber ihr Machtgefühl hielt nicht vor. Unsanft schob er sie an die Wand und umfaßte hart ihr Kinn. »Gibt es einen Mr. Rosebud?«

»Nein.«

Sein Griff verstärkte sich. »Erzählen Sie mir keine Märchen, Lady. Ich will die Wahrheit wissen, und zwar ohne Pipapo.«

Sie sah ihn reglos an. Wenigstens in diesem Punkt konnte sie ehrlich sein. »Ich bin nicht verheiratet. Das schwöre ich.«

Er schien ihr zu glauben, denn langsam lockerte er seinen Griff um ihr Kinn. Ehe er sie jedoch weiter befragen konnte, ergriff sie die Initiative und öffnete seinen Hosenknopf.

Während sie mit dem Reißverschluß kämpfte, spürte sie seine Hände auf dem Oberteil ihres Kostüms. Als er den Schnappverschluß erreichte, öffnete sie den Mund.

»Nein!« Sie grabschte nach der auseinanderfallenden Seide und zerriß in ihrer Eile, ihre Blöße wieder zu bedecken, einen Teil des Saums.

Sofort machte er einen Schritt zurück. »Raus.«

Sie hielt die Jacke zusammen und starrte ihn erschrocken an. Er funkelte vor Zorn, und das hatte sie sich selbst zuzuschreiben; aber nur durch Wahrung des größtmöglichen Anstands konnte sie dafür sorgen, daß die Anrüchigkeit ihres Zusammenseins das Maß des gerade noch Erträglichen bewahrte.

Sei zwang sich zu lächeln. »So ist es aufregender. Bitte mach jetzt nicht alles kaputt.«

»Du gibst mir das Gefühl, dich zu vergewaltigen, und das gefällt mir nicht. Schließlich bist du diejenige, die es auf mich abgesehen hat.«

»Das ist eben Teil meiner Phantasie. Ich bin extra den ganzen Weg nach Indianapolis gekommen, damit mein Leib von einem echten Mann geplündert wird. Obwohl ich noch ganz bekleidet bin.«

»Geplündert, aha!«

Sie zog die Jacke fester um ihre nackte Brust. »Wie gesagt, obwohl ich noch alles anhabe.«

Er dachte eine Weile nach, und sie wünschte sich, Gedankenleserin zu sein.

»Hast du es jemals an der Wand getrieben?« fragte er.

Es war das letzte, was sie wollte, doch die Vorstellung erregte sie. Hier ging es jedoch ausschließlich um Fortpflanzung und nicht um Lust. Außerdem gelang auf diese Weise eine Schwangerschaft vielleicht noch weniger. »Das Bett wäre mir lieber.«

»Genaugenommen trifft die Person, die plündert, letztendlich die Entscheidung, meinst du nicht?«

Im Handumdrehen drückte er sie an die Wand und schob ihren Rock weit genug nach oben, um die Rückseite ihrer Schenkel zu umfassen, ehe er ihre Beine spreizte, sie hochhob und in die Nacktheit dazwischen trat.

Die Härte seines Körpers hätte sie ängstigen sollen, aber sie schlang die Arme um seine Schultern und klammerte sich wie eine Ertrinkende daran fest.

»Leg die Beine um mich.« Seine Stimme war ein heiserer Befehl, und instinktiv gehorchte sie.

Sie merkte, daß er seine Hose öffnete, und machte sich darauf gefaßt, daß er rücksichtslos in sie drang, doch das tat er nicht. Statt dessen fuhr er sanft mit einer Fingerspitze über ihre Haut.

Sie vergrub ihr Gesicht an seinem Hals und biß sich in die Unterlippe, denn sonst hätte sie lauthals aufgestöhnt. Aber statt sich hinzugeben, beschäftigte sie sich mit ihrer Verlegenheit darüber, derart intim mit einem Fremden zusammenzusein. Nun hatte sie sich selbst zur Hure gemacht. Mehr bedeutete sie ihm nicht. Er betrachtete sie als Schlampe, die sich für wenige Augenblicke des sexuellen Vergnügens benutzen und dann problemlos entsorgen ließ. Nur indem sie sich diese Erniedrigung vor Augen hielt, empfand sie bei seiner Berührung keine Lust.

Sein Finger kreiste um die Krönung ihrer Weiblichkeit.

Sie erschauerte und konzentrierte sich ganz auf die Überdehnung ihrer gespreizten Schenkel, auf das unangenehme Ziehen ihrer Muskeln, auf alles, was sie seine sinnliche Zärtlichkeit vergessen ließ. Doch es gelang ihr einfach nicht. Die Gefühle, die er in ihr weckte, waren berauschend, so daß sie ihre Fingernägel in seinem Fleisch vergrub und sich noch fester an ihn preßte.

»Jetzt plündere mich endlich, verdammt noch mal!«

Er fluchte, und seine Stimme war so wild, daß sie zusammenfuhr. »Was zum Teufel ist bloß los mit dir?«

»Tu es einfach! Jetzt!«

Mit einem leisen Knurren umfing er ihre Hüften. »Zur Hölle mit dir!«

Abermals biß sie sich auf die Lippe, als er sich gewaltsam in sie schob, doch dann umklammerte sie ihn mit aller Kraft, damit sie ihn nicht verlor. Alles, was sie zu tun hatte, war dafür zu sorgen, daß er sich ihr nicht vorzeitig wieder entzog.

Die Hitze seines Leibes brannte sich durch sein Hemd in ihre Brüste. Die Wand quetschte ihren Rücken und er hatte ihre Beine so weit gespreizt, daß sich jeder Muskel wehrte. Von Lust gab es weit und breit keine Spur mehr. Sie wollte nur noch, daß er zum Ende kam.

Er drängte sich so tief in sie, daß sie zusammenfuhr. Hätte sie ihm auch nur eine Andeutung gegeben, hätte er sie sanft geliebt; aber das konnte sie nicht zulassen. Sie war fest entschlossen, kein Vergnügen zu empfinden.

Schwitzend benutzte er sie, und es kam ihr vor wie eine Strafaktion. Beinahe hätte sie nicht bis zu seinem Höhepunkt durchgehalten. Als er schließlich kam, saugte ihr Körper verzweifelt seinen Samen in sich auf, während ihre lädierte Seele einzig fliehen wollte.

Nach endlosen Sekunden ließ er endlich von ihr ab, trat einen Schritt zurück und stellte sie auf den Boden.

Ihre Beine waren so wackelig, daß sie ganz von allein in die Knie ging. Sie wagte nicht, ihn anzusehen. Es peinigte sie wirklich, daß sie diesen Menschen nicht nur einmal, sondern inzwischen sogar zweimal so schamlos ausgenutzt hatte.

»Rosebud ...«

»Es tut mir leid.« Sie bückte sich nach ihrer Tasche, öffnete die Tür und rannte mit zerrissener Jacke und nassen Schenkeln in den Flur hinaus.

Er rief ihren Namen. Diesen lächerlichen Namen, den sie sich von einer Bierreklame entliehen hatte. Auf keinen Fall dürfte er ihr folgen und sehen, wie sie zusammenbrach; so hob sie eine Hand und winkte, ohne sich noch einmal umzudrehen. Es war ein arrogantes Winken, das besagte: *Bis dann, mein kleiner Wichser. Ich melde mich bei dir.*

Hinter ihr fiel krachend seine Zimmertür ins Schloß.

Offenbar hatte er es kapiert.

5

Am nächsten Abend saß Cal auf seinem Stammplatz im hinteren Teil des Flugzeugs, das die Stars für den Rückflug von Indianapolis nach Chicago gechartert hatten. Die Lichter in der Kabine waren gelöscht, und die meisten Spieler schliefen oder hörten über Kopfhörer Musik. Cal hingegen erging sich in trübsinniger Grübelei.

Sein Knöchel schmerzte von der Verletzung, aufgrund derer man ihn im letzen Viertel mit Kevin ausgetauscht hatte. Der war dreimal zu Boden gegangen, hatte zweimal den Ball fallen gelassen und ihn dann trotzdem noch dreiundfünfzig Yard, also beinahe fünfzig Meter, weit geworfen, was den siegentscheidenden Touchdown brachte.

Inzwischen verletzte er sich immer häufiger: im Trainingslager hatte er sich die Schulter ausgerenkt, letzten Monat den Schenkel geprellt, und jetzt das! Der Mannschaftsarzt hatte eine schwere Verstauchung diagnostiziert, das hieß, diese Woche kein Training! Er war sechsunddreißig Jahre alt und versuchte nicht daran zu denken, daß selbst Montana mit achtunddreißig in Rente gegangen war. Außerdem wollte er es nicht wahrhaben, daß er sich von Verletzungen langsamer erholte als zuvor. Außer dem verstauchten Knöchel pochten seine Knie, taten ihm ein paar seiner Rippen weh und fühlte sich eine Hüfte an, als hätte man sie mit einem glühenden Schürhaken durchbohrt. Den Großteil der Nacht würde er, wie immer öfter, in seinem Whirlpool zubringen.

Angesichts seiner Knöchelverletzung und des niederschmetternden Zwischenfalls mit Rosebud war er mehr als froh, dieses Wochenende hinter sich zu haben. Er konnte immer noch nicht glauben, daß er ohne Gummi über sie hergefallen war. Schon als Teenager hatte er stets für Verhütung gesorgt. Am meisten erboste ihn, daß er erst nach ihrem Verschwinden daran gedacht hatte. Sein Hirn mußte in der Sekunde, als er sie erblickte, ausgesetzt haben zugunsten seiner überwältigenden Lust.

Vielleicht hatte er einfach zu viele Schläge auf den Kopf bekommen, denn er hatte den Eindruck zu verblöden. Keine andere Frau hätte er auch nur über die Schwelle seines Zimmers gelassen, aber bei Rosebud ergriff seine Vernunft stets die Flucht. Beim ersten Mal hatte er sich noch sagen können, daß er halb betrunken gewesen war, aber dieses Mal gab es keine Entschuldigung. Er hatte sie gewollt und genommen; ohne nachzudenken.

Dabei wußte er nicht einmal, was er an ihr überhaupt anziehend fand. Professionelle Sportler waren grundsätzlich von zahlreichen schönen und willigen Mädchen umgeben, und er hatte immer die jüngsten und hübschesten ausgewählt. Sie hingegen mußte mindestens achtundzwanzig sein, und für diese Altersstufe interessierte er sich normalerweise einfach nicht. Er mochte sie niedlich, mit hohen, vollen Brüsten, Schmollmündern und dem Geruch von Frische.

Rosebud hingegen verströmte einen altmodischen Vanilleduft. Auch ihre strengen Augen entsprachen nicht gerade seinem Ideal. Selbst wenn sie log, sah sie ihn mit ernster Miene an. Das war er nicht gewohnt. Er mochte lachende, übermütige Augen an Frauen – aber Rosebuds Blick duldete keinen Unsinn, was ihm angesichts ihres völlig abgefahrenen Verhältnisses mehr als zweideutig erschien.

Noch bei der Ankunft in Chicago und während der ganzen nächsten Woche hing er seinen Grübeleien nach. Die Tatsache, daß er nicht trainieren konnte, verstärkte seine schlechte Laune noch, und erst am Freitag gewann seine strenge Selbstdisziplin die Oberhand. Außer über die Denver Broncos wollte er sich über nichts und niemanden mehr den Kopf zerbrechen.

Die Stars spielten im Halbfinale um die AFC-Meisterschaft, und trotz seiner schmerzenden Schulter wurde er aufgestellt. Allerdings waren einige Jungs von der Abwehr ebenfalls durch Verletzungen geschwächt, so daß den Broncos das Paß-Angriffsspiel glückte und Denver am Ende mit zweiundzwanzig zu achtzehn gegen sie gewann.

Cal Bonners fünfzehnte Saison in der National Football League neigte sich dem Ende zu.

Marie, die Sekretärin, die Jane sich mit zwei anderen Mitgliedern der Physikabteilung des Newberry College teilte, hielt mehrere pinkfarbene Notizzettel in die Luft, als Jane das Büro betrat. »Dr. Ngyuen von Fermi hat angerufen, Sie sollen sich bis spätestens vier bei ihm melden. Und Dr. Davenport hat für Mittwoch eine Besprechung angesetzt.«

»Danke, Marie.«

Trotz ihrer säuerlichen Miene hätte Jane die Sekretärin beinahe umarmt. Am liebsten wollte sie tanzen, singen, einen Sprung an die Decke machen und dann durch die Flure der Stramingler Hall rennen, um all ihren Kollegen zu verkünden, daß die Sache geklappt hatte.

»Bis fünf brauche ich Ihren Bericht für das Umweltministerium.«

»Kein Problem«, antwortete Jane. Die Versuchung, irgend jemandem die Neuigkeit mitzuteilen, plagte sie wirklich, aber sie war erst in der vierten Woche, Marie im übrigen ein abergläubischer Sauertopf – und eine offizielle Ankündigung müßte entschieden noch warten.

Ein Mensch allerdings wußte über ihre Schwangerschaft Bescheid, und während Jane ihre Post einsammelte und auf ihr Büro zuging, fiel ihr der einzige Wermutstropfen in ihrem Glück ein. Vor zwei Tagen war plötzlich Jodie vorbeigekommen und hatte den Stapel von Schwangerschaftsratgebern entdeckt, der ungeniert auf dem Kaffeetisch lag. Jane konnte ihren Zustand wohl kaum dauerhaft verheimlichen, und so hatte sie gar nicht erst versucht zu leugnen, was auf der Hand lag; aber die Frage bereitete ihr Unbehagen, ob ausgerechnet eine Schlange wie Jodie die Umstände ihrer Empfängnis für sich behielt.

Obgleich Jodie gelobt hatte, Janes Geheimnis mit ins Grab zu nehmen, hatte Jane nicht unbedingtes Vertrauen in die Loyalität der jungen Frau. Nun, zumindest freute sie sich offenbar ehrlich für sie und wollte durchaus das Geheimnis bewahren. Daher beschloß Jane, als sie sich an ihren Computer setzte, sich keine weiteren Sorgen darüber zu machen, ob ihre Neuigkeit bei der Nachbarstochter sicher war.

Sie klinkte sich in die elektronische Vorabdruck-Bibliothek in Los Alamos ein, um zu sehen, was für neue Thesenpapiere über Sequenztheorien und Dualität es seit gestern gab. Es war ein automatischer Akt, wie ihn täglich überall auf der Welt jeder hochrangige Physiker vornahm. Normale Menschen schlugen frühmorgens als erstes die Zeitung auf. Physiker hingegen kontaktierten die Bibliothek in Los Alamos.

Aber an diesem Morgen drifteten Janes Gedanken, statt sich auf die Liste neuer Thesenpapiere zu konzentrieren, zu Cal Bonner ab. Jodie zufolge verbrachte er den Großteil des Monats Februar damit, aufgrund seiner Werbeverträge quer durch die Vereinigten Staaten zu tingeln, ehe er schließlich Anfang März nach North Carolina flöge. Wenigstens brauchte sie sich auf diese Weise keine Gedanken darüber zu machen, ob sie vielleicht zufällig mit ihm beim Gemüsehändler an der Ecke zusammenstieß.

Doch leider tröstete dieses Wissen nicht, sondern verstärkte ihr Unbehagen. Entschlossen wandte sie ihre Aufmerksamkeit wieder dem Computerbildschirm zu, aber die Zeichen, die sie dort entdeckte, ergaben einfach keinen Sinn. Also dachte sie über die Einrichtung des Kinderzimmers nach.

Sie würde es in Gelb halten, und quer über die Wände und die Decke sollte sich ein leuchtender Regenbogen erstrecken. Ihren Mund umspielte ein verträumtes Lächeln. Dieses Wunschkind wüchse von nichts als Schönheit umgeben auf.

Jodie war sauer. Die Jungs hatten ihr eine Nacht mit Kevin Tucker versprochen, wenn sie ein passendes Geburtstagsgeschenk für den Bomber fände – aber inzwischen war Ende Februar und nichts tat sich. Als sie nun entdeckte, daß Kevin mit einer ihrer Freundinnen flirtete, verschlechterte sich ihre Laune noch.

Melvin Thompson hatte das Zebra für eine Party gemietet, und sämtliche Spieler, die noch in der Stadt waren, nahmen teil. Obwohl Jodie offiziell arbeitete, hatte sie den ganzen Abend über an den Drinks sämtlicher Jungs genippt, so daß sie endlich kurz nach Mitternacht den Mut fand, Junior Duncan zur Rede zu stellen, der zusammen mit Germaine Clark zu einer Partie Billard im Hinterzimmer verschwunden war.

»Ich muß mit dir reden, Junior.«

»Später, Jodie. Siehst du nicht, daß Germaine und ich beschäftigt sind?«

Am liebsten hätte sie ihm den Queue abgenommen und ihm damit einen kräftigen Hieb versetzt, aber dazu reichte der Grad ihrer Betrunkenheit nicht aus. »Ihr Jungs habt mir ein Versprechen gegeben, aber bisher hängt die Nummer zwölf noch nicht mal in der Nähe meines Kleiderschranks. Vielleicht habt ihr das mit Kevin vergessen, aber ich nicht!«

»Wie ich schon sagte, wir arbeiten daran!« Er zielte vergeblich auf das mittlere Loch. »Verdammt!«

»Das sagst du mittlerweile seit drei Monaten, aber langsam glaube ich dir nicht mehr. Jedesmal, wenn ich ihm auch nur zublinzle, tut er, als wäre ich Luft!«

Junior trat zur Seite, um Germaine ans Ruder zu lassen, und es freute sie zu sehen, daß ihm offensichtlich etwas unbehaglich zumute war. »Die Sache ist die, Jodie, Kevin stellt sich ein bißchen quer.«

»Willst du damit sagen, daß er nicht mit mir schlafen will?«

»Das ist es nicht. Es ist nur so, daß er sich bereits mit ein paar anderenFrauen eingelassen hat, und allmählich wird die Sache ziemlich mulmig. Ich sag dir was: Wie wäre es, wenn du statt Kevin Roy Rawlins und Matt Truate kriegst?«

»Hör mal her! Wenn ich die beiden Hinterbänkler hätte

haben wollen, wäre ich mit denen schon seit Monaten fertig.« Entschlossen verschränkte sie die Arme vor der Brust. »Wir hatten eine Abmachung: Wenn ich ein Supergirl als Geburtstagsgeschenk für den Bomber besorge, kriege ich dafür eine Nacht mit Kevin. Ich habe meinen Anteil erfüllt.«

»Nicht ganz.«

Beim Klang des gedehnten Carolina-Dialekts direkt in ihrem Rücken überrann sie ein eisiger Schauder, als wäre sie tot und jemand stampfte geradewegs über ihr Grab. Sie drehte sich um und merkte, daß der Bomber sie mit seinen eisgrauen Augen musterte.

Was machte er plötzlich hier? Vor wenigen Augenblicken noch hatten ihn ein paar Blondinen an der Bar becirct. Wehalb also tauchte er plötzlich hier im Hinterzimmer auf?

»Du hast kein Supergirl besorgt, nicht wahr, Jodie?«

Sie fuhr sich mit der Zunge über die Lippen. »Ich weiß nicht, was du meinst.«

»Ich denke, doch.« Sie fuhr zusammen, als er seine langen Finger um ihren Oberarm legte und sie in seine Richtung zog. »Entschuldigt uns, Jungs. Jodie und ich gehen kurz raus und unterhalten uns ein wenig.«

»Du bist verrückt! Draußen ist es arschkalt.«

»Es wird nicht lange dauern.« Ohne ihr eine Gelegenheit zu einem weiteren Widerwort zu geben, zerrte er sie Richtung Hintertür.

Den ganzen Tag über hatte der Wetterbericht im Radio vor Minusgraden gewarnt, und als sie nach draußen traten, bildeten sich durch ihren Atem kleine Dampfwölkchen in der Luft. Jodie zitterte, und Cal bedachte sie mit einem Blick, der grimmige Befriedigung verriet. Endlich würden seine Fragen beantwortet.

Geheimnisse hatten ihn, sowohl auf dem Footballfeld als

auch im wahren Leben, schon immer nervös gemacht. Seiner Erfahrung nach wollte sich in so einem Fall jemand nicht an die Regeln halten, und derartige Heimlichtuerei mochte er nun einmal nicht.

Natürlich hätte er die Jungs längst dazu bringen können, ihm seine Fragen zu beantworten; aber sie sollten nicht merken, daß er von Rosebud irgendwie verhext war. Erst jetzt, bei Jodies Gespräch mit Junior, kam ihm der Gedanke, daß eine Unterredung mit ihr vielleicht Aufklärung brächte.

Egal, wie sehr er sich bemühte, er wurde Rosebud einfach nicht mehr los. Selbst in den seltsamsten Situationen fiel sie ihm ein. Wer wußte schon, in wie viele Hotelzimmer sie in letzter Zeit gestolpert, wie vielen Typen sie mit ihrer Geschichte von der SVB oder der Theapeutin gegenübergetreten war? Vielleicht hatte sie sich inzwischen auf die Bears verlegt, und er konnte sich nicht helfen: ständig fragte er sich, für welchen von ihnen sie vielleicht gerade in diesem Augenblick eben nicht aus den Kleidern stieg.

»Wer ist sie, Jodie?«

Sie trug nur ihre Empfangsdamen-Uniform, die aus einem figurbetonten Top mit Rundkragen und einem zebragestreiften Minirock bestand, und ihre Zähne klapperten hörbar. »Ein Girl, über das die Leute redeten.«

Ein Teil seines Hirns flüsterte eine Warnung, daß es vielleicht besser war, es bei dieser Antwort bewenden zu lassen. Sollte er lieber seine Nase nicht in Dinge stecken, die nichts mit ihm zu tun hatten? Aber einer der Faktoren, aufgrund derer er zu einem phantastischen Quarterback geworden war, lag in seinem Sinn für Gefahr, und, für ihn völlig unverständlich, sträubte sich mit einem Mal sein Nackenhaar.

»Du versuchst, mich zu verarschen, Jodie, und ich kann es nicht leiden, wenn man das macht.« Er ließ sie los, doch zugleich trat er noch dichter an sie heran, so daß sie zwischen ihm und der Backsteinwand des Hauses gefangen war. Hektisch sah sie sich um. »Sie ist jemand, den ich zufällig getroffen habe, okay?«

»Ich will einen Namen!«

»... ausgeschlossen – hör zu, das kann ich nicht machen. Ich habe es versprochen.«

»Den Fehler hättest du nicht machen sollen!«

Sie rieb sich die Arme, und das Klappern ihrer Zähne verstärkte sich. »Himmel, Cal, hier draußen ist es wirklich kalt.«

»Davon merke ich nichts.«

»Sie ist ... sie heißt Jane. Mehr weiß ich nicht.«

»Du lügst!«

»Das ist doch einfach alles Scheiße.« Sie versuchte, sich an ihm vorbeizumogeln, aber er verlagerte sein Gewicht und versperrte ihr auf diese Weise mühelos den Weg. Eindeutig ängstigte sie sich, aber das war ihm gerade recht. Am besten brächte er die ganze Sache so schnell wie möglich hinter sich.

»Jane, und wie weiter?«

»Daran kann ich mich nicht erinnern.« Sie schlang die Arme noch enger um ihre Brust und zog die Schultern hoch.

Ihr Starrsinn brachte ihn immer mehr auf die Palme. »Das Zusammensein mit den Jungs bedeutet dir eine Menge, stimmt's?«

Mißtrauisch sah sie ihn an. »Es ist okay.«

»Es ist wesentlich mehr als okay, nämlich das Wichtigste in deinem jämmerlichen Leben. Ich weiß, du wärst wirklich traurig, wenn keiner der Spieler mehr ins Zebra kommen würde. Wenn keiner mehr etwas mit dir zu tun haben wollte, nicht mal mehr einer der Typen, die man immer nur auf der Ersatzbank sitzen sieht.«

Damit traf er ihren wundesten Punkt, aber sie unternahm trotzdem einen letzten tapferen Versuch. »Sie ist wirklich eine nette Lady, der es im Augenblick beschissen geht, und ich werde ihr nicht weh tun.«

»Den Namen!«

Sie zögerte, doch dann gab sie endgültig auf. »Jane Darlington.«

»Und weiter?«

»Jetzt reicht es mir aber«, sagte sie in beleidigtem Ton.

Er senkte seine Stimme auf ein bedrohliches Flüstern herab. »Das ist meine Abschlußwarnung. Entweder erzählst du mir alles, was du weißt, oder ich sorge dafür, daß keiner der Spieler je ein Sterbenswörtchen mehr mit dir spricht.«

»Du bist ein Scheißkerl.«

Schweigend musterte er sie.

Sie rieb sich die Arme und bedachte ihn mit einem haßerfüllten Blick. »Sie ist Physikprofessorin am Newberry College.«

Auf eine derartige Antwort wäre er selbst in seinen kühnsten Träumen nicht gefaßt gewesen. »Eine *Professorin*?«

»Allerdings. Und außerdem arbeitet sie in einem dieser Labors, irgendso ein Ding. Sie ist wirklich nett – und echt clever – aber mit den Kerlen hat es halt nie geklappt und ... sie hat es nicht böse gemeint.«

Je mehr Antworten er bekam, um so heftiger sträubte sich sein Nackenhaar. »Warum ausgerechnet Cal Bonner? Und mach mir bloß nicht weis, sie hätte ein Faible für die Stars, denn ich weiß, daß das nicht stimmt.«

Allmählich wurden ihre Lippen blau. »Also gut, ich habe ihr versprochen, sie mit dir zusammenzubringen. Es war lebenswichtig für sie, daß es klappt.«

»Allmählich verliere ich die Geduld.«

Er sah regelrecht, wie sie mit sich kämpfte, ob sie lieber ihre eigenen Interessen wahren sollte oder die der anderen, und noch ehe sie den Mund öffnete, kannte er ihre Entscheidung.

»Meinetwegen: Sie wollte unbedingt ein Kind. Und du solltest keinesfalls etwas davon erfahren.«

Ein eisiger Schauder rann seinen Rücken hinab, der nicht von der winterlichen Kälte herrührte.

Sie sah ihn unbehaglich an. »Es ist nicht so, daß sie auftaucht, wenn das Kind geboren ist, und Geld verlangt oder so. Sie hat einen guten Job und ist intelligent, also warum vergißt du nicht das Ganze?«

Er bekam kaum noch Luft. »Willst du etwa behaupten, daß sie schwanger ist? Daß sie mich benutzt hat, um schwanger zu werden?«

»Ja, aber im Grunde geht es dich gar nichts an. Es ist, als wärst du einfach ein Samenspender gewesen. So sieht sie die Sache jedenfalls.«

»Ein Samenspender?« Er hatte das Gefühl, gleich zu explodieren – als risse ihm der Zorn jeden Augenblick den Kopf vom Hals. Jede Form von Dauer haßte er – er lebte nicht einmal für längere Zeit am selben Ort –, aber nun hatte er ein Kind gezeugt. Es fiel ihm nicht leicht, seine Beherrschung aufrechtzuerhalten. »Warum das mir? Sag mir, warum hat sie ausgerechnet mich gewählt?«

Hinter ihrer feindseligen Fassade zeigte sich abermals eine Spur von Angst. »Dieser Teil der Geschichte wird dir nicht gefallen.«

»Darauf wette ich!«

»Sie ist ein Genie. Und so viel cleverer als alle anderen zu sein, hat ihr die ganze Kindheit vermasselt. Natürlich wollte sie ihrem Baby so etwas ersparen, und deshalb war es so wichtig für sie, jemanden als Samenspender zu finden, der anders ist als sie.«

»Anders als sie? Was soll das heißen?«

»Jemanden, der ... tja, jemanden, den man nicht unbedingt als Genie bezeichnen kann.«

Am liebsten hätte er sie geschüttelt, bis noch der letzte ihrer klappernden Zähne heraushüpfte. »Was zum Teufel willst du damit sagen? Warum hat sie ausgerechnet mich gewählt?«

Jodie sah ihn furchtsam an. »Weil sie denkt, daß du dämlich bist.«

»Die drei Protonen und die sieben Neutronen des Isotops sind ungebunden.« Jane hatte, während sie die Skizze an die Tafel zeichnete, den acht Studierenden ihres Graduiertenseminars – sechs Studenten und zwei Studentinnen – den Rücken zugewandt. »Zieht man vom ^{11}Li ein Neutron ab, dann löst sich auch ein zweites. ^{9}Li bleibt zurück und verbindet sich mit den beiden verbleibenden Neutronen zu einem Drei-Körper-System.«

Sie konzentrierte sich so stark auf die Darstellung der Komplexität von Neutronenringen in Lithiumisotopen, daß sie nicht das leise Gemurmel hinter ihr mitbekam.

»^{11}Li wird auch der Borromäische Kern genannt und ...« Sie hörte das Quietschen eines Stuhls, und endlich drang das Gemurmel an ihr Ohr. »Und ...« Papiere raschelten, das Raunen ging weiter. Verwirrt drehte sie sich um.

Und erblickte Cal Bonner, der mit gekreuzten Armen, die Finger unter die Achseln geklemmt, an der Wand lehnte und grimmig herüberschaute.

Alles Blut rann ihr aus dem Kopf, und zum ersten Mal in ihrem Leben hatte sie das Gefühl, kurz vor einer Ohnmacht zu stehen. Wie hatte er sie gefunden? Was tat er hier? Einen Augenblick gab sie sich der aberwitzigen Hoffnung hin, daß sie in ihrer Berufsgarderobe eine Fremde für ihn war. Sie trug ein konservatives, doppelreihiges Wollkleid, und ihr Haar war zu eben dem Knoten zusammengesteckt, den sie immer während der Arbeit trug. Außerdem hatte sie ihre Brille auf – auch ein fremder Anblick für ihn. Doch offenbar hatte er sie sehr wohl erkannt.

Alle hielten die Luft an. Jeder schien ihn zu kennen, aber er achtete nicht auf die Reaktion der Studenten und Studentinnen, sondern sah nur sie.

Nie zuvor hatte ein Mensch sie mit einem derart vernichtenden Blick bedacht. Seine Miene verriet Mordlust, sein Mund war ein dünner, harter Strich, und als sie ihn ansah, schwebte sie auf einmal haltlos dahin wie der Kern des soeben von ihr beschriebenen Isotops.

Angesichts der neugierigen Zuschauerschaft mußte sie sich unverzüglich zusammenreißen, und da die Stunde erst in zehn Minuten vorüber war, hatte er unbedingt den Raum zu verlassen, damit der Unterricht ein ordnungsgemäßes Ende nahm. »Würden Sie bitte in meinem Büro warten, bis ich hier fertig bin, Mr. Bonner? Es liegt am Ende des Korridors.«

»Ich gehe nirgendwohin.« Zum ersten Mal seit seinem Auftauchen wandte er sich den acht Studierenden zu. »Die Stunde ist rum. Raus!«

Die jungen Leute standen eilig von ihren Plätzen auf, klappten ihre Blöcke zu und zogen ihre Mäntel an. Da sie nicht in aller Öffentlichkeit mit ihm streiten konnte, sah sie ihre Schützlinge so ruhig wie möglich an. »Ich war sowieso fast fertig. Am Mittwoch machen wir an der Stelle weiter, wo wir heute aufgehört haben.«

Innerhalb von Sekunden verließen die sechs jungen Männer und die beiden Kommilitoninnen den Raum, allerdings nicht, ohne die beiden noch ein letztes Mal überrascht zu mustern. Cal löste sich von der Wand, schloß die Tür und legte energisch den Riegel vor.

»Machen Sie die Tür wieder auf«, sagte sie sofort, denn

die Aussicht darauf, mit ihm allein in diesem kleinen, fensterlosen Klassenzimmer eingesperrt zu sein, alarmierte sie. »Am besten unterhalten wir uns in meinem Büro.«

Abermals lehnte er sich mit gekreuzten Armen und unter die Achseln geschobenen Fingern an die Wand. Seine Unterarme waren sonnengebräunt und muskulös. Einzig störte sie das Pochen einer dicken, blauen Vene, das nicht zu übersehen war.

»Am liebsten würde ich Sie in Stücke zerreißen.«

Sie rang nach Luft, denn nun wallte echte Panik in ihr auf. Seine Haltung erschien ihr mit einem Mal bedrohlich, wie er da so mühsam um Beherrschung rang.

»Und, hat es Ihnen die Sprache verschlagen? Was ist los, Dr. Darlington? Bei unseren vorherigen Begegnungen sprudelten die Worte schließlich nur so aus Ihnen heraus.«

Sie zwang sich, Ruhe zu bewahren, denn wider alle Vernunft hoffte sie, daß er lediglich ihre wahre Identität herausgefunden hatte und daß es ihm um die Wiederherstellung seines Stolzes als Krieger ging. *Bitte laß es nichts anderes sein*, flehte sie.

Langsam kam er auf sie zu, und unweigerlich trat sie einen Schritt zurück.

»Wie halten Sie es nur mit sich aus?« schnaubte er. »Oder ist Ihr geniales Hirn so groß, daß es den Platz, an dem eigentlich Ihr Herz sein sollte, mit übernommen hat? Haben Sie sich eingebildet, es wäre mir egal, oder vertrauten Sie einfach darauf, daß ich nie dahinterkäme?«

»Dahinterkäme?« Ihre Stimme war ein heiseres Flüstern, und sie trat einen weiteren Schritt zurück, bis sie mit dem Rücken an die Tafel rumpelte.

»Aber es ist mir nicht egal, Professor – eher alles andere!«

Ihr war gleichzeitig kochend heiß und eisig kalt. »Ich weiß nicht, wovon Sie reden.«

»Was für eine elende Lügnerin Sie sind.«

Er tigerte auf sie zu, und sie hatte das Gefühl, als hätte ihr jemand Watte in den Mund gestopft. »Ich möchte, daß Sie gehen.«

»Darauf wette ich.« Inzwischen war er ihr so nahe, daß sein Arm auf ihren Ellenbogen traf. Er roch nach Seife, Wolle und unbändiger Wut. »Ich rede von dem Baby, Professor. Von dem Umstand, daß Sie es sich in den Kopf gesetzt haben, von mir schwanger zu werden. Und wie ich höre, hat es sogar geklappt.«

Mit einem Mal gaben ihre Knie nach, so daß sie gegen den Kreidebehälter sank. *Nicht das. Bitte, lieber Gott, nicht das!* Sie schlotterte, und am liebsten hätte sie sich schutzsuchend zusammengerollt.

Schweigend wartete er ab.

Zitternd dache sie nach. Sie wußte, daß jede weitere Lüge sinnlos war, und brachte kaum ein Wort heraus. »Die Sache hat mit Ihnen nichts mehr zu tun. Bitte! Vergessen Sie es einfach.«

Im Bruchteil einer Sekunde hatte er sich auf sie gestürzt, und sie keuchte auf, als er sie bei den Schultern packte und unsanft schüttelte. Seine Lippen waren bleich vor unterdrücktem Zorn, und seine Schläfen schwollen an. »Ich soll es vergessen? Sie wollen, daß ich diese Infamie vergesse, ja?«

»Ich dachte nicht, daß es Ihnen so wichtig ist!«

Ohne auch nur die Lippen zu bewegen, knurrte er: »Und ob.«

»Bitte ... ich sehne mich so sehr nach einem Baby.« Sie zuckte zusammen, als er seine Finger in ihren Armen vergrub. »Sie sollten gar nicht in die Sache verwickelt werden. Sie hätten es gar nicht erfahren sollen. Ich habe – ich habe so etwas noch nie gemacht. Es war ein ... ich möchte so wahnsinnig gern was Kleines, und sah einfach keine andere Möglichkeit ...«

»Sie hatten kein Recht dazu!«

»Was ich tat, war natürlich nicht richtig. Aber zugleich paßte es auch irgendwie. Das einzige, woran ich denken konnte, war mein Wunsch nach einem Kind.«

Langsam ließ er sie los, und sie spürte, daß er immer noch mühsam um Beherrschung rang. »Sie hätten andere Möglichkeiten gehabt. Möglichkeiten, bei denen niemand Schaden nimmt.«

»Eine Samenbank war für mich keine geeignete Option.«

Er starrte sie verächtlich an, und angesichts seines leisen, drohenden Tons wäre sie am liebsten davongerannt. »Keine geeignete Option? Ich mag es nicht, wenn Sie so geschwollen daherreden. Hören Sie, ich bin kein genialer Wissenschaftler wie Sie. Bei einem dämlichen Footballspieler drücken Sie sich am besten möglichst einfach aus!«

»Es wäre für mich nicht *praktisch* gewesen, zu einer Samenbank zu gehen.«

»Was soll das heißen?«

»Ich habe einen IQ von 180.«

»Gratuliere!«

»Das ist nicht mein Verdienst, also bin ich auch nicht besonders stolz darauf. So wurde ich geboren, und manchmal ist es eher ein Fluch als ein Segen – daher wollte ich ein normales Kind. Also mußte ich bei der Wahl meines Partners besonders vorsichtig sein.« Sie rang die Hände und überlegte, wie sie es formulieren könnte, um ihn nicht noch mehr aufzubringen. »Ich brauchte einen Mann von – uh – durchschnittlicher Intelligenz. Samenspender hingegen sind meistens Medizinstudenten oder so.«

»Und nicht irgendwelche Tölpel aus Carolina, die sich ihren Lebensunterhalt damit verdienen, einen Football durch die Gegend zu kicken.«

»Ich weiß, ich habe Sie hintergangen«, flüsterte sie, wobei sie einen der Messingknöpfe an ihrem Kleid zwischen den Fingern zu drehen begann. »Aber jetzt kann ich nichts mehr tun, als mich bei Ihnen dafür zu entschuldigen.«

»Sie könnten eine Abtreibung vornehmen lassen.«

»Nein! Ich liebe dieses Baby von ganzem Herzen, und so etwas kommt nie und nimmer in Frage!«

Nun wappnete sie sich gegen seinen Einspruch, aber er sagte nichts. Also wandte sie sich von ihm ab, schlang die Arme um ihre Brust und ging auf die andere Seite des Raums. Indem sie einen möglichst großen Abstand zu diesem Barbaren schaffte, schützte sie sich und auch ihr Kind.

Unterdessen hörte sie, daß er abermals die Verfolgung aufnahm, und sie hatte das Gefühl, als betrachte er sie durch das Fadenkreuz eines entsicherten Gewehrs. Seine Stimme klang leise und eigenartig körperlos. »Ich werde Ihnen sagen, wie es jetzt weitergeht, Professor. In ein paar Tagen fahren wir beide zusammen über die Grenze nach Wisconsin, wo wir vor den Schnüfflern von der Presse sicher sind. Und dort wird umgehend geheiratet!«

Als sie seine erboste Miene sah, hielt sie erschreckt den Atem an.

»Aber zählen Sie lieber nicht auf ein rosenumranktes Häuschen für die Flitterwochen, denn hier handelt es sich nicht um eine Liebesheirat. Sobald die Zeremonie vorüber ist, gehen wir wieder getrennte Wege, bis das Baby geboren ist. Und dann reichen wir die Scheidung ein.«

»Wovon reden Sie? Ich heirate nicht. Offenbar verstehen Sie mich falsch. Ihr Geld kann mir gestohlen bleiben. Ich will nichts von Ihnen.«

»Es ist mir egal, was Sie wollen oder nicht.«

»Aber warum? Was soll das Theater?«

»Weil ich nicht will, daß mein Kind ein Bastard ist.«

»Es wird kein Bastard sein. Es ist nicht …«

»Halten Sie den Mund! Ich habe jede Menge Rechte und werde jedes einzelne davon einfordern, bis hin zum gemeinsamen Sorgerecht, wenn mir das paßt!«

Wahrscheinlich würde sie gleich ersticken. »Gemeinsames Sorgerecht? Das können Sie nicht machen. Dieses Baby gehört mir!«

»Darauf würde ich nicht wetten!«

»Es ist meine Angelegenheit!«

»Sie haben bereits in dem Augenblick jedes Vorrecht verwirkt, als Sie mich mit Ihrem hinterhältigen Vorhaben überfielen.«

»Ich werde Sie nicht heiraten.«

»O doch, das werden Sie! Und wissen Sie, warum? Weil ich Sie eher zerstören werde als zuzulassen, daß ein Kind von mir als Bastard großgezogen wird.«

»Das gibt es doch gar nicht mehr. Millionen von Müttern erziehen ihre Kinder hervorragend alleine.«

»Meines nicht! Hören Sie zu! Sobald Sie sich mir widersetzen, verlange ich das alleinige Sorgerecht für das Kind. Ich kann Sie so lange vor die Gerichte schleifen, bis Sie pleite sind.«

»Oh, Sie Rohling! Das ist mein Baby! Ganz allein meins!«

»Erzählen Sie das dem Richter, wenn es soweit ist.«

Sie konnte nichts mehr sagen, war an einen dunklen, schmerzerfüllten Ort geraten ohne Verständigungsmöglichkeit.

»Ich bin es gewohnt, mit Dreck zu werfen, Professor, und wenn ich ehrlich bin, habe ich auch nicht das geringste dagegen. Irgendwie macht es mir sogar Spaß. Also, entweder regeln wir die Sache unter uns, so daß sie sauber bleibt, oder wir gehen an die Öffentlichkeit, wo sie schmutzig und wirklich teuer wird. So oder so habe ich das Sagen in dieser Angelegenheit.«

Sie starrte ihn entgeistert an. »Das ist nicht fair. Sie wollen doch gar kein Kind.«

»Nachwuchs ist das letzte, was sich will, und ich werde Sie verfluchen bis zu dem Tag, an dem man mich unter die Erde bringt. Aber das arme Wurm bekommt nun mal eine verlogene Hexe zur Mutter. Es bleibt dabei: Ich will nicht, daß mein Kind ein Bastard ist.«

»So läuft es ganz bestimmt nicht.«

»Pech für Sie. Mein Anwalt wird sich morgen mit Ihnen in Verbindung setzen, und dann unterschreiben Sie einen schönen, dicken Ehevertrag. So wie er abgefaßt sein wird, steht nach der Scheidung jeder von uns mit genau denselben Dingen da, die von ihm in die Ehe miteingebracht wurden. Ich komme nicht an Ihr Vermögen ran, und sie kriegen ganz sicher nicht meins. Meine finanziellen Verpflichtungen bestehen ausschließlich gegenüber dem Kind.«

»Ich will Ihr Geld nicht! Warum hören Sie mir nicht endlich mal zu? Zufällig kann ich für dieses Kind alleine sorgen. Von Ihnen brauche ich nichts.«

Er ignorierte sie. »Ich muß bald nach North Carolina zurück, also eilt es mir. Nächste Woche um diese Zeit sind wir beide verheiratet. Danach werden wir über meinen Anwalt in Verbindung bleiben und eine Regelung treffen, wann und bei wem von uns beiden sich das Kind aufhält.«

Mit diesen Worten machte er all ihre Träume kaputt. Was hatte sie nur getan? Wie konnte sie ihr Baby diesem Goliath überlassen, selbst für kurze Zeit?

Aber kampflos gäbe sie nicht auf! Was bildete der sich eigentlich ein? Es war ihr egal, wie viele Millionen Dollar er besaß oder wie teuer eine gerichtliche Auseinandersetzung war – dieses Kind gehörte ihr. Sie würde nicht zulassen, daß er sich einfach in ihr Leben mischte und die Kontrolle übernahm. Dazu hatte er kein Recht ...

Doch mit einem Mal meldete sich ihr Gewissen. Natürlich stand das Recht auf seiner Seite. Dank ihrer Verschlagenheit war er der Vater ihres Babys, und ob es ihr nun gefiel oder nicht, hatte er Anspruch auf dieses Geschöpf.

Der Wahrheit würde sie nicht entrinnen. Selbst wenn sie sich einen langen Prozeß gegen ihn leisten könnte, ließe sie es sein. Sie hatte sich in diese Situation hineinmanövriert, indem sie ihre Prinzipien über Bord geworfen und sich eingeredet hatte, daß der Zweck jedes Mittel heiligte – aber wohin hatte sie das gebracht? Sie durfte nicht nur an sich denken. Von nun an galt bei jeder Entscheidung einzig die Frage: Was war das Beste für das Kind?

Sie schnappte sich ihre Unterlagen und wandte sich zur Tür. »Ich verlange Bedenkzeit.«

»Bitte sehr ... bis Freitag nachmittag vier Uhr.«

»Dr. Darlington hat es gerade noch rechtzeitig geschafft.« Brian Delgado, Cals Anwalt, trommelte mit den Fingern auf den vor ihm liegenden Ehevertrag. »Sie kam kurz vor vier und war fürchterlich erregt.«

»Na also!« Selbst eine Woche später hatte Cal seinen Zorn über ihre Heimtücke noch nicht im Zaum. Immer noch sah er sie vor sich, wie sie in diesem grauenhaften dunkelorangefarbenen Kleid, durch zwei Reihen goldener Knöpfe bis zum Hals verschlossen, in dem Klassenzimmer stand. Im ersten Augenblick hätte er sie beinahe nicht erkannt. Ihr Haar hatte sie zu einem praktischen Knoten zusammengezwirbelt, und ihre grünen Augen versteckten sich hinter einer riesigen Brille. Sie wirkte eher wie die Aufsichtsratsvorsitzende eines Unternehmens als eine SVB, wie sie es zu nennen beliebte.

Er stapfte ans Fenster und starrte blind auf den Parkplatz hinab. In zwei Tagen wäre er ein verheirateter Mann. *Verdammter Scheiß*. Alles in seinem Inneren rebellierte dagegen, alles außer dem Ehrenkodex, nach dem er erzogen war und der besagte, daß ein Mann selbst für ein ungewolltes Kind stets die Verantwortung übernahm.

Allein beim Gedanken an diese Art von Verwurzelung im Leben vermeinte er, eine Schlinge um den Hals zu spüren. Das Sichniederlassen hatte er erst für die Zeit nach seiner Karriere eingeplant, für die Zeit, wenn er zu alt war, um einen Ball zu erwischen, doch nicht jetzt, seinen besten Jahren! Er würde seine Pflicht gegenüber dem Kind erfüllen, aber Dr. Jane Darlington würde für diese Manipulation ganz schön bezahlen. Er ließ sich von niemandem manipulieren, weder in der Vergangenheit noch in der Zukunft.

»Ich will sie für diese Sache bestrafen, Brian. Finden Sie soviel wie möglich über sie heraus.«

»Wonach genau suchen Sie?«

»... nach ihrer Achillesferse.«

Delgado war noch jung, aber er hatte die Augen eines Hais, und Cal hielt ihn für diese Aufgabe wie geschaffen. Der Anwalt arbeitete bereits seit fünf Jahren für Cal. Er war clever, aggressiv und von größter Verschwiegenheit. Delgado legte in dem Wunsch, seinem wertvollsten Mandanten zu Gefallen zu sein, hin und wieder einen gewissen Übereifer an den Tag – manchmal verließ der Bomber vollkommen ermattet die Kanzlei –, aber Cal nahm an, daß es schlimmere Fehler gab. Bisher hatte er diese brisante Angelegenheit schnell und effizient bearbeitet, und Cal zweifelte keine Sekunde, daß er den Rest ebenso perfekt erledigte.

»Sie wird mir nicht entkommen, Brian. Ich heirate sie, weil ich es muß, aber das ist noch nicht das Ende der Geschichte. Eines Tages kapiert sie, daß sie an einen Mann geraten ist, der sich zu wehren weiß.«

Immer noch hackte Delgado nachdenklich mit der Spitze seines Kugelschreibers auf die Unterlagen ein. »Sie scheint ein ruhiges Leben zu führen. Ich kann mir nicht vorstellen, daß allzu viele Leichen in ihrem Keller liegen.«

»Dann finden sie heraus, was ihr wichtig, ist und machen Sie das kaputt. Setzen Sie Ihre besten Leute auf die Sache an. Nehmen Sie ihre Arbeit und auch ihr Privatleben unter die Lupe. Sobald wir das kennen, erarbeiten wir eine Strategie.«

Cal meinte beinahe zu sehen, wie Delgados Hirn angesichts dieser neuen Herausforderung rauchte. Ein weniger aggressiver Anwalt hätte einen derartigen Auftrag vielleicht abgelehnt, aber nicht Brian. Er gehörte zu der Sorte Mensch, denen die Zerstörung anderer Vergnügen bereitete.

Als Cal die Kanzlei verließ, beschloß er, seinen Angehörigen Jane Darlingtons Coup zu ersparen. Seine Familie hatte sich von der Trauer um Cherry und Jamie noch immer nicht erholt, und er würde dafür sorgen, daß sie verschont blieb. Auch das Baby ...

Die Leute hatten ihn, solange er denken konnte, einen elenden Hurensohn genannt; aber trotzdem war er fair und würde auf keinen Fall das Kind für die Sünden der Mutter büßen lassen.

Vor weiteren Gedanken an den neuen Erdenbürger scheute er zurück. Dieser Verantwortung würde er später gerecht. Im Augenblick war er einzig und allein auf Rache aus. Es mochte eine Weile dauern, aber er würde ihr weh tun, und zwar auf eine Weise, die sie hoffentlich nie vergaß.

Am Abend vor der Hochzeit war Jane so aufgeregt, daß sie weder essen noch schlafen konnte, aber dann stellte sich die Zeremonie als geradezu langweilig heraus. Sie fand im Büro eines Friedensrichters in Wisconsin statt und war nach weniger als zehn Minuten beendet. Ohne Blumen, ohne Freunde, ohne Kuß.

Am Ende erklärte ihr Brian Delgado, Cals Anwalt, daß Cal in einer Woche nach North Carolina zu seiner Familie flog und daß von nun an er ihr Ansprechpartner war. Abgesehen von seinem brüsk vorgetragenen Eheversprechen hatte Cal während der ganzen Zeit kein Wort geäußert.

Ebenso getrennt, wie sie gekommen waren, fuhren sie zurück, und als Jane wieder zu Hause war, schwindelte es sie regelrecht vor Erleichterung. Sie hatte es überstanden. Jetzt bräuchte sie ihn monatelang nicht mehr zu sehen.

Unglücklicherweise hatte sie dabei nicht an die *Chicago Tribune* gedacht. Zwei Tage nach der Hochzeit brachte ein Sportreporter der Zeitung auf den anonymen Hinweis eines Bezirksangestellten von Wisconsin hin die Geschichte von der heimlichen Eheschließung zwischen dem berühmtesten Quarterback der Stadt und Dr. Jane Darlington, einer angesehenen Physikprofessorin vom Newberry College, an die Öffentlichkeit.

Woraufhin der Medienzirkus begann.

6

»Das verzeihe ich dir nie«, zischte Jane, während sie die beiden Hälften ihres Sicherheitsgurts zusammenschob.

»Vergiß nicht, wer bei wem mit einer Schleife um den Hals hereingerauscht ist.« Cal schob die Kontrollabschnitte ihrer Bordkarten in die Tasche seines Sportmantels und setzte sich neben sie. Er funkelte sie böse an, und sie erinnerte sich nicht, je zuvor derart blankem Haß ausgeliefert gewesen zu sein.

Es war Montag, fünf Tage nach ihrer dürftigen Hochzeitszeremonie, aber inzwischen stand die Welt kopf. Die für die Passagiere der ersten Klasse zuständige Stewardeß blieb neben ihnen stehen, wodurch das, seit dem *Trib*-Artikel vor drei Tagen in der einen oder anderen Form geführte, erbitterte Wortgefecht eine kurze Pause fand. Sie hielt ihnen ein Tablett mit Champagnergläsern hin.

»Meinen Glückwunsch! Ich kann Ihnen gar nicht sagen, wie aufregend wir es alle finden, Sie heute hier bei uns an Bord zu haben. Wir sind alle Riesenfans der Stars, und die Nachricht von Ihrer Hochzeit freut uns maßlos.«

Jane zwang sich zu lächeln, als sie den Champagner nahm. »Vielen Dank.«

Cal sagte keinen Ton.

Die Stewardeß unterzog die Glückliche, der die Eheschließung mit dem prominentesten Junggesellen der Stadt gelungen war, einer unauffälligen Musterung. Allmählich gewöhnte sich Jane an die Überraschung der Leute, wenn sie ihr zum ersten Mal begegneten. Zweifellos hätten sie an Cal Bonners Seite eher ein Fotomodell erwartet, und Janes gediegene Tweedjacke, die beige Hose und die bronzefarbene Schildpattbrille entsprachen nicht ganz diesem Bild. Ihre Garderobe war von guter Qualität, aber konservativ. Doch der klassische Stil paßte zu ihr, und sie weigerte sich, ständig mit der neuesten Mode zu gehen.

Ihr Haar hatte sie zu einem lockeren Knoten arrangiert, mit dem sie sich, weil er ordentlich und zeitlos war, immer gefiel. Ihre Freundin Caroline behauptete, er sähe spießig aus, aber zugleich räumte sie ein, daß Janes zartes Gesicht durch ihn recht vorteilhaft zur Geltung kam. Als einzigen Schmuck trug sie kleine goldene Knöpfe in den Ohren und den schlichten Ehering, den Cals Anwalt für die Zeremonie gekauft hatte. An ihrem Finger sah er eigenartig aus, und sie tat, als wäre er nicht da.

Während sie ihre Brille geraderückte, dachte sie über Cals allseits bekannte Vorliebe für junge Frauen nach. Zweifellos wäre er besserer Laune, säße sie in einem Minirock und einem mit Rheinkieseln besetzten BH neben ihm. Sie fragte sich, wie er wohl auf ihr tatsächliches Alter reagieren würde.

Bereits der Blick auf sein kampflustig gerecktes, vierschrötiges Kinn machte sie nervös. Falls dieser Mann jemals einen komplexen Gedanken hegte, so zeigte er es nicht. Im Vergleich zu ihm kam sie sich wie eine gezielt präparierte Klugheitsbombe vor.

»Hier, trink.« Als die Stewardeß weiterging, gab sie ihm ihr Champagnerglas.

»Warum sollte ich?«

»Weil ich schwanger bin und das Zeug nicht trinke. Oder willst du etwa, daß alle Welt den wahren Grund für unsere überstürzte Heirat erfährt?«

Mit einem bösen Blick in ihre Richtung leerte er das Glas und drückte es ihr wieder in die Hand. »Wahrscheinlich machst du mich jetzt auch noch zum Alkoholiker.«

»Da du dich sowieso meistens, wenn ich dich sehe, einem Drink widmest, dürfte das nicht allzu schwierig sein.«

»Du weißt einen verdammten Dreck über mich.«

»Was für ein reizendes Vokabular. Wirklich treffend, finde ich.«

»Wenigstens klinge ich nicht, als hätte ich ein Wörterbuch verschluckt. Wie lange wirst du brauchen, bis du all diese großen Worte ausgespuckt hast, die du kennst?«

»Ich bin mir nicht sicher. Aber wenn ich langsam genug spreche, verstehst du vielleicht wenigstens ein paar davon.«

Derartige Wortgefechte führten natürlich zu nichts, aber sie waren immer noch besser als sein feindseliges Schweigen, das ihre Nerven strapazierte und sie permanent nach einer Fluchtmöglichkeit suchen ließ. Auch die Tatsache, daß er sich so geflissentlich bemühte, jedem Körperkontakt mit ihr aus dem Weg zu gehen, weckte in ihr den Verdacht auf seine unterschwellige Mordlust. Obwohl er im Recht war und sie deshalb einschüchterte, hatte sie beschlossen, ebenso aggressiv zu sein wie er. Egal, was auch passierte, er durfte nicht dahinterkommen, daß sie sich vor ihm fürchtete.

Ihr emotionaler Aufruhr war nur eine der Veränderungen, die die katastrophalen Ereignisse der letzten paar Tage hervorgerufen hatten. Freitag morgen, zwei Tage nach ihrer Hochzeit, war sie ins College gefahren, wo sie von einer ganzen Armee von Reportern mit Fragen bestürmt und mit Mikrophonen bedrängt worden war. Sie hatte sich durch die Menge gezwängt und war in ihr Büro gerannt, wo Marie sie mit einem beinahe ehrfürchtigen Blick und einem Haufen Nachrichten, unter anderem einer von Cal, empfing.

Sie hatte ihn in seiner Wohnung erreicht, aber er überging ihre Fragen mit einem Knurren und las ihr die Pressemitteilung vor, die sein Anwalt verfaßt hatte. Dort hieß es, sie beide hätten sich vor mehreren Monaten über gemeinsame Freunde kennengelernt und ganz plötzlich den Entschluß gefaßt zu heiraten. Des weiteren wurden ihre akademischen Grade aufgelistet und sein Stolz auf ihre beruflichen Erfolge erwähnt, ein Satz, den er mit einem verächtlichen Schnauben begleitete. Dann wurde gesagt, die nächsten paar Monate brächte das glückliche Paar in Cals Heimatstadt Salvation in North Carolina zu.

Jane war explodiert. »Das ist unmöglich! Ich muß Unterricht erteilen und gehe nirgendwohin.«

Zur Erwiderung donnerte er: »Von heute nachmittag an laßt du dich – wie nennt man das? – vorübergehend beurlauben.«

»Nie und nimmer.«

»Dein College sieht das anders.«

»Wovon redest du?«

»Frag deinen Boß!« Mit diesem Satz hatte er aufgelegt.

Umgehend war sie in das Büro von Dr. William Davenport, dem Leiter der Physikabteilung von Newberry, gestürmt, wo sie hatte feststellen müssen, daß dem College als Dank für seine Flexibilität bezüglich ihres nächsten Trimesterplans eine großzügige Spende zugekommen war. Voll ohnmächtigen Zorns mußte sie diese Erniedrigung hinnehmen. Mit wenig mehr als einer Unterschrift unter einem Scheck hatte er die Kontrolle über ihr Leben übernommen, ob sie es wollte oder nicht.

Die Stewardeß kam zurück, um die Gläser abzuholen, doch sobald sie verschwunden war, nahm Jane erbittert den Faden wieder auf. »Du hattest kein Recht, dich in meine Arbeit einzumischen.«

»Reg dich ab. Schließlich habe ich dir ein paar Monate Sonderurlaub erkauft. Dafür solltest du mir dankbar sein. Ohne mich hättest du jetzt nicht soviel Zeit für deine Forschungen im Labor.«

Es schien, als wisse er fast alles über sie. Auch wenn sie es ihm gegenüber niemals zugeben würde, gewann sie durch die zeitweilige Beurlaubung vom College wirklich kostbare Zeit für ihre Preeze-Recherchen. Ihre Computerausrüstung war bereits nach Salvation unterwegs, und dank der Erfindung des Modems würde ihre Arbeit durch den Ortswechsel nicht im geringsten beeinträchtigt. Unter anderen Umständen hätte sie sich über die drei freien Monate sicher sehr gefreut, aber nicht über diesen Zwangsurlaub und nicht, wenn sie auch nur einen Bruchteil dieser Zeit mit Calvin Bonner verbringen mußte.

»In meinem Büro zu Hause könnte ich wesentlich besser arbeiten.«

»Nicht, solange eine Armee von Reportern vor deiner Haustür campiert, um herauszufinden, warum das berühmteste Hochzeitspaar der Stadt in zwei verschiedenen Staaten lebt.« Wieder sah er sie an, als wäre sie ein Ekelpaket. »Ich fliege jedes Jahr um diese Zeit nach Salvation und bleibe immer dort, bis es im Juli ins Trainingslager geht. Vielleicht findet ja dein gigantisches Hirn eine einleuchtende Ausrede dafür, daß meine frischangetraute Gemahlin lieber in Chicago bleibt. Mir jedenfalls fällt keine ein.«

»Aber wie kannst du nur deine Familie in ein so widerliches Täuschungsmanöver mit einbeziehen? Warum sagst du ihnen nicht einfach die Wahrheit?«

»Weil im Gegensatz zu dir in meiner Familie niemand ein guter Lügner ist. Innerhalb kürzester Zeit wüßte es die ganze Stadt, und dann erführe der Rest der Welt davon. Willst du wirklich, daß man später dem Gemüse ins Ohr bläst, unter welchen Umständen wir uns begegnet sind?«

Sie seufzte. »Nein. Und nenn sie nicht Gemüse.« Wieder einmal überlegte sie, ob das Baby wohl ein Junge oder ein Mädchen war. Sie wußte noch nicht, ob sie es sich nach der Ultraschalluntersuchung sagen lassen würde.

»Außerdem hat meine Familie im letzten Jahr mehr als genug durchgemacht, so daß ich ihr Leid nicht noch vergrößern will.«

Jodie hatte einmal den Tod von Cals Schwägerin und Neffen erwähnt. »Das ist wirklich schlimm für sie. Aber sobald sie uns zusammen sehen, werden sie wissen, daß irgendwas nicht stimmt.«

»Keine Sorge, du wirst so wenig wie möglich mit ihnen zusammensein. Ich stelle dich Ihnen vor, sie werden wissen, wer du bist; aber bilde dir bloß nicht ein, daß es besonders vertraulich wird. Und noch eins. Falls dich irgendwer fragt, wie alt du bist, sag ja nicht, daß du achtundzwanzig bist. Wenn du nicht um eine Antwort herumkommst, dann bist du fünfundzwanzig und keinen Tag älter, kapiert?«

Himmel, was stand ihr da mit ihren vierunddreißig wohl alles bevor? »Ich werde mein Alter nicht verheimlichen.«

»Warum solltest du nicht lügen? Schließlich hast du in allen anderen Dingen ja auch die Unwahrheit gesagt.«

Nur mit Mühe unterdrückte sie eine erneute Woge von Schuldgefühl. »Es würde sowieso niemand glauben, daß ich fünfundzwanzig bin. Also behaupte ich das gar nicht erst.«

»Professor, ich gebe Ihnen den guten Rat, mich nicht noch mehr zu reizen, als es Ihnen ohnehin schon gelungen ist. Und hast du nicht vielleicht Kontaktlinsen oder so, damit du nicht ständig mit dieser verdammten, klugscheißerischen Brille rumlaufen mußt?«

»Es ist eine Bifokalbrille. So etwas gibt es nicht als Kontaktlinse.«

»Eine Bifokalbrille, wie schön!«

»Auf ihren Gläsern verläuft eine unsichtbare Linie. Die obere Hälfte ist normales Fensterglas, aber die untere Hälfte vergrößert alles, was man sieht. Viele Leute im *fortgeschrittenen Alter* haben so etwas.«

Den sicher nicht freundlichen Kommentar zu dieser Erläuterung mußte Cal sich verkneifen, da in diesem Augenblick ein hünenhafter Passagier zwei große Taschen auf die Gepäckablage wuchtete, wobei er eine der beiden in Cals Arme plumpsen ließ. Sie starrte den Mann mit großen Augen an. Draußen war es eisig kalt, aber er trug ein ärmelloses Nylonhemd, vermutlich um auf diese Weise seine muskulösen Oberarme zu zeigen.

Cal bemerkte ihr Interesse an der Garderobe des Mannes und maß sie verdrießlich. »Da, wo ich herkomme, werden diese Hemden Frauenschlägershirts genannt.«

Offenbar hatte er vergessen, daß nicht eins seiner kleinen Häschen neben ihm im Flugzeug saß. Sie sah ihn mit einem zuckersüßen Lächeln an. »Und ich dachte immer, daß ein Hinterwäldler grundsätzlich keine Schwester schlägt.«

Erbost runzelte er die Stirn. »Sie haben keine Ahnung, was ein Hinterwäldler so alles macht, Professor, aber Sie werden es bald merken.«

»He, tut mir leid, wenn ich störe, Cal, aber ich frage mich, ob Sie mir vielleicht ein Autogramm für meinen Sohn geben könnten.« Ein Geschäftsmann mittleren Alters hielt Cal einen Stift und einen Notizblock mit dem Schriftzug eines Pharma-Unternehmens unter die Nase. Cal tat ihm den Gefallen, und nicht lange, da kam der nächste. Immer wieder erschienen Leute mit der Bitte um ein Autogramm, bis die Stewardessen die Passagiere zurück auf ihre Plätez dirigierten. Cal war höflich zu seinen Fans und legte eine überraschende Geduld an den Tag.

Sie nutzte die Unterbrechungen, um den Artikel eines ehemaligen Kollegen zu lesen, in dem es um die Abfallprodukte der Sechs-Quark H-Partikel ging; aber es fiel ihr schwer, sich auf Nichtlineare Physik zu konzentrieren, solange ihre eigene Welt derart aus den Fugen geraten war. Sie hätte sich weigern können, ihn nach Salvation zu begleiten – aber dann hätte die Presse sie immer mehr in die Enge getrieben und einen Schatten auf die Zukunft ihres Kindes geworfen, noch ehe es überhaupt geboren war. Dieses Risiko wollte sie nicht eingehen.

Um jeden Preis mußte verhindert werden, daß ihre schmutzige Geschichte in die Zeitung kam. Ihre eigene Erniedrigung, so furchtbar sie auch wäre, wäre dabei nicht halb so schlimm wie der Schaden, den ihr Kind nehmen würde, wüchse es im Nachhall dieser Informationen auf. Sie hatte sich geschworen, all ihre Entscheidungen nach dem Wohl und Wehe des Babys zu fällen, und aus diesem Grund willigte sie schließlich in den gemeinsamen Flug ein. Mit hochgeschobener Brille wandte sie sich erneut dem Artikel zu. Aus dem Augenwinkel sah sie, daß Cal giftige Blicke schleuderte, und sie war dankbar, keine telepathischen Fähigkeiten zu besitzen; denn das, was hinter seiner Stirn vorging, war sicher niederschmetternd!

Bifokalbrille! dachte Cal. Himmel, wie er dieses Teil haßte. Er erstellte im Geiste eine Liste all dessen, was ihm an der Frau, die in diesem Augenblick neben ihm saß, mißfiel, und kam zu dem Schluß, daß es, selbst wenn er ihren Charakter beiseite ließ, jede Menge Minuspunkte gab.

Alles an ihr war zu ernst. Selbst ihr Haar. Warum machte sie nicht endlich diesen elenden Knoten auf? Es hatte eine tolle Farbe, soviel gestand er ihr – wenn auch widerwillig – zu. Er hatte eine Reihe von Freundinnen mit derselben Haarfarbe gehabt, aber die war aus der Tube gekommen, wohingegen Jane Darlington ihr Goldblond ganz sicher der Natur verdankte.

Abgesehen von der kleinen Locke, die dem Knoten entwichen war und sich nun wie ein seidiges S hinter ihrem Ohr kringelte, kam sie ihm durch und durch schulmeisterlich vor. Mit einer ernsten Frisur und ernster Garderobe. Nun, sie besaß eine schöne Haut ... aber die riesige, schwachsinnige *Bifokal*brille war einfach schauderhaft. Damit sah man ihr jedes einzelne ihrer achtundzwanzig Lebensjahre an!

Er konnte immer noch nicht glauben, daß er mit ihr verheiratet war. Aber da er sich weiterhin im Spiegel ertragen wollte, wenn er morgens ins Badezimmer kam, hatte er keine andere Wahl gehabt. Sollte er sein Kind etwa ohne Vater aufwachsen lassen? Bei seiner Auffassung von Familie kam das einfach nicht in Frage.

Eigentlich empfände er lieber Genugtuung darüber, daß er das Richtige getan hatte – aber ihn erfüllte lediglich grenzenloser Zorn. Er wollte nicht verheiratet sein, verdammt noch mal! Mit keiner Frau. Aber vor allem nicht mit dieser zugeknöpften Spießerin, die im Grunde ihres Herzens nichts weiter war als eine empörende Lügnerin.

Seit Tagen redete er sich ein, daß sie nichts weiter bedeutete als eine Freundin, die vorübergehend bei ihm unterkroch; aber jedesmal, wenn er den Ehering an ihrem Finger erblickte, wallte eine würgende Vorahnung in ihm auf. Es war, als glitten die letzten Tage seiner Karriere vorüber und er sehe hilflos dabei zu.

»Persönlich würde ich mir niemals ein Auto kaufen, ohne es vorher gesehen zu haben.« Jane betrachtete das innere des neuen, dunkelgrünen Jeep Grand Cherokee, der mit unter dem vorderen Stoßdämpfer verstecktem Schlüssel auf dem Parkplatz des Flughafens von Asheville abgestellt war.

»Für solche Sachen heuere ich dagegen immer irgendwelche Jungs an.«

Wie er da so herumprotzte, reizte er sie. »Ein bißchen prätentiös.«

»Passen Sie auf, was Sie sagen, Professor!«

»Das bedeutet vernünftig«, belog sie ihn. »Vielleicht versuchst du ja mal, das Wort in einen Satz einzubauen, den du gegenüber einem dir sympathischen Menschen äußerst. Sag ihm, du findest sein Benehmen prätentiös, und schon ist er für den Rest des Tages glücklich.«

»Danke für den Tip. Vielleicht benutze ich das Wort, wenn ich das nächste Mal im Fernsehen bin.«

Sie bedachte ihn mit einem argwöhnischen Blick, aber seine Miene drückte nicht einmal die Spur von Mißtrauen aus. Ihr kam der Gedanke, daß sie sich im Laufe der letzten paar Tage zu einem richtiggehenden Biest entwickelt hatte.

Obgleich es ein eisiger, bewölkter Märztag war, zeigte sich hinter den Autofenstern eine Umgebung von wilder Schönheit. Die Bergketten des westlichen North Carolina bildeten einen auffallenden Kontrast zu der Flachlandschaft von Illinois, wo sie aufgewachsen war.

Sie überquerten den Broad River, über dessen Namen sie unter anderen Umständen gelächelt hätte, und bogen auf der Interstate 40 nach Westen in Richtung Salvation ab. Bereits als ihr der Name von Cals Heimatstadt zum ersten Mal zu Ohren kam, war er ihr irgendwie geläufig, doch sie hatte nicht gewußt, weshalb.

»Gibt es etwas Besonderes im Zusammenhang mit deiner Stadt?«

»Sie war vor einer Weile in den Nachrichten, aber hier spricht kaum jemand gern darüber.«

Jane wartete auf weitere Informationen, doch es überraschte sie nicht allzu sehr, daß er schwieg. Verglichen mit dem Bomber war sie ein regelrechtes Plappermaul. »Könnte ich in das Geheimnis eingeweiht werden?«

Er brauchte so lange mit der Antwort, daß sie bereits dachte, er ignoriere sie; aber dann rückte er schließlich heraus: »Salvation war der Ort, in dem sich G. Dwayne Snopes niedergelassen hatte. Der Fernsehprediger ...«

»Starb er nicht vor ein paar Jahren bei einem Flugzeugunglück oder so?«

»Ja, und zwar, als er sich mit ein paar Millionen Dollar, die ihm nicht gehörten, ins Ausland absetzte. Selbst auf dem Höhepunkt seiner Karriere haben die Stadtoberen ihn nicht allzu sehr gemocht, und es gefällt ihnen nicht, wenn man den Namen Salvation mit ihm in Verbindung bringt.«

»Hast du ihn gekannt?«

»Wir sind uns mal begegnet.«

»Was für ein Typ war er?«

»Ein Betrüger! Das hätte auch der letzte Schwachkopf erkennen können.«

Ganz offensichtlich reichten seine geistigen Fähigkeiten für ein höfliches Gespräch nicht aus. Also wandte sie sich ab und versuchte, die Landschaft zu genießen; aber die Tatsache, daß sie plötzlich ihr Leben mit einem gefährlichen Fremden teilte, der alles an ihr haßte, machte es ihr schwer.

Schließlich bogen sie vom Highway in eine gewundene, zweispurige Straße ab. Mit röhrendem Motor schlängelte sich der Jeep auf der einen Seite eines Berges hinauf, ehe es auf der anderenSeite steil und kurvig abwärts ging. Die am Wegrand auf überwucherten Grundstücken vor sich hinrostenden überdimensionalen Wohnwagen bildeten einen auffallenden Kontrast zu den gußeisernen Eingangstoren der eleganten Wohnanlagen für reiche Pensionäre, die gepflegte Golfplätze umgaben. Als ihr von all den Kurven bereits übel war, bog Cal zu allem Überfluß in einen Kiesweg ein, der den Berg geradewegs wieder hinaufzuführen schien.

»Das hier ist der Heartache Mountain. Ich muß noch kurz bei meiner Großmutter vorbei. Der Rest meiner Familie ist augenblicklich nicht in der Stadt, aber wenn ich dich nicht auf der Stelle zu ihr bringe, regt sie sich sicher furchtbar auf. Gib dir keine Mühe, nett zu ihr zu sein. Denk dran, daß du nicht lange hierbleibst.«

»Du willst, daß ich gegen deine Großmutter unhöflich bin?«

»Sagen wir einfach, ich will nicht, daß du bei meiner Familie irgendeinen Beliebtheitswettbewerb gewinnst. Und behalte deine Schwangerschaft für dich.«

»Ich hatte sowieso nicht die Absicht, es überall herumzuposaunen. Keine Angst!«

Er lenkte den Wagen in einen von Schlaglöchern übersäten Weg, an dessen Ende ein lange nicht mehr gestrichenes, mit einem Wellblechdach versehenes Häuschen lag. Einer der Fensterläden hing windschief in den Angeln, und die Stufen der Treppe, über die man die Veranda erreichte, waren abgesackt. Angesichts seines Reichtums schockierte sie der Anblick dieser Hütte regelrecht. Wenn er seine

Großmutter lieb hätte, könnte er sicher das nötige Kleingeld für die Reparaturen erübrigen.

Als er den Motor abgestellt hatte, kletterte er aus dem Wagen, ging um die Kühlerhaube herum und öffnete die Tür. Diese Höflichkeit überraschte sie, doch dann erinnerte sie sich, daß er beim Einsteigen auf dem Parkplatz des Flughafens genauso verfahren war.

»Meine Großmutter heißt Annie Glide«, sagte er, während sie aus dem Auto stieg. »Und sie ist neunundsiebzig Jahre alt. Sie hat ein schwaches Herz und ein Emphysem, aber zum Sterben ist sie noch lange nicht bereit. Paß auf die Stufe auf. Verdammt! Eines Tages fällt ihr sicher noch mal die Decke dieser Bruchbude auf den Schädel.«

»Du könntest es dir doch sicher leisten, ihr einen Umzug zu bezahlen?«

Er sah sie an, als wäre sie vollkommen übergeschnappt, doch dann trat er an die Tür und klopfte lautstark. »Mach auf, du alte Fledermaus, und sag mir sofort, warum die verdammte Treppe noch nicht repariert worden ist!«

Jane starrte ihn entgeistert an. Ging er so mit seiner lieben Oma um?

Die Tür öffnete sich quietschend, und Jane riß die Augen noch weiter auf, als ihr eine Frau mit hängenden Schultern, wasserstoffblondem, wild toupiertem Haar, leuchtendem Lippenstift und einer Zigarette im Mundwinkel entgegenkam. »Hüte deine Zunge, Calvin James Bonner! Ich kann dir immer noch den Hintern versohlen, wenn's nötig ist. Vergiß das nicht!«

»Dazu mußt du mich erst mal erwischen.« Er zog ihr die Zigarette aus dem Mund, warf sie auf den Boden, trat sie aus, und erst dann nahm er die Alte in den Arm.

Sie stieß ein heiseres, von Pfeiftönen untermaltes Krächzen aus und tätschelte ihm das breite Kreuz. »So wild wie der Teufel und doppelt so schlimm!« An ihm vorbeispähend, blickte sie mit gerunzelter Stirn auf Jane, die auf der obersten Stufe der Treppe stand. »Wer ist das?«

»Annie, das ist Jane.« Seine Stimme bekam einen stählernen Klang. »Meine Frau. Du erinnerst dich doch bestimmt daran. Ich habe dich angerufen und von ihr erzählt. Wir haben letzten Mittwoch geheiratet.«

»Sieht aus wie eine Stadtmamsell. Und, hast du jemals in deinem Leben ein Eichhörnchen gehäutet, he?«

»Ich – uh – ich fürchte nein.«

Mit einem verächtlichen Schnauben wandte sie sich abermals an Cal. »Warum hast du so lange gebraucht, endlich mal wieder deine Oma zu beehren?«

»Ich hatte Angst, daß du mich beißen würdest, also habe ich erst mal meine Tetanusimpfungen aufgefrischt.«

Bei dieser Antwort brach sie in hexenhaftes Gekicher aus, das in einem Hustenanfall gipfelte. Cal legte den Arm um sie und führte sie ins Haus zurück, wobei er sie die ganze Zeit über wegen ihres Rauchens schalt.

Jane vergrub die Hände in den Taschen ihrer Jacke und dachte, daß ihr Leben während der nächsten paar Monate sicher nicht einfach würde, falls es aus weiteren Tests wie der Frage nach dem Häuten von Eichhörnchen bestand.

Sie war nicht gerade versessen darauf, ebenfalls ins Haus zu gehen, und so überquerte sie die Veranda bis zu der Stelle, an der ein leuchtendbunter Luftsack vom Dach herunterhing. Das Häuschen war an die Seite des Berges geschmiegt und lag, abgesehen von einer Lichtung und einem kleinen Garten, mitten im Wald. Der um die entfernten Gipfel schwebende Nebel verriet ihr, weshalb dieser Teil der Appalachenkette Smokies, also die rauchenden Berge, hieß.

Es war so still, daß das Rascheln eines vereinzelten Eichhörnchens zwischen den nackten Ästen einer Eiche an ihre Ohren drang. Bis zu diesem Augenblick hatte sie den Lärm selbst in den Vororten der Städte nie so richtig registriert.

Sie hörte das Knacken eines Zweiges, den Ruf einer Krähe, und atmete den feuchten, kalten Duft des Vorfrühlings ein. Seufzend ging sie zurück zur Tür. Sicherlich würde diese Dame jede Zurückhaltung als Zeichen von Schwäche auslegen.

Also öffnete sie, wenn auch zögerlich, die Tür und trat in ein kleines, vollgestopftes Wohnzimmer, das eine bizarre Kollektion von alten, schrillen Gegenständen und neuen, geschmackvollen Dingen barg. Auf einem dicken, rauchblauen Teppich standen etliche verschlissene Sessel, jeder mit einem anderen Stoff bezogen. Von verblichenem Brokat bis hin zu fadenscheinigem Samt war alles vorhanden. Der vergoldete Kaffeetisch hatte ein notdürftig mit silberfarbenem Klebeband repariertes Bein, und staubrote Quasten hielten die dünnen, spitzenbesetzten Gardinen seitlich der Fenster fest.

An einer Wand stand eine offensichtlich kostspielige Stereoanlage mit einem CD-Player in der Nähe eines alten, steinernen Kamins. Auf dem roh behauenen Sims befand sich eine Sammlung kitschigster oder aber erinnerungsträchtiger Gegenstände. Unter anderem sah Jane eine gitarrenförmige Keramikvase voller Pfauenfedern, einen Football, einen ausgestopften Fasan und ein gerahmtes Photo eines Mannes, der ihr irgendwie bekannt vorkam.

Durch einen schmalen Bogengang zu ihrer Linken konnte sie einen Teil der Küche mit einem halb abgelösten Linoleumboden und einem altmodischen Ofen entdecken. Eine weitere Tür führte wahrscheinlich zu den Schlafzimmern.

Annie Glide setzte sich unter großen Schwierigkeiten in einen gepolsterten Schaukelstuhl, während Cal mit blitzenden Augen durchs Zimmer lief. »... und dann hat Roy gesagt, du hättest mit deinem Gewehr auf ihn gezielt, und jetzt will er ohne eine Anzahlung in Höhe von fünfhundert Dollar überhaupt nicht mehr kommen!«

»Roy Potts weiß doch überhaupt nicht mal, was der Unterschied zwischen einem Hammer und seinem Dickdarm ist.«

»Roy ist, verdammt noch mal, der beste Handwerker hier in der Gegend!«

»Hast du mir meine neue Harry-Connick-Junior-CD mitgebracht? Die will ich haben, nicht irgendeinen schwachsinnigen Handwerker, der sich unaufgefordert in meine Angelegenheiten mischt.«

Er seufzte. »Ja, ich hab' sie mitgebracht. Sie ist draußen im Wagen.«

»Tja, dann hol sie, aber schleunigst.« Sie winkte ihn zur Tür. »Und stell den Lautsprecher um, wenn du wiederkommst. Er steht zu nah an meinem Fernseher.«

Sobald er verschwunden war, spießte sie Jane mit ihren blauen Augen auf, woraufhin diese das eigenartige Bedürfnis empfand, sich vor ihr auf die Knie zu werfen und ihr all ihre Sünden zu gestehen; aber sie nahm an, als Dank bekäme sie von der zänkischen Alten sicher bloß eine Ohrfeige.

»Wie alt bist du, Mädchen?«

»Vierunddreißig.«

Sie dachte darüber nach. »Für wie alt hält er dich?«

»Achtundzwanzig. Aber ich habe nie behauptet, daß ich das bin.«

»Allerdings hast du auch nicht gesagt, wie alt du wirklich bist, oder?«

»Nein.« Obwohl sie nicht dazu aufgefordert worden war, nahm sie am Ende des alten, samtbezogenen Sofas Platz. »Er will, daß ich allen erzähle, ich wäre fünfundzwanzig.«

Annie schaukelte eine Weile in ihrem Stuhl. »Und, wirst du das tun?«

Jane schüttelte den Kopf.

»Cal hat mir erzählt, daß du eine College-Professorin bist – also eine wirklich clevere Lady?«

»In manchen Dingen ja. In anderen dafür wahrscheinlich umso dämlicher.«

Sie nickte. »Calvin hat für Albernheiten keinen Sinn.«

»Ich weiß.«

»Dabei täte ihm ein bißchen Albernheit sicher gut.«

»Leider kenne ich mich in Albernheiten auch nicht besonders aus. Als Kind habe ich ziemlich viel Unsinn gemacht, aber jetzt nicht mehr.«

Annie blickte auf, denn in diesem Augenblick kam Cal zurück. »Als ich von eurer plötzlichen Hochzeit erfahren habe, dachte ich, sie hätte dich vielleicht reingelegt, so wie deine Mama deinen Dad.«

»Das war etwas anderes«, sagte er tonlos, und Annie wandte sich an Jane.

»Meine Tochter Amber hat sich fleißig herumgetrieben und ist die ganze Zeit den Jungs nachgelaufen. Dann hat sie den reichsten Typen der Stadt in die Falle gelockt.« Annie kicherte, »... und ihn tatsächlich gekriegt. Cal hier war der Köder, bei dem er angebissen hat.«

Janes Schultern fielen herab. Also war Cal die zweite Generation männlicher Bonners, die von einer schwangeren Frau zur Ehe gezwungen wurde.

»Am liebsten würde meine Amber Lynn vergessen, daß sie bitterarm aufgewachsen ist. Stimmt's nicht, Calvin?«

»Warum machst du sie immer so fertig!« Er ging zu der Stereoanlage hinüber, und einen Augenblick später füllte Harry Connick Juniors Stimme mit »Stardust« den Raum.

Jane begriff, daß der Mann auf dem Photo auf dem Kaminsims Connick war. Was für eine seltsame Frau.

Annie lehnte sich in ihrem Schaukelstuhl zurück. »Dieser Connick hat einfach eine phantastische Stimme. Ich habe mir immer gewünscht, du könntest singen, Calvin, aber irgendwie hat es dazu nie gereicht.«

»Nein, Ma'am, außer Football spielen kann ich nichts

Besonderes.« Er setzte sich ebenfalls auf das Sofa, aber achtete darauf, Jane nicht zu nahe zu kommen.

Annie machte die Augen zu, und alle drei lauschten der honigsüßen Musik. Vielleicht war es der graue Tag oder die tiefe Ruhe des Waldes – Jane merkte jedenfalls, daß sie eine neue Gelassenheit gewann. Die Zeit verging, und mit einem Mal verspürte sie eine seltsame Lebendigkeit. Hier in diesem halb verfallenen Haus im Schatten der Great Smokie Mountains bekam sie plötzlich das Gefühl, möglicherweise einen bisher fehlenden Teil ihrer Seele wiederzufinden. Hier in diesem Raum, in dem es nach Kiefer und Moder und Kaminrauch roch.

»Janie Bonner, ich möchte, daß du mir was versprichst.«

Das Gefühl verflog, als sie diesen Namen hörte; aber sie bekam keine Gelegenheit, Annie zu erklären, daß sie weiter ihren Mädchennamen trug.

»Janie Bonner, ich möchte, daß du mir hier und jetzt versprichst, Calvin eine gute Ehefrau zu sein, und daß dir sein Wohlergehen stets wichtiger ist als dein eigenes.«

Ein solches Versprechen wollte sie nicht geben, und nur mit Mühe verbarg sie ihr Entsetzen. »Das Leben ist kompliziert. So etwas kann man nicht einfach ...«

»Natürlich ist es nicht leicht«, schnauzte die alte Dame. »Aber du hast dir ja wohl nicht eingebildet, daß eine Ehe mit diesem Mann leicht sein würde.«

»Nein, aber ...«

»Tu, was ich sage. Versprich es mir!«

Der Blick aus Annies blauen Augen war stärker als Janes eigene Willenskraft. Sie merkte, daß sie der Alten einfach nicht gewachsen war. »Ich verspreche, mein möglichstes zu tun.«

»Das reicht.« Wieder schloß Annie die Augen. Das Quietschen ihres Schaukelstuhls und ihr pfeifender Atem bildeten die einzigen Hintergrundgeräusche zu der samtigen Stimme, die aus dem Lautsprecher ertönte. »Calvin, versprich mir, daß du dich um Jane kümmern wirst, wie es sich für einen Ehemann gehört, und daß dir ihr Wohlergehen stets wichtiger sein wird als dein eigenes.«

»Also, bitte, Annie, wenn man jahrelang auf die Richtige gewartet hat, ist es doch logisch, daß man das tut, wenn man sie endlich gefunden hat.«

Annie machte die Augen wieder auf und nickte zufrieden, da ihr Cals boshafter Blick in Janes Richtung ebensowenig wie die Tatsache, daß er überhaupt nichts versprochen hatte, aufgefallen war.

»Wenn ich deiner Mama und deinem Daddy dasselbe Versprechen abgenommen hätte, Calvin, wäre es für sie beide vielleicht besser gewesen, aber damals war ich einfach noch nicht schlau genug.«

»Es hatte kaum etwas mit deinem Grips zu tun, du alte Heuchlerin! Du warst über deinen Bonner-Schwiegersohn so glücklich, daß alles andere nicht mehr zählte.«

Sie spitzte die Lippen, und Jane sah die Stellen, an denen ihr Lippenstift in den Altersfalten um ihre Lippen herum verlaufen war. »Die Bonners haben immer gedacht, sie wären zu gut für die Glides, aber ich schätze, wir haben es ihnen gezeigt. Meine drei Enkelsöhne sind fast alle echte Glides. Zumindest du und Gabriel. Ethan war leider immer ein Weichling, mehr ein Bonner als ein Glide.«

»Ethan ist noch lange kein Weichling, nur weil er Pfarrer wurde.« Cal erhob sich von der Couch. »Wir müssen los, aber bilde dir ja nicht ein, ich würde die kaputte Treppe vergessen. Und jetzt sag mir, wo du diese verdammten Zigaretten versteckst.«

»Dort, wo du sie niemals finden wirst.«

»Das glaubst auch nur du.« Er trat vor die alte Kommode neben der Küchentür, öffnete die unterste Schublade und zog eine Stange Camel heraus. »Die nehme ich mit.«

»Du willst sie ja bloß selber rauchen.« Mühsam hievte sie sich aus dem Schaukelstuhl. »Wenn Calvin das nächste Mal kommt, will ich dich wieder hier sehen, Janie Bonner. Schließlich mußt du lernen, was es heißt, mit einem Jungen vom Land verheiratet zu sein.«

»Sie arbeitet im Augenblick an einem wichtigen Forschungsprojekt«, schränkte Cal ein. »Ich fürchte, sie hat nicht allzuviel Zeit für Besuche.«

»Ist das wahr?« Jane meinte so etwas wie Enttäuschung in Annies Augen zu lesen.

»Ich komme jederzeit gern vorbei.«

»Na also.«

Cal preßte die Lippen zusammen, und sie merkte, daß ihm ihre Antwort nicht paßte.

»Geht jetzt. Ich will meinen Harry hören, ohne daß ständig jemand dazwischenquatscht.«

Cal öffnete die Tür und setzte höflich einen Schritt zurück, damit Jane vor ihm hinaustreten konnte. Allerdings hatten sie den Wagen kaum erreicht, als Annies Stimme sie innehalten ließ.

»Janie Bonner!«

Sie drehte sich um und bemerkte, daß die alte Frau ihnen durch das Fliegengitter nachschaute.

»Und geh bloß immer ohne Kleider ins Bett, auch im Winter, hast du mich gehört? Geh so zu deinem Mann, wie der liebe Gott dich erschaffen hat. Auf diese Weise hältst du ihn vom Streunen ab.«

Jane fiel einfach keine passende Antwort ein, so daß sie winkend in den Wagen stieg.

»Das möchte ich erleben«, murmelte Cal, während er vom Hof auf den Kiesweg fuhr. »Ich wette, daß du sogar unter der Dusche noch deine Klamotten anbehältst.«

»Es ärgert dich, daß ich mich für dich nicht ausgezogen habe, stimmt's?«

»Die Liste der Dinge, die mich an Ihnen ärgern, Professor, ist so lang, daß ich gar nicht weiß, wo ich anfangen soll. Und warum hast du gesagt, du kommst jederzeit gern zu ihr zurück? Ich habe dich hierher gebracht, weil ich mußte. Aus keinem anderen Grund. Du besuchst sie nicht noch mal!«

»Ich habe ihr angekündigt, daß ich noch einmal kommen würde. Wie also soll ich es deiner Meinung nach rechtfertigen, wenn ich plötzlich von der Bildfläche verschwinde?«

»Du bist das Genie. Dir fällt bestimmt eine passende Ausrede ein!«

7

Auf dem Weg den Berg hinunter machte Jane zu ihrer Rechten plötzlich ein altes Autokino aus. Die Leinwand stand, wenn auch beschädigt, immer noch an ihrem Platz, und ein schlaglochreicher Kiesweg führte zu einem Kartenhäuschen, das einst offenbar leuchtend gelb, inzwischen jedoch senffarben schmutzig war. Über der von Unkraut überwucherten Einfahrt hing ein riesiges sternförmiges, von zerborstenen Glühbirnen gerahmtes Schild, auf dem in Lila und Gelb *Der Stolz von Carolina* geschrieben stand.

Jane ertrug das drückende Schweigen zwischen ihnen einfach nicht. »Ich habe seit Jahren kein Autokino mehr gesehen. Bist du früher oft hier gewesen?«

Zu ihrer Überraschung ließ er sich tatsächlich zu einer Antwort herab. »Im Sommer war dies immer der Treffpunkt für alle Leute, mit denen man auf der High-School war.«

»Ich wette, ihr hattet einen Riesenspaß.«

Jane merkte erst, wie wehmütig ihre Stimme geklungen

hatte, als er neugierig zu ihr herübersah. »Hast du solche Sachen etwa nie gemacht?«

»Mit sechzehn ging ich bereits aufs College. Ich habe meine Samstagabende in der naturwissenschaftlichen Bibliothek verbracht.«

»Keine Jungs?«

»Wer wollte sich schon mit mir verabreden? Für meine Klassenkameraden war ich zu jung, und die paar Jungen, die ich in meinem Alter kannte, hielten mich für einen Streber.«

Zu spät erkannte sie, daß sie ihm geradezu auf dem goldenen Tablett eine weitere Gelegenheit geboten hatte, über sie herzuziehen – aber das tat er nicht. Statt dessen wandte er seine Aufmerksamkeit wieder der Straße zu, als bereue er es, überhaupt auf sie eingegangen zu sein. Sie merkte, daß er mit seinem kantigen Profil geradezu ein Teil dieser Berge war.

Erst als sie die Ausläufer von Salvation erreichten, wandte er sich ihr wieder zu. »Bisher habe ich, wenn ich hier war, immer bei meinen Eltern gewohnt; aber da das in diesem Jahr schlecht möglich ist, mußte ich leider ein Haus kaufen.«

»Oh?« Sie wartete darauf, daß er dieses Haus beschrieb, aber er klappte den Mund wieder zu.

Salvation war eine kleine, kompakte, in einem schmalen Tal gelegene Stadt. Das malerische Zentrum bestand aus einer Reihe von Geschäften, einem reizenden rustikalen Restaurant, einem Laden, in dem es Korbmöbel gab, und dem Petticoat Junction Café, das sich in einem rosa und hellblau gestrichenen, ausrangierten Eisenbahnwaggon befand. Sie kamen an einem Ingles-Supermarkt vorbei, überquerten eine Brücke, Cal bog in eine weitere gewundene, steil ansteigende Straße und kurz darauf in einen gepflegten Kiesweg ein; offenbar hatten sie ihr Ziel erreicht.

Jane starrte auf die beiden schmiedeeisernen Tore, vor denen der Wagen zum Stehen kam. In der Mitte jedes dieser Tore machte sie ein paar vergoldeter, betender Hände aus. Sie schluckte, und um ein Haar hätte sie laut aufgestöhnt. »Bitte sag, daß es nicht das ist!«

»Goldnes Heim, Glück allein.« Er stieg aus, zog einen Schlüssel aus der Tasche und nestelte an einem Schaltkasten auf einer links der Tore stehenden, steinernen Säule. Innerhalb weniger Sekunden glitten die Tore mit den betenden Händen lautlos auf.

Er stieg wieder in das Auto, legte den Gang ein und fuhr los. »Normalerweise geht das Tor elektronisch auf. Die Maklerin hat die Fernbedienung ins Haus gelegt.«

»Wo sind wir hier?« fragte sie schwach.

»In meinem neuen Haus. Es ist die einzige Immobilie in ganz Salvation, in der man so ungestört ist, daß niemand unserem schmutzigen, kleinen Geheimnis auf die Schliche kommt.«

Er fuhr um eine Kurve, und nun erblickte Jane das ganze Anwesen. »Könnte aus ›Vom Winde verweht‹ stammen.«

Der Kiesweg endete auf einem halbmondförmigen Parkplatz vor einem weiß gestrichenen, im Kolonialstil errichteten Gebäude. Vor der Vorderfront erstreckte sich ein von sechs massiven Säulen getragener Balkon, dessen Geländer aus verschnörkeltem, vergoldetem Gußeisen bestand. Über drei breite Marmorstufen stieg man zur Veranda hinauf, wo die doppelt breite, von einer glitzernden, gläsernen Lünette gekrönte Haustür lag.

»G. Dwayne mochte alles ein bißchen größer«, sagte Cal.

»Das war sein Haus?« Natürlich war es das gewesen. Sie hatte es bereits beim Anblick der betenden Hände an den Toren gewußt. »Ich kann einfach nicht glauben, daß du die Unterkunft eines betrügerischen Fernsehpredigers bewohnen willst.«

»Er lebt nicht mehr, und ich brauche etwas, wo man seine Ruhe hat.« Er parkte den Jeep und reckte den Kopf, um sich die reich verzierte Fassade genauer anzusehen. »Die Maklerin hat mir versichert, daß es mir gefallen würde.«

»Willst du damit sagen, daß du das Haus bisher noch nie gesehen hast?«

»G. Dwayne und ich standen einander nicht sonderlich nahe, so daß er mich nie zu sich eingeladen hat.«

»Du kaufst eine Bleibe, ohne sie dir vorher auch nur anzuschauen?« Sie dachte an den Wagen, in dem sie saß, und wußte nicht, weshalb sie angesichts dieses idiotischen Hauskaufs auch nur die geringste Überraschung empfand.

Ohne zu antworten, stieg er aus und begann mit dem Ausladen des Gepäcks. Also tat sie es ihm gleich und bückte sich nach einem ihrer Koffer, woraufhin er sie unsanft zur Seite schob. »Du bist mir im Weg. Geh schon mal rein. Die Tür ist auf.«

Auf diese großzügige Einladung hin erklomm sie die Marmorstufen und schlüpfte durch die Haustür. Bereits ihr erster Blick in die Diele verriet ihr, daß das Interieur des Hauses noch grauenhafter als die Fassade war. Im Zentrum des offenen Foyers stand ein riesiger Brunnen, in dessen Mitte die Marmorskulptur einer griechischen Nymphe Wasser aus einer auf ihrer Schulter stehenden Schale goß. Der Brunnen plätscherte – ganz sicher auf Initiative der Maklerin hin, der der Verkauf dieser Monstrosität an Cal gelungen war –, und durch die vielfarbigen Lichter unter der Wasseroberfläche erhielt das Gebilde einen gewissen Las-Vegas-Look. Über dem Foyer hing, ähnlich einer umgedrehten Hochzeitstorte, ein enormer Kristallüster, der aus Hunderten mit goldenen Girlanden und filigranen Fäden verbundenen Prismen und Tropfen bestand.

Zu ihrer Rechten entdeckte sie ein leicht abgesenktes Wohnzimmer, das mit französischen Rokoko-Möbel-Imitaten, fransenverzierten Stoffen und einem mit tanzenden Putten verzierten Kamin aus italienischem Marmor ausgestattet war. Das vielleicht vulgärste Stück jedoch bildete wohl der Kaffeetisch. Seine runde Glasplatte lag auf einer Mittelsäule in der Form eines knienden Mohren, der nichts trug außer einem rot-goldenen Lendentuch.

Sie ging weiter in den Speisesaal, auf dessen gut zwanzig Personen Platz bietendem Tisch ein Paar gigantischer Kristalleuchter stand. Doch der bedrückendste der Räume in der unteren Etage war das Arbeitszimmer, dessen Einrichtung aus gotischen Bögen bestand, dicken, olivgrünen Vorhängen und dunklen, schweren Möbeln einschließlich eines massiven Schreibtisches samt Sessel, der aussah, als hätte er Heinrich VIII. gehört.

Gerade, als sie ins Foyer zurückkehrte, brachte Cal seine Golfschläger herein. Als er sie an den Rand des Brunnens lehnte, blickte sie hinauf zur oberen Etage, die von einer Galerie mit einem noch verschnörkelteren Geländer als dem äußeren umgeben war. »Ich habe direkt Angst davor, mir den ersten Stock anzusehen.«

Er richtete sich auf und bedachte sie mit einem kühlen Blick. »Gefällt es dir nicht? Das schmerzt mich. Hinterwäldler wie ich träumen ihr Leben lang von einem solchen Traumhaus.«

Nur mit Mühe unterdrückte sie einen Schauder, als sie sich abwandte und entschlossen nach oben ging, wo sie, wie erwartet, weitere Girlanden, Fransen, Samt und Glitter fand. Sie öffnete eine Tür am Ende der Galerie und betrat das Herrenschlafzimmer, ein Gruselkabinett aus Rot, Schwarz und Gold. Auch hier war unweit des auf einem Podest stehenden Bettungetüms ein enormer Kronleuchter an der Decke angebracht. Über dem Bett selbst schwebte ein mit schwarz-goldenen Quasten verzierter, roter Brokatbaldachin. Etwas erschien ihr merkwürdig, und als sie näher trat, entdeckte sie, daß die Unterseite des Baldachins aus einem überdimensionalen Spiegel bestand. Eilig trat sie einen Schritt zurück, doch genau in diesem Augenblick kam Cal herein.

Er trat näher und blickte ebenfalls unter den Baldachin. »Tja, wer hätte das gedacht? So etwas habe ich schon immer gewollt. Dieses Haus ist noch besser als ich dachte.«

»Es ist ein Horrordenkmal der Habgier, finde ich.«

»Mir egal. Ich habe die gottesfürchtigen Schafe schließlich nicht übers Ohr gehauen.«

Sein begrenzter Horizont machte sie verrückt. »Denk doch mal an all die Leute, die sich das Geld vom Munde abgespart haben, weil sie dachten, daß Snopes damit Gutes bewirkt. Ich frage mich, für wie viele unterernährte Kinder allein dieser Spiegel verantwortlich ist.«

»Mindestens ein paar Dutzend, das ist klar.«

Sie bedachte ihn mit einem kurzen Blick, um zu sehen, ob dies vielleicht ein Scherz gewesen war; aber er hatte sich bereits abgewandt und betrachtete eingehend ein reich verziertes Ebenholzschränkchen, in dessen Innerem sich eine Videosammlung befand.

»Ich kann es nicht fassen, wie oberflächlich du bist.« Natürlich war es völlig hoffnungslos, einen derart egozentrischen und geistig unterbelichteten Menschen dazu zu bewegen, daß er über den eigenen Tellerrand hinaussah.

»Das sagst du besser nicht vor G. Dwaynes Gläubigern. Mehr als ein paar von ihnen werden, weil ich das Haus gekauft habe, endlich bezahlt.« Er zog eine Schublade des Schranks auf. »Ganz offensichtlich hatte er eine Vorliebe für Pornographie. Allein in dieser Schublade liegen mindestens ein Dutzend zensierter Videos.«

»Na, wunderbar.«

»Hast du dir jemals *Mit heißen Höschen auf der High-School* angeguckt?«

»Jetzt reicht's!« Sie stürmte zu dem Schränkchen, vergrub die Arme in der Schublade und zog einen so riesigen Stapel Kassetten heraus, daß sie ihn mit dem Kinn festhalten mußte, als sie auf der Suche nach einem Mülleimer den Raum verließ. »Von jetzt an ist alles in diesem Haus jugendfrei.«

»Genau!« rief er ihr nach. »Deine einzige Verwendung für Sex ist höchstens die Schwangerschaft.«

Sie hatte das Gefühl, einen Tritt in den Bauch bekommen zu haben. Am Rand der Treppe blieb sie stehen und fuhr zu ihm herum.

Die Hände in die Hüften gestemmt, das Kinn nach vorn gereckt, starrte er sie mit seinen eisig-grauen Augen an, und es hätte sie nicht überrascht, wenn diese Auseinandersetzung in einen Faustkampf ausgeartet wäre. Wieder einmal wurde ihr bewußt, wie miserabel sie für den Umgang mit diesem Mann gerüstet war. Es gab doch wohl sicher einen vernünftigeren Weg als ständige Attacken aus dem Hinterhalt?

»Ist das die Art, in der wir während der nächsten drei Monate zusammenleben wollen?« fragte sie leise. »In ständigem Streit?«

»Wär mir durchaus recht.«

»Aber dann ginge es uns beiden schlecht. Bitte, laß uns einen Waffenstillstand schließen.«

»Du willst eine Pause?«

»Ja. Laß uns die persönlichen Angriffe beenden und versuchen, miteinander auszukommen, so gut es geht.«

»O nein, Professor!« Erst starrte er sie reglos an, dann kam er langsam und drohend auf sie zu. »Du warst diejenige, die diesen lausigen Krieg angefangen hat, und jetzt bezahlst du dafür!«

Mit diesen Worten polterte er an ihr vorbei die Treppe hinab, und als er aus der Haustür stürmte, sah sie ihm mit klopfendem Herzen nach. Augenblicke später hörte sie, daß der Jeep die Einfahrt hinunterfuhr, und zutiefst deprimiert schleppte sie sich in die Küche, wo sie die Videokassetten in den Abfalleimer warf.

Der obligatorische Snopesche Kristallüster hing über einer freistehenden Theke, deren schwarze Granitoberfläche zusammen mit dem schimmernden schwarzen Marmorboden des Raums den Eindruck einer Gruft erweckte. Die sich anschließende Frühstücksecke hatte ein reizendes Erkerfenster, durch das man wunderbar nach draußen sah; doch unglücklicherweise wetteiferte die herrliche Landschaft mit einer roten Samteinbaubank und Tapeten mit metallic-roten Rosen, deren Blütenpracht schon wieder verfiel. Der gesamte Bereich sah aus, als hätte Dracula ihn dekoriert, aber wenigstens die Aussicht war angenehm, so daß sie sich ein wenig setzte, um wieder zu Kräften zu kommen.

Während der folgenden Stunden verstaute sie die angelieferten Lebensmittel in den Schränken, führte diverse Telephongespräche mit Chicago, schrieb einen kurzen Brief an Caroline und grübelte trübsinnig vor sich hin. Als der Abend anbrach, wurde die Stille im Haus richtig beklemmend. Ihr fiel ein, daß ihre letzte Mahlzeit ein sehr frühes Frühstück gewesen war, und obwohl sie keinen Hunger hatte, bereitete sie sich aus den spärlichen Beständen in der Speisekammer einen Imbiß zu.

Bei den Eßwaren handelte es sich vornehmlich um Lucky Charms, mit Eischnee gefüllte Schokoladenkuchen, Weißbrot und Mortadella am Stück. Die Sachen entsprachen entweder dem wenig erlesenen Geschmack eines Hinterwäldlers, oder aber sie stellten den Traum eines Neunjährigen dar – doch so oder so reizten sie sie nicht. Sie zog frische und möglichst naturbelassene Lebensmittel vor. Schließlich entschied sie sich für ein gegrilltes Sandwich aus styroporartigem Weißbrot und Scheiben gummiartigen, künstlichen Käses, womit sie sich auf die rote Samtbank setzte.

Als sie ihr Abendessen beendet hatte, sehnte sie sich infolge der Ereignisse des Tages nur noch nach einem Bett, aber ihre Koffer standen nicht mehr im Foyer. Offenbar hatte Cal sie, während sie das Haus erkundete, fortgeschafft. Einen Augenblick lang dachte sie an das grauenhafte Herrenschlafzimmer und fragte sich, ob sie es mit ihm teilen müßte. Doch dann verwarf sie den Gedanken. Er vermied aufs peinlichste jegliche Berührung zwischen ihnen, so daß er ihr gegenüber bestimmt nicht sexuell aggressiv würde.

Dieses Wissen hätte sie beruhigen sollen, doch das tat es nicht. Seine geradezu überwältigende Männlichkeit rief ein ständiges Gefühl der Bedrohung in ihr wach. Sie hoffte nur, daß sie seiner körperlichen Kraft aufgrund ihrer Intelligenz überlegen war.

Die bunten Lichter des Brunnens im Foyer warfen groteske Schatten an die Wände, als sie auf der Suche nach einem eigenen Schlafzimmer nach oben ging. Beklommen nahm sie Kurs auf den Raum, der an dem gegenüberliegenden Ende des Flures lag.

Das reizende Kinderzimmer, das sie dort entdeckte, überraschte sie. Mit der schlichten, blau-weiß gestreiften Tapete, dem gemütlichen Schaukelstuhl, dem weißlackierten Tischchen und der passenden Wiege wirkte es richtiggehend heimelig. Über der Wiege hing ein gesticktes Gebet in einem netten Rahmen, und es fiel ihr auf, daß dies der einzige religiöse Gegenstand im Inneren dieser Nobelherberge war. Jemand hatte dieses Zimmer eines Kindes voller Liebe eingerichtet, was nicht G. Dwayne Snopes gewesen sein konnte.

Sie setzte sich in den hölzernen Schaukelstuhl, der unter

dem Fenster mit den zurückgezogenen Vorhängen stand und dachte über ihr eigenes Baby nach. Wie sollte es jemals stark und glücklich werden, wenn es dem beständigen Krieg zwischen seinen Eltern ausgeliefert war? Sie erinnerte sich an das Versprechen, zu dem Annie Glide sie gezwungen hatte, und fragte sich, wie es dazu eigentlich kommen konnte. Die Sache erschien ihr als um so größere Ironie des Schicksals, als er nichts Gleichwertiges versprochen hatte.

Weshalb nur war sie nicht dem Drängen der Dame geschickt ausgewichen wie er? Doch angesichts des Ehegelöbnisses, das sie erst vor wenigen Tagen geleistet hatte, machte es wohl kaum einen Unterschied, wenn sie dieses zweite Versprechen ebenfalls früher oder später brach.

Sie lehnte den Kopf an die Lehne des Schaukelstuhls und zermarterte sich das Hirn nach einem Weg, auf dem sich endlich Frieden mit ihm schließen ließe. Irgendwie mußte sie es schaffen, nicht nur wegen Annie, sondern vor allem um des Kindes willen.

Kurz nach Mitternacht schloß Cal sich im Arbeitszimmer ein und rief Brian Delgado an. Während er darauf wartete, daß sein Anwalt den Hörer abnahm, sah er sich angewidert die gotischen Möbel des Raumes und die Jagdtrophäen an den Wänden an. Bei sportlichen Auseinandersetzungen mit anderen kräftigen Männern war er sicher nicht zimperlich; aber die Hatz auf Tiere verabscheute er, und so beschloß er, die Trophäen abzuhängen, sobald sich die Gelegenheit bot.

Als sich Brian endlich meldete, kam Cal sofort zum Punkt: »Sind Sie fündig geworden?«

»Bis jetzt noch nicht. Sie hatten recht. Dr. Darlington scheint keine Leichen in ihrem Keller liegen zu haben, vielleicht, weil sie über so gut wie kein Privatleben verfügt.«

»Was macht sie denn in ihrer Freizeit?«

»Sie arbeitet. Etwas anderes gibt es für sie anscheinend nicht.«

»Irgendwas, was sich in bezug auf ihre Arbeit gegen sie verwenden läßt?«

»Sie hat Probleme mit ihrem Boß bei den Preeze-Labors, aber der Grund dafür ist wohl vor allem berufliche Eifersucht seinerseits. Die Teilchenphysik scheint, vor allem nach Ansicht der älteren Wissenschaftler, immer noch eine Männerdomäne zu sein.«

Cal runzelte die Stirn. »Ich hatte gehofft, Sie fänden ein bißchen mehr heraus.«

»Cal, ich weiß, Ihnen wäre es am liebsten, wenn all das bereits seit gestern auf dem Tisch läge – aber es wird eine Weile dauern, wenn wir nicht wollen, daß jemand Verdacht schöpft.«

Er fuhr sich mit der Hand durchs Haar. »Sie haben recht. Nehmen Sie sich soviel Zeit, wie Sie brauchen; aber sehen Sie zu, daß die Sache weitergeht. Sie haben vollkommene Handlungsfreiheit in dieser Angelegenheit. Jedenfalls muß etwas geschehen!«

»Alles klar.«

Sie sprachen noch ein paar Minuten über die Bedingungen des zu erneuernden Vertrages, aufgrund dessen Cal für eine Fast-Food-Kette warb, und über das Vertragsangebot, das ihm ein Sportartikelhersteller unterbreitet hatte; doch gerade, als er auflegen wollte, fiel ihm noch etwas ein.

»Schicken Sie morgen einen Ihrer Leute los, damit er mir einen Stapel Comic-Hefte besorgt. ›Soldier of Fortune‹ beispielsweise, irgendwas mit möglichst viel Action – und vielleicht noch ein paar Bugs Bunnys dazu. Ich brauche vier oder fünf Dutzend.«

»Comic-Hefte?«

»Ja.«

Brian fragte nicht weiter, obgleich Cal wußte, daß er den Grund für diesen eigenartigen Auftrag nicht verstand. Ihr Gespräch endete, und er begab sich auf die Suche nach der Frau, die sein Leben auf so hinterhältige Weise verändert hatte, in den oberen Stock.

Er verspürte nicht einmal den Hauch von Gewissensbissen wegen seiner Rachepläne. Auf dem Spielfeld hatte er zahlreiche Lektionen gelernt, von denen er besonders eine stets beherzigte. Spielte einem jemand übel mit, so mußte man doppelt so übel zurückschlagen, sonst würde man in Zukunft immer mehr schikaniert, und dieses Risiko wollte er um jeden Preis vermeiden. Er hatte nicht die Absicht, für den Rest seines Lebens über die Schulter zu gucken, um herauszufinden, was sie wohl als nächstes tat. Sie sollte ruhig sehen, wie weit sie bei ihm käme mit ihren Hinterfotzigkeiten.

Er fand sie im Kinderzimmer, wo sie, die Brille im Schoß, zusammengerollt im Schaukelstuhl kauerte. Im Schlaf sah sie sehr verletzlich aus, aber er wußte, daß das eine Täuschung war. Von Anfang an hatte sie sich einer kaltblütigen und berechnenden Vorgehensweise bedient und den Verlauf seines Lebens auf eine Weise manipuliert, die er ihr nie verzieh. Nicht nur den seines Lebens, ergänzte er, sondern obendrein noch den eines unschuldigen Kindes – was sicher noch schlimmer war.

Kinder mochte er immer schon. Seit über zehn Jahren verbrachte er einen Großteil seiner Freizeit mit sozial benachteiligten Sprößlingen, auch wenn er diese Arbeit sorgsam für sich behielt; unter gar keinen Umständen wollte er, daß jemand aus ihm so etwas wie einen Heiligen machte. Er hatte immer gedacht, daß alles in geordneten Bahnen verlaufen würde, ränge er sich tatsächlich einmal zu einer Heirat durch. Selber war er in einer einigermaßen stabilen Familie groß geworden, und die Beobachtung, daß es zwischen seinen Freunden und deren Ex-Frauen ein ständiges Hick-Hack um die Kinder gab, quälte ihn richtig. Er hatte sich geschworen, so etwas täte er einem Kind niemals an, aber Dr. Jane Darlington hatte diesen Grundsatz zunichte gemacht.

Näher herangekommen sah er, wie das Licht des Mondes ihrem Haar einen silbrigen Schimmer verlieh. Eine wilde Locke hatte sich weich an ihre Wange geschmiegt. Sie saß ohne Jacke da, und ihr Seidentop lag eng an ihrer Brust, die sich bei jedem Atemzug sanft senkte oder hob.

Im Schlaf sah sie jünger aus als in dem Augenblick, als er sie in der Rolle der phänomenalen Physikprofessorin erlebt hatte. Damals hatte sie so vertrocknet gewirkt, als wäre ihr Lebenssaft längst verdunstet; aber schlafend und im Mondschein wirkte sie taufrisch, vital, verjüngt, so daß er echtes Verlangen nach ihr empfand.

Seine körperliche Reaktion auf ihren Anblick verstörte ihn. Als er die ersten beiden Male mit ihr zusammengewesen war, hatte er nicht geahnt, was für eine hinterhältige Betrügerin sie war. Nun wußte er es, aber offenbar drang die Erkenntnis nicht bis in seine Lenden durch.

Abrupt leitete er die nächste Szene in ihrem unschönen Melodram ein: Er stellte die Spitze seines Schuhs auf den Rand des Schaukelstuhls. Der Stuhl schwang nach vorn, und sie fuhr erschrocken aus dem Schlaf.

»Zeit, ins Bett zu gehen, Rosebud.«

Sie riß die grünen Augen auf und hob argwöhnisch den Kopf. »Ich – ich muß eingeschlafen sein.«

»War ja auch ein großer Tag!«

»Wo ist denn mein Schlafzimmer?« Sie setzte ihre Brille auf und schob sich mit den Händen das Haar aus dem Gesicht. Er beobachtete, wie ihr ein Strom schimmernder Seide durch die Finger rann.

»Am besten nimmst du das Zimmer der Witwe Snopes. Komm mit.«

Obwohl sie ihm nicht folgen wollte, fürchtete sie dennoch eine erneute Auseinandersetzung wohl noch mehr. Es war ein Fehler, daß sie sich ihre Gefühle so leicht anmerken ließ. Dadurch wurde das Spiel zu leicht.

Er führte sie den Flur hinab, und je mehr sie sich dem Herrenschlafzimmer näherten, desto nervöser wurde sie. Als er ihre Besorgnis bemerkte, empfand er grimmige Zufriedenheit. Was würde sie wohl tun, wenn er sie berührte? Bisher hatte er jeden Körperkontakt vermieden, da er sich seiner Beherrschung nicht sicher war. Noch nie in seinem Leben hatte er eine Frau geschlagen – so was hätte er stets weit von sich gewiesen – aber das Verlangen, ihr weh zu tun, war übermächtig. Angesichts ihrer Nervosität hielt er den Zeitpunkt gekommen für eine Probe.

Sie erreichten die Tür, die unmittelbar neben der seines Schlafzimmers lag. Er streckte die Hand nach der Klinke aus und strich dabei wie zufällig über ihren Arm.

Jane fuhr zusammen und wirbelte zu ihm herum. Sein spöttischer Blick verriet, daß er ihren Zustand durchschaute. Heute abend strahlte er etwas Gefährliches aus. Sie hatte keine Ahnung, was er dachte; sie wußte nur, daß sie mit ihm in diesem großen, häßlichen Haus alleine und erschreckend hilflos war.

Nun öffnete er die Tür. »Wie in den meisten alten Häusern sind unsere Schlafzimmer durch ein Bad getrennt. Ich schätze, G. Dwayne und seine Frau kamen nicht besonders gut miteinander aus.«

»Ich will keine Verbindung zu deinem Zimmer. Ich schlafe in einem der Räume am anderen Ende des Flurs.«

»Du schläfst dort, wo ich sage.«

Ein Schauder der Angst rann ihr den Rücken hinab, doch sie hob starrsinnig den Kopf. »Hör auf, mich herumzukommandieren.«

»So was liegt mir gar nicht. Die meisten Leute, die das

tun, haben keine Möglichkeit, ihre Absichten wahr zu machen – im Gegensatz zu mir.«

Seine gedehnte Sprechweise hatte einen derart drohenden Unterton, daß sich ihr Magen zusammenzog. »Und auf was soll ich mich gefaßt machen?«

Sein Blick wanderte langsam von ihrem Gesicht über ihre Kehle und ihre Brüste bis zu ihren Hüften, ehe er ihr wieder in die Augen sah.

»Du hast mich meinen Seelenfrieden und eine Menge Geld gekostet. Meiner Meinung nach schuldest du mir dafür mehr als eine Kleinigkeit. Vielleicht will ich dich einfach in meiner Nähe haben, während ich mir überlege, wann der richtige Augenblick für die Begleichung der Schulden gekommen ist.«

Die sexuelle Drohung war unmißverständlich, und sie müßte in Panik – oder auf alle Fälle in Wut – geraten; aber seltsamerweise ging bei seinen Worten ein Ruck durch ihren Körper, als hätte er ihr einen elektrischen Schlag versetzt. Diese Reaktion ärgerte sie, doch als sie versuchte, vor ihm zurückzuweichen, stieß sie bereits nach einem Schritt gegen die Tür.

Er hob den Arm und stützte sich mit der Hand unmittelbar neben ihrem Kopf an der Einfassung ab. Sein Bein berührte ihren Schenkel, und sie riß alarmiert die Augen auf. Sie sah die Vertiefungen unter seinen Wangenknochen, die schwarzen Ränder, die das Hellgrau seiner Augen umgaben, roch den schwachen Duft von Waschmittel auf seinem Hemd und etwas anderes, das eigentlich geruchlos war – Gefahr.

Heiser flüsterte er: »Wenn ich dich zum ersten Mal ausziehe, Rosebud, dann tue ich das am hellichten Tag, weil ich mir nicht die geringste Kleinigkeit entgehen lassen will.«

Ihre Hände wurden feucht, und eine erschreckende Wildheit wallte in ihr auf. Sie verspürte das selbstmörderische Verlangen, sich das Seidentop über den Kopf zu ziehen, die Hose zu öffnen und sich genau hier, auf dem Flur dieses Hauses eines Sünders, splitternackt auszuziehen. Die Herausforderung, das Verlangen dieses Kriegers zu erwidern, war groß, und zwar durch eine Gegenherausforderung, die in der Welt existierte seit Adam und Eva.

Er bewegte sich, aber eigentlich kaum. Eine leichte Verlagerung des Gewichts, die jedoch dazu führte, daß ihre Vernunft die Oberhand über ihr Gefühlschaos gewann. Sie war eine nicht mehr junge Physikprofessorin, deren einziger Liebhaber stets mit Socken ins Bett kam. Was für eine Chance hatte sie gegen diesen erfahrenen Krieger, in dessen Augen Sex offenbar die beste Waffe der Unterwerfung war?

Neben ihrer tiefen Erschütterung faßte sie den Entschluß, sich ihre Verwundbarkeit nicht länger anmerken zu lassen. Sie hob den Kopf. »Tu, was du tun mußt, Cal. Selber halte ich es genauso.«

Bildete sie es sich nur ein oder war er wirklich überrascht? Sie kümmerte sich nicht weiter darum, sondern machte kehrt, betrat ihr Zimmer und warf die Tür hinter sich ins Schloß.

Am nächsten Morgen weckte sie heller Sonnenschein. Sie richtete sich auf und bewunderte das Schlafzimmer der Witwe Snopes, das mit seinen blaßblauen, weißgeränderten und dezent irisfarbenen Mustern auf der Tapete, dem schlichten Kirschholzmobiliar und den Flickenteppichen ebenso gemütlich war wie das Kinderzimmer.

Dann blickte sie unbehaglich in Richtung Tür, durch die man in das zwischen ihrem und Cals Schlafgemach gelegene Badezimmer gelangte. Sie erinnerte sich vage daran, vor einiger Zeit das Rauschen der Dusche gehört zu haben, und hoffte, daß er bereits aus dem Hause wäre. Am Vorabend hatte sie ihre eigenen Toilettenartikel in einem kleinen Badezimmer ein Stück flurabwärts deponiert.

Als sie nach dem Ankleiden und dem Auspacken ihrer Koffer in die Küche kam, stand der Jeep nicht mehr vor der Tür. Auf der Anrichte fand sie einen Zettel von Cal, auf dem die Nummer des Supermarkts und die Anweisung zu bestellen, was immer sie wollte, geschrieben stand. Sie aß eine Scheibe Toast und bestellte dann eine Reihe von Lebensmitteln, die sie passender fand als eischaumgefüllte Schokoladenkuchen und die süßen Frühstücksflocken Lucky Charms.

Nicht lange nachdem der Supermarktbote da war, traf auch ihr Computer ein. Sie wies den Lieferanten an, das Gerät in ihr Schlafzimmer zu tragen, wo sie einen Tisch ans Fenster schob und sich für den Rest des Tages in ihrer Arbeit vergrub.

Wann immer sie den Kopf vom Bildschirm hob, nahm sie draußen die wilde Schönheit der Berge wahr, die sie während einer kurzen Mittagspause zu einem Spaziergang einlud. Die prachtvolle Umgebung machte das grauenhafte Interieur des Hauses beinahe wieder wett. Den in die Schatten der ringsum liegenden Berge getauchten Garten überwucherte allerhand Unkraut, und es war noch zu kalt für eine erste Blütenpracht; aber sie liebte das Gefühl der Einsamkeit und die romantische Wildnis. Über einen schmalen Pfad ließ sich der nächstgelegene Berg erklimmen, und sie folgte ihm; aber nach weniger als zehn Minuten rang sie, da die Höhenlage für sie etwas gänzlich Neues war, erschöpft nach Luft. Auf dem Rückweg beschloß sie, jeden Tag ein bißchen weiter zu gehen, bis sie eines Tages den Gipfel erreichte.

Noch ehe Cal wieder zu Hause war, ging sie zu Bett, und als sie am nächsten Morgen in die Küche kam, war er schon wieder fort. Am späten Nachmittag jedoch trudelte er, gerade als sie die Treppe herunterstieg, ein.

Er bedachte sie mit dem ihr inzwischen vertrauten verächtlichen Blick, der besagte, daß sie ihm lästig war. »Die Maklerin hat ein paar Frauen angeheuert, die das Haus in Ordnung hielten, solange es unbewohnt war. Sie meint, sie hätten gute Arbeit geleistet, also machen sie jetzt weiter. Ab morgen kommen sie ein paarmal die Woche vorbei.«

»Okay.«

»Sie sprechen nicht viel Englisch, aber sie scheinen etwas von ihrem Handwerk zu verstehen. Halt dich von ihnen fern.«

Beinahe wollte sie ihn schon fragen, wo er bis zwei Uhr morgens gewesen sei, aber er hatte sich bereits wieder abgewandt. Als die Tür ins Schloß fiel, fragte sie sich, ob er vielleicht andere Frauen traf.

Der Gedanke deprimierte sie. Obgleich ihre Ehe eine Farce und er ihr nicht die geringste Treue schuldig war, wünschte sie, er hielte sich wenigstens während ihres gemeinsamen Aufenthalts hier an seinen Treueschwur. Mit einem Mal spürte sie, daß sie am Rande eines Zusammenbruchs stand, und dieses Gefühl war so überwältigend, daß sie eilig zurück an ihren Computer marschierte.

Oblgeich sie mit der Zeit eine gewisse Routine entwikkelte, legte sich ihr Unbehagen nicht. Um es in Schach zu halten, arbeitete sie die meiste Zeit, auch wenn sie jeden Tag einen Spaziergang unternahm. Cal sah sie so gut wie nie, doch statt sie zu beruhigen, sagte ihr diese Erkenntnis, daß sie praktisch in einem Gefängnis lebte. Sie hatte keinen Wagen, er bot ihr seinen Jeep nicht an, und die einzigen Menschen, die sie zu Gesicht bekam, waren die Lieferanten des Supermarkts und die beiden koreanischen Putzfrauen, die sie nicht einmal verstand. Gleich einem Feudalherrn hinter seiner Burgmauer hielt er sie absichtlich von der Stadt und ihren Bewohnern fern. Wie er sich wohl verhielt, wenn erst mal seine Familie zurückkehrte?

Anders als eine mittelalterliche Edelfrau hätte sie ihrer Gefangenschaft jederzeit ein Ende bereiten können, indem sie einfach ein Taxi bestellte; doch im Grunde verspürte sie nicht wirklich den Wunsch danach. Mit Ausnahme der zänkischen Annie Glide kannte sie hier niemanden, und obgleich es ihr gefallen hätte, sich die Umgebung anzusehen, genoß sie den Luxus, daß tatsächlich nichts und niemand ihre Arbeit störte.

Nie zuvor in ihrem Leben hatte sie sich so vollkommen der reinen Wissenschaft widmen können. Sie mußte keinen Unterricht halten, keine Fakultätsversammlungen besuchen, keine Besorgungen erledigen, nichts, was ihre Forschung unterbrach. Durch ihren Computer, das Modem und das Telephon hatte sie Verbindung zu aller Welt, von der elektronischen Bibliothek in Los Alamos bis hin zu den milliardenteuren Teilchenbeschleunigern, von denen sie Tag und Nacht Daten bedeutender Experimente geliefert bekam. Und die Arbeit hielt ihr Unbehagen über ihre Beziehung zu Cal in Schach.

Sie verlor jedes Zeitgefühl, während sie sich zur Lösung mathematischer Rätsel mit Dualität, theoretischer Physik beschäftigte und über Spiegelsymmetrien nachgrübelte. Sie wandte die Quantenfeldtheorie auf die Zählung von Löchern in vierdimensionalen Räumen an, und wo immer sie ging, ließ sie auf den Rückseiten von Werbebroschüren des Pizzaservice oder auf den Rädern der Morgenzeitung eilig gekritzelte Notizen zurück. Eines Nachmittags kam sie in ihr Badezimmer, entdeckte, daß sie ganz in Gedanken mit ihrem altrosafarbenen Lippenstift eine sich in eine Kugel verwandelnde Doughnut-Form auf den Spiegel gemalt hatte, und sah ein, daß sie kurz vor dem Überschnappen war.

Energisch warf sie sich in ihre weiße Regenjacke, nahm die zahllosen Notizen, die sie während vorhergegangener Spaziergänge beiläufig zu Papier gebracht hatte, aus den

Taschen und trat durch die Flügeltür des Wohnzimmers in den Garten hinaus. Während sie auf den Weg zusteuerte, den sie an jedem Tag ein Stückchen höher kletterte, kehrten ihre Gedanken zur Problematik gewundener Kurven zurück. Wäre es vielleicht möglich ...

Der schrille Ruf eines Vogels drang durch ihre Gedanken und machte ihr wieder bewußt, daß sie nicht am Computer saß. Wie konnte sie nur über Quantengeometrie nachgrübeln, während sie von solcher Schönheit umgeben war? Wenn sie nicht aufpaßte, würde sie noch so verschroben, daß sie als Mutter für jedes Kind eine Strafe war.

Während sie höher kletterte, zwang sie sich, die Welt zu betrachten, in der sie sich im Augenblick befand. Sie sog die reichen Düfte von Kiefern und feuchter Erde ein und spürte, daß die Sonne mit neuer Kraft schien. Die Bäume wiesen erste, grüne Spitzen auf. Der Frühling kam, und baldigst wären all diese Hänge von Blümchen übersät.

Doch statt die herrliche Natur zu genießen, versank sie abermals in Grübelei – denn plötzlich verstärkte sich die Furcht vor dem völligen Ausflippen, die sie seit Tagen jagte. Mit Hilfe ihrer Arbeit hatte sie diese Angst verdrängt, aber nun, in der Ruhe des lebendigen Waldes, der sie umgab, gelang ihr das nicht mehr.

Da ihr Atem bereits schwerer ging, suchte sie sich eine felsige Stelle am Rand des Weges und setzte sich kurz hin. Sie war diese ständigen Schuldgefühle so leid. Cal würde ihr das, was sie getan hatte, niemals verzeihen, und sie konnte nur beten, daß er seine Feindseligkeit nicht an ihrem gemeinsamen Junior ausließ.

Sie erinnerte sich an die versteckte sexuelle Drohung, die er am Abend ihrer Ankunft ausgesprochen hatte, und quälte sich mit der Frage, ob er sie vielleicht tatsächlich vergewaltigen würde. Fröstelnd blickte sie hinab ins Tal, wo sie das Haus mit dem dunklen Schindeldach und dem halbmondförmigen Parkplatz entdeckte. Ein Wagen kam die Einfahrt heraufgefahren. Cals Jeep. War er zurückgekehrt, weil ihm nach einem neuen Comic-Heft aus seiner Sammlung zumute war?

Die Dinger lagen überall im Haus herum: *X-Men*, *Die Rächer*, *Gewölbe des Grauens*, sogar *Bugs Bunny* hatte sie entdeckt. Bei jedem neuen Comic-Heft sprach sie ein stummes Dankgebet, daß wenigstens eine Sache positiv verlaufen würde. Intelligenz tendierte stets in Richtung Mittelmaß. Seine geistige Trägheit wäre sicher ein Ausgleich für ihr Superhirn, und so bliebe ihrem Kind das Schicksal eines Überfliegers erspart. Sie brachte ihre Dankbarkeit zum Ausdruck, indem sie dafür sorgte, daß nicht einmal eine der Putzfrauen seine Comics je auch nur ins Auge faßte.

Aber ihre Dankbarkeit ging nicht so weit, daß sie ihre Gefangenschaft bereitwillig ertrug. So hilfreich die Isolation für ihre Arbeit war, durfte sie ihm keinesfalls zuviel Macht über sich zugestehen. Was würde er wohl tun, überlegte sie, wenn sie einfach nicht zurückkäme? Er wußte, daß sie jeden Tag einen Spaziergang unternahm; aber wie würde er darauf reagieren, bliebe sie eines Tages mal fort? Was, wenn sie sich einfach ein Taxi bestellte, zum Flughafen fuhr und nach Hause flog?

Der Gedanke, ihn zu ärgern, heiterte sie etwas auf. Sie stützte sich rückwärts auf die Ellbogen, reckte ihr Gesicht der Sonne entgegen und machte die Augen zu, bis die Kälte der Steine durch ihre Hose drang. Dann stand sie auf und blickte abermals talwärts.

Das Haus und sein Besitzer lagen unter ihr. Über ihr ragten die Berge in den Himmel.

Entschlossen wandte sie ihre Schritte erneut dem Gipfel zu.

8

Janes Tasche in den Händen, stapfte Cal hinüber zur Flügeltür, durch die man in den Garten gelangte, aber er entdeckte immer noch keine Spur von ihr. Das konnte nur bedeuten, daß sie erneut in die Berge gegangen war.

Er wußte, daß sie täglich spazierenging; aber auf seine Erkundigungen hin hatte sie immer gesagt, sie bliebe in der Nähe des Hauses. Nun, heute hatte sie sich offensichtlich doch verirrt. Trotz ihres IQs von 180 war sie die dämlichste Frau in seiner ganzen Kollektion.

»Verdammt!« Er warf die Tasche auf die Couch, wo sich der Verschluß öffnete, so daß sich der gesamte Inhalt auf den Fußboden ergoß.

»Irgendwas nicht in Ordnung, C-Man?«

»Was? Uh, nein!« Cal hatte völlig die Anwesenheit seines jüngsten Bruders Ethan vergessen. Als Ethan vor zwanzig Minuten in der Einfahrt auftauchte, hatte Cal ihn unter dem Vorwand, ein wichtiges Telephongespräch tätigen zu müssen, hier hereingeführt und sitzen lassen, während er nach seiner Frau fahndete.

Er hätte nicht gedacht, daß es so schwer sein würde, noch ein wenig Zeit zu schinden, ehe es zur Begegnung zwischen Jane und seiner Familie kam. Gerade erst waren Ethan aus seinem Skiurlaub und die Eltern von ihrer Reise zurück; allesamt drängten sie auf eine Begegnung mit seiner jungen Braut.

»Ich suche meine Brieftasche«, log er jetzt. »Vielleicht hat Jane sie versehentlich eingesteckt.«

Ethan erhob sich aus dem Sessel neben dem Kamin, der groß genug war, um ein ganzes Spanferkel darin zu rösten, spazierte hinüber zur Flügeltür und spähte in den Garten. Cals Verärgerung legte sich ein wenig, als er seinen Bruder erblickte. Während er und Gabe auf dem Sportfeld geglänzt hatten, hatte Ethan sich in der Theatergruppe der Schule hervorgetan. Obgleich er ein anständiger Sportler war, fehlte ihm einfach der Siegeswille.

Blond, leichter gebaut als Cal und Gabe, und so hübsch, daß einem bei seinem Anblick das Herz zu schmelzen begann, war er der einzige der drei Bonner-Brüder, der nach ihrer Mutter schlug; doch hatte ihm sein hinreißendes Aussehen immer nur den Spott seiner Geschwister eingebracht. Seine hellbraunen Augen umrahmten dichte Wimpern, und seine Nase war, da sie keinerlei Attacken über sich ergehen lassen mußte, so gerade wie am Tag seiner Geburt. Sein dunkelblondes Haar hatte einen konservativen Schnitt und war stets ordentlich gekämmt. Normalerweise trug er Oxford-Hemden, gebügelte Stoffhosen und leichte Slipper, aber heute hatte er ein altes Grateful-Dead-T-Shirt und eine Jeans hervorgekramt. An Ethan sah selbst diese Kleidung aus, als hätte er sie bei einem eleganten Herrenausstatter gekauft.

Cal runzelte die Stirn. »Hast du das T-Shirt etwa gebügelt?«

»Nur ein bißchen.«

»Himmel, Eth, hör endlich mit diesem Schwachsinn auf!«

Ethan setzte nur deshalb sein Heiligen-Lächeln auf, weil er wußte, wie er damit seinen großen Bruder auf die Palme brachte. »Es gibt eben Menschen, denen ein gepflegtes Äußeres wichtig ist.« Er bedachte Cals schlammbespritzten Stiefel mit einem vielsagenden Blick. »Andere hingegen scheinen nicht das geringste dafür übrig zu haben.«

»Und wennschon, Arschloch!« In Ethans Gegenwart wurde Cals Sprache stets vulgär. Die Unerschütterlichkeit des Kleinen war etwas, das ihn regelmäßig zur Weißglut trieb. Aber nicht, daß seine Reaktion Ethan aus der Ruhe brächte! Als jüngster von drei Brüdern mußte er bereits in frühen Jahren ums Überleben kämpfen. Schon als Kinder hatten Cal und Gabe gespürt, daß Ethan verletzlicher war als sie; in der Folge hatten sie ihm daher beigebracht, wie man sich behauptete. Denn auch wenn es sich niemand in der Bonner-Familie so recht eingestand, war Ethan derjenige, dem ihrer aller Anbetung galt.

Außerdem genoß er Cals Respekt. Ethan hatte auf dem College und kurz danach eine wilde Phase durchgemacht, in der er dem Alkohol und den Frauen verfallen gewesen war; aber seit seinem Eintritt in die theologische Fakultät lebte er uneingeschränkt so, wie er es predigte.

»Krankenbesuche sind Teil meines Jobs«, sagte Ethan. »Also dachte ich mir, warum besuche ich nicht einfach auch mal deine Frau?«

»Das würde ihr sicher nicht gefallen. Du weißt ja, wie Frauen sind. Sie will sich erst herausputzen, bevor sie meiner Familie zum ersten Mal gegenübertritt, damit sie einen möglichst guten Eindruck macht.«

»Wann meinst du, wird das sein? Schließlich sind Mom und Dad ebenfalls wieder da, und sie können es kaum erwarten, sie endlich kennenzulernen. Außerdem macht Annie ihnen eine lange Nase, weil sie sie schon gesehen hat und wir nicht.«

»Es ist ja wohl nicht meine Schuld, daß ihr alle ausgerechnet jetzt durch die Lande reisen müßt.«

»Ich bin bereits seit drei Tagen aus meinem Skiurlaub zurück.«

»Tja, nun, wie ich gestern abend beim Essen schon sagte, Jane wurde krank, kurz bevor ihr alle heimgekehrt seid. Verdammte Grippe. Ich schätze, daß es ihr in ein paar Tagen – spätestens nächste Woche – bessergehen wird, und dann komme ich sofort mit ihr vorbei. Aber erwartet bloß nicht, daß ihr sie von da an allzu häufig zu Gesicht bekommt. Ihre Arbeit ist ihr wirklich wichtig, und sie kann es sich im Augenblick nicht leisten, ihren Computer länger zu vernachlässigen.

Ethan war erst dreißig, aber er sah seinen Bruder aus alten, weisen Augen an. »Wenn du jemanden zum Reden brauchst, C-Man, höre ich dir gerne zu.«

»Es gibt für mich nichts zu reden, außer daß jeder in meiner Familie mit einem Mal seine Nase in meine Angelegenheiten zu stecken scheint.«

»Gabe nicht.«

»Nein, Gabe nicht.« Cal stopfte seine Fäuste in die Gesäßtaschen seiner Jeans. »Ich wünschte, er täte es!«

Sie verfielen in Schweigen, denn beide dachten daran, wie ihr Bruder litt. Er war unten in Mexiko, auf der Flucht vor sich selbst.

»Es wäre besser, wenn er nach Hause käme«, stellte Ethan schließlich fest. »Da er schon vor Jahren aus Salvation weggezogen ist, empfindet er es nicht mehr als sein Zuhause.«

»Ohne Cherry und Jamie wird er nirgends mehr Fuß fassen.«

Ethans Stimme klang gepreßt, und Cal sah eilig fort. In der Hoffnung, sie beide von ihrer Trübsal abzulenken, bückte er sich und sammelte den Inhalt von Janes Handtasche wieder ein. Wo war sie nur? Während der letzten zwei Wochen hatte er sich gezwungen, sich von ihr fernzuhalten, da er seinen Jähzorn fürchtete.

Außerdem wollte er, daß sie ihre Isolation bemerkte und kapierte, daß er derjenige war, der den Schlüssel zu ihrem Gefängnis in Händen hielt. Doch bedauerlicherweise schien diese Strafe sie nicht sonderlich zu beeinträchtigen.

Ethan gesellte sich zu ihm, um ihm behilflich zu sein. »Falls Jane eine so schlimme Grippe hat, fährst du vielleicht am besten mit ihr ins Krankenhaus.«

»Nein!« Um seinen Bruder nicht ansehen zu müssen, bückte sich Cal nach einem kleinen Taschenrechner und einem Stift. »Sie hat sich einfach überanstrengt; aber es wird ihr jetzt, da sie ein bißchen Ruhe hat, bald wieder bessergehen.«

»Auf alle Fälle sieht sie nicht wie eins deiner kleinen Flittchen aus.«

»Woher weißt du, wie sie aussieht?« Er hob den Kopf und sah, daß Ethan das Photo auf ihrem Führerschein, der aus ihrer Brieftasche gefallen war, betrachtete. »Keine der Frauen, mit denen ich je ausgegangen bin, war ein Flittchen.«

»Tja, ernsthafte Wissenschaftlerinnen waren sie wohl ebensowenig.« Er lachte. »Wohingegen diese Dame ja wohl beinahe so etwas wie eine Raketenforscherin ist. Soweit ich mich erinnere, bist du nur deshalb auf der High-School in Physik nicht durchgefallen, weil Trainer Gill das Fach unterrichtete.«

»Du bist ein verdammter Miesmacher. Ich hatte in Physik eine eins.«

»Und verdient hättest du bestenfalls eine vier.«

»Drei minus.«

Ethan fuchtelte grinsend mit dem Führerschein herum. »Ich kann es kaum erwarten, Dad zu erzählen, daß er die Wette verloren hat.«

»Was für eine Wette?«

»Bezüglich des Alters der Frau, die du eines Tages heiraten würdest. Er hat behauptet, die Hochzeitszeremonie fände sicher im Rahmen eines ihrer Pfadfinderinnentreffen statt; aber ich habe gesagt, daß du früher oder später sicher vernünftig werden würdest. Ich habe an dich geglaubt, Bruderherz, und anscheinend habe ich damit recht behalten.«

Cal war erbost. Er hatte nicht gewollt, daß alle Welt

Janes Alter erfuhr; aber nun, da Ethan mit großen Augen auf das Geburtsdatum des Führerscheins starrte, hatte weiteres Leugnen keinen Zweck. »Sie sieht nicht einen Tag älter als fünfundzwanzig aus.«

»Ich weiß gar nicht, warum du in diesem Punkt so empfindlich bist. Es ist ja wohl nichts dabei, eine Frau seines eigenen Alters zu heiraten.«

»Man kann nun nicht unbedingt behaupten, daß sie gleichaltrig ist.«

»Zwei Jahre jünger. Das ist nicht so ein Unterschied!«

»Zwei Jahre? Was, zum Teufel, redest du da?« Er riß ihm den Führerschein aus der Hand. »Sie ist nicht zwei Jahre jünger als ich! Sie ist ...«

»Oh-oh!« Ethan trat vorsichtig einen Schritt zurück. »Ich glaube, ich gehe jetzt besser.«

Cal war zu verletzt von dem, was er auf dem Führerschein erblickte, als daß er die Belustigung in der Stimme seines Bruders oder einen Augenblick später das Knallen der Eingangstür vernommen hätte. Er nahm nichts mehr wahr außer dem vor ihm flimmernden Datum im Führerschein.

Mit dem Daumen kratzte er auf der Plastikhülle herum. Vielleicht war ja lediglich ein kleiner Fleck auf dem Umschlag, aufgrund dessen das Geburtsjahr verschwommen erschien. Oder die Idioten von der Führerscheinstelle hatten sich einfach verdruckt.

Aber im Grunde seines Herzens wußte er, daß ein Druckfehler nicht in Frage kam. Die schreckliche, grausame Zahl stimmte sicher. Seine Frau war vierunddreißig Jahre alt, und er stand gewissermaßen unter Schock ...

»Bestimmt wird Calvin bald kommen, um dich abzuholen«, bemerkte Annie Glide soeben.

Jane stellte den alten, weißen Keramikbecher ab, der

die Überreste eines Abziehbildes mit der amerikanischen Flagge trug, und schaute zu der in dem chaotischen Wohnzimmer niedergelassenen Annie hinüber. Trotz des ungewöhnlichen Dekors war dieses Haus ein echtes Heim, ein Ort, an den ein Mensch zu gehören schien. »Oh, das glaube ich nicht! Er weiß gar nicht, wo ich bin.«

»Ach, er wird früh genug dahinterkommen. Schließlich ist der Junge bereits hier herumgestreift, als er noch Windeln trug.«

Sie konnte sich nicht vorstellen, daß Cal je ein kleiner Junge in Windeln gewesen war. So, wie sie ihn kannte, mußte er bereits mit einer kriegerischen Haltung und ausgeprägter Brustbehaarung auf die Welt gekommen sein. »Ich kann einfach nicht glauben, wie nah wir beieinander wohnen. An dem Tag, als ich zum ersten Mal bei dir war, dachte ich, wir wären endlos gefahren, bis wir schließlich vor diesen gräßlichen Toren landeten.

»Das seid ihr auch. Die Straße windet sich um den Heartache Mountain herum und führt dann durch die ganze Stadt. Der Weg, den du heute morgen genommen hast, ist eine sehr praktische Abkürzung.«

Jane war überrascht gewesen, als sie den Gipfel des Berges erreicht hatte und auf der anderen Seite das Blechdach von Annie Glides Hütte entdeckte. Zuerst hatte sie sie nicht erkannt, aber dann sah sie den farbenfrohen Windsack an der Ecke der Veranda flattern. Obwohl es beinahe zwei Wochen her war seit ihrem ersten Treffen, hatte Annie sie begrüßt, als wäre ihr plötzlicher Besuch vollkommen normal.

»Weißt du, wie man Vollkornbrot backt, Janie Bonner?«

»Ich habe es ein paarmal probiert.«

»Es wird erst dann richtig gut, wenn du ein bißchen Buttermilch in den Teig rührst.«

»Das werde ich mir merken.«

»Bevor ich krank wurde, habe ich immer meine eigene Apfelbutter gemacht. Es geht nichts über kalte Apfelbutter auf warmem Vollkornbrot. Aber du brauchst wirklich weiche Äpfel, und paß auf, wenn du sie schälst. Denn niemand auf der Welt beißt gern in ’n Stück harte Schale, wenn er denkt, daß er gute, weiche Apfelbutter kriegt.«

»Falls ich jemals welche mache, denke ich daran.«

Seit Jane bei ihr angekommen war, hatte Annie zahlreiche Rezepte und volkstümliche Weisheiten verraten: Ingwertee bei Schnupfen, neun Schluck Wasser bei Schluckauf; Rüben pflanzte man am sechsundzwanzigsten, siebenundzwanzigsten oder achtundzwanzigsten März, aber nicht später, denn sonst gediehen sie kümmerlich.

Auch wenn sie es für höchst unwahrscheinlich hielt, daß sie je eine dieser Informationen brauchen würde, merkte sie, daß sie sie aufsog wie ein Schwamm. Annies Ratschläge zeigten, wie man dem Leben von einer Generation zur nächsten eine gewisse Beständigkeit verlieh. Hier in den Bergen schienen die Menschen tief verwurzelt zu sein; und sie in ihrer Heimatlosigkeit empfand jeden von Annies Sätzen als Beweis für Geschichte und Tradition, für alles, was das Leben ihr vorenthalten hatte.

»... und wenn du Klöße machst, gib ein Ei und eine Prise Salbei an den Teig.« Sie fing an zu husten, und Jane bedachte sie mit einem sorgenvollen Blick. Als sie sich erholte, winkte sie mit der Hand, wodurch ihr kirschroter Nagellack zur Geltung kam. »Und du hörst mir die ganze Zeit brav zu. Ein Wunder, daß du nicht schon längst gesagt hast, ›Annie, halt die Klappe, allmählich fallen mir von deinem Geschwätz die Ohren ab‹.«

»Ich höre dir wirklich gerne zu.«

»Du bist ein gutes Mädchen, Janie Bonner. Es überrascht mich, daß Calvin dich geheiratet hat.«

Jane lachte fröhlich auf. Annie Glide war eine ungewöhnliche Person. Als einzigen Teil ihrer Großeltern hatte Jane die egozentrische, engstirnige Mutter ihres Vaters gekannt.

»Mir fehlt mein Garten. Vor ein paar Wochen hat mir dieser nutzlose Herumtreiber Joey Neeson die Erde umgepflügt, obwohl es mir gegen den Strich geht, wenn Fremde hier herumlungern. Calvin schickt mir immer irgendwelche Strolche, wenn es was zu reparieren gibt – aber ich lasse sie gar nicht erst ins Haus. Es ist mir unerträglich, wenn sich meine Familie in meine Angelegenheiten mischt, und ungebetene Gäste können sofort wieder Leine ziehen.« Sie schüttelte den Kopf. »Dieses Frühjahr wollte ich wieder kräftig genug sein, um meinen Garten selbst zu bepflanzen, aber da habe ich mich offenbar getäuscht. Ethan hat gesagt, daß er mir helfen würde, aber der arme Junge hat soviel mit seiner Kirche zu tun, daß ich gesagt habe, so ein Schwächling wie er soll nicht mein Gemüse pflanzen.« Sie sah Jane mit ihren wachen, blauen Augen an. »Sicher wird mir mein Garten fehlen, aber bevor irgendein Landstreicher für mich arbeitet, lasse ich es lieber sein.«

Jane durchschaute sie sofort, aber statt Verärgerung empfand sie ein eigenartig schmeichelhaftes Gefühl der Zugehörigkeit. »Ich helfe dir gern, wenn du mir zeigst, was zu machen ist.«

Annie legte ihre Hände aufs Herz. »Das würdest du wirklich für mich tun?«

Jane lachte über die gespielte Rührung der alten Frau. »Es wäre mir ein Vergnügen. Selber habe ich nie einen Garten gehabt.«

»Tja, nun, das ist gut. Sag Calvin, daß er dich gleich morgen früh zu mir rüberfahren soll. Für die Kartoffeln wird es höchste Zeit. Eigentlich ist es schon zu spät – ich pflanze sie am liebsten Ende Februar, möglichst bei Mondfinsternis –, aber wenn wir sie sofort in die Erde bringen, werden sie vielleicht trotzdem noch was. Dann setzen wir die Zwiebeln und hinterher kommen die Rüben dran.«

»Klingt toll.« Sie nahm an, daß die alte Dame nicht vernünftig aß, und so stand sie auf. »Wie wäre es, wenn ich uns doch eine Kleinigkeit zum Mittagessen mache? Der Spaziergang hat mich wirklich hungrig gemacht.«

»Eine fabelhafte Idee! Amber Lynn ist von ihrer Reise zurück, und sie hat mir gestern ein bißchen Bohnensuppe vorbeigebracht. Mach sie einfach heiß. Natürlich hält sie sich nicht an das Rezept, das ich ihr beigebracht habe, aber so ist Amber Lynn nun mal.«

Also waren Cals Eltern wieder in der Stadt. Während Jane in die Küche ging, überlegte sie, unter welchen Vorwänden er wohl die Begegnung mit der neuen Schwiegertochter hinauszögerte.

Jane füllte die Suppe auf einen Porzellan- und einen Plastikteller und legte Scheiben frischen Vollkornbrots aus dem Korb auf dem Küchentisch dazu. Sie aßen gleich dort, und Jane konnte sich nicht daran erinnern, je zuvor ein so fröhliches Mahl eingenommen zu haben. Nach zwei Wochen der Einsamkeit genoß sie es, mit einem Menschen zusammenzusein, der sie nicht nur anbrüllte und mit bösen Blicken maß.

Sie räumte die Teller fort und brachte Annie einen Becher Tee ins Wohnzimmer, als sie mit einem Mal in dem Durcheinander von Gemälden, Keramikballerinas und Wanduhren neben der Tür drei Diplome hängen sah.

»Eigentlich gehören sie meinen Enkelsöhnen«, erklärte Annie. »Aber sie haben sie mir geschenkt. Sie wußten, daß mich mein vorzeitiger Schulabgang immer gekränkt hat; also haben sie mir alle noch am Tag ihrer Abschlüsse ihre College-Diplome geschenkt. Das oberste ist Calvins.«

Jane holte ihre Brille vom Küchentisch und starrte mit großen Augen auf das Diplom. Es war von der Universität

Michigan und besagte, daß Calvin J. Bonner als Bachelor der Naturwissenschaftlichen Abteilung ... und zwar mit Auszeichnung ... die Universität verlassen hatte.

Summa cum laude.

Jane griff sich an den Hals und wirbelte herum. »Cal hat seinen Abschluß *summa cum laude* gemacht?«

»Das bedeutet, daß jemand besonders clever ist. Ich hätte gedacht, du als Professorin wüßtest das. Mein Calvin war schon immer furchtbar schlau.«

»Er ...« Sie schluckte, und mit einem Mal machte sich in ihren Ohren ein heftiges Dröhnen bemerkbar. »Worin hat er denn seinen Abschluß«

»Hat er dir das denn nicht erzählt? Eine Menge Sportler nehmen möglichst einfache Kurse, aber mein Calvin nicht! Er hat seinen Abschluß in Biologie gemacht. Er ist immer gern durch den Wald gestreift und hat alles mögliche Getier vom Boden aufgeklaubt.«

»Biologie?« Jane hatte das Gefühl, als hätte man ihr einen Hieb in den Bauch versetzt.

Annie sah sie mit zusammengekniffenen Augen an. »Ich finde es seltsam, daß du das nicht weißt, Janie Bonner.«

»Na ja, wir haben uns bisher einfach nie über das Thema unterhalten.« Der Raum drehte sich um sie, und sie hatte das Gefühl, jeden Augenblick zusammenzuklappen. Sie drehte sich unbeholfen um, wobei sie sich heißen Tee über den Handrücken goß, und stolperte blind in die Küche zurück.

»Janie? Ist etwas nicht in Ordnung?«

Sie brachte kein Wort heraus. Der Griff des Bechers brach, als sie ihn in die Spüle fallen ließ. Mit vor den Mund gepreßter Hand kämpfte sie gegen ihr aufsteigendes Entsetzen an. Wie hatte sie so dumm sein können? Trotz all ihrer Schliche hatte sie genau die Katastrophe heraufbeschworen, die sie um jeden Preis verhindern wollte, und nun würde ihr Kind alles andere als normal!

Mühsam klammerte sie sich an den Rand der Spüle, während sie all ihre rosigen Träume in der grausamen Realität untergehen sah. Sie hatte gewußt, daß Cal an der Universität von Michigan war, aber hatte nicht geglaubt, daß er das Studium ernsthaft durchzog. Nahmen Sportler nicht normalerweise an dem unvermeidbaren Minimum von Kursen teil und gingen dann ab, ehe es zur Abschlußprüfung kam? Die Tatsache, daß er das Biologiestudium mit höchster Auszeichnung an einer der prestigeträchtigsten Universitäten des Landes absolviert hatte, würde ihr Kind derartig belasten, daß es beinahe zuviel für sie war.

Intelligenz neigte zum Mittelmaß. Diese Tatsache ging ihr nicht mehr aus dem Kopf. Die eine Eigenschaft, die ihr an ihm gefallen hatte – seine Beschränktheit –, war nichts weiter als eine Illusion, die er mutwillig aufrechterhalten hatte. Da sie sein Spiel nicht durchschaute, war ihr Kind nun zu demselben einsamen Leben verurteilt wie sie selbst!

Panik schnürte ihr die Kehle zu. Ihr kostbares Baby würde ein Eierkopf, genau wie sie.

Das durfte sie nicht zulassen. Eher würde sie sich umbringen, als ihr Kind diesem Schicksal auszusetzen. Sie zöge fort und nähme das Baby mit nach Afrika, an irgendeinen abgelegenen, primitiven Ort. Das Kind würde von ihr selbst unterrichtet, so daß es niemals erführe, wie grausam das Zusammensein mit normalen Kindern war.

Hinter ihren Augen wallten heiße Tränen auf. Was hatte sie nur getan? Warum ließ Gott so ein bitteres Los zu?

Annies Stimme durchbrach ihr Selbstmitleid. »Das wird Calvin sein. Ich habe dir ja gesagt, daß er kommen würde, um dich abzuholen, wenn du nicht rechtzeitig zu Hause bist.«

Sie hörte das Krachen einer Wagentür, und dann donnerten Schritte über die Veranda.

»*Jane!* Wo steckt sie, verdammt noch mal?«

Jane stürzte ins Wohnzimmer. »Du *Lump!*«

Mit wutverzerrtem Gesicht baute er sich vor ihr auf. »Mein liebes Weib, ich finde, daß du mir eine *Erklärung* schuldig bist!«

»Gott, ich *hasse* dich!«

»Nicht mehr als ich *dich*!« Aus Cals Augen schossen Blitze und etwas anderes, das mit einem Mal so deutlich war, daß Jane sich fragte, wieso es ihr nicht bereits viel früher aufgefallen war – klare, beißende Intelligenz!

Am liebsten hätte sie sich auf ihn gestürzt, ihm die Schärfe aus den Augen gekratzt, die Schädeldecke gespalten und sein Hirn herausgezerrt. Weshalb war er nicht dumm? Schließlich las er Comic-Hefte! Wie konnte er sich derart verstellen?

Während sie mühsam um die letzten Reste ihrer Selbstbeherrschung rang, erkannte sie, daß sie fort mußte, ehe es vollends um sie geschehen war. Mit einem wütenden Aufschrei wirbelte sie herum, rannte in die Küche und stürzte aus der klappernden Hintertür.

Während sie rannte, wurde hinter ihr zorniges Brüllen laut. »Du kommst sofort zurück! Wenn ich dir nachlaufen muß, wird es dir leid tun, das schwöre ich!«

Am liebsten hätte sie um sich geschlagen. Am liebsten hätte sie sich in ein tiefes Loch geworfen und gewartet, daß jemand sie unter der dunklen Wintererde begrub. Sie mußte irgend etwas tun gegen den Schmerz, der sie von innen auffraß. Dieses arme Baby, das sie bereits mehr liebte als alles andere, würde doch zu den Hochbegabten gehören!

Sie hörte nicht, daß er ihr folgte, und rang erschreckt nach Luft, als er sie packte und zum Stehenbleiben zwang. »Ich habe dir gesagt, daß du *stehenbleiben* sollst!« schnauzte er sie an.

»Du hast alles kaputtgemacht!« brüllte sie zurück.

»Ich?« Sein Gesicht war kreidebleich vor Zorn. »Du verdammte *Lügnerin!* Du bist eine alte Frau! Eine gottverdammte Greisin!«

»Das verzeihe ich dir *nie*!« Sei ballte die Hand zur Faust und trommelte so hart gegen seine Brust, daß es sie bis in die eigenen Schultern schmerzte.

Außer sich vor Zorn, packte er ihre Arme; aber sie befand sich in einem Zustand, in dem sie einzig auf Rache sann, und so setzte sie sich vehement zur Wehr. Dieser Mann hatte ihrem ungeborenen Kind ein Leid getan, und sie, die nie zuvor einem Menschen gegenüber gewalttätig geworden war, dürstete nach seinem Blut.

Sie schlug um sich wie eine Furie. Ihre Brille flog davon, doch es war ihr egal. Sie trat und kratzte und versetzte ihm so heftige Hiebe, wie es nur ging.

»Hör sofort auf! *Hör auf!*« Sein Bellen drang bis in die Baumwipfel. Abermals versuchte er, sie zum Stillstehen zu zwingen, aber sie vergrub ihre Zähne in seinem Oberarm.

»Aua!« Empört rollte er mit den Augen. »Das tut weh, verdammt!«

Die Gewalt beflügelte sie. Sie hob das Knie, um es ihm zwischen die Beine zu rammen, und merkte, wie er ihre Füße vom Boden riß. »O nein, das läßt du bleiben ...«

Er stürzte mit ihr zu Boden, rang mit ihr und warf sie schließlich unter sich.

Der Kampf hatte ihr alle Kraft geraubt; er dagegen war ein Mann, der berufsmäßig Schläge einsteckte, und so keuchte er nicht einmal. Allerdings tobte er vor Wut, was er sie deutlich spüren ließ.

»Jetzt gibst du Ruhe, verstanden? Führ dich nicht auf wie eine Wahnsinnige! Ach was, du *bist* wahnsinnig! Du hast mich belogen, betrogen, und jetzt versuchst du auch noch, mich *umzubringen*, ganz zu schweigen von der Tatsache, daß dein Verhalten dem Baby sicher schadet. Ich schwöre bei Gott, wenn du so weitermachst, bringe ich dich ins Irrenhaus, wo man dir erst mal eine Beruhigungsspritze verpaßt.«

Auch wenn sie nicht wollte, daß er ihre Erschütterung bemerkte, stiegen hinter ihren Augen abermals heiße Tränen auf. »Du hast alles kaputtgemacht.«

»Wie bitte?« Vor lauter Empörung sprühten seine Augen Funken. »Ich bin ja wohl kaum derjenige, der sich aufführt, als wäre er vollkommen übergeschnappt. Und ebensowenig bin ich derjenige, der aller Welt erzählt, er wäre verdammte achtundzwanzig Jahre alt!«

»Das habe ich nie gesagt, und fluch nicht in meiner Gegenwart!«

»Du bist vierunddreißig! *Vierunddreißig!* Hast du die Absicht gehabt, mir gegenüber je zu erwähnen, wie alt du wirklich bist?«

»Wann hätte ich es denn erwähnen sollen? Hätte ich es dir sagen sollen, als du mich in meinem Klassenzimmer überfallen oder mich am Telephon niedergeschrien hast? Wie wäre es mit dem Augenblick, als ich von dir ins Flugzeug geschubst wurde? Oder vielleicht hätte ich es dich wissen lassen sollen, nachdem du mich in dein Haus einsperrtest? Hätte dir der Augenblick gepaßt?«

»Versuch nicht, dich rauszureden! Du wußtest, wie wichtig dein Alter für mich ist, und du hast mich bewußt in die Irre geführt.«

»Bewußt? Das ist ein starkes Wort für einen blöden Witz. Außerdem, findest du es etwa besonders nett, den trotteligen Hinterwäldler zu spielen und alle Welt glauben zu machen, du wärst ein Idiot? Ist das deine Vorstellung von Amüsement?«

»Wovon redest du?«

Sie spuckte ihm die Worte regelrecht ins Gesicht. »Universität von Michigan. *Summa cum laude.*«

»Ach, das!« Er entspannte sich ein wenig, so daß sein Gewicht etwas leichter auf ihr lag.

»Gott, ich hasse dich«, flüsterte sie. »Selbst mit einer Samenbank wäre ich besser bedient gewesen als mit dir.«

»Das ist genau der Ort, an den du von Anfang an hättest gehen sollen.«

Trotz seiner bösen Worte klang er weniger gereizt, aber sie hatte immer noch das Gefühl, als hätte sie Säure geschluckt. Sie mußte es unbedingt wissen, obgleich ihr vor der Antwort graute, und so zwang sie die Worte heraus. »Wie hoch ist dein IQ?«

»Keine Ahnung. Anders als bei dir, steht er mir nicht auf der Stirn geschrieben.« Er rollte sich auf die Seite, so daß sie endlich wieder auf die Beine kam.

»Dann wenigstens deine Ergebnisse bei den Schuleignungstests. Wie waren die?«

»Ich erinnere mich nicht mehr.«

Sie bedachte ihn mit einem flammenden Blick. »Der Lügner bist du! Jeder erinnert sich an die Ergebnisse.«

Er wischte sich ein paar nasse Blätter von den Jeans, während er sich ebenfalls erhob.

»Sag es mir, verdammt!«

»Dir muß ich überhaupt nichts sagen.« Er klang verärgert, aber der drohende Unterton in seiner Stimme hatte sich gelegt.

Was für sie nicht allzu beruhigend war. Abermals gewann ihre Hysterie die Oberhand. »Du sagst es mir auf der Stelle, sonst schwöre ich, daß ich Mittel und Wege finde, dich umzubringen! Ich mische Glasscherben in dein Essen! Ich ersteche dich mit einem Schlachtermesser, während du schläfst! Ich warte, bis du unter der Dusche stehst, dann werfe ich einen Fön dazu! Ich – ich schlage dir den Schädel mit einem Baseballschläger ein, wenn du eines Abends nach Hause kommst!«

Er hörte auf, an seinen Jeans herumzuklopfen, und sah sie eher neugierig als erschrocken an. Die Tatsache, daß sie ihm infolge dieses Anfalls noch irrationaler erschien als zuvor, erbitterte sie. »Sag es mir!«

»Du bist wirklich ein blutrünstiges Weib.« Leicht verwundert schüttelte er den Kopf. »Was die Sache mit dem Fön betrifft... Da bräuchtest du ein Verlängerungskabel oder so, damit du bis unter die Dusche kommst. Oder vielleicht hattest du ja gar nicht die Absicht, das Gerät anzustellen, bevor du es mir an den Schädel schleuderst.«

Sie knirschte mit den Zähnen, denn inzwischen kam sie sich mehr als dreckig reingelegt vor. »Wenn das Ding nicht angestellt wäre, bekämst du ja wohl kaum einen Schlag.«

»Das stimmt!«

In der Hoffnung auf Ernüchterung atmete sie tief ein. »Sag mir deine Ergebnisse. Das bist du mir schuldig!«

Er zuckte mit den Schultern, bückte sich und hob ihre Brille auf. »Vierzehnhundert oder so. Vielleicht ein bißchen weniger.«

»Vierzehnhundert!« Sie versetzte ihm einen weiteren Faustschlag und stürmte in Richtung Wald davon. Er war ein Heuchler und ein Schwindler, und sie fühlte sich hundeelend. Nicht einmal Craig war so clever wie er.

»Verglichen mit dir bin ich ja trotzdem immer noch dämlich«, rief er ihr hinterher.

»Sprich nie wieder mit mir.«

Er folgte ihr, aber dieses Mal berührte er sie nicht. »Also bitte, Rosebud, du mußt dich wenigstens soweit beruhigen, daß ich dich für das, was du mir angetan hast, in Stücke reißen kann – denn das ist viel schlimmer als meine verdammten Ergebnisse.«

Sie wirbelte zu ihm herum. »*Mir* hast du nichts angetan. Meinem *Kind* hast du etwas angetan, siehst du das denn nicht? Wegen dir wird ein unschuldiges Geschöpf zur Intelligenzbestie.«

»Ich habe nie behauptet, ich wäre dumm. Das hast du einfach angenommen.«

»Du sagst ständig ›he‹ und ›nich‹. Während unserer ersten gemeinsamen Nacht hast du dich ausgedrückt wie ein Armleuchter.«

Um seine Mundwinkel herum zuckte es. »Dafür, daß ich vielleicht hin und wieder umgangssprachliche Ausdrücke verwende, brauche ich mich ja wohl kaum bei dir zu entschuldigen.«

»Überall im Haus liegen Comic-Hefte herum!«

»Ich habe mich lediglich bemüht, deinen Erwartungen gerecht zu werden.«

In diesem Augenblick war es um sie geschehen. Sie wandte ihm den Rücken zu, legte die Arme um den Stamm des nächststehenden Baumes und ließ die Stirn an die Rinde sinken. Sämtliche Erniedrigungen, denen sie als Kind ausgeliefert gewesen war, tauchten vor ihrem geistigen Auge auf: die Sticheleien, die Grausamkeiten, die entsetzliche Isolation. Sie hatte nirgendwo hingepaßt, und nun sollte ihr Kind dieselben Torturen erleiden.

»Ich gehe mit dem Baby nach Afrika«, schluchzte sie. »Fort von der Zivilisation. Dort unterrichte ich es selbst, damit es nicht mit anderen Kindern, die es nur hänseln würden, aufwachsen muß.«

Eine überraschend sanfte Hand legte sich auf ihren Rücken und rieb ihn beschwichtigend. »Das wirst du ihm keinesfalls antun, Rosebud.«

»Du stimmst mir zu, sobald du erkennst, was für eine Brillanz in ihm steckt.«

»Ist es das, was dein Vater in dir gewittert hat? Hatte er Angst vor dir?«

Sie erstarrte, doch dann machte sie sich von ihm los und

suchte in ihrer Jacke nach einem Taschentuch. Umständlich schneuzte sie sich, tupfte die Augen trocken und rang um Selbstbeherrschung. Wie konnte sie sich vor ihm nur so gehenlassen? Kein Wunder, daß er sie für irre hielt.

Ein letztes Mal versank sie in ihrem Taschentuch. Er hielt ihr ihre Brille hin, und sie setzte sie auf, ohne auf das Moos zu achten, das an einem Bügel hing. »Tut mir leid, diese grauenhafte Szene. Ich weiß nicht, was in mich gefahren ist. Noch nie in meinem Leben habe ich einen Menschen geschlagen.«

»Ist doch ein ganz gutes Gefühl, findest du nicht?« Er grinste, und zu ihrer Überraschung tauchte mitten in seiner harten Wange ein Grübchen auf. Verwundert starrte sie es an, ehe sie zu weiteren Gedanken in der Lage war.

»Gewalt ist keine Lösung, und ich hätte dich wirklich verletzen können.«

»Jetzt werd' nicht gleich wieder wütend, Rosebud, aber bei körperlichen Auseinandersetzungen hättest du nicht die geringste Chance.« Er nahm ihren Arm und führte sie zum Haus zurück.

»Das ist alles meine Schuld – von Anfang an. Hätte ich nicht einfach sämtlichen Vorurteilen gegenüber Sportlern und Südstaatlern Glauben geschenkt, wären mir deine geistigen Fähigkeiten sicher nicht verborgen geblieben.«

»Wow! Erzähl mir von deinem Vater.«

Beinahe wäre sie gestolpert, aber seine Hand an ihrem Ellbogen hielt sie fest. »Da gibt es nichts zu erzählen. Er war Buchhalter bei einer Firma, die Papierlocher hergestellt hat.«

»Ein kluger Mann?«

»Intelligent, aber nicht überragend.«

»Ich glaube, allmählich verstehe ich.«

»Was willst du damit sagen?«

»Er hatte keine Ahnung, was er mit dir anfangen sollte, stimmt's?«

Sie beschleunigte ihre Schritte. »Er hat sein möglichstes versucht. Ich möchte wirklich nicht darüber reden.«

»Ist dir jemals der Gedanke gekommen, daß deine Probleme als Kind vielleicht mehr mit der Einstellung deines Vaters zu tun hatten als mit deinem Superhirn?«

»Du verstehst eben leider gar nichts.«

»Mein Diplom besagt etwas anderes.«

Darauf konnte sie nichts mehr erwidern, denn inzwischen hatten sie das Haus erreicht, wo Annie sie erwartete. Sie starrte ihren Enkel böse an. »Was ist nur mit dir los? Wenn du eine schwangere Frau derart aufregst, wirkt sich das bestimmt auf das Baby aus.«

»Was soll das heißen?« Seine Kampfeslust war zurückgekehrt. »Wer hat gesagt, daß sie schwanger ist?«

»Sonst hättest du sie bestimmt nicht geheiratet. So vernünftig bist du nicht.«

Jane war gerührt. »Danke, Annie.«

»Und was dich betrifft!« Annie fuhr zu ihr herum. »Warum, in aller Welt, führst du dich mit einem Mal wie eine Wahnsinnige auf? Wenn du jedesmal bei Ärger mit Calvin so lostobst, wird sich das Baby an seiner Nabelschnur erwürgen, bevor es überhaupt zum ersten Mal Luft geholt hat.«

Jane dachte daran zu erklären, daß dies aus medizinischer Sicht eher unwahrscheinlich war; aber dann verkniff sie sich ihre Besserwisserei. »In Zukunft werde ich vorsichtiger sein.«

»Wenn er dir das nächste Mal auf die Nerven geht, ziel einfach mit der Schrotflinte auf ihn.«

»Kümmer dich um deine eigenen Angelegenheiten, alte Fledermaus«, knurrte Cal. »Sie hat auch so schon mehr als genügend auf Lager, wie sie mich fertigmachen will.«

Annie legte den Kopf schief und sah Jane traurig an. »Hör mir zu, Janie Bonner. Ich weiß nicht, was zwischen dir und Calvin vorgefallen ist, ehe er dich am Ende geheiratet hat; aber nach dem, was ich eben gesehen habe, scheint es keine Liebesheirat gewesen zu sein. Er hat dich geheiratet, und ich bin froh darüber; aber ich sage dir, falls du irgendwas Hinterhältiges getan hast, damit er dir in die Falle geht, sorgst du klüglich dafür, daß weder Amber Lynn noch Jim Bonner dir je auf die Schliche kommen. Sie sind nicht so tolerant wie ich, und wenn sie jemals krumme Touren vermuten, dann gnade dir Gott! Hast du verstanden, was ich damit sagen will?«

Jane schluckte, doch dann nickte sie.

»Gut.« Annie wandte sich an Cal. Ihre Traurigkeit verflog, und sie blitzte ihn mit ihren alten Augen an. »Es überrascht mich, daß jemand, der eine so schwere Grippe wie Janie hat, kräftig genug war, zu Fuß hierherzuwandern.«

Während Cal leise fluchte, starrte Jane Annie verwundert an. »Was meinst du damit? Ich habe keine Grippe.«

Cal packte ihren Arm und zog sie entschlossen davon. »Komm, Jane, Zeit, nach Hause zu fahren.«

»Einen Moment! Ich will wissen, was sie damit gemeint hat.«

Noch während Cal sie weiterzog, hörte sie, daß Annie krächzend kicherte. »Vergiß nicht, was ich über die Nabelschnur gesagt habe, Janie Bonner, denn ich bin mir sicher, daß du wegen Cal noch öfter die Wände hochgehen wirst.«

9

»Du hast deiner Familie erzählt, ich hätte Grippe?« fragte Jane, während der Jeep den Berg hinunterfuhr. Es war leichter, über diese kleine Täuschung zu sprechen als über die große, durch die die Zukunft ihres Kindes gefährdet war.

»Und, ist das etwa ein Problem für dich?«

»Ich dachte, daß du mich deinen Eltern vorstellen wolltest. Deshalb hast du mich doch hierher gebracht.«

»Alles zu seiner Zeit! Wenn ich denke, daß der geeignete Augenblick gekommen ist.«

Seine Arroganz erboste sie. Das also hatte sie davon, daß sie während der letzten zwei Wochen so tolerant gewesen war. Seine Alleinherrschaft müßte dringend ein Ende nehmen. »Ich hoffe nur, daß du den Moment bald für gekommen hältst, denn ich bin nicht länger bereit, mich von dir halten zu lassen wie eine Gefangene.«

»Wovon redest du? Als wärst du eine Gefangene! Da habe ich mir eine Riesenmühe gemacht, damit du endlich einmal arbeiten kannst, ohne daß dich ständig irgend jemand stört, und zum Dank beschwerst du dich!«

»Wag es ja nicht, diese Diktatur als Gefallen hinzustellen!«

»Ich wüßte nicht, wie man es sonst bezeichnen sollte.«

»Wie wäre es mit *Geiselnahme*? *Inhaftierung*? *Einzelhaft*? Und damit du mir nicht schon wieder vorhalten kannst, ich täte irgend etwas hinter deinem Rücken, teile ich dir mit, daß ich morgen abermals aus meinem Gefängnis ausbrechen werde, um Annie beim Bepflanzen ihres Gartens unter die Arme zu greifen.«

»Du willst *was*?«

Denk lieber an Annie und ihren Garten, sagte sie sich, als an die Tatsache, daß dein Kind ein Außenseiter wird. Sie nahm ihre Brille ab und polierte sie so verbissen, als hätte sie es mit einer komplizierten Gleichung zu tun. »Annie will, daß jemand ihren Garten macht. Wenn die Kartoffeln nicht innerhalb der nächsten Tage gesetzt werden, wachsen sie nicht mehr. Außerdem pflanzen wir Zwiebeln und Rüben an.«

»Du wirst einen Teufel tun. Wenn sie einen Garten will, heuere ich Joey Neeson an, damit der ihr hilft.«

»Er ist ein Taugenichts.«

»Du *kennst* doch Joey gar nicht.«

»Ich wiederhole nur, was ich gehört habe. Und außerdem will sie keine Fremden im Haus haben.«

»Tja, das ist bedauerlich, denn du hilfst ihr nicht!«

Sie öffnete den Mund, um einen erneuten Angriff zu starten, doch ehe sie auch nur das erste Wort herausgebracht hatte, packte er ihren Kopf und drückte ihn so tief in den Sitz, daß ihre Wange an seinem Oberschenkel lag.

»Was machst du da?« Sie strampelte heftig, aber er hielt sie weiter nach unten gedrückt.

»Meine Mom. Sie kommt gerade aus dem Schuhgeschäft.«

»Offenbar bin ich nicht die einzige, die den Verstand verloren hat! Du haust ganz schön über die Stränge!«

»Meine Familie triffst du dann, wenn ich es will!« Während er sie festhielt, lenkte er mit dem Knie und winkte. Verdammt! Warum waren seine Eltern nicht noch zwei Monate länger herumgereist? Selbstverständlich konnte er nicht verhindern, daß es zu einer Begegnung zwischen ihnen und der Professorin kam; aber er hatte mit noch ein wenig Schonzeit gerechnet. Nun war durch den morgendlichen Marsch seiner ältlichen Frau über den Berg alles im Eimer.

Er blickte hinab. Ihre Wange war an seinen Schenkel gedrückt, und ihr Haar lag weich unter seiner Hand. Normalerweiße saß ihre Frisur stets furchtbar ordentlich, aber jetzt hatte sich der Knoten ziemlich aufgelöst. Seidige blonde Strähnen ergossen sich über seine Finger und über den verblichenen Stoff seiner Jeans. Sie hatte wirklich schönes Haar, selbst wenn sich augenblicklich darin Zweige und trockene Blätter tummelten. Die Nadel, mit der sie den Knoten zusammenhielt, baumelte am Rand, und nur mit Mühe konnte er sich beherrschen, sie nicht ganz herauszuziehen, damit diese blonde Flut ungehindert über seine Finger floß.

Bald müßte er sie wieder loslassen, denn sie war wilder als ein nasses Huhn, und sicher würde ihr in ihrer momentanen Position demnächst schlecht; aber ihr Kopf in seinem Schoß war ihm, obgleich sie Gift und Galle spuckte, durchaus nicht unangenehm. Bei der Rangelei war beinahe ihr gesamtes Make-up verschwunden, und ohne ihre Brille sah sie fast niedlich aus. Wie eine Siebzehnjährige, die hoffte, daß man sie für fünfundzwanzig hielt. Vielleicht konnte er doch so tun, als ...

... ließe sie das zu ... Verdammt, sie war wirklich ein dickschädeliges Weib. Wie oft hatte er sich beispielsweise gewünscht, Kelly wäre weniger sanft. Kelly sah bezaubernd aus, aber er hatte es nie geschafft, anständig mit ihr zu streiten; auf diese Weise konnte er in ihrer Nähe nie ganz entspannen. Eins mußte er der Professorin lassen – sie kannte sich aus mit einem vernünftigen Streit!

Er runzelte die Stirn. Mochte er sie etwa so allmählich? *Teufel, nein!* Bei seinem Elefantengedächtnis würde er nie vergessen, wie sie ihn hereingelegt hatte. Offenbar war lediglich ein Teil des glühenden Zorns der ersten Wochen etwas verglommen. Vielleicht hatte er sich in dem Augenblick gelegt, als sie, den Kopf am Baumstamm, verkündete, sie ginge mit dem Baby nach Afrika.

Abgesehen von dem, was sie ihm angetan hatte, war sie möglicherweise ein durchaus anständiger Mensch. Nur viel zu ernst und zugeknöpft. Aber sie arbeitete hart – dafür waren die zahllosen Gleichungen, die sie wie Mäuseköttel im gesamten Haus verteilte, ein deutlicher Beweis – und sie hatte sich in einer Männerwelt durchgesetzt. Die Tatsache, daß sie Annie helfen wollte, sprach für sie, auch wenn er dadurch noch stärker in die Bredouille geriet. Vielleicht hatte er sie *ein wenig* gern. Ihr Entsetzen, als sie ihm auf die Schliche kam, daß er nicht der von ihr erwartete Dummkopf war, hatte beinahe so etwas wie Schuldgefühle in ihm geweckt. Ganz offensichtlich mußte ihr alter Herr ihr die Kindheit ganz schön versalzen haben.

Wieder sah er auf sie hinab und entdeckte, daß eine weitere Locke auf Wanderschaft war, die sich nun in Form einer Acht über seinem Reißverschluss schlängelte. Beinahe hätte er laut gestöhnt. Seit er sie in seinen Schoß drückte, spürte er schmerzhaft seine Männlichkeit. Nein, schon länger, wenn er die Schlägerei in Annies Garten bedachte, während der er auf ihr zum Liegen gekommen war. Aber statt daß sich sein Verlangen legte, verstärkte es sich von Minute zu Minute, und wenn sie den Kopf nur ein wenig weiter drehte, nähme sie unweigerlich die verräterische Wölbung wahr. Ohne Frage hatte ihn der Streit mit der Professorin angetörnt, und allmählich wurde es höchste Zeit, daß er etwas dagegen unternahm. Bisher hatte er durch seine Heirat nur Nachteile gehabt. Vielleicht nutzte er einfach mal den einzigen Vorteil, den einem das Eheleben bot?

»Aua! Verdammt!« Er zog seine Hand unter ihrem Kopf hervor und rieb sich den Schenkel. »Das ist jetzt das zweite Mal, daß du mich beißt! Weißt du nicht, daß menschlicher Speichel hundertmal gefährlicher ist als der von jedem Tier?«

»Das hast du vermutlich während deines ruhmreichen Biologiestudiums gelernt.« Sie kämpfte sich hoch und setzte ihre Brille wieder auf. »Ich hoffe, daß du die Tollwut kriegst und man dein Bein ohne Betäubung amputieren muß. Und daß man es mit einer Kettensäge macht!«

»Am besten sehe ich nach, ob es in meinem Haus einen Dachboden gibt, auf dem ich dich einsperren kann – so wie es früher üblich war, wenn sich eine Gattin als verrückt herausstellte.«

»Wenn ich nicht vierunddreißig sondern achtzehn wäre, dächtest du nicht darüber nach, wo du mich am besten verstecken kannst. Statt dessen würdest du mich mit Kaugummis vollstopfen und überall in der Stadt damit angeben, was für ein süßes Häschen du noch erwischt hast. Nun, da ich weiß, was für ein intelligenter Mann du bist, kommt mir deine Vorliebe für kleine Kinder noch seltsamer vor.«

»Ich habe keine Vorliebe für kleine Kinder!« Langsam näherten sie sich ihrem Heim.

»Auf jeden Fall scheinst du dir nicht sicher zu sein, ob du mit einer erwachsenen Frau fertig wirst.«

»Ich schwöre dir, Jane – verdammt!« Er trat auf die Bremse und streckte die Hand aus, um ihren Kopf abermals auf seinen Schoß zu ziehen, aber es war zu spät. Sein Vater hatte sie bereits entdeckt.

Fluchend kurbelte er die Fensterscheibe herunter, und während er mit seinem Wagen ein gutes Stück von dem schlammbespritzten roten Wagen entfernt stehen blieb, rief er: »Was gibt's, Dad?«

»Was meinst du, was es gibt? Mach dieses verdammte Tor auf und laß mich rein!«

Na wunderbar, dachte er entnervt. Einfach wunderbar, die Krönung eines Tages, der von Anfang an bescheiden verlaufen war. Er drückte den Knopf der Fernbedienung, nickte seinem Vater zu, trat aufs Gaspedal und schoß so eilig an dem Besucher vorbei, daß sein alter Herr Jane nicht genau zu sehen bekam.

Der Funke Sympathie, den er noch einen Augenblick zuvor für sie empfunden hatte, erlosch. Er wollte nicht, daß sie seinen Eltern begegnete. Schluß, aus. Er hoffte nur, sein Vater käme nicht auf die Idee und spräche von den Aktivitäten, aufgrund derer er so selten zu Hause war. Je weniger Jane über sein Privatleben wußte, desto leichter täte er sich.

»Du gehorchst mir gefälligst«, befahl er jetzt. »Und was

auch immer du von dir gibst, laß ihn nicht wissen, daß du schwanger bist.«

»Irgendwann findet er es sowieso heraus.«

»Je später, um so besser. Am besten erst im letzten Augenblick. Und nimm diese verdammte Brille ab!« Sie erreichten das Haus, und Cal drängte sie hinein, ehe er sich umdrehte und seinem Vater entgegenging.

Jane hörte das Krachen der Tür, also war er wieder mal wütend. Ein herrlicher Mr. Summa cum laude. Sie biß sich auf die Lippe und wandte sich der Küche zu. Dort angekommen, legte sie die Hand auf den Bauch und murmelte: »Es tut mir leid, mein Liebling, ich habe es nicht gewußt. Wirklich nicht!«

Derweilen zupfte sie ein paar trockene Blätter aus ihrem wirren Haar. Sie sollte sich zusammenreißen, ehe Cals Vater den Raum betrat; doch sie war so sehr mit der Sorge beschäftigt, wie sie ein Genie erziehen sollte, daß sie ihre Brille, statt sie abzusetzen, ein Stückchen höher schob.

Cals Stimme erklang im Korridor: »... und da sich Jane heute bereits wesentlich besser gefühlt hat, haben wir Annie besucht.«

»Wenn es ihr so viel besser ging, hättet ihr vielleicht statt dessen besser deine Eltern beehrt.«

Sie warf ihre Jacke auf einen der Hocker und wandte sich den Männern zu.

»Dad, das alles habe ich dir und Mom doch bereits gestern beim Abendessen erklärt. Ich habe gesagt ...«

»Schon gut.« Cals Vater blieb stehen, als er seine Schwiegertochter erblickte.

Die Vorstellung, die sie sich von ihm gemacht hatte als einem gutgelaunten alten Mann mit dickem Bauch und weißem Haar, hatte sich bereits in dem Augenblick, als sie ihn vor dem Tor entdeckte, aufgelöst. Unbestreitbar stand sie nun einer älteren Version ihres Gatten gegenüber.

Er war ebenso beeindruckend – groß, gutaussehend, rauh –, und mit seinem roten Flanellhemd, der zerknitterten Hose und den zerkratzten Lederstiefeln hatte er genau die passende Kleidung an. Sein dichtes, dunkles Haar, das er länger und struppiger trug als Cal, wies ein paar silbrige Strähnen auf; aber er wirkte nicht älter als Mitte Fünfzig, viel zu jung und zu gutaussehend für einen sechsunddreißigjährigen Sohn.

Er ließ sich Zeit mit seiner Musterung, und ohne Schwierigkeiten erkannte sie in seinem geraden, direkten Blick die Verwandtschaft mit Cal. Während sie sich seiner Prüfung stellte, wurde ihr klar, daß er offenbar über die neue Schwiegertochter noch zu keinem Ergebnis gekommen war. Trotzdem bedachte er sie mit einem warmen Lächeln und reichte ihr die Hand.

»Ich bin Jim Bonner. Schön, daß wir uns endlich einmal begegnen.«

»Jane Darlington.«

Sein Lächeln legte sich, er runzelte die Stirn und zog seine Hand zurück. »Hier in der Gegend nehmen die meisten Frauen bei der Hochzeit den Namen ihres Mannes an.«

»Ich bin nicht von hier und heiße Darlington. Außerdem bin ich vierunddreißig Jahre alt.«

Hinter ihr wurde ein ersticktes Krächzen laut, doch Jim Bonner lachte fröhlich auf. »Ach, nein!«

»Oh, doch. Vierunddreißig und mit jeder Sekunde kommt noch was dazu.«

»Es reicht, Jane.« Die Warnung in Cals Stimme sagte ihr, daß es besser wäre zu schweigen, aber sie ignorierte den drohenden Unterton.

»Du siehst gar nicht krank aus.«

»Das bin ich auch nicht.« Sie spürte, daß etwas über ihren Rücken strich – anscheinend löste sich die Haarnadel aus ihrem Knoten.

»Heute morgen hat sie sich plötzlich besser gefühlt«, mischte Cal sich ein. »Offenbar hat sie doch keine Grippe gehabt.«

Jane drehte sich weit genug herum, um ihn mit einem mitleidigen Blick zu bedenken – sie machte bei seinen Lügengeschichten nicht mit –, aber er tat, als bemerke er es nicht.

Jim nahm ein X-Man-Comic vom Tresen und sah es fragend an. »Hat das vielleicht der Buchclub geschickt?«

»Jane liest die Dinger, wenn sie sich entspannen will. Möchtest du ein Bier, Dad?«

»Nein. Ich bin auf dem Weg ins Krankenhaus.«

Aus plötzlicher Sorge heraus unterdrückte Jane die bissige Bemerkung über die Comics, die ihr auf der Zunge lag. »Ist etwas nicht in Ordnung?«

»Wie wäre es mit einem Sandwich?« fragte Cal allzu schnell. »Jane, mach Dad und mir ein paar Brote, ja?«

»Deinen Vater versorge ich gern. Du jedoch kümmerst dich am besten selber um deinen Appetit.«

Jim sah seinen Sohn mit hochgezogenen Brauen an, was Janes Meinung nach so etwa heißen sollte wie *hast du nach all den Jahren keine bessere Frau abgekriegt*?

Aber sie war niemand, der sich schnell geschlagen gab. »Müssen Sie vielleicht zu einer Untersuchung hin? Ich hoffe, Sie sind nicht krank.«

Cal schoß vorwärts. »Von deinem Spaziergang hinüber zu Annie hast du ein bißchen Dreck auf der Backe, mein Schatz. Vielleicht gehst du jetzt nach oben und wäschst dir das Gesicht.«

»Ich weiß nicht, was an meiner Fahrt ins Krankenhaus so geheimnisvoll sein soll«, wunderte sich Jim. »Als Arzt muß ich einfach nach meinen Patienten sehen.«

Als sie erkannte, was für einen Fehler sie gemacht hatte, starrte sie ihn einen Augenblick lang reglos an. Dann fuhr sie zu Cal herum. »Dein Vater ist *Arzt*? Wie viele Leichen liegen noch im Keller deiner Familie rum?«

Während ihr eigenes Herz brechen wollte, sah er sie lächelnd an. »Ich weiß, du hattest auf einen Schwarzbrenner oder so gehofft, meine Liebe, aber heute ist leider nicht dein Glückstag. Obwohl, da fällt mir ein – Dad, hast du mir nicht mal erzählt, dein Uropa hätte irgendwo in den Bergen einen Destillierapparat versteckt?«

»Das hat zumindest dein Opa behauptet.« Jim sah Jane fragend an. »Warum interessiert dich das?«

Cal ließ sie nicht antworten, was auch gar nicht gegangen wäre, denn sie hatte einen so dicken Kloß im Hals, daß sie kurz vor dem Ersticken war. »Jane besitzt ein Faible fürs Hinterwäldlertum. Sie selbst ist durch und durch Städterin; aber sie liebt alles, was mit dem Landleben zusammenhängt, und war wirklich enttäuscht darüber, daß man hier sogar Schuhe trägt.«

Jim lächelte. »Ich kann meine gerne ausziehen, wenn es dir gefällt.«

Mit einem Mal ließ sich eine weiche Südstaatenstimme aus der Diele vernehmen. »Cal, wo bist du?«

Er stieß einen resignierten Seufzer aus. »In der Küche, Mom.«

»Ich kam gerade zufällig vorbei, und da sah ich das Tor offenstehen.« Wie Cals Vater wirkte auch die Frau, die plötzlich im Türrahmen stand, viel zu jung für einen sechsunddreißigjährigen Sohn; außerdem war sie für Annie Glides Tochter überraschend elegant. Hübsch, schlank und stilvoll gekleidet, trug sie ihr hellbraunes Haar in einem modischen Kurzhaarschnitt, wodurch ein Paar leuchtend blauer Augen vorteilhaft zur Geltung kam. Mögliche erste graue Strähnen überdeckte eine dezente Tönung. Zu ihrer schmal geschnittenen schwarzen Hose trug sie eine lockere, traubenfarbene Fleecejacke, an deren Kragen eine Silberbrosche befestigt war. Im Vergleich zu ihr kam sich Jane mit ihrem schmutzigen Gesicht und dem wirren, mit Blättern angereicherten Haar richtiggehend schlampig vor.

»Du bist sicher Jane«, sagte die elegante Erscheinung und gab ihr spontan die Hand. »Ich bin Lynn Bonner.« Ihre Begrüßung war herzlich, aber trotzdem hatte Jane den Eindruck einer gewissen Reserviertheit. »Hoffentlich fühlst du dich wieder besser. Cal hat gesagt, daß dir das Wetter zu schaffen macht.«

»Danke, es geht mir gut.«

»Sie ist vierunddreißig«, verkündete Jim, der immer noch neben dem Tresen stand.

Lynn wirkte überrascht, doch dann lächelte sie. »Das freut mich.«

Jane fand Lynn Bonner sympathisch. Jim setzte sich auf einen der Barhocker und streckte die Beine aus. »Cal sagt, daß sie ein Faible für Hinterwäldler hat, also wird sie von dir sicher ganz begeistert sein, Amber.«

Jane fiel auf, daß Cal verwirrt zu seinem Vater sah. Jim Bonners Stimme hatte einen leicht überheblichen Ton, der ihr zuvor nicht aufgefallen war, aber seine Frau reagierte nicht darauf. »Sicher hat Cal dir erzählt, daß wir erst vor zwei Tagen von einem Ärztekongreß zurückgekommen sind. Wir haben ihn mit einem kurzen Urlaub verbunden. Es war wirklich schade, daß du dich gestern abend nicht wohl genug gefühlt hast, um mit zu uns zum Essen zu kommen. Aber das holen wir am Samstag nach. Jim, wenn es nicht regnet, könntest du ja grillen.«

Jim kreuzte die Beine. »Tja, Amber, da Jane ja offenbar rustikale Ambitionen hat, ist irgendeine Glidesche Spezialität vielleicht passender. Wie wäre es mit Bohnen und Räucherspeck, oder mit dem Pökelfleisch, das deine Mama früher immer gemacht hat? Hast du je in deinem Leben Pökelfleisch gegessen, Jane?«

»Also, ich glaube nicht.«

»Ich kann mir nicht vorstellen, daß Jane darauf allzu versessen ist«, meinte Lynn gedehnt. »Heutzutage ißt niemand mehr Pökelfleisch.«

»Vielleicht könntest du es ja wieder in Mode bringen, Amber? Du könntest es all deinen eleganten Freundinnen empfehlen, wenn du sie auf deiner nächsten Wohltätigkeitsveranstaltung in Asheville triffst.«

Cal starrte seine Eltern an, als hätte er sie noch nie zuvor gesehen. »Seit wann sagst du Amber zu Mom?«

»So heißt sie schließlich«, antwortete Jim.

»Annie nennt sie so, aber du doch nicht!«

»Wer sagt, daß man manche Dinge nicht ändern darf?«

Cal blickte zu seiner Mutter hinüber, aber sie sagte nichts. Unbehaglich wandte er sich ab und öffnete die Kühlschranktür. »Seid ihr sicher, daß niemand ein Sandwich will? Wie steht's mit dir, Mom?«

»Nein, danke.«

»Pökelfleisch ist ein Teil der Glideschen Familientradition«, beharrte Jim, denn offenbar war er zu einem Themenwechsel noch nicht bereit. »Das hast du doch wohl nicht vergessen, oder, Amber?« Er bedachte seine Frau mit einem derart kühlen Blick, daß Jane Mitgefühl mit ihr empfand. Sie wußte genau, wie es war, einer solchen Kälte ausgesetzt zu sein. Ohne auf eine Antwort zu warten, wandte sich Jim an Jane. »Pökelfleisch ist ähnlich wie Würstchen, Jane, nur eben aus Schweinskopf. Natürlich nimmt man vorher die Augen raus.«

Lynn setzte ein steifes Lächeln auf. »Es ist wirklich widerlich. Ich weiß nicht, wie meine Mutter je auf den Gedanken kam, Pökelfleisch zu machen. Übrigens habe ich eben via Handy mit ihr telephoniert und von ihr erfahren, daß es dir bessergeht. Sie scheint dich bereits ins Herz geschlossen zu haben, Jane.«

»Ich habe sie ebenfalls sehr gern.« Jane war genauso erpicht auf einen Themenwechsel wie ihre Schwiegermutter. Nicht nur die Spannung zwischen Cals Eltern irritierte sie, obendrein kämpfte sie in letzter Zeit des öfteren mit Übelkeit, so daß sie nicht sicher war, ob sie ein Gespräch über Augäpfel und Schweinsköpfe noch lange ertrug.

»Cal hat uns erzählt, daß du Physikerin bist«, sagte Lynn. »Respekt!«

Jim erhob sich von seinem Platz. »Meine Frau hat die High-School abgebrochen, und deshalb schüchtern gebildete Menschen sie manchmal ein.«

Lynn wirkte nicht im geringsten eingeschüchtert, und Jane fand Jim Bonner wegen seiner alles andere als subtilen Seitenhiebe gegen seine Gattin allmählich unsympathisch. Seine Frau mochte bereit sein, über seine Unhöflichkeit hinwegzusehen, aber sie nähme sein Verhalten nicht so widerspruchslos hin. »Es gibt keinerlei Grund, eingeschüchtert zu sein«, vermittelte sie ruhig. »Manchmal weisen gerade Leute ohne Erziehung ein erstaunliches Maß an Bildung auf. Aber warum sage ich Ihnen das, Dr. Bonner? Das haben Sie doch bestimmt selbst schon oft bemerkt.«

Zu ihrer Überraschung lächelte er mit einem Mal. Dann glitt seine Hand unter den Kragen des Mantels seiner Frau, und er rieb ihr den Nacken mit der Vertrautheit eines Menschen, der so etwas seit nunmehr beinahe vierzig Jahren tat. Die Vertrautheit dieser Geste machte Jane bewußt, daß sie sich hier auf fremdem Terrain befand, und sie wünschte, sie hätte nichts gesagt. Was auch immer für Eheprobleme die beiden miteinander hatten, fochten sie sie sicher bereits seit Jahren aus, und mittlerweile stand ihr ja selber das Wasser bis zum Hals.

Jim löste sich wieder von seiner Frau. »Ich muß los, sonst komme ich zu spät zur Visite.« Er wandte sich an

Jane, drückte ihr freundlich den Arm und sah seinen Sohn lachend an. »Es hat mich gefreut, dich kennengelernt zu haben, Jane. Bis morgen, Cal.« Seine Zuneigung zu Cal war offensichtlich, aber seine Frau sah er beim Verlassen der Küche nicht einmal an.

Cal legte Wurst und Käse auf die Theke, und als sie hörten, wie sich die Haustür hinter seinem Vater schloß, richtete er seine Aufmerksamkeit auf Amber.

Trotz ihres gleichmütigen Blicks bemerkte Jane, daß das »Berühren verboten«-Schild, das ihr zuvor auf die Stirn genagelt gewesen zu sein schien, nun mit dem Abschied ihres Ehemannes ebenfalls verschwand.

Cals Stimme drückte Sorge aus. »Warum nennt Dad dich Amber? Das gefällt mir nicht.«

»Dann mußt du vielleicht mit ihm darüber reden, was meinst du?« Sie wandte sich lächelnd an Jane. »Wie ich Cal kenne, hat er dich bisher sicher höchstens in den Mountaineer geschleppt. Wenn du dir mal ein paar Geschäfte oder so ansehen möchtest, führe ich dich gern herum. Anschließend könnten wir zusammen irgendwo Mittag essen gehen.«

»Oh, sehr gern!«

Cal trat eilig einen Schritt nach vorn. »Jane, du brauchst die Einladung nicht aus Rücksicht zu akzeptieren. Mom ist sehr verständnisvoll.« Er legte seiner Mutter den Arm um die Schultern. »Jane kann es sich im Augenblick nicht leisten, ihre Forschungen zu unterbrechen – aber offenbar will sie deine Gefühle nicht verletzen, und so sagt sie ja, obwohl sie im Grunde wahnsinnig viel zu tun hat.«

»Ich verstehe.« Lynns Miene verriet, daß sie nicht das geringste verstand. »Natürlich ist deine Arbeit wichtiger als unser geselliges Zusammensein. Vergiß meinen Vorschlag.«

Jane starrte sie entgeistert an. »Nein, wirklich ...«

»Bitte. Du brauchst nichts mehr zu sagen.« Sie kehrte Jane den Rücken zu und umarmte Cal. »Ich muß zu einer Versammlung in die Kirche. Die Mutter des Gemeindepfarrers zu sein wird allmählich zu einem Full-Time-Job. Ich wünschte, Ethan würde heiraten.« Sie bedachte Jane mit einem zurückhaltenden Nicken. »Hoffentlich kannst du zumindest am Samstag abend ein wenig Zeit für uns erübrigen.«

Jane spürte, daß dies eine unverhohlene Zurechtweisung war. »Auf jeden Fall!«

Cal geleitete seine Mutter an die Tür, wo er noch einen Augenblick lang mit ihr sprach. Anschließend kam er in die Küche zurück.

»Was fällt dir ein?« fauchte Jane. »Jetzt hält mich deine Mutter unverdientermaßen für einen Snob.«

»Und wenn schon?« Er zog seinen Autoschlüssel aus der rechten Tasche seiner Jeans.

»Also hör mal! Es war eine unmißverständliche Abfuhr.«

»Na und?«

»Ich kann einfach nicht glauben, wie gefühllos du bist.«

»Jetzt verstehe ich.« Er legte die Schlüssel auf den Tisch. »Du willst die allseits geliebte Schwiegertochter sein. Das ist es, oder?«

»Es geht ganz einfach um Höflichkeit.«

»Warum? Damit sie dich in ihre Herzen schließen und hinterher, wenn wir uns scheiden lassen, todtraurig sind?«

Er machte sie in der Tat ärgerlich. »Was genau willst du damit sagen?«

»Sie trauern bereits um eine Schwiegertochter«, erwiderte er ruhig. »Und ich lasse nicht zu, daß sie um eine zweite trauern, wenn es zwischen uns zur Scheidung kommt. Dann sollen sie eine Flasche Champagner aufmachen und die Flucht ihres Sohnes aus einer schrecklichen Ehe feiern, wenn die Farce zu Ende ist.«

»Das verstehe ich nicht.« Und ob sie es verstand!

»Laß es mich dir erklären. Es wäre schätzenswert, wenn du dafür sorgen würdest, daß meine Eltern dich lieber nur von hinten sehen.«

Ihre Hände zitterten, und so faltete sie sie entschlossen vor dem Bauch. Bis zu diesem Augenblick war ihr nicht klar gewesen, daß sie die flüchtige und doch übermächtige Phantasie gehegt hatte, irgendwann Teil von Cals Familie zu werden. Für einen Menschen, der sich immer danach gesehnt hatte, irgendwo dazuzugehören, war dies der Gipfel der Ironie. »Ich soll also ein Buhmann bleiben.«

»Sieh mich nicht so an. Du bist unaufgefordert in mein Leben getreten und hast alles auf den Kopf gestellt. Ich will im Augenblick kein Kind und noch weniger eine Ehefrau! Aber du hast mir beides aufgezwungen, und das machst du nun zum Teil wieder wett. Wenn du auch nur eine Spur von Verständnis in deinem Herzen hast, wirst du den Kummer meiner Eltern nicht noch vergrößern.«

Sie wandte sich ab und blinzelte. Keine andere Bitte hätte sie tiefer getroffen. Wieder einmal bekam sie die Rolle der Außenseiterin, und sie fragte sich, ob es wohl jemals in ihrem Leben etwas anderes gab. Würde sie immer am Rand stehen und die Familien, die Bindungen anderer Menschen beobachten, die viele so problemlos einzugehen schienen? Aber dieses Mal wäre sie, ginge es nach Cal, mehr als eine Außenseiterin. Dieses Mal sollte sie als Feindin gelten!

»Ein Großteil meines Lebens spielt sich hier in Salvation ab«, fuhr er fort. »Meine Freunde und meine Familie leben hier. Du bist nur ein paar Monate in der Stadt, und dann verschwindest du.«

»Und lasse nichts als böse Erinnerungen an mich zurück.«

»Du hast mir diese Bescherung eingebrockt«, giftete er.

Durch die Erfüllung seiner Bitte erführe er eine beinahe gespenstisch perfekte Art der Gerechtigkeit. Von Anfang an plagten sie wegen ihres unmoralischen Vorgehens heftige Schuldgefühle, und nun erteilte er ihr Gelegenheit, ihre Heimtücke teilweise zu sühnen. Er hatte recht! Ein Platz in seiner Familie stand ihr nicht zu – sie schuldete ihm eine gewisse Wiedergutmachung.

Er klapperte mit seinem Schlüsselbund, und sie merkte, daß er sich ungemütlich fühlte. Selten erlebte sie ihn anders als voller Selbstbewußtsein, und sie brauchte einen Augenblick, ehe sie es begriff. Er hatte Angst, daß sie sich seinem Wunsch widersetzen würde, und suchte verzweifelt nach einem Argument, mit dem sie sich überzeugen ließ.

»Vielleicht hast du bemerkt, daß es zwischen meinen Eltern im Augenblick leichte Spannungen gibt. Das ist erst so, seit Cherry und Jamie gestorben sind.«

»Ich weiß, die beiden haben bereits als Teenager geheiratet, aber daß sie noch so jung sind, hätte ich nicht gedacht.«

»Meine Wenigkeit war des Geschenk zum High-School-Abschluß meines Vaters. Mom zählte fünfzehn Lenze, als sie schwanger wurde, und sechzehn, als ich kam.«

»Du liebe Güte!«

»Sie wurde von der Schule geworfen; aber Annie hat uns erzählt, daß Mom während seiner Abschlußfeier unter dem Stadion stand – in ihrem besten Kleid, obwohl niemand sie sah –, nur, damit sie seine Abschiedsrede hören konnte.«

Jane dachte über das mehr als dreißig Jahre zurückliegende Unrecht nach. Amber Lynn Glide, das arme Mädchen aus den Bergen, hatte man wegen seines dicken Bauches von der Schule gewiesen, während der reiche Junge, der sie geschwängert hatte, auf dem Podest stand und von allen Seiten mit Lobhudeleien überschüttet wurde.

»Man sieht dir an, was du denkst«, sagte Cal. »Aber er hat ebenfalls dafür bezahlt, und nicht zu knapp. Niemand hätte gedacht, daß er sie heiraten würde, aber er hat es getan, und neben seiner College- und Unizeit noch eine Familie durchgebracht.«

»Wobei ihm seine Eltern hilfreich zur Seite standen, wette ich!«

»Am Anfang nicht. Sie haben meine Mom gehaßt und ihm erklärt, wenn er sie heiraten würde, bekäme er von ihnen keinen Penny mehr. Während des ersten Jahres haben sie Wort gehalten, aber dann kam Gabe, und schließlich steckten sie meinem Dad hier und da etwas zu.«

»Deine Eltern scheinen im Augenblick nicht gerade glücklich zu sein.«

Sofort zog er sich in sein Schneckenhaus zurück. Entschieden war es eine Sache, wenn er über Schwierigkeiten sprach, jedoch etwas gänzlich anderes, falls sie es tat. »Sie sind einfach durcheinander, das ist alles. Ihre gegenseitigen Gefühle haben sie noch nie zur Schau gestellt, aber mit ihrer Ehe ist alles in Ordnung, falls du das meinst.«

»Ich meine überhaupt nichts.«

Erneut rasselten seine Schlüssel, und er setzte sich in Bewegung. Ehe er allerdings gehen konnte, hielt sie ihn zurück.

»Cal, gegenüber deinenEltern verhalte ich mich, wie du es wünschst – ich werde so unhöflich sein wie irgend möglich –, aber Annie gegenüber schaffe ich das nicht. Sie weiß sowieso schon halbwegs Bescheid.« Jane mochte die köstliche Großmutter, und sie brauchte wenigstens eine Freundin, wenn sie nicht den Verstand verlieren wollte.

Er drehte sich um und sah sie an.

Sie straffte die Schultern und reckte entschlossen das Kinn. »Das ist alles, was ich dir bieten kann. Nimm mein Angebot also an oder laß es sein!«

Langsam nickte er. »Meinetwegen. Abgemacht.«

10

Jane stöhnte, als sie aufstand, ihren Computer abschaltete und aus ihren Kleidern stieg. Während der letzten drei Tage hatte sie morgens bei Annie Gemüse gepflanzt, und nun tat ihr jeder Muskel weh.

Lächelnd faltete sie ihre Jeans, legte sie in den Schrank und nahm ein Nachthemd aus dem Fach. Normalerweise kam sie mit Diktatoren nicht zurecht, aber sie liebte es, wenn Annie das Kommando übernahm – was sie übrigens auch bei Cal tat.

Am Mittwoch morgen hatte er darauf bestanden, Jane zum Heartache Mountain zu fahren, und dort angekommen schlug Jane angesichts der schadhaften Vordertreppe vor, daß er, statt andere anzuheuern, die Reparatur selbst in die Hände nähme. Also hatte er sich knurrend ans Werk gemacht, doch nach kurzer Zeit pfiff er fröhlich vor sich hin. Er bekam die Treppe hervorragend hin und erledigte dann noch ein paar andere dringende Reparaturen. Heute hatte er mehrere Eimer Farbe gekauft und die alte Farbe von den Außenwänden des Häuschens abgekratzt.

Sie glitt in ein kurzärmliges graues Nachthemd, auf dessen Brusttasche ein gestickter Goofy zu sehen war. Morgen abend fände das Essen bei Cals Eltern statt. Er hatte ihr Versprechen, sich distanziert zu geben, nicht noch mal erwähnt, ihr aber auch bestimmt nicht erlassen.

Obgleich sie gähnte vor Müdigkeit, war es doch erst elf Uhr, und sie würde noch nicht einschlafen können. Also räumte sie ihre Arbeitsecke auf und fragte sich wieder einmal, wo Cal wohl seine Abende verbrachte. Sie nahm an, daß er andere Frauen traf. Lynn hatte den Mountaineer erwähnt. Annie klärte sie auf, daß es ein Privatclub war. Traf er dort seine Freundinnen?

Auch wenn ihre Ehe nicht echt war, tat ihr der Gedanke weh. Sie wollte nicht, daß er sich mit anderen Weiblichkeiten abgab. Er sollte *ihr* gegenüber zärtlich sein!

Ihre Hände lagen reglos auf dem Stapel Ausdrucke, den sie hatte zurechtrücken wollen. Was dachte sie da nur? Durch Sex würde ihr ohnehin bereits komplizierte Situation vollends unmöglich gemacht. Aber noch während sie sich das sagte, erinnerte sie sich daran, wie ungemein attraktiv Cal heute, als er ohne Hemd auf der Leiter gestanden und an der Fassade von Annies Haus herumgewerkelt hatte, wirkte. Es hatte sie wahnsinnig gemacht, das Spiel seiner Muskeln zu beobachten, und so bemächtigte sie sich schließlich seines Hemds und drückte es ihm unter strengen Vorhaltungen über das Ozonloch und Hautkrebs in die Hand.

Lust. Das war alles, worum es ging. Reine, unbezweifelbare Lust. Aber sie gäbe ihr nicht nach.

Sie brauchte etwas, das sie ablenkte von diesem Gedankengang, und so trug sie ihren überquellenden Papierkorb in die Garage, um ihn auszuleeren. Anschließend blickte sie durch das Küchenfenster zum Mond hinauf und dachte an die alten Wissenschaftler – Ptolemäus, Kopernikus, Galileo –, die die Geheimnisse des Universums zu lüften trachteten, obgleich ihnen nur eine spärliche Sammlung primitivster Instrumente zur Verfügung stand. Selbst Newton hätte sich die Geräte nicht vorstellen können, mit denen sie heute arbeiteten, angefangen bei dem leistungsstarken Computer auf ihrem Schreibtisch bis hin zu den gigantischen Teilchenbeschleunigern.

Erschrocken fuhr sie zusammen, als hinter ihr die Tür geöffnet wurde und Cal auftauchte. Während sie ihn ansah, fiel ihr blitzartig auf, in was für einem Einklang dieser Mann mit seinem Körper stand. Zu seinen Jeans trug er ein weinrotes Baumwollhemd und einen schwarzen Nylonparka. Ihre Haut prickelte, als piekse jemand mit zahllosen winzigen Nadeln auf sie ein.

»Ich dachte, du wärst bereits im Bett«, raunzte er, und sie fragte sich, ob die leichte Heiserkeit in seiner Stimme wohl nur ihrer Einbildung entsprang.

»Es geht mir noch allerlei durch den Kopf.«

»Vielleicht die Kartoffeln, die du heute gepflanzt hast?«

Sie lächelte. »Nein, Newton. Isaac.«

»Den Namen habe ich schon mal gehört«, stellte er trocken fest. Die Ränder seines Parka schoben sich über sein Handgelenk, als er die Hände in den Taschen seiner Hose versenkte. »Ich hätte gedacht, daß ihr modernen Physiker in eurer Begeisterung für den Tollen Typen den alten Isaac längst vergessen habt.«

Die Bezeichnung von Einstein als Tollem Typen amüsierte sie. »Glaub mir, der Tolle Typ hegte für seine Vorgänger jede Menge Respekt. Nur, daß er sich eben durch die Newtonschen Gesetze nicht hat aufhalten lassen.«

»Meiner Ansicht nach war er doch ziemlich respektlos. Isaac hat die ganze Arbeit geleistet, und dann stellte der alte Albert einfach alles auf den Kopf.«

Abermals lächelte sie. »Die besten Wissenschaftler waren immer auch Rebellen. Gott sei Dank hängt man uns heutzutage für unsere Theorien nicht mehr auf.«

Er zog seinen Parka aus und warf ihn auf einen der Barhocker. »Wie kommst du mit deiner Top-Quark-Suche voran?«

»Ich brauche es nicht mehr zu suchen, denn es wurde bereits 1995 entdeckt. Woher weißt du überhaupt, auf welchem Gebiet ich arbeite?«

Seine Schultern hoben sich. »Ich bin eben gern über alles informiert.«

»Wie gesagt, ich suche das Top Quark nicht, sondern ich erforsche seine *Eigenschaften*.«

»Und? Wie viele Top-Quarks passen auf einen Stecknadelkopf?«

»Mehr, als du dir vorstellen kannst.« Sie war immer noch überrascht, daß er über ihre Arbeit Bescheid wußte.

»Wenn ich mich schon nach Ihrem Thema erkundige, Professor, so dürfen Sie versichert sein, daß mir, wenn vielleicht auch nicht jede Einzelheit, so doch das Gesamtkonzept begreiflich ist.«

Wieder einmal hatte sie vergessen, wie brillant er war. Was sie allerdings erstaunlicherweise angesichts des muskulösen Sportlerkörpers, den sie vor sich sah, irgendwie überzeugend fand. Ehe ihre Gedanken allerdings in dieser Richtung weitergingen, wandte sie sich wieder dem Thema ihrer Forschung zu. »Was weißt du über Quarks?«

»Nicht allzu viel. Bei Quarks handelt es sich um subatomare Partikel, und sie sind die Grundlage aller Materie. Bisher sind – wie viele? – sechs? Arten von Quarks bekannt.«

Das war mehr, als die meisten Menschen wußten, und sie freute sich. »Top und Bottom Quarks, Up und Down, Strange und Charm. Die Namen stammen aus James Joyces *Finnegans Wake.*«

»Siehst du, das ist ein Teil des Problems mit euch Wissenschaftlern! Wenn ihr eure Namen aus Tom Clancys Reißern nehmen würdet – die die Allgemeinheit tatsächlich liest – dann würden wir normalen Menschen besser verstehen, was ihr treibt.«

Vergnügt lachte sie auf. »Sollte ich jemals etwas Bedeutsames entdecken, nenne ich es Roter Oktober.«

»Tu das.« Er schwang sein Bein über einen Hocker und bedachte sie mit einem erwartungsvollen Blick. Sie merkte, daß er auf weitere Auskünfte wartete.

An der Ecke der Theke stellte sie sich in Positur. »Was wir über das Top Quark wissen, erstaunt uns immer wieder. Zum Beispiel ist es vierzigmal so schwer wie das Bottom Quark, ohne daß wir wissen, warum. Je mehr wir über die Eigenschaften des Top Quark in Erfahrung bringen, um so näher kommen wir den Rissen im Standardmodell der Teilchenphysik. Natürlich ist unser ganz großes Ziel die Entwicklung einer endgültigen Theorie, über die man zu einer vollkommen neuen Physik gelangt.«

»Die Theorie von allem?«

»Also, wenn man genauer sein will, spricht man von der Großen Gesamtheitstheorie – wie du sagst, die Theorie von allem. Manche von uns denken, daß das Top Quark einen kleinen Teil dieser Theorie enthüllt.«

»Und du willst der Einstein dieser neuen Richtung sein.«

Eifrig wischte sie mit der Fingerspitze an einem Fleck herum. »In der ganzen Welt gibt es brillante Physiker, die alle mit derselben Arbeit beschäftigt sind.«

»Aber keiner von ihnen schüchtert dich auch nur im geringsten ein, oder?«

Sie grinste. »Stimmt.«

»Na dann, viel Glück, Professor«, lachte er. »Ich wünsche Ihnen was!«

»Vielen Dank!« Sie wartete darauf, daß er das Thema wechselte – die meisten Menschen bekamen bereits nach kurzer Zeit einen verständnislosen Blick, wenn sie über ihre Arbeit sprach –, doch er stand auf, holte sich eine Tüte Taco-Chips aus der Speisekammer und lümmelte sich auf die rote Samtbank in der Nische, ehe er mit Fragen zur Arbeitsweise von Teilchenbeschleunigern begann.

Nicht lange, und sie saß ihm gegenüber, schob sich Taco-Chips in den Mund und beschrieb die Einrichtungen der internationalen Forschungslabors – was immer neue Fragen für ihn aufwarf.

Zuerst antwortete sie begeistert, da es sie freute, einem Laien begegnet zu sein, der echtes Interesse an der Teilchenphysik zeigte. Es war gemütlich, spät abends in dieser warmen Küche zu sitzen, Chips zu essen und über ihre Arbeit zu sprechen. Ihr Verhältnis kam ihr beinahe wie eine echte Beziehung vor. Aber ihre Freude legte sich, als ihr klar wurde, daß er entsetzlicherweise alle ihre Erklärungen mühelos verstand.

Ihr Magen verkrampfte sich, als sie merkte, wie leicht ihm diese komplexen Zusammenhänge eingingen. Was, wenn ihr Baby noch hochfliegender würde, als sie bereits befürchtete? Der Gedanke machte sie schwindlig, so daß sie mit einer weiteren komplizierten Erläuterung begann, die ihn dann doch endlich überforderte.

»Ich fürchte, das ist zu hoch für mich, Professor.«

Hätte sie ihn doch nur anschreien können, daß er sie nicht verstand, weil er dafür zu dämlich war! Statt dessen blieb ihr nur zu sagen: »Das Ganze ist auch eine ziemlich haarige Angelegenheit.« Gähnend erhob sie sich von ihrem Platz. »Für heute reicht es, glaube ich.«

»In Ordnung.«

Und nun erschien ihr auf einmal dieser Zeitpunkt ebenso gut wie jeder andere, um ihre Gefangenschaft zu beenden. Obendrein ermutigte sie seine gute Laune, so daß er die Neuigkeit vielleicht besser ertrug als sonst. »Übrigens, Cal, ich brauche unbedingt einen Wagen. Nichts Aufregendes, bloß damit ich beweglicher bin. An wen muß ich mich da wenden?«

»An niemanden. Wenn du irgendwo hin willst, fahre ich dich.«

Innerhalb von Sekunden hatte sich seine Umgänglichkeit gelegt. Er stand auf und verließ die Küche, da für ihn die Diskussion offenbar beendet war.

Aber so schnell ließ sie sich nicht abfertigen, und so folgte sie ihm durch den höhlenartigen Salon Richtung Arbeitszimmer. »Ich bin es gewohnt, unabhängig zu sein, und brauche meinen eigenen Wagen.« Spitz fügte sie hinzu: »Ich verspreche, daß ich deinen Freunden nicht winken werde, wenn ich durch die Stadt fahre.«

»Kein Wagen, Professor. Basta!« Wieder einmal wandte er sich von ihr ab, doch als er das Arbeitszimmer betrat, ging sie ihm mit zusammengepreßten Lippen nach. Es war einfach lächerlich. Cal schien vergessen zu haben, daß man sich im zwanzigsten Jahrhundert befand. Und daß sie über ihr eigenes Geld verfügte.

Im Türrahmen blieb sie stehen. »Im Gegensatz zu deinen Freundinnen bin ich alt genug für den Führerschein.«

»Allmählich kriegen deine Witze einen Bart.«

»Nur, daß es keine Witze sind, nicht wahr?« Sie sah ihn nachdenklich an. »Bist du sicher, daß es dir einzig darum geht, deine Eltern vor neuem Kummer zu bewahren? Ist es nicht vielmehr so, daß du mich hier einsperrst, weil dir mein Alter und mein anderer Stil vor deinen Freunden peinlich ist?«

»Du redest hier von Sachen, die du nicht verstehst.« Er flegelte sich in den Stuhl, der hinter dem massiven, hölzernen Schreibtisch stand.

Hartnäckig fuhr sie fort: »Ich bin nicht einmal ansatzweise die Frau, die deine Kumpels dir zutrauen, stimmt's? Ich bin nicht hübsch genug, um deine Frau zu sein, meine Brüste zu klein und meine Jugend futsch! Ganz schön peinlich für den Bomber, denke ich.«

Er kreuzte die Beine und legte die Füße auf den Tisch. »Wenn du es sagst, wird es wohl so sein.«

»Ich brauche deine Erlaubnis nicht, wenn ich mir einen Wagen kaufen will, Cal. Und ich habe die Absicht, es zu tun, ob es dir nun paßt oder nicht.«

Wieder einmal bedachte er sie mit dem für ihn typischen finsteren Blick. »Den Teufel wirst du tun!«

Da sie inzwischen vollkommen entnervt und nicht in der Stimmung zu einem Stellungskrieg war, wandte sie sich ab.

Morgen würde sie tun, was sie wollte. Sollte er doch sehen, was sich dagegen unternehmen ließ. »Für den Augenblick habe ich wirklich genug von dir. Gute Nacht!«

»Wag es ja nicht, einfach abzuhauen!« Er bewegte sich so behende, daß sie ihn nicht kommen sah, und ehe sie über der Schwelle war, hatte er ihr bereits den Weg versperrt. »Hast du mich gehört?«

Sie stemmte die Hände in die Hüften und funkelte ihn zornig an. »Mein lieber Freund, ich rate dir, geh mir aus dem Weg!«

Spannungsgeladene Sekunden tickten vorüber. Er runzelte die Stirn und preßte die Lippen zusammen, doch gleichzeitig entdeckte sie so etwas wie freudige Erwartung in seinem Blick, als habe er es auf einen Streit mit ihr geradezu abgesehen. Sie war es gewohnt, daß Leute Konflikten aus dem Weg gingen, aber Cal schien Spaß daran zu haben – und zu ihrer Überraschung merkte sie, daß sie ähnlich empfand.

Ehe sie allerdings Gelegenheit zu weiteren Beleidigungen bekam, fiel sein Blick auf ihr Nachthemd, und mit einem Mal grinste er. »Ganz schön kindisch, finde ich.«

Sie hatte sich schon viele wenig schmeichelhafte Dinge gefallen lassen müssen, aber daß ihre Forderung nach Selbständigkeit kindisch sein sollte, war einfach lächerlich. »Was hast du gesagt?«

»Dein Nachthemd.« Er streckte den Arm aus und strich mit einer Fingerspitze über die mit der Comicfigur verzierte Tasche auf ihrer Brust. »Goofy, stimmt's?«

»Ach so!« Ihr Ärger legte sich.

Lächelnd zog er mit seinem Fingernagel die Umrisse des Zeichentrickhelden nach. Die Haut ihrer Brust straffte sich und ihr Nippel wurde hart. Sie haßte es, daß sie derart auf seine deutlich kalkulierte Geste reagierte. Kein Wunder, daß er so überzeugt von sich war. Wahrscheinlich erregte sogar ein schlafender Bomber die Frauen noch.

»Ich hoffe nur, daß dir das etwas bringt – denn mich läßt es ziemlich kalt.«

»Ach ja?« Er blickte auf ihr Nachthemd, unter dem sich der Beweis des Gegenteils abzeichnete.

Seine Arroganz und Selbstsicherheit reizten sie zur Rache. Also schüttelte sie den Kopf und sah ihn traurig an. »Du hast es immer noch nicht kapiert, nicht wahr?«

»Was?«

»Egal.« Sie stieß einen Seufzer aus. »Ich schätze, daß du trotz all deines Gehabes ein recht netter Kerl bist ... deshalb möchte ich deine Gefühle nicht verletzen.«

Seine Stimme wurde kriegerisch. »Mach dir keine Gedanken über meine Gefühle. Was habe ich nicht kapiert?«

Sie machte eine hilflose, flatternde Bewegung, die sich angesichts der Tatsache, daß sie nie zuvor derart gemein gewesen war, als überraschend effektiv erwies. »Das Ganze ist zu blöde. Ich möchte nicht darüber reden.«

»Sprich!«

»Wie du meinst! Ehrlich gesagt begreifst du offenbar nicht, daß du nicht mein Typ bist. Du törnst mich einfach nicht an!« *Was für eine schamlose Lügnerin sie doch geworden war.*

Er ließ seine Hand sinken, und seine Augen weiteten sich. »Ich mache dich nicht an?«

»Jetzt habe ich dich gekränkt, nicht wahr?«

»Warum, in aller Welt, sollte ich gekränkt sein?«

»Du siehst wütend aus.«

»Tja, das beweist wieder einmal, daß du über eine schlechte Wahrnehmungsfähigkeit verfügst.«

»Na schön! Außerdem bin ich sicher, daß auch meine fehlende Begeisterung für dich lediglich auf schlechter Wahrnehmung beruht. Sicher hat sie mit dir überhaupt nichts zu tun.«

»Da hast du, verdammt noch mal, recht!«

Sie zuckte mit den Schultern. »Mir gefällt schon seit jeher eine andere Art von Mann.«

»Was für eine Art?«

»Oh, Männer, die nicht so groß sind wie du. Nicht so laut. Sanftmütiger. Gelehrt.«

»Wie Dr. Craig Elkhart?« Er spuckte den Namen verächtlich aus.

»Was weißt du über Craig?«

»Ich weiß, daß er dich wegen einer zwanzigjährigen Sekretärin fallengelassen hat.«

»Sie war keine Sekretärin, sondern Datenverarbeiterin. Und außerdem hat er mich nicht fallengelassen.«

»Da habe ich aber etwas anderes gehört. Er hat dich fallengelassen wie einen Sack nassen Zement.«

»Weit gefehlt! Wir haben uns in beiderseitigem Einvernehmen getrennt.«

»In beiderseitigem Einvernehmen? So ein Quatsch!«

»Du willst mich doch nur niedermachen, weil die Tatsache, daß ich dich nicht anziehend finde, deinen Stolz verletzt!«

»Mir ist schon eine Menge verlogener Frauen begegnet, aber keine war so unverfroren wie du. Gib es zu! Ich mache dich so sehr an, daß du es kaum erträgst, im selben Raum wie ich zu sein. Wenn es mir in den Sinn kommen würde, hätte ich dich innerhalb von dreißig Sekunden so weit, daß du splitternackt vor mir stehst und mich anbettelst, endlich mit dir ins Bett zu gehen.«

»Es gibt nichts Erbärmlicheres als einen alternden Typen, der sich seiner schwindenden Manneskraft rühmt.«

»Schwindend!«

Sie beobachtete, wie er vor Zorn errötete, was bewies, daß er tatsächlich getroffen war. Er war an seiner Grenze angelangt, und nun hielte sie sich am besten mit weiteren Beleidigungen etwas zurück. »Keine Sorge, Cal. Irgendwo gibt es sicher eine Frau, die dich gern genug hat, um sich Zeit mit dir zu lassen.«

Die Röte in seinem Gesicht vertiefte sich.

Begütigend tätschelte sie ihm die Brust. »Und wenn das nicht funktioniert, habe ich gehört, daß man heutzutage mit Implantaten wahre Wunder bewirken kann.«

Er riß seine Augen auf, als könne er nicht glauben, was da an seine Ohren drang.

»Ich glaube, außerdem gibt es auch irgendein nichtchirurgisches Hilfsmittel auf der Grundlage von Luftdruck und Vakuum. Vielleicht könnte ich sogar etwas für dich entwerfen, falls du das willst.«

»Es reicht!« Seine Röte schwand, und ehe sie wußte, wie ihr geschah, hatte er sie gepackt und hielt sie kopfüber in die Luft.

»Hoppla, meine Süße!«

Sie starrte unmittelbar in den Schoß seiner engsitzenden Jeans, durch die sich ihr seine schmalen, muskulösen Hüften vorteilhaft präsentierten. Ihr wurde schwindlig, und vielleicht lag es nicht nur daran, daß ihr alles Blut aus den Füßen in den Kopf zu schießen schien. »Cal?«

»Ja?«

»Bitte laß mich wieder runter.«

»Sofort.« Er schleppte sie in die Diele, wobei er wegen ihrer Schwangerschaft mit seinen Griffen eher vorsichtig war. Einen seiner Arme hatte er unter ihre Knie gelegt, damit sie ihm nicht entglitt, und während er die Rückseite eines ihrer nackten Schenkel tätschelte, schleppte er sie in den ersten Stock. »Halt schön still, dann passiert dir nichts.«

»Wohin gehen wir?«

»Wir besuchen die verruchte Königin.«

»Die verruchte Königin? Wovon redest du? Laß mich sofort runter!«

Sie hatten das obere Ende der Treppe erreicht. »Ruhe! Ich muß mich wirklich konzentrieren, damit ich mich nicht zu schnell umdrehe und deinen Kopf gegen die Wand knallen lasse – obwohl du dann sicher eine böse Gehirnerschütterung bekämst, infolge derer dein IQ irgendwo in die Nähe des Menschlichen sinken würde und du dich endlich auch wie ein normaler Mensch benähmest.«

»Mein Schlafzimmer ist da drüben.«

»Zur verruchten Königin geht's hier lang!« Entschlossen marschierte er auf sein eigenes Schlafgemach zu.

»Zu welcher verruchten Königin? Wovon redest du? Und laß mich auf der Stelle runter, sonst schreie ich Zeter und Mordio und bringe dich tatsächlich um!«

»Ich habe bereits sämtliche Föne versteckt, und bevor ich dusche, sperre ich dich vorsichtshalber in den Schrank.« Er ließ seine Schulter sinken, und sie merkte, daß sie auf etwas Weiches glitt. Als sie aufsah, entdeckte sie über sich ihr Spiegelbild.

Ihr Haar war zerzaust, das Nachthemd hatte sich um ihre Schenkel gewickelt, und ihre Haut wies einen ungewohnten rosigen Schimmer auf. Cal stand neben dem Bett, beugte sich vor und blickte ebenfalls zu dem unter dem Baldachin befestigten Spiegel auf.

»Spieglein, Spieglein an der Wand, wer wird die Nackteste im ganzen Land?«

Die verruchte Königin! Sie schnappte sich ein Kissen und warf es ihm an den Kopf. »Oh, nein, so läuft das nicht!« Sie rollte sich auf die andere Seite des Bettes, doch er packte sie am Nachthemd und zog sie gnadenlos zurück.

»Höchste Zeit, daß der gute alte Goofy sich endlich verzieht und die Erwachsenen alleine spielen läßt.«

»Ich will nicht mit dir spielen, und wag es ja nicht, mir mein Nachthemd auszuziehen, du arroganter Arsch!«

Die Matratze senkte sich, als er sich rittlings auf ihre

Schenkel schob. »Dein Arsch ist ebenfalls nicht übel, wie mir, ohne daß ich es wollte, aufgefallen ist. Was würdest du dazu sagen, wenn wir ihn uns mal genauer vorknöpfen?« Er griff nach dem Saum ihres Nachthemds und zerrte daran.

»Nicht, Cal!« Sie hielt das Kleidungsstück über ihren Schenkeln fest, doch zugleich wollte sie, daß er es ihr über die Hüften zog. Warum auch nicht? Schließlich waren sie verheiratet.

Immer noch rittlings auf ihr sitzend lehnte er sich auf seine rechte Wade zurück. »Du bildest dir ja wohl nicht ernsthaft ein, daß wir drei Monate hier zusammen hausen werden, ohne uns anzufassen.«

Ihr Herz klopfte bis zum Hals, ihr Körper pochte vor Verlangen, doch ihr Geist schrie die schreckliche Wahrheit heraus. Er empfand ihr gegenüber nicht die geringste Zuneigung, sondern nahm sie lediglich aus praktischen Gründen. Sie knirschte mit den Zähnen. »Hast du vergessen, daß du mich nicht leiden kannst?«

»Das stimmt, aber das eine hat mit dem anderen nicht unbedingt etwas zu tun. Du kannst mich schließlich ebenfalls nicht leiden.«

»So ist es nicht ganz richtig.«

»Willst du etwa behaupten, daß du mich magst?«

»Zumindest kann ich nicht sagen, daß ich dich hasse. Wahrscheinlich bist du ein durchaus anständiger Kerl. Ich weiß, auf die dir eigene, seltsame Art bildest du dir ein, das Richtige zu tun. Ich wünschte nur, du wärst etwas anders.«

»Dümmer.«

»Ja. Und nicht so groß. Alles an dir ist zu gewaltig für mich – nicht nur dein Körper, sondern auch deine Persönlichkeit, dein Konto, dein Temperament und vor allem dein Ego.«

»Ausgerechnet du sagst etwas von Temperament! Ich

bin ja wohl nicht derjenige, der Christenmenschen umbringt, indem er ihnen Föne unter die Dusche wirft. Und da wir gerade von zu großen Dingen reden, wie steht's mit deinem gigantischen Hirn?« Er legte seine Beine über sie und lehnte sich gemütlich an einen der Bettpfosten.

Natürlich mußte sie ihn abwehren, aber trotzdem tat es weh. Nun, sie hielt sich an die Tatsachen: »Für dich bin ich nichts weiter als ein Körper, dessen du dich nach Gutdünken bedienen kannst.«

»Du bist meine Frau.«

»Was ja wohl reine Formsache ist!« Sie setzte sich ebenfalls auf und rückte an das Kopfteil des Bettes. »Du willst, daß ich deinen Eltern gegenüber unhöflich bin und mich von deinen Freunden fernhalte; aber gleichzeitig erwartest du, daß ich mit dir schlafe. Kannst du nicht verstehen, daß das für mich ein wenig entwürdigend ist?«

»Durchaus nicht.« Er sah sie an und seine geblähten Nasenflügel und zusammengepreßten Lippen verrieten ihr, daß sie sich jeden Widerspruch sparen konnte. Er würde seinen Standpunkt behaupten, mit oder ohne Logik.

»Es sollte mich nicht weiter überraschen, daß du die Sache so siehst – denn schließlich ist es typisch für die Art, in der berühmte Athleten mit ihren Groupies umgehen. Frauen sind gerade mal gut genug für ein bißchen Spaß im Bett, aber für einen Teil des Lebens von einem solchen Supermann reicht es bei weitem nicht.«

»Forderst du damit etwa, ein Teil meines Lebens zu sein? Das zu glauben fällt mir angesichts der Tatsache, daß dir an mir überhaupt nichts paßt, ein bißchen schwer.«

»Du verstehst mich absichtlich falsch. Ich habe lediglich gesagt, daß ich mich weigere, nachts mit dir zu schlafen, weil du mich nicht magst – und weil du mich weiterhin tagsüber einsperren willst. Deinen Flittchen gegenüber würdest du dich das nicht trauen.«

»Keins meiner Flittchen wäre überhaupt auch nur im Traum darauf gekommen, so eine Situation einzufädeln. Außerdem habe ich noch nie etwas mit dieser Sorte zu tun gehabt.«

Sie zog eine Braue hoch. »Ein Mann wie du braucht immer ein Spiegelbild seiner selbst. Du willst, daß Jugend und Schönheit in deiner Nähe sind, weil jeder dich jung und schön sehen soll: sozusagen als Musterexemplar des dynamischen Sportlers, der sich über nichts Sorgen zu machen braucht, vor allem nicht, daß ihm eventuell ein Kevin Tucker den Job abspenstig macht.«

Er warf seine Beine über den Rand des Bettes und stand auf. »Das ist die langweiligste Unterhaltung, die ich je geführt habe.«

»Nur ein weiteres Zeichen dafür, wie inkompatibel wir beide sind! Ich finde das Gespräch nämlich durchaus interessant. Was wirst du tun, wenn deine Tage als Footballspieler gezählt sind, Cal?«

»Darüber brauche ich mir noch lange keine Gedanken zu machen.«

»Ich habe gesehen, daß du nach langem Sitzen humpelst, und du stehst wahrscheinlich nicht nur aus Gründen der Sauberkeit jeden Morgen dreißig Minuten lang unter der Dusche. Dein Körper hat im Lauf der Jahre eine Menge mitgemacht, und lange hält er sicher nicht mehr durch.«

»Ich wußte gar nicht, daß du auf dem Gebiet der Orthopädie ebenfalls eine Expertin bist.«

»Was ich sehe, sehe ich.«

»Und ich kaufe dir kein Auto.« Er wandte sich zur Tür.

»Darum habe ich dich auch nicht gebeten«, schrie sie ihm nach. »Das kann ich selber!«

»Irrtum!« Er blickte noch mal zu ihr herein. »Und außerdem werde ich mit dir schlafen, wann es mir paßt.«

Sie warf die Decke fort und zog ihr Nachthemd wieder

herunter, als sie sich ebenfalls erhob. »Niemals gehe ich mit einem Mann ins Bett, der mich nicht leiden kann.«

»Vielleicht mag ich dich ja mal irgendwann.«

»Nicht ein einziges Rendezvous haben wir je gehabt!«

»Wir *haben* schon zweimal miteinander geschlafen.«

»Was nichts weiter als ein medizinischer Vorgang war.«

Er sah sie mit zusammengekniffenen Augen an.

»Und geküßt haben wir uns auch noch nie«, hielt sie ihm vor.

»Nun, das läßt sich leicht ändern.« Mit glitzernden Augen trat er auf sie zu.

»Cal, damit habe ich sagen wollen …« Mehr brachte sie nicht heraus. Sie sehnte sich leidenschaftlich nach einem Kuß.

Er umfaßte ihre Handgelenke und schob sie zurück, bis sie mit dem Rücken am Bettpfosten stand. »Betrachten Sie es einfach als wissenschaftliches Experiment, Professor.«

Vorgebeugt verschränkte er ihre Hände hinter dem Pfosten, so daß sie sich wie am Marterpfahl vorkam, nur daß die einzige Fessel der sanfte Druck seiner Finger war.

Als er sie ansah, machte ihr Herz einen nervösen Satz. »Mal sehen, wie du schmeckst.«

Seine Lippen strichen über ihren Mund. Sie waren weich und warm, leicht geöffnet, und die Berührung erfolgte wie ein Hauch. Ihre Lider senkten sich, sie hatte das Gefühl, als streiche eine zarte Feder über ihre Haut, und sie wunderte sich, wie ein solcher Riese zu einer so sanften Liebkosung in der Lage war.

Sein Mund neckte sie weiter. Eine zärtliche Berührung ließ den letzten ihrer Sinne schwinden. Sie wollte mehr, und so stellte sie sich auf die Zehenspitzen, schob sich dichter an ihn und vertiefte den Kuß.

Doch er löste seine Lippen, strich abermals sacht über ihren Mund und sah sie fragend an.

Sie lehnte sich an ihn, und er nagte an ihrer Unterlippe, was offenbar eine Warnung war, daß nur der Quarterback bestimmte, welchen Verlauf das Spiel nahm.

Ihr Körper pochte vor Frustration, doch er belohnte ihre Gehorsamkeit, indem er ihre Lippen versiegelte und leicht mit der Zungenspitze darüberfuhr. Sie stöhnte auf. Wenn er bereits einem einfachen Kuß solche Aufmerksamkeit schenkte, was richtete er dann wohl mit ihrem ganzen Körper an?

Vor lauter Sehnsucht schob sie sich ihm erneut entgegen. Dieses Mal zog er sich nicht zurück. Statt sie weiter sanft zu quälen, nahm er alles, was sie bot. Da seine Hände ihre Arme hielten, hatte er nur seinen Mund zur Verfügung; doch er füllte sie mit seiner heißen Zunge an und beugte sich so unmißverständlich über sie, daß ihr sein Verlangen nicht verborgen blieb.

Sie drängte sich an seine Brust und verlor sich ganz in dieser Nähe, die erotischer war als jeder Akt, den sie bereits zuvor vollendet hatten. Jeder konnte Mann sein und Frau, Besitzender oder Besessene. Wie eine Schlange rieb Jane Brüste und Bauch, Schenkel und Hüften an seinem Leib. Ihr Körper brannte angesichts einer Leidenschaft, die ihr bisher immer vorenthalten geblieben war; und in ihrer Erwartung erkannte sie, was es heißen würde, ein Leib zu sein.

Ein unterdrücktes, drängendes Stöhnen wurde laut. Mit einem Mal waren ihre Hände frei, während er die seinen unter ihr Nachthemd schob.

Ja, sie wollte ihn! *Berühr die Stelle, an der ich am weichsten bin. Berühr den süßestens Ort meines Leibes.* Ihr Körper drängte ihn zu Verwegenheit, während ihr Hirn und ihr Herz sie warnten, daß sie sich ihm viel zu wohlfeil unterwarf. Sie wollte umworben werden und hofiert, ihrer Schönheit wegen. Nur einmal im Leben der Traum eines Mannes sein!

Seine Finger berührten die weichen Locken am Eingang ihrer Weiblichkeit. »Hör auf!« Ihr Ruf klang halb wie ein Heulen, halb wie ein Befehl.

»Nein.«

»Ich meine es ernst, Cal.« Sie rang nach Luft. »Nimm deine Hände weg.«

»Du willst sie dort haben, gib es zu!«

Immer noch preßte er sich an sie, und sie wünschte, sie hätte in berührt, ehe ihr ihre Weigerung entschlüpfte. Nur ein einziges, kurzes Mal, um zu erkunden, was für ein Gefühl es war. »Ich will, daß du aufhörst.«

Er riß sich von ihr los. »Man kann es einfach nicht glauben! Wir beide sind in dieser stinkenden Ehe gefangen, können uns nicht ausstehen und unseren einzigen Trost, nämlich den im Bett, machst du uns auch noch kaputt!«

Damit bestätigte er ihr ihre Befürchtung, doch sie schluckte ihren Schmerz aus Stolz hinunter. »Ich *wußte*, daß du mich nicht leiden kannst.«

»Wovon redest du?«

»Du hast eben selbst gesagt, wir können uns nicht ausstehen, obwohl ich andeutete, daß du mir nicht gänzlich unsympathisch bist. Also liegt die Ablehnung auf deiner Seite – wie du im Moment verkündest.«

»Das ist ja absurd.«

»Keineswegs.«

»So habe ich es doch gar nicht gemeint.«

»Ha!«

»Rosebud …«

»Nenn mich nicht so, du Affe! Sex ist für dich nichts anderes als Sport, oder? Etwas, was du tust, wenn du nicht auf dem Footballfeld rumrennst oder mit deinen Kumpels in der Kneipe sitzt. Bei mir sieht das etwas anders aus. Du willst mit mir schlafen? Bitte! Das kannst du haben. Aber zu meinen Bedingungen!«

»Und die wären?«

»Zuerst mußt du mich *mögen*! Und zwar sehr!«

»Ich mag dich bereits sehr«, brüllte er.

»Dein Verhalten ist einfach erbärmlich!« Mit diesem Ausruf, der gleichermaßen Zorn und Frustration verriet, schnappte sie sich ein Kissen vom Bett, warf es ihm an den Kopf und stürzte in ihr Schlafzimmer, in dem sie wenige Augenblicke später lautes Poltern vernahm, als wären jemandes Fäuste gegen die Wand gekracht.

11

Cals Eltern lebten an einer von alten Bäumen gesäumten Bergstraße, an der sich ausschließlich ältere, heimelige Häuser entlangreihten. Die Briefkästen umrankten Kletterpflanzen, und auf den Veranden warteten leere Schalen darauf, daß man sie demnächst mit farbenfrohen Blumen versah.

Am Ende einer steilen, mit Efeu und Rhododendren bepflanzten Einfahrt lag das elegante, zweistöckige Bonnersche Haus. Cremefarbener Stuck zierte die Außenwände, das Dach deckten geschwungene, blaßgrüne spanische Ziegel, und die Fensterläden und Rahmen waren in demselben hellen Grün lackiert. Cal lenkte den Jeep unter den Carport an der Seite, stieg aus und öffnete Jane die Wagentür.

Einen Augenblick lang ließ er den Blick auf ihren Beinen ruhen. Bisher hatte er nichts zu ihrem weichen, toffeefarbenen Rock und Pullover gesagt, obgleich sie den Rock zweimal umgekrempelt hatte, so daß man durch ihre helle Strumpfhose hindurch gute zehn Zentimeter ihrer Oberschenkel sah. Sie hatte angenommen, daß, verglichen mit den jungen, langbeinigen, aerobicgestählten Hüpfern, denen er normalerweise den Vorzug gab, ihre vierunddreißigjährigen Schenkel ohnehin kein besonderes Labsal waren; doch dem anerkennenden Blitzen in seinen Augen nach zu schließen gefiel ihm ihr Äußeres vielleicht doch.

Sie konnte sich nicht erinnern, je zuvor derart verwirrt gewesen zu sein. Gestern nacht hatte sie das Gefühl gehabt, als durchliefe sie die gesamte Bandbreite menschlicher Emotionen. Als sie in der Küche geplaudert hatten, erwuchs in ihr ein vollkommen unerwartetes Gefühl der Vertrautheit. Außerdem hatte sie Fröhlichkeit, Zorn und Lust verspürt, wobei letztere Empfindung die beunruhigendste war.

»Mir gefällt dein Haar«, sagte er unvermittelt.

Sie hatte den Knoten gelöst, die Brille abgenommen und außerdem doppelt soviel Zeit wie gewöhnlich auf ihr Make-up verwendet. Der Art nach zu urteilen, in der er sie musterte, gefiel ihm offenbar mehr als nur ihr Haar. Dann jedoch runzelte er die Stirn.

»Und daß du dich heute abend ja so benimmst wie abgesprochen, hast du mich verstanden?«

»Klar und deutlich.« Und um sich nicht unterkriegen zu lassen, fügte sie spitz hinzu: »Willst du mir nicht vielleicht lieber deinen Mantel über den Kopf stülpen, damit mich nicht zufällig einer eurer Nachbarn sieht? Aber was sage ich denn! Falls mich jemand entdeckt, kannst du mich ja einfach als die Mutter einer deiner Freundinnen vorstellen.«

Er packte ihren Arm und zerrte sie zur Tür. »Eines Tages klebe ich dir dein vorlautes Maul noch mit Paketband zu.«

»Zu spät! Bis dahin bist du längst tot! In der Garage habe ich eine elektrische Heckenschere entdeckt.«

»Dann fessele ich dich eben, sperre dich in einen Schrank, werfe ein Dutzend halbverhungerte Ratten dazu und schließe ab.«

Anerkennend lüftete sie die Brauen. »Wie originell!«

Knurrend öffnete er die Tür.

»Wir sind hier«, rief Lynn.

Cal führte sie in ein atemberaubendes Wohnzimmer, das, abgesehen von einigen wenigen pfirsichfarbenen und minzgrünen Akzenten, ganz in Weiß gehalten war. Jane hatte jedoch kaum Gelegenheit, sich umzusehen, da ihr Blick bereits beim Betreten des Raumes auf einen der bestaussehendsten Männer dieses Universums fiel.

»Jane, das ist mein Bruder Ethan.«

Er trat vor sie, nahm ihre Hand und sah sie aus freundlichen, blauen Augen an. »Hallo, Jane! Wie schön, dich endlich kennenzulernen.«

Sie merkte, daß sie dahinschmolz, und vor lauter Überraschung vergaß sie beinah eine Erwiderung seines Grußes. Konnte dieser blonde, fein gemeißelte, herzliche Mensch wirklich Cals Bruder sein? Als sie ihm in die Augen sah, wallten dieselben Gefühle in ihr auf wie beim Anblick neugeborener Babys oder eines Porträts von Mutter Teresa. Unauffällig blinzelte sie in Cals Richtung, um festzustellen, ob ihr vielleicht bisher irgend etwas Wichtiges entgangen war.

Er zuckte mit den Schultern. »Du brauchst mich gar nicht so anzuglotzen. Keiner von uns versteht, wie es dazu gekommen ist.«

»Wir nehmen an, daß er vielleicht gleich nach der Geburt verwechselt worden ist.« Lynn erhob sich von der Couch. Ständig bringt er die ganze Familie in Verlegenheit. Wir anderen sind natürlich keine Tugendschafe, aber im Vergleich mit ihm stehen wir noch schlechter da.«

»Aus gutem Grund!« Ethan bedachte Jane mit einem unschuldigen Blick. »Hier versammelt sich die reinste Satansbrut.«

Inzwischen war Jane mit dem Bonnerschen Sinn für Humor einigermaßen vertraut. »Und du raubst in deiner Freizeit heimlich alte Damen aus.«

Ethan wandte sich lachend seinem Bruder zu. »Da hast du ja endlich mal ein anderes Kaliber erwischt.«

Cal murmelte etwas Unverständliches und schickte ihr ein Warnsignal, das sie daran erinnerte, daß sie mit ihrem Verhalten wohl kaum seiner Anordnung entsprach. Sie hatte ihm doch versprochen, möglichst unhöflich zu sein ... aber bisher war ihr die Bedeutung dieser Zusage gar nicht klar gewesen.

»Dein Vater mußte zu einer Entbindung«, ließ Lynn sich vernehmen. »Aber ich nehme an, daß er jeden Augenblick zurückkehrt. Betsy Woods drittes. Du erinnerst dich sicher an sie; mit ihr warst du auf deinem ersten College-Ball. Ich glaube, dein Vater hat die Babys sämtlicher ehemaliger Freundinnen von euch Jungs auf die Welt gebracht.«

»Dad übernahm seinerzeit die Praxis von seinem eigenen Vater«, erklärte Ethan Jane. »Lange Zeit war er der einzige Arzt in der Stadt. Inzwischen hat er einen Assistenten, aber er arbeitet immer noch zu viel.«

Das Gespräch erinnerte sie daran, daß sie selbst bald einen Arzt finden mußte. Auf keinen Fall kam jedoch Jim Bonner in Frage.

Als hätte sie ihn durch ihre Überlegungen herbeizitiert, tauchte er im Türrahmen auf. Er sah zerzaust und müde aus, und Jane bemerkte Lynns fürsorgliche Blicke.

Als er allerdings den Raum betrat, dröhnte er alles andere als müde: »Wie kommt es, daß niemand etwas zu trinken hat?«

»Ich habe uns ein paar Margaritas gemacht.« Lynns Miene hellte sich auf, als sie sich in die Küche begab.

»Am besten kommen wir einfach mit«, sagte Jim. »Ich kann dieses Zimmer nicht mehr ausstehen, seit es von dir und dieser tollen Dekorateurin ruiniert worden ist. Das ganze Weiß gibt mir das Gefühl, daß man sich nirgends mehr hinsetzen kann.«

Jane fand den Raum hinreißend, und Jims Bemerkung kam ihr vollkommen überflüssig vor. Trotzdem folgten sie alle Lynn in die Küche, die mit ihrem warmen Kieferdekor und den geschmackvollen Accessoires ländlich-gemütlich war. Jane fragte sich, wie Cal es nach dem Aufwachsen in einem solch heimeligen Haus in ihrem Kitschpalast aushielt.

Jim schob seinem Sohn ein Bier über den Tisch, und dann wandte er sich an Jane. »Möchtest du vielleicht eine Margarita?«

»Lieber ein Mineralwasser, wenn es möglich ist.«

»Baptistin?«

»Wie bitte?«

»Bist du vielleicht Abstinenzlerin?«

»Nein.«

»Wir können einen recht guten Weißwein anbieten. Amber hat sich zu einer Art Weinexpertin entwickelt, nicht wahr, mein Schatz?« Seine Worte erklangen wie die eines stolzen Ehemannes, aber sein bissiger Ton verriet etwas anderes.

»Es reicht, Dad.« Cals Stimme enthielt eine Spur Schärfe. »Ich weiß nicht, was hier vor sich geht, aber ich möchte, daß es aufhört.«

Sein Vater richtete sich zu seiner ganzen Größe auf, und ihre Blicke trafen sich. Obgleich Cals Haltung gelassen blieb, warnte das Glitzern in seinen Augen seinen Vater vor einer Fortsetzung.

Offenbar war Jim es nicht gewohnt, daß jemand seine Autorität außer Kraft setzte; aber Cal hielt seinem erzürnten Blick, ohne mit der Wimper zu zucken, stand. Jane erinnerte sich daran, daß er gestern noch den Mißton in der Ehe seiner Eltern geleugnet hatte.

Ethan brach das bedrohliche Schweigen, indem er um ein Bier bat und von einer Versammlung des Stadtrats zu erzählen begann. Er schien der Friedensstifter der Familie zu sein. Die Spannung legte sich, und Lynn erkundigte sich nach Janes Vormittag mit Annie. Jane vernahm die Kühle in ihrer Stimme –, natürlich fragte sie sich, warum ihre Schwiegertochter genügend Zeit hatte, um ihrer Mutter im Garten zu helfen, während ein kurzer Ausflug in die Stadt mit ihr selbst angeblich zuviel war.

Jane sah zu Cal und entdeckte eine gewisse Resignation in seinem Blick. Offensichtlich erwartete er nicht, daß sie ihr Versprechen hielt.

Sie verspürte eine leichte Traurigkeit, aber es nützte nichts – diesen Gefallen schuldete sie ihm nun einmal. »Es war ziemlich mühselig, aber sagen Sie ihr das bitte nicht. Wie soll sie verstehen, daß jede Stunde, die sie mich von meinen Forschungen abhält, für mich unwiderbringlich verloren ist?«

Einen Augenblick lang herrschte angespanntes Schweigen im Raum. Jane weigerte sich, Cal anzusehen. Sie wollte gar nicht wissen, wie erleichtert er über ihr unmögliches Verhalten gegenüber seiner Familie war. Mit einem Gefühl des Grauens zog sie die Schraube noch fester an: »Ich weiß, daß ihr Garten ihr am Herzen liegt, aber er ist ja wohl kaum mit der Arbeit zu vergleichen, mit der ich beschäftigt bin. Ich habe versucht, ihr das zu erklären, aber sie ist so ... ich will ihr ja nicht Beschränktheit unterstellen, aber seien wir ehrlich: ihr Verständnis für komplexe Zusammenhänge ist eher begrenzt.«

»Warum, zum Teufel, bittet sie dich dann überhaupt?« bellte Jim.

Jane tat, als hätte sie seinen kampflustigen Ton, der dem seines Sohnes aufs Haar glich, nicht bemerkt. »Alte Damen haben eben manchmal Wünsche, die niemand versteht.«

Jetzt mischte sich zu allem Überfluß auch noch Cal in die unerquickliche Unterhaltung. »Soll ich euch sagen, was ich denke? Jane ist ebenso streitsüchtig wie Annie, und genau deshalb hat Annie sie so gern in ihrer Nähe. Die beiden sind sich ziemlich ähnlich.«

»Na, wunderbar«, murmelte Ethan, woraufhin Jane vor Verlegenheit errötete, und Cal, der zu spüren schien, daß es brenzlig wurde, kam auf Ethans Skiurlaub zu sprechen.

Kurz darauf nahm man zum Essen Platz. Jane gab sich die größte Mühe, gelangweilt auszusehen, während sie gleichzeitig jedes Detail in sich aufsog wie ein Schwamm. Sie beobachtete die liebevollen Frotzeleien zwischen den beiden Brüdern und die bedingungslose Liebe, mit der Jim und Lynn ihren Söhnen begegneten. Trotz der Probleme zwischen ihren Schwiegereltern hätte sie alles darum gegeben, Teil dieser Familie zu sein statt die Tochter des gleichgültigen Vaters, bei dem sie aufgewachsen war.

Mehrere Male wandte sich die Unterhaltung Jims Arbeit zu: Er sprach über interessante Fälle, die er gehabt hatte, oder er stellte neue medizinische Verfahren dar. Jane hielt seine Beschreibungen für zu blutrünstig als Tischgespräch; aber da außer ihr niemand Anstoß daran zu nehmen schien, war dies wohl für alle ein ganz normales Thema. Vor allem Cal hakte immer wieder nach.

Doch Lynn faszinierte Jane am meisten. Im Laufe der Mahlzeit sprach sie von Kunst und Musik sowie von einer Diskussion der Lesegruppe, in deren Rahmen man unter ihrer Leitung einen neuen Roman besprach. Außerdem war sie eine hervorragende Köchin, so daß Jane immer mehr in sich zusammensank. Ob es wohl irgend etwas gab, das die Fähigkeiten dieses ehemaligen Mädchens vom Lande überstieg?

Ethan wies zu der Kristallvase, in der ein Arrangement aus Lilien und Orchideen stand. »Woher hast du die Blumen, Mom? Seit Joyce Belik ihren Laden nach Weihnachten geschlossen hat, ist mir hier so was nie mehr aufgefallen.«

»Ich habe sie am Donnerstag aus Asheville mitgebracht. Die Lilien werden allmählich etwas welk, aber ich freue mich trotzdem immer noch an ihnen.«

Zum ersten Mal seit Beginn der Mahlzeit richtete Jim das Wort direkt an seine Frau. »Erinnerst du dich noch daran, wie du den Tisch nach unserer Hochzeit immer dekoriert hast?«

Sie sah ihn einen Augenblick reglos an. »Das ist so lange her, daß ich es vergessen habe.«

»Aber ich weiß es noch.« Er wandte sich an seine Söhne. »Eure Mutter hat aus irgendeinem Garten Löwenzahn geklaut, ihn in ein altes Gurkenglas gestellt und ihn mir, wenn ich vom College kam, präsentiert, als wäre es exotisches Gewächs. Sie konnte sich über ein Glas Wiesenblumen freuen wie eine andere Frau über einen erlesenen Rosenstrauß.«

Jane fragte sich, ob Jim seine Frau durch die Erinnerung an ihre bescheidene Herkunft in Verlegenheit bringen wollte; aber falls das seine Absicht gewesen war, hatte er sich verkalkuliert. Lynn wirkte nicht im geringsten betreten, wohingegen seine eigene Stimme eine überraschende Wehmut ausdrückte. Vielleicht empfand Jim Bonner ja gar nicht Verachtung für die einfache Familie seiner Frau?

»Du bist immer furchtbar wütend geworden«, sagte sie. »Was ich dir wohl kaum verdenken kann. Unkraut auf dem Eßtisch!«

»Aber sie hat nicht nur Blumen als Tischschmuck benutzt. Ich erinnere mich an anderes: einmal hat sie ein paar Steine, die sie hübsch fand, geschrubbt und in ein Vogelnest aus dem Wald gelegt.«

»Und vollkommen richtig hast du bemerkt, daß ein Vogelnest auf dem Küchentisch unhygienisch ist, und dich geweigert zu essen, ehe es nicht im Mülleimer verschwand.«

»Ja, das stimmt.« Er legte die Finger um den Stil seines

Weinglases und runzelte die Stirn. »Vielleicht war es unhygienisch, aber auf alle Fälle auch hübsch.«

»Also bitte, Jim, nun übertreib nicht.« Ihr kühles, doch zugleich gelassenes Lächeln zeigte, daß sie den Strom alter Gefühle nicht teilte, der in Jim aufstieg.

Nun sah ihr Schwiegervater seiner Frau offen ins Gesicht. »Du hast hübsche Dinge schon immer gemocht.«

»Das ist so geblieben.«

»Aber jetzt müssen sie Designernamen tragen.«

»Was dir ebenfalls wesentlich besser gefällt als der Löwenzahn oder das Vogelnest.«

Trotz ihres Versprechens, sich von der Familie zu distanzieren, ertrug Jane den Gedanken an eine Fortführung dieser unerquicklichen Unterhaltung nicht mehr.

»Wie sind Sie in den ersten Jahren nach Ihrer Hochzeit überhaupt über die Runden gekommen? Cal hat gesagt, Sie hätten überhaupt kein Geld gehabt.«

Cal und Ethan tauschten einen Blick aus, aufgrund dessen Jane sich fragte, ob sie vielleicht ein Tabu berührt hätte. Hm, ihre Frage mußte wohl allzu persönlich gewesen ein – aber da sie sich ohnehin unbeliebt machen sollte, war es wohl egal.

»Ja, Dad, wie habt ihr das angestellt?« eilte Ethan ihr zu Hilfe.

Lynn hob ihre Serviette an den Mund. »Das ist kein schönes Thema für den Moment. Euer Vater hat jede Minute dieses Lebens gehaßt, und ich möchte ihm jetzt damit nicht den Abend verderben.«

»Nein, nein, das war kein Haß.« Jim lehnte sich nachdenklich auf seinem Stuhl zurück. »Wir haben in diesem armseligen Zwei-Zimmer-Appartement in Chapel Hill gelebt, von dem aus man auf eine Straße blickte, die mit rostigen Lattenrosten und alten Sofas gepflastert war. Diese jämmerliche Bleibe hat eure Mutter geliebt. Sie schnitt Bilder aus dem *National Geographics* aus und hängte sie an die Wände. Statt Gardinen gab es zwei vergilbte Rouleaus, und sie hat aus rosafarbenen Kleenextüchern Papierblumen gebastelt und sie wie Bordüren daran festgemacht. Lauter solche Dinge. Wie die Kirchenmäuse lebten wir. Ich habe in einem Supermarkt gejobbt, wenn ich nicht gerade in einem meiner Kurse oder am Lernen war, aber ihr ging es wesentlich schlechter als mir. Bis zu dem Tag, an dem Cal geboren wurde, stand sie jeden Morgen um vier Uhr auf und arbeitete in einer Bäckerei. Trotz aller Müdigkeit hat sie, wie gesagt, auf dem Rückweg nach Hause immer noch ihre Blümchen gepflückt.«

Lynn zuckte mit den Schultern. »Glaubt mir, die Arbeit in der Bäckerei war nicht annähernd so schwer wie vorher die Arbeit am Heartache Mountain.«

»Aber Sie waren schwanger«, warf Jane ein, wobei sie sich dieses Leben vorzustellen versuchte.

»Na ja, ich war jung und stark – außerdem verliebt ...« Zum ersten Mal drückte auch Lynns Gesicht eine Spur von Wehmut aus. »Nach Cals Geburt flatterten zu allem anderen noch Arztrechnungen ins Haus, und da ich nicht gleichzeitig in der Bäckerei arbeiten und ihn versorgen konnte, habe ich selbst mit Keksrezepten herumexperimentiert.«

»Nachdem sie ihn um zwei Uhr gefüttert hatte, huschte sie jede Nacht sofort in die Küche, backte bis vier und schlief dann noch vielleicht eine Stunde, bis es Zeit für Cals nächste Mahlzeit war. Dann hat sie ihn gestillt und mich geweckt, daß ich rechtzeitig ins College kam. Anschließend packte sie alles ein, verfrachtete Cal in einen alten Buggy, den sie in einem Gebrauchtwarenladen entdeckt hatte, drapierte die ganzen Kekse um ihn herum, machte sich auf den Weg zum Campus und verkaufte den Studenten jeweils zwei Kekse für fünfundzwanzig Cents. Sie hatte keine Genehmigung, und deshalb mußte sie, sobald jemand vom Wachdienst kam, alles unter einer riesigen Decke verstecken, so daß nur noch Cals Kopf herausspitzte.«

Lynn wandte sich lächelnd an ihren Sohn. »Armer Junge. Ich hatte keine Ahnung von Babys, und in dem Sommer hätte ich dich um ein Haar erstickt.«

Cal bedachte sie mit einem liebevollen Blick. »Seit damals finde ich dicke Decken grauenhaft!«

»Der Wachdienst hat sie nie erwischt«, fuhr Jim fort. »Alles, was sie gesehen haben, war ein sechzehnjähriges Mädchen vom Land in einem Paar verwaschener Jeans und ein klappriger Buggy samt Baby, das jeder für ihren kleinen Bruder hielt.«

Ethan sah seine Eltern nachdenklich an. »Wir wußten immer, daß es nicht leicht für euch war, aber ihr habt uns nie irgendwelche Einzelheiten erzählt. Warum eigentlich nicht?«

Und warum gerade jetzt? überlegte Jane.

Lynn stand entschlossen auf. »Weil es eine angestaubte Geschichte ist. Armut wird erst dann romantisch, wenn man sie überwunden hat. Hilf mir, den Tisch fürs Dessert abzuräumen, Ethan, ja?«

Zu Janes Enttäuschung wandte sich die Unterhaltung dem wesentlich langweiligeren Thema Football zu, und auch wenn Jim Bonner immer wieder wehmütig zu seiner Gattin blickte, achtete doch niemand mehr darauf.

So ungehobelt sein Benehmen an diesem Nachmittag auch gewesen war, hielt Jane sich mit einem Urteil zurück. In seinem Blick lag eine Traurigkeit, die ihr zu Herzen ging. Was das Miteinander dieses Ehepaars betraf, so hatte sie das Gefühl, der erste Blick täuschte vollkommen.

Für sie kam der interessanteste Augenblick, als Ethan Cal fragte, wie seine Besprechungen verliefen, wodurch sie erfuhr, was ihr Ehemann in seiner Freizeit trieb. Der Rektor der örtlichen High-School, mit dem er früher zusammen in die Schule gegangen war, hatte Cal darum gebeten, Geschäftsleute des Bezirks dazu zu überreden, sich an einem neuen Ausbildungsprogramm für Sonderschüler zu beteiligen. Außerdem unterstützte er offenbar Ethan durch großzügige Spenden bei der Erweiterung des Anti-Drogen-Programms für Teenager; aber als sie weitere Einzelheiten wissen wollte, winkte er ungeduldig ab.

Der Abend zog sich endlos hin. Als Jim sie nach ihrer Arbeit fragte, gab sie ihm eine Erklärung, die ihm deutlich machte, was für ein Ignorant er war. Als Lynn sie einlud, sich an ihrem Lesezirkel zu beteiligen, sagte sie, für derartige Geselligkeiten hätte sie wahrlich keine Zeit. Und Ethan, der hoffte, daß sie Sonntag in die Kirche käme, erklärte sie, Atheistin zu sein.

Tut mir leid, lieber Gott, aber ich gebe mir die größte Mühe, Cal zu Gefallen zu sein. Dies sind so nette Menschen, und sie haben eigentlich genug durchgemacht...

Schließlich war es Zeit zu gehen. Der Abschied verlief in steifer Höflichkeit – sie merkte, daß Jim die Stirn runzelte und Lynn ihren Sohn mit einem besorgten Blick umarmte.

Cal sah sie erst an, als der Wagen auf die Straße rollte. »Danke, Jane.«

Sie starrte reglos geradeaus. »Noch mal schaffe ich das nicht. Sorg dafür, daß ich sie nicht noch einmal treffen muß.«

»Kein Problem.«

»Ich meine es ernst.«

»Natürlich war es nicht einfach für dich«, sagte er sanft.

»Es sind wunderbare Menschen, und ich kam mir grauenhaft vor.«

Eine Weile sah er schweigend geradeaus. »Was hältst du übrigens davon, wenn wir beide bald mal miteinander ausgehen?«

Sollte dies etwa die Belohnung für ihr entsetzliches Benehmen heute sein? Die Tatsache, daß er sie gerade jetzt einlud, reizte sie: »Muß ich dann eine Papiertüte über den Kopf ziehen für den Fall, daß mich vielleicht jemand sieht?«

»Warum mußt du gleich wieder so sarkastisch sein? Ich habe dich gebeten, mit mir auszugehen, und darauf genügt ein ja oder nein.«

»Wann?«

»Ich weiß es nicht. Wie sähe es mit nächstem Mittwoch aus?«

»Wohin gehen wir?«

»Mach dir darüber keine Gedanken. Zieh einfach die engsten Jeans an, die du dabei hast, und vielleicht ein hautenges, rückenfreies Oberteil.«

»Meine Jeans kriege ich kaum noch zu, und ein hautenges, rückenfreies Oberteil besitze ich nicht. Und selbst wenn ich eins hätte, wäre es dafür viel zu kalt.«

»Ich schätze, daß ich dir durchaus einheizen kann, und wenn du die Jeans nicht mehr zukriegst, läßt du sie eben auf.« Angesichts dieser dunklen Andeutung rann ihr ein wohliger Schauder über den Rücken. Er schaute sie an, und sie hatte das Gefühl, als liebkoste sie sein Blick. Welche Absicht er mit dieser Einladung verband, hätte er nicht deutlicher sagen können. Er begehrte sie und hatte die Absicht, sie auch zu bekommen.

Aber war sie bereit für ihn? Bei ihrer Ernsthaftigkeit nahm sie eine solche Sache nicht auf die leichte Schulter. Käme sie mit dem Schmerz zurecht, dem sie in Zukunft ausgeliefert wäre nach diesem, für ihn belanglosen Techtelmechtel?

Ihr Kopf tat weh, und sie blickte, ohne ihm zu antworten, aus dem Fenster. Sie versuchte, sich von dem Prickeln zwischen ihnen abzulenken, indem sie an seine Eltern dachte; während der Jeep durch die stillen Straßen von Salvation fuhr, sortierte sie das, was sie heute alles mitbekommen hatte.

Lynn war offenbar nicht immer die reservierte, elegante Frau gewesen, die sie heute so fürstlich bewirtet hatte. Aber was sollte sie von Jim halten? Jane mochte ihn eigentlich nicht, aber immer wieder hatte sie, wenn sein Blick auf seine Frau gefallen war, diese Kümmernis bei ihm festgestellt; und es fiel ihr schwer, einen Mann nicht zu mögen, der zu derartigen Gefühlen in der Lage war.

Hatte es diese beiden Teenager wirklich gegeben, von deren Liebe heute abend gesprochen wurde?

Jim wanderte in die Küche und schenkte sich eine letzte Tasse Schonkaffee ein. Lynn stand an der Spüle und hatte ihm den Rücken zugewandt. Sie wandte ihm fast immer den Rücken zu, dachte er, obwohl es im Grunde egal war; denn selbst wenn sie ihn ansah, behielt sie stets die höfliche Maske bei, die sie ausschließlich vor ihren Söhnen fallen ließ.

Während ihrer Schwangerschaft mit Gabe hatte Lynn die Wandlung zur perfekten Arztfrau durchgemacht. Er erinnerte sich noch daran, wie willkommen ihm ihre zunehmende Reserviertheit und die Tatsache, daß sie ihn nicht mehr in der Öffentlichkeit mit ihrer falschen Grammatik und ihrem Überschwang blamierte, zunächst gewesen war. Im Laufe der Jahre gelangte er zu der Überzeugung, daß ihre Ehe einzig infolge von Lynns Verwandlung nicht zu der von allen vorhergesehenen Katastrophe wurde. Ja, er hatte sich sogar eingebildet, glücklich zu sein.

Dann allerdings raubte ihm das Schicksal seinen einzigen Enkel und eine bezaubernde Schwiegertochter; und während er hilflos mit ansehen mußte, wie sein zweiter Sohn in bodenloser Trauer versank, schlug eine Tür in seinem Inneren zu. Als Cal anrief, um ihnen seine Hochzeit mitzuteilen, war neue Hoffnung in ihm aufgeblüht. Aber nun hatte er seine zweite Schwiegertochter kennengelernt. Wie konnte Cal nur eine derart kalte, hochnäsige Ziege heiraten? Erkannte er denn nicht, daß sie durch und durch die Falsche für ihn war?

Er umfaßte den Kaffeebecher mit beiden Händen und blickte auf den schmalen, geraden Rücken seiner Frau. Lynn war ebenfalls restlos erschüttert über die Partnerwahl ihres Sohnes, und sie beide suchten verzweifelt nach einem Grund für seinen Fehlgriff. Die Physikerin besaß einen subtilen Sex-Appeal, der, wenn vielleicht auch Lynn, ihm selbst nicht verborgen geblieben war – aber deshalb konnte Cal doch nicht gleich mit ihr vor den Traualtar treten! Jahrelang quälte es sie, daß er stets mit viel zu jungen und intellektuell begrenzten Frauen dahergekommen war, aber wenigstens hatten sie ein gutes Herz gehabt.

Leider konnte er Cals Probleme nicht lösen, zumal er offenbar nicht einmal zur Bewältigung seiner eigenen Nöte in der Lage war. Die Unterhaltung beim Essen hatte ihm so vieles in Erinnerung gerufen, und nun verrann ihm die Zeit – unmöglich konnte er alles nachholen, was er in der Vergangenheit versäumt hatte.

»Warum hast du nie etwas zu dem Tag gesagt, an dem ich deine Kekse kaufte? All die Jahre hast du niemals die Rede darauf gebracht.«

Sie hob den Kopf, und er dachte, sie gab vor, ihn nicht zu verstehen; aber eigentlich hätte ihm klar sein müssen, daß sie für eine derartige Heuchelei viel zu ehrlich war. »Großer Gott, Jim, das Ganze ist jetzt sechsunddreißig Jahre her.«

»Ich erinnere mich noch daran, als wäre es gestern gewesen.«

Damals, an einem wunderbaren Apriltag, während seines ersten Collegejahres, fünf Monate nach Cals Geburt, war er mit einer Handvoll neuer Freunde, lauter Studenten höherer Semester, aus einem Chemielabor gekommen. Er erinnerte sich nicht mehr an ihre Namen; aber seinerzeit hatte er sich nach Anerkennung gesehnt, und als einer von ihnen rief: »He, da kommt wieder das Gör mit den Keksen angezockelt«, war er zu Eis erstarrt.

Warum mußte sie ausgerechnet hier auftauchen, wo er mit seinen neuen Freunden stand? Zorn und Unwillen hatten ihn überrumpelt. Sie war eine so verdammt jämmerliche Gestalt. Wie konnte sie ihn nur derart in Verlegenheit bringen in einer Welt, die ihm gehörte?

Hinter dem zerschlissenen Buggy mit den wackligen Rädern hatte sie wie ein Lumpenkind ausgesehen, wie das Bauernmädel aus den Bergen, das sie auch gewesen war. In dem Moment hatte er alles vergessen, was er an ihr liebte: ihr Lachen, die Art, in der sie sich begeistert in seine Arme warf, die kleinen Spuckeherzen, die sie auf seinen Bauch zeichnete, ehe sie sich ihm so anbetend hingab, daß er an nichts mehr denken konnte als mit ihr zu verschmelzen.

Nun allerdings, da sie so heranrückte, begann jedes giftige Wort seiner Eltern über sie in seinen Ohren widerzuhallen. Sie war nicht gut. Eine Glide. Sie hatte ihn in die Falle gelockt und seine Zukunft besiegelt. Falls er je einen Penny von ihnen sehen sollte, erwarteten sie, daß er sich zuvor von ihr scheiden ließ. Er hatte etwas Besseres verdient als ein kakerlakenverseuchtes Appartement und ein dahergelaufenes Landkind, auch wenn ihm ihre Zärtlichkeit und Fröhlichkeit oft vor Rührung die Tränen in die Augen trieb.

Panik hatte ihm die Kehle zugeschnürt, als seine neuen Freunde schrien: »He, Kleine, hast du heute Erdnußbutterkekse dabei?«

»Wieviel kosten zwei Pakete Chocolate Chips?«

Am liebsten wäre er davongerannt, aber dazu hatte er

keine Gelegenheit mehr. Seine Kommilitonen begutachteten bereits die Erzeugnisse, die sie gebacken hatte, während er noch schlief. Einer von ihnen hatte sich vorgebeugt und seinen Sohn gekitzelt, und ein anderer winkte ihm zu.

»He, Jimbo, komm her! Etwas Besseres als die Kekse von dem Baby hier gibt es nicht.«

Amber hatte zu ihm aufgeblickt, und in ihren himmelblauen Augen hatte er ein erwartungsvolles Blitzen ausgemacht. Zweifellos wartete sie auf den Augenblick, in dem er sie als seine kleine Ehefrau vorstellen würde. Außerdem hatte er gewußt, daß sie die Komik dieser Situation ebenso wie alles andere in ihrem gemeinsamen Leben genoß.

»Tja, uh ... na gut!«

Immer noch hatte sie strahlend gelächelt, als er auf sie zuging. Er erinnerte sich noch genau daran, daß ihr hellbraunes Haar mit einem blauen Gummiband zu einem Pferdeschwanz gebunden gewesen war und daß sie auf der Schulter seines alten karierten Hemdes eine nasse Stelle gehabt hatte, offenbar ein Nuckelfleck von Cal.

»Ich möchte gerne Chocolate Chips.«

Sie hatte den Kopf fragend auf die Seite gelegt – *Wann wirst du es ihnen endlich sagen, du Idiot?* –, aber sie blieb bei ihrem Lächeln, amüsierte sich immer noch über die Situation.

»Chocolate Chips«, hatte er wiederholt.

Ihr Vertrauen in sein Ehrgefühl war grenzenlos gewesen, und so hatte sie zuversichtlich lächelnd abgewartet, während er nach einem Vierteldollar suchte.

Erst in dem Augenblick, als er ihr die Münze aushändigte, hatte sie begriffen, daß er sie verleugnete. Es war, als hätte jemand in ihrem Inneren ein Licht gelöscht, ihr Lachen und ihre Fröhlichkeit, ihr Vertrauen in ihn, in ihren Mann! Schmerz und Verwunderung umwölkten ihre Stirn. Einen Augenblick lang hatte sie ihn wortlos angestarrt, doch dann nahm sie die Kekse aus dem Buggy und überreichte sie ihm mit zitternder Hand.

Er hatte ihr den Vierteldollar überlassen, einen von Vieren, die sie ihm gegeben hatte, ehe er am Morgen zu Hause aufgebrochen war. Er hatte ihn ihr zugesteckt, als wäre sie so etwas wie eine Bettlerin am Straßenrand; dann hatte er sich abgewandt und über irgendeinen Scherz der anderen Jungen gelacht. Er hatte sie nicht mehr angesehen, sondern war davongegangen, während ihm die Kekse in der Hand brannten wie glühendes Metall.

Das Ganze war inzwischen mehr als dreißig Jahre her, aber heute noch durchfuhr es ihn heiß bei der Erinnerung. Er stellte seinen Kaffee auf den Tisch und sah sie an. »Mein Benehmen war unmöglich. Ich habe es nie vergessen, mir nie verziehen, und es tut mir heute noch leid.«

»Entschuldigung angenommen.« Sie drehte den Wasserhahn auf, da das Thema für sie beendet war. Als sie das Wasser wieder abstellte, fragte sie: »Warum hat Cal sie bloß geheiratet? Warum konnten sie nicht erst mal zusammenleben, bis er sie durchschaut?«

Aber im Augenblick ging es ihm weder um Cal noch um dessen Schreckschraube.

»Du hättest mir ins Gesicht spucken sollen.«

»Hätten wir Jane doch bloß vor der Hochzeit kennengelernt.«

Es verdroß ihn, daß sie sich weigerte, auf sein damaliges Fehlverhalten einzugehen, vor allem, da es für sie sicher alles andere als vergessen war. »Ich möchte dich wiederhaben, Lynn.«

»Vielleicht hätten wir ihn dazu bewegen können, es sich noch einmal zu überlegen.«

»Hör auf! Ich will nicht über die beiden reden! Es geht um uns, und ich will dich zurück.«

Endlich drehte sie sich zu ihm um und bedachte ihn mit

einem Blick aus ihren himmelblauen Augen, der ihm nicht einmal ansatzweise verriet, was sie empfand. »Ich bin nie fortgegangen.«

»Aber ich will dich wieder so, wie du früher warst.«

»Du scheinst heute abend ziemlich schlecht gelaunt zu sein.«

Unvergossene Tränen schnürten ihm die Kehle zu, trotzdem wiederholte er beharrlich: »Ich will, daß es wieder so ist wie am Anfang. Du sollst wieder ungebildet und lustig sein, die Hauswirtin nachmachen und mich aufziehen wegen meiner Pedanterie. Ich will wieder Löwenzahn auf dem Tisch und Pökelfleisch und Bohnen. Du sollst wieder so heftig kichern, daß du dir in die Hosen machst, und wenn ich zur Tür reinkomme, will ich, daß du dich mir wie früher in die Arme wirfst.«

Besorgt runzelte sie die Stirn, trat vor ihn hin und legte ihm, wie sie es seit beinahe vierzig Jahren tat, tröstend die Hand auf den Arm. »Wir können das Rad nicht wieder zurückdrehen, Jim. Und ich kann dir auch nicht Jamie und Cherry zurückgeben oder das Leben, wie es früher einmal war.«

»Das weiß ich, verdammt noch mal!« Er schüttelte sie ab, denn ihr Mitleid und ihre erdrückende, endlose Freundlichkeit ertrug er nicht.»Es geht nicht um die beiden. Das, was passiert ist, hat mir deutlich gemacht, daß mir unser Leben, so wie es ist, und wie du dich verändert hast, nicht gefällt.«

»Du hast einen anstrengenden Tag gehabt. Ich massiere dir gern den Rücken, wenn du willst.«

Wie immer fühlte er sich angesichts ihrer Freundlichkeit schuldig, unwürdig und gemein. Diese Gemeinheit trieb ihn in letzter Zeit dazu, ihr so lange weh zu tun, bis endlich die eisige Reserviertheit bräche, hinter der sich das in der Seele getroffene Mädchen verbarg.

Vielleicht würde sie ja weich, wenn er ihr einen Beweis dafür erbrachte, daß er nicht so schlimm war, wie er sich selbst empfand. »Ich habe dich nie betrogen.«

»Das freut mich.«

Offensichtlich reichte es nicht, daß er ihr nur den Teil der Wahrheit sagte, der ihn in einem positiven Licht erscheinen ließ. »Ich hätte durchaus Gelegenheiten dazu gehabt, aber ich habe es nie getan. Einmal bin ich bis vor die Moteltür mitgegangen ...«

»Das will ich nicht hören.«

»Aber dann habe ich kehrtgemacht. Himmel, zu dieser Leistung beglückwünschte ich mich mindestens eine Woche lang. Was war ich doch für ein eingebildeter, selbstgerechter Pfau!«

»Was auch immer du dir mit diesem Gerede antun willst, hör bitte sofort auf damit.«

»Ich möchte noch mal von vorne anfangen. Der Urlaub hätte uns dazu Gelegenheit bieten können ... aber da haben wir kaum ein Wort miteinander gewechselt. Warum beginnen wir nicht einfach wieder von vorne?«

»Weil du es heutzutage ebenso hassen würdest wie damals.«

Sie war unerreichbar wie ein fremder Stern, aber er sehnte sich so sehr nach ihrer Nähe. »Ich habe dich immer geliebt, das weißt du, nicht wahr? Selbst als ich mich von meinen Eltern zur Scheidung überreden ließ, blieb meine Liebe bestehen.«

»Es ist nicht mehr wichtig, Jim. Nach Cal kamen noch Gabe und Ethan, so daß schließlich von Scheidung nicht mehr die Rede war, und außerdem ist alles so furchtbar lange her. Warum in der Vergangenheit wühlen? Wir haben drei wunderbare Söhne und ein bequemes Leben.«

»Ich will kein bequemes Leben!« Seine Trauer verwandelte sich in Zorn. »Verdammt! Verstehst du denn überhaupt nichts? Das darf doch nicht wahr sein!« Während all der Jahre ihres Zusammenlebens war er nicht ein einziges Mal gewalttätig geworden, aber nun packte er ihre Arme und schüttelte sie. »Ich halte es nicht mehr aus! Werde wieder so, wie du früher warst!«

»Hör auf!« Sie vergrub ihre Finger in seinem Oberarm. »Hör auf! Was ist nur los mit dir?«

Er sah die Wildheit in ihrem Blick und fuhr entsetzt zurück.

Ihre eisige Reserviertheit war geschmolzen, doch nun entdeckte er zum ersten Mal, seit er sie kannte, Zorn an ihr.

»Du quälst mich bereits seit Monaten!« schrie sie ihn an. »Vor meinen eigenen Söhnen stellst du mich bloß, hackst pausenlos auf mir herum! Ich habe dir alles gegeben, aber es ist immer noch nicht genug. Jetzt reicht es mir! Ich verlasse dich! Es ist endgültig Schluß!« Sie rannte aus der Küche, und in seinem Inneren wallte Panik auf.

Instinktiv folgte er ihr, doch dann stoppte er abrupt ab. Was würde er tun, hätte er sie erst einmal eingeholt? Würde er sie nochmals schütteln? Großer Gott. Was, wenn er tatsächlich zu weit gegangen war?

Er atmete tief durch. Sie war immer noch seine Amber Lynn, süß und sanft wie ein Sommernachmittag. Niemals würde sie ihn verlassen – was auch geschah. Sie brauchte einfach Zeit, um sich zu beruhigen, dann käme sie zu ihm zurück.

Als er hörte, wie ihr Wagen die Einfahrt hinunterfuhr, wiederholte er sich diese Sätze ein ums andere Mal.

Amber würde ihn nicht verlassen. Das könnte sie einfach nicht.

Lynns Kehle war wie zugeschnürt, so daß sie nur mit Mühe Luft bekam, während sie die schmale, gewundene Straße hinunterschoß. Dieser Teil des Highways war gefährlich, aber sie hatte ihn im Laufe der Jahre so häufig benutzt, daß sie das Tempo des Wagens trotz ihrer tränenverhangenen Augen nicht drosselte. Sie wußte, was er von ihr wollte. Er wollte, daß sie sich abermals die Venen öffnete und aus Liebe zu ihm blutete, wie es früher einmal geschehen war. Aus einer Liebe heraus, die er nie erwidern konnte.

Zitternd atmete sie ein und erinnerte sich daran, daß sie ihre Lektion bereits gelernt hatte, als sie noch ein Kind gewesen war, eine naive, unwissende Sechzehnjährige: diese hegte die felsenfeste Überzeugung, daß sich allein durch ihre Liebe die enorme Kluft zwischen ihnen beiden überwinden ließ. Aber ihr naiver Glaube hatte sich bald gelegt. Zwei Wochen, nachdem sie ihm die Schwangerschaft mit Gabe eröffnete, hatte er ihre unschuldige Kindlichkeit ein für alle Mal zerstört.

Sie hätte es kommen sehen sollen, aber ihre Liebe war blind. Als sie ihm erzählte, daß sie wieder schwanger war, tanzte sie vor Freude, obgleich sie mit dem einjährigen Cal und ihrem kümmerlichen Leben bereits genug Sorgen hatten. Er hatte wie erstarrt dagesessen, während sie regelrecht übergesprudelt war.

»Denk doch nur, Jim! Noch ein süßes Baby! Vielleicht wird es dieses Mal ja ein Mädchen, und wir können sie Rose of Sharon nennen. Oh, ich hätte furchtbar gern ein Mädchen! Aber ein Junge wäre vielleicht besser, damit Cal jemanden zum Raufen hätte.«

Als er sich immer noch nicht rührte, war langsam Furcht in ihr aufgestiegen. »Ich weiß, daß es eine Zeitlang ein bißchen schwierig wird, aber mein Keksgeschäft läuft prima, und denk doch nur, wie wir Cal lieben! Und von jetzt an werden wir ganz vorsichtig sein, damit es nicht noch mehr Babys gibt. Sag mir, daß du dich freust, Jim, bitte sag es mir.«

Aber er hatte geschwiegen, war wortlos aus der Tür

ihres kleinen Appartements gegangen, wo sie allein und verängstigt zurückblieb. Stundenlang hatte sie in der Dunkelheit gesessen und darauf gewartet, daß er wieder kam. Und auch dann hatte er kein Wort gesagt, sondern sie ins Bett gezogen und sie mit einer Leidenschaft geliebt, durch die sich all ihre Angst in nichts auflöste.

Zwei Wochen später, während Jim einen seiner Kurse besuchte, war plötzlich ihre Schwiegermutter aufgetaucht. Mildred Bonner hatte ihr erklärt, Jim würde sie nicht lieben und wolle sich von ihr scheiden lassen. Sie fuhr fort, er hätte ihr die Nachricht genau an jenem Abend überbringen wollen, als Lynn ihm ihre erneute Schwangerschaft enthüllte; nun aber fühle er sich als Ehrenmann verpflichtet, bei ihr zu bleiben, auch wenn er mit ihr nicht glücklich sei. Wenn Lynn ihn wirklich lieben würde, hatte Mildred abgeschlossen, gäbe sie ihn frei.

Lynn hatte ihr nicht geglaubt. Jim würde sie niemals um die Scheidung bitten. Er liebte sie. Bekam sie nicht allnächtlich im Bett den Beweis dafür?

Als er abends aus der Bibliothek zurückkehrte, hatte sie ihm vom Besuch seiner Mutter erzählt in der Erwartung, daß er das Gespräch ebenso lächerlich fände wie sie selbst. Nur, daß er sich alles andere als belustigt zeigte. »Wozu sollen wir jetzt noch darüber reden?« hatte er gesagt. »Du bist wieder schwanger, so daß ich ja wohl kaum gehen kann.«

Von der rosigen Welt, die sie sich geschaffen hatte, lag ihr ein Scherbenhaufen zu Füßen. Es war eine Illusion gewesen zu glauben, daß sich die Kluft zwischen ihnen überbrücken ließ. Nur weil er gern mit ihr schlief, liebte er sie noch lange nicht. Wie hatte sie so dumm sein können? Er war ein Bonner, und sie blieb eine Glide.

Zwei Tage später tauchte seine Mutter abermals in ihrer Wohnung auf – ein feuerspeiender Drachen, der forderte, daß Lynn ihren Sohn endlich laufen ließe. Lynn war naiv, ungebildet, eine Schande für ihn! Sie wäre ihm stets im Weg.

Alles, was Mildred gesagt hatte, stimmte; aber so sehr Lynn Jim auch liebte, gäbe sie ihn sicherlich nicht frei. Allein hätte sie es auch ohne ihn geschafft, aber ihre Kinder brauchten einen Vater, und so hatte sie den Mut gefunden zu verkünden: »Wenn ich nicht gut genug für ihn bin, dann sorgst du besser dafür, daß ich es werde – denn ich und meine Babys gehen nicht weg hier!«

Es war nicht leicht gewesen, aber allmählich hatten die beiden Frauen eine, wenn auch zerbrechliche, Allianz gebildet, in deren Rahmen Mildred Bonner sie in allem unterrichtete: wie man sprach, wie man sich bewegte, wie man eine gute Hausfrau und Gastgeberin war. Nach Mildreds maßgeblicher Meinung wäre Amber ein Name, wie ihn nur ein Mädchen aus der Unterschicht trug – und bestand darauf, noch ihren zweiten Namen Lynn offiziell dranzuhängen.

Während Cal zu ihren Füßen spielte, hatte sie die Bücher aus Jims Englischkursen verschlungen, und außerdem wechselte sie sich mit einer anderen jungen Mutter beim Babysitten ab, wodurch ihr der heimliche Besuch etlicher Vorlesungssäle und die Entdeckung von Geschichte, Literatur und Kunst – lauter Fächer, für die sie mit ihrer durstigen Seele geradezu geboren schien – gelang.

Dann kam Gabe, und Jims Familie ließ sich dazu herab, Jims Studiengebühren und die Arztkosten für die Kinder zu übernehmen. Außerdem verschaffte Mildred ihnen eine bessere Wohnung, in der dann lauter Bonnersche Erbstücke prangten. Sie hatten immer noch nicht viel, aber die schlimmste Verzweiflung war gebannt.

Lynns Verwandlung hatte sich so unmerklich vollzogen, daß sie nicht wußte, ob Jim sie überhaupt auffiel. Er liebte sie nach wie vor häufig, und auch wenn sie nicht mehr lachte und ihm schmutzige Worte ins Ohr flüsterte, so merkte er es jedenfalls nicht. Auch außerhalb des Schlafzimmers befleißigte sie sich größerer Zurückhaltung, und seine gelegentlichen anerkennenden Blicke belohnten sie dafür. Langsam gewöhnte sie sich auch an, ihre Liebe zu ihrem Ehemann zu verbergen, was ihm vordem oft peinlich gewesen war.

Während er nach der Beendigung des Colleges in seinem Medizinstudium aufging, hatte sie ihre kleinen Söhne versorgt und sich nebenher beständig um Weiterbildung bemüht. Nach Ende seines Studiums waren sie schließlich hierher zurückgekehrt, wo er die Praxis seines Vaters übernahm.

Die Jahre gingen ins Land, und sie führte mit ihren Söhnen, ihrer Arbeit für die Gemeinde und ihrer Liebe zur Kunst ein befriedigendes Leben. Sie und Jim gingen längst eigene Wege, aber stets hatte er sich als rücksichtsvoller Ehemann gezeigt, und weiterhin hatten sie im Schlafzimmer wenn auch keine Vertrautheit, so doch Leidenschaft geteilt. Mit der Zeit waren die Jungen aus dem Haus gegangen, und sie hatte sich mit ihrem Schicksal ausgesöhnt. Sie liebte ihren Mann von ganzem Herzen und verübelte ihm seine Verschlossenheit nicht mehr.

Dann hatte Jim Bonner nach Jamies und Cherrys Tod allerdings eine schreckliche Veränderung durchgemacht. In den Monaten nach dem Unglück hackte er so gnadenlos auf ihr herum, daß sie das Gefühl hatte, allmählich auszubluten. Die Ungerechtigkeit seines Verhaltens erzürnte sie. Um seinetwillen hatte sie die vollkommene Verwandlung erreicht, und mit einem Mal warf er ihr auch das noch vor. Statt dessen forderte er nun etwas von ihr zurück, das sie längst nicht mehr besaß.

12

Am Montagmorgen kurz vor acht rief Annie bei Jane an, um ihr zu sagen, daß sie während der nächsten Tage nicht im Garten arbeiten würde und daß keiner von ihnen zu ihr kommen solle, solange sie nicht darum bat. Ihrer Meinung nach, sagte sie, hatte ein frischverheiratetes Paar ja wohl Besseres zu tun, als eine alte Frau mit ständigen Besuchen zu belästigen.

Lächelnd legte Jane den Hörer auf und wandte sich wieder der Zubereitung ihrer Hafergrütze zu. Mit den Jahren, hoffte sie, so viel Mumm und Selbstbewußtsein zu bekommen wie Annie.

»Wer war denn dran?«

Vor Schrecken ließ sie den Löffel fallen, als Cal, zerzaust vom Schlafen und durch und durch prachtvolle Männlichkeit in Jeans und aufgeknöpftem Flanellhemd, barfuß den Raum betrat.

»Schleich dich nicht so an!« Sie sagte sich, daß der Grund für ihr Herzklopfen einfach der Schreck und nicht der Anblick dieses ungekämmten und doch geradezu empörend gutaussehenden Hünen war.

»Ich habe mich nicht angeschlichen, sondern gehe immer leise.«

»Egal, hör damit auf.«

»Bei all deiner Bildung bist du ein ganz schön nörglerisches Weib.«

»Was hat denn bitte das eine mit dem anderen zu tun?«

»Wir Hinterwäldler bilden uns immer ein, daß ihr ach so gebildeten Städter furchtbar vornehm und vor allem beherrscht seid.«

Sie nahm einen sauberen Löffel aus der Schublade und rührte weiter in ihrer Hafergrütze. »Und wir ach so gebildeten Städter bilden uns ein, daß ihr Hinterwäldler rauhe Trampel seid, was ein Beweis für unsere tatsächliche Bildung sein dürfte.«

Er grinste sie fröhlich an. Was wollte er überhaupt noch hier? Normalerweise war er längst aus dem Haus, wenn sie zum Frühstück in die Küche kam. Selbst an den Vormittagen letzte Woche, als er gewartet hatte, um sie zu Annie zu fahren, hatte er die Zeit statt mit ihr in der Küche in seinem Arbeitszimmer verbracht.

»Wer war denn eben am Telephon?« wiederholte er.

»Annie. Sie will heute nicht von uns gestört werden.«

»Gut.«

Er ging zur Speisekammer, nahm eins der sechs Pakete Lucky Charms, die er neben Chips, Keksen und Schokoriegeln dort verwahrte, heraus und schüttete sich einen Berg voll bunten Getreides in eine Schüssel, ehe er zum Kühlschrank ging und eine der Milchflaschen aus dem Türfach holte.

»Für den Sohn eines Arztes ernährst du dich grauenhaft.«

»Wenn ich im Urlaub bin, esse ich, was ich will.« Er praktizierte sich einen Löffel in den Mund, schwang ein Bein über einen der Hocker an der Küchentheke und stellte seine nackten Füße auf der Sprosse ab.

Mühsam riß sie ihren Blick von seinen langen, schmalen Zehen los; doch als sie sah, mit welchem Genuß er das widerliche Zeug aus seiner Schüssel in sich hineinschaufelte, bekam sie eine Gänsehaut. »Ich mache gerade jede Menge frische Hafergrütze. Warum ißt du nicht auch davon? Das Zeug, das du dir zwischen die Zähne schiebst, wirkt einfach ekelhaft.«

»Zu deiner Information, dies ist kein Zeug. Zufällig handelt es sich bei Lucky Charms um den Höhepunkt jahrelanger ernährungswissenschaftlicher Forschungen.«

»Auf der Packung ist ein *Kobold* abgedruckt.«

»Niedlicher kleiner Kerl.« Er fuchtelte mit seinem Löffel durch die Luft. »Und weißt du, was das beste an diesem Frühstück ist? Die Marshmallows.«

»Die Marshmallows?«

»Wer auch immer daran gedacht hat, diese entzückenden kleinen Zuckerschaumgebilde dazuzugeben, muß wirklich ein cleverer Bursche sein. Ich habe extra eine Klausel in meinem Vertrag mit den Stars, daß beim Frühstück im Trainingslager nie das Paket Lucky Charms für mich vergessen wird.«

»In der Tat faszinierend! Da unterhalte ich mich mit einem Mann, der sein Studium *summa cum laude* abgeschlossen hat, und trotzdem könnte ich schwören, daß mir in diesem Augenblick eine verzogene Rotznase gegenübersitzt.«

»Was ich mich frage ... so super Lucky Charms auch sind, vielleicht könnte man ja noch eine andere Müslimischung erfinden, die noch besser ist?« Er schob sich einen weiteren Löffel voll in den Mund. »Wenn ich ein so riesiges Hirn hätte wie du, dann würde ich so etwas damit anfangen. Statt mich mit diesem komischen Top Quark herumzuschlagen, würde ich das beste Müsli erfinden, das die Welt je gegessen hat. Obwohl das sicher nicht einfach wäre. Bei Lucky Charms haben sie zum Beispiel bereits Schokolade, Streuzucker und Erdnußbutter, ganz zu schweigen von all den verschiedenfarbigen Marshmallows, hinzugefügt – aber beantworte mir eine Frage –, hat bisher sonst schon mal jemand an Smarties gedacht? Nein, noch nicht. Niemand war so geistreich, daran zu denken, daß es einen riesigen Markt geben würde für ein Müsli, das mit Smarties gesprenkelt ist.«

Sie verdaute seine Rede, während sie ihn weiterhin beim Essen beobachtete. Dort saß er nun – mit nackten Füßen, nacktem Hals und seinem unwiderstehlichen Muskelspiel – wie der Inbegriff der Beschränktheit! Nur daß dieser prachtvolle Trottel alles andere als dämlich war.

Mit ihrer Hafergrütze trat sie neben ihn. »Mit Erdnüssen oder einfach?«

Darüber dachte er eingehend nach. »Wahrscheinlich wäre es unklug, gleich allzu weit zu gehen. Ich schätze, daß es für den Anfang schlichte Schokolade täte.«

»Ein vernünftiger Entschluß!« Sie goß Milch über ihre Grütze und setzte sich.

Er sah sie an. »Das willst du wirklich essen?«

»Natürliches Getreide, wie es der liebe Gott erschaffen hat.«

Ohne zu fragen, tauchte er seinen Löffel in ihre Grütze und füllte ihn, wobei er all den in der Mitte zerlaufenden braunen Zucker mitnahm.

»Nicht schlecht.«

»Du hast meinen Zucker geklaut.«

»Aber weißt du, wie es noch besser schmecken würde?«

»Laß mich überlegen ... mit Smarties?«

»Du bist wirklich alles andere als dumm.« Er nahm das Paket Lucky Charms und schüttete ihr ein wenig davon auf ihre Grütze. »Auf diese Weise kriegt das Zeug wenigstens etwas Biß.«

»Himmel, vielen Dank!«

»Die Marshmallows sind echt das beste daran.«

»Das hast du schon mal gesagt.« Sie schob die Lucky Charms zur Seite und begann zu essen. »Du weißt schon, daß das Zeug, was du da gerade mampfst, für Kinder entwickelt wurde?«

»Vermutlich bin ich im Grunde meines Herzens ein Kind geblieben.«

Seine Kindlichkeit betraf höchstens seine unreife Haltung Frauen gegenüber. War es das, was ihn stets bis drei

Uhr morgens herumstreunen ließ? Riß er regelmäßig kleine Mädchen auf?

Sie sah keine Veranlassung, in diesem Punkt länger diskret zu sein. »Wo warst du gestern nacht?«

»Oh, kontrollierst du meine Heimkehr?«

»Nein. Ich habe nicht besonders gut geschlafen und hörte dich spät nach Hause kommen, das ist alles.«

»Aber wo ich war, geht dich ja wohl nichts an.«

»Und ob es das tut, falls du mit einer anderen Frau zusammen warst.«

»Ist es das, was du denkst?« Er unterzog sie einer eingehenden Musterung. Sie trug ein rotes T-Shirt mit Maxwellschen Gleichungen, von denen die letzte in ihrem Hosenbund verschwand. Seine Augen wanderten hinab zu ihren Hüften, die sicher deutlich runder als die seiner sonstigen Gespielinnen waren. Nun, zumindest empfand sie es als ermutigend, daß sein Blick nicht allzu kritisch ausfiel.

»Es könnte durchaus sein.« Sie schob ihre Grütze fort und sah ihn an. »Ich möche lediglich wissen, ob es zwischen uns diesbezüglich irgendwelche Regeln gibt. Wir haben bisher nicht darüber gesprochen, und es wird allmählich Zeit dafür. Dürfen wir jeweils mit anderen ins Bett gehen, solange wir verheiratet sind, oder nicht?«

Seine Brauen schossen hoch. »*Wir?* Was soll das heißen, *wir?*«

Sie sah ihn möglichst reglos an. »Wie bitte? Ich verstehe nicht, was du meinst.«

Er fuhr sich mit der Hand durchs Haar, das im Verlauf der letzten Wochen ein wenig gewachsen war, so daß nun einige Stacheln von seinem Kopf abstanden. »Wir sind verheiratet«, knurrte er. »Damit ist diese Frage eindeutig geklärt.«

»Ach ja?«

»Zufällig schon.«

»Hmmm.«

»Du bist eine verheiratete Frau und obendrein schwanger, falls du das vergessen hast.«

»Und du bist ein verheirateter Mann.« Sie machte eine Pause »... falls du das vergessen hast.«

»Genau.«

»Bedeutet das jetzt, daß wir mit anderen ins Bett gehen können, solange wir verheiratet sind, oder nicht?«

»Natürlich *nicht.*«

Ohne sich ihre Erleichterung über diese Antwort anmerken zu lassen, erhob sie sich von ihrem Platz. »Okay. Wir fangen nichts mit anderen an, aber können uns nachts in der Gegend herumtreiben, ohne dem anderen eine Erklärung schuldig zu sein, meinst du das?«

Sie überlegte, wie er sich jetzt aus der Affäre ziehen würde, doch es überraschte sie nicht allzu sehr, daß er sich gar nicht lange um eine elegante Lösung bemühte. »Ich treibe mich herum, wenn ich es will. Du nicht.«

»Alles klar.« Mit ihrer Schüssel wanderte sie zur Spüle. Ganz ohne Frage wartete er darauf, daß sie ihm für diese Antwort an die Gurgel ging; inzwischen kannte sie ihn gut genug, um zu wissen, daß er sich darauf freute, eine unhaltbare Position zu verteidigen. »Nun, ich nehme an, daß das aus deiner Sicht nur logisch ist.«

»Ach ja?«

»Natürlich«, erläuterte sie mit einem süffisanten Lächeln. »Wie sonst solltest du die Welt davon überzeugen, daß du mal gerade einundzwanzig bist?«

Mittwoch abend ließ sie sich beim Umziehen für die mysteriöse Verabredung, in die sie schließlich trotz aller Vorbehalte eingewilligt hatte, jede Menge Zeit. Sie duschte, puderte sich und versprühte großzügig Parfüm. Dann schämte sie sich dafür, daß sie diesem Rendezvous eine solche Bedeutung beimaß – aber sie hatte einen so guten Tag gehabt, daß sie nicht lange böse auf sich war. Mit ihrer Arbeit kam sie gut voran und genoß die Tatsache, daß Cal in dieser Woche wesentlich öfter als zuvor zu Hause blieb. Heute hatte er sogar einen Vorwand gefunden, sie auf ihrem Spaziergang zu begleiten, indem er die Befürchtung äußerte, eines Tages verliefe sie sich sicher hoffnungslos, da sie selbst beim Gehen stets an irgendwelchen diffusen Formeln bastelte.

Nur ungern gestand sie sich ein, wie gut ihr das Zusammensein mit ihm gefiel. Nie zuvor war sie einem Menschen begegnet, der sie derart zum Lachen brachte und sie gleichzeitig durch einen rasiermesserscharfen Verstand bestach. Es kam ihr wie ein Treppenwitz vor, daß diese Intelligenz, aufgrund derer sie ihn so anziehend fand, zugleich ihre größte Sorge darstellte.

All die unglückseligen Zukunftsaussichten ihres Babys schob sie jedoch beiseite und dachte an den verbeulten roten Ford Escort, der vor ein paar Stunden angeliefert und hinter einer alten Scheune am anderen Ende des Grundstücks versteckt worden war. Einen Gebrauchtwagen per Telephon zu kaufen, ohne ihn sich zuvor auch nur anzusehen, sprach vielleicht nicht gerade von Vernunft, aber sie war zufrieden mit ihrem Erwerb. Es stimmte, der Wagen sah mit seiner verbogenen Tür, dem zerbrochenen Kühlergrill und der fleckigen Lackierung nicht gerade wie eine Staatskarosse aus, aber er war preisgünstig gewesen; und alles, was sie brauchte, war ein Transportmittel, mit dem sie während der nächsten Monate über die Runden kam, bis sie nach Chicago zurückkehren würde, wo ein makelloser Saturn in ihrer Garage wartete.

Jane hatte nicht die Absicht, den Wagen lange zu verstecken; aber Cal würde sich darüber ärgern, und sie wollte den Abend genießen, ehe sie ihm das Ende ihrer Gefangenschaft vor Augen führte.

Lächelnd kleidete sie sich fertig an. Sie hatte seine Anweisungen befolgt und ein Paar enger Jeans gewählt, aber statt des rückenfreien Oberteils hatte sie eine purpurfarbene Seidenbluse angezogen und ein Paar kitschiger Plastikohrringe, die sicher eher zu einer von Cals Püppchen gepaßt hätten als zu einer Professorin für theoretische Physik. Trotzdem fand sie sie unwiderstehlich.

Sie öffnete den obersten Knopf ihrer Bluse und sah, wie der spitzenbesetzte Rand ihres schwarzen BHs zum Vorschein kam. Nach einem Blick in den Spiegel stieß sie einen Seufzer aus und knöpfte die Bluse wieder zu. Für den Augenblick reichte der überdimensionale Ohrschmuck erst mal.

Cal betrat die Diele, als sie die Treppe herunterstöckelte. Er trug ein altes Stars-T-Shirt, durch das seine prachtvoll entwickelte Brustmuskulatur vorteilhaft zur Geltung kam, und eine Jeans, die so eng, zerschlissen und fadenscheinig war, daß er ebensogut auch gleich ganz ohne hätte erscheinen können.

Sein Blick traf sie wie eine leichte Brise an einem heißen Sommertag. Sie errötete, stolperte und klammerte sich Halt suchend ans Geländer.

»Ist irgendwas nicht in Ordnung?« fragte er in unschuldigem Ton.

Idiot! Er wußte ganz genau, was nicht in Ordnung war. Er war die Verkörperung jeder sexuellen Phantasie. »Tut mir leid. Ich habe gerade über die Seilberg-Witten-Theorie nachgedacht. Ziemlich kompliziert.«

»Darauf wette ich!« Sein Blick gab ihr das Gefühl, daß die lange Zeit, die sie mit Ankleiden verbracht hatte, nicht vergeudet war. »Ein rückenfreies Oberteil konntest du offenbar nicht finden, was?«

»Sie sind alle in der Wäsche.«

Er lächelte, und als wieder das Grübchen in seiner

Wange auftauchte, fragte sie sich, wie, in aller Welt, sie an dieses Exemplar geraten konnte. So wie er aussah, schien er geradewegs aus einem anderen Sonnensystem gelandet zu sein.

Da sie ihre Jacke vergessen hatte, machte sie kehrt.

»Und, kriegst du etwa jetzt schon Bammel?«

»Ich brauche eine Jacke.«

»Nimm das hier.« Er trat an den Garderobenschrank und zog ein graues Sweatshirt mit Reißverschluß hervor. Sie trat näher, und als er es ihr um die Schultern legte, ließ er seine Hände einen Augenblick auf ihren Oberarmen ruhen. Er roch betörend nach Kiefernnadeln, Seife und typisch Cal Bonner: nach berauschender Gefahr.

Die weichen Falten des Sweatshirts fielen über ihre Hüften, und als sie an sich herunterblickte, wünschte sie sich, zu den Frauen zu gehören, denen Männergarderobe stand. Hingegen sie sah wahrscheinlich höchstens wie ein Möchtegern aus. Da er jedoch nichts an ihr auszusetzen schien, fühlte sie sich recht ermutigt.

Er hatte den Jeep vor dem Haus geparkt, und wie immer öffnete er ihr zuvorkommend die Tür. Als er den Wagen anließ und die Einfahrt hinunterrollte, merkte sie, wie nervös sie war, und sie wünschte sich, er würde etwas sagen, was die Spannung brach. Statt dessen bog er in zufriedenem Schweigen in den Highway ein.

In der Stadt kamen sie an den bereits geschlossenen Geschäften und dem ebenfalls geschlossenen Petticoat Junction Café vorbei. Bei der Fahrt durch eine der Seitenstraßen entdeckte sie ein erleuchtetes Gebäude, vor dem eine Reihe geparkter Wagen stand. Dies war offenbar Cals Stammlokal, der Mountaineer.

Sie erreichten das Ende der Stadt und umrundeten den Heartache Mountain; doch gerade, als sie dachte, daß er mit ihr zu Annie fuhr, verlangsamte er das Tempo des Jeeps und bog in einen beklagenswert löchrigen Kiesweg ein. Das Licht der Scheinwerfer fiel auf ein verfallenes Gebäude, das nicht viel größer als ein Fahrkartenschalter war und das sich hinter einer schweren, quer über den Weg gespannten Kette befand.

»Wo sind wir?«

»Guck dich einfach um, dann weißt du es.« Er brachte den Wagen zum Stehen und zog eine Taschenlampe unter dem Sitz hervor. Dann kurbelte er das Fenster herunter und leuchtete in die Dunkelheit hinaus.

Sie beugte sich ein wenig vor und sah ein sternförmiges, von zerborstenen Glühbirnen gerahmtes, purpurfarbenes Schild, auf dem *Pride of Carolina* stand. »*Das* hast du dir für unsere erste Verabredung ausgesucht?«

»Du hast gesagt, daß du als Teenager nie in einem Autokino warst. Also wird es dafür allmählich höchste Zeit.«

Er grinste, als er ihre verblüffte Miene sah, löschte die Taschenlampe und stieg aus dem Wagen, um die Kette loszumachen, die ihn zum Anhalten gezwungen hatte. Hierauf fuhr er gemächlich weiter, wobei sie aufgrund der zahlreichen Schlaglöcher hin- und herflog.

»Meine erste Verabredung mit einem Multimillionär«, knurrte sie. »Und dann kommt so etwas.«

»Jetzt tu mir nicht weh und sag, du hättest den Film bereits gesehen!«

Sie lächelte und klammerte sich am Türgriff fest, damit sie nicht beim nächsten Aufprall gegen ihn schleuderte. Trotz ihres Geknurres hatte sie nicht unbedingt etwas dagegen, mit ihm allein in diesem verlassenen Kino zu sein. Es täte ihrem Baby sicher gut, käme es zwischen ihr und Cal zu einer gewissen Verständigung.

Die Scheinwerfer des Jeeps beleuchteten den leeren Parkplatz, der ihr mit seinen konzentrischen Erdhügeln und den endlosen Reihen metallener Lautsprecher wie eine gespenstische Science-fiction-Landschaft erschien. Als Cal zum hinteren Ende des Parkplatzes fuhr, machte der Wagen abermals einen Satz – sie umklammerte das Armaturenbrett und legte die andere Hand instinktiv auf ihren Bauch.

Er sah sie an. »Und, habe ich den Schratzen etwa aufgeweckt?«

Dies war das erste Mal, daß er nicht in feindseligem Ton von dem Baby sprach. Sie hatte das Gefühl, als blühe in ihrem Inneren langsam eine zarte Knospe auf, und so schüttelte sie nachsichtig den Kopf.

Am Rande des Parkplatzes hielt er schließlich an. »In einer Minute kann er ohnehin weiterschlafen. Das heißt, wenn er nicht allzu sehr mit dem Lösen irgendwelcher Gleichungen beschäftigt ist.«

»Ich nehme an, daß du es nicht mehr so lustig finden wirst, wenn sie erst mal ihre Bonbons in Zehnerreihen sortiert, während die anderen Kinder fröhlich schmatzen.«

»Also, du bist wirklich die seltsamste Frau, die mir je begegnet ist. Du tust so, als wäre Klugheit die größte Tragödie auf der Welt. Es wird schon alles gut werden. Guck mich doch an. Mein funktionierendes Hirn hat mich noch nie im mindesten gestört.«

»Das liegt daran, daß du dein Hirn so selten benutzt.«

»Tja, dann mach es einfach für eine Weile genauso, damit du wenigstens den verdammten Streifen genießen kannst.«

Da es darauf nichts mehr zu sagen gab, unternahm sie gar nicht erst den Versuch.

Nun parkte er das Auto in der Mitte der letzten Reihe unmittelbar vor einem halbverfallenen Drahtzaun mit den Vorderreifen auf einem der Erdhügel, so daß man automatisch nach oben sah. Dann holte er einen der Lautsprecher herein, hängte ihn über das Lenkrad und kurbelte das Fenster wieder zu, damit die kühle Nachtluft draußen blieb.

Taktvollerweise unterließ sie es, ihn darauf hinzuweisen, daß der Lautsprecher kein Kabel mehr besaß.

Er stellte die Scheinwerfer und den Motor aus – nur noch das bleiche Licht der Mondsichel fiel vom Himmel in den Wagen. Sie wandte ihre Aufmerksamkeit der von einem silbrigen Mondstrahl halbierten Leinwand zu. »Wir hätten früher kommen sollen, dann hätten wir Plätze weiter vorne gekriegt.«

»Die hinterste Reihe ist die beste.«

»Warum denn?«

»Weil dann keine kleinen Kinder durch die Fenster gucken. Ich bin lieber ungestört beim Turteln.«

Sie schluckte. »Hast du mich etwa deshalb hierher gebracht?«

»Allerdings.«

»Oh!«

»Macht es dir etwas aus?« Der Mond verschwand hinter einer Wolkendecke, so daß es mit einem Mal stockfinster war. Er stellte die Deckenbeleuchtung an, und sie sah, wie er den Mund zu einem mehr als selbstzufriedenen Grinsen verzog. Hinter dem Sitz zog er eine große Tüte Popcorn hervor.

Ihr Hirn sandte mit Lichtgeschwindigkeit Warnsignale aus, aber sie war nicht in der Stimmung, darauf einzugehen. Sie hatte sich gewünscht, von ihm hofiert zu werden, und genau das tat er in diesem Augenblick – auch wenn die von ihm gewählte Methode nicht unbedingt der Norm entsprach. Und egal, was er sagte, haßte er sie wahrscheinlich nicht mehr so, denn dafür lächelte er zu oft.

Außerdem war er ein schlauer Fuchs, erinnerte sie sich, und er machte kein Geheimnis aus seinem Interesse an ihr. Da sein Ehrenkodex, zumindest für die nächsten paar Monate, Treue vorzuschreiben schien, mußte er sie entweder verführen oder sich in Enthaltsamkeit üben, was ihm sicher schwerfiel. Vielleicht käme er ihr auch dann zärtlich entgegen, befänden sie sich nicht in dieser unmöglichen Situation, aber diese Vorstellung war ihr jetzt zu anstregend. Für den Augenblick mußte ein Kompromiß ausreichen.

»Na ja, du mußt dir nur im klaren sein, daß ich bei meiner ersten Verabredung nicht bis zum Ende gehe.«

Er riß die Tüte auf und nahm eine Handvoll Popcorn heraus. »Das ist durchaus lobenswert. So gesehen sollten wir wirklich zunächst einmal ausdiskutieren, welches in deinen Augen unsere erste Verabredung gewesen ist. Ich erinnere mich da an eine Überraschungsparty zu meinem Geburtstag ...«

»Cal ...«

Das Popcorn verschwand in seinem Mund. »Auf dem Rücksitz sind noch Bier und Saft. Guck doch mal, ob du drankommst.«

Als sie sich umdrehte, entdeckte sie eine kleine Kühltasche, die in der Ecke der Rückbank stand. Sie kniete sich hin und streckte den Arm danach aus, als Cal sie plötzlich mit sanftem Druck über die Lehne schob. Während sie unbeholfen auf den Rücksitz plumpste, drang ein leises, diabolisches Lachen an ihr Ohr.

»Gute Idee, mein Schatz. Warte, ich komme nach!«

Ehe sie reagieren konnte, war er bereits ausgestiegen, hatte die Hintertür geöffnet und sich neben sie gesetzt.

»Himmel ...« Sie zupfte ihre Bluse zurecht. »Früher haben die Väter ihre Töchter bestimmt eingesperrt, sobald sie dich kommen sahen.«

»Meine besten Tricks habe ich erst auf dem College gelernt.«

»Warum hältst du nicht einfach den Mund und schaust dir in Ruhe den Film an?«

»Gib mir erst ein Bier.«

Sie erfüllte ihm den Wunsch und nahm sich selbst eine

Dose Apfelsaft. Das angebotene Popcorn jedoch lehnte sie entschieden ab. Er nippte an seinem Bier, sie an ihrem Saft, und in gemütlichem Schweigen lehnten sie die Köpfe zurück, während über ihnen die Deckenbeleuchtung glomm.

Dann schob er genüßlich den Arm hinter ihren Kopf. »Dieser Film macht mich immer geil.«

Ihr Herz vollführte einen bizarren Satz. »Welcher Teil? Wenn Maria singt, daß die Musik die Hügel zum Leben erweckt? Oder das *do re mi* von den Kindern?«

Heiter verzog er seine Mundwinkel. »Maria, wenn du es wissen willst. Man fragt sich unweigerlich, was sie wohl unter ihrer Schürze trägt.«

Das Gespräch bewegte sich eindeutig auf gefährliche Regionen zu. Sie konnte sich nicht daran erinnern, je zuvor derart unsicher gewesen zu sein, und so beschloß sie einen Themenwechsel. »Wo treibst du dich herum, wenn du nicht gerade irgendwelche Geschäftsleute triffst?«

Zuerst dachte sie, daß er nicht antworten würde, doch dann zuckte er mit den Schultern und sagte: »Ich gehe ins Fitneßstudio, besuche Freunde, kümmere mich um meine Angelegenheiten. Heute habe ich ein paar Stunden bei Dad in der Praxis verbracht. Er hat es gerne, wenn ihn einer von uns besucht.« Er runzelte die Stirn.

»Etwas nicht in Ordnung?«

»Nicht wirklich – oder doch ... Ich schätze, daß die Probleme zwischen ihm und Mom ernster sind, als ich dachte.« Sein Stirnrunzeln verstärkte sich. »Er hat gesagt, daß sie bei Annie ist. Ich dachte, er meinte, über Nacht, aber offenbar wohnt sie jetzt schon seit dem Wochenende dort, und heute deutete er an, daß sie gar nicht mehr zu ihm zurückkommen will.«

»Wie furchtbar!«

»Ich verstehe nicht, wie sie so etwas machen kann. Er ist wirklich am Boden zerstört.« Er leerte seine Bierdose und sah sie böse an. »Aber ich möchte nicht mehr darüber reden, also wäre es nett, wenn du deine Fragen für dich behalten würdest.«

Er hatte von sich aus damit angefangen, aber das sagte sie in diesem Moment lieber nicht.

Seine leere Dose wies auf die Leinwand. »Bei all deinem Gequassel kann ich mich überhaupt nicht auf die Story konzentrieren, dabei singt Maria gerade mein Lieblingslied. Verdammt, die Frau sieht nackt einfach klasse aus!«

»Aber sie ist doch gar nicht nackt.«

»Mit meinen Augen stimmt noch alles, und diese Frau ist so nackt, wie der Herr sie erschuf. Man kann sogar ihre …«

»Du irrst dich. Ich sehe nur den nackten Baron von Trapp. Und der ist tatsächlich ein beeindruckender Mann.«

»Das nennst du beeindruckend? Diesen winzigen …«

»Allerdings.«

»Mann-o-mann, wenn dich das schon so tief bewegt, dann kann ich dich sicher glücklicher machen als jeder andere.«

»Angeber!« War sie vollkommen übergeschnappt? Sie forderte ihn ja geradezu heraus.

»Du hingegen hast vielleicht Warzen auf dem Bauch. Was weiß man schon?«

»Ich habe keine Warzen auf dem Bauch.«

»Das behauptest du.« Er nahm ihr den Apfelsaft aus der Hand und warf ihn zusammen mit seiner Bierdose in die Kühltasche zurück, ehe er diese auf einen der vorderen Sitze plumpsen ließ. »Okay, beweise es mir.«

»Was?«

»Ich meine es ernst. Wenn du Warzen hast, kriegt mein Junge bestimmt auch welche, und wenn das der Fall ist, brauche ich Zeit, um mich an den Gedanken zu gewöhnen.«

»Du hast ja wohl nicht mehr alle Tassen im Schrank!«

»Mach einfach den Reißverschluß von deiner Jeans ein bißchen auf. So weit, daß ich mich kurz überzeugen kann.«

»Auf keinen Fall!«

»Also gut. Dann muß ich eben fühlen, ob du Warzen hast.«

Sie schlug ihm auf die Hände, als er sich ihrem Reißverschluß näherte. »Ich habe gesagt, daß ich mit dir turteln werde. Von einer medizinischen Untersuchung war nicht die Rede.«

Noch ehe ihr klar wurde, was sie da gesagt hatte, grinste er wie ein Honigkuchenpferd.»Das stimmt, du hast gesagt, daß du mit mir turteln würdest. Also los, Süße! Zeig mir, was du zu bieten hast.«

»Niemals.«

»Feigling.«

»Ich lasse mich nicht provozieren.«

»Du hast ja nur Angst davor, daß mir irgendwas an dir mißfällt.« Mit einer einzigen Bewegung hatte er ihr das dicke Sweatshirt abgenommen und es auf der Kühltasche deponiert. »Und du fürchtest, daß du mit mir nicht fertig wirst. Du bist einfach ein Riesenfeigling, sonst nichts.«

»Völlig daneben!«

»Nur, weil du mit den Tausenden von Frauen, mit denen ich schon zusammengewesen bin, nicht mithalten kannst, zierst du dich so.«

»Aha, mit *Tausenden* von Frauen willst du es getrieben haben?«

Mit seinem Grinsen wirkte er wie ein Fuchs, dem beinahe noch die Federn der Gans aus seinem Mund zu hängen schienen, die er als letztes Opfer verspeist hatte.

Ihr Herz klopfte ihr bis zum Hals. Sie war gleichzeitig verängstigt, erregt und amüsiert, was es schwermachte, ernsthaft die Stirn zu runzeln. »Also gut. Ich turtele mit dir. Aber behalt deine Hände bei dir.«

»Das ist nicht fair, denn schließlich erlaube ich dir, deine Hände überall hinzulegen, wo du willst.«

Ein Dutzend möglicher Stellen gingen ihr durch den Kopf. »Das will ich ja gar nicht.«

»Ich möchte hoffen, daß das nicht stimmt.« Er löschte die Deckenlampe und tauchte sie in so tiefe Dunkelheit, als habe er gleichzeitig auch sämtliche Sterne am Himmel abgestellt.

Dann jedoch gewöhnten sich ihre Augen soweit an die Finsternis, daß sie, wenn schon nicht sein Gesicht, so doch zumindest die Umrisse seines Körpers wahrnahm. Er umfaßte ihre Schultern, und sie merkte, daß er näher kam. »Vielleicht muß ich dich einfach darauf aufmerksam machen, welches die besten Stellen sind.« Seine Lippen strichen an ihren Ohrringen vorbei, bis er die zarte Stelle darunter fand. »Dies hier zum Beispiel ist genau der richtige Fleck zum Sichaufwärmen.«

Sie hielt den Atem an und fragte sich, woher er wußte, daß sie genau dort besonders empfindlich war. »Wenn du schon die ganze Zeit reden mußt, könntest du dann bitte eine etwas kultiviertere Redeweise wählen, als die von einem bescheuerten Hinterwäldler?«

Seine Lippen zupften unmittelbar neben dem Plastikreifen an ihrem Ohrläppchen, und sein Ellbogen krachte gegen die Tür. »Gibt es jemand besseren als mich?«

»Nun ...« Nur unter Mühen brachte sie überhaupt noch einen Ton heraus, da sie unter seiner Berührung bereits eine wohlige Gänsehaut bekam. »Da wäre zum Beispiel dieser Physiker, der früher als Top-Quark-Jäger bei den Fermilabs gearbeitet hat ...«

»Glaube ich sofort – der drückt sich bestimmt gewählter aus als ich.« Inzwischen hatten seine Lippen ihre Mundwinkel erreicht. »Eigentlich bist du diejenige, die mir was Nettes zeigen soll. Aber bisher überläßt du die ganze Arbeit deinem Gemahl.«

Ergeben trennte sie sich auch von dem letzten Rest ihrer Zurückhaltung und drehte den Kopf so weit, daß sich ihre Lippen begegneten. Die Berührung durchfuhr sie wie ein Blitz, der dem Spiel eine andere Note verlieh; als sich nun der Kuß vertiefte, gab sie sich ganz dem Vergnügen der Erotik hin. Er schmeckte nach Bier und Popcorn sowie nach einer Spur von Zahncreme und etwas Gefährlichem, das sie an Siegerlorbeer erinnerte.

»Du bist ein Teufelsweib«, flüsterte er an ihrem Mund, und sie küßte ihn erneut. Er zog die Zipfel ihrer Bluse aus dem Hosenbund, und seine großen, starken, besitzergreifenden Hände strichen über ihre Haut. Seine Daumen glitten ihr Rückgrat hinauf, bis er ihren Büstenhalter fand. »Das Ding ist uns nur im Weg, Rosebud.«

Es kam ihr gar nicht in den Sinn, daß dieser Satz den Auftakt zu weiteren Aktionen darstellte. Während sie die Süße seiner Zunge in ihrem Mund genoß, machte er kurzerhand alle Knöpfe auf und löste den Haken von ihrem BH. Seine Bewegungen begleitete ständiges Krachen, da er immer wieder gegen die Tür oder den Vordersitz des Wagens rumpelte.

Dann beugte er sich über sie und nahm sie in den Mund. Ihre Nippel waren zart von der Schwangerschaft, und als er an ihnen zu saugen begann, bog sie sich zurück und vergrub ihre Finger in seinem Haar. Angesichts des köstlichen Schmerzes, den sein Saugen ihr zufügte, hätte sie am liebsten gleichzeitig um Gnade gefleht und ihn angebettelt, nie aufzuhören.

Sie wollte ihn ebenso berühren wie er sie, so daß sie verzweifelt an seinem T-Shirt zerrte. Das Innere des Wagens war heiß und feucht, und der weiche Baumwollstoff fühlte sich unter ihren Händen klebrig an. Ihre Schulter krachte gegen das Fenster, und sie spürte, wie die dort angesammelte Feuchtigkeit durch ihre Bluse drang.

Er half ihr, während sie ihn von seinem T-Shirt befreite, und dann wandte er seine Aufmerksamkeit ihrer Hose zu. Er hob ihre Füße über die Lehne des Vordersitzes und machte sich an ihr zu schaffen, während sie die Umrisse seines Torsos erkundete.

Vor Überraschung schrie sie leise auf, als er ihr die Jeans über die Beine herunterkrempelte und ihr nacktes Hinterteil mit dem kalten Polster des Rücksitzes in Berührung kam. Der Schreck riß sie aus ihrer Benommenheit, und mit einem Mal ging alles viel zu schnell. Sie mußte überlegen, mußte abwägen, was für oder gegen Sex mit ihrem »Gatten« sprach, mußte darüber nachdenken, welches die beste Grundlage eines zukünftigen Zusammenlebens mit diesem im Grunde Fremden war. »Ich wollte nicht … will nicht …«

»Pst.« Sein heiseres Flüstern erfüllte den dampfenden Wagen, während er einen ihrer Schenkel umfaßte und zur Seite schob. Dann hörte sie einen leisen Fluch.

»Es ist einfach zu dunkel«, murmelte er verdrießlich. »Ich sehe dich nicht!«

Sie streichelte die Konturen seiner Rippen und strich mit dem Daumen über einen seiner harten Nippel. »Folge einfach deinem Gefühl«, hauchte sie ihm ins Ohr.

Doch damit begnügte er sich nicht. Statt dessen folgte er seinem Geschmack, und sie hatte das Gefühl zu vergehen angesichts dieser Leidenschaft, die ihr bisher immer nur in ihren Träumen zuteil geworden war.

»Du brauchst …« Sie rang nach Luft. »Das ist nicht nötig.«

Sein Lachen klang ein wenig zittrig, und sie stöhnte, als sein heißer, flüsternder Atem auf sie fiel. »Keine Sorge, auf diesem Gebiet tue ich immer nur, was mir Spaß macht.«

Abermals neigte er den Kopf, und sie hatte das Gefühl, als löse sie sich in Einzelteile auf. Sie schlug mit dem Ellbogen gegen das benebelte Fenster, als sie seine nackte, feuchte Schulter umklammerte. Er fluchte und krachte gegen den Sitz, als er sein Gewicht verlagerte, aber im Grunde beeinträchtigte sie das alles nicht.

Es war einfach zu köstlich, ja wunderbar! Sie schwang sich in ungeahnte Höhen auf, aber gerade, als sie den Gipfel stürmen wollte, zog er sich zurück. »Oh, nein! Du kommst bestimmt nicht ohne mich.«

Sie lag offen und verletzlich da, während er sich keuchend näherte. »Allmächtiger Gott, was für eine bescheuerte Idee dieser Autokinobesuch doch war. Wir sollten im Bett liegen, wo ich dich sehen kann – aber so lange warte ich nicht mehr! Ich brauche dich jetzt sofort.«

Sie griff nach dem Verschluß seiner Jeans und spürte, wie hart und schwer er geworden war. Sein Atem stockte, als sie langsam den Reißverschluß öffnete und ihn ertastete, bis er es nicht mehr ertrug: »Hör auf, Rosebud. Das halte ich nicht aus!«

»Weichei.« Sie senkte ihren Mund auf seine Brust und leckte sich einen ganz eigenen Weg hinab zu seinem Bauch.

Aus seiner Kehle drang ein Laut, der halb Lachen und halb Schluchzen war. Zugleich lehnte er sich zurück und zog ihren Oberkörper über sich. Inzwischen hatte sie nur noch ihre offene Bluse an, wohingegen er außer seinem T-Shirt noch alle Kleidung trug. Obgleich sie seine Jeans geöffnet hatte, ließ sie sich nicht über seine Schenkel ziehen. Nun, wenigstens war seine Brust ebenso nackt wie ihr Hinterteil, so daß sie begierig an ihm herumknabberte.

Trotz seines erstickten Aufschreis ließ sie nicht ab von ihm, da sie ihre Überlegenheit genoß und nicht das geringste Mitleid empfand. Auch wenn ihre Füße unbequem gegen die Rückenlehne des Vordersitzes drückten, küßte sie ihn, wie und wo es ihr gefiel.

Während die Dunkelheit sie am Sehen hinderte, arbeiteten ihre anderen Sinne auf Hochtouren, und seine Berührungen, sein Geschmack und die vertraulichen Zärtlichkeiten ließen sie vermuten, daß es ihm ebenso erging.

Der schmalste Streifen Mondlicht fing ein schimmerndes Bächlein ein, das an einem der beschlagenen Fenster hinunterrann, und der Schweiß ihrer beider Leiber klebte feucht an ihren Händen, als er ihren bloßen Hintern jetzt mit seinen Pranken umfaßte und sie auf sich hob. »Jetzt, mein Schatz. Jetzt.«

Sie stöhnte, als er in sie drang, aber ihr Körper akzeptierte ihn wie einen intimen Freund. Schluchzend preßte sie ihre Brust an seinen Mund. Er liebkoste sie mit Lippen, Zähnen und Zunge, bis sie sich auf ihm bewegen mußte, damit sie nicht vollends den Verstand verlor.

Selbst als er ihre Hüften umfaßte, zwang er ihr nicht seinen Rhythmus auf, sondern ließ ihr Zeit, bis sie den ihren fand. Sie hob und senkte sich auf ihm, rieb die Spitzen ihrer Brüste an dem weichen Haar auf seiner Brust und erwiderte jeden tiefen, sehnsuchtsvollen Kuß, mit dem er sie umwarb. Sie fühlte sich stark und sicher in ihrer Leidenschaft. Gefühle über Gefühle wallten in ihr auf, bis die Realität aus ihrem Bewußtsein schwand und es ihr vorkam, als flöge sie durch einen Superteilchenbeschleuniger an der Lichtgeschwindigkeit vorbei durch einen schmalen überirdischen Tunnel auf jenen Punkt zu, wo alles auseinanderbarst.

Und dann schrie sie auf, denn sämtliche Moleküle, aus denen sie bestand, stoben auseinander und ordneten sich neu, bis sie am Ende vollständiger als je zuvor in ihrem Leben war.

Bei ihrem Schrei erstarrte er. Er vergrub seine Zähne in ihrem Hals, ohne ihr weh zu tun, um sie zu halten, während er sich in ihrem Innersten ergoß. Für den Bruchteil einer Sekunde empfand sie vollkommene Wehrlosigkeit, gepaart mit Stärke, und beschützte ihn, während er seine Erleichterung in ihrem Körper fand.

Ihre Herzen pochten im selben Takt, und sie zupfte mit den Lippen an seinem Haar.

Schließlich rührte er sich unter ihr – bewegte leicht die Hand, verschob unmerklich das Bein –, und ganz langsam fielen ihr das Ziehen in ihren gespreizten Schenkeln und der Krampf in ihrer Wade auf. Die Luft im Inneren des Wagens war so drückend, daß sie kaum atmen konnte, aber sie hockte weiter reglos auf seinem Schoß. Diese Intimität war allzu kostbar, als daß sie ihr freiwillig ein Ende bereitete.

»Was soll ich nur mit dir machen?« murmelte er an ihrer Brust.

Du könntest versuchen mich zu lieben.

Dieser unausgesprochene Gedanke erfüllte sie mit plötzlicher Traurigkeit. War dies etwa der selbstzerstörerische Weg, den ihr Unterbewußtsein nahm? Wollte sie tatsächlich, daß er sie liebte? Wann war ihr Sinn für die Realität ins Wanken geraten? Wie kam sie, wenn auch nur in ihrer Phantasie, auf den Gedanken, daß dieser Mann, der keine feste Bindung wollte, sich in sie verlieben könnte, zumal er offenbar nie zuvor ernsthafte Gefühle zugelassen hatte?

»Bring mich nach Hause«, sagte sie. »Das war recht angenehm, aber ich habe morgen jede Menge zu tun und brauche meinen Schlaf.«

»Recht *angenehm*?«

Nie zuvor hatte etwas sie derart aus dem Gleichgewicht gebracht, aber das konnte sie ihm ebensowenig eingestehen wie die Tatsache, daß sich ihr durch dieses Zusammensein ein vollkommen neues Verständnis von subatomaren Teilchenkollisionen eröffnet hatte.

Bei allen Heiligen! Warum dachte sie ausgerechnet in einem solchen Augenblick daran? Alles, was die Leute von ihr behaupteten, traf zu! Sie war so verschroben, daß sie es selber kaum ertrug.

In der Dunkelheit tastete sie nach ihren Kleidern, und da ihr Slip irgendwo verlorengegangen war, zog sie einfach die Jeans über ihren feuchten Leib.

Er öffnete die Tür, und als die Deckenbeleuchtung aufblitzte, knöpfte sie eilig ihre Bluse zu. Er blickte auf sie herab, als sie mit ihrem Reißverschluß kämpfte. »Nicht übel, Professor, für jemanden, der behauptet, nicht in Übung zu sein.«

Bei dieser beiläufigen Bemerkung über das soeben Erlebte zuckte sie zusammen. Was für eine Närrin sie doch war! Aber was hatte sie denn erwartet? Hatte sie sich ernsthaft eingebildet, daß er ihr seine unsterbliche Liebe schwören würde, nur weil sie ihm endlich gewährt hatte, was ihm die ganze Zeit schon zustand?

Schweigend fuhren sie heim. Er stürmte ihr voran ins Haus, und sie spürte seinen Blick, als sie die Stufen zum oberen Stock erklomm.

Zögernd blickte sie sich noch einmal um. »Danke. Der Abend war wunderschön.«

Ohne daß sie es wollte, drückte ihre Stimme Wehmut aus. Dieser Abschluß ihres Tête-à-tête tat ihr weh. Was, wenn sie ihm die Hand entgegenstreckte und ihn darum bat, zu ihr zu kommen? Der Gedanke machte sie ganz elend. War dies etwa der einzige Weg, auf dem er sich an sie binden ließ?

Er lehnte sich gegen die Eingangstür und sah sie gelangweilt an. »Jaja – wirklich toll!«

Deutlicher hätte er nicht ausdrücken können, daß er mit ihr fertig war. Für einen Mann wie Cal Bonner, merkte sie, zählte immer nur das Spiel, und wenn es vorüber war, hatte er es schon vergessen. Schweren Herzens und wütend wandte sie sich ab.

Wenige Augenblicke später hörte sie, wie der Wagen aus der Einfahrt fuhr.

13

Angenehm! Sie hatte gesagt, es war *angenehm*! Cal saß an seinem Lieblingstisch in einer Ecke des Mountaineer und grübelte. Normalerweise gab es in seiner Nähe nie einen freien Stuhl, aber heute abend schien jeder zu merken, daß er einen entsetzlichen Durchhänger hatte: so ging man ihm tunlichst aus dem Weg.

Egal, mit welcher Leichtigkeit sie das, was heute abend zwischen ihnen vorgefallen war, abgetan hatte, wußte er, daß der Professorin Rosebud noch nie ein besserer Liebhaber über den Weg gelaufen war. Anders als zuvor hatte sie sich nicht geziert und seine Hände ständig abgewehrt. Oh, nein! Er hatte seine Hände überall gehabt, und sie ließ alles geschehen.

Aber was ihm zu schaffen machte – was ihm wie ein schwerer Kloß im Magen lag – war die Tatsache, daß er den bestens Sex seines Lebens gehabt hatte und zugleich derart unbefriedigt zurückblieb.

Vielleicht war es seine Schuld, weil er allzu listig vorgegangen war? Warum hatte er sie nicht einfach im Haus gepackt, die Treppe hinaufgetragen und sie im Licht sämtlicher Lampen unter dem riesigen Spiegel in seinem Bett verführt? Dort hätte er seine Bestleistung erbringen können. Nicht daß er heute abend nicht auch wirklich gut gewesen wäre – aber in seinem Bett hätte er alles zu sehen bekommen, was für ihn von Interesse war. In zweifacher Ausführung sogar.

Dies war ihre dritte intime Begegnung, aber immer noch hatte er sie nicht nackt gesehen. Allmählich wurde ihre Blöße zu einer Besessenheit für ihn. Hätte er doch bloß nicht die Deckenbeleuchtung abgeschaltet, dann hätte er genug erwischt; aber trotz ihres großen Mundwerks durchschaute er ihre Schüchternheit, und er hatte sie derart begehrt, daß ihm sein Denkvermögen abhanden gekommen war. Nun mußte er die Konsequenzen tragen für seine Gier.

Er kannte sich gut genug, um zu wissen, daß er nur deshalb Tausende von Malen am Tag an sie dachte, weil er immer noch das Gefühl hatte, nicht richtig mit ihr zusammengewesen zu sein. Wie sollte er auch, wenn er nicht einmal wußte, wie ihr Körper aussah? Sobald er es wüßte, wäre es vorbei. Statt mit jedem Tag stärker zu werden, ließe ihre Anziehungskraft auf ihn sicher nach, und dann wäre er wieder ganz er selbst, bereit, seine Sammlung unkomplizierter Dinger mit makellosen Gesichtern und wenig ausgeprägter Persönlichkeit weiter zu vergrößern. Allerdings zog er inzwischen ernsthaft in Erwägung, das Mindestalter auf vierundzwanzig heraufzusetzen, da er die ständigen Witze darüber allmählich leid wurde, mit was für jungen Hüpfern er sich umgab.

Seine Gedanken wanderten zu der Professorin zurück. Verdammt, aber sie konnte wirklich witzig sein. Und außerdem besaß sie tatsächlich ein Superhirn. Im Laufe der Jahre hatte er aufgrund der Tatsache, daß er eine raschere Auffassungsgabe als die meisten anderen Menschen besaß, eine gewisse Überlegenheit entwickelt; aber mit ihrem Verstand hielt sie stets mühelos mit seinen Gedanken Schritt, und spielend vollzog sie jede seiner Überlegungen ohne Probleme nach. Beinahe hatte er das Gefühl, daß sie in jeden staubigen Winkel seines Gehirns sah und eine im allgemeinen akkurate Einschätzung des jeweiligen Inhalts vornahm.

»Und, denkst du über deine drei Pässe nach, die die Chiefs im letzten Jahr abgefangen haben?«

Sein Kopf schoß nach oben, und er merkte, daß er in das Gesicht seiner Alpträume blickte. *Hurensohn.*

Kevin Tuckers süffisantes Grinsen erinnerte Cal daran, daß der Kleine nicht jeden Morgen dreißig Minuten unter der heißen Dusche stehen mußte, um in die Gänge zu kommen.

»Was zum Teufel hast du hier zu suchen?«

»Die hiesige Landschaft soll sehr reizvoll sein; also habe ich beschlossen, mich hier mal ein bißchen umzusehen. Ich habe eins der Ferienhäuser im Norden der Stadt gemietet. Wirklich nett.«

»Und warum mußte es ausgerechnet Salvation sein?«

»Manchmal geschehen eben die seltsamsten Dinge. Ich war bereits in der Stadt, als mir einfiel, daß du hier lebst. Keine Ahnung, wie ich das vergessen konnte.«

»Tja, das verstehe ich ebensowenig wie du.«

»Vielleicht könntest du mich ja etwas herumführen.« Kevin wandte sich der Bedienung zu. »Einen Sam Adams für mich. Und bringen Sie dem Bomber, was er will.«

Cal saß vor einem Mineralwasser und hoffte, daß Shelby die Klappe hielt.

Kevin setzte sich unaufgefordert zu ihm an den Tisch und lehnte sich lässig auf seinem Stuhl zurück. »Ich hatte noch gar keine Gelegenheit, dir zu deiner Hochzeit zu gratulieren. Wir waren alle ganz schön überrascht. Du und deine Frau habt euch sicher schlappgelacht, daß ich sie an dem Abend, als sie dich in deinem Hotelzimmer besuchte, für ein gewöhnliches Groupie hielt.«

»Natürlich fanden wir das lustig.«

»Und dann noch eine Physikerin. Ich fasse es einfach nicht. An dem Abend in Indianapolis sah sie nicht unbedingt wie deine anderen Schätzchen aus, aber wie eine Wissenschaftlerin hat sie beim besten Willen auch nicht auf mich gewirkt.«

»Was wieder einmal deine ausgeprägte Menschenkenntnis beweist.«

Shelby brachte die Getränke persönlich an den Tisch und bedachte Kevin mit einem verführerischen Blick. »Ich habe Sie letztes Jahr im vierten Viertel gegen die 49er spielen sehen, Mr. Tucker. Sie waren wirklich toll!«

»Für dich bin ich Kevin, Süße. Und vielen Dank. Der alte Mann hier hat mir alles beigebracht, was ich kann.«

Cal platzte fast vor Zorn, aber er konnte Kevin wohl kaum einen vor den Latz knallen, solange Shelby in der Nähe war. Sie brauchte eine Ewigkeit, bis sie mit Babyface zu Ende geflirtet hatte, aber dann zog sie endlich ab.

»Wie wär's, wenn du mit dem Gesülze aufhören und mir mitteilen würdest, wie es dich wirklich hierher verschlagen hat?«

»Das habe ich doch schon gesagt. Ich mache Urlaub hier. Sonst nichts.«

Cal unterdrückte seinen Zorn, da Tucker angesichts seiner Wut zweifelsohne eine ungemeine Befriedigung empfand. Außerdem konnte er sich recht gut vorstellen, weshalb Kevin plötzlich nach Salvation gekommen war, und diese Vorstellung gefiel ihm keineswegs. Der Kleine setzte ihn psychisch unter Druck. *Du entkommst mir nicht, Bonner. Nicht einmal während der Ferien. Ich bin hier, ich bin jung, und ich verdränge dich.*

Als Cal am nächsten Morgen die Küche betrat, hatte er zu nichts Lust: weder zu der Besprechung um neun Uhr mit Ethan und dem ortsansässigen Regierungsvertreter, bei der es um Einzelheiten des von seinem Bruder aufgestellten Anti-Drogen-Programmes ging – noch zu dem Mittagessen mit seiner Mutter, bei dem er an ihre Vernunft appellieren wollte; aber eine Verschiebung der Termine war ein Ding der Unmöglichkeit. Vielleicht hätte er nur etwas mehr Schlaf gebraucht.

Aber seine schlechte Laune lag natürlich nicht am Schlafmangel und auch nicht an den Gliederschmerzen. Schuld war einzig die attraktive Schlange, die er geheiratet hatte. Behielte sie beim Sex nicht immer zwanghaft ihre Kleidung an, hätte er sicher geschlafen wie ein Säugling.

Bei seinem Erscheinen saß Jane an der Theke und aß irgendein gesund aussehendes Brötchen mit Honig. Einen Augenblick lang bekam er angesichts der Heimeligkeit dieses Anblicks kaum noch Luft. So etwas wollte er einfach nicht! Er wollte kein Haus und keine Frau und kein Kind, vor allem nicht, während Kevin Tucker in nur fünf Meilen Entfernung eine Ferienwohnung okkupierte. Für diesen Lebensabschnitt war er einfach noch nicht bereit.

Er bemerkte, daß die Professorin ebenso proper aussah wie sonst. Ihr goldener Rollkragenpulli steckte in einer khakifarbenen Hose, die weder zu eng noch zu locker saß, und ihr Haar hielt ein schmaler, schildpattfarbener Reif zurück. Wie gewöhnlich trug sie als einziges Make-up dezenten Lippenstift. Nichts an ihr war sexy, weshalb wirkte sie auf ihn trotzdem derart verführerisch?

Er holte sich eine neue Packung Lucky Charms aus der Speisekammer, nahm eine Schüssel und einen Löffel aus dem Regal, knallte die Milchflasche heftiger als nötig auf die Theke und wartete darauf, daß sie ihm wegen seiner Flucht gestern abend die Leviten las. Sein Verschwinden war nicht unbedingt höflich gewesen – aber sie hatte immerhin seinen Stolz verletzt. Jetzt würde er dafür bezahlen müssen, aber das letzte, was er um acht Uhr morgens ertrug, war eine Standpauke.

Sie zog die Brauen hinter ihrer Brille hoch. »Trinkst du immer noch Milch mit zwei Prozent Fett?«

»Und, was dagegen?« Er riß die Müslipackung auf.

»Auch wenn Millionen von Amerikanern es denken, ist zweiprozentige Milch nicht fettarm. Deinen Arterien zuliebe solltest du echt fettarme Milch trinken, oder wenigstens welche, die höchstens ein Prozent Fett enthält.«

»Und du solltest dich endlich um deine eigenen Angelegenheiten kümmern.« Die Lucky Charms rieselten in die Schüssel. »Wenn ich deine Meinung...« Mitten im Satz brach er ab und riß entsetzt die Augen auf.

»Was ist los?«

»Sieh dir das an. Hilfe!«

Ungläubig starrte er auf den Haufen trockenen Getreides, der sich vor ihm türmte. Nirgends entdeckte er auch nur einen einzigen Marshmallow! Er sah jede Menge beigefarbener, glasierter Weizenkörner, aber nirgends blitzte auch nur der winzigste Farbtupfer auf. Kein vielfarbiger Regenbogen, kein grünes Kleeblatt, kein blauer Mond, kein purpurnes Hufeisen, kein gelber Stern – nicht ein einziger Marshmallow weit und breit.

»Vielleicht hat sich jemand an dem Paket zu schaffen gemacht«, schlug sie mit ihrer nüchternen Wissenschaftlerinnenstimme vor.

»Unmöglich! Das Ding war fest versiegelt, als ich es eben aus dem Schrank holte. Irgendwas muß in der Fabrik falsch gelaufen sein.«

Er sprang von seinem Hocker und holte ein neues Paket aus dem Speiseschrank. Das hatte ihm heute morgen gerade noch gefehlt. Der Inhalt seiner Schüssel wanderte in den Müll, und erneut gab er einen Berg Lucky Charms in die Schale – abermals nichts als ein Haufen glasierten Weizens. Wieder kein einziger Marshmallow in Sicht.

»Ich glaube es einfach nicht! Da ist eine Beschwerde beim Direktor von General Mills fällig! Ich werde ihn fragen, ob es in seinem Laden überhaupt so etwas wie Qualitätskontrolle gibt.«

»Es wird halt ein Versehen sein.«

»Versehen hin, Versehen her! So etwas dürfte nicht passieren. Wenn man ein Paket Lucky Charms kauft, knüpft man bestimmte Erwartungen daran.«

»Soll ich dir vielleicht ein leckeres Vollkornbrötchen mit Honig machen? Und du trinkst dazu ein Glas feine fettarme Milch?«

»Ich will kein Brötchen und erst recht keine fettarme Milch, sondern meine Lucky Charms!« Abermals stapfte er zur Speisekammer und kam mit den letzten drei Packungen zurück. »Verdammt, ich garantiere dir, daß mindestens in einem davon meine kleinen Freunde sind.«

Aber nein. Trotz aller Hoffnung fand sich doch nirgends auch nur ein einziges Trostexemplar.

Inzwischen hatte die Professorin ihr Brötchen aufgegessen, und der Blick aus ihren grünen Augen war ebenso kühl wie die Marshmallowkleeblätter, auf die zu verzichten er gezwungen war. »Wenn du willst, koche ich dir Hafergrütze. Oder wahlweise Weizengrütze. Ich glaube, die habe ich auch noch irgendwo.«

Er war außer sich. Konnte man sich denn heutzutage auf gar nichts mehr verlassen? Die Professorin ließ ihn ständig geistige Purzelbäume schlagen, Kevin Tucker war aus dem Nichts in seiner Heimatstadt aufgetaucht, seine Mom hatte seinen Dad verlassen, und jetzt fehlten obendrein die Marshmallows in fünf Paketen Lucky Charms. »Nichts will ich!«

Sie nippte an ihrer Milch und sah ihn gelassen an. »Es ist wirklich ungesund, wenn man den Tag ohne ein vernünftiges Frühstück beginnt.«

»Das Risiko gehe ich ein.«

Am liebsten hätte er sie vom Hocker gezerrt, sie über seine Schulter geworfen und in sein Schlafzimmer geschleppt, um das gestern abend von ihm begonnene Szenario zu beenden. Statt dessen zog er die Autoschlüssel aus seiner Tasche und polterte zornig aus dem Haus.

Er würde sich nicht nur beim Direktor der General Mills beschweren, sondern würde das verdammte Unternehmen anzeigen, jawohl! Jeden einzelnen, angefangen beim Vorstand bis hin zum kleinsten Handlanger, der beim Versand arbeitete. Zum Donnerwetter, er würde ihnen zeigen, daß man mit dem minderwertigen Müsli bei ihm an den Falschen geraten war. Als er die Tür seines Wagens aufriß, erblickte er sie im selben Augenblick.

Marshmallows. Hunderte winziger Zuckerfreuden auf den Sitzen, dem Armaturenbrett, einfach überall. Rote Bälle, pinkfarbene Herzen, blaue Monde, grüne Blätter.

Vor seinen Augen zog ein roter Schleier auf. Krachend schlug er die Wagentür ins Schloß und rannte schäumend ins Haus zurück. Dafür brächte er sie um!

Sie saß immer noch an der Theke und trank gemütlich ihren Tee. »Hast du was vergessen?«

»Allerdings. Ich habe vergessen, dir den Hintern zu versohlen, bis dir Hören und Sehen vergeht.«

Sie sah nicht im geringsten eingeschüchtert aus. Verdammt! Egal, womit er ihr drohte, egal, wie laut er brüllte, zuckte sie nicht einmal zusammen – wahrscheinlich nahm sie an, daß er zu Tätlichkeiten ihr gegenüber nicht in der Lage war. Also mußte er sich damit begnügen, noch lauter zu werden als zuvor. »Das wirst du mir büßen!«

Er packte eins der Lucky-Charm-Pakete und kippte es auf dem Küchenboden aus. Dann drehte er den leeren Karton um – da, natürlich – ein sauberer Schnitt am Tütenboden war sorgsam mit Tesafilm wieder zugeklebt.

Seine Zähne knirschten bedrohlich. »Findest du nicht, daß das ein bißchen kindisch war?«

»Auf jeden Fall. Und äußerst befriedigend.« Wieder nippte sie an ihrem Tee.

»Wenn du wütend warst, weil ich gestern abend einfach abgehauen bin, warum hast du es dann nicht direkt gesagt?«

»Ich dachte, eine Dokumentation meiner Empörung erzielte sicher eine größere Wirkung.«

»Es ist mir schleierhaft, wie ein erwachsener Mensch so unreif sein kann!«

»Ach, da hätte es noch ganz andere Möglichkeiten gegeben – zum Beispiel hätte ich die Marshmallows in die Schublade mit deiner Unterwäsche kippen können –, aber ich bin der Ansicht, daß Rache am schönsten ist, wenn man sie möglichst subtil ausübt.«

»Subtil! Du hast fünf Pakete Lucky Charms und mir den ganzen Tag verdorben.«

»Bedauerlich!«

»Ich sollte ... ich verspreche dir, ich ...« Er wollte verdammt sein, wenn er sie nicht auf der Stelle nach oben zerrte und vögelte, bis sie um Vergebung flehte.

»Leg dich besser nicht mit mir an, Calvin. Du wirst dabei immer den kürzeren ziehen!«

Nein. Besser brächte er sie auf der Stelle um! Er starrte sie mit zusammengekniffenen Augen an. »Vielleicht könntest du mir erklären, warum du gestern so wütend auf mich warst. Schließlich ist ja nichts wirklich Bedeutsames passiert. Du hast selbst gesagt – wie hast du dich noch ausgedrückt? Oh, ja ... es war *recht angenehm*. Meiner Meinung nach kann etwas lediglich Angenehmes kaum von Belang sein.« Er musterte sie gründlich. »Aber vielleicht war es ja doch mehr als angenehm, und du willst es bloß nicht zugeben.«

Bildete er es sich nur ein, oder flackerte in ihren grünen Kleeblattaugen wirklich etwas auf? »Mach dich nicht lächerlich. Dein Mangel an Ritterlichkeit hat mich gestört. Es wäre einfach ein Zeichen von guter Erziehung gewesen, wenn du geblieben wärst, statt wie ein Teenager loszustürzen, um vor deinen Kumpels mit deinen Heldentaten zu prahlen.«

»Ritterlichkeit? Ist das der einzige Grund, weshalb du fünf Pakete Lucky Charms verstümmeln mußtest?«

»Allerdings.«

Ein Treffer! Er kam bereits zu spät zu seiner Verabredung, aber er konnte nicht gehen ohne Revanche. »Du bist so ziemlich das niederträchtigste menschliche Wesen, das die Welt je gesehen hat.«

»Was?«

»Auf einer Stufe mit dem Würger von Boston und dem Son of Sam.«

»Findest du das nicht eine Idee übertrieben?«

»O nein!« Er schüttelte den Kopf und sah sie angewidert an. »Ich habe allen Ernstes eine verdammte Müslimörderin geheiratet.«

14

Lächelnd fuhr Jane am späten Nachmittag in ihrem zerbeulten Ford Escort auf den Heartache Mountain zu. Sie hatte in der Nacht beinahe vier Stunden mit dem Sortieren des Müslis zugebracht, aber Cals Miene hatte sie für die Mühe hinreichend belohnt. Bald würde er merken, daß sie sich nicht einfach von ihm benutzen ließ wie ein Golfsack. Sie hoffte, daß ihn die Marshmallowlektion in die richtige Richtung wies.

Warum nur mußte er ein so ungemein faszinierender Partner sein? Zu den zahllosen Eheproblemen, die sie erwartet hatte, hatte etwaige Zuneigung nicht gehört. Sosehr er ihr auch auf die Nerven ging, liebte sie es, daß ihn ihre Intelligenz anders als so viele andere nicht im geringsten überforderte. Sie fühlte sich lebendig, wenn sie mit ihm zusammen war: ihr Blut pulsierte, ihr Hirn war hellwach, all ihre Sinne waren auf Empfang gestellt. Bisher hatte sie sich nur bei ihrer Arbeit so wohl gefühlt.

Alles wäre so viel einfacher gewesen, wenn sie ihn als egoistischen, ichbezogenen Simpel abtun könnte, doch das war er nicht! Unter der kämpferischen Kumpel-Fassade lauerte nicht nur ein wacher Geist, sondern auch ein ausgeprägter Sinn für Humor. Angesichts der Frühstücksschlacht und ihres eigenmächtigen Autokaufs hoffte sie nur, daß ihm diese Qualitäten rechtzeitig einfielen.

Sie hatte Annies Haus erreicht und stellte den Motor ab. Der Escort bebte, ehe das Motorengeräusch endgültig erstarb. Wie sie gehofft hatte, stand Lynns Wagen nirgendwo; also war sie offenbar immer noch mit Cal beim Lunch. Nur deshalb hatte sich Jane hierher gewagt, um nach Annie zu schauen.

Sie stieg die Treppe zur Veranda hinauf und trat, wie Annie es ihr beim letzten Besuch empfohlen hatte, ohne zu klopfen ein. *Du gehörst jetzt zur Familie, mein liebes Fräulein, für den Fall, daß du es vergessen hast.*

»Annie?« Sie warf einen Blick in das leere Wohnzimmer.

Zu ihrem Entsetzen streckte mit einem Mal Lynn Bonner den Kopf durch die Küchentür und kam zögernd herbei.

Jane fielen die Blässe unter Lynns Make-up und die dunklen Schatten unter ihren Augen auf. In Jeans und einem alten pinkfarbenen T-Shirt hatte sie nur wenig Ähnlichkeit mit der eleganten, modischen Gastgeberin, die sie vor fünf Tagen doch ziemlich beeindruckt hatte. Beinahe wäre ihr ihre Besorgnis herausgerutscht, aber selbst eine harmlose Anteilnahme konnte mehr schaden als nützen. Wenn sie Lynns Probleme nicht noch vergrößern wollte, mußte sie ihre Hexenrolle beibehalten. »Ich wußte nicht, daß Sie hier sind. Cal wollte doch mit Ihnen ins Restaurant gehen.«

»Sein Vormittagstermin hat sich in die Länge gezogen, deshalb sagte er mir ab.« Lynn hängte das Geschirrtuch auf, das sie in den Händen gehalten hatte. »Bist du aus einem bestimmten Grund gekommen?«

»Ich wollte nach Annie sehen.«

»Sie macht gerade ein Nickerchen.«

»Dann grüßen Sie sie von mir.«

»Was wolltest du denn genau?«

Schon war Jane dabei, ihre Sorge um Annie zu äußern, hielt sich aber gerade noch rechtzeitig zurück. »Cal meinte, ich soll heute nur mal einen Blick hereinwerfen.« Waren Lügen auch dann eine Sünde, wenn man sie in bester Absicht von sich gab?

»Ich verstehe.« Lynns blaue Augen gefroren förmlich. »Nun, es freut mich, daß dein Pflichtgefühl dich hergeschickt hat, denn ich würde gerne mit dir reden. Möchtest du einen Kaffee oder Tee?«

Ein persönliches Gespräch mit dieser Frau kam ihr jetzt äußerst ungelegen. »Ich kann wirklich nicht bleiben.«

»Es wird nicht lange dauern. Nimm Platz.«

»Vielleicht ein anderes Mal. Ich habe noch mindestens ein Dutzend wirklich wichtiger Dinge zu erledigen.«

»Bitte setz dich hin!«

Wäre Jane nicht so erpicht darauf gewesen fortzukommen, hätte sie vielleicht sogar gelacht. Offenbar stammten Cals Führungsqualitäten nicht einzig von seinem Vater; aber wahrscheinlich wußte jede Frau, die drei willensstarke Söhne aufgezogen hatte, wie sie ihre Autorität am besten durchsetzte. »Also gut, aber nur für einen kurzen Augenblick.« Sie nahm am Ende des Sofas Platz.

Lynn setzte sich in Annies gepolsterten Schaukelstuhl. »Ich möchte mit dir über Cal reden.«

»Hinter seinem Rücken spreche ich nicht gern über ihn.«

»Ich bin seine Mutter und du bist seine Frau. Wenn uns das nicht das Recht gibt, über ihn zu reden, dann weiß ich nicht, mit welchem Recht man sich überhaupt jemals über einen Menschen unterhalten darf. Schließlich haben wir ihn beide gern.«

Jane vernahm das leise Fragezeichen am Ende dieser Feststellung und begriff, daß Lynn eine Bestätigung erwartete. Doch sie sah ihre Schwiegermutter möglichst unbewegt an. Cal hatte recht. Lynn und Jim hatten genug gelitten, um nun nicht auch noch mit der Trauer um die fehlgeschlagene Ehe ihres Erstgeborenen belastet zu werden. Sollten sie statt dessen lieber feiern, wenn diese katastrophale Beziehung ein Ende nahm. Vielleicht entstünde dadurch zwischen ihnen ja eine neue Form der Gemeinsamkeit.

Lynns Haltung wurde starr, und Jane verspürte ehrliches Mitgefühl mit ihr. Sie bedauerte den Schmerz, den sie ihr im Augenblick zufügen mußte. Aber letztendlich war dies gütiger. Ihre Schwiegereltern schienen das Leid regelrecht anzuziehen; infolgedessen würde sie dieses zusätzliche Elend möglichst rasch beenden.

»In mancherlei Hinsicht schlägt Cal seinem Vater nach«, begann Lynn. »Sie haben beide ein ziemlich aufbrausendes Temperament, aber sind auch leichter zu verletzen, als man denkt.« Lynns Gesicht umwölkte sich.

Vielleicht würde sie durch ein kleines Zugeständnis ja so weit beruhigt, daß sie die Sache momentan auf sich beruhen ließ. »Cal ist ein ganz besonderer Mensch. Das wußte ich bereits in dem Augenblick, als ich ihm zum ersten Mal begegnet bin.«

Sofort erkannte Jane, daß diese Bemerkung ein Fehler gewesen war; denn umgehend glomm in den Augen ihrer

Schwiegermutter ein Funke mütterlicher Hoffnung auf. Sichtlich erwog Lynn, ob die frostige, snobistische Braut, mit der ihr ältester Sohn nach Hause gekommen war, vielleicht doch nicht eine solche unerträgliche Karrieristin war.

Janes Hände verkrampften sich in ihrem Schoß. Sie haßte es, Cals Mutter weh zu tun. Lynn hatte auf einmal etwas Zerbrechliches, etwas Trauriges an sich, das sie bisher geschickt unter ihrem eleganten Auftreten verborgen hatte. Egal, in was für ein schlechtes Licht Jane sich zu rücken gezwungen war, sie durfte keine falschen Hoffnungen wecken. Am Ende wäre deren Zerstörung grausamer als alles andere.

Sie setzte ein dünnes Lächeln auf. »Also, falls jemals jemand bezweifeln würde, daß Cal etwas Besonderes ist, braucht der ihn auch nur selbst zu fragen. Er läßt keine Zweifel offen.«

Lynns Kopf schoß nach oben, und gleichzeitig umklammerte sie die Armlehnen des Schaukelstuhls. »Du scheinst ihn nicht besonders zu mögen.«

»Natürlich mag ich ihn, aber niemand ist perfekt.« Jane hatte das Gefühl, als drücke ihr jemand die Kehle zu. Nie zuvor war sie absichtlich grausam gewesen, und entgegen besseres Wissen machte ihr Verhalten sie fast krank.

»Ich kann einfach nicht verstehen, warum du ihn geheiratet hast.«

Jane mußte fort von hier, ehe sie zusammenbrach, und so sprang sie auf. »Er ist reich, intelligent und mischt sich nicht in meine Arbeit ein. Gibt es sonst noch was, was für Sie von Interesse ist?«

»Allerdings.« Lynn ließ die Lehnen los und erhob sich ebenfalls. »Warum, zum Teufel, hat *er dich* geheiratet?«

Wenn schon, dann begrub sie am besten auch gleich Lynns letzte Hoffnung. »Das ist ganz einfach. Ich bin intelligent, mische mich nicht in seine Arbeit ein und bin gut im Bett. Hören Sie, Lynn, regen Sie sich nicht auf. Weder ich noch Cal haben allzu viele Gefühle in diese Ehe investiert. Wir hoffen, daß es funktionieren wird, aber falls nicht, werden wir es beide überleben. Wollen Sie mich jetzt bitte entschuldigen, denn ich muß wirklich an meinen Computer zurück. Sagen Sie Annie, daß sie Cal anrufen soll, wenn sie etwas braucht.«

»Er soll mein Haus fertig streichen.«

Janes Kopf fuhr herum, und entsetzt sah sie, daß Annie in der Tür ihres Schlafzimmers stand. Wie lange hatte sie dort wohl schon gestanden und diesem Gespräch gelauscht? Bei Annie wußte man einfach nie... Offenbar hatte sie Lynn nicht erzählt, daß Jane schwanger war; aber was hatte sie überhaupt gesagt? Hinter ihren Falten und dem blauen Augen-Make-up bedachte die alte Frau sie mit einem Blick, der nur mitfühlend zu nennen war.

»Ich werde es ihm ausrichten«, sagte Jane.

»Tu das.« Annie nickte kurz und wandte sich dann der Küche zu.

Mit Tränen in den Augen rannte Jane zu ihrem Wagen zurück. Zur Hölle mit Cal, daß er sie nach Salvation geschleppt hatte! Zur Hölle mit ihm, daß er sie in diese Ehe gezwungen und geglaubt hatte, es wäre so einfach, sich bei seinen Eltern wie ein Monster aufzuführen!

Aber während sie den Schlüssel ins Zündschloß schob, gestand sie sich ihre eigene Schuld an diesem Fiasko ein. Sie selbst hatte sich in diese Situation manövriert, und ihr erster Übergriff hatte sich ausgebreitet, so daß nun eine ungeahnte Zahl von Menschen mitbetroffen war. Du große Güte!

Sie fuhr sich mit dem Handrücken über die Augen, lenkte den Wagen blind die Straße hinab und dachte unwillkürlich an den Schmetterlingseffekt. Im Zusammenhang mit der Chaostheorie hatten Wissenschaftler festgestellt, daß etwas so Unmerkliches wie der Flügelschlag eines Schmetterlings in Singapur derart viele Dinge nach sich ziehen konnte, daß er am Ende sogar die Wettervorhersage in Denver beeinflußte. Außerdem eignete sich der Schmetterlingseffekt hervorragend zur Veranschaulichung einer kleinen Lektion in Moral. Sie erinnerte sich daran, daß sie mit ihren Drittklässlern darüber gesprochen und ihnen erklärt hatte, jede gute Tat, egal, wie bescheiden sie auch war, könne zu weiteren guten Taten führen, bis sich am Ende die ganze Welt zum Besseren wendete.

Ihre Tat hatte auch eine Menge bewirkt, nur leider nichts Positives. Ihr selbstsüchtiger Akt verursachte einer immer größer werdenden Zahl Unbeteiligter enormes Leid, das sich ständig ausbreitete. Sie hatte Cal weh getan, nun auch seinen Angehörigen, und vor allem täte sie durch ihr Fehlurteil bezüglich seiner geistigen Fähigkeiten am Ende sogar der neuen kleinen Hauptperson weh.

Sie war zu erregt, um zu arbeiten, und so fuhr sie in die Stadt zu einer Apotheke. Als sie wieder herauskam, drang eine bekannte Stimme an ihr Ohr.

»Hallo, meine Schöne! Und, haben Sie für mich gebetet?«

Sie wirbelte herum und starrte in ein Paar verschmitzter grüner Augen. Aus keinem ersichtlichen Grund besserte sich ihre Laune ein wenig, als sie ihr Gegenüber erkannte. »Hallo, Mr. Tucker. Ich hätte nicht erwartet, Sie hier zu treffen.«

»Warum nennen Sie mich nicht Kevin? Oder besser noch, wie wäre es mit *Schätzchen*, damit der alte Mann so richtig schön sauer wird?«

Sie lächelte. Er erinnerte sie an einen jungen Welpen: attraktiv, übereifrig, voll rastloser Energie und grenzenlosem Selbstvertrauen. »Lassen Sie mich raten. Sie sind in Salvation aufgetaucht, um Cal das Leben so schwer wie möglich zu machen, stimmt's?«

»Ich? Weshalb, in aller Welt, sollte ich? Ich liebe den alten Knacker.«

»Wenn Sie nicht bald irgend jemand in Ihre Schranken verweist, gibt es keine Gerechtigkeit mehr auf der Welt.«

»Beim Football hat man mich bereits auf die Ersatzbank verwiesen, was mir kein bißchen gefällt.«

»Da bin ich sicher.«

»Lassen Sie sich von mir zum Essen einladen, Jane – ich darf doch Jane sagen, nicht wahr? Warum fahren Sie eigentlich in einer solchen Schrottkarre durch die Gegend? Ich wußte gar nicht, daß man so was überhaupt noch auf öffentlichen Straßen benutzen darf. Wem gehört das Ding?«

Sie öffnete die Tür des Escorts und legte ihre Einkäufe auf den Beifahrersitz. »Er gehört mir, und machen Sie ihn nicht so runter. Sie tun ihm weh damit.«

»Dieses Teil kann ja wohl unmöglich Ihnen gehören. Nicht in einer Million Jahren würde der Bomber zulassen, daß seine Frau in einer solchen Rostlaube durch die Gegend kutschiert. Kommen Sie, lassen Sie uns im Mountaineer zu Mittag essen. Da kriegt man die besten Burger der Stadt.«

Er packte ihren Arm, und sie merkte, daß er sie um die Ecke in Richtung eines kleinen, sauberen Holzhauses mit einem grob geschnitzten Schild über der Veranda zog, auf dem der Name der Bar stand, von der sie bereits hatte läuten hören. Die ganze Zeit über schwatzte er wie ein Wasserfall auf sie ein.

»Wußten Sie, daß dies eine trockene Gegend ist? Es gibt keine Bars. Der Mountaineer ist ein sogenannter Bottle Club. Ich mußte erst Mitglied werden, um überhaupt hineinzukommen. Finden Sie das nicht lächerlich? Man kann trinken, aber dazu muß man erst einem der wenigen Clubs beitreten, in denen Alkohol ausgeschenkt wird.«

Er führte sie die Treppe hinauf über eine hölzerne Veranda und durch eine schmale Tür, hinter der eine junge Frau in Jeans neben einem alten Stehpult stand, auf dem das Buch für Reservierungen lag. »Hallo, Süße. Wir brauchen einen Tisch für zwei. Irgendwo, wo es gemütlich ist.« Er zückte seinen Ausweis.

Die Empfangsdame lächelte Kevin an und führte sie durch einen kleinen, spartanisch eingerichteten Speiseraum, der wie ein Wohnzimmer aussah und etwa ein halbes Dutzend viereckiger Holztische beherbergte, an denen niemand saß. Über zwei Stufen gelangte man in einen offenen Bereich mit Backsteinboden, Mahagonitheke und einem großen, steinernen Kamin, auf dessen Rost ein Weidenkorb voller alter Magazine stand. Im Hintergrund spielte Countrymusik, aber die Lautstärke war angenehm, und an den runden Tischen und der Theke nahmen verschiedene Einwohner der Stadt ihr Mittagessen ein. Die Empfangsdame führte sie zu einem kleinen Tisch in der Nähe des Kamins.

Jane hatte noch nie eine besondere Vorliebe für Bars gehabt, aber sie mußte zugeben, daß diese hier ausnehmend gemütlich war. An den Wänden hingen nostalgische Reklametafeln, vergilbte Zeitungsartikel und Football-Denkwürdigkeiten, einschließlich eines blau-goldenen Stars-Trikots mit der Nummer achtzehn, nebst einer Sammlung gerahmter Titelblätter von Zeitschriften mit ihrem Ehemann drauf.

Kevin blickte auf die Photos, während er ihr einen Korbstuhl nach hinten zog. »So gut das Essen auch ist, verdirbt einem die Aussicht doch manchmal den Appetit.«

»Wenn Ihnen der Anblick der Bilder nicht gefällt, hätten Sie vielleicht gar nicht erst nach Salvation kommen sollen.«

Schnaubend nahm er Platz. »Man hat den Eindruck, als ob die ganze Stadt einer Gehirnwäsche unterzogen worden ist.«

»Reden Sie keinen Unsinn, Kevin.«

»Ich hätte wissen müssen, daß Sie auf seiner Seite stehen.«

Sie lachte angesichts seiner gekränkten Miene. »Was haben Sie denn erwartet? Schließlich bin ich seine Frau!«

»Na und? Ein echtes Genie wie Sie könnte doch wenigstens unparteiisch sein?«

Eine Antwort wurde ihr durch die Ankunft der Serviererin erspart, die Kevin geradezu mit den Augen verschlang, was er allerdings, da er nebenbei die Speisekarte las, gar nicht zu bemerken schien. »Wir nehmen ein paar Burger, Pommes und Bier. Red Dog.«

»Okay.«

»Und zweimal Kohlsalat.«

Beinahe hätte Jane angesichts seiner Dominanz mit den Augen gerollt. »Ich hätte gerne einen gemischten Salat, ohne Schinken, mit wenig Käse, die Sauce daneben, und ein Glas fettarme Milch.«

Kevin verzog angewidert das Gesicht. »Ist das Ihr Ernst?«

»Nahrung fürs Gehirn.«

»Ach, du grüne Neune!«

Die Serviererin verließ den Tisch, und während sie auf ihr Essen warteten, lauschte Jane einem Monolog, dessen Hauptthema absolut Kevin Tucker hieß. Als die Bestellungen serviert wurden, sah sie ihn fragend an. »Was genau haben Sie vor?«

»Was meinen Sie?«

»Warum sind Sie nach Salvation gekommen?«

»Es ist eine hübsche Stadt.«

»Hübsche Städte gibt es überall.« Sie bedachte ihn mit ihrem Lehrerinnenblick. »Kevin, legen Sie Ihre Fritten auf den Teller zurück und packen Sie aus.« Sie merkte, daß sie Cal beschützen wollte. Wie seltsam, vor allem, wenn man bedachte, wie böse sie auf ihn war.

»Warum denn?« Er zuckte mit den Schultern, aber trotzdem legte er die Handvoll Pommes in den blauen Plastikkorb zurück. »Ich will einfach ein bißchen Spaß haben, sonst nichts.«

»Was wollen Sie von ihm, außer seinem Job?«

»Wie kommen Sie denn auf so eine Idee?«

»Sonst wären Sie nicht hier.« Sie rieb mit dem Daumen über ihr Milchglas. »Früher oder später muß er sowieso aufhören, und dann haben Sie seinen Job. Warum können Sie sich nicht einfach in Geduld üben?«

»Weil ich ihn jetzt schon haben sollte!«

»Was Ihre Trainer offenbar anders sehen.«

»Das sind doch alles Anfänger!«

»Sie geben sich ziemlich viel Mühe, ihm das Leben schwerzumachen. Warum? Nur weil Sie Rivalen sind, brauchen Sie doch nicht auch noch Feinde zu sein.«

Er verzog schmollend seine Miene, wodurch er noch jünger wirkte als zuvor. »Weil ich ihn nicht ausstehen kann.«

»Wenn ich jemanden so sehr hassen würde, würde ich mein möglichstes tun, um seine Nähe zu meiden.«

»Sie verstehen das nicht.«

»Dann erklären Sie es mir.«

»Ich – er ist einfach ein Arschloch, basta!«

»Und?«

»Er ist – ich weiß nicht ...« Er senkte den Blick und stupste seinen Teller an. »... ein ziemlich guter Coach.«

»Aha!«

»Was soll das heißen?«

»Nichts. Einfach nur *aha*.«

»Sie haben es so gesgt, als hätte es etwas zu bedeuten.«

»Und, hat es das?«

»Bilden Sie sich allen Ernstes ein, ich wollte, daß er mich trainiert, mir die ganze Zeit im Nacken sitzt und mich anbrüllt, daß mein Arm wertlos ist, weil mir das dazugehörige Footballhirn fehlt? Glauben Sie mir, das wäre das letzte, was ich brauche. Ich bin auch ohne sein Geschrei ein verdammt guter Quarterback.«

Aber mit Cals Hilfe könnte er noch besser sein, dachte Jane. Deshalb also war Kevin hier. Es ging ihm nicht allein um Cals Job, darüber hinaus wollte er seine Unterweisung. Aber wenn sie sich nicht irrte, hatte er nicht den blassesten Schimmer, wie er ihn darum bitten sollte, ohne sein Gesicht zu verlieren. Sie speicherte diese neue Erkenntnis.

Kevin seinerseits schien auf einen Themenwechsel geradezu versessen zu sein, denn er sagte: »Das mit dem Abend in dem Hotel in Indianapolis tut mir wirklich leid. Ich dachte, Sie wären eins der üblichen Groupies, da er von Ihnen noch nie gesprochen hatte.«

»Schon gut.«

»Auf alle Fälle haben Sie aus der Beziehung ein ganz schönes Geheimnis gemacht.«

Nicht zum ersten Mal fragte sie sich, was Junior und die anderen Spieler, die sie Cal als Geburtstagsüberraschung zugeschanzt hatten, von der Sache hielten. Und konnte sie sich denn auch darauf verlassen, daß die Jungs diesbezüglich ihren Mund hielten?

Sie beschloß, möglichst unauffällig zu erforschen, wie bekannt ihre Geschichte inzwischen war. »Ein paar Leute wußten Bescheid.«

»Welche aus dem Team?«

»Hm!«

»Davon haben sie mir nie etwas erzählt.«

Also hatten Cals Freunde dichtgehalten. Wunderbar.

»Auf alle Fälle sind Sie vollkommen anders als die Mädchen, mit denen er normalerweise durch die Gegend zieht.«

»Vielleicht kennen Sie Cal nicht so gut, wie Sie denken.«

»Oder ich will ihn gar nicht so gut kennen.« Er vergrub

seine Zähne in seinem Hamburger und schob sich einen so riesigen Bissen in den Mund, daß es schon nicht mehr schicklich war. Aber sein Appetit steckte an, und sie langte ebenfalls gerne zu.

Während sie aß, wartete er mit einigen lustigen, durchaus deftigen Geschichten auf. Die Tatsache, daß immer er selbst im Mittelpunkt der Erzählung stand, hätte sie abstoßen sollen; aber seltsamerweise hörte sich seine Egozentrik nach mangelndem Selbstvertrauen an, das zu verbergen er fest entschlossen war. Obgleich im Grunde alles gegen ihn sprach, hatte sie Kevin Tucker gern.

Er leerte sein Bierglas und grinste frech. »Hätten Sie vielleicht Lust, den Bomber ein bißchen zu betrügen? Falls ja, wären Sie und ich bestimmt ein ideales Paar.«

»Ganz schön unverschämt!«

Trotz seines Lächelns war sein Blick ernst. »Oberflächlich betrachtet haben wir freilich nicht allzu viele Gemeinsamkeiten, und außerdem sind Sie ein paar Jahre älter als ich, aber ich bin gern mit Ihnen zusammen – so eine gute Zuhörerin findet man selten.«

»Vielen Dank.« Gerührt lächelte sie ebenfalls. »Ich finde Sie auch nett.«

»Aber wahrscheinlich möchten Sie jetzt keine Affäre, nicht wahr? Ich meine, schließlich sind Sie ja erst seit ein paar Wochen verheiratet.«

»Allerdings.« Natürlich sollte sie diese Unterhaltung nicht derart genießen, aber ihr Selbstvertrauen hatte am Vorabend einen gehörigen Knacks erlitten, und Kevin Tukker war einfach eine umwerfende Type. Trotzdem hatte sie sich insgesamt mittlerweile genug geleistet. »Wie alt sind Sie?«

»Fünfundzwanzig.«

»Ich bin vierunddreißig. Neun Jahre älter als Sie.«

»Wie bitte? Dann sind Sie ja fast so alt wie der Bomber!«

»Sieht so aus.«

»Mir egal.« Eigensinnig preßte er die Lippen zusammen und blickte auf. »Dem Bomber mag das Alter seiner Frauen wichtig sein, aber mir ist es vollkommen egal. Die einzige Sache ist die …« Er setzte eine halbwegs betrübte Miene auf. »So wenig wie ich den Bomber ausstehen kann, habe ich es mir zum Grundsatz gemacht, nicht mit verheirateten Frauen ins Bett zu gehen.«

»Gut für Sie.«

»Das gefällt Ihnen?«

»Es spricht für Sie.«

»Finde ich auch!« Fröhlich streckte er den Arm aus und nahm ihre Hand. »Versprechen Sie mir etwas, Jane. Falls Sie und der Bomber jemals auseinandergehen, versprechen Sie mir, mich dann anzurufen, ja?«

»Oh, Kevin, ich glaube wirklich nicht …«

»Hallo, hoffentlich störe ich nicht!«

Beim Klang der tiefen, kämpferischen Stimme fuhr sie auf und sah, wie Calvin James Bonner ähnlich einem kurz vor dem Ausbruch stehenden Vulkan auf sie zugeschossen kam. Beinahe meinte sie, Rauchschwaden aus seinen Nasenflügeln aufsteigen zu sehen, und eilig versuchte sie, Kevin ihre Hand zu entziehen, doch er hielt sie natürlich wie eine Trophäe fest. Sie hätte wissen müssen, daß er sich eine solche Gelegenheit nicht entgehen lassen würde, den Rivalen zu erzürnen.

»Da schau her, alter Mann! Ich und die Lady haben ein bißchen miteinander geplaudert. Hol dir doch einen Stuhl und gesell dich dazu.«

Ohne auf ihn einzugehen, bedachte Cal Jane mit einem Blick, durch dessen Glut sich sicher eine Atombombe zünden ließ. »Gehen wir.«

»Ich habe noch nicht fertig gegessen.« Sie wies auf ihren angefangenen Salat.

»Und ob du fertig gegessen hast.« Er schnappte sich ihren Teller und kippte ihn über Kevins Gedeck aus.

Erstaunt weiteten sich ihre Augen. Irrte sie, oder war sie tatsächlich Zeugin eines Eifersuchtsanfalls? Während sich ihre Stimmung merklich hob, überlegte sie, wie am besten mit der Situation umzugehen sei. Sollte sie ihm hier in der Öffentlichkeit eine Szene machen oder besser unter vier Augen, wenn sie zu Hause waren?

Kevin nahm ihr die Entscheidung ab, indem er erbost auf die Füße sprang. »Du elender Hurensohn!«

Eine Faust flog durch die Luft, und im nächsten Augenblick ging Kevin zu Boden. Mit einem alarmierten Zischen sprang sie ebenfalls von ihrem Stuhl und kniete sich neben ihn. »Kevin, ist alles in Ordnung?« Sie starrte ihren Gatten vorwurfsvoll an. »Du Schläger!«

»Er ist halt ein Weichei. Ich habe ihn kaum berührt.«

Kevin spie eine Reihe von Obszönitäten aus, und während er sich aufrappelte, erinnerte sie sich daran, daß sie es hier nicht mit zwei vernunftbegabten Erwachsenen zu tun hatte, sondern mit zwei Raufbolden, denen die körperliche Form der Auseinandersetzung vertrauter war als der Dialog. »Hört sofort auf!« kreischte sie, während sie sich ebenfalls erhob. »Es reicht.«

»Und, kommst du mit vor die Tür?« schnauzte Cal Kevin an.

»Nein! Ich haue dir lieber gleich hier eins aufs Maul.«

Kevin boxte Cal gegen die Brust, woraufhin dieser zwar stolperte, sich aber wacker behauptete.

Jane hielt sich entsetzt die Augen zu. Die beiden begannen allen Ernstes eine Schlägerei, und offenbar ging es bei dem Streit unter anderem um sie! Sie schob diesen aufregenden Gedanken beiseite und sagte sich, daß sie Gewalt verabscheute und die Auseinandersetzung sofort ein Ende nehmen müsse.

»Hier haut niemand irgendwen aufs Maul!« Sie sprach in ihrem schärfstenTon, nur daß er anders als bei den Drittklässlern gegenüber diesen Kindsköpfen seine Wirkung verfehlte. Statt aufzuhören schubste Cal Kevin auf einen Barhocker, woraufhin Kevin Cal gegen eine der Wände stieß und eins der gerahmten *Sports Illustrated* Titelblätter, auf denen ihr Mann mit dem Helm in der Hand zu sehen war, krachend auf dem Boden zerschellte.

Da Jane ihnen selbstverständlich hoffnungslos unterlegen war, versuchte sie es mit einem Ablenkungsmanöver. Sie nahm eine der Sodaflaschen von der Theke, zielte auf die beiden Kampfhähne und drückte auf den Knopf, doch unglücklicherweise war der Druck des Behälters so gering, daß die Fontäne jämmerlich verpuffte.

Also wirbelte sie zu den Zuschauern herum und sah ein paar der Männer flehentlich an. »Tun Sie doch etwas! Werfen Sie sich dazwischen!«

Niemand achtete auf sie.

Eine Weile gedachte sie zu warten, bis die Rauflust der beiden erlahmte, doch sie waren zu gut trainiert, und sie würde es nicht lange ertragen, tatenlos mit anzusehen, wie einer dem anderen ein blaues Auge schlug. Also nahm sie ein volles Bierglas vom Schanktisch, rannte zu den beiden hinüber und schüttete es über ihnen aus.

Sie rangen nach Luft, spuckten und wurden starr, doch bereits nach einer Sekunde setzten sie das Gerangel fort. Ihr vergebliches Eingreifen machte ihr noch deutlicher, wie abgehärtet die beiden waren.

Kevin rammte Cal seine Faust in den Magen, und Calvin landete einen soliden Treffer auf Kevins Thorax. Keiner der umstehenden Geschäftsleute oder Pensionäre schien gewillt zu sein, Frieden zu stiften, und so war sie weiterhin auf sich gestellt. Das einzige, was ihr einfiel, war einfach primitiv – aber da sie sich nicht anders zu helfen wußte, setzte sie sich auf einen Barhocker, atmete tief ein und brüllte aus Leibeskräften los.

Das Geräusch war selbst in ihren eigenen Ohren fürchterlich, aber sie gab tapfer ihr Bestes. Sofort wandten die Zuschauer ihre Aufmerksamkeit der übergeschnappten Blondine zu, die sich da kreischend an der Theke abstützte. Auch Cal war von dieser Sirene derart abgelenkt, daß er sich von Kevin unbedacht in die Rippen boxen ließ. Dann allerdings verlor Kevin das Gleichgewicht, so daß er wie eine Ladung Zement zu Boden ging.

Wieder holte sie tief Luft, und erneut strapazierte sie ihre Stimmbänder.

»Hör sofort auf damit!« bellte Cal und löste sich schwankend von der Wand.

Allmählich wurde ihr schwindelig, aber sie zwang sich zu einem weiteren Aufheulen.

Kevin rappelte sich hoch und wandte sich keuchend an Cal: »Was ist bloß los mit ihr?«

»Sie ist hysterisch.« Cal wischte sich das Bier aus den Augen, ruderte mit den Armen und sprang wütend auf sie zu. »Ich glaube, ich muß ihr eine scheuern.«

»Wag es ja nicht!« kreischte sie.

»Muß sein.« Mit einem beinahe teuflischen Glitzern in den Augen starrte er sie an.

»Wenn du mich anrührst, bringe ich deine Trommelfelle zum Platzen.«

»Laß sie in Ruhe!« riefen jetzt auch die Zuschauer.

Sie kreuzte die Arme und starrte die Umstehenden erbittert an. »Wissen Sie, wenn Sie mir gleich geholfen hätten, wäre mein Auftritt gar nicht erst erforderlich gewesen.«

»Es war doch nur ein kleines Scharmützel«, knurrte Kevin. »Kein Grund, sich derart aufzuregen.«

Cal nahm ihren Arm und zog sie vom Barhocker. »Sie ist einfach ein bißchen nervös.«

»Das kann man wohl sagen.« Kevin wischte sich mit einem Zipfel seines Hemds das Bier aus dem Gesicht. Er blutete aus einer Wunde in der Wange, und sein linkes Auge schwoll bereits gefährlich an.

Ein Mann mittleren Alters mit gestärktem weißem Hemd und schwarzer Fliege unterzog sie einer neugierigen Musterung. »Wer ist sie überhaupt?«

Cal tat, als hätte er die Frage nicht gehört.

»Darlington«, sagte sie und reichte dem Mann die Hand. »Jane Darlington.«

»Sie ist meine Frau«, murmelte Cal.

»Deine Frau?« Der Mann sah sie verstört an.

»Seit kurzem«, ergänzte sie.

»Harley Crisp. Ihm gehört die Eisenwarenhandlung in der Stadt.« Nie zuvor hatte Jane eine widerwilligere Bekanntmachung erlebt.

Mr. Crisp wandte sich an Cal. »Wie kommt es, daß sie, nachdem sie sich wochenlang nicht bei uns hat blicken lassen, plötzlich mit Tucker hier auftaucht statt mit dir?«

Zähneknirschend sagte Cal: »Die beiden sind alte Freunde.«

Jane merkte, daß man sie inzwischen einer nicht allzu freundlichen Musterung unterzog.

»Schön, daß Sie endlich mal ein bißchen Zeit erübrigen konnten, um die Leute kennenzulernen, die hier leben, Mizz Bonner«, bemerkte Harley zynisch.

Diverse feindselige Stimmen wurden laut, unter anderem die der attraktiven Kellnerin, und Jane erkannte, daß die Geschichte von Cals hochnäsiger Gattin, die sich für etwas Besseres hielt, bereits in aller Munde war.

Cal lenkte die Leute ab, indem er die Serviererin anwies, sämtliche durch die Schlägerei entstandenen Kosten Kevin auf die Rechnung zu setzen, woraufhin der beleidigt das Gesicht verzog. »Du hast angefangen.«

Statt auf ihn einzugehen, packte Cal Jane mit einer biergetränkten Pfote und wandte sich dem Ausgang zu.

»Freut mich, Sie alle kennengelernt zu haben«, rief sie der feindseligen Menge zu. »Obwohl ich es durchaus zu schätzen gewußt hätte, wenn mir jemand zu Hilfe gekommen wäre.«

»Hältst du jetzt vielleicht endlich die Klappe?« grollte er, zerrte sie über die Veranda und die Stufen zur Straße hinab. Sie entdeckte seinen in der Nähe geparkten Jeep, was sie daran erinnerte, daß es noch eine weitere Schlacht auszutragen galt. Mit Cal Bonner verheiratet zu sein, war wirklich alles andere als rosig.

»Ich habe meinen eigenen Wagen.«

»Den Teufel hast du!« Seine Lippe blutete und schwoll obendrein allmählich an.

»Ich bin mit meinem Wagen in der Stadt.«

»Bist du nicht.«

»Er steht unmittelbar vor der Apotheke.« Sie schob die Hand in die Tasche, zog ein Taschentuch heraus und streckte es ihm hin.

Er achtete nicht darauf. »Du hast tatsächlich ein Auto gekauft?«

»Das habe ich dir doch gesagt ...«

Als er stehenblieb, betupfte sie seine Lippe, doch er riß sich zornig von ihr los. »Und ich habe es dir verboten.«

»Tja, nun, ich bin einfach ein bißchen zu alt und unabhängig, um mir von dir Vorschriften machen zu lassen.«

»Zeig ihn mir!« Die Worte kamen wie Pistolenkugeln aus seinem Mund.

Sie erinnerte sich an Kevins unfreundliche Kommentare über ihren Escort, und einen Augenblick lang wallte Unbehagen in ihr auf. »Warum treffen wir uns nicht nachher zu Hause?«

»Zeig ihn mir!«

Resigniert ging sie die Straße hinunter und bog zur Apotheke ab. Stumm stapfte er neben ihr her, und sie hatte den Eindruck, daß bei jedem seiner Schritte ein weißglühender Funke vom Gehweg stob.

Unglücklicherweise hatte das Äußere des Escorts während der letzten Stunden keine Veränderung durchgemacht. Als sie neben ihm stehenblieb, öffnete Cal entgeistert seinen Mund. »Sag sofort, daß er das nicht ist.«

»Alles, was ich brauchte, war ein Transportmittel, mit dem ich während der nächsten paar Wochen über die Runden komme. Zu Hause wartet ein durchaus gepflegter Saturn auf mich.«

Seine Stimme klang erstickt, als er fragte: »Hat dich irgend jemand in der Kiste fahren sehen?«

»So gut wie niemand.«

»Wer?«

»Nur Kevin.«

»Scheiße!«

»Also wirklich, Cal, du solltest etwas auf deine Ausdrucksweise achten, und außerdem ist die Aufregung für deinen Blutdruck bestimmt nicht gut. Ein Mann in deinem Alter ...« Sie bemerkte ihren Fehler und wandte sich eilig wieder dem Corpus delicti zu. »Der Wagen reicht für mich vollkommen aus.«

»Gib mir die Schlüssel.«

»Auf keinen Fall.«

»Okay, du hast gewonnen. Ich kaufe dir was Anständiges. Und jetzt gib mir die Schlüssel, verdammt noch mal!«

»Ich komme auch so zurecht.«

»Etwas Angemessenes, meine ich. Einen Mercedes, einen BMW, was immer du willst.«

»Dein Mercedes oder BMW kann mir gestohlen bleiben.«

»Das denkst du!«

»Hör auf, mich herumzukommandieren!«

»Ich habe noch gar nicht richtig damit angefangen.«

Allmählich zogen sie die Aufmerksamkeit der Menschen auf sich, was nicht allzu überraschend war. Wie oft bekamen die Leute in Salvation, North Carolina, ihren Helden schon zu sehen, wenn er, vor Bier triefend und blutend, auf der Straße stand?

»Gib mir die verdammten Schlüssel«, zischte er.

»Nie im Leben!«

Zum Glück für sie machten es ihm die Umstehenden unmöglich, tätlich zu werden, und so nutzte sie die Gunst der Stunde, schob sich an ihm vorbei, öffnete die Tür und sprang auf den Fahrersitz.

Er sah aus wie ein explosionsgefährdeter Dampfkochtopf. »Nur zur Information: das ist deine letzte Fahrt mit diesem Schrotthaufen, also genieße sie!«

Heute fand sie seine Herablassung alles andere als amüsant. Offensichtlich hatte die Lektion mit den Marshmallows ihre Wirkung verfehlt, und so war es höchste Zeit, neue Maßnahmen zu ergreifen. Mr. Calvin Bonner mußte endlich ein für alle Male lernen, daß seine Ehefrau nicht irgendein Spieler aus seinem Footballteam war.

Sie knirschte mit den Zähnen. »Weißt du, was du mit deinen Drohungen machen kannst, Freundchen? Du kannst sie dir in die Frisur schmieren und ...«

»Darüber reden wir, wenn wir zu Hause sind.« Er warf ihr einen todbringendenBlick zu. »Und jetzt fahr endlich los!«

Kochend drehte sie den Zündschlüssel im Schloß, und zu allem Überfluß belohnte sie das Gefährt noch mit einer krachenden Fehlzündung, so daß sie schließlich mit zusammengepreßten Lippen aus der Lücke und die Straße hinunterfuhr.

Es reichte ihr endgültig.

15

Jane benutzte den kleinen Schraubenzieher, den sie immer mit sich führte, um eine unauffällige Sabotage an der automatischen Hauseinfahrt vorzunehmen. Nur zwei Minuten schrauben, und schon war ihr Herr Gemahl ausgesperrt. Dann parkte sie den Escort auf dem Hof, stürmte ins Haus und suchte sich einen Draht, den sie in einer engen Acht um die beiden Knöpfe der doppelten Eingangstür wickelte. Anschließend bastelte sie aus diversen Küchenutensilien einen Keil und schob ihn fest unter die Hintertür.

Noch während sie die Flügeltüren vom Wohnzimmer in den Garten überprüfte, ertönte der Summer der Sprechanlage. Sie ignorierte ihn und ging in die Garage, wo sie auf eine kleine Leiter stieg und den automatischen Türöffner in dem Kästchen unter der Decke abschaltete.

Das wütende Summen der Sprechanlage störte sie – also huschte sie in die Küche zurück, zog sämtliche Vorhänge zu und den Stecker des Telephons heraus. Als das erledigt war, schnappte sie sich abermals den Schraubenzieher, ging zur Sprechanlage und drückte den Knopf.

»Cal?«

»Hör zu, Jane, irgendwas stimmt nicht mit dem Tor.«

»Allerdings stimmt etwas nicht, mein Freund, aber das liegt an was anderem!« Mit einer Drehung ihres Handgelenks löste sie ein Drähtchen, und sofort war die Sprechanlage stumm. Sie ging die Treppe hinauf, stellte ihren Computer an und begann zu arbeiten.

Nicht lange und sie nahm das Rütteln von Türen und energisches Klopfen wahr. Als es so laut wurde, daß ihre Konzentration darunter litt, zerrupfte sie ein Taschentuch und stopfte es sich in die Ohren.

In himmlischer Ruhe hämmerte sie abermals auf die Tasten ihres Keyboards ein.

Ein *Escort*! Cal schwang sich auf den Rand des Daches, der sich über dem Fenster des Arbeitszimmers in der ersten Etage des Hauses nach unten bog. Zuerst hatte sie seine Lucky Charms sabotiert und ihn nun auch noch vor der ganzen Stadt blamiert, indem sie in einem zehn Jahre alten Gammelkahn durch die Gegend zockelte! Er konnte sich nicht erklären, weshalb ihm diese beiden Affronts so viel schlimmer erschienen als die Tatsache, daß sie ihn aus seinem eigenen Haus ausgesperrt hatte. Vielleicht, weil er die Herausforderung und die Vorfreude auf die Auseinandersetzung, die bevorstand, sobald er sich Einlaß verschafft hätte, allzusehr genoß.

Er schlich so vorsichtig wie möglich über das Dach, weil er nicht wollte, daß das verdammte Ding ein Loch bekam, durch das der Regen ins Haus platschte, und warf einen Blick auf die dunklen Wolken am Himmel; vermutlich würde dieses Ereignis nicht mehr allzulange auf sich warten lassen.

Als er das Ende des Daches erreichte, wo es mit der Ecke des vor der gesamten Vorderfront des Hauses verlaufenden Balkongitters zusammenstieß, verspürte er eine gewisse Enttäuschung, weil der Abstand, den es zu überwinden galt, nicht größer war. Aber wenigstens entpuppte sich das Geländer als zu wackelig, um sein Gewicht zu halten, so wurde die Sache zumindest etwas interessanter.

Er schwang sich über den Rand, verwendete die Dachrinne als Griffleiste und hangelte sich mit baumelnden Beinen weiter, bis er zu einem der Eckpfeiler des Geländers kam. In diesem Augenblick wurde Donnergrollen laut, und von einer Sekunde auf die andere klebten ihm dicke Regentropfen das Hemd am Rücken fest. Er schlang seine

Beine um den Pfeiler, stützte eine Hand auf das wacklige Geländer, was angesichts der glitschigen Oberfläche alles andere als einfach war, und turnte schließlich über die Brüstung auf den Balkon.

Das Schloß der Flügeltüren zu seinem Schlafzimmer war leicht zu knacken, und es ärgerte ihn, daß Professor Superhirn sich nicht einmal die Mühe gemacht hatte, es zusätzlich zu sichern. Wahrscheinlich hatte sie angenommen, er wäre zu *alt,* um überhaupt so weit zu kommen! Die Tatsache, daß seine Lippe schmerzte, seine Rippen brannten und die schlimme Schulter pochte, erboste ihn noch mehr, und als er die Türen aufstieß, brodelte es in ihm wieder mal vor Zorn. Sie hätte ihn wenigstens soweit fürchten können, daß sie einen Stuhl unter den Knauf schob oder die Tür auf eine andere Art zusätzlich verrammelte.

Nach Durchqueren seines dunklen Schlafzimmers peilte er ihre erleuchtete Denkstube an. Sie saß mit dem Rücken zur Tür und war vollkommen auf die Reihen unverständlicher Daten konzentriert, die sie vor sich auf dem Bildschirm sah. Mit den blauen Stofflappen in den Ohren sah sie wie ein Zeichentrickhase aus. Am liebsten wäre er hinter sie getreten und hätte ihr den Schrecken ihres Lebens eingejagt, indem er ihr die Taschentücher aus den Ohren zog. Genau das hätte sie verdient, aber da sie schwanger war, änderte er seinen Plan. Nicht daß er Annies erschreckenden Warnungen geglaubt hätte, mit dem Baby und dem Nabelschnurgewürge, aber trotzdem vermied er lieber jedes Risiko.

Eingehüllt in den Geruch von Bier und Kneipenrauch tappte er hinunter in den Flur. Er war naß, hatte Schmerzen, war vollkommen entnervt, und das alles bloß wegen ihr! Sein Blut pochte vor Erregung, als er endlich in der Diele stand, den Kopf in den Nacken legte und ihren Namen bellte.

»*Jane Darlington Bonner!* Komm sofort runter!«

Janes Kopf fuhr hoch, als sein Gebrüll ihre selbstgemachten Ohrstöpsel durchdrang. Also hatte er es ins Haus geschafft. Während sie die Provisorien aus ihren Ohren zog und in den Papierkorb warf, fragte sie sich, wie er wohl hereingekommen war. Zweifellos hatte er irgendeinen kühnen Balanceakt vollbracht, denn der große Quarterback schlüge ganz sicher nicht einfach eine Scheibe ein. Auch wenn es sie pikierte, daß er nicht mehr draußen im Regen stand, empfand sie zugleich einen gewissen Stolz auf ihn.

Während sie sich von ihrem Stuhl erhob und ihre Brille abnahm, versuchte sie herauszufinden, weshalb sie nicht den geringsten Wunsch verspürte, sich in ihrem Zimmer zu verbarrikadieren, wo sie vor ihm sicher war. Sie hatte Konflikte stets gescheut, denn sie besaß – wie an ihren erbärmlichen Scharmützeln mit Jerry Miles abzulesen war – keine ausgeprägte Streitroutine. Vielleicht ging sie diesem Feldzug ganz einfach deshalb nicht aus demWeg, weil Cal ihr Gegner war. Ihr Leben lang erwies sie sich stets als höflich, würdevoll, bedacht, niemandem weh zu tun. Aber Cal besaß keinen Sinn für Höflichkeit. Würde und jede Form der Beleidigung ließen ihn kalt, so daß sie getrost ihrer Natur folgen durfte. Sie konnte ganz sicher sie selber sein. Als sie zur Tür ging, pulsierte ihr Blut, ihre Gehirnzellen gingen in Alarmbereitschaft, und sie empfand eine vollkommene, wunderbare Leichtigkeit.

Von unten aus der Diele herauf beobachtete Cal, wie sie an den oberen Rand der Treppe trat. Ihr fester, kleiner Hintern schwang fröhlich hin und her, und ihr grünes Strickoberteil betonte ein Paar Brüste, deren Größe so mitleiderregend war, daß er eigentlich gar nicht so versessen darauf sein müßte, sie endlich zu Gesicht zu bekommen. Ihr Haar, das sie wie ein strebsames Schulmädchen in ordentlichen Zöpfen trug, wippte ebenso keck, wie sie den Mund verzog.

Sie sah auf ihn herab, doch statt, wie es sich gehört hätte, verschreckt zu sein, blitzte in ihren Augen bei seinem Anblick so etwas wie Schadenfreude auf. »Da scheint jemand bald auszurasten«, sagte sie in süffisantem Ton.

»Das …«, er stemmte seine Hände in die Hüften, »wirst du mir büßen.«

»Was willst du denn jetzt machen, du toller Hecht? Mir meine vier Buchstaben versohlen, vielleicht?«

Mit einem Mal wurde er hart. Verdammt! Wie stellte sie das nur immer wieder an? Und was für eine vulgäre Ausdrucksweise legte sie, die respektable Professorin, da plötzlich an den Tag?

Ohne daß er es wollte, sah er vor seinem inneren Auge, wie er ihr mit der flachen Hand auf den impertinenten Hintern schlug. Er knirschte mit den Zähnen, kniff die Augen zusammen und bedachte sie mit einem derart bösen Blick, daß es gegenüber einer armen, wehrlosen, schwangeren Frau die reinste Schande war. »Vielleicht wären ein paar Hiebe auf den blanken Südpol genau das richtige.«

»Tatsächlich?« Statt angesichts dieser Drohung wie jede andere halbwegs normale Frau vor Angst in Ohnmacht zu fallen, setzte sie eine grüblerische Miene auf. »Könnte vielleicht ganz lustig sein. Ich werde darüber nachdenken, und dann sage ich dir Bescheid.«

Mit diesen Worten machte sie auf dem Absatz kehrt und marschierte in ihr Zimmer zurück, während er wie ein begossener Pudel am Fuß der Treppe stehenblieb. Irgendwie fühlte er sich über den Tisch gezogen. Wie schaffte sie es nur immer wieder, dafür zu sorgen, daß am Ende er der Esel war? Und was hatte sie damit gemeint, sie dächte darüber nach?

Er erinnerte sich daran, daß der verbeulte Escort an der Stelle in der Einfahrt stand, die bisher für seinen auf Hochglanz getrimmten Jeep reserviert gewesen war, und stürzte angriffsbereit die Treppe hinauf. Wenn sie sich einbildete, daß er sich mit ein paar herablassenden Worten abfertigen ließ, lag sie eindeutig daneben!

Jane hörte ihn kommen und schämte sich beinahe der Vorfreude, die sie beim Klang seiner donnernden Füße empfand. Bis vor ein paar Wochen hatte sie nicht gewußt, wie schwer die Bürde der ständigen würdevollen Haltung wog. Aber Cal hatte so wenig Verwendung für Würde wie ein Hund für eine Rolex.

Er flog durch ihre Zimmertür und fuchtelte mit dem Zeigefinger vor ihrer Nase herum. »Ich werde ein paar Dinge zwischen uns klären, und zwar ein für alle Mal. Der Hausvorstand bin immer noch ich, und ich erwarte den mir gebührenden Respekt! Ich dulde keine dreckigen Tricks mehr von dir, ist das klar?«

Seine Konfrontationstechniken funktionierten gegenüber Männern sicher gut; aber sie empfand ein gewisses Mitgefühl mit den armen, jungen Mädchen, mit denen er bisher ausgegangen war. Sicher hatte er diese kurvenreichen Lolitas mit seinem Gebrüll halb zu Tode erschreckt.

Andersherum gesehen konnte sie sich nicht vorstellen, daß er sich gegenüber einer wehrlosen kleinen Schönheitskönigin je derart wild gebärdete, und sie wußte auch, weshalb. So etwas täte er einfach nicht. Cal ließ niemals seinen Ärger an jemandem aus, den er als schwächer erachtete. Dieses Wissen erfüllte sie mit Stolz.

»Deine Lippe blutet wieder«, sagte sie. »Am besten gehst du ins Badezimmer, damit ich dich verarzten kann.«

»Solange diese Sache nicht geklärt ist, gehe ich nirgendwohin.«

»Bitte! Ich habe schon immer davon geträumt, einen verwundeten Krieger zu pflegen.«

Statt etwas zu sagen, bedachte er sie mit einem gefährlichen Blick aus zusammengekniffenen Augen, der ihre Knie ein wenig zittern ließ. Er repräsentierte neunzig Kilo reinstes Dynamit, weshalb also hatte sie keine Angst vor ihm?

Mit seinen Daumen in den Hosentaschen blaffte er: »Ich lasse mich nur unter einer Bedingung von dir verarzten.«

»Und die wäre?«

»Wenn du fertig bist, bleibst du ruhig sitzen – das heißt, mit geschlossenem Mund –, während ich dich in Stücke zerreiße.«

»Abgemacht.«

»Abgemacht?« Durch sein Brüllen wäre ihr beinahe das Trommelfell geplatzt. »Das ist alles, was du dazu zu sagen hast? Meine Liebe, offenbar verstehst du nicht, was ich vorhabe, sonst stündest du hier nicht rum und spieltest das Unschuldslamm.«

Sie lächelte, weil sie wußte, daß sie ihn damit noch mehr in Rage versetzte. »Ich denke, daß offene Gespräche in einer Ehe wichtig sind.«

»Wir reden hier nicht von offenen Gesprächen, sondern von deiner Abschlachtung, Stück für Stück!« Er machte eine Pause und reckte entschlossen das Kinn. »Und vielleicht versohle ich dir, wenn ich schon dabei bin, tatsächlich den nackten Arsch.«

»Wie du meinst!« Ungeduldig wandte sie sich dem Badezimmer zu.

Beinahe hätte er ihr leid getan. Er war ein auf körperliche Auseinandersetzungen trainierter Mann, dem ein befriedigender Streit mit einer Frau aufgrund seiner ausgeprägten Moralvorstellungen schwerfiel. Endlich verstand sie, weshalb ihm ausgerechnet Football mit seinen harten Schlägen und dem klaren Regelwerk so am Herzen lag. Für Cal war das Spielfeld mit seiner Mischung aus rohem Körperkontakt und gleichzeitiger sofortiger Gerechtigkeit sicher die ideale Welt.

Weshalb sich seine Beziehung zu Frauen äußerst problematisch gestaltete.

Sie durchquerte das grottenähnliche Bad und untersuchte den Inhalt des Apothekenschränkchens. »Hoffentlich finde ich was, was wirklich brennt.«

Als er nichts erwiderte, drehte sie sich um und rang nach Luft, denn gerade zog er sein Hemd über den Kopf. Als er sich streckte, wölbte sich sein breiter Brustkorb nach vorn, und sein Nabel verzog sich zu einem schmalen Oval. Sie nahm sowohl die seidigen Haare unter seinen Armen als auch die Narbe auf seiner Schulter wahr. »Was machst du da?«

Er warf das Hemd zur Seite und knöpfte sich die Hose auf. »Was meinst du, was ich da mache? Ich werde erst mal duschen, wenn's recht ist – denn schließlich hast du mir, wie du dich vielleicht erinnerst, erst ein Bier über den Kopf gekippt und mich dann inmitten eines Hurrikans aus meinem eigenen Haus gesperrt. Und ich hoffe, daß das Tor zur Einfahrt, das du offenbar auch noch auf dem Gewissen hast, spätestens morgen früh wieder funktioniert, denn sonst gnade dir der Himmel!«

Er zog seinen Reißverschluß herunter, und sie wandte sich so lässig wie möglich von ihm ab. Glücklicherweise verfügte der Raum über genügend Spiegel, so daß er sich, wenn sie den Kopf ein wenig auf die Seite legte, unauffällig weiter betrachten ließ. Leider wandte er ihr den Rücken zu, aber mit seinen breiten Schultern, den schmalen Hüften und den festen, flachen Pobacken bot er auch so einen Anblick, der nicht zu verachten war. Auf einer Seite seiner Wirbelsäule hatte er einen roten Fleck, sicher eine Folge seiner Auseinandersetzung mit Kevin. Sie runzelte die Stirn, als sie die Sammlung alter und neuer Narben auf seinem Rücken sah und daran dachte, was diesem alternden Kriegerkörper alles zugemutet worden war.

Er riß die Tür der Duschkabine auf, die mit ihrer zylindrischen Form dem Raumschiff Enterprise entnommen schien, und trat ein. Beklagenswerterweise ließ die Kabinenwand, da ihre untere Hälfte mit Milchglas versehen war, nur einen Blick auf seinen Oberkörper zu.

»Du übertreibst, was den Sturm betrifft«, rief sie über das Brausen des Wassers hinweg. »Es hat gerade erst angefangen zu regnen.«

»*Bevor* ich über das Balkongeländer geklettert bin?«

»So bist du ins Haus gekommen?« Beeindruckt wandte sie sich der Dusche zu.

»Nur, weil du mich unterschätzt und deshalb nicht auch die Türen in der oberen Etage verrammelt hast.«

Sie lächelte verstohlen über seinen beleidigten Ton. »Tut mir leid. Soweit habe ich nicht gedacht.«

»Pech für dich!« Er streckte den Kopf unter der Brause hervor. »Willst du dich nicht zu mir gesellen?«

Am liebsten hätte sie ja gesagt, aber der seidige, verführerische Unterton seiner Stimme erinnerte sie an eine Schlange, die über den Stamm des Baums der Erkenntnis glitt. Also tat sie, als hätte sie ihn nicht gehört, und suchte, während er duschte, weiter nach irgendeinem Antibiotikum.

Sie fand eine halb aufgerollte Tube Zahncreme und einen sorgsam verschlossenen Deostift. Sein schwarzer Kamm war blitzsauber und wies noch alle Zacken auf. Außerdem fanden sich in der Schublade eine Packung Zahnseide, eine silbrig schimmernde Nagelschere, Rasiercreme und mehrere Rasiermesser sowie Schmerzsalbe und eine große Flasche Aftershave. Außerdem Kondome. Eine ganze Schachtel voll. Der Gedanke, daß er diese Gegenstände mit einer anderen Frau als ihr benützen würde, versetzte ihr einen schmerzlichen Stich.

»Tucker benutzt dich nur«, brummte er. »Aber ich nehme an, daß du das weißt.«

»O nein, keineswegs.« Sie drehte sich gerade noch rechtzeitig herum, um zu sehen, wie er sich ein schwarzes Handtuch um die Hüften schlang. Seine Brust war noch naß, und sein dunkles Haar hing ihm in feuchten Strähnen in die Stirn.

»Aber sicher tut er das. Er benutzt dich, weil er mich fertigmachen will.«

Ihm kam nicht einmal die Idee, daß Kevin sie attraktiv finden könnte, daher sann sie auf Rache. »Das mag schon sein, aber zwischen uns stimmt einfach die Chemie.«

Eigentlich hatte er gerade ein kleines Handtuch für seine Haare vom Ständer nehmen wollen, aber sein Arm verharrte mitten in der Luft. »Wovon redest du? Was für eine Chemie?«

»Setz dich, damit ich endlich deine Lippe behandeln kann. Sie blutet immer noch.«

Aus seinem Haar flogen Tropfen durch die Luft, als er sich ihr abrupt näherte. »Ich werde mich nicht setzen, sondern will wissen, was du damit meinst.«

»Eine ältere Frau und ein äußerst attraktiver junger Mann. Das gibt es immer mal wieder. Aber keine Sorge. Er fängt aus Prinzip nichts mit verheirateten Frauen an.«

Wieder kniff er erbost die Augen zusammen, als er ihre Beschreibung von Kevin vernahm. »Soll mich das etwa trösten?«

»Nur, falls dir die Vorstellung von ihm und mir nicht gefällt.«

Er schnappte sich das Handtuch und rubbelte entschlossen seine Borsten. »Du weißt genau, daß er sich nur deshalb für dich interessiert, weil du mit mir verheiratet bist. Sonst sähe er dich bestimmt nicht einmal von hinten an.«

Er hatte sie dort getroffen, wo sie am verwundbarsten war, und mit einem Mal war sie dieses lächerliche Streitgespräch leid. Seine bedeutungslosen Androhungen von Gewalt hatten sie nicht gestört; aber daß er dachte, kein Mann würde sich nach ihr umdrehen, tat ihr wirklich weh. »Nein, das weiß ich nicht!« Sie wandte sich zum Gehen.

»Wo willst du hin?« rief er ihr eilig nach. »Ich dachte, du wolltest noch meine Lippe behandeln.«

»Das Antibiotikum ist im Spiegelschrank. Du schaffst das sicher selbst.«

Er folgte ihr ins Schlafzimmer, doch im Türrahmen blieb er stehen. »Du willst ja wohl nicht behaupten, daß dir Kevin etwas bedeutet?« Er warf das Handtuch von sich. »Wie, zum Teufel, sollte das gehen? Du kennst ihn doch gar nicht!«

»Unser Gespräch ist beendet, wenn du nichts dagegen hast.«

»Vorhin waren dir offene Gespräche in einer Ehe noch wichtig!«

Sie sagte nichts, sondern starrte aus dem Fenster und hoffte, daß er sie in Ruhe ließ.

Er trat hinter sie, und seine Stimme bekam einen seltsam betretenen Klang. »Ich habe deine Gefühle verletzt, nicht wahr?«

Langsam nickte sie.

»Verzeih mir. Ich – ich will einfach nicht, daß er dir weh tut, das ist alles. Du hast keine Erfahrung mit Typen wie ihm. Diese Kerle können – ich weiß nicht – ich schätze, daß sie in bezug auf Frauen nicht unbedingt immer die Rücksichtsvollsten sind.«

»Schwamm drüber!« Sie wandte sich ihm wieder zu und beobachtete, wie ein Tropfen Wasser über einen seiner flachen, braunen Nippel rann. »Ich glaube, mehr Drama brauchen wir heute wirklich nicht. Am besten läßt du mich erst mal allein.«

Statt dessen trat er noch näher auf sie zu und sagte mit

überraschender Sanftmut: »Ich habe dir noch nicht mal den Hintern versohlt.«

»Vielleicht ein anderes Mal.«

»Wie wäre es, wenn ich dir die Prügel erspare und du mir einfach so deinen Allerwertesten zeigst?«

»Im Augenblick wäre das keine besonders gute Idee.«

»Und warum, bitte, nicht?«

»Weil dadurch alles noch komplizierter würde.«

»Gestern abend war alles so schön in Butter. Zumindest, bis du wieder zu zicken angefangen hast.«

»Ich?« Sie bedachte ihn mit einem abfälligen Blick. »Ich habe in meinem ganzen Leben noch nie gezickt!«

»Ach nein?« Offenbar hatte er nur darauf gewartet, daß ihre Kampflust zu neuem Leben erwachte, denn sofort flakkerte in seinen Augen wieder der bekannte Funke auf. »Tja, zufällig war ich mit dir zusammen in dem Autokino, und ich kann dir versichern, daß du über alle Maßen zickig warst.«

»Wann?«

»Das weißt du ganz genau.«

»Weiß ich nicht!«

»Dieser Unsinn, daß du es angeblich *recht angenehm* gefunden hast.«

»Was soll ... – ach, das!« Sie musterte ihn genau. »Hat dich das etwa gestört?«

»Teufel nein, es hat mich nicht gestört. Meinst du vielleicht, ich wüßte nicht, wie gut ich bin? Und falls du es nicht bemerkt hast, ist das nicht mein, sondern dein Problem!«

Er sah ernsthaft beleidigt aus, und sie erkannte, daß ihre Reaktion am Vorabend ihn verletzt hatte. Dieses Wissen rührte sie. Trotz seines nach außen gezeigten grenzenlosen Selbstvertrauens war er ebenso unsicher wie jeder andere. »Es war etwas mehr als angenehm«, gab sie, wenn auch widerwillig, zu.

»Da hast du, verdammt noch mal, recht.«

»Ich würde sagen, es war... es war...« Sie sah ihn aus dem Augenwinkel an. »Welches Wort trifft es wohl am besten?«

»Wie wär's mit phänomenal?«

Ihr Hirn machte einen doppelten Überschlag. »Phänomenal? Ja, das ist nicht schlecht, das war es tatsächlich. Und außerdem war es...« Sie wartete.

»Aufregend, und sexy wie die Hölle.«

»Auch das, aber...«

»und frustrierend.«

»Frustrierend?«

»Allerdings.« Er reckte kampflustig das Kinn. »Ich will dich endlich nackt sehen, verdammt noch mal.«

»Ach ja? Warum denn?«

»Weil ich es eben will.«

»Ist das einer von den typisch männlichen Wünschen, die eine Frau nicht unbedingt nachvollziehen kann?«

Cal gab klein bei, die unverletzte Seite seines Mundes wies ein leichtes Lächeln auf. »So könnte man es unter Umständen ausdrücken.«

»Du verpaßt nicht viel, wenn du mich nur bekleidet siehst.«

»Das kann ich wahrscheinlich besser beurteilen als du.«

»Nein, denn du bist leider blind. Denk zum Beispiel an diese endlosen Beine, die man immer bei den Fotomodellen sieht. Die, die bis zu den Achseln gehen.«

»Ja, und?«

»Solche Beine fehlen bei mir.«

»Nicht die Möglichkeit!«

»Meine Beine sind vielleicht nicht kurz, aber auch nicht ungewöhnlich lang. Ich nehme an, sie sind ungefähr normal. Und was meine Brüste betrifft, bedeuten dir die Brüste einer Frau etwas?«

»Ich kann nicht behaupten, daß sie mir nicht hin und wieder aufgefallen wären.«

»Meine fallen dir sicherlich nicht auf, denn dafür sind sie zu mickrig. Im Gegensatz zu meinen ausgeprägten Hüften ...«

»Deine Hüften sind ja wohl alles andere als breit.«

»Ich sehe wie eine Birne aus.«

»Du siehst nicht wie eine Birne aus.«

»Danke für dein Wohlwollen, aber da du mich bisher noch nicht nackt gesehen hast, hast du leider keine Ahnung.«

»Das läßt sich ja ändern, wenn du willst.«

Er war attraktiver als je zuvor: seine grauen Augen glitzerten, direkt unterhalb seines Wangenknochens trieb wieder das überraschende Grübchen sein Unwesen, sein Gebaren war nicht nur humorvoll und warm, sondern obendrein verströmte er einen geradezu unwiderstehlichen Sex-Appeal. Und sie fühlte sich ihm völlig ausgeliefert. Aus einer plötzlichen Einsicht heraus, die sie beinahe aus den Angeln hob, erkannte sie, daß sie ihn liebte. Von ganzem Herzen und für alle Zeit. Sie liebte seine Männlichkeit, seine Intelligenz, seine Komplexität. Sie liebte seine lustige Ader, seine Loyalität gegenüber der Familie und den altmodischen Ehrenkodex, der ihn veranlaßte, sich auch dann um ein Kind zu kümmern, wenn es ihm aufgezwungen war.

Sie hatte keine Zeit, darüber nachzudenken, keinen Ort, an dem sie sich verstecken konnte, um die Tragweite dessen zu reflektieren, was ihr soeben aufgegangen war. Reglos stand sie da, als er den Arm hob und ihr mit dem Daumen über den Kiefer strich. »Ich mag dich, Rosebud – sogar sehr!«

»Ach ja?«

Er nickte.

Sie bemerkte, daß er was von mögen gesagt hatte, nicht,

daß er sie liebte, und so schluckte sie. »Du willst ja nur, daß ich mich ausziehe.«

Die Lachfältchen um seine Augen vertieften sich. »Ein verführerischer Gedanke, aber in einer so wichtigen Angelegenheit lügt man nicht.«

»Ich dachte, du haßt mich.«

»Richtig! Aber es ist schwer, dir auf Dauer mit anständigem Haß zu begegnen, auch wenn es sicher vollkommen *gerechtfertigt* wäre.«

In ihrem Inneren wallte Hoffnung auf. »Dann verzeihst du mir also?«

Er zögerte. »Nicht ganz. Alles kann man auch wieder nicht verzeihen.«

Wieder einmal erstickten ihre Schuldgefühle sie beinahe. »Du weißt, daß es mir leid tut, nicht wahr?«

»Tut es dir denn leid?«

»Das – das mit dem Baby nicht –, aber daß ich dich so benutzt habe, tut mir mehr als leid. Ich habe dich nicht als Menschen gesehen, sondern einfach als Objekt, das meinen Zwecken dienlich war. Wenn mich jemand so behandeln würde, könnte ich ihm niemals vergeben, und falls es dir ein Trost ist, sollst du wissen, daß es mich selbst ununterbrochen quält.«

»Vielleicht könntest du es ja einfach machen wie ich, und die Sünde von der Sünderin trennen?«

Sie versuchte, durch seine Augen in sein Herz zu sehen. »Haßt du mich wirklich nicht mehr?«

»Ich habe dir doch schon gesagt, daß ich dich mag.«

»Klingt nicht sehr überzeugend.«

»Es muß mal einen Knick gegeben haben.«

»Wann?«

»Wann ich beschlossen habe, dich zu mögen? An dem Tag bei Annie, als du herausfandest, daß ich nicht der erhoffte Trottel bin.«

»… und du dahinterkamst, daß deine Gemahlin eine alte Schachtel ist.«

»Erinner mich nicht daran. Von dem Schrecken habe ich mich immer noch nicht erholt. Vielleicht könnten wir ja behaupten, die Führerscheinbehörde hätte beim Eintrag deines Geburtsdatums einen Fehler gemacht.«

Sie ignorierte den Hoffnungsschimmer in seinen Augen. »Aber wie kannst du ausgerechnet an dem Tag beschlossen haben, daß du mich magst? Wie hatten einen fürchterlichen Streit.«

»Keine Ahnung … es muß irgendwie geklingelt haben.«

Sie wälzte seine Enthüllung hin und her. Nichts konnte entfernter sein von einer Liebeserklärung, aber seine Worte drückten eine gewisse Wärme aus. »Ich muß darüber nachdenken.«

»Worüber?«

»Ob ich mich vor dir ausziehe oder nicht.«

»In Ordnung.«

Dies war noch etwas, was ihr an ihm gefiel. Auch wenn er sich teilweise wie ein Oberfeldwebel gebärdete, unterschied er doch stets zwischen dem, was wichtig, und dem, was ohne Bedeutung war, und er schien zu verstehen, daß sie sich in diesem Punkt nicht drängen ließ.

»Da wäre noch etwas, was wir klären müssen.«

Sie stieß einen abgrundtiefen Seufzer aus. »Ich mag mein Auto. Es hat Persönlichkeit.«

»Die haben die meisten Psychopathen auch; aber das heißt noch lange nicht, daß man einen von ihnen im Haus haben will. Ich werde dir sagen, was wir machen …«

»Cal, bitte spar dir deine Spucke und halt mir nicht wieder eine deiner Sonntagspredigten, denn das würde nur dazu führen, daß ich dich noch mal erwürge oder dergleichen. Ich habe dich gebeten, mir bei der Suche nach einem Wagen behilflich zu sein, aber du hast dich geweigert, und so bin ich eben selbst aktiv geworden. Der Wagen bleibt. Wenn die Leute mich darin durch die Gegend gondeln sehen, werden sie das lediglich als weiteres Zeichen dafür nehmen, wie wenig ich deiner würdig bin.«

»Da hast du vielleicht recht. Jeder, der mich kennt, weiß, daß ich sicher nicht mit einer Frau zusammenbleibe, die einen solchen Klapperkasten fährt.«

»Und ich werde mir eine Bemerkung darüber verkneifen, was das über deine Wertvorstellungen aussagt.« Seine Wertvorstellungen waren wunderbar. Einzig in bezug auf Frauen verriet er einen deutlichen Mangel an Geschmack.

Er grinste, aber sie weigerte sich, sich davon umstimmen zu lassen. So leicht bekäme er sie nicht herum. »Ich möchte dein Ehrenwort, daß du dich nicht an meinem Besitz vergreifst. Daß du ihn weder auf den Schrottplatz fährst noch ihn abschleppen läßt, wenn ich mal nicht in der Nähe bin. Der Wagen gehört mir und er bleibt. Kurz und gut, wenn du Hand an meinen Escort legst, hast du die letzte Packung Lucy Charms in diesem Haus genossen.«

»Klaust du mir dann vielleicht noch mal meine Marshmallows?«

»Ich wiederhole mich nie. Beim nächsten Mal nehme ich Rattengift.«

»Du bist das blutrünstigste Weib, dem ich je begegnet bin.«

»Es ist ein langsamer und qualvoller Tod, den ich niemandem empfehlen würde.«

Lachend kehrte er ins Bad zurück, schloß die Tür, doch streckte unmittelbar danach noch einmal den Kopf heraus. »Diese ganze Diskussion hat mir Appetit gemacht. Wie wäre es, wenn wir uns etwas kochen, sobald ich angezogen bin?«

»In Ordnung.«

Während es draußen weiter regnete, genossen sie Suppe,

Salat und Sandwiches sowie eine Tüte Taco Chips. Beim Essen gelang es ihr, ihm ein paar weitere Einzelheiten über seine Arbeit mit Teenagern aus der Nase zu ziehen; bereits seit Jahren widmete er sich in seiner Freizeit sozial benachteiligten und behinderten Kindern. Er hatte Gelder für Freizeitzentren gesammelt, Reden gehalten, um Freiwillige für nachmittägliche Hausaufgabenbetreuung zu rekrutieren, schulinterne Footballturniere organisiert und versucht, die Gesetzgeber des Staates Illinois dazu zu bewegen, daß sie ihre Antidrogen- und Sexualkundeprogramme erweiterten.

Als sie meinte, sicher wäre nicht jede Berühmtheit bereit, so viel Zeit zu opfern ohne Honorar, zuckte er mit den Schultern. Es war einfach eine sinnvolle Form der Beschäftigung, knurrte er.

Die Uhr in der Eingangshalle schlug Mitternacht, und allmählich ging ihnen der Gesprächsstoff aus. Zwischen ihnen entstand ein verlegenes Schweigen, wie es zuvor niemals der Fall gewesen war. Sie spielte mit einer nicht gegessenen Brotkruste herum, und er verlagerte sein Gewicht auf dem Stuhl. Sie hatte sich den ganzen Abend über wohl gefühlt, aber jetzt kam sie sich linkisch und alles andere als attraktiv vor.

»Es ist schon spät«, sagte sie schließlich. »Ich glaube, ich gehe ins Bett.« Beim Aufstehen nahm sie ihren Teller mit.

Auch er erhob sich und entwand ihr den Teller. »Du hast gekocht, also räume ich die Küche auf.«

Aber statt sich der Spüle zuzuwenden, blieb er auf der Stelle stehen und sah sie begehrlich an. Beinahe hörte sie die Frage, die auszusprechen er offenbar nicht in der Lage war. *Heute nacht, Rosebud? Bist du bereit, die Maske fallen zu lassen und zu tun, was wir beide wollen?*

Hätte er die Hand nach ihr ausgestreckt, wäre sie verloren gewesen; aber er stand unbewegt da, denn dieses Mal wäre die Reihe an ihr, den ersten Schritt zu tun. In stummer Herausforderung lüftete er die Brauen.

In ihrem Inneren wallte Panik auf. Das neue Wissen, daß sie ihn liebte, machte alles immer schwieriger. Sie wollte, daß Sex zwischen ihnen von Bedeutung war.

Das Superhirn, das sie bisher so sicher durch ihr Leben geführt hatte, verweigerte die Mitarbeit, und sie sah ihn ratlos an. Sie war wie gelähmt, und mit Mühe setzte sie ein höfliches, distanziertes Lächeln auf. »Es hat mir gut gefallen heute abend, Cal. Gleich Morgen früh repariere ich das Tor.«

Stumm schaute er sie weiterhin an.

Sie durchforstete ihr Hirn nach einem belanglosen Kommentar, durch den sich die Spannung zwischen ihnen entschärfen ließ, aber immer noch versagten die grauen Zellen ihren Dienst. Beharrlich schwieg er. Natürlich war ihm klar, wie unbehaglich sie sich fühlte, doch er selbst wirkte gelassen wie eh und je. Weshalb sollte er auch verlegen sein, wenn er nichts für sie empfand? Im Gegensatz zu ihr war er schließlich nicht frisch verliebt.

Mit einem Gefühl der Trauer wandte sie sich von ihm ab. Als sie aus der Küche ging, sagte ihr Hirn, daß ihr Verhalten richtig war, während ihr Herz sie der Feigheit bezichtigte.

Cal beobachtete, wie sie den Raum verließ, und plötzlich wallte Enttäuschung in ihm auf. Sie lief vor ihm davon, und er verstand einfach nicht, weshalb. Schließlich hatte er sie heute abend extra nicht bedrängt. Er war ihr entgegengekommen, hatte dafür gesorgt, daß das Gespräch stets in sicheren Bahnen verlief. In der Tat hatte er ihre Unterhaltung derart genossen, daß er sie beinahe gar nicht mehr rumkriegen wollte. Aber doch nur beinahe. Er begehrte sie zu sehr, als daß sich der Gedanke für mehr als eine Minute aus seinem Hirn verdrängen ließ. Sie hatte ihr Zusammensein im Autokino genossen – er wußte es –, weshalb also verweigerte sie ihnen beiden eines der grundlegendsten Vergnügen, die es im Leben gab?

Angewidert von sich selbst beschloß er, ebenfalls ins Bett zu gehen; aber beim Betreten seines bordellartigen Schlafzimmers verdüsterte sich seine Laune zusehends. Der Wind rüttelte an den Fensterläden, offensichtlich war der Sturm stärker geworden. Um so besser. Auf diese Weise paßte das Wetter zu seiner Stimmung. Er setzte sich auf die Bettkante und zog sich grollend die Schuhe aus.

»Cal?«

Gerade, als sich die Badezimmertür öffnete, blickte er auf; doch genau in diesem Augenblick erhellte ein greller Blitz den Raum, ehe das Haus in vollkommener Dunkelheit versank.

Mehrere Sekunden vergingen, und dann drang ein leises Kichern an sein Ohr.

Wütend warf er seine Schuhe fort. »Der Strom ist weg. Was findest du daran denn so komisch?«

»Eigentlich nichts. Eher habe ich auf diese Weise eine gute und eine schlechte Nachricht für dich.«

»Dann möchte ich bitte zuerst die gute Nachricht hören – meinen Nerven zuliebe.«

»Irgendwie gibt es zwischen den beiden Nachrichten einen direkten Zusammenhang.«

»Jetzt sag schon, worum es geht.«

»Also gut. Jetzt werde bitte nicht wütend, aber ...« Mühsam unterdrücktes Gackern wurde laut. »Cal ... auf einmal ist der Strom ausgefallen, und ich habe nichts mehr an.«

16

Einen Monat später.

Cal streckte seinen Kopf durch ihre Schlafzimmertür und warf ihr glitzernde Blicke zu. »Ich gehe duschen. Kommst du mit?«

Sie unterzog seinen nackten, in der Morgensonne schimmernden Körper einer eingehenden Musterung, und beinahe hätte sie sich begehrlich die Lippen geleckt. »Vielleicht ein anderes Mal.«

»Du weißt nicht, was dir entgeht.«

»Ich glaube, doch.«

Der unbeabsichtigt wehmütige Klang ihrer Stimme amüsierte ihn. »Arme kleine Rosebud. Du hast dich wirklich in eine unglückliche Position manövriert, nicht wahr?« Mit einem fröhlichen Grinsen verschwand er im Bad.

Verspätet streckte sie ihm die Zunge heraus, legte ihre Wange auf ihren Ellbogen und dachte an jene Aprilnacht vor einem Monat, in der sie spontan beschlossen hatte, ihre Kleider abzulegen und zu ihm zu gehen. Der unerwartete Stromausfall in jenem Augenblick, in dem sie sein Schlafzimmer betrat, hatte den Beginn einer Nacht der Leidenschaft markiert, die für sie unvergeßlich war. Sie lächelte verträumt. Im letzten Monat hatte Cal ein besonderes Talent dafür entwickelt zu ertasten, was seinen Augen vorenthalten blieb.

Und auch sie selbst war inzwischen recht gut in »blinder Liebe«, dachte sie mit einem gewissen Stolz. Vielleicht hatten seine lustvolle Natur und sein Mangel an Scham sie von ihrer eigenen Prüderie befreit. Sie würde alles tun … alles … nur zeigte sie sich ihm niemals nackt.

Inzwischen war es ein Spiel geworden zwischen ihr und ihm. Sie liebte ihn immer nur nachts und ohne Licht –

wachte immer vor Anbruch der Dämmerung auf und kehrte in ihr eigenes Schlafzimmer zurück; oder aber sie glitt in seines, wenn er zusammen mit ihr in ihrem Bett eingeschlafen war. Er hätte die Regeln ändern können, hätte sie überwältigen können oder sie mit seinen Küssen derart betören, daß sie auch den letzten Rest ihrer Zurückhaltung verlor, doch das tat er nie. Als echter Kämpfer wollte er nicht durch Schläue gewinnen, sondern durch eine vollkommene Eroberung.

Ihr Beharren darauf, sich nur im Dunkeln lieben zu lassen, hatte als sanfte Form sexueller Neckerei begonnen, aber im Laufe der Wochen begriff sie, in welch inniger Liebe sie ihm verbunden war; deshalb machte sie sich allmählich Sorgen darüber, wie er reagieren würde, wenn er sie schließlich in der Tat ohne Kleider zu sehen bekam. Inzwischen war sie im vierten Monat schwanger, und obgleich sie vor Gesundheit strotzte, hatte sie um die Hüften herum bereits derart zugelegt, daß sie ihre Hosen nicht mehr zu bekam und ihre Blusen nur noch locker hängend trug. Mit ihrem dicker werdenden Bauch und ihren wenig beeindruckenden Brüsten konnte sie unmöglich mit den Schönheiten seiner Vergangenheit konkurrieren.

Aber es waren nicht nur die physischen Defizite, aufgrund derer sie zögerte. Was, wenn das Geheimnis ihres bisher nicht entdeckten Körpers der Köder war, der ihn allnächtlich zu ihr trieb? Was, wenn der Grund für seine Erregung nur das ungelöste Rätsel ihres Leibes war? Was, wenn er, sobald seine Neugier befriedigt war, das Interesse an ihr verlor?

Sie wollte sich einreden, daß es nicht wichtig war; aber sie wußte, wie sehr sich Cal für jede Form der Herausforderung begeisterte. Würde er ihre Gesellschaft immer noch in demselben Maß genießen, wenn sie sich seinen Wünschen ganz ergab? Mit Ausnahme seiner Mutter schien sie die einzige Frau in seinem Leben zu sein, die seinem Willen etwas entgegenzusetzen hatte.

Er war ein intelligenter, anständiger, gutherziger Mann, doch zugleich dominant und von einem gewissen Konkurrenzdenken beseelt. Konnte es einfach ihr rebellisches Wesen sein, das ihn sowohl außerhalb des Bettes als auch auf den Laken in ihrer Nähe hielt?

Sie mußte der Tatsache ins Auge sehen, daß die Zeit für Spielchen allmählich ablief. Es wurde entschieden fällig, tapfer die Kleider abzulegen, damit er sie begutachten könnte, und der Wahrheit ins Auge zu sehen. Wenn er sie nicht wollte, wie sie war, sondern sich nur aus Eroberungswillen mit ihr abgab, dann hatte das, was es zwischen ihnen gab, ohnehin keinen Wert. Es wäre Wahnsinn, sich noch länger zu verstecken.

Jane stieg aus dem Bett und wandte sich dem Bad zu. Nachdem sie ihre morgendlichen Vitamine genommen und sich die Zähne geputzt hatte, kehrte sie in ihr Schlafzimmer zurück, trat, eine Hand auf ihrem stetig anschwellenden Bauch, ans Fenster und blickte in den Maivormittag hinaus. An den Berghängen tummelten sich Milliarden von Blüten: Hartriegel, wilde Rhododendren, flammende Azaleen und Berglorbeer. Ihr erster Frühling in den Appalachen war schöner, als sie es sich je hätte träumen lassen. Veilchen, Narzissen und Frauenschuh wuchsen dort, wo sie täglich spazierenging, und neben dem Haus verströmten Glyzinen und weiße Brombeerblüten ihren Duft. Nie zuvor hatte sie einen atemberaubenderen jubelnderen Mai erlebt.

Aber schließlich ging es auch um ihre große Liebe.

Ihr wurde klar, wie verletzlich sie aufgrund dieser Liebe war; aber da Cal ihr inzwischen statt herablassend stets lachend und voller Zärtlichkeit begegnete, begann sie zu hoffen, daß er vielleicht ebenfalls etwas für sie empfand.

Noch vor zwei Monaten hätte sie die Vorstellung als absurd abgetan, doch nun kam es ihr nicht mehr ganz so unwahrscheinlich vor.

Auch wenn man zwischen ihnen eigentlich keine Gemeinsamkeiten vermutet hätte, fanden sie doch immer ein Gesprächsthema oder einigten sich auf eine Unternehmung. Während sie die Vormittage am Computer arbeitete, ging Cal ins Fitneßstudio oder kam seinen Verpflichtungen gegenüber der Gemeinde nach; doch nachmittags und abends machten sie etwas zusammen.

Cal hatte Annies Haus fertig gestrichen und sie im Garten die restlichen Pflanzen gesetzt. Sie waren mehrere Male in Asheville gewesen, hatten in einigen der besten Restaurants der Stadt diniert und waren inmitten ganzer Busladungen von Touristen über das Biltmoregelände spaziert. Auf ein paar der leichteren Wanderwege hatten sie den Great Smoky Mountain Nationalpark erkundet, und er war mit ihr nach Connemara gefahren, der Wirkungsstätte Carl Sandbergs. Voller Begeisterung besichtigte sie das wunderschöne Haus, und er photographierte sie zusammen mit den dort grasenden Ziegen.

Doch nach Salvation fuhren sie nach wie vor getrennt. Wenn Jane Einkäufe zu erledigen hatte, begab sie sich alleine in die Stadt. Manchmal traf sie zufällig auf Kevin und sie aßen zusammen im Petticoat Junction Café, ohne darauf zu achten, daß man sie dort ebenso wie im Mountaineer mit feindseligen Blicken maß. Glücklicherweise sah man ihr in den Flatterkleidern ihren Zustand noch nicht an.

Sie und Cal stritten nach wie vor, wenn er doch wieder den Macho herauskehrte, aber im allgemeinen kam es schnell zum Friedensschluß; niemals mehr begegnete er ihr mit dem kalten Haß der ersten Wochen ihres Zusammenseins. Statt dessen brüllte er sie nun öfter mal an, und sie brachte es nicht über sich, ihm den Spaß zu verderben, indem sie sich allzu schnell geschlagen gab. Bei Lichte besehen genoß sie sogar die Kämpfe ebenso wie er.

Sie hörte, daß er mit Duschen fertig war. Da es keinen Sinn machte, sich und ihn unnötig in Versuchung zu führen, gab sie ihm noch ein paar Minuten, sich abzutrocknen und ein Handtuch um die Hüften zu schlingen, ehe sie leise durch die halbgeöffnete Tür schlüpfte.

Er stand am Waschbecken, und das schwarze Badetuch lag so tief um seine Hüften, daß es um ein Haar herunterrutschte. Wärend er sich Rasiercreme im Gesicht verteilte, unterzog er ihr rotes Snoopy-Nachthemd einer gründlichen Musterung.

»Wann zeigst du endlich Mitleid, Professor, und hörst auf, mich mit deinen sexy Negligés um den Verstand zu bringen?«

»Morgen abend komme ich mit Winnie-Pooh.«

»Das überlebe ich nicht.«

Sie lächelte, klappte den Toilettendeckel zu und setzte sich. Eine Zeitlang begnügte sie sich damit, ihn beim Rasieren zu beobachten, doch dann sprach sie ihn auf das Thema eines Streits vom Vortag an.

»Cal, erklär mir doch bitte noch einmal, warum du nicht ein bißchen Zeit mit Kevin verbringen willst.«

»Fängst du schon wieder damit an?«

»Ich begreife einfach nicht, warum du ihn nicht trainieren willst. Schließlich bist du sein Idol.«

»Er kann mich nicht ausstehen.«

»Nur, weil er es selbst zu etwas bringen will.Er ist jung und talentiert, da stehst du ihm im Weg!«

Es gefiel ihm nicht, daß sie gelegentlich mit Kevin zusammen war; aber da sie den jüngeren Mann nur als Freund betrachtete, und da Cal Kevin offenbar erklärt hatte, er bräche ihm beide Arme, rührte er sie auch nur einmal an, bestand für den Augenblick eine Art, wenn auch unsicherer, Waffenstillstand.

Cal legte den Kopf in den Nacken und rasierte sich unter dem Kinn. »Er ist nicht so talentiert, wie er denkt. Zwar hat er einen tollen Arm – daran besteht kein Zweifel – und besitzt eine gesunde Aggressivität; aber er muß noch lernen, wie man die Abwehrtechniken des Gegners durchschaut.«

»Warum bringst du es ihm nicht bei?«

»Wie gesagt, ich fände es unlogisch, meinen eigenen Konkurrenten zu trainieren, und außerdem wäre ich der letzte, von dem er sich einen Rat geben ließe.«

»Das ist nicht wahr. Warum meinst du, hängt er immer noch hier in Salvation herum?«

»Weil er mit Sally Terryman schläft.«

Jane hatte die kurvenreiche Sally bereits des öfteren in der Stadt gesehen, und Cal lag mit seiner Vermutung sicher richtig, aber da es ihr um etwas anderes ging, tat sie, als hätte sie den Einwand überhört. »Er wäre ein wesentlich besserer Spieler, wenn du mit ihm arbeiten würdest, und du würdest etwas Wichtiges hinterlassen, wenn du selbst einmal abdankst.«

»Bis dahin ist es noch lange hin.« Er beugte den Kopf über das Waschbecken und wusch sich den Schaum aus dem Gesicht.

Da sie sich auf gefährlichem Terrain befand, sprach sie möglichst behutsam weiter. »Du bist sechsunddreißig, Cal. Ewig wird es sicherlich nicht mehr dauern.«

»Dieser Satz beweist nur wieder einmal, wieviel Ahnung du vom Football hast.« Er nahm sich ein Handtuch und trocknete sich die Wangen ab. »Ich bin auf dem Höhepunkt meiner Karriere. Warum sollte ich also aufhören?«

»Vielleicht nicht sofort, aber wohl in absehbarer Zeit.«

»Ich habe noch eine Menge guter Jahre vor mir.«

Sie dachte an die Schulter, die er sich rieb, wenn er sich unbeobachtet glaubte, und an den Whirlpool, den er im Badezimmer hatte installieren lassen – leider belog er sich selbst.

»Was wirst du machen, wenn du einmal nicht mehr spielst? Hast du irgendwelche Geschäfte geplant? Oder denkst du an eine Karriere als Coach?«

Wieder spannte er sich an. »Warum kümmerst du dich nicht weiter um deine Top Quarks, Professor, und überläßt meine Zukunft mir?« Er wandte sich der Tür seines Schlafzimmers zu, zerrte das Handtuch von seinen Hüften und wechselte, während er sich anzog, abrupt das Thema. »Du hast nicht vergessen, daß ich heute nachmittag nach Texas fliege, oder?«

»Zu irgendeinem Golfturnier, sagtest du?«

»Zum Bobby Tom Denton Invitational.«

»Ist er ein Freund von dir?« Sie erhob sich von der Toilette, lehnte sich in den Türrahmen und sah ihn fragend an.

»Bitte erzähle mir nicht, du hättest noch nie von Bobby Tom Denton gehört. Er ist der berühmteste Außenstürmer, den es im Football je gegeben hat.«

»Außenstürmer?«

»Einer von denen, denen der Quarterback die Bälle zuwirft. Ich sagte dir, der Tag, an dem sein Knie draufging und er aufhören mußte, war der schwärzeste Tag, den der Profi-Football je gesehen hat.«

»Und was macht er jetzt?«

»Vor allem gute Miene zum bösen Spiel! Er lebt in Telarosa, Texas, mit seiner Frau Gracie und ihrem kleinen Baby. Dabei tut er so, als wären seine Familie und die Wohltätigkeitsvereine, denen er vorsteht, alles, was er im Leben braucht.«

»Vielleicht ist es ja tatsächlich so.«

»Du kennst Bobby Tom Denton nicht. Seit er ein kleiner Junge war, hat er ausschließlich für Football gelebt.«

»Klingt, als leiste er jetzt wirklich wichtige Arbeit.«

»Mit seinen Vereinen?« Er zog sich ein dunkelbraunes Polohemd über den Kopf. »Er bewirkt einiges, daß du mich nicht falsch verstehst. Allein das Golfturnier bringt ein paar hunderttausend Dollar für eine ganze Reihe wohltätiger Zwecke ein; aber ich schätze, es gibt eine Menge Leute in diesem Land, die so etwas bewirken könnten, wohingegen B.T.s Ballfangtechnik einmalig ist.«

Janes Meinung nach war die Arbeit für Wohltätigkeitsvereine wesentlich wichtiger als die Fähigkeit, einen Football zu fangen; aber aus Vorsicht verkniff sie sich diese Feststellung. »Es könnte doch durchaus anregend sein, einmal etwas ganz anderes zu machen, nachdem man jahrelang auf dem Footballfeld gestanden hat. Denk zum Beipiel an dich selbst. Du kannst ein vollkommen neues Leben beginnen, obwohl du noch ein junger Mann bist.«

»Mir gefällt mein Leben, wie es ist.«

Ehe sie noch etwas hinzufügen konnte, trat er vor sie, zog sie in seine Arme und küßte sie, bis sie nach Atem rang. Er wurde hart, doch es war heller Tag, und so trat er, wenn auch widerstrebend, einen Schritt zurück und sah sie mit glitzernden Augen an. »Und, meinst du, daß du mir meinen größten Wunsch bald erfüllen wirst?«

Ihr Blick fiel auf seinen Mund, und sie stieß einen Seufzer aus. »Wahrscheinlich ja.«

»Du weißt, daß ich es dir nicht leichtmachen werde. Ich werde mich mit nichts Geringerem zufriedengeben, als daß du dich mir bei hellem Tageslicht ausziehst.«

»Ich weiß.«

»Vielleicht zwinge ich dich sogar, draußen herumzulaufen.«

Sie sah ihn düster an. »Das würde zu dir passen.«

»Natürlich müßtest du das nicht ganz nackt tun.«

»Wirklich nett von dir!«

»Wahrscheinlich würde ich dir erlauben, ein Paar von deinen hübschen hochhackigen Schuhen anzuziehen.«

»Du bist wirklich ein Edelmann.«

Wieder zog er sie an seine Brust, küßte sie, umfaßte ihre Brüste, und nach wenigen Sekunden keuchten sie beide so laut, daß sie sich wünschte, der Augenblick ginge nie vorbei. Erst heute morgen hatte sie sich gesagt, daß sie ihn nicht länger auf die Folter spannen dürfte, und dies war genau der richtige Augenblick. Mit einer Hand zog sie den Saum ihr Nachthemds hoch.

Plötzlich klingelte das Telephon. Sie zog ihr Nachthemd höher und verstärkte ihren Kuß, aber das beharrliche Läuten machte die Stimmung kaputt.

Er stöhnte. »Warum schaltet sich nicht endlich der Anrufbeantworter ein?«

Sie ließ ihr Nachthemd wieder sinken. »Gestern nachmittag waren die Putzfrauen da. Offenbar haben sie das Ding versehentlich abgestellt.«

»Ich wette, es ist Dad. Er wollte heute morgen anrufen.« Widerstrebend ließ er von ihr ab, lehnte einen Augenblick seine Stirn an ihren Kopf, gab ihr einen Kuß auf die Nase und ging eilig an den Apparat.

Sie konnte es nicht glauben. Endlich hatte sie den Mut gefunden, ihm ihren runden Körper zu zeigen, und dann klingelte diese lästige Erfindung! Um ihn bei seinem Gespräch nicht zu stören, ging sie ins Badezimmer, nahm eine Dusche und zog sich an.

Als sie in die Küche kam, steckte Cal gerade seine Brieftasche ein. »Es war Dad. Er und Mom treffen sich heute in Asheville zum Mittagessen. Hoffentlich kann er sie überreden, nachzugeben und wieder nach Hause zu ziehen. Ich kapiere einfach ihren Starrsinn nicht.«

»Eine Ehe besteht immer aus zwei Menschen, soweit ich weiß.«

»Wobei immer einer der größere Dickschädel ist.«

Sie hatte längst aufgegeben, mit ihm darüber zu streiten, daß die momentane Trennung seiner Eltern sicher nicht allein auf das Konto seiner Mutter ging. Schließlich war sie ausgezogen, und kein Argument von Jane vermochte ihn zu überzeugen, daß es immer zwei Seiten einer Medaille gab.

»Weißt du, was Mom zu Ethan gesagt hat, als er ihr seinen priesterlichen Beistand anbot? Nämlich, daß er sich um seine eigenen Angelegenheiten kümmern soll.«

Jane zog eine Braue hoch. »Vielleicht ist Ethan nicht der richtige Ansprechpartner in dieser Angelegenheit.«

»Als ihr zuständiger Pastor?«

Beinahe hätte sie mit den Augen gerollt, doch statt dessen wies sie Cal geduldig auf das hin, was auf der Hand lag. »Du und Ethan, ihr seid beide viel zu sehr in die Sache verstrickt, um noch neutral zu sein.«

»Da hast du wahrscheinlich recht.« Als er die Autoschlüssel von der Theke nahm, runzelte er die Stirn. »Wie konnte so etwas nur passieren ...«

Als sie Cals besorgte Miene sah, wünschte sie sich, daß sich Lynn und Jim nicht nur um ihrer selbst willen, sondern auch wegen ihrer Söhne wieder vertrugen. Cal und Ethan liebten ihre Eltern, und diese Trennung schmerzte sie.

Wieder einmal fragte sie sich, was wohl zwischen Lynn und Jim Bonner vorgefallen war. Jahrelang schienen sie gut miteinander zurechtgekommen zu sein. Weshalb also hatte sich Lynn nach all der Zeit aus heiterem Himmel von ihrem Mann getrennt?

Jim Bonner betrat den Blue-Ridge-Speisesaal im Grove Park Inn, Ashevilles berühmtestem Hotel. Es war eins von Lynns Lieblingsrestaurants, und deshalb hatte er sie hierher eingeladen. Vielleicht rief die Umgebung ja angenehme Erinnerungen in ihr wach?

Das Grove Park Inn, das um die Jahrhundertwende als luxuriöses Refugium vor der sommerlichen Hitze für die Reichen des Landes am Rande des Sunset Mountain aus roh behauenem Granit geschaffen worden war, empfand man in seiner Massigkeit entweder als grottenhäßlich oder aber als monumentales Wunderwerk.

Der Blue-Ridge-Speisesaal verströmte wie das übrige Hotel einen rustikalen und zugleich künstlerischen Charme. Jim ging die Stufen zum tiefer gelegenen Teil des Raums hinab, wo Lynn bereits an einem kleinen Tisch an einem der großen Fenster, durch die man auf die Berge blickte, saß. Als er sie entdeckte, sog er ihren Anblick wie Nektar in sich auf.

Da er sich weigerte, sie am Heartache Mountain zu besuchen, mußte er sie entweder anrufen oder nach ihr Ausschau halten, wenn sie nach Salvation kam. Immer wieder hatte er unter einem Vorwand Mittwoch abends die Kirche aufgesucht, wenn sie mit der Gemeinde zusammenkam, und so oft wie möglich hatte er geguckt, ob ihr Wagen auf dem Parkplatz des Supermarktes stand.

Sie hingegen schien ihm geflissentlich aus dem Weg zu gehen. Nach Hause kam sie nur, wenn sie wußte, daß er entweder im Krankenhaus oder in seiner Praxis war; und so freute er sich ungemein, daß sie dieses gemeinsame Mittagessen nicht absagte.

Dann allerdings ersetzte Verärgerung sein Glück, sie zu sehen. Amber Lynn schien sich während des letzten Monats nicht im geringsten verändert zu haben, während er sich alt und verbraucht fühlte. Sie trug eine losegewebte lavendel- und cremefarbene Jacke, die ihm schon immer gefallen hatte, silberne Ohrringe und ein Hemdblusenkleid. Als er den schweren Holzstuhl ihr gegenüber nach hinten zog, wollte er sich einreden, daß er unter ihren Augen dunkle Ringe sah – aber eher handelte es sich nur um leichte Schatten, die das einfallende Licht auf ihre Wangen warf.

Sie begrüßte ihn mit demselben herzlichen Nicken, mit dem sie auch Fremden entgegentrat. Was war nur aus dem lachlustigen jungen Mädchen vom Land geworden, das seinen Abendbrottisch mit Löwenzahnsträußen verschönert hatte?

Der Kellner kam herbei, und Jim bestellte zwei Gläser ihres gemeinsamen Lieblingsweins, woraufhin Lynn um eine Diät-Pepsi bat. Als der Ober wieder gegangen war, sah er sie fragend an.

»Ich habe fünf Pfund zugenommen«, erklärte sie.

»Du machst schließlich auch gerade eine Hormontherapie. Da ist ein bißchen mehr Gewicht normal.«

»Nicht wegen der Pillen, sondern aufgrund von Annies Küche habe ich zugelegt. Ohne mindestens einen Löffel Butter im Essen hält sie es für ungenießbar.«

»Klingt so, als würdest du die fünf Pfund am raschesten wieder los, wenn du nach Hause zurückkehrst.«

Einen Moment später sagte sie: »Heartache Mountain ist für mich zu Hause.«

Er hatte das Gefühl, als ob ihm etwas Kaltes in den Nacken blies. »Ich spreche von deinem wahren Zuhause. Von unserem Zuhause.«

Statt zu antworten griff sie nach der Speisekarte und blätterte sie durch. Der Ober kam mit den Getränken, und sie gaben ihre Bestellung auf. Während sie auf ihr Essen warteten, plauderte Lynn über das Wetter und über ein Konzert, das sie in der letzten Woche gehört hatte. Sie erinnerte ihn daran, daß er seine Klimaanlage überprüfen lassen mußte und erzählte davon, daß eine der Hauptstraßen aufgerissen worden war. Ihr Gerede tat ihm weh. Diese schöne Frau, die früher immer frisch von der Leber weg schnatterte, behielt ihre Gefühle inzwischen stets für sich.

Sie schien fest entschlossen zu sein, persönlichen Themen aus dem Weg zu gehen; aber früher oder später würde sie sicher unweigerlich auf ihre Söhne zu sprechen kommen, und so sagte er: »Gabe hat gestern abend aus Mexiko angerufen. Offenbar hielt es keiner seiner Brüder bisher für nötig, ihm mitzuteilen, daß du ausgezogen bist.«

Besorgt runzelte sie die Stirn. »Du hast doch wohl hoffentlich auch nichts davon gesagt? Er hat schon genug Probleme. Ich möchte nicht, daß er sich auch noch unseretwegen grämt.«

»Nein, ich habe nichts gesagt.«

Die Erleichterung über diese Antwort war ihr anzusehen. »Er tut mir schrecklich leid. Ich wünschte, er würde nach Hause kommen.«

»Vielleicht tut er das ja eines Tages auch.«

»Außerdem mache ich mir Sorgen um Cal. Ist dir irgend etwas an ihm aufgefallen?«

»Auf mich macht er einen durchaus zufriedenen Eindruck.«

»Mehr als zufrieden. Gestern traf ich ihn in der Stadt, und er sah richtiggehend glücklich aus. Ich verstehe das einfach nicht, Jim. Er hat immer eine gute Menschenkenntnis besessen; aber jetzt scheint er nicht zu bemerken, daß ihm diese Frau das Herz brechen wird. Weshalb durchschaut er sie nicht?«

Bei dem Gedanken an seine neue Schwiegertochter verzog sich Jims Miene grimmig. Er hatte sie erst vor ein paar Tagen auf der Straße getroffen, aber sie war an ihm vorbeistolziert, als wäre er Luft. Sie hatte sich geweigert, sich auch nur ein einziges Mal in der Kirche blicken zu lassen, hatte die Einladungen einiger der nettesten Frauen der Stadt ausgeschlagen und war nicht einmal zu einem Essen erschienen, das die Jaycees Cal zu Ehren gaben. Der einzige Mensch, dem sie einen Teil ihrer Zeit widmete, schien Kevin Tucker zu sein. Was nichts Gutes für seinen Sohn verhieß!

»Es ist mir ein Rätsel«, fuhr Lynn fort. »Wie kann er so aufgeräumt aussehen, obwohl er mit einer solchen ... einer solchen ...«

»... kaltherzigen Hexe verheiratet ist.«

»Leider hasse ich sie. Ich kann es nicht ändern. Sie wird ihm sehr weh tun, und das hat er nicht verdient.« Sie runzelte die Stirn, und die Heiserkeit ihrer Stimme verriet die Tiefe ihres Kummers. »All die Jahre haben wir darauf gewartet, daß er zur Ruhe kommt und eine liebevolle Partnerin findet – aber guck nur, wen er sich ausgesucht hat – eine Frau, die sich für niemanden interessiert außer für sich selbst.« Auch ihr Blick umwölkte sich. »Und uns sind die Hände gebunden.«

»Wir können ja nicht einmal unsere eigenen Probleme lösen, Lynn. Wie sollten wir da Cal von Nutzen sein?«

»Das ist nicht das gleiche. Er ist – er ist verletzlich.«

»Wir nicht?«

Zum ersten Mal bekam ihre Stimme einen leicht aggressiven Ton. »... habe ich nicht behauptet!«

Bitterkeit verengte ihm die Brust und stieg wie Galle in seiner Kehle auf. »Mir reicht allmählich dieses Katz-und-Maus-Spiel, das du mit mir treibst. Ich warne dich, Lynn; länger mache ich das nicht mehr mit.«

Sofort bemerkte er seinen Fehler. Lynn mochte es nicht, wenn man sie in die Enge trieb, und angesichts von Erpressung hatte sie schon immer ihren ganz eigenen Starrsinn an den Tag gelegt. Jetzt sah sie ihn reglos an. »Annie hat mir aufgetragen, dir zu sagen, daß sie deine ständigen Anrufe stören.«

»Das ist bedauerlich.«

»Sie ist wirklich wütend auf dich.«

»Annie ist seit meiner Kindheit wütend auf mich.«

»Unsinn. Ihre gesundheitlichen Probleme machen sie einfach gereizt.«

»Wenn sie aufhören würde, kiloweise Butter zu essen, ginge es ihr vielleicht besser.« Er lehnte sich in seinem Stuhl zurück.

»Du weißt genau, warum sie nicht will, daß wir miteinander reden. Weil sie es prima findet, daß du dich den ganzen Tag bei ihr aufhältst und dich um sie kümmerst. Das gibt sie bestimmt nicht so leicht auf.«

»Ist es das, was du denkst?«

»Darauf kannst du wetten!«

»Du irrst dich. Sie versucht lediglich, mich zu beschützen.«

»Vor mir? Aha!« Seine Stimme wurde sanft. »Verdammt, Lynn, ich war dir stets ein guter Ehemann. Daß ich jetzt so behandelt werde, habe ich nicht verdient.«

Sie blickte auf ihren Teller, doch dann sah sie ihn mit schmerzerfüllten Augen an. »Es geht immer nur um dich, nicht wahr, Jim? Von Anfang an warst du die Hauptperson. Was du verdient hast. Wie du dich fühlst. In welcher Stimmung du gerade bist. Ich habe mein ganzes Leben danach ausgerichtet und versucht, es dir recht zu machen, aber es hat nicht gereicht.«

»Das ist einfach lächerlich. Du übertreibst. Hör zu, vergiß alles, was mir neulich herausgerutscht ist. Ich habe es nicht so gemeint, war einfach – ich weiß nicht – wahrscheinlich stecke ich in einer Art Midlife-Krise oder so. Ich mag dich, wie du bist. Du bist die beste Frau, die ein Mann haben kann. Laß uns einfach vergessen, was passiert ist, und so weitermachen wie bisher.«

»Das kann ich nicht, weil *du* es einfach nicht kannst.«

»Was faselst du da?«

»Irgendwo in deinem Inneren hegst du einen Widerwillen gegen mich, der am Tag unserer Hochzeit aufbrach und seither nicht verschwunden ist. Wenn du mich zurückhaben willst, dann nur aus Gewohnheit. Ich glaube nicht, daß du mich besonders magst, Jim. Vielleicht hast du mich nie gemocht.«

»Also hör mal! Du übertreibst die ganze Angelegenheit. Sag mir nur, was du willst, und ich gebe es dir.«

»Im Augenblick will ich tun und lassen, was mir gefällt.«

»Fein! Bitte sehr, ich stehe dir dabei nicht im Weg. Deshalb brauchst du nicht davonzulaufen.«

»Doch, das muß ich.«

»Du gibst an allem mir die Schuld, nicht wahr? Mach nur weiter damit! Aber dann erklär auch deinen Söhnen, was für ein mieser Kerl ich bin. Und wenn du das tust, erinnere sie bitte zugleich daran, daß *du* diejenige bist, die *mich* nach siebenunddreißig Ehejahren verläßt, und nicht umgekehrt.«

Wieder sah sie ihn reglos an. »Weißt du was? Ich denke, du hast mich bereits an dem Tag verlassen, an dem du mich geheiratet hast.«

»Ich wußte, daß du eines Tages anfangen würdest, mir die Vergangenheit vorzuhalten. Jetzt wirfst du mir also die Sünden eines achtzehnjährigen Jungen vor.«

»Das tue ich nicht. Ich bin es nur leid, mit dem Teil von dir zusammenzuleben, der immer noch achtzehn ist, dem Teil, der nach wie vor nicht damit fertig geworden ist, daß er Amber Lynn Glide geschwängert hat und die Konsequenzen zu tragen gezwungen war. Der Junge, der denkt, er hätte etwas Besseres verdient, ist immer noch ein Teil von dir.« Ihre Stimme bekam einen müden Klang. »Die ständigen Schuldgefühle habe ich satt, Jim. Ich bin es leid, mich permanent beweisen zu müssen.«

»Dann hör doch damit auf! Ich habe dich nicht dazu gezwungen, zu diesem Lebensstil. Den hast du selbst gewählt.«

»Und jetzt muß ich herausfinden, wie ich ihn ändern kann.«

»Wie kannst du nur so egoistisch sein! Willst du dich scheiden lassen, Lynn? Ist es das, worum es dir geht? Denn wenn du die Scheidung anstrebst, dann sag es klipp und klar. Ich mache diesen Schwebezustand nicht mehr mit. Sag es mir am besten sofort.«

Er wartete auf ihren Schock. Dieser Vorschlag war undenkbar. Aber sie wirkte sehr gelassen, und allmählich wallte Panik in ihm auf. Warum sagte sie nicht, er solle aufhören, solchen Unsinn zu reden – ihre Situation wäre nicht annähernd schlimm genug, um auch nur an Scheidung zu denken? Aber offenbar hatte er sich wieder einmal verkalkuliert.

»Vielleicht wäre das wirklich das beste.«

Seine Kehle schnürte sich zu.

Ihr Blick bekam etwas Verträumtes. »Weißt du, was mir gefiele? Ich würde mir wünschen, wir könnten noch mal ganz von vorne anfangen, wir könnten uns noch einmal begegnen, ohne die Vergangenheit, als Fremde. Wenn uns das, was uns bewegte, nicht gefallen würde, könnten wir einfach auseinandergehen. Aber wenn wir übereinstimmen würden ...« Ihre Stimme verriet ihre Aufregung. »Dann wären unsere Chancen gerecht verteilt, und es gäbe ein – ein Gleichgewicht der Kräfte.«

»Gleichgewicht der Kräfte?« Furcht beschlich ihn. »Ich weiß nicht, wovon du sprichst.«

Sie bedachte ihn mit einem mitleidigen Seufzer, der ihm das Herz brechen wollte. »Du weißt es wirklich nicht, nicht wahr? Siebenunddreißig Jahre lang hast du in unserer Beziehung die ganze Macht gehabt, und ich hatte nichts. Siebenunddreißig Jahre lang mußte ich mit der Tatsache leben, daß ich in unserer Ehe der Partner zweiter Klasse war. Aber das halte ich nicht mehr aus.«

Sie sprach so geduldig wie ein Erwachsener, der einem Kind etwas erklären möchte, und an die Stelle seiner Furcht trat Zorn.

»Wie du willst.« Er konnte nicht mehr klar denken und reagierte einzig gekränkt. »Du kannst deine Scheidung haben. Hoffentlich wirst du an deiner neu gewonnenen Freiheit ersticken.«

Nachdem er ein Bündel Scheine auf den Tisch geworfen hatte, sprang er von seinem Stuhl auf und stapfte, ohne sich noch einmal umzudrehen, aus dem Speisesaal. Als er die Eingangshalle des Hotels erreichte, merkte er, daß ihm der Schweiß in Strömen über den Rücken rann. Sie stellte sein Leben auf den Kopf, seit er ihr zum ersten Mal begegnet war!

Ausgerechnet sie sprach von Macht! Seit ihrem fünfzehnten Geburtstag hatte sie es geschafft, sein Leben aus den Fugen zu bringen. Wäre er ihr nicht begegnet, hätte alles ganz anders ausgesehen. Er wäre nicht nach Salvation zurückgekommen und hätte sich niemals als Allgemeinmediziner mit den Wehwehchen der Leute herumgeplagt! Die Forschung hätte ihn interessiert oder eines der großen internationalen Projekte; er wäre in der Welt herumgereist und hätte sich intensiv mit Infektionskrankheiten befaßt. Eine Million Möglichkeiten bot das Dasein, wäre er nicht gezwungen gewesen, sie zu heiraten – aber ihretwegen hatte er keinen seiner Träume wahr gemacht. Er hatte Frau und Kinder durchzubringen, und so war er mit eingekniffenem Schwanz in seine Heimatstadt zurückgekehrt in die Praxis seines Vaters, obwohl ihm diese Vorstellung immer verhaßt gewesen war.

Er kochte vor Wut. Der Lauf seines Lebens stand unwiderrruflich fest, als er noch zu jung gewesen war, um zu verstehen, was da mit ihm geschah. Sie hatte ihm das angetan, die Frau, die drüben im Speisesaal saß und ihm erklärte, ein Opferlamm zu sein. Sie hatte sein Leben für immer ruiniert, und jetzt gab sie auch noch ihm die Schuld daran.

Wie vom Donner gerührt blieb er stehen, als ihm plötzlich alles Blut aus dem Kopf in die Füße schoß. Himmel. Sie hatte recht!

Zitternd sank er auf eins der Sofas, die an den Wänden standen, und vergrub den Kopf in den Händen. Sekunden vergingen, und dann Minuten, während derer auch noch die letzte mentale Schranke fiel, die er bisher der Wahrheit entgegenwuchtete.

Es stimmte ja, daß er sie haßte; aber seine Bitterkeit war ein so alter, vertrauter Begleiter für ihn, daß sie ein Teil seines Wesens geworden war. Tatsächlich gab er nach all der Zeit immer noch ihr die ganze Schuld.

Mit einem Mal fielen ihm die zahllosen Arten ein, auf die er sie im Laufe der Jahre bestraft hatte: die ständige Kritik und die subtilen Verweise, seine blinde Starrheit und die Weigerung, ihre Vorlieben anzuerkennen. Dann all seine Gegenmaßnahmen hinsichtlich dieser Person, die gleichsam seine Seele war.

Er drückte seine Fingerspitzen vor die Augen und schüttelte den Kopf. Sie hatte mit allem, was sie sagte, recht.

17

Janes Hände zitterten, als sie jeden Zentimeter ihres Körpers einschließlich ihres inzwischen gewachsenen Tönnchens mit Mandelöl bestrich. Helles Sonnenlicht fiel durch ihr Schlafzimmerfenster, und im Nebenraum lag Cals Koffer offen auf seinem Bett, da er in wenigen Stunden nach Austin flöge. Sie hatte sich heute morgen endgültig entschieden und wollte es hinter sich bringen, ehe sie den Mut verlor.

Ihr Haar bürstete sie, bis es schimmerte, dann starrte sie ihren nackten Körper in der Spiegelwand hinter dem Whirlpool an. Sie versuchte, sich vorzustellen, wie er auf

Cal wirken würde – aber auf keinen Fall sah er wie der Körper einer zwanzigjährigen Cheerleaderin aus.

Mit einem jämmerlichen Stöhnen stapfte sie in ihr Schlafzimmer zurück, schnappte sich ihren hübschen Morgenmantel aus aprikosenfarbener Seide mit einer Bordüre aus dunkelgrünen Lorbeerblättern an den Ärmeln und am Saum und schob ihre Arme hinein. Um Himmels willen, sie war Physikerin! Eine erfolgreiche Frau! Seit wann las sie ihren Wert an der Breite ihrer Hüften ab?

Und wieso respektierte sie auf einmal einen Mann, der sie lediglich als Körper betrachtete? Wenn ihre Maße nicht Cals Vorstellungen entsprachen, dann war es höchste Zeit, daß sie dahinterkam. Unmöglich konnten sie eine dauerhafte Beziehung aufrechterhalten, wenn ihr einziges Bindeglied das Geheimnis einer perfekten Physis war.

Und eine echte Beziehung wünschte sie sich mittlerweile mehr als alles andere. Es schmerzte sie fürchterlich, daß er unter Umständen ihre Zuneigung nicht erwiderte. Sie mußte aufhören, die Sache noch länger hinauszuzögern, und sich vergewissern, ob es zwischen ihnen etwas Grundsätzliches gab, oder ob sie lediglich ein weiterer Sammelpunkt auf Cal Bonners Liste war.

Jane hörte das leise Surren des sich öffnenden Garagentores, und ihr Herz machte einen Satz. Er war wieder da. Zweifel wallten in ihr auf. Hätte sie nicht einen passenderen Zeitpunkt wählen sollen als ausgerechnet einen Tag, an dem er durch das halbe Land zu einem Golfturnier flog? Sie hätte warten sollen, bis sie ruhiger und sich ihrer selbst sicherer war. Sie hätte ...

Ihre Feigheit widerte sie an, und sie widerstand dem beinahe überwältigenden Bedürfnis, sämtliche Kleidungsstücke aus dem Schrank zu zerren und sich in sie einzuhüllen wie ein dickbepelzter Eisbär. Heute würde sich herausstellen, ob ihre Liebe ein Flop war.

Sie atmete tief ein, band die Kordel ihres Morgenmantels zusammen und trat barfuß in den Flur.

»Jane?«

»Ich bin hier oben.« Als sie am oberen Ende der Treppe stehenblieb, schwindelte ihr vor Nervosität.

Er tauchte unten in der Eingangshalle auf. »Rate mal, wen ich ...« Er brach ab, als er den Kopf hob und sie um ein Uhr mittags in nichts als einem hauchdünnen Seidenmorgenmantel über sich stehen sah.

Lächelnd schob er seine Daumen in die Taschen seiner Jeans. »Du verstehst es, einen Kerl zu Hause willkommen zu heißen!«

Selbst wenn sie es gewollt hätte, hätte sie keinen Ton herausgebracht. Mit pochendem Herzen hob sie ihre Hände an den Gürtel ihres Morgenmantels und sprach in Gedanken ein Gebet. *Bitte, laß ihn mich um meiner selbst willen mögen und nicht nur, weil ich bisher eine Herausforderung für ihn gewesen bin. Bitte, laß ihn mich nur ein klein bißchen lieben!* Mit zitternden Fingern zupfte sie an dem Gürtel herum, doch dann sah sie ihm fest in die Augen. Mit einem Schulterzucken warf sie den Morgenmantel ab, der sich in einem weichen Haufen um ihre Füße bauschte.

Warmes Sonnenlicht hüllte ihren Körper ein, so daß dem Betrachter nichts verborgen blieb: weder ihre kleinen Brüste noch ihr sich rundender Bauch oder ihre *enormen* Hüften beziehungsweise die Beine, deren Länge einiges zu wünschen übrig ließ.

Cal sah fast benommen aus. Sie legte eine Hand leicht auf das Geländer und schritt langsam die Treppe hinunter, wobei sie nichts als einen zarten Schleier duftenden Mandelöls am Körper trug.

Er öffnete den Mund und seine Augen glänzten selig auf.

Ihr Fuß berührte die unterste Stufe und sie lächelte ihn zaghaft an.

Während er sich die Lippen leckte, sagte er mit krächzender Stimme: »Dreh dich um, Eth.«

»Niemals!«

Janes Kopf fuhr hoch, und sie entdeckte, daß Reverend Ethan Bonner direkt hinter Cal im Türrahmen stand.

Aus seinem Interesse machte er keinerlei Hehl. »Ich hoffe, ich bin nicht zur unrechten Zeit hereingeplatzt.«

Mit einem erstickten Aufschrei wirbelte sie herum und rannte die Treppe wieder hinauf, wobei sie sich des Anblicks nur allzu bewußt war, den sie von hinten bot. Sie hob ihren Morgenmantel auf, zerknüllte ihn vor ihrer Brust, flüchtete in ihr Schlafzimmer, schlug die Tür ins Schloß und sank in sich zusammen, von größerer Scham erfüllt als je zuvor.

Es schien, als wären nur ein paar Sekunden vergangen, ehe ein leises Klopfen an ihre Ohren drang. »Schätzchen?« Cals Stimme klang so zögerlich wie die eines Mannes, der nur noch wenige Minuten hatte, um eine tickende Bombe zu entschärfen, bevor es zu einer Katastrophe kam.

»Ich bin nicht da. Geh weg!« Zu ihrem Entsetzen schossen Tränen in ihre Augen. Sie hatte so lange an diesen Augenblick gedacht, hatte ihm eine solche Bedeutung beigemessen, und jetzt das!

Die Tür traf sie im Kreuz. »Rück ein wenig zur Seite, meine Süße, und laß mich herein.«

Zu betrübt, um zu streiten, trat sie einen Schritt zurück. Den Seidenmorgenmantel immer noch zerknüllt an ihre Brust gepreßt, lehnte sie sich mit dem nackten Rücken an die Wand.

Ähnlich wie ein Soldat ein Minenfeld betrat er tastend den Raum. »Alles in Ordnung, mein Herz?«

»Nenn mich nicht mein Herz! Nie im Leben habe ich mich derart geschämt.«

»Das brauchst du nicht, Janeschätzchen. Du hast dem

lieben Ethan den Tag ungemein versüßt. Himmel, wahrscheinlich nicht nur den Tag, sondern das ganze Jahr. Und mir erst recht!«

»Dein Bruder hat mich *nackt* gesehen! Ich stand da oben auf der Treppe wie am Schöpfungstag und habe mich unsterblich blamiert.«

»Da irrst du dich. Dein Anblick war alles andere als lächerlich. Warum läßt du mich nicht den Morgenmantel aufhängen, bevor du ihn vollkommen ruinierst?«

Sie drückte den Stoff noch fester an ihre Brust. »Er hat mich die ganze Zeit über gesehen, und du stehst daneben wie ein Ölgötze. Warum hast du mich nicht gewarnt und gesagt, daß wir nicht alleine sind?«

»Du hast mich einigermaßen überrascht, Liebste. Deshalb konnte ich nicht mehr klar denken. Und Eth konnte einfach nicht wegsehen. Es ist Jahre her, daß er zum letzten Mal eine schöne Frau gesehen hat. Ich hätte mir ernste Sorgen gemacht, wenn er nicht hingeguckt hätte.«

»Er ist Pfarrer!«

»Es war einfach ein gesegneter Zufall. Bist du sicher, daß ich den Morgenmantel nicht aufhängen soll?«

»Du machst dich lustig über mich!«

»Auf keinen Fall. Nur ein unsensibler Holzklotz würde denken, daß ein derart traumatisches Erlebnis witzig ist. Ich sage dir was: Noch in diesem Augenblick gehe ich runter und bringe ihn um, bevor er uns entkommt.«

Statt zu lächeln, schmollte sie. Es war etwas, was sie schon immer einmal hatte tun wollen – aber bis zu diesem Augenblick hatte sie nie genau gewußt, wie man dazu das Gesicht verzog. Nun allerdings war es da wie das Natürlichste von der Welt. »Ich habe soeben den Schock meines Lebens gekriegt, und du tust so, als wäre das Ganze ein gelungener Scherz.«

»Ich bin eben ein Schwein.« Er zog sie von der Wand

und fuhr mit seinen Händen ihren nackten Rücken entlang. »Wenn ich du wäre, würde ich sagen, daß ich verschwinden soll, weil ich es nicht verdient habe, auch nur dieselbe Luft einzuatmen wie du.«

»Das ist wahr!«

»Schätzchen, allmählich tut mir wirklich der schöne Morgenmantel leid. Zwischen uns beiden wird er bestimmt nicht besser. Meinst du nicht, du solltest ihn mir endlich aushändigen?«

Sie preßte ihre Wange an seine Brust und genoß das warme Streicheln seiner Hände, aber so schnell konnte sie nun auch wieder nicht lachen. »Ich werde ihm nie mehr in die Augen sehen können. Er denkt sowieso schon, daß ich eine Heidin bin. Und mein Auftritt war für ihn sicher der letzte Beweis.«

»Stimmt! Aber Ethan fühlte sich schon immer zu Frauen hingezogen, denen die Sünde durch die Adern rinnt. Das ist seine persönliche Tragödie.«

»Er kann unmöglich übersehen haben, daß ich schwanger bin.«

»Davon verrät er nichts, wenn ich ihn darum bitte.«

Sie seufzte, doch dann gab sie ihr Schmollen auf. »Jetzt muß ich die Sache wohl zu Ende bringen, was meinst du?«

Er umfaßte ihre Wange und strich ihr sanft mit dem Daumen übers Kinn. »Ich denke, daß es seit diesem deinem Auftritt kein Zurück mehr gibt.«

»Das fürchte ich auch!«

»Aber wenn es dir nichts ausmacht, warte noch ein paar Sekunden, damit ich die Vorhänge ganz aufziehen kann.«

Als er ans Fenster trat, maulte sie: »Du machst es mir nicht gerade leicht.«

»Nein.« Er zog an der Kordel, so daß das helle Mittagslicht ins Zimmer fiel.

»Was ist mit Ethan?«

»Mein Bruder ist kein Narr und hat sich längst aus dem Staub gemacht.«

»Aber zieh erst deine Kleider aus.«

»O nein! Du hast mich schon Dutzende Male nackt gesehen. Jetzt bin ich an der Reihe.«

»Wenn du dir einbildest, daß ich hier eine Schau abziehe, während du vollständig bekleidet da rumliegst...«

»Genau das bilde ich mir ein!« Er trat an ihr Bett, rückte die Kissen zurecht, zog seine Schuhe aus und machte es sich mit hinter dem Kopf gekreuzten Armen so bequem wie jemand, der gemütlich lagernd einen seiner Lieblingsfilme genießen will.

Sie schwankte zwischen Belustigung und Verärgerung. »Und was, wenn ich es mir anders überlege?«

»Wir wissen beide, daß du zu stolz bist, jetzt noch einen Rückzieher zu machen. Sag mir, wenn ich die Augen zumachen soll.«

»Als ob du dann gehorchen würdest.« Warum nur hatte sie ein solches Aufheben inszeniert? Dafür, daß sie so brillant war, war sie manchmal trotzdem entsetzlich blöd. Aber zum Teufel auch mit ihm! Warum hatte er ihr nicht einfach den Morgenmantel abgenommen und dem Theater auf diese Weise ein Ende bereitet? Nein, das wäre natürlich zu einfach gewesen. Statt dessen lag er mit herausforderndem Geblinzel auf ihrem Bett, und sie wußte, daß er diesen Augenblick als ihre Feuerprobe sah. Dabei wurde hier *er* auf die Probe gestellt, nicht sie! Er war derjenige, der etwas beweisen sollte, und zwar unmißverständlich.

Sie schloß die Augen und ließ den Morgenmantel los.

Tödliche Stille.

Ein Dutzend Gedanken rasten ihr durch den Kopf, einer grausiger als der andere: er haßte ihren Körper, war in Ohnmacht gefallen beim Anblick ihrer Hüften, ihr schwangerer Bauch ekelte ihn.

Der letzte Gedanke erboste sie. Er war ein *Wurm*! Geringer als ein Wurm! Was für ein Mann war angewidert vom Körper der Frau, die sein Kind unter dem Herzen trug? Sicher gehörte er zur niedersten Lebensform, die es auf der Erde gab.

Sie riß die Augen auf. »Ich wußte es! Ich wußte, daß du meinen Körper hassen würdest.« Mit in die Hüften gestemmten Händen marschierte sie zum Bett und starrte ihn böse an. »Nun, zu deiner Information, vielleicht waren die Körper all der hübschen kleinen Miezen, mit denen du dich in der Vergangenheit vergnügtest, makellos; aber sie kannten sicher nicht einmal den Unterschied zwischen einem Lepton und einem Proton, und wenn du dir einbildest, daß ich hier stehenbleibe und mich von dir aufgrund der Breite meiner Hüften und meines runden Bauchs verurteilen lasse, dann machst du dich besser gleich aus dem Staub!«

Ihr Finger fuchtelte vor seiner Nase herum. »So sieht eine erwachsene Frau nun einmal aus, mein Freund! Dieser Körper wurde von Gott so konzipiert, daß er funktioniert, und nicht, damit er von irgendeinem Hinterwäldler mit Hormonschwankungen begafft werden kann, der nur beim Anblick einer Barbie-Puppe einen hochkriegt!«

»Verdammt. Jetzt reicht's!« Mit einer behenden Bewegung zog er sie aufs Bett, rollte sich über sie und bedeckte ihre Lippen mit seinem Mund.

Sein Kuß war tief und voller Leidenschaft. Er begann oben, doch dann glitt er über ihre Brüste, ihren Bauch und ihre Knie, wobei er unterwegs an diversen erregenden Stellen die Reise unterbrach. Ihr Zorn wurde durch erneutes Verlangen nach ihm ersetzt.

Es entging ihr völlig, wann er seine eigenen Kleider ablegte; denn bereits nach Sekunden versank sie ganz in dem Vergnügen, den sein starker, fester Leib ihren Händen und Lippen bereitete. Für einen so zupackenden Mann war er ein überraschend behutsamer Liebhaber und heute nicht weniger sanft als sonst. Während das helle Sonnenlicht ins Zimmer fiel, befriedigte er seine Neugierde, indem er jeden Zentimeter ihres Körpers einer eingehenden Untersuchung unterzog, sie hin- und herdrehte, ins Licht und gegen das Licht, bis sie mit erstickter Stimme flüsterte: »Bitte ... ich halte es nicht mehr aus.«

Er liebkoste ihre Brüste mit seinem Mund, und sein Atem fiel heiß auf ihre feuchte Haut. »Wir sind noch lange nicht fertig.«

Also bestrafte sie ihn, indem sie auch ihn köstlichen Qualen unterzog. Sie benutzte ihren Mund auf die Weise, die er liebte – und ihre hingebungsvolle Inbesitznahme steigerte auch ihr eigenes Verlangen, so daß sie, als er schließlich an seine Grenzen gelangte, ebenfalls kurz vor dem Ende stand. Er bedeckte ihren Körper mit seinem Leib, drang in sie ein und sofort erreichte sie ihren Höhepunkt.

»Jetzt guck nur, was du angerichtet hast«, beschwerte sie sich, als sie wieder auf der Erde war.

Seine Augen hatten das dunkle Grau eines Frühlingsgewitters und seine Stimme ein betörendes Timbre, als er sich noch tiefer in sie schob. »Armer Schatz. Ich nehme an, jetzt muß ich noch mal ganz von vorne anfangen, was?«

»Ich habe kein Interesse mehr«, log sie.

»Dann mach die Augen zu und denk an was anderes, bis ich fertig bin.«

Sie lachte und er küßte sie, innerhalb kürzester Zeit gingen sie abermals vollkommen ineinander auf. Nie zuvor hatte sie sich so frei gefühlt. Durch das Ablegen ihrer Kleider konnten sich auch ihre Gefühle freier entfalten.

»Ich liebe dich«, flüsterte sie, als er sich in sie schob. »Ich liebe dich so sehr.«

Er küßte ihre Lippen, als sauge er ihre Worte auf. »Meine Süße ... meine Liebste! Du bist so wunderschön ...«

Ihre Leiber fanden einen Rhythmus so alt wie die Zeit, und zusammen überwanden sie jede Barriere, die es zwischen ihnen gab. Während er sie mit seinem Körper liebte, erkannte sie, daß auch sein Herz ihr in Liebe zugetan war. Es konnte gar nicht anders sein, und dieses Wissen katapultierte sie über jede Schranke hinweg. Gemeinsam kamen sie der Schöpfung nah.

Die nächsten paar Stunden verbrachten sie in verschiedenen Stadien der Bekleidung. Er erlaubte ihr, ein Paar puderblaue Sandalen zu tragen, aber nichts anderes, während sie ihm gestattete, sich in sein schwarzes Badetuch zu hüllen, solange es nur seinen Nacken bedeckte.

Dann nahmen sie im Bett ein verspätetes Mittagessen ein, und zu den saftigen Scheiben einer Orange fielen ihnen diverse sinnliche Spiele ein. Anschließend duschten sie gemeinsam, wobei sie sich vor ihn kniete und ihn, während ihnen das Wasser auf die Rücken trommelte, liebte, bis es um ihrer beider Beherrschung geschehen war.

Sie hatte das Gefühl, als wäre sie nur auf der Welt, um diesem Mann zu Gefallen zu sein und sich an dem gütlich zu tun, was er ihr bot. Nie zuvor hatte ein Mann sie derart verzaubert, nie zuvor hatte sie ihre Macht als Frau deutlicher gespürt. Sie fühlte sich brillant und stark, freigiebig und weich, vollkommen erfüllt – aber sie wußte, obgleich er es zwar nicht gesagt hatte, in ihrem Innersten, daß er ihre Liebe erwiderte. Eine solche Gefühlsintensität konnte unmöglich auf einseitiger Zuneigung basieren.

Er schob seine Abfahrt vor sich her, bis er kaum noch genug Zeit hatte, den Flughafen zu erreichen, und als der Jeep schließlich die Einfahrt hinunterraste, schlang sie lächelnd ihre Arme um die Brust.

Alles würde gut.

Die beste Country-und-Western-Band von Telarosa, Texas, spielte zu einem lebhaften Twostep auf, aber Cal lehnte die Aufforderung zum Tanzen von einer Cheerleaderin der Dallas Cowboys und einer attraktiven Angehörigen der High-Society von Austin höflich ab. Er war ein ziemlich guter Tänzer, aber heute abend mochte er einfach nicht – was nicht nur an seinem schlechten Golfspiel während des Tages lag. Eine Depression, so dicht und dunkel wie ein Berg um Mitternacht, hatte sich über ihn gesenkt.

Einer der Gründe für seine Depression saß unmittelbar neben ihm und sah wesentlich fröhlicher aus, als es zu einem Mann, der zur Aufgabe des Footballspiels gezwungen gewesen war, paßte. Ein blondes Baby, das bereits etliche Anzeichen trug, in Zukunft einmal alle möglichen Herzen zu brechen, lag dort in seinem Arm, wo früher der Platz für den Football vorgesehen war. Soweit Cal es beurteilen konnte, klebte Wendy Susan Denton nur dann nicht an Daddys Brust, wenn Bobby Tom einen Golfschläger schwang oder wenn er die Kleine von ihrer Mutter füttern ließ.

»Hat Gracie dir den Anbau von unserem Haus gezeigt?« fragte Bobby Tom Denton jetzt. »Mit Wendy und so brauchten wir einfach mehr Platz. Außerdem wünschte sich Gracie nach ihrer Wahl zur Bürgermeisterin von Telarosa auch zu Hause ein Büro.«

»Gracie hat mir alles gezeigt, B. T.« Vergeblich hielt Cal Ausschau nach einer Möglichkeit zur Flucht. Widerstrebend gab er bei sich zu, daß die kurze Zeit allein mit B.T.s Frau, Gracie Snow Denton, einer der wenigen vergnüglichen Augenblicke des Wochenendes gewesen war. Während der paar Minuten hatte Bobby Tom irgendwelche Sportreporter becirct und Wendy mitgeschleppt, so daß Cal vorübergehend nicht gezwungen war, das zarte, zappelige Bündel und somit seine eigene Zukunft zu bestaunen.

Überraschenderweise hatte Cal Wendys Mom auf Anhieb gemocht, auch wenn Bürgermeisterin Gracie nicht gerade den Vorstellungen von der Gattin einer Legende wie Bobby Tom entsprach. Er hatte sich immer mit sensationellen Granaten umgeben, während Gracie eher burschikos und eigenständig war. Nun, auf alle Fälle gefiel sie ihm wirklich mit ihrer direkten Art – und offenbar ernsthaft um das Wohlergehen ihrer Mitmenschen besorgt. Ähnlich wie seine Professorin, nur daß sie nicht deren Angewohnheit teilte, mitten in einer Unterhaltung abzuschalten und in Grübeleien über irgendwelche Theorien zu versinken, die außer ihr auf der ganzen Welt noch höchstens ein Dutzend Leute überhaupt verstand.

»Gracie und ich haben bei der Planung des Anbaus eine Menge Spaß gehabt.« Bobby Tom schob sich grinsend seinen Stetson aus der Stirn. Cal fiel auf, daß er ebenso attraktiv wie sein Bruder Ethan wirkte, auch wenn sein Gesicht inzwischen mehr Charakterfalten aufwies als das des Reverends. Trotzdem war er ein verdammt gutaussehender Hurensohn.

»Und hat sie dir auch von der Backsteinstraße erzählt, die ich der kleinen Stadt in West Texas abgekauft habe? Gracie hat mitbekommen, daß sie die Backsteine durch Asphalt ersetzen wollten, und so bin ich hingegangen und habe die alten Dinger erworben. Es gibt nichts Schöneres als alten Stein. Schau dir unbedingt noch die Rückfront des Hauses an. Sie sieht jetzt zehnmal schöner als vorher aus.«

Bobby Tom redete weiter über alte Backsteine und breite Dielenbretter, als wären dies die aufregendsten Dinge der Welt, während das Baby selig in seiner Armbeuge an seinen Fäusten nuckelte und seinen stolzen Daddy mit großen Augen musterte. Cal hatte das Gefühl, als drücke ihm jemand die Kehle zu.

Zwei Stunden zuvor hatte er zufällig ein Gespräch zwischen dem ehemaligen Außenstürmer und Phoebe Calebow, der Eigentümerin der Stars, mit angehört, das sich ums *Stillen* drehte! Offenbar war sich B. T. nicht sicher, ob Gracie es auch *richtig* machte. Er fand, sie nahm die Aufgabe nicht *ernst* genug. Bobby Tom, der nie etwas anderes als Football ernst genommen hatte, ließ sich des langen und breiten über das Stillen eines Babys aus!

Noch jetzt merkte Cal, daß er bei der Erinnerung daran ins Schwitzen geriet. All die Zeit hatte er gedacht, daß Bobby Tom sich nur äußerlich so zufrieden gab; aber inzwischen mußte er sich eingestehen, daß Bobby Tom es ernsthaft war. Er schien gar nicht zu bemerken, daß etwas nicht stimmte. Die Vorstellung, daß der größte Außenstürmer in der Geschichte des Profi-Footballs sich zu einem Mann gemausert hatte, dessen Leben sich um eine Frau und ein Baby und breite Dielenbretter drehte, war einfach niederschmetternd! Nicht in einer Million Jahren hätte Cal gedacht, daß der legendäre Bobby Tom Denton je seine Glanzzeit vergessen könnte – doch genau das war passiert.

Zu seiner Erleichterung kam Gracie und zog Bobby Tom mit sich fort. Ehe sie allerdings gingen, entdeckte Cal noch den Ausdruck wunschlosen Glücks, mit dem sein Freund seine Frau betrachtete, was in ihm das Gefühl auslöste, jemand hätte ihm einen Schlag in die Magengrube versetzt.

Er leerte sein Bierglas und redete sich ein, daß er persönlich die Professorin sicher niemals mit einem solchen Blick ansah, aber die Sache war die: er konnte sich nicht sicher sein. Dr. Darlington hatte ihn einigermaßen umgekrempelt, und wer wußte schon, was für einen dämlichen Gesichtsausdruck er an den Tag legte, wenn er in ihrer Nähe war?

Wenn sie ihm wenigstens nicht gesagt hätte, daß sie ihn

liebte, wäre ihm jetzt vielleicht nicht so elend zumute. Warum hatte sie es sagen müssen? Zuerst hatte er sich bei ihren Worten mehr als gut gefühlt. Es hatte etwas Befriedigendes, wenn man die Billigung einer so klugen und lustigen und süßen Frau wie der Professorin fand. Aber dieser Wahnsinn hatte sich gelegt, als er in Telarosa eintraf und Zeuge wurde von Bobby Tom Dentons jetzigem Leben nach einer derartigen Footballkarriere.

Bobby Tom mochte mit all diesem dauerhaften Zeug einverstanden sein, aber für ihn, Cal, kam das niemals in Frage. Es gab nichts, was ihn nach dem Ende des Footballspielens erwartete, keine Wohltätigkeitsvereine, keine ehrliche Arbeit, die ihn interessierte, nichts, was ihm seinen Stolz als Mann garantierte. Was, wie er zugeben mußte, die Crux des Ganzen war ...

Wie sollte ein Mann ein Mann bleiben ohne ordentliche Arbeit? Bobby Tom hatte die Denton Stiftung, aber Cal besaß nicht B.T.s kaufmännisches Talent. Statt sein Geld zu mehren, ließ er es einfach hier und da auf ein paar Konten liegen, wo es von alleine Zinsen gab. Er hatte nichts Wertvolles, was ihn nach dem Ende des Sportlerlebens erwartete. Einfach nichts.

Bis auf Jane. Gestern nachmittag, als er sich von ihr verabschiedete, hatte er erkannt, daß sie ihre Beziehung, anders als er, nicht mehr als kurzfristige Notlösung betrachtete. Sie dachte bereits über breite Dielenbretter und mit ihren Monogrammen versehene Badetücher und an einen geeigneten Wohnort für ihr Rentenalter nach. Aber er war noch nicht annähernd bereit zu solchen Überlegungen, und er wollte nichts von Liebe hören! Als nächstes würde sie ihn darum bitten, sich Farbmuster und Teppichböden anzusehen. Nun, da sie die entscheidenden Worte gesagt hatte, erwartete sie sicher, daß er reagierte, doch er hatte noch keine Lust dazu. Noch nicht! Nicht, solange die einzige vernünftige Arbeit, die er kannte, im Werfen eines Footballs bestand. Nicht jetzt, wo er vor der härtesten Saison seines Lebens stand!

Während Cal zum Golfspielen in Texas weilte, unternahm Jane lange Spaziergänge in den Bergen und gab sich Zukunftsträumen hin. Sie dachte über Orte nach, an denen sie leben könnten, und über Möglichkeiten, ihre Termine umzulegen zugunsten von mehr Freizeit. Am Sonntagnachmittag riß sie die häßliche rosengemusterte Metallictapete von den Wänden der Frühstücksnische und kochte Nudelsuppe mit Huhn.

Da sie am nächsten Morgen vom Geräusch der Dusche erwachte, mußte Cal offenbar irgendwann in der Nacht nach Hause gekommen sein. Tatsächlich verspürte sie eine gewisse Enttäuschung darüber, daß er nicht zu ihr ins Bett geglitten war. Während der letzten Wochen hatte sie es sich angewöhnt, ihm Gesellschaft zu leisten, wenn er sich rasierte; aber die Badezimmertür war fest verschlossen, so daß sie ihm erst beim Frühstück begegnete.

»Willkommen zu Hause!« Sie sprach voller Zärtlichkeit und wartete darauf, in die Arme genommen zu werden. Statt dessen murmelte er etwas, das sie nicht verstand.

»Wie war das Golfturnier?« fragte sie.

»Beschissen.«

Eine plausible Erklärung für seine schlechte Laune ...

Er trug seine Müslischale zur Spüle, ließ Wasser hineinlaufen, und als er sich umdrehte, zeigte er verdrossen auf die Stelle, wo die Tapete an den Wänden fehlte. »Es gefällt mir nicht, heimzukommen und feststellen zu müssen, daß du derweilen mein Haus auseinandernimmst.«

»Die schrecklichen Rosen können dir ja wohl nicht gefallen haben.«

»Es ist egal, ob sie mir gefallen haben oder nicht. Du hättest mit mir reden sollen, bevor du dich an meinem Haus vergreifst.«

Den zärtlichen Liebhaber, von dem sie während des Wochenendes geträumt hatte, gab es nicht mehr, und allmählich wallte Unbehagen in ihr auf. Sie hatte angefangen, diesen monströsen Kasten auch als ihr Heim anzusehen – aber offensichtlich stand sie mit dieser Auffassung alleine da. Streng mit sich unterdrückte sie ihre Enttäuschung. »Ich dachte nicht, daß es dir etwas ausmachen würde.«

»Tut es aber.«

»Dann suchen wir eben eine neue Tapete aus! Ich übernehme gerne die handwerkliche Seite.«

Auf seinem Gesicht malte sich blankes Entsetzen aus. »Niemals suche ich Tapeten aus, Professor! Niemals! Und du genausowenig, also läßt du am besten alles, wie es ist.« Er schnappte sich seine Autoschlüssel von der Theke und wandte sich zur Tür.

»Du willst die Wände so lassen, wie sie sind?«

»Allerdings.«

Sie überlegte, ob sie ihm sagen sollte, er solle zur Hölle fahren, oder ob es sich empfahl, die Form zu wahren. Trotz ihrer Verletztheit erreichte sie mit Freundlichkeit sicher mehr. Streiten konnten sie später immer noch. »Ich habe Nudelsuppe gekocht. Bist du rechtzeitig zum Abendessen wieder da?«

»Weiß nicht. Wenn ich da bin, bin ich da! Versuch nicht, mich an die Leine zu nehmen, Professor. Das mag ich nicht.« Mit diesen Worten verschwand er in der Garage, und sie blieb verwirrt zurück.

Sie setzte sich auf einen der Küchenstühle und sagte sich, daß sein Unmut sicher kein Drama war. Die Reise und das verpatzte Golfspiel hatten ihn nur verstimmt. Es gab keinen Hinweis, daß sein Verhalten etwas mit dem zu tun hatte, was am Tag seiner Abreise zwischen ihnen vorgefallen war. Trotz seiner Unfreundlichkeit eben kannte sie Cal inzwischen als anständigen Kerl. Er würde es bestimmt nicht gegen sie verwenden, daß sie ihm am hellichten Tag nackt gegenübergetreten war und ihm gestanden hatte, was sie für ihn empfand.

Aus Vernunft aß sie eine Scheibe Toast, während sie sich an all die Gründe erinnerte, aus denen sie gezögert hatte, sich Cal so zu zeigen, wie sie vom lieben Gott geschaffen war. Was, wenn eine ihrer Befürchtungen sich bewahrheitete? Was, wenn er sie einfach nicht mehr als Herausforderung betrachtete und sein Interesse an ihr erloschen war? Noch vor zwei Tagen glaubte sie fest an seine Liebe zu ihr, aber nun erwachten wieder die Zweifel.

Sie merkte, daß sie grübelte, und stand auf; aber statt an die Arbeit zu gehen, wanderte sie ziellos durchs Haus. Das Telephon klingelte, doch die beiden dicht aufeinanderfolgenden Töne zeigten, daß es ein Geschäftsanruf war, so daß sie gar nicht erst nach dem Hörer griff.

Als sie an der Tür von Cals Arbeitszimmer vorüberkam, hörte sie jedoch, wie sich der Anrufbeantworter einschaltete, und kurz darauf drang eine allzu bekannte Stimme an ihr Ohr. »Cal, ich bin es, Brian. Hören Sie, ich muß sofort mit Ihnen reden! Während meines Urlaubs kam mir eine Idee, wie sich die Sache bewerkstelligen läßt. Es geht doch nichts über einen weißen Sandstrand, wenn man die Gedanken laufen lassen will. Tut mir leid, daß es so lange gedauert hat. Trotzdem, ich habe mich am Wochenende mit jemandem getroffen, um zu überprüfen, ob es wirklich machbar ist – und es sieht gut aus. Aber wir sollten möglichst rasch handeln.« Er machte eine Pause, und seine Stimme senkte sich auf ein verschwörerisches Flüstern herab. »Aus begreiflichen Gründen wollte ich Ihr Faxgerät nicht benutzen, und so habe ich noch am Samstag per Expreß einen ausführlichen Entwurf an Sie abgeschickt. Er müßte heute bei Ihnen ankommen. Rufen Sie mich an, sobald Sie ihn gelesen haben.« Er kicherte. »Ach ja, ich gratuliere noch schön, weil heute der fünfte ist.«

An Brian Delgado, Cals Anwalt, erinnerte sie sich überdeutlich: gieriger Blick, arrogantes Auftreten, herablassend in seiner Art. Etwas an dem Anruf störte sie, wahrscheinlich der hämische Unterton. Was für ein unangenehmer Mensch!

Sie sah auf ihre Uhr und bemerkte, daß es bereits nach neun war. Heute morgen hatte sie zu viel Zeit mit Grübeleien vergeudet und dächte jetzt nicht auch noch über Brian Delgado nach. In der Küche schenkte sie sich einen Becher Kaffee ein und trug ihn in ihr Zimmer, wo sie umgehend den Computer einschaltete.

Das Datum blinkte auf, und ihre Nackenhaare sträubten sich. Einen Augenblick lang verstand sie nicht, weshalb, aber dann fiel endlich der Groschen. *Fünfter Mai.* Sie und Cal waren seit genau zwei Monaten verheiratet. *Ach ja, ich gratuliere noch schön, weil heute der fünfte ist.*

Nachdenklich hob sie die Fingerspitzen an den Mund. Konnte es ein Zufall sein? Sie erinnerte sich an die Häme von Delgados Ton. *Aus begreiflichen Gründen wollte ich Ihr Faxgerät nicht benutzen ...* Was für Gründe gab es dafür schon? Den, daß sie diesen geheimnisvollen Bericht etwa vor Cal zu sehen bekam? Sie sprang von ihrem Stuhl, kehrte in sein Arbeitszimmer zurück, setzte sich hinter den Schreibtisch und hörte die Nachricht noch einmal ab.

Kurz vor zehn erschien der Expreßkurier. Sie quittierte den Empfang des Päckchens und trug es in Cals Büro. Ohne zu zögern riß sie den Umschlag auf.

Der Bericht war mehrere Seiten lang und wies zahlreiche Tippfehler auf, was darauf hinwies, daß Delgado ihn offenbar persönlich in den Computer gegeben hatte. Kein Wunder! Voll Entsetzen nahm sie jedes verdammte Detail von Delgados Vorschlag in sich auf und begriff schmerzlich, daß Cal die ganze Zeit über, während er mit ihr geschlafen hatte, an Rache dachte.

Über eine Stunde verging, ehe sie sich aufraffte zum Packen ihrer Sachen. Dann rief sie Kevin an und bat ihn zu sich heraus. Als er ihre Koffer sah, setzte er zu Protesten an, aber sie hörte ihm gar nicht zu. Erst nachdem sie drohte, den Computer selbst die Treppe hinunterzutragen, wenn er ihr nicht behilflich wäre, ging er ihr an die Hand. Als auch die letzte Tasche in ihrem Wagen lag, schickte sie Kevin wieder fort und setzte sich in einen Sessel, um auf Cals Heimkunft zu warten. Die alte Jane hätte sich wortlos verdünnisiert, aber die neue Jane sann auf ein letztes, erbittertes Gefecht.

18

Sie war noch da!

Cal erblickte sie durch die Flügeltüren des Wohnzimmers, wie sie im Garten stand und zum Heartache Mountain hinübersah. Muskeln, die er bis zu diesem Moment gar nicht bemerkt hatte, lockerten sich. Himmel, sie war noch da!

Er hatte im Fitneßstudio trainiert, als unvermittelt Kevin mit der Nachricht in den Gewichtheberaum platzte, daß seine Frau ihren Computer gepackt hatte und auf dem Rückweg nach Chicago war. Kevin hatte eine Stunde gebraucht, um ihn zu finden, und als Cal, immer noch in seinem schweißnassen T-Shirt und seinen grauen Shorts, nach Hause gerast war, hatte es ihn geschüttelt vor Gram über ihre Flucht.

Diese übertrieben drastische Reaktion verstand er immer noch nicht. Zugegeben, er war übellaunig und unhöflich gewesen heute vormittag; aber er hatte sein Verhalten bereits bedauert und sich entschlossen, rechtzeitig zu Hause zu sein, um ihre selbstgemachte Nudelsuppe zu würdigen. Eigentlich lief Jane nicht vor einer Auseinandersetzung davon. Er konnte sich problemlos vorstellen, daß sie ihm eines Tages eine Bratpfanne über den Schädel schlüge, aber einfach abhauen paßte nicht zu ihr.

Jetzt stand sie da, bis oben zugeknöpft und züchtig verhüllt, und ihm kam der Gedanke, daß man nur die manierliche Garderobe seines jüngeren Bruders mit ihrer vergleichen konnte. Sie hatte eins ihrer hoch taillierten Baumwollkleider für die Reise ausgesucht, cremefarben, mit großen braunen Knöpfen bis zum Hals. Es hing so locker an ihr herab, daß man ihr die Schwangerschaft nicht ansah; insgesamt wirkte sie proper und adrett. Der volle Rock bedeckte ihre Beine, gleichzeitig betonte er vorteilhaft ihre schlanken Knöchel und die schmalen Füße in dem Paar schlichter Ledersandalen.

Ihr Haar hielt sie mit einem Schildpattreifen aus der Stirn. Er beobachtete, wie das Sonnenlicht mit den goldenen Strähnen spielte, und dachte, wie hübsch sie war. Bei ihrem klassischen Anblick wallten zahlreiche Gefühle in ihm auf: Zärtlichkeit und Lust, Verwirrung und Widerwillen, Zorn und Verlangen, alles parallel. Warum herrschte in ihr soviel Aufsässigkeit? Ein streitsüchtiger Mensch reichte für eine Familie vollkommen aus – und dieser Streithammel war nun einmal er!

Aber um sein Temperament ging es gar nicht. Ein paar Stunden im Schlafzimmer und schon wäre nicht nur sein Verhalten vom Vormittag, sondern vor allem die idiotische Idee, nach Chicago zurückzukehren, vergessen. Nein, das Problem lag ganz woanders. Warum hatte sie ihm sagen müssen, daß sie ihn liebte? Verstand sie denn nicht, daß mit diesem ausgesprochenen Satz nichts mehr so sein konnte wie zuvor?

Wäre sie doch nur zehn Jahre früher in sein Leben getreten, ehe er sich mit dem Älterwerden und der Tatsache, daß ihn nach dem Ende seiner Footballkarriere nichts als ein weißer Fleck erwartete, auseinandersetzen mußte. Für die Professorin war es natürlich, die Gründung einer normalen Familie in Betracht zu ziehen. Sie leistete wertvolle Arbeit, mit der sie sich für den Rest ihres Lebens beschäftigen konnte. Er hingegen hatte nichts, und sein Leben nahm eine Richtung, die ihm nicht gefiel – eine Richtung, die vielleicht Bobby Tom Denton gelegen kam, ihm jedoch entschieden nicht.

Als er sich der gläsernen Schiebetür näherte, wußte er nur eines genau: Jane schien ernsthaft erbost zu sein, und die beste Möglichkeit, sie zu besänftigen, wäre, mit ihr ins Bett zu gehen. Doch ehe sie sich von ihm in sein Schlafzimmer locken ließ, war Diplomatie vonnöten.

»He, Professor!«

Jane drehte sich zu ihm um und schirmte ihre Augen mit der Hand gegen die Sonne ab. Er war zerzaust, verschwitzt und prachtvoll, als er auf die Terrasse hechtete. Sein Anblick schnürte ihr die Kehle zu, so daß sie kaum noch Luft bekam.

Er lehnte sich ans Geländer und setzte ein wölfisches Grinsen auf. »Ich habe trainiert und bisher noch keine Zeit zum Duschen gehabt – also, wenn du nicht zufällig auf wirklich unanständigen Sex versessen bist, läufst du am besten nach oben und sorgst dafür, daß das Wasser in der Dusche läuft.«

Sie versenkte ihre Hände in den Taschen ihres Kleides und kam langsam die hölzernen Stufen zur Veranda herauf. Woher nahm er nur diese Frechheit nach seinem beleidigenden Benehmen heute früh?

»Brian Delgado hat angerufen.« In einiger Entfernung von ihm blieb sie stehen.

»Aha! Was hältst du davon, mit mir unter die Dusche zu kommen und mir den Rücken abzuschrubben?«

»Delgado hat dir einen Bericht geschickt. Ich habe ihn gelesen.«

Endlich hob er, wenn auch alles andere als alarmiert, den Kopf. »Seit wann interessierst du dich für meine Verträge?«

»In dem Bericht ging es um mich.«

Sein Grinsen legte sich. »Wo ist er?«

»Auf deinem Schreibtisch.« Sie sah ihm in die Augen und versuchte, den Klumpen hinunterzuschlucken, der ihrer Stimme einen heiseren Klang verlieh. »Du mußt dich sofort entscheiden, denn du hast nur noch zwei Tage, ehe der Verwaltungsrat von Preeze zusammentritt. Glücklicherweise hat dein Anwalt bereits sämtliche Vorarbeiten geleistet. Er hat sich mit Jerry Miles getroffen und mit ihm einen wirklich widerlichen Plan ausgeheckt. Alles, was du noch zu tun hast, ist, einen Scheck zu unterzeichnen mit möglichst vielen Nullen!«

»Ich weiß nicht, wovon du redest.«

»Wag es ja nicht, mich zu belügen!« Sie ballte die Fäuste. »Du hast Delgado den Auftrag gegeben, mich zu ruinieren!«

»Dann muß ich ihn auf der Stelle anrufen und die Sache klären. Das Ganze ist ein Mißverständnis.« Er wandte sich den Schiebetüren zu, doch ehe er sie auch nur geöffnet hatte, versperrte sie ihm, Blitze schleudernd, den Weg.

»Ein Mißverständnis?« Sie konnte nicht verhehlen, welche Verbitterung sie empfand. »Du gibst deinem Anwalt den Auftrag, meine Karriere zu zerstören, und nennst das ein Mißverständnis?«

»Einen solchen Auftrag habe ich ihm nie erteilt. Laß mir nur eine Stunde Zeit, dann erkläre ich dir alles ganz genau.«

»Wieso nicht jetzt?«

Er schien zu erkennen, daß diese Forderung nur allzu berechtigt war, und so trat er ans Geländer der Terrasse und sah sie fragend an. »Erzähl mir, was in dem Schreiben steht.«

»Delgado hat mit Jerry Miles, dem Direktor von Preeze, ausgemacht, daß du dem Labor eine großzügige Spende zukommen läßt, wenn man mir dafür den Laufpaß gibt.« Zitternd atmete sie ein. »Du brauchst Jerry nur anzurufen, damit er mich feuert und dann am Mittwoch dem versammelten Verwaltungsrat deine schwindelnde Großzügigkeit verkündet.«

Cal fluchte leise los. »Wenn ich den Hurensohn zwischen die Finger kriege ... Dies ist nicht das erste Mal, daß Delgado eigenmächtig handelt, ohne dazu überhaupt einen Auftrag zu haben.«

»Willst du etwa behaupten, das Ganze war seine Idee?«

»Und ob!«

Wieder bedrängten ihre Gefühle sie. »Tu das nicht, Cal. Poker nicht mit mir!«

Seine Augen blitzten zornig auf. »Du weißt genau, daß ich so etwas niemals tun würde!«

»Dann hast du ihm also nicht den Auftrag erteilt, mir nachzuspionieren? Dann hast du ihn also nicht darum gebeten herauszufinden, wo ich am verletzlichsten bin, und das gegen mich zu verwenden?«

Er rieb sich das Kinn und wirkte verlegener als je zuvor. »Das ist lange her. Die ganze Sache sah ja ziemlich kompliziert aus.«

»Ich bin alles andere als dumm. Erklär es mir.«

Er wanderte zurück zu den Schiebetüren, und ihr brach das Herz, als sie bemerkte, daß er ihr nicht in die Augen sehen wollte. »Du darfst nicht vergessen, wie die Dinge zwischen uns standen, als unsere Beziehung anfing. Ich habe mich noch nie von einem Menschen übervorteilen lassen, und du solltest dafür bestraft werden, daß du einfach so ungefragt in mein Leben getreten bist.« Er schob einen Daumen in seinen Hosenbund, doch dann zog er ihn wieder heraus. »Ich habe Brian gesagt, daß ich mich rächen wollte, und habe ihm tatsächlich den Auftrag erteilt, sich über dich kundig zu machen.«

»Und was kam dabei heraus?«

»Daß du keine dunklen Punkte zu verbergen hast.« Endlich sah er sie wieder an. »Daß du brillant und voller Ehrgeiz bist. Und daß deine Arbeit dir alles bedeutet.«

»Um das herauszufinden, hättest du wohl kaum einen Spion auf mich ansetzen müssen.«

»Damals kannte ich dich noch nicht.«

»Also hast du beschlossen, mir meine Arbeit zu nehmen«, bemerkte sie eisig.

»Nein!« Er umklammerte den Griff der Schiebetür. »Nach den ersten paar Wochen habe ich mich abgeregt und die ganze Sache fallengelassen. Ich habe überhaupt nicht mehr daran gedacht!«

»Das glaube ich dir nicht. Kein Anwalt würde so etwas anleiern, ohne vorher dazu autorisiert worden zu sein.«

»Er hatte ja auch den Auftrag dazu. Natürlich nicht gleich, dir deinen Job zu vermiesen, aber ...« Er öffnete die Tür und trat ins Haus. »Ich habe einfach vergessen, ihn zu bremsen, das ist alles!«

»Und warum das, bitte?« fragte sie, während sie hinter ihm das Wohnzimmer betrat.

»Wir haben nicht mehr darüber gesprochen.« Neben dem Kamin blieb er stehen und sah sie an. »Es gab dauernd andere wichtige Dinge zu regeln. Einer meiner Zusatzverträge ging in die Hose. Es war ein furchtbares Durcheinander und dauerte eine Weile, alles zu klären. Dann fuhr er in Urlaub, und auf ein paar von seinen Anrufen habe ich versäumt zu reagieren.«

»Wieso?«

»Ich hatte einfach keine Lust, mich um Verträge zu kümmern.«

»Das war kein Vertrag.«

»Nein. Aber mir kam gar nicht die Idee, daß er bei dem, was sich zwischen uns entwickelte, noch weiter mitmischen würde!« Er setzte eine frustrierte Miene auf. »Es wäre mir nicht im Traum eingefallen, daß er irgend etwas gegen dich unternehmen würde, ohne vorher meine Zustimmung einzuholen.«

»... sieht so aus, als hättest du ihm die bereits erteilt!«

»Ja, aber ...« Cal öffnete seine Hände in einer Geste, die eigenartig hilflos wirkte. »Jane, es tut mir leid. Ich habe ihm in keinster Weise solche Eigenmächtigkeiten zugetraut.«

Sie hätte sich besser fühlen sollen, denn schließlich hatte er während des letzten Monats nicht aktiv gegen sie intrigiert; doch immer noch fühlte sie sich bitter enttäuscht. »Das alles wäre nicht passiert, wenn du dir den Telephonhörer geschnappt und ihn angerufen hättest, damit er seine Leute zurückpfeift. Warum hast du das nicht getan, Cal? Hattest du Angst, daß du dein Macho-Image verlieren würdest, wenn du einen Rückzieher antrittst?«

»Es war einfach nicht wichtig, das ist alles. Die Dinge zwischen uns hatten sich beruhigt, und Rache kam mir gar nicht mehr in den Sinn.«

»Zu bedauerlich, daß du das nicht auch diesen Blutsauger hast wissen lassen.«

Er fuhr sich mit den Händen durch das bereits zerzauste Haar. »Hör zu, es ist doch nichts passiert. Ich habe nicht die Absicht, Preeze auch nur einen Penny zu stiften, und falls irgend jemand versucht, dich dort loszuwerden, verklage ich ihn so schnell, daß ihm Hören und Sehen vergeht.«

»Das ist allein meine Sache, Cal. Du hast damit nichts zu tun.«

»Gib mir nur ein paar Stunden Zeit. Ich werde alles klären, das verspreche ich dir.«

»Und was dann?« fragte sie kühl.

»Dann wirst du dir nie wieder Sorgen machen müssen über Rechtsanwälte und so.«

»Das meine ich nicht. Nachdem du die Angelegenheit geklärt hast, was wird dann aus uns?«

»Alles bleibt so, wie es ist.« Energisch wandte er sich seinem Arbeitszimmer zu. »Ich werde jetzt ein paar Anrufe tätigen, dann helfe ich dir, den Wagen auszuladen, und anschließend gehen wir zusammen essen. Es will mir nicht in den Kopf, daß du auch nur für eine Sekunde in Betracht gezogen hast davonzulaufen.«

Sie folgte ihm auf dem Fuße, doch im Türrahmen blieb sie stehen und rieb sich die Arme, obgleich die Kälte, die sie empfand, nicht von außen kam. »Ich glaube nicht, daß wir einfach so weitermachen können wie bisher.«

»Aber selbstverständlich!« Er ging zu seinem Schreibtisch. »Du kannst sicher sein, daß dies Delgados letzte Tat für mich war.«

»Schiebe nicht ihm die Schuld an etwas zu, das du dir ausgedacht hast«, murmelte sie.

Er wirbelte zu ihr herum, und sein Körper wurde starr. »Wag es nicht, so etwas zu behaupten! Immerhin ist das Ganze auf deinem Mist gewachsen, vergiß das nicht!«

»Wie sollte ich, wenn du es mir bei jeder sich bietenden Gelegenheit unter die Nase reibst?«

Seinem bösen Blick hielt sie eine Weile stand, dann wandte sie sich achselzuckend ab. Durch gegenseitige Schuldzuweisungen erreichten sie ganz sicher nichts.

Mit gestrafften Schultern sagte sie sich, daß ihre schlimmste Befürchtung grundlos war. Er hatte nicht gegen sie intrigiert und ging nebenbei mit ihr ins Bett … Aber der schreckliche Kloß in ihrem Hals löste sich einfach nicht auf. Diese Machenschaften im Hintergrund spiegelten lediglich die Probleme wider, die sie beschönigt oder unter den Teppich gekehrt hatte.

Jane erinnerte sich daran, wie hoffnungsvoll sie noch vor kurzem gewesen war, daß er ihre Liebe erwiderte. All ihre Träume stiegen wieder in ihr auf. Es war eine Ironie des Schicksals, daß eine hochrangige Wissenschaftlerin wie sie so einfach jede Logik über Bord werfen konnte, weil ihr ihr Wunschdenken angenehmer war.

Nun faltete sie ihre Hände vor ihrem deutlich spürbaren Bauch. »Ich muß wissen, in welche Richtung sich unsere Beziehung bewegt, Cal, und außerdem interessieren mich deine Gefühle.«

»Was meinst du damit?«

Das Unbehagen in seiner Stimme verriet, daß er absolut im Bilde war. »Was empfindest du für mich?«

»Du weißt genau, was ich für dich empfinde.«

»Keineswegs.«

»Dann hast du offenbar mein Verhalten und meine Worte während der letzten Wochen nicht kapiert.«

Er machte es ihr noch schwerer, als es ohnehin schon war, aber so leicht gab sie nicht auf. Die Zeit der Tagträume war vorbei, jetzt mußte er Farbe bekennen. »Die einzige direkte Bemerkung, an die ich mich erinnern kann, besagte, daß du mich magst.«

»Natürlich mag ich dich. Das merkst du doch.«

Sie sah ihm in die Augen und zwang sich, die Worte auszusprechen, die ihr in der Kehle steckenbleiben wollten. »Und ich habe gesagt, daß ich dich liebe.«

Da er seinen Kopf senkte, war es ihm offenbar unmöglich, sie anzusehen. »Ich bin – das ist äußerst schmeichelhaft.«

Ihre Hände ballten sich zu Fäusten. »Ich glaube nicht,

daß du dich dadurch geschmeichelt fühlst. Viel eher erschreckt dich meine Ehrlichkeit zu Tode. Und außerdem denke ich, daß du meine Liebe nicht erwiderst.«

»Was, zum Teufel, sollen denn überhaupt so viele Worte?« Er stapfte um seinen Schreibtisch herum. »Wir kommen besser miteinander zurecht, als jeder von uns jemals erwartete, und wir bekommen ein gemeinsames Kind. Warum müssen wir jetzt auch noch von Liebe anfangen? Ich habe dich gern, und meiner Meinung nach ist das genug.« Erschöpft ließ er sich in seinen Sessel fallen, als sähe er das Gespräch als beendet an.

Aber sie gab immer noch nicht auf. Vielleicht hatte sie im Verlaufe der letzten Monate einen gewissen Mut erlangt oder auch bloß Trotz – aber es wurde Zeit, daß er ihrer Beziehung noch etwas anderes zugestand als Sex und ein bißchen Spaß. »Ich fürchte, Zuneigung reicht mir als Grundlage für eine gemeinsame Zukunft nicht aus.«

Ungeduldig winkte er ab. »Warten wir doch, was uns die Zukunft bringt. Im Augenblick will sich doch keiner von uns beiden festlegen.«

»Als wir das letzte Mal darüber gesprochen haben, gingen wir davon aus, daß es direkt nach der Geburt des Babys zur Scheidung kommt. Bleibt es dabei?«

»Bis dahin ist ja wohl noch eine Menge Zeit. Woher soll ich wissen, was ich bis dahin empfinde?«

»Aber du hast immer noch vor, dich scheiden zu lassen?«

»Ursprünglich war das mein Plan.«

»Und jetzt?«

»Wie soll das einer von uns wissen? Am besten nehmen wir jeden Tag so, wie er kommt.«

»Ich will die Zeit aber nicht mehr in Tagen messen.«

»Tja, momentan muß es eben genügen.«

Er blockte alles ab, aber sie kam mit dem bisherigen Schwebezustand nicht mehr zurecht. Tränen stahlen sich in ihre Augen, doch sie blinkte sie zurück. Sie mußte sich aus der Affäre ziehen, solange sie noch ihre Würde besaß, doch in aller Aufrichtigkeit.

»Aber mir genügt es nicht mehr, Cal. Ich hatte nicht die Absicht, mich in dich zu verlieben – freilich hast du mich nicht darum gebeten –, aber es ist nun mal passiert. Es scheint mein Schicksal zu sein, alles zu verpfuschen, was dich betrifft.« Sie fuhr sich mit der Zunge über die trockenen Lippen.»Ich kehre nach Chicago zurück.«

Er schoß aus seinem Sessel hoch. »Den Teufel wirst du tun!«

»Sobald das Baby geboren ist, werde ich mich bei dir melden; aber bis dahin wäre ich dir dankbar, wenn du dich nötigenfalls an meinen Anwalt wenden würdest. Selbstverständlich werde ich dir keine Steine in den Weg legen, was das Besuchsrecht und ähnliche Dinge betrifft.«

»Du rennst weg!« bellte er. »Dir fehlt einfach der Mumm, hierzubleiben und die Dinge zu klären.«

Nur mit Mühe bewahrte sie ihre Beherrschung. »Was gibt es denn da noch zu klären? Du willst dich immer noch von mir scheiden lassen, wenn das Baby geboren ist.«

»Das eilt doch gar nicht.«

»Aber du hast es immer noch vor.«

»Und wenn schon? Wir sind Freunde, und es gibt keinen Grund, jetzt so grundsätzlich zu werden, finde ich.«

Voller Schmerz fand sie bestätigt, was ihr im Grunde ihres Herzens bereits klar gewesen war. Er betrachtete ihre Ehe nicht als dauerhaft, sondern zögerte das Ende lediglich ein wenig hinaus. Sie trat in den Flur hinaus.

Innerhalb einer Sekunde stand er neben ihr. An seiner Schläfe pochte eine Vene, und seine Miene verriet bodenlosen Zorn. Sie war nicht im geringsten überrascht. Ein Mann wie Cal war es nicht gewohnt, die Pistole auf die Brust gesetzt zu bekommen.

»Wenn du dir einbildest, daß ich dir nachlaufen werde, irrst du dich! Sobald du aus dieser Tür gegangen bist, sehe ich unsere Ehe als beendet an. Dann bist du für mich gestorben, klar?«

Sie nickte und blinzelte abermals die Tränen fort.

»Ich meine es ernst, Jane!«

Ohne ein weiteres Wort machte sie kehrt und verließ sein Haus.

Cal blieb nicht stehen, um zuzusehen, wie sie die Einfahrt hinunterfuhr. Statt dessen trat er die Tür ins Schloß und stapfte in die Küche, wo er eine Flasche Scotch aus der Speisekammer klaubte. Einen Moment lang überlegte er, ob er das Zeug trinken sollte oder ob ein gezielter Wurf der Flasche gegen die Wand das Gebot der Stunde war. Er wollte verdammt sein, ehe er sich von ihr zu etwas, zu dem er noch nicht bereit war, drängen ließ.

Mit einem Ruck drehte er den Verschluß auf und hob die Flasche an seinen Mund. Der Scotch brannte ihm im Hals. Wenn sie es so wollte, dann gut. Er wischte sich die Lippen mit dem Handrücken ab. Es wurde höchste Zeit, daß er sein gewohntes Leben wieder aufnahm.

Doch statt sich besser zu fühlen, hätte er am liebsten den Kopf in den Nacken gelegt und losgeheult. Er nahm einen weiteren Schluck und hätschelte seinen Groll gegen das elende Flintenweib.

Ihr hatte er mehr geboten als einer Frau zuvor – seine Freundschaft, verdammt noch mal –, und was tat sie? Sie warf sie ihm vor die Füße, nur weil er nicht bereit war, vor ihr auf die Knie zu sinken und freiwillig um lebenslange Strafen wie das Aussuchen verdammter *Tapeten* zu betteln!

Der Griff seiner Hand um den Flaschenhals verstärkte sich. Er gäbe ganz bestimmt nicht nach. Es gab jede Menge

Frauen, die jünger waren und hübscher, Frauen, die es nicht notwendig fanden, sich wegen jeder Kleinigkeit mit ihm anzulegen, die tun würden, was er sagte, und ihn ansonsten in Ruhe ließen. Das schwebte ihm vor! Eine junge, schöne Frau, die ihn in Ruhe ließ.

Nach dem dritten Schluck kehrte er in sein Arbeitszimmer zurück, wo er sich dann endgültig vollaufen ließ.

Jane brachte es nicht übers Herz abzureisen, ohne sich von Annie zu verabschieden. Ebensowenig konnte sie sich jetzt schon ihrer Trauer ergeben, so daß sie kräftig blinzelte und zitternd einatmete, während sie auf den Heartache Mountain zufuhr. Lynns Wagen war dankenswerterweise nirgends zu sehen, denn so konnte sie Annie Lebewohl sagen, ohne jede feindselige Zeugin.

Das Haus sah ganz anders aus als an ihrem Ankunftstag. Cal hatte es weiß gestrichen sowie die schief hängenden Fensterläden und die ausgetretene Vordertreppe repariert. Als sie eintrat und Annies Namen rief, verdrängte sie die Erinnerung an die Fröhlichkeit, die ihre gemeinsame Arbeit begleitet hatte.

Als sie die Küche erreichte, sah sie durch die Fliegentür, daß Annie draußen in der Sonne saß und grüne Bohnen aus einer Tonschale in ihren Schoß schnippelte. Während Jane die rhythmischen Bewegungen der alten knorrigen Finger beobachtete, hätte sie ihr am liebsten die Schale abgenommen und selber weitergemacht. Bohnenschnippeln war eine Arbeit, die die Technik in keiner Weise beeinflußt hatte. Bereits vor Hunderten von Jahren hatten die Frauen diese Verrichtung ebenso gemacht. Mit einem Mal kam es ihr vor, als brächte das Brechen der Bohnen etwas Solides in ihr Leben zurück, als erführe sie durch diese Tätigkeit eine Verbindung zu all den Frauen der Vergangenheit, die im Laufe der Geschichte Bohnen geschnippelt und den

Herzschmerz überlebt hatten, den ihnen gewissenlose Kerle bescherten.

Sie biß sich auf die Lippe und trat entschlossen durch die Tür.

Annie hob den Kopf. »Wurde auch langsam Zeit, daß du dich mal wieder blicken läßt.«

Sie setzte sich auf den Stuhl neben Annie und betrachtete die Schale, unter der eine alte Zeitung für die Abfälle ausgebreitet war. In diesem Augenblick erschien ihr der Inhalt der Schale als kostbare, unabdingbare Voraussetzung für ihr Wohlgefühl. »Kann ich das übernehmen?«

»Aber verschwende nichts!«

»In Ordnung.« Mit zitternden Händen griff sie nach der Schale in Annies Schoß, und mit größtmöglicher Konzentration beugte sie den Kopf, zog eine Bohne heraus und schnippelte vorsichtig die Enden ab. Offenbar machte sie es richtig, denn Annie äußerte keine Kritik. Sie ließ die Stipsel in ihren Schoß fallen und brach sorgfältig die Bohnen in mundgerechte Stücke.

»Das sind gekaufte Bohnen. Die aus meinem Garten schmecken wesentlich besser.«

»Ich wünschte, ich wäre lange genug hier, um sie zu probieren.« Ihre Stimme klang beinahe normal. Ein wenig tonlos vielleicht. Ein wenig angespannt. Aber passabel.

»Sie werden, lange bevor Cal wieder ins Trainingslager muß und ihr wieder nach Chicago fliegt, reif sein.«

Jane sagte nichts. Statt dessen nahm sie eine weitere Bohne aus dem Topf, vergrub ihren Daumennagel in einem Ende und trennte es ab.

Während der nächsten Minuten kümmerte sie sich ausschließlich um das Gemüse, während Annie ein Rotkehlchen beobachtete, das von einem Ast ihres Magnolienbaums zum nächsten hüpfte. Doch statt mittels Annies Ruhe und der Wärme der Sonne auf ihrer Haut einschließlich der Wiederholung dieser durch und durch weiblichen Tätigkeit Frieden zu finden, unterminierten sie ihre Abwehrmechanismen, bis sie schließlich ihre Fassung verlor.

Eine Träne quoll ihr aus dem Auge, rann über ihre Wange und fiel auf das Oberteil ihres Baumwollkleids. Eine zweite und eine dritte nahm denselben Weg. Ein zittriger, leiser Schluckauf wurde laut. Sie brach weiter die Bohnen und gab den Kampf gegen ihre Trauer auf.

Annie beobachtete, wie das Rotkehlchen fortflog, und verfolgte dann den Weg eines Eichhörnchens auf demselben Baum. Eine von Janes Tränen fiel in den Bohnentopf.

Die alte Dame begann, leise zu summen, während Jane die letzte Bohne brach und verzweifelt in der Schale nach einer Arbeitsverlängerung suchte.

Lady Glide fuhr mit der Hand in die Tasche ihres Kittels, zog ein rosafarbenes Papiertaschentuch hervor und gab es ihr. Jane schneuzte sich und hob den Kopf. »Ich – ich werde d-dich s-schrecklich v-vermissen, Annie, aber ich halte es einfach n-nicht mehr aus. Ich muß fort von hier. Er l-liebt mich nicht.«

Annie schüttelte mißbilligend den Kopf. »Calvin weiß ja gar nicht, was er fühlt.«

»Er ist alt genug, um sich darüber mal ein paar Gedanken zu machen«, schnaubte sie, nun erbost, in das Taschentuch.

»Ich kenne keinen Mann, der das Älterwerden mehr haßt als er. Normalerweise kämpfen immer die Frauen gegen die Jahre an.«

»Aber ich konnte doch nicht gehen, ohne mich von dir zu verabschieden!« Plötzlich in Eile, hätte sie beinahe die Bohnenschale umgeworfen, als sie sich von ihrem Stuhl erhob.

»Stell die Schale lieber ab, bevor du den Inhalt überall verstreust.«

Jane tat, wie ihr geheißen, und Annie kämpfte sich ebenfalls aus ihrem Stuhl. »Du bist ein gutes Mädchen, Janie Bonner. Ich bin sicher, daß er bald Vernunft annimmt.«

»Das glaube ich nicht.«

»Manchmal braucht eine Ehefrau ein bißchen Geduld.«

»Leider bin ich mit der meinigen am Ende ...« Weitere Fluten strömten ihr über das Gesicht. »Und außerdem bin ich gar keine richtige Ehefrau.«

»Das ist ja wohl vollkommener Unsinn.«

Sie hatte keine Worte mehr, und so nahm sie die kleine, zartgliedrige Greisin in den Arm. »Danke für alles, Annie, aber jetzt wird es wirklich Zeit.« Nach einer sanften Umarmung machte sie sich los und wollte sich entfernen.

Da stand Lynn Bonner auf der Hintertreppe.

19

»Du verläßt meinen Sohn?«

Lynn wirkte aufgebracht und verwirrt. Sie kam in den Hof, und Jane sank der Mut. Weshalb war sie nur so lange geblieben? Warum hatte sie sich nicht einfach von Annie verabschiedet und war davongebraust? Eilig wandte sie sich ab und fuhr sich mit der Hand über das tränennasse Gesicht.

Annie sprang für sie in die Bresche. »Ich habe Schnippelbohnen zum Abendessen, Amber Lynn, und ich mache sie mit Pökelfleisch, ob es dir gefällt oder nicht.«

Ohne auf sie zu achten trat Lynn auf Jane zu: »Sag mir, warum du Cal verläßt!«

Jane versuchte, sich wieder in die kühle Person zu verwandeln, als die sie sich Lynn gegenüber bisher stets gegeben hatte. »Seien Sie doch dankbar«, brachte sie mühsam hervor. »Schließlich passe ich zu ihm wie die Faust aufs Auge!«

Aber diese unehrlichen Worte führten zu einer weiteren Tränenflut. Sie war die beste Ehefrau gewesen, die er haben konnte, verdammt noch mal! Die beste Gattin, die zu sein es ihr möglich gewesen war!

»Warst du das wirklich?« Lynns Stimme drückte Kummer aus.

Jane mußte fort von hier, ehe es vollkommen um ihre Beherrschung geschehen war. »Mein Flugzeug geht gleich. Am besten reden Sie mit Cal selbst. Er kann das sicher besser erklären als ich.«

Sie setzte sich in Bewegung, aber hatte kaum zwei Schritte getan, als Lynns überraschter Aufschrei sie zum Stehenbleiben zwang.

»Mein Gott, du bist schwanger!«

Jane fuhr herum und begegnete Lynns überraschtem Blick. Automatisch sah sie an sich herunter und bemerkte die Hand, die schützend über ihrer Leibesmitte lag. Die Geste hatte ihr Kleid an ihren Körper gedrückt, so daß die sanfte Wölbung deutlich zum Vorschein kam. Hastig verschränkte sie die Arme, doch es war zu spät.

Lynn sah sie verwundert an. »Ist es von Cal?«

»Amber Lynn Glide!« fuhr Annie ihre Tochter an. »Wo bleiben deine Manieren?«

Cals Mutter wirkte eher erschüttert als erbost. »Aber wie soll ich wissen, ob er der Vater ist oder nicht bei dieser merkwürdigen Ehe? Mir ist es ein Rätsel, was sie aneinander finden oder wie sie überhaupt zusammengekommen sind. Ich verstehe nicht einmal, warum sie jetzt weint.« Ihre Stimme brach. »Irgend etwas stimmt hier halt nicht!«

Nun riß Jane sich wieder zusammen, denn angesichts der Sorgenfalten auf Lynns Stirn begriff sie, daß sie die Karten auf den Tisch legen mußte. Cal hatte es mit dem Bestreben, seine Eltern zu schützen, gut gemeint; aber inzwischen wirkten sich seine Bemühungen eher schädlich auf die Familie aus. Während der letzten Monate hatte sie gelernt, daß sich Leid niemals durch Täuschungen lindern ließ.

»Es ist von Cal«, sagte sie gefaßt. »Traurig, daß Sie es auf diese Weise herausfinden mußten!«

Ungläubig nahm Lynn die Nachricht auf. »Aber, er hat nie – er hat nichts davon gesagt. Warum hat er mir denn nichts erzählt?«

»Weil er versucht hat, mich zu schützen.«

»Vor was?«

»Vor Ihnen und Dr. Bonner. Cal wollte nicht, daß einer von Ihnen herausfindet, was ich ihm angetan habe.«

»Ach, du liebe Güte!« Lynns Miene verriet die Leidenschaft einer Löwin, die ihr Junges, obgleich inzwischen König des Dschungels, verteidigen will. »Sag mir alles!«

Annie hob die Schale vom Boden auf. »Ich gehe schon mal rein und mache meine Bohnen so, wie ich sie mag. Janie Bonner, du bleibst hier, bis du die Sache mit Amber Lynn geregelt hast, ist das klar?« Sie schlurfte auf die Hintertreppe zu.

Janes Beine trugen sie nicht mehr, so daß sie sich ermattet auf den Stuhl sinken ließ, von dem sie eben aufgesprungen war. Lynn setzte sich ihr gegenüber und sah sie fragend an. Ihre Lippen waren zusammengepreßt und ihre Miene aggressiv. Sie erinnerte Jane an das kampflustige junge Mädchen, das nachts um zwei Kekse gebacken hatte, um ihren Mann und ihr Baby durchzubringen. Das teure gelbe Leinenkleid und der elegante Bernsteinschmuck konnten die Tatsache nicht überdecken, daß diese Frau wußte, wie man sich für die Menschen einsetzte, denen man verbunden war.

Die Professorin faltete ihre Hände im Schoß. »Cal wollte auch Ihnen und seinem Vater unnötiges Leid ersparen. Sie haben im letzten Jahr bereits so viel durchgemacht. Er dachte...« Sie senkte ihren Blick. »Kurz und gut, ich sehnte mich so verzweifelt nach einem Kind, daß ich mich habe von ihm schwängern lassen ohne sein Wissen.«

»Du hast was?«

Gepeinigt sah sie ihre Schwiegermutter an. »Es war falsch. Unverantwortlich. Aber ich wollte es wirklich für mich behalten.«

»Und dann hat er es doch erfahren.«

Sie nickte niedergeschlagen.

Lynns Lippen waren schmal und angespannt. »Wessen Entscheidung war es, zu heiraten?«

»Seine. Er hat mir gedroht, vor Gericht das alleinige Sorgerecht zu erstreiten, wenn ich mich nicht füge. Inzwischen kenne ich ihn gut genug, um zu bezweifeln, daß er seine Drohung wahr gemacht hätte – aber damals habe ich ihm geglaubt.«

Sie atmete tief ein und beschrieb den Vormittag, als Jodie Pulanski auf ihrer Schwelle gestanden hatte – dann erzählte sie Lynn von der geplanten Geburtstagsüberraschung der Männer aus Cals Footballteam. Anschließend beschrieb sie ihren unstillbaren Wunsch nach einem Kind und ihre Sorge, einen geeigneten Vater zu finden. Sie erzählte alles, ohne zu beschönigen und ohne ihr Verhalten in irgendeiner Weise zu rechtfertigen.

Als sie ihre Reaktion auf Cals Fernsehauftritt und ihren Entschluß, ihn zu benutzen, schilderte, preßte Lynn ihre Finger an ihren Mund und brach in halb entsetztes und halb belustigtes Gelächter aus. »Willst du damit etwa sagen, daß du dich für Cal entschieden hast, weil du dachtest, er wäre *dumm*?«

Schon hub sie an, Lynn zu erklären, was für eine Sprache er benutzte und wie dämlich und prachtvoll zugleich er ihr erschienen war, aber dann ließ sie es sein. Es gab Dinge, die eine liebende Mutter sicher nie verstand. »Ganz offensichtlich habe ich ihn falsch beurteilt, obwohl ich erst mehrere Wochen nach unserer Hochzeit dahinterkam.«

»Alle Welt weiß, daß Cal ein Senkrechtstarter ist. Wie konntest du da etwas anderes glauben?«

»Vermutlich habe ich meine eigene Cleverneß überschätzt.«

Sie fuhr mit ihrer Geschichte fort, wobei sie mit der Hatz der Journalisten auf sie beide und ihrem Entschluß, Cal nach Salvation zu begleiten, endete.

Lynns Miene blitzte zornig auf, aber zu Janes Überraschung richtete sich die Verärgerung ihrer Schwiegermutter nicht gegen sie. »Der Junge hätte mir von Anfang an die Wahrheit sagen sollen.«

»Er wollte nicht, daß irgend jemand aus seiner Familie es erfuhr. Seiner Meinung nach würde keiner richtig mit der Wahrheit umgehen können.«

»Nicht einmal Ethan hat er sich anvertraut?«

Jane schüttelte den Kopf. »Letzten Freitag ... trafen wir uns. Tja, er hat, ebenso wie Sie vorhin, erraten, daß ich schwanger bin; aber Cal bat ihn, so lange dichtzuhalten, bis er es Ihnen selbst erzählt.«

Lynn schaute sie mit zusammengekniffenen Augen an. »Aber das kann doch nicht alles sein – es erklärt jedenfalls nicht, weshalb du dich uns gegenüber so feindselig verhalten hast.«

Janes im Schoß gefaltete Hände verkrampften sich, und wieder einmal mußte sie sich zwingen, Lynn ins Gesicht zu sehen. »Sie wissen nun, daß ich mich bereit erklärt hatte, mich scheiden zu lassen, sobald das Baby geboren ist. Da Sie erst kürzlich eine Schwiegertochter verloren haben, die Ihnen am Herzen lag, erschien es uns grausam, Sie so bald einem zweiten Verlust auszusetzen. Na ja, vielleicht hätten Sie mich ja überhaupt nicht gemocht«, fügte sie eilig hinzu.

»Womöglich entspreche ich ohnehin nicht dem, was Ihnen für Cal vorgeschwebt hat. Aber trotzdem wäre es falsch gewesen, mich in Ihre Familie zu drängen, wenn ich gar nicht zu bleiben gedachte.«

»Also hast du beschlossen, dich so unbeliebt wie möglich zu machen.«

»Es – es schien mir die einzig richtige Möglichkeit …«

»Ich verstehe.« Die Strenge ihrer Miene legte sich ein wenig, und Jane merkte, daß sie nun wieder der beherrschten Frau gegenübersaß, der sie zu Anfang ihres Aufenthalts in Salvation begegnet war. Sie warf Jane einen fragenden Blick zu. »Und, was empfindest du für Cal?«

Jane zögerte, und dann sprach sie einen Teil der Wahrheit aus. »Ich habe furchtbare Schuldgefühle wegen meiner Hinterhältigkeit.«

»Die Leute behaupteten seinerzeit, ich hätte Jim ebenfalls durch meine Schwangerschaft in die Falle gelockt, aber das stimmte nicht.«

»Sie waren damals fünfzehn, Lynn, wohingegen ich vierunddreißig bin. Ich wußte genau, was ich tat.«

»Und jetzt versuchst du, dieses Unrecht wiedergutzumachen, indem du ihn sitzenläßt.«

Nach all ihren Enthüllungen hätte sie angenommen, daß ihre Schwiegermutter froh sein würde über ihr Verschwinden. »Er ist nicht … ist nicht bereit zu einer dauerhaften Ehe, so daß es wohl kaum einen großen Unterschied macht, wenn ich jetzt schon gehe statt in ein paar Monaten. Ich muß zurück zu meiner Arbeit. Sicherlich ist es so am besten.«

»Wenn du das denkst, warum weinst du dir dann die Augen aus?«

Da ihre Nasenflügel bebten, stand sie eindeutig abermals kurz vor einem Tränenausbruch. »Bitte bedrängen Sie mich nicht weiter, Lynn. Bitte nicht!«

»Du hast dich in ihn verliebt, nicht wahr?«

Sie sprang von ihrem Stuhl. »Ich muß jetzt los. Selbstverständlich können Sie so viel Kontakt zu dem Kind haben, wie Sie wollen. Niemals würde ich Ihnen Ihr Enkelkind vorenthalten.«

»Ist das dein Ernst?«

»Absolut.«

»Du wirst uns das Baby nicht verweigern?«

»Nein!«

»Also gut, ich nehme dich beim Wort.« Lynn erhob sich ebenfalls. »Und zwar ab sofort.«

»Wie meinen Sie das?«

»Ich möchte, daß mein Kontakt zu meinem Enkelkind in diesem Augenblick beginnt.« Ihre sanfte Stimme stand in krassem Gegensatz zu ihrem unnachgiebigen Gesichtsausdruck. »Du sollst bleiben.«

»Aber das geht nicht.«

»Dann brichst du dein Versprechen also schon jetzt?«

Ihre Erregung wuchs. »Das Baby ist doch noch gar nicht auf der Welt. Was wollen Sie denn von mir?«

»... dich kennenlernen! Seit dem Tag, an dem wir uns zum ersten Mal begegnet sind, hast du dir solche Mühe gegeben, nicht du selbst zu sein, daß ich keine Ahnung habe, wer du wirklich bist.«

»Aber ich habe Ihnen gebeichtet, daß ich Ihren Sohn auf unehrliche Weise in die Falle lockte. Reicht das nicht?«

»Es sollte genug sein, aber trotzdem kommt noch etwas dazu. Ich habe keine Ahnung, was Cal für dich empfindet – aber er sah in den letzten Wochen glücklicher aus als seit langer Zeit. Außerdem frage ich mich, weshalb Annie dich so gerne hat. Meine Mutter ist schwierig, aber nicht dumm. Was also hat sie wahrgenommen, was mir bisher verborgen blieb?«

Jane rieb sich die Arme. »Was Sie wollen, ist unmöglich. Ich kann nicht zu Cal zurück.«

»Dann bleib eben bei Annie und mir.«

»Hier?«

»Ist dieses Haus vielleicht nicht gut genug für dich?«

»Daran liegt es nicht.« Sie wollte etwas über ihre Arbeit sagen, aber hatte nicht mehr genug Energie dazu. Inzwischen war sie von den ganzen Dramen dieses Tages erschöpft. Der Gedanke, nach Asheville zu fahren und in ein Flugzeug zu steigen, machte sie vollends fertig.

Ein weiteres Rotkehlchen raschelte durch den Magnolienbaum, und sie merkte, daß sie am Heartache Mountain bleiben wollte. Nur für eine kurze Zeit ... Lynn würde die Großmutter ihres Babys sein; da es nun keine Geheimnisse mehr gab, wäre es vielleicht gar nicht so schlimm, wenn sie noch zeigen konnte, daß sie kein schlechtes, sondern nur ein schwaches Wesen war.

Ihre Beine zitterten. Sie sehnte sich nach einer Tasse Tee und einem Keks. Sie wollte die Rotkehlchen in der Magnolie beobachten und sich von Annie herumkommandieren lassen: Setz dich in die Sonne, schnipple die Bohnen und mach dich nützlich!

Lynns Blick drückte gleichzeitig Würde und stilles Flehen aus, so daß auch Janes letzter Vorbehalt schwand. »Also gut, ich bleibe. Aber nur ein paar Tage, und sie müssen mir versprechen, Cal fernzuhalten. Ich will ihn nicht noch einmal sehen, das verkrafte ich einfach nicht.«

»Verständlich!«

»Versprechen Sie es mir, Lynn.«

»Ehrenwort.«

Lynn half ihr, ihren Koffer aus dem Wagen zu holen, und zeigte ihr das kleine Gästezimmer auf der Rückseite des Hauses, in dem neben einem schmalen Eisenbett eine alte Singer-Nähmaschine stand. Die Wände wiesen verblichene gelbe Tapeten mit blauem Kornblumenmuster auf. Lynn ließ sie zum Auspacken allein, aber Jane war so müde, daß sie, noch in ihren Kleidern, in einen tiefen Schlaf versank und erst wieder zum Abendessen aufwachte.

Das Mahl verlief trotz Annies Beschwerden darüber, daß Lynn keine Butter an das Kartoffelpürree gegeben hatte, überraschend friedlich; doch als sie in der Küche an der Spüle stand, klingelte das Telephon. Lynn ging an den Apparat, und es dauerte nicht lange, bis Jane merkte, mit wem sie sprach.

»Wie war dein Golfturnier?« Lynn wickelte die Telephonschnur um ihren Finger – »das ist schade« –, blickte auf Jane und runzelte die Stirn. »Ja, du hast richtig gehört. Sie ist hier. Du … willst sie sprechen …?«

Jane schüttelte den Kopf und sah sie hilflos an. Annie erhob sich von ihrem Stuhl, von wo aus sie die Spülarbeiten beaufsichtigt hatte, und schlurfte knurrend ins Wohnzimmer.

»Ich glaube nicht, daß Jane im Augenblick mit dir reden möchte … Nein, ich kann sie nicht dazu bewegen, ans Telephon zu kommen … Tut mir leid, Cal, aber ich weiß wirklich nicht, was sie vorhat, außer, daß sie dich nicht sehen will.« Wieder runzelte sie die Stirn. »Hüte deine Zunge, junger Mann, und wenn du ihr etwas zu sagen hast, dann mußt du dir schon selber etwas einfallen lassen!«

Es gab eine lange Pause, aber was auch immer an ihr Ohr drang, schien sie nicht zu befriedigen, denn ihre Miene verriet ihren Ärger. »Das ist ja alles gut und schön! Aber du und ich haben eine Menge zu bereden, einschließlich der Tatsache, daß deine Frau im vierten Monat schwanger ist, ohne daß du auch nur ein Sterbenswörtchen davon verlauten ließest!«

Die Zeit verging, und allmählich trat anstelle von Lynns Stirnrunzeln ein Ausdruck der Verwirrung. »Aha … so ist das!«

Allmählich fühlte sich Jane wie eine heimliche Lauscherin, deshalb gesellte sie sich zu Annie ins Wohnzimmer, wo die alte Frau vor einer abendlichen Nachrichtensendung im Fernsehen döste. Sie hatte sich gerade in den Schaukelstuhl gesetzt, als Lynn aus der Küche kam.

Im Türrahmen blieb sie stehen und kreuzte die Arme vor der Brust. »Cal hat mir eben etwas ganz anderes erzählt als du.«

»Wie bitte?«

»Er hat nichts davon gesagt, daß du ihn in eine Falle gelockt hast.«

»Wie hat er es denn ausgedrückt?«

»Daß ihr beide eine kurze Affäre hattet und du schwanger geworden bist.«

Jane lächelte, denn zum ersten Mal an diesem Tag empfand sie ein leichtes Hochgefühl. »Das war nett von ihm.« Sie sah Lynn fragend an. »Aber du weißt, daß er lügt, nicht wahr?«

Lynn zuckte mit den Schultern. »Im Augenblick enthalte ich mich lieber jeden Urteils, was euch zwei betrifft.«

Annie hob den Kopf und schüttelte ihn. »Solange nicht jemand von euch etwas zu sagen hat, was wichtiger ist als Mr. Stone Phillips Nachrichten, schlage ich vor, ihr beide haltet die Klappe.«

Sie klappten die Münder zu.

Spät an jenem Abend, nachdem Jane eingeschlafen war, saß Lynn auf dem Sofa und ordnete ihre Gedanken, während ihre Mutter in der Hoffnung, daß einer der Videos von Harry Connick junior kommen würde, einen Musiksender einschaltete. Jim fehlte ihr furchtbar: die Geräusche, die er machte, wenn er durchs Haus trampelte, das beruhigende Murmeln, mit dem er nachts am Telephon auf besorgte Patienten einsprach.

Sie vermißte die kräftigen Füße seines großen, warmen Körpers, den er allnächtlich um sie schlang, ja sie sehnte sich sogar nach der allmorgendlich verkehrtherum zusammengefalteten Zeitung auf dem Küchentisch. Gerne wäre sie wieder in ihrem eigenen Haus und Herrscherin über ihren eigenen Herd; doch zugleich empfand sie einen eigenartigen Frieden, der ihr in den letzten Jahren abhanden gekommen war.

Jim hatte recht. Das Mädchen, das er vor so langer Zeit geheiratet hatte, gab es nicht mehr; aber sie war vernünftig genug, sich nicht einzubilden, daß es ihm um dieses Mädchen ging. Er wollte sich selbst zurück, so wie er auf dem College gewesen war, als ihm angeblich noch alle Möglichkeiten offenstanden …

Was sie selbst betraf, vermochte sie natürlich niemals wieder die fröhliche, unbekümmerte Person von früher zu sein. Aber ebensowenig war sie die kühle, stets beherrschte Frau Doktor Bonner, der die Schwiegermutter jede vulgäre Zurschaustellung von Gefühlen abtrainiert hatte.

Wer also war sie? Eine Frau, die ihre Familie liebte, das stand fest. Sie liebte die Künste und brauchte die Berge, von denen sie umgeben war. Außerdem wollte sie keinesfalls mehr lediglich ein Anhängsel des Mannes sein, den sie seit ihrem fünfzehnten Lebensjahr liebte.

Aber Jim war starrsinnig und stolz. Indem sie nicht sofort kapituliert hatte, als er das Thema Scheidung anschlug, herrschte jetzt eine Pattsituation. Er stieß niemals leere Drohungen aus, und wenn sie nicht wieder nach Hause zöge und ihre Ehe fortführte wie zuvor, brächte er die Scheidung tatsächlich durch. So war er nun einmal, starrköpfig bis zum äußersten, genau wie sein Sohn. Jeder von ihnen ging eher zugrunde, als nachzugeben.

Ihre Probleme mit Jim lagen mehr als drei Jahrzehnte in der Vergangenheit zurück, aber was war mit Cal? Janes Worten hatte sie entnommen, daß sie eine lebenslange Bindung wollte, Cal ihr diese Zusage jedoch verweigerte.

Warum kämpfte ihr Sohn derart leidenschaftlich gegen die Ehe und die damit einhergehenden Verpflichtungen an? Er hatte eine Kindheit im Kreis einer liebenden Familie verbracht; weshalb also widerstrebte es ihm so sehr, selbst Teil einer eigenen Familie zu werden?

Bereits als Kleinkind hatte er jegliche Herausforderung aufgegriffen. Sie erinnerte sich daran, wie sie mit ihm Himmel-und-Hölle spielte, als er beinahe noch zu klein zum Laufen, geschweige denn zum Hüpfen, gewesen war. Gemäß ihrer Jugend hatte sie ihn nicht nur als ihren Sohn, sondern gleichzeitig als Kumpel angesehen. Mit Kreide hatte sie auf dem Gehweg vor ihrem Appartement die Felder ausgemalt, und sie würde niemals vergessen, wie er, die Unterlippe zwischen den Zähnen, wie ein kleiner Panzer loswackelte. Nun nahm sie an, daß die dauerhafte Bindung an eine Frau und Familie für ihn das endgültige Out des wichtigsten Teils seines Lebens bedeutete, ohne eine neue Perspektive.

Zweifellos hatte Cal unmittelbar nach dem Gespräch mit ihr bei seinem Vater angerufen und ihm von dem Baby erzählt. Sie war lange genug mit Jim verheiratet, um zu wissen, daß die Vorstellung von Nachwuchs in der Familie ihn überglücklich machen würde, vor allem, da er, ebenso wie sie, in großer Sorge um Cal gewesen war. Anders als sie würde er jedoch keinen einzigen Gedanken verschwenden an die junge Frau, die in diesem Augenblick in Annies Gästezimmer schlief.

Lynn sah ihre Mutter an. »Cal muß Jane gern haben, sonst hätte er mir keine solche Lüge aufgetischt.«

»Calvin liebt sie. Er weiß es nur noch nicht.«

»Ebensowenig wie du! Zumindest kannst du es keineswegs behaupten.« Obgleich sie sie förmlich zu einem Kommentar herausgefordert hatte, machte es sie wütend, daß ihre Mutter immer so allwissend tat. Oder hatte sich ihr

Bedauern darüber, daß Annie Jane eher durchschaute als sie, noch nicht gelegt?

»Glaub, was du willst!« Annie stieß ein verächtliches Schnauben aus. »Aber ein paar Dinge liegen einfach auf der Hand.«

»Welche zum Beispiel?«

»Sie läßt sich von ihm nicht unterdrücken. Das gefällt ihm. Sie ist eine ebensolche Kämpferin wie er, und sie fürchtet sich nicht vor Auseinandersetzungen. Janie Bonner ist die beste Frau, die er sich wünschen kann.«

»Wenn sie eine solche Draufgängerin ist, wie du sagst, warum verläßt sie ihn dann?«

»Ich schätze, sie kommt mit ihren Gefühlen nicht mehr zurecht. Sie liebt deinen Sohn von ganzem Herzen. Du solltest sehen, wie die beiden einander anfunkeln, wenn sie denken, daß es niemand merkt. Treibt einem die Tränen in die Augen, wenn man die beiden zusammen sieht.«

Lynn erinnerte sich an die glückliche Miene, mit der Cal in der letzten Zeit herumgelaufen war, und an die Tränen in den Augen der Schwiegertochter – das, was ihre Mutter sagte, könnte zutreffen ...

Annie sah sie von der Seite an. »Das Baby dieser Herrschaften wird sicher ziemlich klug.«

»Scheint unvermeidbar zu sein.«

»Wenn du mich fragst, ist es nicht gut, wenn so ein ungewöhnliches Kind ohne Geschwister aufwachsen muß. Guck dir nur an, wie traumatisch das Leben des Einzelkindes Janie Bonner war. Nur deshalb hat sie Cal und sich überhaupt derart in die Bredouille gebracht.«

»Da hast du sicher recht.«

»Sie hat mir erzählt, daß sie sich immer vorkam wie ein Ungeheuer.«

»Was ich durchaus verstehen kann.«

»Ein solches Kind braucht Brüder und Schwestern.«

»Aber dazu müßten die Eltern ja wohl unter einem Dach leben!«

»Leider, leider!« Annie lehnte sich seufzend in ihrem Schaukelstuhl zurück. »Scheint, als hätten du und ich keine Wahl, Amber Lynn. Sieht aus, als müßten wir noch mal dafür sorgen, daß uns ein Bonner in die Falle geht.«

Lynn lächelte, als sie, nachdem ihre Mutter zu Bett gegangen war, auf die Veranda trat. Annie bildete sich gerne ein, sie und ihre Tochter hätten damals gemeinsam Jim eingefangen. So war es nicht gewesen, aber Lynn hatte es aufgegeben, die Dinge ins rechte Licht zu rücken. Annie glaubte, was ihr behagte. So war sie nun einmal.

Es ging auf Mitternacht zu, und fröstelnd zog sie den Reißverschluß des alten Wolverine Sweatshirts aus Cals Tagen im Collegeteam rauf. Sie starrte zu den Sternen und dachte, daß man sie hier vom Heartache Mountain aus viel besser sah als von ihrem Haus in Salvation aus.

Das Geräusch eines sich nähernden Wagens schreckte sie aus ihren Erinnerungen. Sämtliche Familienmitglieder waren Nachtmenschen, es mußte sich daher um Cal oder Ethan handeln. Sie hoffte auf ihren ältesten Sohn, der eine Versöhnung mit Janie anstrebte. Dann allerdings erinnerte sie sich an ihr Versprechen, ihn von ihr fernzuhalten, und runzelte die Stirn.

Schließlich entpuppte sich das Auto, das langsam die Hügelkuppe umrundete, weder als Cals noch Ethans, sondern vielmehr als das ihres Mannes. Vor Überraschung hielt sie die Luft an. Seit sie zu Hause ausgezogen war, hatte Jim sich nicht ein einziges Mal gemeldet.

Ihr fiel ein, wie verbittert er am Freitag aus dem Lokal gestürzt war, und fragte sich, ob er ihr nun die Visitenkarte seines Scheidungsanwalts unter die Nase halten würde. Sie hatte keine Ahnung, wie man sich scheiden ließ, außer, daß man zu einem Anwalt ging. Lief das so ab? Man ging zu einem Anwalt, und ehe man sich's versah, war die Ehe aufgelöst?

Jim stieg aus dem Wagen und näherte sich ihr mit den langen, geschmeidigen Schritten, die ihr Herz seit jeher schneller schlagen ließen. Sie hätte sich sein Erscheinen denken können. Sicher hatte Cal inzwischen mit ihm gesprochen, und die Aussicht auf ein neues Enkelkind lieferte ihm einen weiteren Grund, ihr Vorhaltungen zu machen über ihre Flucht. Während sie sich an einen der frisch gestrichenen Pfosten der Veranda lehnte, warf sie ihm stumm seine seit über dreißig Jahren verfochtene Ansicht vor, daß sie seiner nicht würdig war.

Unmittelbar vor der Verandatreppe blieb er stehen und blickte zu ihr auf. Eine lange Zeit sah er sie einfach schweigend an, und als er endlich sprach, hatte seine Stimme einen eigenartig förmlichen Unterton. »Hoffentlich habe ich dich mit meinem späten Auftauchen nicht erschreckt.«

»Schon gut. Wie du siehst, war ich sowieso noch nicht im Bett.«

Er ließ seinen Blick sinken, und einen Augenblick lang hatte sie das seltsame Gefühl, als wolle er davonlaufen, aber da täuschte sie sich wohl. Jim war noch nie in seinem Leben vor etwas davongerannt.

Wieder schaute er zu ihr auf, und in seinen Augen lag der altbekannte trotzige Glanz. »Ich bin Jim Bonner ...«

Sie starrte ihn entgeistert an.

»... und arbeite als Arzt hier in der Stadt.«

Hatte er den Verstand verloren? »Jim, was ist los?«

Er verlagerte sein Gewicht, als wäre er nervös, was man an ihm, abgesehen von dem Augenblick, als er die Nachricht von Jamies und Cherrys Tod erhielt, normalerweise nicht erlebte, da er sonst voll überbordendem Selbstbewußtsein vor ihr zu stehen pflegte.

Dr. Jim Bonner faltete die Hände, doch dann ließ er sie sinken und sah sie unsicher an. »Tja, um ehrlich zu sein, bin ich mit einer Frau verheiratet, die mir nach siebenunddreißigjähriger Ehe davongelaufen ist. Das hat mich ziemlich deprimiert; aber statt mich dem Alkohol zu ergeben, dachte ich, es würde vielleicht helfen, wenn ich mir eine kleine Freundin suche.« Er atmete tief ein. »Wie ich höre, lebt hier oben eine nette Dame zusammen mit ihrer streitsüchtigen Mutter, und ich dachte, vielleicht komme ich einfach mal vorbei und lade sie zum Essen oder ins Kino ein.« Um seine Mundwinkel herum zuckte es. »Das heißt, wenn es ihr nichts ausmacht, mit einem verheirateten Mann auszugehen.«

»Du willst dich mit mir verabreden?«

»Ja, Ma'am. In bezug auf solche Dinge bin ich ein bißchen aus der Übung, aber ich hoffe, bisher habe ich alles halbwegs richtig gemacht.«

Sie hob ihre Finger an ihre Lippen, und ihr Herz schwoll an. Während ihres Restaurantbesuchs am Freitag hatte sie sich gewünscht, sie könnten sich noch einmal als Fremde begegnen, ganz von vorn anfangen und sehen, ob sie einander mochten oder nicht – aber er war so wütend gewesen, daß er ihr überhaupt nicht zuzuhören schien. Nach all den Jahren hätte sie nicht gedacht, von seiner Seite her noch mal eine Überraschung zu erleben – aber siehe da!

Gleichwohl widerstand sie dem Bedürfnis, sich ihm in die Arme zu werfen und alles zu vergeben. Sie achtete sich nicht so gering, daß sich durch diesen, wenn auch gutgemeinten, Versöhnungsversuch, mir nichts, dir nichts wettmachen ließ, was sie über Jahrzehnte hinweg an Respekt entbehren mußte. Sie fragte sich, wie weit er wohl gehen würde, wenn sie jetzt zögerte.

»Vielleicht passen wir nicht zueinander«, antwortete sie und sah fragend auf.

»Kann sein! Aber ich schätze, daß sich das erst nach einem gemeinsamen Versuch beurteilen läßt.«

»Ich weiß nicht. Und wenn meine Mutter etwas dagegen hat?«

»Überlassen Sie Ihre Mutter einfach mir. Ich besitze einiges Talent im Umgang mit alten Damen, selbst wenn sie verrückt und ätzend sind.«

Beinahe hätte sie gelacht. Sich vorzustellen, daß der dickschädelige Jim Bonner sich zu einem romantischen Lover aufgeschwungen hatte! Sie war ehrlich gerührt. Doch gleichzeitig machte etwas sie traurig, und sie brauchte einen Augenblick, um dahinterzukommen. Den Großteil ihres Lebens hatte sie damit verbracht, um Jims Zuneigung zu betteln – hatte ihn immer umworben, ihm stets seine Wünsche von den Augen abgelesen. Er mußte sich nie um sie bemühen, denn nie war ihr auch nur die geringste Forderung in den Sinn gekommen. Nie hatte sie ihm den kleinsten Stein in den Weg gelegt, und nun war sie bereit, mit fliegenden Fahnen zu ihm zurückzukehren, nur weil er einen bescheidenen Versuch unternahm, sich seinerseits einmal zu bemühen?

Allzu gut erinnerte sie sich an das Gefühl seiner begierigen Teenagerhände auf ihrem Leib. Die ersten Male hatte ihr die Intimität mit ihm keinen besonderen Spaß gemacht; aber nie war sie auf die Idee verfallen, nein zu sagen, obgleich sie lieber mit ihm an einem Tisch im Drugstore gesessen, Cola getrunken und über ihre Klassenkameraden getratscht hätte. Plötzlich empfand sie Zorn. Er hatte ihr, als er ihr die Unschuld raubte, weh getan. Nicht absichtlich, trotzdem war es schmerzvoll gewesen.

»Ich werde es mir überlegen«, sagte sie leise, schlang ihr Sweatshirt enger um ihren Leib und kehrte ins Haus zurück.

Einen Augenblick später prasselte ein wahrer Kiesregen

gegen die Hauswand, als er wie ein zorniger Achtzehnjähriger die Einfahrt hinunterschoß.

20

Zwei Wochen lang hielt sich Cal vom Heartache Mountain fern. Während der ersten Woche betrank er sich dreimal und begann eine Schlägerei mit Kevin, weil der sich weigerte, seinen Befehl zu befolgen und endlich Leine zu ziehen. In der zweitenWoche machte er sich ungefähr ein halbes Dutzendmal auf den Weg zu ihr, ehe ihn jedesmal sein Stolz zur Umkehr zwang. Schließlich war nicht er der Deserteur! Schließlich hatte nicht er alles kaputtgemacht, indem er jählings mit vollkommen überzogenen Forderungen auftrat!

Außerdem mußte er der Tatsache ins Auge sehen, daß unter Umständen eins dieser vernagelten Weiber ihn nicht über die Schwelle des Hauses ließ. Offenbar waren die einzig willkommenen Männer Ethan, der nicht zählte, weil er Ethan war, und Kevin Tucker, ein verdammt ernst zu nehmender Gegner. Cal kochte bei dem Gedanken, daß Tucker zum Heartache Mountain fuhr, wann immer er wollte, und dort beköstigt und verhätschelt wurde wie der Lieblingssohn –Tucker, der sich inzwischen sogar irgendwie in sein eigenes Haus reingedrängelt hatte!

An dem ersten Abend, an dem sich Cal im Mountaineer dem Alkohol ergab, hatte Tucker ihm seine Autoschlüssel abgenommen, als wäre Cal nicht mehr Herr seiner Sinne! An demselben Abend war Cal auch auf ihn losgegangen; aber er hatte es unbeteiligt getan, und so erwischte er ihn gar nicht richtig. Schließlich sank er auf dem Beifahrersitz von Tuckers Siebzigtausend-Dollar-Mitsubishi-Spyder zusammen, Kevin fuhr ihn nach Haue, und seitdem wurde er den Kleinen nicht mehr los.

Er war sich ziemlich sicher, daß er Kevin nicht zum Bleiben aufgefordert hatte. Ganz im Gegenteil erinnerte er sich noch sehr genau daran, daß er ihm die Tür wies. Aber Kevin nistete sich, als wäre er sein verdammter Aufpasser, bei ihm ein, obgleich er selbst Mieter eines ordentlichen Hauses war und es obendrein ja auch noch Sally Terrymans Wohnung für ihn gab. Nicht lange, und sie schauten sich Videoaufzeichnungen von Spielen an. Zu guter Letzt zeigte er Kevin sogar, wie er immer die erstbeste Gelegenheit ergriff, statt geduldig abzuwarten, die Verteidigungsstrategien der Gegner zu durchschauen und darauf zu lauern, bis der Libero gefunden war.

Wenigstens hatte ihn das Videotraining mit Kevin von seinem Dilemma abgelenkt; er bekam regelrecht Zahnweh, weil er die Professorin so sehr vermißte – was allerdings nicht hieß, daß er nun draufkam, wie sie sich wieder nach Hause locken ließe. Er war einfach noch nicht bereit, für alle Zeit verheiratet zu sein, nicht, solange er all seine Energie für das Ballspiel benötigte und er nach dem Football nichts Rechtes mit sich anzufangen wußte. Aber ebensowenig war er bereit zu einem Leben ohne Jane. Warum hatte sie nicht einfach alles beim Status quo belassen können? Warum hatte sie ihn plötzlich mit derartigen Geständnissen überrumpelt?

Auf Händen und Knien zum Heartache Mountain hinüberzukriechen und sie zur Rückkehr zu bewegen, war ein Ding der Unmöglichkeit für ihn. Kriechen mochten andere! Was er brauchte, war ein Vorwand, zu ihr zu fahren; aber ihm fiel einfach keiner ein, ohne seiner männlichen Ehre verlustig zu gehen.

Cal verstand nicht, weshalb sie nicht direkt nach Chicago zurückgeflogen, sondern in der Nähe geblieben war; aber er freute sich darüber, da sie – ließe er ihr ein wenig Zeit – sicher wieder zur Besinnung kam. Sie hatte gesagt, daß sie ihn liebte, und sie hätte die Worte sicher nicht ausgesprochen, wären sie nicht ihr Ernst. Vielleicht käme bald der Tag, an dem sie Frau genug sein würde, ihren Fehler einzugestehen und zu ihm zurückzukehren.

Es klingelte an der Tür, aber er war nicht in der Stimmung für Gesellschaft, und so ignorierte er das Geläute. Er hatte schlecht geschlafen und kaum etwas gegessen. Selbst Lucky Charms hatten ihren Reiz verloren – sie riefen zu viele schmerzliche Erinnerungen in ihm wach –, und so begnügte er sich seit einigen Tagen mit schwarzem Kaffee zum Frühstück. Er fuhr sich mit der Hand über das Kinn und dachte vage an eine fällige Rasur. Aber ihm war einfach nicht danach. Lediglich Videoaufzeichnungen alter Spiele lockten ihn aus seiner Trübsal, und Kevin konnte er anbrüllen, was für ein achtloser Spieler er war.

Abermals klingelte es, und er stöhnte. Tucker konnte es nicht sein, denn irgendwie hatte der Hurensohn inzwischen sogar einen Haustürschlüssel in seinen Besitz gebracht. Vielleicht …

Sein Herz machte einen Satz, und er krachte mit dem Ellbogen gegen den Türrahmen, als er in die Diele jagte; doch als er die Tür aufriß, entdeckte er nicht die Professorin, sondern seinen Vater auf der Schwelle.

Eine auseinandergefaltete Zeitung in der Hand kam Jim hereingestürmt. »Hast du das gesehen? Maggie Lowell hat es mir, unmittelbar nachdem ich ihr eine Spritze verpaßt habe, unter die Nase gehalten. Bei Gott, wenn ich du wäre, würde ich diese Person auf ihren letzten Penny verklagen, und falls du es nicht tust, übernehme ich das! Es ist mir egal, was du über sie sagst. Ich habe die Frau von Anfang an nicht gemocht, aber du scheinst für die Wahrheit blind zu sein.« Seine Tirade nahm ein abruptes Ende, als er Cals bleiche Miene sah. »Was, zum Teufel, ist denn mit dir? Du siehst schrecklich aus.«

Cal schnappte sich die Zeitung. Das erste, was er sah, war ein Photo von sich und der Professorin, das vom Morgen ihres Abflugs nach North Carolina aus Chicago stammte. Er sah grimmig aus und sie wie betäubt. Aber es war nicht das Photo, das ihm den Magen in die Kniekehlen sinken ließ, sondern die Überschrift, die über dem folgenden Artikel stand.

Ich habe den besten (und dümmsten) Quarterback der NFL in die Falle gelockt von Dr. Jane Darlington Bonner.

»Scheiße!«

»Du wirst noch etwas ganz anderes sagen, wenn du diesen Müll erst mal gelesen hast!« brüllte Jim. »Es ist mir egal, ob sie schwanger ist oder nicht – hör dir diese Lügnerin an! In dem Artikel behauptet sie, sie hätte sich als Nutte ausgegeben und sich dir *zum Geburtstag schenken lassen*, nur, weil sie von dir schwanger werden wollte. Wie, in aller Welt, bist du nur an diese Megäre geraten?«

»Du weißt es doch, Dad. Wir hatten ein Verhältnis und sie wurde schwanger. Nicht mehr und nicht weniger!«

»Nun, offensichtlich war ihr die Wahrheit nicht aufregend genug, und so mußte sie diese idiotische Geschichte dazu erfinden. Und ich sage dir was. Die Leute, die diesen Schwachsinn lesen, werden denken, er ist wahr. Typisch, daß sie bestimmt allen Ernstes glauben, es sei so gewesen.«

Cal zerknüllte die Zeitung in der Hand. Er hatte einen Vorwand gesucht, zum Heartache Mountain zu fahren, und nun hatte er den besten, der sich denken ließ.

Es war herrlich, dieses männerlose Leben, sagten sich Lynn und Jane täglich hundertmal. Sie lungerten wie Katzen in der Sonne herum und kämmten sich frühestens nachmittags das Haar. Abends versorgten sie Annie mit Fleisch und Kartoffeln, strichen sich selbst Hüttenkäse auf reife Birnen und nannten das Ganze Abendbrot. Das Telephon ignorierten sie, zogen keine BHs mehr an, und Lynn hängte ein Poster von einem muskulösen jungen Neptun an die Küchenwand. Wenn Rod Steward im Radio erklang, tanzten sie. Jane vergaß ihre Hemmungen, und ihre Füße flogen wie die Flügel einer Möwe über die Teppiche.

Für die junge Frau wurde das halb verfallene Haus der Inbegriff von einem Heim. Sie schnippelte Bohnen und stellte bunte Glaskrüge, Porzellanvasen und einen Becher mit Werbeaufdruck, den Lynn auf dem obersten Regal in der Küche entdeckt hatte, voller Wildblumensträuße in die Zimmer. Seltsamerweise war es zu einer fast innigen Beziehung zwischen ihr und Lynn gekommen. Vielleicht lag es an der verblüffenden Ähnlichkeit ihrer Ehemänner und daß es keiner Worte zum gegenseitigen Verständnis bedurfte.

Sie gestatteten Kevin den Zutritt zu ihrem Frauenhaus, weil er sie unterhielt. Er brachte sie zum Lachen und gab ihnen das Gefühl, selbst dann begehrenswert zu sein, wenn ihnen der Birnensaft über das Kinn lief und der eine oder andere Grashalm aus ihrem wirren Haar sprießte. Auch Ethan ließen sie herein, weil sie es nicht übers Herz brachten, ihn fortzuschicken; aber sie waren immer froh, wenn er wieder ging, da er einfach seine Sorgen um sie alle nicht verhehlen konnte.

Lynn gab die Treffen ihres Frauenclubs und ihre elegante Garderobe auf. Sie vergaß die Haare zu tönen und die Nägel zu pflegen, so daß bereits nach kurzer Zeit die nachwachsende Nagelhaut zu sehen war. Janes Computer blieb im Kofferraum des Escort verstaut. Statt der Gesamtheitstheorie auf die Spur zu kommen, brachte sie den Großteil des Tages in einem alten Korbsessel in der Ecke der Veranda zu, wo sie nichts tat, als ihr Baby wachsen zu lassen.

Sie sagten einander täglich, wie glücklich ihr Leben war. Doch abends, wenn die Sonne unterging, stieß eine von ihnen einen sehnsüchtigen Seufzer aus, während die andere wortlos auf die sich verdunkelnden Berge starrte.

Mit der Nacht senkte sich die Einsamkeit über das baufällige alte Gemäuer, und sie merkten, daß das Fehlen schwerer Schritte, das Fehlen von Baßstimmen nur schwer zu ertragen war. Während des Tages erinnerten sie sich daran, daß die Männer sie mit ihrer Lieblosigkeit davongetrieben hatten; aber des Nachts kam ihnen ihr Weiberhaus nicht mehr ganz so erfüllt vor. Sie gewöhnten es sich an, früh ins Bett zu gehen und bereits bei Sonnenaufgang wieder aufzustehen, da so der Abend ein wenig kürzer wurde.

Ihre Tage verliefen nach einem Muster der Gemächlichkeit, und nichts deutete darauf hin, daß das heute, zwei Wochen nachdem Jane am Heartache Mountain eingezogen war, irgendwie anders abliefe. Sie versorgte Annie mit Frühstück, erledigte ihren Teil der Hausarbeit und ging zu einem kurzen Spaziergang aus dem Haus. Als sie zurückkam, sang Mariah Carey im Fernsehen ein besonders flottes Lied, und sie ermunterte Lynn, das Bügeln der von ihr gewaschenen Vorhänge zugunsten eines gemeinsamen Tanzes auf später zu verschieben. Dann ruhte sie sich auf der Veranda aus. Als das Geschirr vom Mittagessen wieder sauber in den Schränken stand, wandte sie sich der Gartenarbeit zu.

Ihre Armmuskeln schmerzten, als sie die Erde zwischen zwei Pflanzreihen jätete und mit einer Hacke das Unkraut ausgrub, das ihre kostbaren Bohnensetzlinge gefährdete. Es war ein warmer Tag, und eigentlich hätte sie diese Arbeit am frühen Morgen erledigen sollen; aber Zeitpläne kümmerten sie nicht mehr. Am Morgen hatte sie zu viel damit zu tun gehabt, auf der Veranda zu liegen und mit ihrem Baby Zwiesprache zu halten.

Sie richtete sich auf und stützte sich auf den Griff der

Hacke. Die warme Brise umfing den Rock des altmodischen Baumwollkleides, das sie trug, und schlang ihn sanft um ihre Knie. Vom vielen Waschen war der Stoff ausgebleicht und weich – einstmals Annies Lieblingsgewand.

Falls Ethan oder Kevin heute kämen, würde sie ihn vielleicht bitten, ihren Computer aus dem Wagen zu holen. Oder auch nicht. Was, wenn sie gerade arbeitete und Rod Steward im Radio erklang? Vielleicht verpaßte sie dann eine Gelegenheit für eine flotte Sohle. Oder was, wenn neues Unkraut unter ihren Bohnensetzlingen wucherte und sie zu ersticken drohte, während sie sich in einer komplizierten Gleichung verirrte?

Nein. Arbeit war keine gute Idee, auch wenn Jerry Miles sicher hinter ihrem Rücken Ränke schmiedete zur Beendigung ihrer Karriere. Arbeit war keine gute Idee, solange es Unkraut zu zupfen und ein ungeborenes Baby zu hätscheln galt. Obgleich die Gesamtheitstheorie noch immer einen gewissen Reiz auf sie ausübte, widerstrebte ihr inzwischen der bürokratische Aufwand, der mit ihrer Tätigkeit verbunden war. Statt dessen blickte sie in den Himmel über den Bergen und ließ ihn die Grenzen ihres Daseins definieren.

So fand Cal sie vor. Im Garten, die Hand auf den Griff der Hacke gestützt, das Gesicht dem Himmel zugewandt.

Sein Atem stockte, als er sie in dem verblichenen Hauskleid in der Sonne stehen sah. Ihr Zopf hatte sich leicht gelöst, so daß ihr Kopf von einem Kranz blonder Strähnchen umgeben war. Sie sah aus, als wäre sie Teil des Himmels und der Erde, das verbindende Element dazwischen.

Schweiß und die leichte Brise hatten das Kleid an ihren Körper geklebt, so daß er die Konturen ihrer Brüste und ihres runden Bauchs, in dem sein Baby schlummerte, überdeutlich vor sich sah. Sie hatte die beiden obersten Knöpfe geöffnet, so daß unter dem entstandenen V-Ausschnitt feuchte, staubige Haut zutage trat.

Mit ihren braunen Gliedern, dem schmutzigen Gesicht und der feuchten Haut, die in Richtung ihrer Brüste wies, sah sie wie eine Frau der Berge aus, eine jener stoischen Kreaturen, die diesem kargen Boden selbst während der großen Inflation noch genug zum Leben abrangen.

Das Gesicht weiterhin der Sonne zugewandt, fuhr sie sich mit dem Arm über die Stirn, so daß dort ein schmutziger Streifen entstand. Sein Mund wurde trocken, als sich der Stoff ihres Kleides noch straffer über ihre kleinen, hohen Brüste spannte, als ihr sich immer stärker rundender Bauch nach vorne wölbte. Nie zuvor war sie ihm schöner erschienen als in diesem Augenblick, indem sie vollkommen ungeschminkt im Garten seiner Großmutter stand und ihr jedes ihrer vierunddreißig Lebensjahre deutlich anzusehen war.

Die Zeitung raschelte in seiner Hand, und hinter ihm wurde Annies Stimme laut. »Verschwinde von meinem Land, Calvin! Es hat dich niemand eingeladen!«

Jane ließ die Hacke fallen, als sie ihn in der Einfahrt erblickte.

Er drehte sich gerade noch rechtzeitig herum, um zu sehen, wie sein Vater um die Ecke des Hauses geschossen kam. »Leg das Gewehr weg, du verrücktes altes Huhn!«

Seine Mutter erschien auf der Veranda und baute sich hinter Annie auf. »Tja, wenn das nicht rührend ist. Beinahe die gesamte Familie glücklich vereint!«

Die neue Lynn! Obgleich er mehrere Male bei ihr angerufen hatte, hatte sie sämtliche seiner Essenseinladungen abgelehnt, und ihre letzte Begegnung war inzwischen Wochen her. Was hatte sie nur? Dies war das erste Mal, daß er aus ihrem Mund einen sarkastischen Satz vernahm.

Schockiert bemerkte er, daß dies offenbar nicht die einzige Veränderung seiner Mutter darstellte. Statt eines ihrer teuren Ensembles trug sie ein Paar ungleichmäßig in Schenkelhöhe abgeschnittener schwarzer Jeans und ein grünes Strickoberteil, das ihm zum letzten Mal ohne Schmutzflecken an seiner Frau aufgefallen war. Wie Jane stand auch sie vollkommen ungeschminkt da! Ihr ungekämmtes Haar war ungewöhnlich lang, und auch die grauen Strähnen kannte er noch nicht.

Panik wallte in ihm auf; auch sie eine Frau der Berge und nicht mehr seine Mutter!

Inzwischen marschierte Jane ebenfalls zur Veranda hinauf. Ihre nackten Füße steckten in schmutzigen weißen Leinenturnschuhen ohne Schnürsenkel, da diese bei der Gartenarbeit nur behinderten. Während er sie beobachtete, stellte sie sich schweigend neben den anderen Frauen auf.

Von ihr und Lynn flankiert, zielte Annie immer noch mit dem Gewehr auf ihn, und obgleich keine von ihnen so hoch wie er gewachsen war, hatte er das Gefühl, er starre auf drei Amazonen.

Annie hatte sich an diesem Morgen die Augenbrauen so schief gezupft, daß es aussah, als zöge sie sie andauernd boshaft hoch. »Wenn du das Mädchen zurückhaben willst, Calvin, dann mach ihr gefälligst, wie es sich gehört, vorher ordnungsgemäß den Hof.«

»Er will sie gar nicht zurück«, fuhr Jim sie an. »Seht euch mal diesen Artikel an.« Cal mußte die Zeitung herausrücken, und sein Dad wedelte sie durch die Luft.

Jane trat auf die oberste Stufe der Treppe, nahm ihm das Beweisstück ab und beugte sich darüber, um das Traktat zu überfliegen.

Nie zuvor hatte Cal seinen Vater derart erbost erlebt. »Du kannst stolz auf dich sein«, schnauzte er seine Schwiegertochter an. »Du hast es dir zum Ziel gesetzt, sein Leben zu ruinieren, und gratuliere! Es gelingt dir verdammt gut!«

Jane hatte das Wesentliche des Artikels erfaßt, und nun fuhr ihr Kopf hoch mit Blick auf Cal. Es schnürte ihm die Kehle zu, und so riß er seine Augen von ihr los und wandte sich seinem Vater zu. »Jane hat mit dem Artikel nichts zu tun, Dad.«

»Ihr Name steht unter diesem Dreck! Wann hörst du endlich auf, sie in Schutz zu nehmen?«

»Jane ist vieles, unter anderem stur wie ein Esel und unvernünftig« – er bedachte sie mit einem bösen Blick –, »aber so etwas würde sie niemals tun.«

Offensichtlich überraschte es sie nicht, daß er sie verteidigte, und das freute ihn. Wenigstens hatte sie ein Mindestmaß an Vertrauen zu ihrem Mann bewahrt. Er beobachtete, wie sie die Zeitung an ihre Brust preßte, als könne sie auf diese Weise die Worte des Artikels vor aller Welt verbergen; augenblicklich gelobte er, Jodie Pulanski für den Schmerz bezahlen zu lassen, den sie seiner Frau zufügte.

Da sich der Zorn seines Vaters nicht legen wollte, mußte er ihm wohl oder übel einen Teil der Wahrheit gestehen. Er würde ihm niemals erzählen, wie weit Jane gegangen war – das ging niemanden außer ihn selbst etwas an –, aber er konnte zumindest erklären, weshalb sie seiner Familie derart feindselig gegenübergetreten war.

Instinktiv trat er einen Schritt vor, als sich sein Vater Jane drohend näherte. »Hast du wenigstens regelmäßige Vorsorgeuntersuchungen durchführen lassen, oder warst du zu sehr mit deiner miesen Karriere beschäftigt, um zum Arzt zu gehen?«

Unerschrocken hielt sie dem Toben ihres Schwiegervaters stand. »Ich war bei einer Ärztin namens Vogler.«

Sein Vater nickte, wenn auch widerwillig, mit dem Kopf. »Sie ist gut. Sieh zu, daß du ihre Anordnungen befolgst.«

Annies Arm begann zu zittern, und Cal konnte sehen,

daß das Gewehr allmählich zu schwer für sie wurde. Dann allerdings mußte er zuschauen, wie seine Mutter die Hand ausstreckte und die Waffe übernahm. »Falls eine von uns jemanden erschießt, dann bin ich das, Annie.«

Na, großartig! Offenbar war auch seine Mutter mittlerweile vollkommen übergeschnappt.

»Wenn es euch nichts ausmacht«, sagte er gepreßt, »würde ich gern allein mit meiner Frau sprechen.«

»Das liegt an ihr.« Seine Mutter sah zu Jane hinüber, doch die schüttelte den Kopf. Was ihn wirklich ärgerte!

»Ist jemand zu Hause?«

Das weibliche Triumvirat drehte sich gemeinsam um, und alle strahlten wie die Honigkuchenpferde, als sein Ersatzmann um die Ecke hüpfte, als wäre er hier daheim.

Und er hatte gedacht, schlimmer könnte es nicht mehr kommen …

Kevin sah die Frauen auf der Veranda, die beiden Bonner-Männer im Hof und das Gewehr, blickte Cal mit hochgezogenen Brauen an, nickte Jim höflich zu und gesellte sich dann ohne Skrupel zu dem weiblichen Dreigespann.

»Die Ladies haben mir gesagt, daß ich jederzeit zu einem Brathähnchen eingeladen bin, und das paßt heute grade.« Er lehnte sich an den Pfosten, den Cal erst vor einem Monat gestrichen hatte. »Und, wie geht's dem kleinen Schätzchen heute?« Mit einer Vertrautheit, die zeigte, daß dies nicht zum ersten Mal geschah, tätschelte er Jane den Bauch.

Im Bruchteil von Sekunden hatte Cal ihn unsanft von der Veranda heruntergezerrt und ihm den ersten Hieb versetzt.

Beim Schuß aus dem Gewehr platzte ihm beinahe das Trommelfell. Schmutz flog ihm ins Gesicht und brannte auf seinem nackten Arm. Angesichts des Lärms und weil ihm durch die aufgewirbelte Erde für kurze Zeit die Sicht genommen war, bekam er keine Gelegenheit zu einer Fortsetzung, und Kevin rollte sich eilig unter ihm hervor.

»Verdammt, Bomber, in diesem Frühjahr hast du mir bereits mehr Schaden zugefügt als vorher in der gesamten Saison.«

Cal wischte sich die Erde aus den Augen und sprang auf. »Laß die Pfoten von ihr.«

Mit einem gehässigen Blick in seine Richtung wandte sich Kevin an Jane: »Wenn er sich dir gegenüber genauso verhalten hat, ist es kein Wunder, daß du vor ihm davonläufst.«

Ihr Ehemann knirschte mit den Zähnen. »Jane, ich würde gern mit dir reden. Jetzt!«

Seine Mutter – eine liebreizende, vernünftige Mutter – trat vor sie, als wäre Jane ihre Tochter und nicht er ihr Sohn! Und auch sein alter Herr starrte, statt ihn zu unterstützen, seine Mutter an, als verstünde er beim besten Willen nicht mehr, was da vor sich ging.

»Was sind deine Absichten gegenüber Jane, Cal?«

»Das geht ja wohl nur uns beide etwas an.«

»Nicht ganz. Jane hat jetzt eine Familie, die zu ihr steht.«

»Da hast du verdammt recht! Ich bin ihre Familie!«

»Du hast sie nicht gewollt, also sind im Augenblick Annie und ich ihre Familie. Das heißt, wir sorgen dafür, daß sie mit ihren Problemen nicht alleine ist.«

Er sah, daß Jane wie gebannt an den Lippen seiner Mutter hing, und bemerkte ihre überraschte sowie glückliche Miene. Der gefühlskalte Hurensohn, der sie aufgezogen hatte, fiel ihm ein, und trotz allem – trotz des Gewehrs, trotz des Verrats seitens seiner Mutter, ja selbst trotz Kevin Tuckers Anwesenheit – empfand er eine tiefe Genugtuung, daß ihr endlich eine anständige Mutter beistand. Nur Pech, daß diese Person ausgerechnet auch *seine* Mutter war.

Aber seine Freude legte sich, als Amber Lynn ihn mit demselben Ich-meine-es-ernst-Blick bedachte, angesichts dessen er ihr vor zwanzig Jahren die stibitzten Autoschlüssel auszuhändigen hatte.

»Wirst du den Treueschwur, den du Jane gegeben hast, ehren, oder hast du immer noch die Absicht, sie loszuwerden, sobald das Baby geboren ist?«

»Hör auf, es so zu formulieren, als hätte ich einen Vertrag mit ihr!« Er wies mit dem Daumen auf Tucker, der immer noch in der Nähe stand. »Und könnten wir diese Sache vielleicht unter uns regeln, ohne daß der Kleine alles mitbekommt?«

»Er bleibt hier«, mischte sich Annie ein. »Ich mag ihn. Und er mag dich, Calvin. Nicht wahr, Kevin?«

»Aber sicher doch, Mrs. Glide ... sogar sehr.« Tucker sah ihn mit einem Jack-Nicholson-Grinsen an und wandte sich dann an Lynn. »Außerdem, wenn er sie nicht will, nehme ich sie gern.«

Woraufhin Jane auch noch unverfroren lächelte!

Und seine Mutter hatte schon immer Engstirnigkeit an den Tag gelegt, wenn sie es für erforderlich hielt. »Du kannst nicht beides haben, Cal. Entweder ist Jane deine Frau oder sie ist es nicht. Was also?«

Ihm riß die Geduld. »Also gut! Keine Scheidung. Bleiben wir eben, verdammt noch mal, verheiratet!« Er starrte die drei Frauen finster an. »So! Seid ihr jetzt endlich zufrieden? Und jetzt will ich mit meiner Frau allein reden!«

Seine Mutter fuhr zusammen, doch Annie schüttelte den Kopf und schnalzte mit der Zunge, während Jane mit einem letzten verächtlichen Blick in seine Richtung, die Zeitung in der Hand, im Haus verschwand.

Die Fliegentür krachte ins Schloß, und Kevin entfuhr ein leiser Pfiff. »Verdammt, Bomber, vielleicht hättest du, statt dir all die Videos über Footballspiele anzugucken, besser ein paar Bücher über weibliche Psychologie studiert.«

Natürlich hatte er alles falsch gemacht, aber er war auch

ganz gemein über seine Grenzen hinaus getrieben worden. Sie hatten ihn öffentlich bloßgestellt, hatten ihn vor seiner Frau zum Clown gemacht. Mit geschwollenem Kamm machte er auf dem Absatz kehrt und rauschte davon.

Am liebsten hätte Lynn geweint, während er verschwand. Sie hatte tiefes Mitleid mit ihrem trotzigen Ältesten, mit dem sie früher zugleich Kind sein durfte. Er war wütend auf sie, und sie konnte nur darauf vertrauen, daß sie das Richtige tat und er sie eines Tages vielleicht verstand.

Sie hätte erwartet, daß Jim Cal nachlaufen würde, doch statt dessen kam er näher und wandte sich Annie zu. Da sie seine Gefühle für ihre Mutter kannte, würde es sicher wie gewöhnlich zu einer Auseinandersetzung der beiden kommen, doch wieder wurde sie überrascht.

»Mrs. Glide, ich bitte sie um Ihre Erlaubnis, mit Ihrer Tochter ein Stück spazierenzugehen.«

Sie hielt den Atem an. Dies war Jims erste Rückkehr zum Heartache Mountain seit dem Abend vor zwei Wochen, als sie ihn fortgeschickt hatte. In den darauffolgenden Tagen fand sie ihre Reaktion durchaus angemessen; aber nachts, allein in ihrem Bett, hatte sie sich gewünscht, es gäbe einen Ausweg. Niemals hätte sie es für möglich gehalten, daß er seinen Stolz so weit überwand, noch einmal in der Rolle des höflichen Verehrers vor sie zu treten.

Annie jedoch tat, als wäre sein Verhalten das normalste von der Welt. »Aber bleibt in Sichtweite des Hauses«, warnte sie.

Um seine Mundwinkel herum zuckte es, aber er nickte steif.

»Also gut, dann.« Annie schubste ihre Tochter unsanft vorwärts. »Jetzt geh schon, Amber Lynn. Jim hat dich nett gebeten, mit ihm spazierenzugehen. Und daß du ja höflich bist, nicht so schnippisch, wie du dich mir gegenüber in letzter Zeit verhalten hast.«

»Zu Befehl, Ma'am.« Lynn ging die Treppe hinunter, und am liebsten hätte sie trotz der Enge in ihrem Hals laut gelacht.

Jim nahm ihre Hand, blickte auf sie herab, und die warmen, goldenen Sprenkel in seinen braunen Augen erinnerten sie plötzlich daran, wie zärtlich er sie während ihrer drei Schwangerschaften behandelte. Als sie jeweils am fettesten gewesen war, hatte er ihren Bauch geküßt und ihr erklärt, sie wäre die schönste Frau der Welt. Während ihre Hand wie ein kleiner Vogel in seiner Pranke lag, wollte sie sich lieber an alles Gute erinnern und das Schlechte nicht hochkommen lassen.

Er führte sie in Richtung des Pfades, der sich durch den Wald schlängelte, und trotz Mahnung ihrer Mutter hatten sie innerhalb kürzester Zeit eine Stelle erreicht, die vom Haus aus nicht mehr zu sehen war.

»Schöner Tag«, sagte er. »Ein bißchen warm für Mai.«

»Ja.«

»Hier oben ist es unglaublich ruhig.«

Es überraschte sie, daß er immer noch bereit war, so zu tun, als hätten sie sich eben erst kennengelernt; doch bereitwillig folgte sie ihm auf diese Ebene, wo keiner von ihnen je den anderen verletzt hatte. »Ja, friedlich – mir gefällt es so.«

»Hast du dich nie einsam gefühlt?«

»Es gibt immer viel zu tun.«

»Was?«

Unter der Eindringlichkeit seines Blickes zuckte sie zusammen. Er wollte wirklich wissen, was sie hier tat, wollte ihr zuhören! Freudig fing sie mit ihrer Schilderung an.

»Wir stehen alle früh auf. Ich gehe gern im Wald spazieren, sobald die Sonne aufgegangen ist, und wenn ich zurückkomme, hat meine Schwiegertochter ...« Sie verstummte und sah ihn aus den Augenwinkeln an. »Sie heißt Jane.«

Er runzelte die Stirn, doch sagte nichts. Sie gingen den von Rhododendren, Berglorbeer, Veilchen, Narzissen und einem burgunderroten Teppich kleiner namenloser Blüten gesäumten Pfad hinab. Ein paar Hartriegel feierten mit einem wahren Regen weißer Blüten ihren erfolgreichen Widerstand gegen den Pilz, der bereits einer Großzahl von Pflanzen in den Bergen von Carolina den Garaus gemacht hatte. Lynn atmete den reichen, feuchten Duft der frischen Erde ein.

»Wenn ich von meinem Spaziergang zurückkomme, hat Jane bereits das Frühstück für uns gemacht«, fuhr sie fort. »Meine Mutter will immer Eier mit Speck; aber Jane backt Vollkorn- oder Weizenmehlpfannkuchen mit frischem Obst, so daß Annie normalerweise zetert wie verrückt, sobald sie in die Küche kommt. Aber Jane ist gerissen und hat Annie besser im Griff als sonst irgendwer. Wenn wir fertig gefrühstückt haben, höre ich Musik und räume die Küche auf.«

»Was für Musik?«

Er wußte genau, was für Musik ihr am liebsten war. Im Laufe der Jahre hatte er Hunderte von Malen an ihren diversen Autoradios von ihren bevorzugten Klassiksendern auf seine Country-und-Western-Sender umgeschaltet. »Ich liebe Mozart und Vivaldi, Chopin und Rachmaninow. Meine Schwiegertochter mag Classic Rock. Manchmal tanzen wir.«

»Du und ... Jane?«

»Sie hat eine besondere Vorliebe für Rod Steward entwickelt.« Lynn lachte fröhlich auf. »Wenn er im Radio kommt, zwingt sie mich mit dem, was ich gerade tue, aufzuhören und mit ihr zu tanzen. Auch ein paar der neueren Gruppen findet sie toll – Gruppen, deren Namen ich vorher nie gehört hatte. Manchmal ist das Tanzen für sie wie ein Zwang. Ich glaube, sie hat in ihrer Jugend nicht viel Spaß gehabt.«

»Aber sie – sie soll doch angeblich Wissenschaftlerin sein«, warf er vorsichtig ein.

»Das ist sie auch. Aber im Augenblick findet sie das Wichtigste das Wachsen-Lassen ihres Babys.«

Sekunden vergingen, während derer er verdaute, was er da zu hören bekam. »Sie scheint eine ungewöhnliche Person zu sein.«

»Absolut!« Dann fragte sie spontan: »Möchtest du vielleicht heute zum Abendessen zu uns kommen, um sie näher kennenzulernen?«

»Lädst du mich etwa zu euch ein?« Sein Gesicht drückte Überraschung und Freude aus.

»Ja. Ja, ich glaube, schon.«

»Also gut. Ich komme gern!«

Eine Zeitlang gingen sie schweigend nebeneinander her. Der Pfad wurde schmaler, und sie bog ab zu einem kleinen Bach. Bereits als Jugendliche waren sie häufig hierhergekommen und hatten nebeneinander auf einem alten Baumstamm gesessen, den es inzwischen längst nicht mehr gab. Manchmal hatten sie einfach zugeschaut, wie das Wasser über die moosbewachsenen Steine plätscherte, aber meistens hatten sie sich geliebt. Ungefähr in dieser Gegend hatte sie Cal empfangen.

Er räusperte sich und setzte sich auf den Stamm einer Roßkastanie, die irgendein vergessener Sturm gefällt hatte. »Du warst meinem Sohn gegenüber eben ganz schön hart.«

»Es mußte sein ...« Sie setzte sich neben ihn, aber berührte ihn nicht, »... unserem neuen Enkelkind zuliebe.«

»Ich verstehe.«

Aber sie sah ihm an, daß er nichts verstand. Noch wenige Wochen zuvor hätte er sie aus seiner Unsicherheit heraus sicher angeschnauzt, aber jetzt wirkte er eher nachdenklich als erbost. Fing er tatsächlich an, auch ihr richtige Entscheidungen zuzutrauen?

»Erinnerst du dich noch daran, daß ich meine entlaufene Frau erwähnte?«

Unweigerlich spannte sie sich an. »Ja, so vage ...«

»Es war meine Schuld. Das sollst du nur wissen für den Fall, daß du mich vielleicht öfter ... treffen willst.«

»Allein deine Schuld?«

»Zu neunundneunzig Prozent. Ich habe stets sie für meine eigenen Unzulänglichkeiten verantwortlich gemacht und habe es nicht einmal bemerkt.« Er legte seine Unterarme auf die Knie und folgte dem Lauf des Wassers mit den Augen. »Jahrelang redete ich mir ein, daß ich sicher ein weltberühmter Epidemiologe geworden wäre, wenn ich nicht schon in meiner Jugend hätte heiraten müssen; erst, nachdem sie mich verlassen hatte, wurde mir die Infantilität dieser Vorstellung klar.« Er faltete seine starken, heilenden Hände, die in diesem Bezirk so manchen Menschen ins Leben und aus dem Leben geleitet hatten. »Überall hätten mir diese Berge gefehlt. Ich bin froh, daß ich Landarzt geworden bin.«

Sie war gerührt von der Tiefe seiner Gefühle, die in seiner Stimme lag, und überlegte, ob er endlich einen Teil seines Selbst wiederentdeckt hatte, der ihm seit langem verlorengegangen war. »Und was ist mit dem einen Prozent?«

»Was?« Er drehte den Kopf und sah sie an.

»Du hast gesagt, zu neunundneunzig Prozent hättest du die Schuld gehabt. Was ist mit dem einen Prozent in der anderen Waagschale?«

»Selbst das war nicht wirklich ihre Schuld.« Sie wußte nicht, ob es am Licht oder an der Reflexion des Wassers lag, aber sein Blick verriet so etwas wie Mitgefühl. »Meine Frau wuchs in nicht gerade privilegierten Verhältnissen auf und hat niemals eine wirkliche Ausbildung erhalten. Deshalb meinte sie, ich sähe immer auf sie herab, und wahrscheinlich hat sie damit recht – wie in den meisten Dingen.

Aber inzwischen denke ich, daß sie es mir auch ziemlich leichtgemacht hat, auf sie herabzusehen, denn trotz ihres unendlichen Eifers, der leicht für zwei Leben ausgereicht hätte, mangelte es ihr stets an Selbstvertrauen.«

Ihr Mund klappte auf und wieder zu. Wie konnte sie etwas leugnen, was auf der Hand lag?

Einen Augenblick lang dachte sie darüber nach, wie weit sie in ihrem Leben gekommen war. Sie sah all die harte Arbeit und Disziplin, die sie zu guter Letzt ans Ziel gebracht hatten. Wie aus weiter Ferne betrachtete sie ihre Person und merkte, daß sie sich gefiel. Warum hatte sie sich selbst nie akzeptiert? Jims Darstellung war richtig. Wie hatte sie erwarten können, daß er sie respektierte, wenn sie es selbst nicht tat? Ihrer Meinung nach traf sie mehr als ein Prozent Schuld an der Situation, aus der sie davongelaufen war, und das sagte sie auch laut.

Er zuckte mit den Schultern. »Im Grunde ist es mir ziemlich egal, wer unsere Schwierigkeiten verursacht hat.« Mit seinem Daumen fuhr er über den spröden Rand ihrer Fingernägel, ehe er über ihren Ehering strich. Ohne sie anzusehen, sprach er sanft und zugleich rauh: »Meine Frau ist ein untrennbarer Teil von mir – wie die Luft, die mit jedem Atemzug in meine Lungen dringt. Ich liebe sie.«

Diese schlichte Bekenntnis schockierte sie derart, daß sie kaum einen Ton herausbekam. »Dann ist sie ein Glückskind.«

Er hob den Kopf, schaute sie an, und sie entdeckte in seinen Augenwinkeln Anzeichen aufwallender Tränen. In den siebenunddreißig Jahren ihrer Ehe hatte sie ihren Mann nicht ein einziges Mal weinen sehen, nicht einmal am Tag von Cherrys und Jamies Beerdigung.

»Jim ...« Alsbald fand sie sich in den von Gott allein für sie geschaffenen, starken Armen wieder. Gefühle, die sie nicht zum Ausdruck bringen konnte, schnürten ihr die

Kehle zu und machten sie so schwindlig, daß etwas völlig Unbeabsichtigtes aus ihr herauskam: »Du solltest vielleicht wissen, daß ich bei meiner ersten Verabredung mit einem Mann nicht bis zum Äußersten gehe.«

»Ach nein?« Seine Stimme hatte einen heiseren Unterton.

»Das liegt daran, daß ich als zu junges Mädchen mit Sex angefangen habe.« Sie löste sich von ihm und blickte in ihren Schoß. »Ich wollte das nämlich gar nicht, aber ich habe ihn so geliebt, daß ich nicht nein zu sagen wagte.«

Sie blickte auf, um seine Reaktion zu prüfen. Noch mehr Schuldgefühle wollte sie ihm keinesfalls verursachen, aber er mußte Bescheid wissen.

Sein Lächeln enthielt eine Spur von Traurigkeit, während er ihr mit dem Daumen über die Lippen strich. »Und, habe ich dir Sex für den Rest deines Lebens vergällt?«

»Oh, nein! Ich hatte Glück, mit einem wunderbaren Liebhaber gesegnet zu sein. Zu Anfang war er vielleicht noch ein wenig unbeholfen, aber es hat nicht lange gedauert, bis er mich wundervoll umarmen konnte.« Sie lächelte.

»Das freut mich zu hören.« Sein Daumen fuhr die Konturen ihrer Unterlippe nach. »Und dir darf ich vielleicht gestehen, daß ich keine großen Erfahrungen besitze auf diesem Gebiet. Bisher war ich nur mit einer einzigen Frau intim.«

»Das beruhigt mich.«

Er schob ihr das Haar aus dem Gesicht. »Hat dir schon mal jemand gesagt, wie schön du bist? Wesentlich ungepflegter als meine Frau, aber trotzdem ein Anblick, der den Verkehr zum Stillstand bringt.«

Sie lachte vergnügt. »Nach mir würde sich nicht einmal jemand umdrehen, wenn ich eine rote Ampel auf dem Kopf hätte.«

»Was nur wieder einmal beweist, wie wenig Ahnung du von manchen Dingen hast.« Er nahm ihre Hand, zog sie hoch, und als er den Kopf neigte, wurde ihr klar, daß er sie zu küssen beabsichtigte.

Die Berührung seiner Lippen war unendlich sanft. Er hielt seinen Körper von ihr fern, so daß es einzig zu einer Berührung ihrer Münder und ihrer seitlich verschränkten Hände kam. Nach kurzer Zeit jedoch wich die Sanftheit ihres Kusses aufkommender Leidenschaft. Schon so lange waren sie nicht mehr zusammengewesen, und es gab so viel Vertrautheit zwischen ihnen. Aber sie liebte es, von ihm hofiert zu werden, und brauchte noch ein wenig Zeit.

Er zog sich zurück, als verstünde er, und sah sie mit glänzenden Augen an. »Ich – ich muß wieder in meine Praxis. Die Patienten warten sicher bereits auf mich. Und wenn wir uns lieben, will ich, daß uns keine Eile treibt.«

Sie fühlte sich schwergliedrig und schwach zugleich; also schob sie ihre Finger in seine Hand, während er sie zurück auf den Waldweg zog.

»Wenn du zum Essen kommst, haben wir ja vielleicht ein bißchen Zeit zum Reden, dann kannst du von deiner Arbeit erzählen.«

Ein glückliches Lächeln erhellte sein Gesicht. »Sehr gerne!«

Sie merkte, daß sie sich nicht mehr daran erinnern konnte, ihn in letzter Zeit etwas anderes gefragt zu haben als »Wie war dein Tag?« Doch in einer Ehe war gegenseitiger Gedankenaustausch von größter Notwendigkeit.

Sein Lächeln schwand, und er runzelte die Stirn. »Vermutlich darf ich meinen Sohn nicht zum Essen mitbringen?«

Nach kurzem Zögern schüttelte sie den Kopf. »Tut mir leid. Das würde meine Mutter nicht erlauben.«

»Bist du nicht ein bißchen zu alt, um dir von deiner Mutter Vorschriften machen zu lassen?«

»Manchmal trifft sie wirklich die beste Entscheidung, wer bei uns willkommen ist und wer nicht.«

»Meinen Sohn sieht sie also nicht gern in ihrem Haus?«

Sie sah ihn traurig an. »Ich fürchte, nein. Aber auch das könnte sich wieder ... ändern – was nicht an Annie liegt, sondern einzig und allein an ihm.«

Er setzte seine altbekannte Diktatormiene auf. »Es fällt mir schwer zu glauben, daß du dir von einer halbverrückten alten Frau in derart wichtigen Angelegenheiten Vorschriften machen läßt.«

Sie zwang ihn stehenzubleiben und gab ihm einen sanften Kuß. »Vielleicht ist sie gar nicht so verrückt, wie du denkst. Schließlich war sie diejenige, die uns geraten hat, spazierenzugehen.«

»Sonst hättest du es nicht getan?«

»Darüber bin ich mir nicht sicher. Im Augenblick geht es um sehr viel, so daß ich keinen Fehler machen möchte. Manchmal wissen Mütter eben doch am besten, was für ihre Töchter richtig ist.« Sie sah ihn reglos an. »Und für ihre Söhne ebenfalls.«

Er schüttelte den Kopf und ließ resigniert die Schultern sinken. »Also gut. Für heute gebe ich mich geschlagen ...«

Sie lächelte und verkniff es sich eisern, ihn noch einmal zu küssen, als er so niedergeschlagen vor ihr stand. »Wir essen früh. Um sechs.«

»Ich werde pünktlich sein.

21

Lynn führte Jane Jim an jenem Abend vor, als wäre sie ein geliebtes Kind, das einen Fremden mit seinen Kunststücken unterhalten soll. Außerdem sang sie endlose Loblieder auf die Schwiegertochter, bis ihm regelrecht schwindlig wurde, und schickte die beiden, während sie den Tisch abräumte, zur Beilegung letzter Differenzen ins Wohnzimmer.

Als sich Jane in Annies Schaukelstuhl sinken ließ, fiel ihr abermals die Ähnlichkeit zwischen Vater und Sohn schmerzlich auf. Am liebsten hätte sie sich neben Jim aufs Sofa gesetzt und ihn gebten, daß er sie in seine kräftigen Bonnerschen Arme nahm. Statt desssen atmete sie tief ein und erzählte ihm, wie sie Cal begegnet war und ihn überrumpelt hatte.

»Ich habe den Zeitungsartikel nicht geschrieben«, teilte sie ihm am Schluß mit. »Aber beinahe jedes Wort darin ist wahr.«

Jane machte sich auf eine Strafpredigt gefaßt.

»Ethan würde sagen, daß Cals und deine Begegnung so etwas wie göttliche Vorsehung war«, bemerkte er statt dessen.

»Da bin ich mir nicht so sicher.« Sie sah ihren Schwiegervater zweifelnd an.

»Du liebst Cal, nicht wahr?«

»Von ganzem Herzen.« Betrübt blickte sie in ihren Schoß. »Aber das bedeutet noch lange nicht, daß er mich in seinem Leben haben will.«

»Natürlich macht er es dir im Augenblick ziemlich schwer. Ich glaube, er kann nichts dafür. Die Männer in unserer Familie sind manchmal furchtbar stur.« Er sah sie unbehaglich an. »Außerdem sollte auch ich dir etwas gestehen.«

»Oh?«

»Ich habe heute nachmittag mit Sherry Vogler telephoniert.«

»Du hat meine Ärztin angerufen?«

»Aus Sorge wegen deiner Schwangerschaft mußte ich einfach in Erfahrung bringen, ob alles in Ordnung ist. Sie hat mich in jeder Hinsicht beruhigt – aber ich konnte nicht aus ihr herausquetschen, ob es ein Enkelsohn oder eine Enkeltochter wird. Sie meinte, du selbst hättest es nicht wissen wollen und daß ich mich ebenfalls gedulden muß.« Er sah sie treuherzig an. »Es war freilich nicht richtig, mich hinter deinem Rücken nach deiner Gesundheit zu erkundigen, aber ich wollte nur auf Nummer Sicher gehen. Bist du jetzt böse auf mich?«

Sie dachte an Cherry und Jamie, an ihren eigenen Vater, dem ihr Befinden immer egal gewesen war, und sah Jim lächelnd an. »Ich bin nicht böse, im Gegenteil.«

Er schüttelte den Kopf. »Du bist eine wirklich nette Person, Janie Bonner. Da hat die alte Fledermaus ganz recht.«

»Das habe ich gehört«, kreischte die alte Fledermaus aus dem Nebenraum.

Später in jener Nacht lag Janie schlaflos in ihrem schmalen Eisenbett und dachte lächelnd daran, wie Annie sich über ihren Spitznamen empörte. Dann allerdings schwand ihr Lächeln, als sie daran dachte, was sie alles verlieren würde, wenn sie ging. Jim und Lynn und Annie, diese Berge, denen sie täglich mehr zugetan war, und vor allem Cal. Nur, wie konnte sie etwas verlieren, das sie nie besessen hatte?

Am liebsten hätte sie sich die Augen aus dem Kopf geheult, doch statt dessen hieb sie mit aller Kraft auf das Kissen ein und tat, als wäre es Cal. Ihr Ärger legte sich, und sie lehnte sich sinnend zurück. Was tat sie hier? Wartete sie doch unbewußt darauf, daß er es sich anders überlegte und wirklich Liebe zuließ? Heute erst hatte er ihr erneut bewiesen, wie weit er sich davon distanzierte.

Sie erinnerte sich an den demütigenden Augenblick am Nachmittag, als er brüllte, dann eben mit ihr verheiratet zu bleiben, wenn das den allgemeinen Wünschen entspräche. Sein Angebot hatte sie vollkommen aufgewühlt. Die Worte, nach denen sie sich so gesehnt hatte, sprudelten zornig aus ihm heraus, und ganz sicher hatte er sie nicht ernst gemeint.

Die Wahrheit sah herb aus. Vielleicht bliebe er tatsächlich mit ihr verheiratet, aber dann halt aus Pflichtgefühl statt aus Liebe, weil er einfach nicht dasselbe für sie empfand wie sie für ihn. Das mußte sie akzeptieren, und am besten finge sie baldmöglichst wieder ihr eigenes Leben an. Es war höchste Zeit, die Berge zu verlassen.

Draußen peitschte der Wind ums Haus, und ihr Zimmer hatte sich merklich abgekühlt. Obgleich es unter der Decke warm und gemütlich war, spürte sie eine merkwürdige Kälte in all ihren Knochen. Sie kroch tiefer unter die Decke und beschloß ihre morgige Abreise. Für die letzten beiden Wochen würde sie immer dankbar sein, aber jetzt durfte sie sich in diesemVersteck nicht mehr verschanzen, sondern mußte dort fortfahren, wo ihr Leben vor ein paar Monaten eine plötzliche Unterbrechung erfuhr.

Voll unglücklicher Gedanken schlief sie schließlich ein, nur um wenig später wegen lautem Donnergrollen und einer kalten, nassen Hand auf ihrem Mund erschrocken aus den Kissen zu fahren. Sie wollte schreien, aber die Hand schnitt ihr die Luft ab, und eine dunkle, vertraute Stimme flüsterte ihr ins Ohr: »Pst ... ich bin es.«

Sie riß die Augen auf. Ein dunkler Schatten hing drohend über ihr. Wind und Regen peitschten durch das Fenster neben ihrem Bett und schlugen die Vorhänge gegen die Wand. Er lockerte seinen Griff und machte das Fenster zu, während ein weiterer Donner das Haus erschütterte.

Zitternd kämpfte sie sich hoch. »Verschwinde!«

»Red leiser, sonst taucht bestimmt gleich Medea mit ihrer Dienerin hier im Zimmer auf.«

»Wag es ja nicht, schlecht über die beiden zu reden.«

»Sie würden ihre eigenen Kinder zum Abendbrot verspeisen, wenn ihnen danach zumute wäre.«

Was für ein grausamer Schuft er war! Warum ließ er sie nicht endlich in Ruhe? »Was willst du hier?«

Mit den Fäusten in den Hüften baute er sich vor ihr auf. »Eigentlich bin ich gekommen, um dich zu entführen, aber draußen ist es naß und kalt, so daß ich es wohl verschieben muß.«

Er setzte sich auf den Stuhl, der an der Nähmaschine stand. Wassertropfen glänzten in seinem Haar und auf seinem Nylonparka. Als ein weiterer Blitz das Zimmer erhellte, sah sie, daß er immer noch so unrasiert und übernächtigt war wie am Nachmittag.

»Du wolltest mich entführen?«

»Bilde dir bloß nicht ein, ich würde dich noch lange hier bei diesen verrückten Weibern hausen lassen.«

»Wo ich hause oder nicht, entscheide ich immer noch selber.«

Ihren Einspruch ignorierte er. »Ich muß mit dir reden, ohne daß einer dieser weiblichen Vampire in der Nähe ist. Außerdem kommst du während der nächsten Tage lieber nicht in die Stadt. Es sind ein paar Reporter aufgetaucht, die ganz versessen darauf sind herauszufinden, ob der Zeitungsartikel der Wahrheit entspricht.«

Deshalb also war er mitten in der Nacht bei ihr aufgetaucht. Nicht, um ewige Liebe zu schwören, sondern um sie vor den Haifischen der Presse zu warnen. Nur mit Mühe schluckte sie ihre Enttäuschung hinunter.

»Sie sind nichts als ein Haufen widerlicher Blutsauger«, knurrte er.

Jane richtete sich in ihren Kissen auf und sah ihn an. »Tu Jodie nichts.«

»Und ob!«

»Ich meine es ernst.«

Er starrte sie böse an, und ein erneuter Blitz untermalte noch das Glitzern in seinen Augen. »Du weißt, verdammt noch mal, ebenso gut wie ich, daß sie die Geschichte an die Zeitung verhökert hat.«

»Es ist nun mal geschehen, aber jetzt kann sie nichts mehr stoppen; was also nützen etwaige Prügel hinterher?« Sie zog die Decke bis zum Kinn. »Es wäre, als wenn du eine Ameise zerquetschst. Auch so schon ist sie eine jämmerliche Gestalt, und ich will, daß du sie in Ruhe läßt.«

»Es liegt nicht in meiner Natur, mir von jemandem eins auswischen zu lassen, ohne daß der die Rechnung dafür präsentiert bekommt.«

Steif gab sie zur Antwort: »Das ist mir bekannt!«

»Also gut.« Er stieß einen Seufzer aus. »Ich werde sie in Ruhe lassen. Wir müssen uns sowieso keine allzu großen Sorgen mehr machen. Kevin hat heute abend eine Pressekonferenz einberufen und meint, daß er sich morgen dem nächsten Reportertrupp noch mal stellen wird. Ob du es glaubst oder nicht, er hat ihnen so ziemlich den Wind aus den Segeln genommen.»

»Kevin?«

»Dein Ritter in der schimmernden Rüstung.« Ihr blieb nicht verborgen, daß seine Stimme vor Sarkasmus troff. »Als ich vorhin in den Mountaineer kam, um ein Bier zu trinken, traf ich ihn dort mittendrin in dem Journalistenpack. Er hat ihnen erklärt, daß die Geschichte stimmt.«

»Was?«

»Aber nur bis zu einem gewissen Punkt; wir beide wären nämlich vor jener schicksalhaften Nacht bereits seit Monaten zusammengewesen, und diese Geburtstagssache hättest du als Überraschung für mich arrangiert. Midlife-Perversion, hat er es, glaube ich, genannt. Ich muß zugeben, daß der Kleine eine überzeugende Show lieferte. Als er fertig war, habe ich selbst an seine Version geglaubt.«

»Ich sage dir doch schon die ganze Zeit, was für ein Schatz er ist.«

»Ach, ja? Dann kläre ich dich gleich weiter über deinen Schatz auf, denn du seist nur deshalb überhaupt mit mir ausgegangen,weil *er* dich zuvor fallengelassen hat, und anfangs wärst du ziemlich sauer über mich als Trostpreis gewesen.«

»Diese Laus!«

»Genauso sehe ich ihn auch.«

Aber seine Stimme verriet, daß er mit Kevins Auftritt durchaus zufrieden war. Er stand auf, schob den Stuhl zur Seite und nahm auf dem Rand des Bettes Platz.

»Komm mit nach Hause, Schatz. Du weißt, daß mir das alles leid tut, nicht wahr?« Er legte seine Hand auf ihren Arm. »Ich hätte Brian anrufen sollen, sobald sich meine Gefühle für dich geändert hatten – aber irgendwie war ich wohl noch nicht bereit, mir einzugestehen, was da mit mir geschah. Wir können das jetzt bestimmt klären. Dazu müssen wir nur eine Weile alleine sein.«

Und nun brach er auch noch ihr Herz! »Es gibt nichts zu klären.«

»Da ist zum einen die Tatsache, daß wir miteinander verheiratet sind, und zum anderen kriegst du ein Kind von mir. Sei vernünftig, Jane. Mit ein bißchen Zeit kriegen wir das auf die Reihe.«

Sie ignorierte ihre Schwäche, die darauf drängte, sich ihm an den Hals zu werfen. Niemals wollte sie zu den willenlosen Frauen gehören, die sie als Opfer ihrer Gefühle betrachtete. »Mein Zuhause ist in Chicago.«

»Sag das nicht.« Wieder schwang Zorn in seiner Stimme mit. »Du hast ein durchaus passables Zuhause direkt hinter diesem Berg.«

»Das Haus gehört dir, nicht mir.«

»Das ist falsch.«

Ein plötzliches Klopfen an der Tür schreckte sie beide auf, und Cal sprang entsetzt vom Bett.

»Jane?« rief Lynn. »Jane, ich habe ein Geräusch gehört. Ist alles in Ordnung?«

»Völlig.«

»Stimmen habe ich auch gehört. Hast du einen Mann bei dir im Zimmer?«

»Ja.«

»Warum hast du ja gesagt?« zischte Cal erbost.

»Willst du ihn dort haben?« fragte Lynn.

Jane kämpfte gegen ihr Elend an. »Nein.«

Eine Zeitlang sagte keiner von ihnen auch nur einen Ton, doch dann drang es durch die Tür: »Also gut, dann. Komm einfach rüber zu mir. Du kannst in meinem Zimmer schlafen, wenn du willst.«

Jane warf die Decke fort und schob die Füße aus dem Bett, doch Cal hielt sie am Arm zurück. »Tu das nicht, Jane. Wir müssen miteinander reden.«

»Die Zeit des Redens ist vorbei. Ich fliege morgen nach Chicago zurück.«

»Das kannst du nicht machen! Ich habe lange nachgedacht, und es gibt sehr viel zu besprechen.«

»Sag die Dinge jemandem, der sie hören will!« Sie riß sich von ihm los und stürzte aus dem Raum.

Jane lief vor ihm davon, doch das durfte sie nicht. Niemals. Er liebte sie!

Cal hatte von seinem Vater erfahren, daß die Frauen früh aufstanden, so daß er bereits bei Anbruch der Dämmerung wieder am Heartache Mountain anlangte. Er hatte kein Auge mehr zugetan, seit er spät nachts durch Janes Schlafzimmerfenster in den Regen zurückgeklettert war. Nun, am Ende der Story, erkannte er, wie falsch seine Strategie gewesen war.

Er hätte ihr seine Liebe gestehen müssen, während er in ihr Zimmer drang. Statt dessen hatte er ihr den Mund zugehalten und von Entführung und Reportern gefaselt, um den heißen Brei herumgeredet, statt das einzige auszusprechen, was zählte. Vielleicht hatte er sich einigermaßen geschämt, daß er so begriffsstutzig gewesen war.

Die Erkenntnis, daß er sie liebte, hatte ihn getroffen wie ein Blitz. Gestern nachmittag fiel der Groschen, als er, nachdem er sich mit seinem Gebrüll, in Gottes Namen verheiratet zu bleiben, zum Narren gemacht hatte, wie ein Verrückter den Berg hinunterpreschte. Die vollkommene Verachtung in ihrem Blick hatte ihn getroffen wie ein Schlag. Ihre gute Meinung von ihm war ihm wichtiger als die jedes Sportschreiberlings. Sie bedeutete ihm doch mehr als alles andere!

Jetzt verstand er, daß nicht seine Liebe zu ihr, sondern die Bejahung dieser Liebe etwas Neues war. Rückblickend mußte er sich eingestehen, daß er sich wahrscheinlich bereits in dem Augenblick in sie verliebt hatte, als er, nach Entdeckung ihres wahren Alters, in Annies Garten mit ihr aneinandergeraten war.

Mittlerweile erkannte er diese Ehe als das Ziel seines Lebens an. So sehr ihn auch der Gedanke an ein Ende seiner Karriere peinigte, schreckte er ihn doch nicht im mindesten so wie die Vorstellung, sie zu verlieren. Das bedeutete, sie erst mal zum Zuhören zu bewegen; aber dafür mußte sie entschieden in seiner Nähe bleiben.

Das neue Schloß, mit dem die Vordertür von Annies Haus gesichert war, hatte er selbst vor weniger als zwei Wochen angebracht. Da sie ihm zweifellos niemals öffnen würde, trat er die Tür entschlossen ein und stapfte auf die Küche zu.

Jane stand in ihrem Goofy-Nachthemd und mit wirrem Haar an der Spüle – als sie ihn kommen sah, riß sie entsetzt die Augen auf.

Er hatte sich selbst beim Durchschreiten des Wohnzimmers in einem der Spiegel gesehen, und so überraschte ihn ihre Panik nicht. Mit seinem Stoppelbart, den roten Augen und den zornig zusammengepreßten Lippen sah er wie der bösartigste Bandit diesseits des Rio Peco aus. Was ihm durchaus gelegen kam. So kapierten sie alle unmißverständlich, daß ihm nicht nach Scherzen zumute war.

Annie saß, ein altes Flanellhemd über dem pinkfarbenen Satinpyjama, am Tisch. Sie hatte sich noch nicht geschminkt, so daß ihr jeder ihrer achtzig Lenze deutlich anzusehen war. Als er in ihre Richtung walzte, rappelte sie sich stotternd hoch, doch er ging achtlos an ihr vorbei in Richtung des in der Ecke lehnenden Gewehrs.

»Betrachten Sie sich als überwältigt, meine Damen. Und niemand verläßt ohne meine Genehmigung das Haus.«

Er nahm das Gewehr, marschierte quer durchs Haus auf die Veranda zurück, lehnte die Waffe an die Wand und sank in den alten hölzernen Schaukelstuhl neben der Eingangstür. Seine Füße plazierte er auf der rot-weißen Kühlbox, in der sich neben einem Sechserpack Bier und einem Paket Mortadella eine Reihe gekühlter Milky Ways und ein Laib Brot befanden. Aushungern ließ er sich von den Weibern auch nicht! Dann lehnte er sich zurück und machte die Augen zu. Niemand würde seine kleine Familie bedrohen! Nicht einmal diese seine verdammte Familie selbst!

Gegen elf tauchte Ethan auf. Bisher hatte Cal aus dem Inneren des Hauses nicht viel gehört: ein paar gedämpfte Gespräche, laufendes Wasser, Annie, die hustete. Wenigstens rauchte sie nicht mehr. Das ließen weder Jane noch seine Mutter jemals zu.

Ethan blieb auf der untersten Treppenstufe stehen und sah seinen Bruder fragend an. Angewidert bemerkte Cal, daß er schon wieder ein gebügeltes T-Shirt trug.

»Was geht hier vor, Cal? Und warum versperrt dein Jeep

die Straße?« Er kam die Treppe herauf. »Ich dachte, sie ließen dich nicht ins Haus.«

»Tun sie auch nicht. Gib mir deine Autoschlüssel, falls du reingehen willst.«

»Meine Autoschlüssel?« Er beäugte das an der Wand lehnende altertümliche Gewehr.

»Jane bildet sich ein, heute abzureisen; aber da sie, solange mein Jeep dort parkt, ihre eigene Rostlaube nicht bewegen kann, wird sie sicher versuchen, dich als Chauffeur zu benutzen. Ich sorge nur dafür, daß du gar nicht erst in Versuchung gerätst.«

»So etwas täte ich dir niemals an! Übrigens siehst du aus, als würdest du steckbrieflich gesucht.«

»Vielleicht hast du nicht die Absicht, ihr deine Schlüssel zu überlassen; aber die Professorin ist fast so clever wie der liebe Gott. Sie wird schon einen Weg finden, dir die Dinger abspenstig zu machen.«

»Allmählich wirkst du fast ein bißchen paranoid.«

»Ich kenne sie. Du nicht. Also gib die Schlüssel her.«

Widerwillig zog Ethan seine Wagenschlüssel aus der Tasche und überreichte sie Cal. »Hast du schon mal daran gedacht, ihr vielleicht einfach ein Dutzend Rosen zu schikken? Bei den meisten Frauen wirkt das Wunder, soweit ich weiß.«

Mit einem verächtlichen Schnauben erhob sich Cal aus dem Schaukelstuhl, trat an die zerborstene Eingangstür, streckte den Kopf hindurch und rief: »He, Professor. Der Reverend ist da. Der, der dich bereits splitterfasernackt gesehen hat.«

Er trat zurück, hielt Ethan die Tür auf und setzte sich wieder in seinen Schaukelstuhl. Während er ein gefrorenes Milky Way aus der Kühlbox nahm, würde er es ab sofort mit ihrer Klugheit jederzeit aufnehmen aufgrund seines Mangels an Manieren.

Eine Stunde später tauchte Kevin auf. Cal wußte, er sollte ihm wegen der Pressekonferenzen dankbar sein, aber alte Gewohnheiten legte man nicht so leicht ab, daher runzelte er bei seinem Anblick erbost die Stirn.

»He, Bomber, was, zum Teufel, ist hier los? Warum wird die Straße von zwei Autos blockiert?«

Allmählich war er es leid, ständig erklären zu müssen, was er tat. »Du gehst erst ins Haus, wenn du mir deine Autoschlüssel ausgehändigt hast.«

Anders als Ethan überließ ihm der Kleine seine Schlüssel ohne jede Gegenwehr. Er zuckte mit den Schultern, warf sie ihm rüber und streckte den Kopf durch die Eingangstür. »Nicht schießen, Ladies. Ich bin's, der gute Junge!«

Schnaubend kreuzte Cal die Arme vor der Brust, reckte das Kinn und klappte die Augen zu. Früher oder später müßte sie herauskommen und mit ihm reden. Am besten wartete er einfach gelassen ab.

Um ein Uhr schneite auch noch sein alter Herr herein. Verdammt, ständig kamen irgendwelche Leute, aber keiner ging!

Jim nickte in Richtung der Straße. »Sieht aus wie auf einem Parkplatz.«

»Gib mir deine Autoschlüssel, bevor du reingehst.«

»Dieser Zirkus muß endlich aufhören, Cal.«

»Ich tue mein möglichstes.«

»Kannst du ihr nicht einfach sagen, daß du sie liebst?«

»Sie gibt mir ja keine Gelegenheit dazu.«

»Hoffentlich weißt du, was du tust.« Jim warf ihm die Schlüssel zu und betrat das Haus.

Diese Hoffnung teilte Cal, aber daß er Zweifel hatte, gäbe er niemals zu. Vor allem nicht gegenüber seinem Dad.

Inzwischen war Cal das, was er für Jane empfand, so klar, daß er seine vorherige Unschlüssigkeit gar nicht mehr begriff. Der Gedanke, den Rest seines Lebens ohne sie verbringen zu müssen, erzeugte in ihm eine Leere, die sich nicht einmal durch Football füllen ließ. Könnte er doch nur vergessen, wie er ihre Liebe an dem Tag abgelehnt hatte, als sie dann abhaute! Es war das kostbarste Geschenk, das er empfangen hatte, und er wies es zurück wie ein Almosen! Jetzt revanchierte sie sich.

Trotz ihres kurzen Flirts mit der dunklen Seite ihrer Seele, um schwanger zu werden, besaß sie mehr Integrität als irgend jemand aus seiner Bekanntschaft; es blieb ihm nichts übrig, als darauf zu vertrauen, daß die Liebe, die sie einmal zu einem Menschen entwickelte, von Dauer war. Trotzdem wußte er, daß ihm seine momentanen Qualen recht geschahen, da er das erwähnte Himmelsgeschenk nicht zu würdigen vermocht hatte.

Wie auch immer, notfalls würde er für den Rest seines Lebens hier draußen sitzen, damit er sie zurückbekam!

Der Nachmittag zog sich endlos hin. Das Dröhnen von Rockmusik aus dem Garten war das Signal für ihn, daß eine spontane Party gefeiert wurde, und immer noch war Jane nicht aufgetaucht.

Grillfeuerrauch stieg auf, und er hörte, wie Ethan den anderen zuprostete. Einmal kam Kevin um die Ecke des Hauses gerannt, um eine Frisbee-Scheibe zu fangen, die jemand zu weit geworfen hatte. Außer ihm amüsierte sich offenbar jeder königlich. Er war ein Fremder in seiner eigenen Familie, und sie tanzten auf seinem Grab!

Als er zwei Gestalten durch den Wald östlich des Hauses schleichen sah, richtete er sich auf. Einen Augenblick lang dachte er, Jane hätte jemanden überredet, zu Fuß mit ihr zu flüchten, aber gerade, als er aus seinem Schaukelstuhl springen wollte, erkannte er Amber Lynn mit Jim.

In der Nähe einer alten weißen Esche, auf der er als Kind oft herumgeklettert war, blieben sie stehen, und sein Vater preßte seine Mutter gegen den Stamm, woraufhin sie die

Arme um seinen Nacken schlang. Im folgenden gebärdeten sich die beiden wie ein Paar ausgelassene Teenager.

Endlich war die Entfremdung seiner Eltern überwunden, und zum ersten Mal seit Tagen umspielte seinen Mund ein Lächeln. Aber sein Lächeln schwand, als er sah, welche Richtung die Hände seines Vaters nahmen, und als ihm klar wurde, daß es sicher jeden Augenblick zu weiterführenden Intimitäten kam.

Schaudernd drehte er seinen Schaukelstuhl herum. Es gab einige Dinge, die er nicht unbedingt mit eigenen Augen sehen wollte, und das, was da geschah, stand auf der Liste dieser Dinge ganz oben.

Während der nächsten paar Stunden unterbrachen nur kurze Besuche von Kevin und Ethan sein Dösen, die allerdings nicht zu wissen schienen, was sie reden sollten; Ethan entschied sich für Politik, und Kevin, wie vorauszusehen, plauderte über Football. Seine Eltern waren immer noch nicht wieder aufgetaucht, aber er dachte lieber nicht nach über ihren Verbleib. Von Jane hörte er kein Wort.

Es dämmerte bereits, als seine Mutter auf die Veranda trat. Sie war zerzaust, und die rote Stelle an ihrem Hals sah verdächtig nach einem Knutschfleck aus. Trockene Blätter hingen ihr unmittelbar hinterm Ohr im Haar, was ein weiterer Beweis dafür war, daß sie und der Herr Papa nicht nur Wildblumen gepflückt hatten im Wald.

Sie sah ihn an und runzelte besorgt die Stirn. »Hast du Hunger? Soll ich dir vielleicht etwas zu essen bringen?«

»Tu mir bloß keinen Gefallen.« Natürlich klang er beleidigt, aber er hatte das Gefühl, auch von ihr verraten worden zu sein.

»Ich würde dich ja hineinbitten, aber Annie erlaubt es nicht.«

»Im Klartext, Jane erlaubt es nicht.«

»Du hast ihr weh getan, Cal. Was erwartest du also von ihr?«

»Sie soll herauskommen, damit ich mit ihr reden kann.«

»Du meinst, damit du sie wieder anbrüllen kannst?«

Nein, das hatte er keineswegs vor, aber bevor er das erklären konnte, war er schon wieder allein auf der Veranda. Dafür, daß er einzig seine Eltern vor den Auswirkungen seines Privatlebens hatte schützen wollen, zeigte niemand auch nur die geringste Dankbarkeit.

Die Nacht senkte sich über den Berg, und die Einsicht, daß sein Plan fehlgeschlagen war, bereitete ihm Übelkeit. Er beugte sich vor und vergrub den Kopf zwischen den Händen. Sie käme nicht heraus. Mit seinem Verhalten hatte er alles kaputtgemacht.

Die Fliegentür quietschte in den Angeln, und als er den Kopf hob, sah er sie. Er nahm die Füße von der Kühlbox und richtete sich kerzengerade auf.

Sie trug dasselbe cremefarbene Baumwollkleid mit den großen braunen Knöpfen wie an dem Tag, an dem sie gegangen war. Doch heute abend fiel ihr Haar, statt von einem Reif gebändigt zu werden, in wirren Strähnen um ihr entzückendes Gesicht, so daß es aussah wie am Ende einer Liebesnacht.

Sie schob ihre Hände in die Taschen und blickte ihn an. »Warum tust du das?«

Am liebsten hätte er sie in die Arme genommen, in den Wald geschleppt und so lange geliebt, bis sie, wie zuvor seine Mutter, ein Knutschfleck und trockene Blätter im Haar zierten. »Du gehst nicht fort, Jane. Nicht, ohne die Dinge wenigstens zuvor zu klären.«

»Wir hatten jede Menge Chancen und haben keine davon genutzt.«

»Du meinst, *ich* habe keine von ihnen genutzt. Aber ich verspreche dir, die nächste packe ich beim Schopf!«

Er erhob sich aus dem Schaukelstuhl und näherte sich ihr, woraufhin sie instinktiv einen Schritt zurück zum Geländer tat. Also bemühte er sich, ihr Raum zu lassen. Offenbar war er nicht der einzige, der nicht in die Enge getrieben werden wollte.

»Ich liebe dich, Jane.«

Falls er erwartet hatte, daß dieses Geständnis sie umwerfen würde, dann täuschte er sich. Statt Freude drückten ihre großen Augen abgrundtiefe Trauer aus.

»Du liebst mich nicht, Cal. Siehst du das denn nicht? Das Ganze ist für dich bloß ein Spiel. Gestern abend merktest du, daß du mich verlierst; aber du bist ein Champion, und du kannst eine Niederlage nicht akzeptieren. Champions tun alles, um zu gewinnen – wenn nötig, sagen sie sogar Dinge, die sie nicht wirklich meinen.«

Entgeistert starrte er sie an. Sie glaubte ihm nicht! Wie konnte sie denken, daß es ihm um das Gewinnen ging? »Da bist du aber schief gewickelt. Ich meine es verdammt ernst.«

»Vielleicht in diesem Augenblick – aber denk dran, was passiert ist, nachdem du mich nackt gesehen hast. Das Spiel war vorbei, Cal, du hattest kein Interesse mehr. Und jetzt ist es genauso. Sobald ich zu dir zurückkomme, erlahmt innerhalb kürzester Zeit dein Interesse.«

»Ich habe dich doch nicht satt gehabt, nachdem ich dich nackt sah! Wie kommst du nur auf diese absurde Idee?« Er merkte, daß er brüllte, und er wollte seinen Frust auch der ganzen Welt mitteilen. Warum war es ihm nur nicht möglich, so zu kommunizieren wie jeder normale Mensch?

Er schluckte schwer und ignorierte den Schweißfilm auf seiner Stirn. »Ich liebe dich, Jane, und wenn ich mich einmal für etwas entschieden habe, dann stehe ich auch dazu. In dieser Hinsicht sind wir einander durchaus ähnlich. Also pfeif jetzt bitte deine Wachhunde zurück.«

»Sie sind nicht meine Wachhunde, sondern deine.« Ihre Miene drückte Ärger aus. »Ich habe versucht, sie dazu zu bewegen zu gehen, aber sie tun es einfach nicht. Sie haben diese verrückte Vorstellung, daß du sie brauchst. Ausgerechnet du! Ethan hat mir all diese sentimentalen Geschichten aus deiner Kindheit aufgetischt, und Kevin beschrieb jeden einzelnen Touchdown, den du je bewerkstelligt oder auch nur in Erwägung gezogen hast. Als ob mir das wichtig wäre! Und dein Vater stopfte mir die Ohren voll von deinen hervorragenden schulischen Leistungen, was ich schon überhaupt nicht hören will!«

»Ich wette, daß meine Mutter kein Loblied auf mich gesungen hat.«

»Eine Zeitlang hat sie sich auf deine ehrenamtlichen Tätigkeiten konzentriert, und dann fing sie mit dem Himmel-und-Hölle-Spiel aus deiner Kindheit an; schließlich ist sie in Tränen ausgebrochen und hat den Raum verlassen, so daß ich nicht sicher bin, um was es ihr eigentlich ging.«

»Und Annie? Was hat sie gesagt?«

»Daß du ein Satansbraten bist und daß es mir ohne dich viel besser geht!«

»Das stimmt nicht.«

»Aber beinahe!«

»Jane, ich liebe dich. Ich will nicht, daß du gehst.«

Ihr Gesicht drückte noch größere Trauer aus. »Im Augenblick liebst du die Herausforderung, mich zurückzugewinnen, aber als Grundlage für eine gemeinsames Leben reicht das nicht.« Sie schlang ihre Arme um sich, als fröre sie. »Die letzten Wochen haben mir gründlich die Augen geöffnet. Ich weiß nicht, wie ich daraufkam, daß zwischen uns eine dauerhafte Beziehung möglich ist. Wütende Auseinandersetzungen und wilde Streitereien sind ja wohl keine Basis. Du magst damit zufrieden sein, aber ich brauche jemanden, der auch dann noch für mich da ist, wenn ich keine Herausforderung mehr darstelle.«

»Trotz deines Superhirns kapierst du rein gar nichts!« Himmel, er brüllte sie schon wieder an. Er atmete tief ein und senkte seine Stimme auf eine mittlere Lautstärke, ehe er fragte: »Kannst du nicht einfach das Risiko eingehen und glauben, was ich sage?«

»Die Sache ist zu wichtig, um ein derartiges Risiko einzugehen.«

»Hör zu, Jane! Es geht nicht um Streitereien und Herausforderungen. Ich liebe dich und möchte für den Rest meines Lebens mit dir zusammenbleiben.«

Sie schüttelte den Kopf.

Schmerz wallte in ihm auf. Da kehrte er sein Innerstes nach außen, und sie stellte sich immer noch quer. Wie sollte er sie bloß überzeugen?

Leise sagte sie: »Ich reise morgen ab, und wenn ich die Polizei rufen muß, damit sie mich sicher zum Flughafen bringt. Lebe wohl, Cal!« Mit diesen Worten machte sie auf dem Absatz kehrt und ging ins Haus zurück.

Er schloß die Augen, denn alles in ihm bäumte sich auf. Seine Knie zitterten, und sein Körper schmerzte, als hätte er soeben den seine Karriere beendenden Schlag eingesteckt. Aber deshalb gäbe er noch nicht auf, niemals!

So sehr der Gedanke an öffentliche Gefühlsbezeugungen seinem Wunsch nach Privatsphäre auch widerstrebte, fiel ihm einfach nichts anderes ein, als mit seinem Anliegen an die Öffentlichkeit zu gehen. Also knirschte er mit den Zähnen und folgte ihr auf dem Fuße.

22

Annie starrte in ihren Fernseher, wo ein Whitney-Houston-Video ohne Ton flackerte, seine Eltern saßen händchenhaltend und einander in die Augen sehend wie ein Reklameliebespaar von DeBeers auf der Couch; Ethan und Kevin hatten sich Küchenstühle an den wackligen Tisch in der Ecke gezogen und versuchten ihr Glück beim Kartenspiel. Jane war nicht da.

Er kam sich idiotisch vor, konnte sich aber falschen Stolz nicht leisten, da er die Rückendeckung des gesamten Teams brauchte. Demzufolge nahm er einen Anlauf und sagte: »Jane glaubt mir nicht, daß ich sie liebe.«

Ethan und Kevin sahen ihn über den Rand ihrer Karten hinweg an, und seine Mutter runzelte die Stirn. »Weißt du, daß sie gerne tanzt? Nicht diese Country-und-Western-Sachen, sondern Rock 'n' Roll.«

Zwar wußte er nicht, wie ihm das imAugenblick weiterhelfen sollte, aber er speicherte diese Information dankbar ab.

»Ich bin all diese Aufregungen allmählich leid!« Annie klatschte die Fernbedienung auf die Sessellehne. »Jim Bonner, du gehst auf der Stelle zu Janie und sagst, daß sie herkommen soll. Die Dinge müssen endlich geregelt werden, damit ich wieder Ruhe habe in meinem Haus.«

»Sehr wohl, Ma'am!« Mit einem Lächeln in Richtung seiner Frau erhob sich Jim vom Sofa und ging auf das Gästezimmer zu, in dem Jane mit Packen beschäftigt war.

Sie tauchte aus ihrem Koffer auf, als Jim über die Schwelle trat. »Was ist los?«

»Du mußt jetzt bitte ins Wohnzimmer kommen und dir anhören, was Cal zu sagen hat.«

»Soeben habe ich mit ihm gesprochen, und ein zweites Gespräch will ich nicht.«

»Annie hat es angeordnet.«

»Tut mir leid.«

Er zog eine Braue hoch. »Was hast du gesagt?«

»Tut mir leid?« Unglücklicherweise klang ihre Antwort wie eine Frage und nicht wie ein Bescheid, aber dieser Mann sah mit seiner hochgezogenen Braue auch wirklich furchteinflößend aus.

»Im Augenblick betrachte ich mich als dein Ersatzvater, und ich bitte dich, auf der Stelle ins Wohnzimmer zu gehen!«

Verwundert schaute sie zu, wie er mit der Hand seine Bitte unterstrich, und unwillkürlich verglich sie seinen autoritären Blick mit demjenigen ihres Vaters, der sie ständig aus unerfindlichen Gründen anwiderte.

»Keine Widerrede. Los!«

Sie dachte daran, ihn zu fragen, ob er sie vielleicht schlagen wollte, falls sie ihm nicht gehorchte; doch dann verwarf sie diesen Gedanken. »Jim, es wird nicht funktionieren.«

Er trat vor sie, zog sie in seine Arme und strich ihr besänftigend über das Haar. »Laß ihn dir wenigstens sagen, was er empfindet. Das steht ihm zu.«

Sie schmiegte ihre Wange an seine Brust. »Er hat vor einer Minute auf der Veranda Gelegenheit dazu gehabt.«

»Offenbar ist er nicht fertig geworden.« Sanft schob er sie zur Tür. »Und jetzt geh. Ich begleite dich.«

Im hellerleuchteten Wohnzimmer sah Cal noch gefährlicher aus als draußen auf der Veranda, wo das Licht gedämpfter gewesen war. Sie bemerkte die zusammengekniffenen Augen und die geharnischte Miene; gerne hätte sie sich in der Illusion gewiegt, daß die drei anderen Herren im Raum ihr zu Hilfe eilen würden, falls er weiterhin den wilden Mann spielte; aber höchstwahrscheinlich standen allesamt auf seiten ihres Gemahls.

Cal ignorierte sie, als sie in die Nähe des Fernsehers trat, da diese Stelle am weitesten von dem Platz neben der Küchentür entfernt war, den er besetzte. Als wäre sie unsichtbar, wandte er sich den anderen zu.

»Hier sind die Tatsachen ... ich liebe Jane, und sie liebt mich. Ich will mit ihr verheiratet bleiben, und sie will das auch. Und ihr seid uns im Augenblick alle im Weg.« Er verstummte.

Sekunden vergingen und die anderen sahen ihn erwartungsvoll an.

»Ist das alles?« fragte Ethan schließlich in erstauntem Ton.

Cal nickte.

Kevin drehte sich zu der jungen Frau um. »He, Jane, er sagt, wir sind im Weg. Wenn wir nicht hier wären, würdest du dann mit ihm gehen?«

»Nein.«

»Tut mir leid, Bomber. Du mußt dir wohl etwas anderes einfallen lassen, wenn du uns loswerden willst.«

Der Bomber starrte Kevin wütend an. »Verschwindest du jetzt vielleicht endlich? Das Ganze geht dich überhaupt nichts an. Ich meine es ernst, Tucker. Du machst 'ne Fliege, und zwar jetzt!«

Jane sah, daß Kevin Cal bisher als einziger Paroli geboten hatte, aber nun war auch seine Geduld erschöpft. Doch gerade, als er sich erheben wollte, zwangen Annies Worte ihn zurück auf seinen Platz. »Er gehört dazu und er bleibt!«

Cal wandte sich an seine Frau. »Seit wann gehört er denn zur Familie?«

»Er ist die Zukunft, Calvin, die Zukunft, der du nicht ins Auge sehen willst.«

Ihre Worte erbosten ihn. Umgehend griff er in seine

Tasche, zog einen Schlüsselbund heraus und warf ihn Kevin zu, der sich abermals von seinem Platz erhob.

»Tut mir leid, Mrs. Glide, aber mir fällt gerade ein, daß ich noch eine Verabredung habe.«

Jane stürzte sich auf ihn, da sie endlich eine Möglichkeit zum Fliehen sah. »Ich komme mit.«

Alle Anwesenden erstarrten.

»Das«, hielt Kevin ihr entgegen, »ist keine gute Idee.«

»Setz dich, Jane«, meinte Jim in seinem strengen, väterlichen Ton. »Heute abend bekommst du sowieso keinen Flug mehr, so daß du dir Cals Argumente ebensogut zu Ende anhören kannst. Kevin, danke für deine Unterstützung.«

Kevin nickte und bedachte Jane mit einem liebevollen Lächeln und Cal mit einem besorgten Blick, ehe er endlich das Haus verließ.

Sie sank auf einen Stuhl, während Cal die Hände in den Taschen seiner Jeans vergrub, sich räusperte und, immer noch an seine Familie statt an sie gewandt, weitersprach. »Sie denkt, daß ich sie nur deshalb will, weil sie sich gegen mich sträubt, und daß ich das Interesse verliere, sobald sie keine Herausforderung mehr für mich ist. Das wollte ich ihr ausreden, aber es gelingt mir nicht.«

»Du hast tatsächlich eine gewisse Vorliebe für Herausforderungen«, bemerkte Lynn.

»Glaubt mir ... das Leben mit einem Menschen, der versucht, eine Gesamtheitstheorie zu ergründen, ist Herausforderung genug. Könnt ihr euch vorstellen, gleich morgens nach dem Aufstehen auf der Titelseite der Zeitung oder am Ende einer Einkaufsliste, von Petersilie über Duschgel bis Bier, wild hingekritzelte mathematische Formeln zu entdecken? Oder auf dem Deckel der Müslipackung, noch ehe man überhaupt die Augen richtig geöffnet hat?«

»Ich habe noch nie deine Müslipackung beschrieben!« Jane sprang von ihrem Stuhl.

»Und ob du das hast! Quer über den Deckel meiner Lucky Charms.«

»Das saugst du dir jetzt aus den Fingern. Das erfindet er! Ich gebe zu, daß ich manchmal ein bißchen zerstreut bin, aber ...« Sie brach ab, als sie sich an einen Vormittag vor mehreren Wochen erinnerte, an dem sich außer einer Müslipackung kein Papier in der Nähe befand. Sie setzte sich wieder und fuhr mit förmlicher Stimme fort. »Solche Dinge sind vielleicht ärgerlich, aber noch lange keine Herausforderung.«

»Zu deiner Information, Professor, manchmal rede ich mit dir, und ohne jede Vorwarnung bist du plötzlich nicht mehr da.« Er stemmte die Hände in die Hüften und walzte auf sie zu. »Körperlich bist du zwar noch anwesend, aber dein Hirn bewegt sich irgendwo im Hyperraum.«

Sie reckte ärgerlich das Kinn. »So was kann jedem mal passieren.«

»Eines Tages bringe ich sie um.« Er knirschte mit den Zähnen, ließ sich neben seinen Eltern auf das Sofa fallen und sah seinen Bruder an. »Verstehst du allmählich, womit ich es hier zu tun habe?«

»Andererseits«, gab Ethan zu bedenken, »sieht sie nackt wirklich phantastisch aus.«

»Ethan!« Peinlich berührt wandte sich Jane an Lynn. »Es ist nicht so, wie es klingt, sondern war nur ein unglücklicher Zufall.«

Lynn riß die Augen auf. »Na ja, etwas seltsam, finde ich.«

»Ihr lenkt vom Thema ab«, warf Annie ein. »Ich für meinen Teil glaube Calvin. Wenn er sagt, daß er dich liebt, Janie Bonner, dann tut er es auch.«

»Das glaube ich ihm auch«, sagte Lynn.

»Genau wie ich«, pflichtete Jim den beiden Damen bei.

Ethan blieb stumm, und Jane sah ihn hilfesuchend an.

Er senkte beinahe entschuldigend den Kopf. »Tut mir leid, Jane, aber das steht außer Frage.«

Also hatte sie sich einer Illusion hingegeben, diese Leute als neue Angehörige zu betrachten; aber nun mußte sie einsehen, daß Blut dicker als Wasser war. Es handelte sich nicht um ihre Lieben, die jeden Morgen aufwachen und sich fragen würden, ob ab heute ihr Ehemann das Interesse an ihr verlor.

»Spart euch die Spucke.« Cal beugte sich vor, stützte die Arme auf seinen Knien ab und fuhr mit nüchterner Stimme fort. »Sie ist nun mal eine Wissenschaftlerin, und Wissenschaftler fordern für alles Beweise. Das willst du doch, nicht wahr, Jane? Du willst, daß ich dir meine Gefühle beweise, so wie du die Richtigkeit der Gleichungen beweist, die du im ganzen Haus verteilst.«

»Liebe funktioniert tatsächlich anders!« stimmte Lynn Cal zu.

»Das akzeptiert sie nicht, Mom. Jane braucht etwas Greifbares. Und wißt ihr auch, warum? Weil niemand sie bisher je richtig geliebt hat, und weil sie nicht glauben kann, daß es jetzt so ist.«

Sie fuhr zurück, als hätte er ihr einen Schlag versetzt. In ihren Ohren summte es, und ihr Kopf wollte jeden Augenblick zerbersten.

Cal sprang von seinem Platz. »Du brauchst also einen Beweis für das, was ich empfinde? Okay, den kannst du kriegen.« Mit drei schnellen Schritten war er über ihr, und ohne Vorwarnung zog er sie in seine Arme und trug sie zur Wohnungstür.

»Hör auf, Cal! Laß mich runter.«

Lynn sprang ebenfalls auf. »Calvin, das geht nicht!«

»Ich habe es auf eure Art versucht«, brüllte er zurück.

»Und jetzt tue ich es auf meine Art!« Unbeirrt trug er sie auf die Veranda hinaus.

»Du kannst die Sache nicht klären, indem du mich zwingst, mit dir ins Bett zu gehen«, zischte Jane, da sich ihr gebrochenes Herz einzig durch Zorn gegen ihn abschirmen ließ. Warum verstand er bloß nicht, daß ein derart komplexes Problem nicht durch körperliche Gewalt zu lösen war? Er raubte ihr ihre Selbstbehauptung, merkte es aber offenbar nicht einmal.

»Wer hat etwas von Sex gesagt? Oder könnte es vielleicht sein, daß da der Wunsch der Vater des Gedanken ist?«

Sie kochte vor Zorn, als er sie die Treppe hinunter in Richtung der Straße trug. Obwohl sie alles andere als klein und schmächtig war, tat er, als wöge sie soviel wie eine Feder. Sein Atem ging vollkommen normal, und seine Arme umfingen sie sicher, während er mit ihr auf die weiter unten geparkten Wagen zusteuerte.

Vor seinem Jeep stellte er sie auf die Füße, zog diverse Schlüssel aus der Tasche und warf einige von ihnen auf seine Motorhaube, ehe er sie zum Blazer seines Vaters schleppte, der hinter den beiden anderen Autos stand. »Steig ein.«

»Cal, so ziehst du alles nur unnötig in die Länge. Am Ende verlasse ich dich doch.«

Er schob sie auf den Beifahrersitz und schlug die Tür ins Schloß.

Sie wandte ihren Kopf dem Fenster zu. Wenn sie nicht vorsichtig war, würde er sie weichkochen, und sie würde sich bereit erklären, bei ihm zu bleiben – doch ein solches Ergebnis wäre katastrophal. Besser, sie ertrüge jetzt den Schmerz, als daß alles noch einmal von vorn begann, wenn er letztendlich seinen Entschluß doch bereute.

Die Professorin braucht etwas Greifbares. Und wißt ihr

auch, warum? Weil niemand sie bisher je richtig geliebt hat, und weil sie nicht glauben kann, daß es jetzt so ist.

Cals Worte stimmten nicht. Es war nicht ihr, sondern sein Problem. Sie schätzte sich selbst nicht so gering, als daß sie aufrichtige Liebe fortwerfen würde. Vielleicht stimmte es, daß sie bisher noch keine echte Liebe kennengelernt hatte; aber das bedeutete noch lange nicht, daß sie ihr Glück nicht ergreifen würde, böte es sich ihr eines Tages wahrhaftig an.

Oder wie …?

Cal bog in die Straße ein und unterbrach ihre schmerzlichen Überlegungen.

»Ich weiß es zu schätzen, daß du unsere schmutzige Wäsche nicht vor meiner Familie gewaschen hast.«

»Es ist höchst unwahrscheinlich, daß ihnen auch nur ein einziges Dessous verborgen geblieben ist.«

»Schon gut, Jane. Du bekommst nicht den Kopf abgerissen, wenn du mir jetzt Vorhaltungen machst. Leider habe ich das schon des öfteren vollbracht, aber es wird nicht wieder passieren, das verspreche ich. Mir ist völlig klar, daß du mich augenblicklich als einigermaßen wankelmütig ansiehst, und ich weiß es zu schätzen, daß du mir meine Unentschlossenheit nicht vor meiner versammelten Sippschaft vorgehalten hast.«

»Wankelmütig?«

»Daß ich nicht weiß, was ich nach dem Ende meiner Footballkarriere machen soll, bedeutet noch lange nicht, daß ich deiner nicht würdig bin. Das denkst du vielleicht, aber eines Tages sieht das anders aus. Ich brauche einfach noch ein wenig Zeit, um meine Möglichkeiten zu überdenken, fertig!«

Sie starrte ihn verwundert an. Dies war das erste Mal, daß er eine neue Perspektive zugab. Aber was hatte das mit ihren Gefühlen für ihn zu tun? Nicht eine Sekunde lang hatte sie seine fehlenden Zukunftspläne als Hemmschuh für ihre Beziehung angesehen.

»Niemals habe ich gesagt, daß du meiner nicht würdig bist.«

»... nicht direkt – aber du denkst: ehrenwerte Menschen arbeiten!«

»Du arbeitest doch.«

Es war, als hätte sie nichts gesagt. »Du bist Physikerin und hast einen anständigen Job. Mein Vater ist Arzt, mein Bruder Pfarrer. Die Jungs unten im Mountaineer sind Lehrer, Klempner oder Farmer. Sie sind Barkeeper oder bauen Häuser. Alles Arbeit! Aber was mache ich?«

»Du spielst Football.«

»Und danach?«

Sie hielt den Atem an, denn immer noch konnte sie nicht glauben, daß er das Ende seiner beruflichen Karriere absah. Dann murmelte sie: »Die Antwort darauf kennst nur du allein.«

»Aber das ist es ja gerade! Ich habe keine Ahnung, was ich mit dem Rest meines Lebens anfangen soll. Geld besitze ich, weiß der Himmel, genug für drei Leben – aber ein dickes Konto habe ich noch nie als Zeichen für den Wert eines Menschen angesehen.«

Aha, Cals Weigerung, sich sein Alter oder das Ende seines Profisportlertums einzugestehen, resultierte nicht aus seiner Dickschädeligkeit, sondern aus seiner Verzweiflung über seine ungeklärten Zukunftsaussichten.

Auch dämmerte es ihr, weshalb ihn dieser Umstand derart irritierte. Dies war derselbe Mann, der darauf bestanden hatte, eine Frau zu heiraten, die er ablehnte, nur damit sein Kind nicht ohne Vater war. Unter all seinem Macho-Gehabe verbarg Cal ein ausgeprägtes, altmodisches Ehrgefühl. Und diesem Ehrgefühl zufolge verdiente ein Mann ohne ordentlichen Beruf keinen Respekt.

»Aber, es gibt so viele Dinge, die du tun könntest. Du könntest zum Beispiel als Trainer arbeiten.«

»Ich wäre ein grauenhafter Coach. Vielleicht ist es dir noch nicht aufgefallen, aber ich habe keine Geduld, wenn jemand dämlich ist. Wenn ich jemandem eine Sache erkläre und er begreift sie nicht gleich, mag ich sie ihm kein zweites Mal verklickern. Damit baut man keine erfolgreiche Footballmannschaft auf.«

»Und Kevin? Er sagt, bei dir hat er mehr über Football als bei jedem anderen gelernt.«

»Das liegt nur daran, daß er mit einer raschen Auffassungsgabe gesegnet ist.«

»Du bist ziemlich telegen. Warum gehst du nicht einfach zum Fernsehen?«

»Dazu fehlt mir die nötige Begeisterung. Hin und wieder im Fernsehen aufzutreten, ist ganz okay. Aber als täglicher Job wäre das nichts für mich.«

»Und was ist mit deinem Abschluß in Biologie? Wie wäre es, wenn du dir den zunutze machst?«

»Mein Diplom hat schon fünfzehnten Geburtstag gefeiert. Ich erinnere mich an überhaupt nichts mehr. Außerdem habe ich es nur bekommen, weil ich die Naturwissenschaften mag und gerne in der Natur bin.«

»Du hast weitreichende Erfahrungen im Geschäftsleben. Vielleicht solltest du eine Firma gründen?«

»Geschäfte haben mich schon immer gelangweilt, und das ändert sich bestimmt nicht.« Er blickte zu ihr herüber, wagte allerdings nicht, ihr in die Augen zu sehen. »Vielleicht könnte ich mein Golfspiel noch ein bißchen verbessern, und in ein paar Jahren wäre ich möglicherweise für Profispiele bereit.«

»Mal hast du dich als erbärmlichen Golfspieler bezeichnet.«

»Falsch verstanden«, sagte er beinahe beleidigt. »Ein

bißchen verbessert habe ich mich schon.« Er stieß einen Seufzer aus. »Egal. War sowieso eine Schnapsidee.«

»Dir fällt sicher noch etwas ein.«

»Allerdings – wenn du nur diesbezüglich Bedenken hegst, dann sei beruhigt. Ich habe nicht die Absicht, den Rest meines Lebens Däumchen zu drehen und von meinen Ersparnissen zu leben. Eine solche Schande würde ich dir niemals bereiten.«

Er meinte wohl eher, daß er sich selbst keine solche Schande bereiten würde. Aber wie lange plagten ihn diese Zweifel schon? »Deine zukünftigen Berufsaussichten sind nicht das, was zwischen uns steht, Cal. Du verstehst mich immer noch nicht. Ich würde es einfach nicht ertragen, wenn du mir meine Liebe noch einmal vor die Füße wirfst. Das tut nämlich verdammt weh.«

Er fuhr zusammen, als hätte sie ihm eine Ohrfeige versetzt. »Du weißt gar nicht, wie leid mir das tut. Es war einfach eine Panikreaktion. Manche Menschen brauchen eben etwas länger, um erwachsen zu werden, und bedauerlicherweise gehöre ich auch dazu.« Zaghaft nahm er ihre Hand. »Du bist das Wichtigste in meinem Leben. Leider glaubst du es noch nicht, aber ich werde es dir beweisen.«

Widerstrebend zog er seine Hand zurück und lenkte den Blazer auf den Parkplatz einer Eisenwarenhandlung, ehe er leise zu fluchen begann. »Sie haben schon zu. Daran dachte ich gar nicht!«

»Du fährst mit mir zu einer Eisenwarenhandlung, um mir deine Liebe zu Füßen zu legen?«

»Bald gehen wir auch tanzen, das verspreche ich dir. Nicht Country-und-Western, sondern Rock 'n' Roll!« Er stieg aus dem Wagen, umrundete die Kühlerhaube, öffnete die Beifahrertür und bat sie heraus. »Komm.«

Verwundert ließ sie sich in die schmale Gasse zwischen der Apotheke und der Eisenwarenhandlung ziehen. Als er die Hintertür des Geschäfts erreichte, drehte er den Knauf; doch auch hier war zu, und so trat er entschlossen mit dem Fuß gegen die Tür.

Eine Alarmglocke schrillte los.

»Cal! Bist du vollkommen übergeschnappt?«

»Kann sein.« Er packte ihren Arm und zerrte sie mit in das Innere des Ladens. Was hatte er nur vor?

Ohne sie loszulassen, zog er sie durch verschiedene Abteilungen an einer Reihe von Gartenstühlen vorbei bis in die Ecke, in der es Farben und Tapeten gab. Die ganze Zeit über schrillte der Alarm. »Sicher kommt jeden Augenblick die Polizei!« rief sie erschreckt.

»Mach dir darüber keine Gedanken. Odell Hatcher und ich sind seit Jahren befreundet. Denk du lieber darüber nach, welche Tapeten in unsere Küche passen.«

»*Tapeten?* Du hast mich hierher geschleppt, damit ich *Tapeten* aussuche?«

Er sah sie an, als wäre sie ein wenig schwer von Begriff. »Wie sonst soll ich dir meine Gefühle beweisen?«

»Aber ...«

»Hier sind wir.« Er drückte sie sanft auf einen der Hocker am Tresen der Tapetenabteilung und wandte sich dann den Regalen zu. »Verdammt, es sieht scheußlich kompliziert aus«, sagte er, während er die Schilder über den verschiedenen Regalen studierte. »*Badezimmer, Eßzimmer, Kunststoffe, Rauhfasern.* Was in aller Welt sind Rauhfasern? Meinen sie irgendwas mit – ich weiß nicht – mit Stroh oder so? Siehst du irgendwo ein Regal, auf dem *Pferde* steht?«

»Pferde?«

Zum ersten Mal umspielte seinen Mund der Schatten eines Lächelns, als käme ihm allmählich die groteske Situation zu Bewußtsein. »Du könntest mir ruhig ein wenig helfen, statt mir alles nachzuplappern.«

In diesem Augenblick fiel das Jaulen einer Polizeisirene in das Schrillen der Alarmglocke ein, ehe eine Sekunde später vor der Eingangstür mit quietschenden Reifen ein Auto zum Stehen kam. »Bleib, wo du bist«, befahl er ihr. »Ich erledige das schon. Das heißt, vielleicht ist es besser, wenn du dich hinter den Tresen kauerst, sollte Odell seine Waffe gezogen haben.«

»Seine Waffe! Ich schwöre dir, Calvin Bonner ... wenn diese Sache vorüber ist, dann werde ich ...«

Ihre Drohung erstarb auf ihren Lippen, als er sie von ihrem Hocker auf den Teppich hinter dem Tresen absetzte.

»Odell, ich bin es!« rief er. »Cal Bonner.«

»Geh aus dem Weg, Cal!« antwortete eine rauhe Stimme. »Hier findet gerade ein Einbruch statt. Sag mir nicht, sie hätten dich als Geisel genommen!«

»Dies ist kein Einbruch. Ich habe die Tür eingetreten, weil ich Tapeten aussuchen muß. Meine Frau ist auch hier, falls du also schießen willst, vergiß es. Sag Harley, daß ich die Sache morgen mit ihm klären werde. Und hilf mir, diesen blödsinnigen Alarm abzustellen, wenn es möglich ist.«

Gute fünfzehn Minuten und das Auftauchen von Harley Crisp, dem Eigentümer des Geschäfts, waren erforderlich, ehe endlich Frieden einkehrte.

Während Cal sich aus einer Anklage wegen Einbruchs herausredete, rappelte sich Jane hinter dem Tresen hoch, setzte sich wieder auf den Hocker und grübelte darüber nach, weshalb das Aussuchen von Tapeten Cals Meinung nach einen Liebesbeweis darstellte. Sie verstand es beim besten Willen nicht. Er war wütend gewesen, als sie die Tapeten in der Küche abgerissen hatte, aber was hatte eine Reparatur derselben mit Liebe zu tun? Allerdings schien er zwischen diesen beiden Dingen eine enge Verbindung zu sehen; aber wenn sie ihn um eine nähere Erläuterung bäte, sähe er sie sicher wieder so ungläubig an, als bezweifelte er grundlegend die Ergebnisse der von ihr absolvierten Intelligenztests.

Sosehr sie das alles auch verwirrte, verstand sie zumindest eins: Cals Meinung nach zeigte diese nächtliche Einkaufstour, daß er sie liebte, und bei diesem Gedanken wallte eine verräterische Wärme in ihr auf.

Schließlich drückte Harley Crisp, ein ganzes Bündel von Scheinen in der Hand, die Tür hinter sich ins Schloß, so daß sie mit Cal wieder alleine war.

Ihr Gemahl bedachte sie mit einem Blick, der eine plötzliche Unsicherheit verriet. »Du hältst mich doch wohl nicht für übergeschnappt, oder? Verstehst du, was ich mit dieser Tapetenaktion zum Ausdruck bringen will?«

Sie hatte keine Ahnung, aber das gäbe sie niemals zu, nicht, solange er sie derart flehend ansah und die Sanftheit seiner Stimme ewige Liebe verhieß.

»Eigentlich wollte ich ein Footballspiel für dich gewinnen«, sagte er heiser. »Dan Calebow hat das mal für Phoebe gemacht, und ich plante es auch für dich; aber die Saison hat noch nicht angefangen, und außerdem hätte ein Football-Sieg in deinen Augen wohl kaum gezählt. Darüber hinaus wäre das verglichen mit dem hier so einfach gewesen, daß es nichts bewiesen hätte. Ich wollte etwas wirklich Schwieriges bewältigen.«

Auf seinen erwartungsvollen Blick hin sagte sie zögernd: »Wie zum Beispiel Tapeten aussuchen?«

In seine Augen trat ein Glanz, als hätte sie ihm mit dieser Antwort die Schlüssel zum Universum überreicht. »Du verstehst mich.« Stöhnend zog er sie von ihrem Hocker an seine Brust. »Ich hatte Todesangst, daß wieder alles daneben ginge. Und ich verspreche dir, daß ich das Problem mit einer Arbeit auch sobald wie möglich lösen werde.«

»Oh, Cal...« Glücklich schluchzte sie auf. Sie hatte nicht den blassesten Schimmer, wie er auf all diese Dinge gekommen war – auch nicht, weshalb er mit ihr in diesen Laden eingebrochen war, aber eins wußte sie. Cals Gefühle für sie betrafen nicht nur die Herausforderung, als die er ihre Rückeroberung betrachtete. Er warf ihr sein Kriegerherz zu, und trotz all der alten Wunden aus ihrer Kindheit fing sie es liebend gerne auf.

Sie sahen einander tief in die Augen und nahmen dort ihre eigenen Seelen wahr.

»Jetzt ist unsere Ehe vollzogen, mein Schatz«, flüsterte er ihr ins Ohr. »Für alle Zeit.«

Und dann, mitten im Laden, zog er sie auf den Teppich hinter dem Tresen und begann sie zu lieben, wie ein begieriger Teenager. Natürlich wollte er nicht, daß sie auch nur ein Stück Stoff am Körper trug, und ihr erging es in bezug auf ihn ebenso.

Als sie nackt waren, überraschte er sie, indem er plötzlich nach seiner Jeans angelte. Sie stützte sich auf einen Ellbogen und beobachtete, wie er eine zerknitterte, pinkfarbene Schleife aus der Tasche zog.

»Du hast sie aufgehoben«, sagte sie verblüfft.

Er beugte sich vor und liebkoste ihre Brust. »Zuerst hatte ich die Idee, dich sie aufessen zu lassen; und dann wollte ich dich damit fesseln und zugucken, wie du wehrlos daliegst und von Ratten angeknabbert wirst.«

»Hmmm.« Sie lehnte sich zurück und knabberte selbst ein bißchen daran. »Und was machst du jetzt mit ihr?«

Er murmelte etwas, das klang wie: »Du hältst es bestimmt für idiotisch.«

»Das tue ich sicher nicht.«

Zurückgelehnt sah er sie an. »Versprich mir, daß du nicht lachen wirst.»

Sie nickte ernst.

»Du warst das schönste Geburtstagsgeschenk, das ich jemals bekommen habe.«

»Vielen Dank!«

»Ich wollte dir auch etwas schenken, aber ich warne dich. Es ist nicht halb so schön wie mein Geschenk. Trotzdem mußt du es behalten.«

»Meinetwegen!«

Er legte sich die pinkfarbene Schleife um den Hals und sah sie grinsend an. »Alles Gute zum Geburtstag, Rosebud.«

23

»Ich schwöre dir, Jane, das ist das Verrückteste, wozu ich mich je habe von dir überreden lassen. Mir ist schleierhaft, warum ich dir überhaupt zugehört habe, als du mit dem Vorschlag daherkamst.«

Cal hatte ihr zugehört, weil er während des letzten Monats alles getan hatte, um sie zufriedenzustellen, während sie dicker als ein Haus und brummiger als ein Bär wurde. Selbst jetzt hätte sie ihm am liebsten auf den Kopf gehauen, einfach aus Prinzip. Aber dazu liebte sie ihn zu sehr, und so begnügte sie sich damit, sich in seine starken Arme zu kuscheln.

Sie saßen auf dem Rücksitz einer schwarzen Limousine und waren in Richtung des Heartache Mountain unterwegs. Die Bäume am Straßenrand leuchteten in den Farben des Oktobers: Gelb, Orange und Rot. Dies würde ihr erster Herbst in den Bergen sein, und sie hatte sich ebenso schmerzlich danach gesehnt, ihn zu erleben, wie danach, die neuen Freunde in Salvation wiederzusehen. Cal und seine Familie hatten sie zu sämtlichen wichtigen Veranstaltungen geschleppt, und im Handumdrehen war der Argwohn der Stadtbewohner gegen sie uneingeschränkter Zuneigung gewichen.

Je näher die Limousine Salvation kam, um so aufgeregter wurde sie. Cal hatte einen Chauffeur mit Wagen bestellt, weil ihn die Knieverletzung, aufgrund derer er während der nächsten Wochen spieluntauglich war, auch am Fahren hinderte; Jane hingegen ließ er erst nach der Geburt des Babys wieder ans Steuer. Was wahrscheinlich sogar richtig war. Ihr Rücken brachte sie, nachdem sie stundenlang auf dem unbequemen Sitz im Flugzeug gesessen hatte, langsam, aber sicher zum Wahnsinn, und sie fühlte sich zu elend, um sich auf jede Windung zu konzentrieren, die die Straße durch die Berge nahm. Seit Wochen hatte sie mit Vorwehen zu tun, den Wehen, die die Frau auf den tatsächlichen Geburtsvorgang vorbereiteten – aber heute nachmittag waren sie wesentlich schlimmer als zuvor.

Er küßte ihr sanft das Haar, worauf sie sich seufzend noch enger an ihn kuschelte. Hätte sie noch einen weiteren Beweis für Cals Liebe gebraucht, dann hätte er ihn im Laufe der letzten Wochen auf jeden Fall erbracht. Je mehr sich ihre Schwangerschaft dem Ende näherte, um so fordernder, reizbarer und übellauniger benahm sie sich; doch er hatte mit endloser Zärtlichkeit und unerschütterlicher guter Laune darauf reagiert. Mehrere Male wollte sie einen Streit vom Zaune brechen, doch statt den Köder zu schlucken, hatte er lediglich gelacht.

Es war auch leicht für ihn, so gut gelaunt zu sein, dachte sie erbost. Schließlich schleppte ja nicht er einen tausendpfündigen zukünftigen Olympiateilnehmer und Nobelpreisgewinner durch die Gegend. Er war nicht derjenige, der in dieser Zeltplane mit dem lächerlichen Peter-Pan-Kragen mit Rückenschmerzen, unproduktiven Wehen und einem Paar Füße, die sie schon seit Wochen nicht mehr sehen konnte, tatenlos herumzusitzen gezwungen war. Andererseits konnte auch er die nächsten Spiele seiner Mannschaft nur von der Ersatzbank oder vom Fernseher aus verfolgen, so daß er um seine Laune ebenfalls zu ringen hatte. Aber zumindest war seine Verletzung der Grund gewesen, weshalb sie mitten in der Saison mit ihm nach Hause nach Salvation hatte fliegen können – eine herrliche Notlösung!

Sie rieb ihm sanft den Oberschenkel. Es war nicht sein Knie, aber sie hoffte, daß ihn diese Geste trotzdem ein wenig tröstete. Hinter ihren Augen stiegen die momentan stets lockeren Tränen auf: sie dachte daran, welche Schmerzen er hatte ertragen müssen, als dieser Rohling von den Bears ihn gegen das Bein trat. Bis dahin hatte Cal phänomenal gespielt, und hätte Jane den Schlägertyp nach Ende des Spiels in die Hände gekriegt, wäre kein Einzelteil an ihm ganz geblieben.

Kevin hatte getan, als wäre er voll des Mitgefühls, als Cal vom Spielfeld gehievt wurde, aber Jane machte er nichts vor. Kevin genoß jede Spielminute, zu der er Gelegenheit bekam, und sie wußte, er würde sich mords reinhängen, währenddem Cal verhindert war. Wenn sie sich gerade nicht so ärgerte über ihn, wäre sie stolz auf seine Fortschritte in dieser Saison. Selbst Cal müßte stolz sein, aber er gäbe es sicher niemals zu.

Manchmal dachte sie, daß Kevin mehr Zeit bei ihnen verbrachte als bei sich. Sie hatte ihr Haus in Glen Ellyn verkauft und war übergangsweise in Cals Appartement gezogen, solange ihre Endadresse noch nicht feststand. Aus unerfindlichen Gründen hatte Cal darauf bestanden, daß sie ihn in jede Entscheidung über Wandfarben, Möbel, ja selbst Kissenbezüge mit einbezog. Er und Kevin hatten zusammen die Babywiege aufgebaut und leuchtendgelbe Jalousien in dem Kinderzimmer in der zweiten Etage angebracht.

Nicht einmal Kevin wußte, daß Cal zum Saisonschluß

seinen Rückzug aus dem Profisport anzukündigen beabsichtigte. Cal war nicht ganz glücklich darüber, da er immer noch keinen Job in Aussicht hatte, aber er war den ständigen Kampf gegen die permanenten Verletzungen allmählich leid. Außerdem hatte er nun einmal gesagt, daß es wichtigere Dinge im Leben als Football gäbe...

»Frauen im neunten Monat sollten eigentlich nicht mehr fliegen«, knurrte er. »Ein Wunder, daß sie mich nicht verhaftet haben, als ich mit dir in das Flugzeug stieg.«

»Das hätten sie niemals gewagt. Ihr Berühmtheiten könnt doch machen, was ihr wollt!« Sie zog einen Schmollmund, der ihr das Gefühl gab, herrlich verrucht auszusehen. »Gestern ist mir klargeworden, daß mir der Gedanke, unser Baby in Chicago zu bekommen, unerträglich war. Ich will in der Nähe der Familie sein.«

Er liebte ihren Schmollmund, und so nagte er sanft an ihrer Unterlippe, ehe er weiterjammerte. »Das hättest du dir auch schon vor einem Monat überlegen können – dann hätte ich dich hergeschickt, solange es noch sicher war.«

»... und wir wären getrennt gewesen – ein noch blöderer Zustand!«

Ws stimmte. Sie brauchten einander viel mehr, als sie sich je hätten vorstellen können. Nicht nur ihre Leidenschaft teilten sie, sondern auch ihre Zufriedenheit und Energie, was man ihnen auch in bezug auf ihre Arbeit anmerkte. Cal war auf dem besten Weg, seinen eigenen Rekord zu brechen, und sie hatte bei ihren Forschungen nie zuvor derartige Fortschritte erzielt.

Unmittelbar nach ihrer Rückkehr nach Chicago hatte man ihr für ein Thesenpapier über Dualität den Coates-Preis für Physik zuerkannt. Ohne ihr Wissen hatten die Gerüchte über den Preis bereits seit Wochen die Runde gemacht, so daß Jerry Miles' Intrigen gegen sie allen lächerlich erschienen. Im August wurde er entlassen und durch einen der geachtetsten Physiker des Landes ersetzt, einen Mann, der Jane zur Annahme einer Festanstellung bei Preeze überredete. Er hatte sie sogar damit bestochen, daß er ihr eine Gruppe eifriger junger Physiker als Assistenten zuteilte.

In diesem Augenblick allerdings ging es Cal nicht um die Karriere seiner Frau, sondern um ihr körperliches Wohlbefinden; sie mußte ihm also unbedingt klarmachen, daß alles paletti war. »Sei doch einmal logisch, Cal. Ich habe erst heute morgen noch mit Dr. Vogler telephoniert. Sie kennt meine Schwangerschaft genau und ist durchaus in der Lage, ein Baby auf die Welt zu bringen, das versichere ich dir.«

»Trotzdem finde ich, du hättest dir ruhig ein bißchen früher überlegen können, daß du in Salvation entbinden willst.«

Ihr Wunsch, hier zu gebären, hatte sich mit jeder Schwangerschaftswoche verstärkt; aber es wäre ihr niemals in den Sinn gekommen, Cal allein in Chicago zurückzulassen. Erst seine Verletzung am Wochenende hatte es möglich gemacht.

Das Baby trat um sich, und sie hatte das Gefühl, als würde sie von einer mächtigen Faust ins Kreuz geboxt. Er würde ausflippen, wenn er wüßte, welche Schmerzen sie ertrug, und so unterdrückte sie den Schrei, der ihr bereits auf den Lippen lag.

Allmählich erkannte sie, daß Cal recht gehabt hatte: dieser Flug war ein Wagnis. Aber die erste Geburt dauerte immer eine Ewigkeit, und Jim und Lynn erwarteten sie sicher bereits. Ihr Schwiegervater würde es ihr schon sagen, wenn er einen Anruf bei Dr. Vogler für empfehlenswert hielt.

Glücklicherweise war Cal abgelenkt, so daß er ihre Unruhe nicht bemerkte. »Was hast du da an deinem Handgelenk?« Er griff nach ihrer Hand.

Sie bekam kaum noch Luft. »Oh ... nichts weiter.«

Sie versuchte, ihm ihre Hand zu entziehen, doch er hielt sie weiter fest. »Nur einen Kugelschreiberfleck. Offenbar habe ich mich versehentlich angemalt.«

»Wirklich seltsam! Sieht eher wie eine Gleichung als wie zufälliges Gekritzel aus.«

»Wir waren gerade bei der Landung«, schnaubte sie, »und ich hatte mein Notizbuch nicht griffbereit.« Sie hielt die Luft an, denn in diesem Augenblick vollführte ihr Nachwuchs einen dreifachen Axel und gleichzeitigen doppelten Rittberger. Dieses Mal trafen ihre Rückenschmerzen mit einer heftigen Wehe zusammen, die nicht zu enden schien, aber sicher immer noch eine bedeutungslose Vorwehe war. Um ein Stöhnen zu unterdrücken, denn das hätte ernsthafte Besorgnis in ihm hervorgerufen, lenkte sie sich von den Schmerzen ab mit Hilfe einer mutwilligen Auseinandersetzung.

»Du streitest überhaupt nicht mehr mit mir.«

»Das ist nicht wahr, mein Schatz. Wir streiten bereits, seit du mir erklärt hast, daß du diese Reise unternehmen willst.«

»Wir haben argumentiert, nicht gestritten. Du hast kein einziges Mal gebrüllt. Warum brüllst du nie mehr?«

»Tut mir leid, aber irgendwie machst du mich einfach nicht wütend genug.«

»Warum nicht? Selbst ich finde mich im Augenblick widerlich!«

»Verrückt, nicht wahr? Ich kann es nicht erklären.«

Sie starrte ihn böse an. »Du machst es schon wieder.«

»Was?«

»Diese Sache, die mich so furchtbar stört.«

»Lächeln?«

»Genau!«

»Verzeih mir!« Er legte seine Hand auf ihren trommelharten Bauch. »Ich bin so glücklich, daß ich einfach nicht damit aufhören kann.«

»Versuch es wenigstens!«

Doch zugleich unterdrückte sie nur mit Mühe das Lächeln, das an ihren eigenen Mundwinkeln zu zucken begann. Wer hätte je gedacht, daß ein Krieger wie Cal Bonner sich so viel Unsinn gefallen lassen würde? Aber offenbar war es ihm vollkommen egal. Vielleicht verstand er, was für ein wunderbares Gefühl es war, total unvernünftig zu sein und trotzdem auf die uneingeschränkte Liebe des anderen bauen zu können. Warum hatte sie je an dem gezweifelt, was er für sie empfand? Wenn ein Bonner sich entschied zu lieben, dann hielt er sich auch daran.

Cal hatte ihr ihre Ängste vor einem brillanten Kind genommen, indem er ihr auseinanderklaubte, daß ein Großteil ihres Elends als Kind nicht das Resultat ihrer Intelligenz, sondern des Zusammenlebens mit einem gefühllosen Vater gewesen war. So etwas würde ihrem gemeinsamen Kind niemals widerfahren.

Er beugte sich vor und sah aus dem Fenster. »Verdammt!«

»Was ist los?«

»Siehst du es nicht? Es fängt an zu regnen!« Seine Stimme drückte Erregung aus. »Was, wenn wir am Berg festsitzen und du deine Wehen bekommst? Bestimmt sind bis dahin die Straßen überflutet, so daß der Rückweg in die Stadt abgeschnitten ist. Und was machen wir dann?«

»Diese Dramen kommen nur in Büchern vor.«

»Ich muß vollkommen verrückt gewesen sein, mich von dir zu dieser Reise überreden zu lassen.«

»Es war unvermeidlich. Das habe ich dir doch schon tausendmal erklärt. Ich will das Baby hier bekommen. Und außerdem habe ich geträumt, Annie läge auf ihrem Totenbett.«

»Du hast sie gleich nach dem Aufstehen angerufen und weißt, daß mit ihr alles in Ordnung ist.«

»Sie klang müde.«

»Wahrscheinlich hat sie die ganze Nacht kein Auge zugetan, weil sie mit der Planung eines neuen Rachefeldzugs gegen unseren Vater beschäftigt war.«

Jane lächelte. In letzter Zeit sprach er von seiner Mutter und seinem Vater immer, als gehörten sie auch ihr. Er hatte ihr nicht nur seine Liebe geschenkt, sondern seine Eltern obendrein.

Unkontrollierbare Gefühle wallten in ihr auf. Ihr Lächeln schwand und sie brach in Tränen aus. »Du bist der wunderbarste Ehemann der Welt, und ich habe dich überhaupt nicht verdient.«

Sie dachte, da ertöne ein Seufzer, aber vielleicht war es auch nur das Surren der Reifen auf dem nassen Asphalt.

»Übrigens teile ich dir zu deiner Information mit, daß ich jedes einzelne deiner unvernünftigen Worte in letzter Zeit notiert habe, und mich fürchterlich an dir rächen werde, sobald du wieder du selbst sein wirst!«

Sie nickte ergeben.

Er lachte und küßte sie abermals, als sich die Limousine den Heartache Mountain hinaufzuschrauben begann. »Ich liebe dich, Janie Bonner, jawohl. Der Abend, an dem du mit deiner pinkfarbenen Schleife um den Hals in meine Wohnung gestolpert bist, war der glücklichste meines Lebens.«

»Meiner auch«, schniefte sie.

In Annies Haus brannten sämtliche Lichter, und Jims roter Blazer stand vor der Tür. Sie hatte ihre Schwiegereltern zum letzten Mal gesehen, als sie vor zwei Wochen nach Chicago gekommen waren, um Cal beim Spielen zuzusehen – die ganze Zeit über hatten sie sich wie zwei verliebte Teenager aufgeführt. In jener Nacht hatte Cal sich das Kopfkissen über die Ohren gezogen und verkündet, sie bräuchten unbedingt ein neues Gästebett. Eins, das nicht durch ständiges Quietschen sämtliche Bewegungen der darin liegenden Menschen in die Nachbarschaft übertrug!

Sie freute sich so darauf, Jim und Lynn zu sehen, daß sie nicht lange darauf wartete, bis der Fahrer ihr den Wagenschlag öffnete.

»Warte, Jane. Es regnet, und ...

Aber sie watschelte bereits auf die Veranda zu. Obwohl Cal wegen seines bandagierten Knies humpelte, hatte er sie, ehe sie die Stufen erreichte, eingeholt und umfaßte helfend ihren Arm. Die Tür flog auf, und Lynn stürzte heraus.

»Cal, was hast du dir dabei gedacht? Wie konntest du das zulassen?«

Jane brach in Tränen aus. »Ich will mein Baby hier bekommen!«

Lynn tauschte über ihren Kopf hinweg einen bedeutsamen Blick mit ihrem Sohn.

»Je klüger sie sind«, murmelte er, »um so stärker machen ihnen die Hormone zu schaffen.«

Jim tauchte hinter Lynn auf der Schwelle auf und umarmte Jane, während er sie gleichzeitig ins Innere des Hauses zog. In diesem Augenblick setzte eine neue Wehe ein, so daß sie stöhnend in sich zusammensank.

Er umfaßte ihre Schultern und schob sie weit genug zurück, um ihr ins Gesicht zu sehen. »Hast du Wehen?«

»Rückenschmerzen, mehr nicht. Und ein paar Vorwehen vielleicht.«

Annie saß vor dem Fernseher in ihrem Schaukelstuhl und brach in geckerndes Gelächter aus. Jane schleppte sich zu ihr, um sie zu umarmen, aber sie merkte, daß sie nicht weit genug hinunterkam. Also drückte Annie ihr liebevoll die Hand. »Wurde auch langsam Zeit, daß du bei uns auftauchst!«

»In welchem Abstand kommen die Schmerzen?« fragte Jim hinter ihr.

»Alle paar Minuten.« Sie rang nach Luft und schob sich die Hand ins Kreuz. *»Verdammt!«*

Cal humpelte über den Teppich auf sie zu. »Heißt das etwa, daß es ernst wird?«

»Das würde mich nicht überraschen.« Jim führte sie zur Couch, zwang sie, sich zu setzen, legte ihr die Hand auf den Unterleib und sah auf seine Uhr.

Cal starrte ihn mit großen Augen an. »Das Bezirkskrankenhaus ist gute zehn Meilen von hier entfernt! Für zehn Meilen auf diesen Straßen braucht man mindestens zwanzig Minuten! Warum hast du nichts gesagt, mein Schatz? Warum hast du mir deine Wehen verschwiegen?«

»Weil du mich dann ins Krankenhaus verfrachtet hättest, damit die mich bloß wieder nach Hause schicken. Ein Großteil der Rückenschmerzen kommt sicher von dem unbequemen Sitz im Flugzeug. *Au!*«

Jim sah erneut auf seine Uhr, und Cals Miene drückte ehrliche Verzweiflung aus. »Dad, wir müssen sie diesen Berg hinunterschaffen, ehe der Regen die Straßen unbefahrbar macht!«

»Es nieselt doch nur, Cal«, stellte seine Mutter fest. »Und es ist über zehn Jahre her, daß hier zum letzten Mal irgendwas überflutet war. Außerdem braucht das erste Kind immer eine Ewigkeit.«

Ohne auf sie zu achten, humpelte er, so schnell es ging, zur Tür. »Die Limousine ist schon wieder weg! Also nehmen wir den Blazer. Du fährst, Dad. Ich setze mich mit ihr hinten rein.«

»Nein! Ich will, daß mein Baby *hier* geboren wird!« greinte Jane.

Cal starrte sie entgeistert an. »Hier?«

Ächzend nickte sie.

»Einen Moment.« Seine Stimme bekam einen gefährlichen Klang, der ihr trotz ihres Elends Genugtuung verschaffte. »Als du sagtest, daß du das Baby hier kriegen willst, habe ich gedacht, du meinst die Gegend, also unser Bezirkskrankenhaus.«

»Nein! Ich meinte *hier*! In Annies Haus.« Bis zu diesem Augenblick hatte sie nichts Derartiges gemeint, aber auf einmal erschien ihr dies das perfekte Nest für die Geburt ihres Kindes.

Cals Miene drückte eine Mischung aus Furcht und Ärger aus, als er in Richtung seines Vaters sah. »Allmächtiger! Sie ist auf dem besten Weg, die berühmteste Physikerin im ganzen Land zu werden, und gleichzeitig ist sie dümmer, als die Polizei es erlaubt! Du kriegst unser Baby *nicht* in diesem Haus, sondern in einem vernünftigen Krankenhaus!«

»Okay.« Unter Tränen lächelte sie ihn selig an. »Wenigstens brüllst du endlich wieder.«

Er stöhnte auf.

Jim tätschelte ihr die Hand. »Nur, um sicherzugehen, warum läßt du mich dich nicht zuerst untersuchen, meine Liebe? Wäre das in Ordnung? Ich hoffe, es macht dir nichts aus, ins Schlafzimmer zu gehen, damit ich nachgucken kann, wie weit du bist.«

»Kann Cal mitkommen?«

»Aber natürlich.«

»Und Lynn? Ich möchte, daß Lynn auch dabei ist.«

»Meinetwegen.«

»Und Annie!«

Jim stieß einen Seufzer aus. »Also los dann, alle Mann!«

Cal legte seinen Arm um sie und führte sie in Lynns altes Zimmer, wo sie, gerade als sie über die Schwelle trat, eine so heftige Wehe packte, daß sie keuchend den Türrahmen umklammerte. Die Wehe dauerte eine Ewigkeit, und erst hinterher merkte sie, was geschehen war.

»Cal?«

»Ja, mein Schatz?«

»Guck mal nach unten. Sind meine Füße naß?«

»Deine Füße? Ist dir ...« Aus seiner Kehle drang ein erstickter Laut. »Deine Fruchtblase ist geplatzt. *Dad! Janes Fruchtblase ist geplatzt!*«

Jim war ins Badezimmer gegangen, um sich die Hände zu waschen, aber Cal schrie so laut, daß er trotzdem problemlos alles übertönte. »Schon gut, Cal. Ich bin sofort da. Selbstverständlich haben wir noch jede Menge Zeit, um sie ins Krankenhaus zu bringen.«

»Wenn du dir so verdammt sicher bist, warum untersuchst du sie dann erst noch?«

»Nur, um ganz sicherzugehen. Die Wehen kommen jetzt in ziemlich kurzen Abständen.«

Cal erstarrte, doch dann führte er Jane zu dem Doppelbett, während Lynn einen Stapel Handtücher holen ging und Annie die Tagesdecke mit dem Hochzeitsringmuster nach hinten schlug. Jane weigerte sich, Platz zu nehmen, ehe das Bett nicht mit Handtüchern vor Flecken geschützt war; Cal griff unter ihr Kleid und schälte sie aus der durchnäßten Schwangerschaftsstrumpfhose, in die er sie am Morgen gesteckt hatte. Als er die Strumpfhose, die Schuhe und den Slip endlich in Händen hielt, hatte Lynn eine Plastikunterlage und ein paar Handtücher auf dem Bett ausgebreitet, so daß Jane sich darauf sinken ließ.

Annie suchte sich einen Holzstuhl am Ende des Raums, setzte sich und sah dem Treiben gelassen zu. Erst als Jim ins Zimmer kam, wurde Jane klar, daß er sie untersuchen würde, und sie wand sich verlegen. Er mochte ein Doktor sein, aber zugleich war er der Vater ihres Mannes.

Ehe sie allerdings länger darüber nachgrübeln konnte, setzte eine weitere Wehe ein, und zwar doppelt so stark wie die Male zuvor. Sie schrie auf, und durch den reißenden

Schmerz hindurch kam ihr der Gedanke, daß irgend etwas nicht in Ordnung war. Da stimmte was nicht …

Jim erteilte seinem Sohn im Flüsterton ein paar Anweisungen, so daß Cal ihre Knie während der Untersuchung auseinanderhielt, während Lynn, eine beruhigende Melodie auf den Lippen, mit gefalteten Händen in der Nähe des Bettes stand.

»Hallo, ich habe einen Fuß«, sagte Jim. »Das wird eine Steißgeburt.«

Jane zischte auf, doch wieder setzte eine Wehe ein.

»Cal, setz dich hinter sie«, befahl Jim seinem Sohn. »Halt sie in deinem Schoß und spreiz ihre Beine, so weit du kannst. Dabei wirst du sicher ziemlich naß. Jane, du darfst nicht pressen! Lynn, lauf zum Wagen und hol meine Tasche rein.«

Schmerz und Angst gewannen die Oberhand. Sie verstand einfach nicht, was da vor sich ging. Was hatte Jim damit gemeint, er hätte einen Fuß? Warum kümmerte er sich um ihren Fuß? Sie sah ihren Schwiegervater verzweifelt an, während Cal hinter ihr auf die Matratze sprang. »Was ist los? Ich kann das Baby noch nicht kriegen. Es geht zu schnell. Irgend etwas ist nicht in Ordnung, oder?«

»Das Baby liegt andersrum«, antwortete er kurz.

Erst stöhnte und dann schrie sie auf. Steißgeburten waren sehr riskant, und normalerweise wurden diese Kinder in gut ausgerüsteten Operationssälen per Kaiserschnitt auf die Welt gebracht und nicht in irgendeiner Hütte in einer entlegenen Bergregion. Warum hatte sie sich so gegen das Krankenhaus gesträubt. Nun war ihr kostbares Baby in Gefahr – wegen ihrer Sturheit.

»Als sie am Mittwoch beim Arzt war, war der Kopf noch unten«, sagte Cal und rutschte, ohne auf sein verletztes Knie zu achten, hinter sie.

»Manchmal drehen sie sich zu allerletzt«, erklärte Jim.

»Es ist selten, aber kommt vor.«

Cal zog sie in seinen Schoß, lehnte ihren Rücken an seine Brust, legte seine Beine auf ihre Unterschenkel und spreizte mit den Händen ihre Knie, so weit es ging.

Ihr Baby war in Gefahr, so daß sie jede Scham verlor. Der kraftvolle Krieger, der sie mit seinem Leib umschlang, täte alles, damit ihr Kleines sicher das Licht der Welt erblickte.

Jim tätschelte ihr sanft das Knie. »Es wird sehr schnell gehen, meine Liebe. Ganz anders, als du erwartet hast. Während ich den anderen Fuß nach unten ziehe, darfst du nicht pressen. Cal, wir müssen vorsichtig sein, damit sich die Nabelschnur nicht um das Baby wickelt. Halt sie davon ab, daß sie preßt!«

»Atmen, mein Schatz. Atmen! Genau! So, wie wir es geübt haben. Du machst es wunderbar.«

Vor lauter Schmerzen verlor sie beinahe den Verstand. Sie hatte das Gefühl, als würde sie von einem wilden Tier in Stücke gerissen, aber Cal zwang sie, mit ihm zusammen zu atmen, während er gleichzeitig Worte der Liebe und der Ermutigung von sich gab. Lustige Worte – voller Zärtlichkeit.

Der Drang zu pressen wurde übermächtig, und aus ihrer Kehle drangen grauenhafte Laute. Sie mußte pressen, da sie andernfalls zerbarst!

Aber Cal, der erfahrene Führer, ließ nicht zu, daß sie den Kampf gegen sich verlor. Er drohte und schmeichelte, und sie tat, was er sagte, weil er ihr keine Chance ließ. Sie keuchte, wie er befahl, dann atmete sie hechelnd aus und schrie unentwegt, während sie mit den natürlichen Instinkten ihres Körpers rang.

»Genau so!« rief Jim. »So ist's richtig, meine Liebe! Du machst es einfach toll.«

Inzwischen unterschied sie nicht mehr den einen Schmerz vom anderen. Es war ganz anders als in den Filmen über

Geburten, die sie gesehen hatte, in denen die Paare Karten spielten und durch Korridore wandelten, und in denen es Ruhephasen zwischen den einzelnen Wehen gab.

Minuten wurden zu Stunden, während die Welt um sie herum in einem dichten Nebel aus Schmerzen und Cals Stimme versank. Sie folgte ihm blind, da sie ohne ihn verloren war.

»Atme! Genau so! Genau so, mein Schatz! Phantastisch, wie du dich hältst!« Es war, als spürte sie seine Kraft auf sich übergehen, und begierig sog sie seine Stärke ein.

Seine Stimme wurde heiser. »Atme weiter, Liebling. Und mach die Augen auf, damit du siehst, was geschieht.«

Sie blickte hinab und sah, wie Jim das Baby mit den Füßen zuerst aus dem Geburtskanal geleitete. Sie und Cal schrien unisono auf, als der Kopf erschien. Ekstase erfüllte sie, ein Gefühl vollkommener Glückseligkeit, als sie ihr gemeinsames Kind in den starken, fähigen Händen des Großvaters liegen sah. Eilig reinigte Jim Mund und Nase mit einem Ohrenstäbchen, das Lynn ihm reichte, und dann legte er Jane den Säugling auf den Bauch.

»Ein Mädchen!«

Das Baby quiekte leise auf, und sie strichen sanft über das nasse, zappelnde, blutbeschmierte Neugeborene, während Jim die Nabelschnur durchschnitt.

»Cal!«

»Sie gehört uns, mein Herz.«

»Oh, Cal …«

»Gott … ist sie schön! Du bist wunderschön. Ich liebe dich.«

»Und ich liebe dich! Oh ja, und wie!«

Sie murmelten Unsinn, küßten einander und brachen vor Rührung in Tränen aus. Auch Lynn schluchzte leise auf, als sie das Neugeborene nahm und in ein Handtuch wickelte. Jane war so auf das neue Schätzchen und ihren Mann konzentriert, daß sie kaum bemerkte, wie Jim die Nachgeburt aus ihrem Körper zog und wie er dabei strahlte.

Lynn lachte und murmelte ebenfalls ungereimtes Zeug, während sie dort, wo Annie es sehen konnte, das Baby mit einem weichen feuchten Lappen trockenrieb.

Annie Glide sah ihre Urenkelin zufrieden an.»Sie wird ein richtiger Feger werden. Ein richtiger Feger, das sage ich. Wart's nur ab. Das ist eine echte Glide.«

Lynn brach in zittriges Lachen aus und brachte den kleinen Feger zu Jane zurück, aber Cals fähige Quarterbackhände waren schneller, so daß er die Kleine an sich zog. »Komm her, meine Süße. Laß mich dich ansehen.«

Er hielt das Baby vor Jane, so daß sie den Anblick des runzligen Gesichtchens gemeinsam genießen konnten, ehe der junge Vater die winzige Stirn mit einem sanftenKuß versah. »Willkommen auf der Erde, meine Süße. Wir sind froh, daß du endlich bei uns bist.«

Mit einem Gefühl vollkommenen Friedens beobachtete Jane die erste Begegnung zwischen Vater und Tocher, und plötzlich dachte sie an den Augenblick vor nicht allzulanger Zeit zurück, als sie Cal angeschrien hatte, *Dies ist mein Kind! Meins ganz allein!* Während sie sich im Zimmer umsah und die Großeltern betrachtete, die aussahen, als hätte ihnen jemand einen Stern vom Himmel überreicht, die plötzlich andächtige Urgroßmutter und den Vater, der sich, noch während Jane ihn beobachtete, Hals über Kopf in die Kleine zu verlieben schien, erkannte sie ihren großen Irrtum.

In diesem Augenblick begriff sie alle ihre Umwege: Die Gesamtheitstheorie hatte sich hier in diesem Raum erfüllt.

Cals Kopf fuhr hoch. »Ich hab's!« Ob seines brüllenden Gelächters klappte seine Tochter überrascht die Augen auf; aber sie weinte nicht, da ihr alter Herr bereits ein Vertrauter für sie war. Groß, laut und mit einem ebensolchen Herzen. Ein Gigant, mit dem man spielend fertig werden würde.

»Jane! Mom! Dad! Ich weiß, was ich mit meinem neuen Leben anfangen werde, wenn ich meine Footballkarriere beende!«

Jane starrte ihn überrascht an. »Was? Sag es mir!«

»Ich kann es gar nicht glauben!« rief er aus. »Da habe ich mir jahrelang den Kopf zerbrochen, und dabei war die Lösung die ganze Zeit vor meiner Nase.«

»Warum hast du mir nicht gesagt, daß du dir Gedanken machst, Calvin?« piepste eine quengelige Stimme aus der Ecke. »Ich hätte dir schon vor Jahren sagen können, was du einmal machen wirst.«

Alle wandten sich zu ihr um, und sie runzelte gereizt die Stirn. »Jeder Mensch, der auch nur einen Funken Verstand besitzt, hätte wissen müssen, daß Calvin, genau wie sein Daddy und sein Granddaddy vor ihm, zum Landarzt berufen ist. Er ist eben ein echter Bonner.«

»Dr. Bonner?« Jane drehte den Kopf und riß die Augen auf. »Stimmt das? Willst du wirklich Arzt werden?«

Cal bedachte seine Großmutter mit einem ungnädigen Blick. »Meinst du nicht, daß du mir das schon längst einmal hättest sagen können?«

Sie schnaubte verächtlich auf. »Du hast mich ja nie danach gefragt.«

Jane brach in übermütiges Gelächter aus. »Du willst Arzt werden? Das ist einfach perfekt.«

»Bis ich fertig bin, werde ich ein ziemlich alter Doktor sein. Meinst du, du kommst damit zurecht, wenn dein Mann noch mal zur Schule geht?«

»Ich wüßte nicht, was mir lieber wäre.«

In diesem Augenblick fand Rosie Darlington Bonner, daß man sie lange genug ignoriert hatte. Dies war ihr großer Augenblick, verdammt noch mal, immerhin hatte sie ein Mindestmaß an Aufmerksamkeit verdient. Ihr Geburtstag gehörte schließlich ihr! Sie müßte nervige kleine

Brüder in der Welt willkommen heißen, Freunde finden, auf Bäume klettern, Eltern beschwichtigen und vor allem einst gescheite Bücher schreiben.

Außerdem gäbe es zahlreiche Mathetests, in denen es zu schummeln galt, ganz zu schweigen von dem unglückseligen Zwischenfall in dem Chemielabor mit dem Superaffen von Lehrer, der ordentliche Literatur einfach nicht zu schätzen wissen würde. Aber vielleicht war es besser, wenn die beiden Menschen, die im Augenblick dämlich grinsend auf sie herunterblickten, noch nicht wußten, was überhaupt mit diesem neuen kleinen Bomber alles auf sie zukam.

Jedenfalls öffnete Rosie Darlington Bonner den Mund und heulte begeistert auf.

Hier bin ich, Welt! Mach dich auf mich gefaßt!

Anmerkung der Autorin

Es heißt, wir würden vor allem von den Dingen angezogen, die uns ängstigen, und allmählich glaube ich, daß diese Behauptung stimmt; denn dies ist mein zweites Buch, in dem es unter anderem um Wissenschaft und Technik geht, ein Gebiet, auf dem ich – offen gestanden – eine vollkommene Niete bin.

Eine Reihe von Büchern haben mir, auch wenn ich nur einen Bruchteil von deren Inhalt verstehen konnte, bei meinen Recherchen sehr geholfen, und so danke ich Paul Davies, dem Autor von *God and the New Physics*, James Gleick, dem Autor von *Chaos: Making a New Science*, Leon Lederman (und Dick Teresi), den Autoren von *The God Particle* sowie Mudhusree Mukerjee, dem Verfasser des Artikels »Explaining Everything« in *Scientific American*, Januar 1996, da die Lektüre ihrer Werke für mich von großem Nutzen war.

Dank auch an meinen Ehemann Bill, der mir beim Verfolgen der von der Teaching Company erstellten, sechzehnteiligen Video-Vorlesungreihe über »Einsteins Relativitäts- und Quantenrevolution« des Superstars Professor Richard Wolfson so geduldig Gesellschaft leistete. Professor Wolfson und Bill – Gott segne die beiden – haben sich dabei prächtig amüsiert.

Einen besonders herzlichen Gruß auch an sämtliche Mitarbeiter/innen von Avon Books, vor allem an meine Lektorin Carrie Feron und ihre mehr als kompetente Assistentin, Ann McKay Thoroman, die mich so freundlich unterstützten. Ebenso danke ich meinem Agenten, Steven Axelrod, für seine unerschütterliche Treue.

Eine Reihe weiterer Personen waren mir bei den Vorbereitungen zu diesem Manuskript besonders behilflich. Ich danke Dr. Robert Miller, Pat Hagan, Lisa Libman, meiner Freundin Diane und sämtlichen Müsliessern der Familie Phillips. Apropos Müsli … auch an eure Körnerschlachten, Bryan, Jason und Ty, denke ich, obwohl ihr in der Zeit eigentlich eure Hausaufgaben hättet machen sollen. Auf die Plätze, fertig, los!

Und auch meine Leserinnen möchte ich erwähnen – sonst würden sie nie erfahren, wie wichtig ihre Briefe für mich sind. Vielen Dank!

Susan Elizabeth Phillips

c/o Avon Books
1350 Avenue of the Americas
New York, New York 10019